SÜNDIGE GIER

SANDRA

BROWN

SÜNDIGE GIER

THRILLER

Aus dem Amerikanischen

von Christoph Göhler

Weltbild

Die amerikanische Originalausgabe erschien 2009 unter dem Titel
Smash Cut bei Simon & Schuster, New York.

Besuchen Sie uns im Internet:
www.weltbild.de

Genehmigte Lizenzausgabe für Verlagsgruppe Weltbild GmbH,
Steinerne Furt, 86167 Augsburg

Übersetzung: Christoph Göhler
Umschlaggestaltung: Atelier Seidel - Verlagsgrafik, Teising
Umschlagmotiv: Trevillion Images, Brighton (© Elisa Lazo de Valdez)
Gesamtherstellung: CPI – Clausen & Bosse, Leck
Printed in the EU
ISBN 978-3-86365-431-3

2016 2015 2014 2013
Die letzte Jahreszahl gibt die aktuelle Lizenzausgabe an.

Prolog

Ein leises »Ping« meldete die Ankunft des Aufzugs. Die Doppeltür glitt auf. In der Kabine standen drei Menschen: zwei Frauen mittleren Alters, die wie alte Freundinnen plauderten, und ein Mann in den Dreißigern, der das gestresste Gehabe eines Jungmanagers zeigte. Er trat hastig zurück, um dem Mann und der Frau Platz zu machen, die einsteigen wollten.

Sie traten mit einem freundlichen Lächeln ein und drehten sich dann zur Tür. Die fünf spiegelten sich schwach in den Messingtüren, als der Aufzug die Abwärtsfahrt zur Hotellobby fortsetzte.

Das Paar stand einvernehmlich schweigend nebeneinander. Eine der beiden Frauen hinter ihnen redete immer noch, hatte die Stimme aber höflich gedämpft. Ihre Freundin presste die Hand auf den Mund, um ein Kichern zu unterdrücken, und antwortete dann leise: »O Gott. Und sie war so stolz auf das verflixte Ding.«

Als der Aufzug langsamer wurde und das nächste Ping einen Zwischenstopp im achten Stock ankündigte, warf der junge Anzugträger einen verstohlenen Blick auf seine Uhr und verzog das Gesicht, als könnte er es kaum ertragen, dass sich die Fahrt schon wieder verzögerte.

Die Aufzugtür glitt auf.

Davor stand eine Person in einem dunkelblauen Jogginganzug, mit einer umlaufenden, verspiegelten Sonnenbrille und einer Skimaske. Über der Mundpartie war ein Haifischmaul mit spitzen Zähnen in das Garn gesteppt.

Noch bevor die fünf im Aufzug auch nur Zeit hatten, überrascht zu reagieren, hatte die Gestalt den Handschuh in die Kabine gestreckt und mit der Faust gegen den Nottüröffner geschlagen. In der anderen Hand hielt sie eine Pistole.

»Hinknien. Sofort! Los!«

Der Befehl wurde in einem hohen Singsang erteilt und klang umso gruseliger, als er aus einem Haifischmaul kam. Die beiden Freundinnen ließen sich sofort auf die Knie fallen. Eine flehte wimmernd: »Bitte tun Sie uns nichts.«

»Schnauze! Du!« Der Haifisch schwenkte die Pistole auf den Geschäftsmann. »Auf die Knie.« Der junge Anzugträger hob die Hände und sank ebenfalls auf die Knie, sodass nur noch das Pärchen stand. »Seid ihr taub oder was? Runter!«

Die Frau sagte: »Er hat Arthritis.«

»Mir egal, selbst wenn er Lepra hat. Runter auf die Knie, verfluchte Scheiße! Sofort!«

Eine der Frauen an der Rückwand heulte: »Bitte tun Sie, was er sagt!«

Der grauhaarige Mann hielt sich an der Hand der Frau fest und ließ sich unter sichtbaren Schmerzen auf die Knie sinken. Widerstrebend folgte die Frau seinem Beispiel.

»Uhren und Ringe. Hier rein.« Der Angreifer hielt dem Geschäftsmann einen schwarzen Samtbeutel unter die Nase, damit der die Armbanduhr hineinlegte, die er eben noch so grimmig angesehen hatte.

Der Geschäftsmann reichte den Beutel an die Frauen hinter ihm weiter, die hastig ihren Schmuck hineinwarfen. »Die Ohrringe auch«, sagte der Räuber zu der einen Frau. Eilig kam sie seinem Befehl nach.

Als Letzter bekam der Herr mit den arthritischen Knien

den Beutel gereicht. Er hielt ihn der Frau auf, die ebenfalls ihren Schmuck hineinfallen ließ.

»Tempo!«, befahl der Räuber mit seiner grauenvollen Mädchenstimme.

Der Herr legte seine Patek Philippe in den Beutel und hielt ihn dann dem Räuber hin, der ihn an sich riss und in die Tasche seiner Kapuzenjacke stopfte.

»Gut.« Der ältere Herr wirkte kein bisschen eingeschüchtert. »Sie haben bekommen, was Sie wollten. Jetzt lassen Sie uns in Frieden.«

Es knallte ohrenbetäubend.

Die beiden Freundinnen kreischten entsetzt auf.

Der junge Geschäftsmann fluchte fassungslos und heiser vor Schreck.

Die Frau neben dem älteren Herrn starrte in stummem Grauen auf die Blutspritzer an der Aufzugwand, die hinter dem langsam nach vorn kippenden Körper zum Vorschein kamen.

1

Creighton Wheeler stürmte über die Marmorterrasse, riss sich die Sonnenblende von der Stirn und schleuderte sie, nachdem er sich kurz mit der Hand den strömenden Schweiß vom Gesicht gewischt hatte, mitsamt dem feuchten Handtuch auf einen Liegestuhl, ohne dabei auch nur langsamer zu werden. »Wehe, es ist nicht wirklich wichtig. Ich war gerade dabei, ihm den Aufschlag abzunehmen.«

Die Haushälterin, die ihn vom Tenniscourt hereingerufen hatte, zeigte sich wenig beeindruckt von seinem Wutanfall. »Nicht in diesem Ton. Ihr Daddy möchte Sie sehen.«

Sie hieß Ruby. Ihren Nachnamen kannte Creighton nicht und hatte nie danach gefragt, obwohl sie schon vor seiner Geburt für seine Familie gearbeitet hatte. Wenn er mit ihr aneinandergeriet, rief sie ihm immer ins Gedächtnis, dass sie ihm schon den Hintern und die Nase geputzt hatte, dass beides nicht besonders angenehm gewesen war und dass sie es nicht besonders gern getan hatte. Dass sie einmal so vertraut mit seinem Körper war, auch wenn er damals noch ein Baby gewesen war, ärgerte ihn.

Er zwängte sich an ihrem Hundert-Kilo-Rumpf vorbei, durchquerte die Küche, mit der man ein Restaurant betreiben konnte, trat an einen der Kühlschränke und zog die Tür auf.

»Sofort, hat er gesagt.«

Ohne sie einer Antwort zu würdigen, holte Creighton eine Dose Cola aus dem Kühlfach, riss die Lasche auf und nahm einen langen, tiefen Zug. Dann rollte er die kalte Dose über seine Stirn. »Bring Scott auch eine davon.«

»Ihr Tennistrainer sitzt nicht im Rollstuhl.« Sie drehte sich wieder zur Küchentheke und klatschte mit der bloßen Hand auf den Rinderbraten, den sie gerade für den Bräter vorbereitete.

Jemand sollte ihr endlich mal diese Flausen austreiben, dachte Creighton, während er sich durch die Schwingtür schob und auf den Weg zur Vorderseite des Hauses machte, wo das Arbeitszimmer seines Vaters lag. Die Tür war nur angelehnt. Er blieb kurz davor stehen, klopfte einmal mit der Coladose gegen den Türstock, drückte den Türflügel dann auf und spazierte, den Tennisschläger über der Schulter zwirbelnd, ins Zimmer. Er sah vom Scheitel bis zur Sohle aus wie ein Aristokrat, den man von der täglichen Leibesertüchtigung weggerufen hatte. Diese Rolle war ihm auf den Leib geschneidert.

Doug Wheeler saß hinter seinem Schreibtisch, der von der Größe her dem Präsidenten angestanden hätte, aber viel protziger wirkte als alles, was im Oval Office zu finden war. Der Schreibtisch wurde von zwei Flaggenständern aus Mahagoni flankiert, die mit der Staatsflagge von Georgia beziehungsweise der Flagge der Vereinigten Staaten geschmückt waren. An beiden Seitenwänden starrten die Ölporträts von finster blickenden Vorfahren von der fleckigen Zypressenvertäfelung, die wahrscheinlich bis zum Jüngsten Gericht halten würden.

»Scott lässt sich jede Minute bezahlen, und die Uhr läuft«, sagte Creighton zur Begrüßung.

»Das hier kann leider nicht warten. Setz dich.«

Creighton ließ sich in einen der Ziegenledersessel vor dem Schreibtisch seines Vaters fallen und lehnte den Tennisschläger dagegen. »Ich wusste gar nicht, dass du zu Hause bist.

Bist du heute Nachmittag nicht zum Golfen verabredet?« Er beugte sich vor und stellte die Coladose auf die polierte Schreibtischfläche.

Stirnrunzelnd schob Doug einen Untersetzer unter die Dose, damit kein Ring zurückblieb. »Ich bin nur kurz vorbeigekommen, um mich umzuziehen, bevor ich zum Club fahre«, erklärte er. »Aber dann ist etwas Wichtiges …«

»Sag nichts«, fiel Creighton ihm ins Wort. »Bei der Prüfung des Etats für Heftklammern hat sich herausgestellt, dass Geld veruntreut wurde. Diese raffinierten Sekretärinnen.«

»Paul ist tot.«

Creightons Herz setzte einen Schlag aus. Sein Lächeln fiel in sich zusammen. »Was?«

Doug räusperte sich. »Dein Onkel wurde vor einer Stunde im Hotel Moultrie erschossen.«

Creighton starrte seinen Vater wortlos an, bis er schließlich tief Luft holte. »Also, in den unsterblichen Worten von Forrest Gump oder genauer gesagt seiner Mutter: ›Das Leben ist wie eine Schachtel Pralinen. Man weiß nie, was man bekommt.‹«

Sein Vater sprang auf. »Ist das alles, was dir dazu einfällt?«

»Ich finde, das trifft es ziemlich gut.«

Creighton hatte seinen Vater noch nie weinen sehen. Auch jetzt weinte er nicht, aber seine Augen wirkten gefährlich feucht, und er schluckte viel zu oft und zu schwer. Um zu vertuschen, dass seine Gefühle ihn zu übermannen drohten, trat er hinter dem Schreibtisch hervor und stellte sich an das Panoramafenster. Er blickte hinaus in den Garten, wo mexikanische Hilfsarbeiter tief gebückt das Unkraut aus den bunten Blumenbeeten zupften.

Deutlich leiser fragte Creighton: »Habe ich dich richtig verstanden, Vater? Onkel Paul wurde *erschossen?«*

»Mitten in die Stirn. Aus nächster Nähe. Offenbar bei einem Überfall.«

»Einem Überfall? Er wurde beraubt? Im Moultrie?«

»So unglaublich sich das anhört.«

Das Haar, das Doug mit seiner Hand durchkämmte, war genauso dicht und grau wie das seines Bruders – nunmehr verstorbenen Bruders –, der nur elf Monate älter gewesen war als er. Er und Paul gingen zum selben Friseur und zum selben Schneider. Weil sie annähernd gleich groß und gleich schwer waren, wurden sie von hinten oft verwechselt. Sie waren sich fast so vertraut gewesen wie Zwillinge.

»Genaueres weiß ich auch nicht«, fuhr Doug fort. »Julie war zu aufgewühlt, um viel zu sagen.«

»Sie wurde als Erste benachrichtigt?«

»Sie war dabei, als es passierte.«

»Im Hotel Moultrie. Am helllichten Tag.«

Doug drehte sich um und sah seinen Sohn streng an. »Sie war völlig außer sich. Sagte jedenfalls der Polizist. Ein Detective. Sie konnte nicht weitersprechen, darum übernahm er das Telefon. Er sagte, sie hätte darauf bestanden, mich persönlich anzurufen und zu benachrichtigen. Aber sie bekam nur ein paar unzusammenhängende Worte heraus, dann begann sie so zu weinen, dass ich nichts mehr verstand.« Er räusperte sich. »Der Detective, ich glaube, er hieß Sanford, war sehr einfühlsam. Er sprach mir sein Beileid aus und sagte, ich könnte ins Leichenschauhaus kommen, wenn ich … wenn ich Pauls Leichnam sehen wollte. Natürlich werden sie ihn obduzieren.«

Creighton wandte das Gesicht ab. »Jesus.«

»Genau.« Doug seufzte schwer. »Ich kann es auch noch nicht glauben.«

»Haben sie den Typen geschnappt, der das getan hat?«

»Noch nicht.«

»Wo im Hotel ist es passiert?«

»Das hat der Detective nicht gesagt.«

»In einem der Läden?«

»Ich weiß nicht.«

»Wer raubt denn schon …«

»Ich weiß es nicht«, fuhr Doug ihn an.

Angespanntes Schweigen machte sich breit. Doug sackte zusammen. »Entschuldige, Creighton. Ich … ich bin nicht ich selbst.«

»Das kann ich verstehen. Es ist auch kaum zu glauben.«

Doug massierte seine Stirn. »Der Detective meinte, er würde mir alles erklären, wenn ich erst dort bin.« Er sah auf die offene Tür, machte aber keine Anstalten, aufzustehen und zu gehen, so als wollte er diesen Gang so lang wie möglich hinauszögern.

»Was ist mit Mutter? Weiß sie schon Bescheid?«

»Sie war hier, als Julie anrief. Natürlich ist sie außer sich, aber sie muss jetzt alles organisieren. Sie ist gerade oben und macht die ersten Anrufe.« Doug trat an die Bar und schenkte sich einen Bourbon ein. »Auch einen?«

»Nein danke.«

Doug leerte sein Glas in einem Zug und griff ein zweites Mal nach der Karaffe. »So schwer diese Tragödie auch zu begreifen ist, es gibt praktische Probleme, die wir angehen müssen.«

Creighton wappnete sich. Er verabscheute alles, was mit dem Wort *praktisch* verbunden war.

»Ich möchte, dass du morgen früh in die Zentrale fährst und die Belegschaft persönlich informierst.«

Creighton stöhnte innerlich auf. Er wollte so wenig wie möglich mit ihrer Belegschaft zu tun haben, einem Stamm von mehreren Hundert Mitarbeitern, die allesamt große Stücke auf seinen Onkel Paul hielten, wohingegen er meistens ignoriert wurde, wenn er die Firmenzentrale mit seiner Anwesenheit beehrte, was er so selten wie möglich tat.

Wheeler Enterprises produzierte und vertrieb irgendwelche Baustoffe. Wow. Wie aufregend.

Sein Vater sah ihn über die Schulter an. Offenbar wartete er auf eine Antwort.

»Natürlich. Was soll ich ihnen sagen?«

»Ich werde noch heute Abend etwas aufsetzen. Wir berufen für zehn Uhr eine Personalversammlung im großen Saal ein. Du hältst deine Rede, danach wäre vielleicht eine Schweigeminute angebracht.«

Creighton nickte ernst. »Sehr würdevoll.«

Doug kippte den zweiten Drink hinunter und stellte das Glas entschlossen auf die Bar zurück. »Du wirst mehr Aufgaben übernehmen müssen, bis wir alles geklärt haben.«

»Was alles?«

»Das mit der Beerdigung zum Beispiel.«

»Ach, natürlich. Das wird ein richtiger Staatsakt.«

»Bestimmt.« Doug seufzte. »Ich werde darauf achten, dass es so würdig wie möglich abläuft, aber dein Onkel hatte seine Finger …«

»Überall drin. Er war der ungekrönte König von Atlanta.«

Doug ließ sich nicht aus dem Takt bringen. »Genau, und jetzt ist der König tot. Nicht nur das, sondern er wurde umgebracht.« Bei dem Gedanken, dass sein Bruder brutal ermordet worden war, verzog er das Gesicht und fuhr sich müde mit der Hand übers Gesicht. »Jesus.« Sein Blick wanderte zur Bar, als würde er mit dem Gedanken spielen, sich noch ein Glas zu genehmigen, aber er tat es nicht. »Wir müssen die Polizei nach besten Kräften unterstützen.«

»Aber wie? Wir waren nicht dabei.«

»Trotzdem muss Pauls Mörder gefasst werden. Du wirst dazu beitragen, und zwar bereitwillig. Haben wir uns verstanden?«

»Natürlich, Vater.« Creighton zögerte und sagte dann: »Obwohl ich hoffe, dass du die Rolle des Familiensprechers übernimmst. Die Reporter werden über uns herfallen wie die Aasgeier.«

Doug nickte knapp. »Ich werde dafür sorgen, dass sie dich und deine Mutter in Frieden lassen. Natürlich werden wir ihn nicht unter Ausschluss der Öffentlichkeit beerdigen können, trotzdem werde ich darauf bestehen, dass die Trauerfeier so würdevoll wie möglich abläuft.

Wir müssen unseren Angestellten ein Vorbild sein und die Firma am Laufen halten, denn das hätte auch Paul gewollt. Darum möchte ich, dass du dich vorbereitest. Ich habe dir alle nötigen Unterlagen zusammenstellen lassen und in dein Zimmer gelegt. Du solltest sie heute Abend durchsehen und dich über unsere neuesten Produkte, unsere Marktposition und die Geschäftsziele fürs nächste Jahr informieren.«

»In Ordnung.« *Vergiss es.*

Sein Vater schien seine Gedanken zu lesen. Er fixierte ihn mit einem eisenharten Adlerblick. »Das ist das Mindeste, was du tun kannst, Creighton. Du wirst bald dreißig. Ich war zu nachsichtig mit dir und bin daher mitverantwortlich dafür, dass du dich so wenig für die Firma interessierst. Ich hätte dir mehr Verantwortung übertragen, dich mehr in unser expandierendes Geschäft einbinden sollen. Paul …« Er stockte bei dem Namen. »Paul hat mich immer dazu angehalten. Stattdessen habe ich dich gewähren lassen. Damit ist jetzt Schluss. Es ist an der Zeit, dass du dich deiner Aufgabe stellst. Jetzt, wo Paul tot ist, wirst du das Kommando übernehmen müssen, wenn ich mich eines Tages zur Ruhe setze.«

Wem wollte er etwas vormachen? Vielleicht sich selbst, aber Creighton ließ sich nicht täuschen. Sein Vater war völlig realitätsfern, wenn er glaubte, dass Creighton bereitwillig in seine unternehmerischen Fußstapfen treten würde. Er hatte keinen blassen Schimmer vom Geschäft und wollte auch nichts darüber lernen. Das Einzige, was ihn an diesem Unternehmen interessierte, war das Einkommen, das er daraus bezog. Er liebte sein Leben so, wie es war, und hatte nicht die Absicht, etwas daran zu ändern, indem er irgendeine Position übernahm, die genauso gut irgendein Wasserträger ausfüllen konnte.

Aber dies war nicht der Zeitpunkt, um ein weiteres Mal jenes Kammerspiel aufzuführen, das er und sein Vater schon tausendmal gegeben hatten und in dem ihm seine persönlichen Fehler sowie seine falsch gesetzten Prioritäten vorgehalten wurden, bevor an sein Pflichtgefühl und an seine Verantwortung als Erwachsener, als Mann und als Wheeler appelliert wurde. Der ganze Bockmist.

Um das Thema zu wechseln, fragte er: »Bringen sie es schon in den Nachrichten?«

»Wenn jetzt noch nicht, dann sicher bald.« Doug kehrte an den Schreibtisch zurück, griff nach einem Blatt und reichte es Creighton. »Würdest du bitte die Liste abtelefonieren und alle darauf benachrichtigen? Sie haben es verdient, dass ihnen ein Mitglied der Familie persönlich Bescheid gibt und sie es nicht aus dem Fernsehen erfahren.«

Creighton überflog die ausgedruckte Liste und erkannte in den meisten Namen enge persönliche Freunde seines Onkels Paul, wichtige Aktionäre von Wheeler Enterprises, Vertreter von Stadt und Staat und andere prominente Geschäftsleute.

»Und würdest du auch mit Ruby sprechen?«, bat Doug. »Sie weiß, dass etwas im Busch ist, aber ich habe es nicht übers

Herz gebracht, ihr die Wahrheit zu sagen, vor allem unter diesen grässlichen Umständen. Du weißt, wie sehr sie Paul geliebt und bewundert hat.«

»Ja, mache ich.« *Mit Vergnügen,* dachte Creighton. Das war eine Möglichkeit, ihr die vielen Frechheiten heimzuzahlen. »Soll ich mit dir ins Leichenschauhaus fahren?«

»Danke, aber nein«, lehnte Doug ab. »Das kann ich nicht von dir verlangen.«

»Gut. Ich könnte mir tatsächlich kaum was Schlimmeres vorstellen.« Creighton tat so, als müsste er kurz überlegen, und schüttelte sich dann. »Außer vielleicht einer Seniorenkreuzfahrt.«

2

Julie?«

Sie hatte ins Leere gestarrt, ohne die klingelnden Telefone wahrzunehmen, die Hektik um sie herum, die vorbeihastenden Menschen und die neugierigen Blicke, die man ihr zuwarf. Als sie ihren Namen hörte, drehte sie sich um und stand auf, um den Mann zu begrüßen, der auf sie zukam. »Doug.«

Die Blutflecken auf ihrer Kleidung ließen Pauls Bruder kurz innehalten, tiefe Trauer kerbte sich in sein Gesicht. Sie hatte Gesicht, Hals, Arme und Hände mit der stark duftenden Desinfektionsseife auf der Damentoilette in der Polizeistation abgeschrubbt, aber sie hatte noch keine Gelegenheit gehabt, nach Hause zu fahren und sich umzuziehen.

Paul zuliebe hatten Doug und sie sich immer umeinander bemüht, trotzdem waren sie nie warm miteinander geworden. Doch jetzt fühlte sie bedingungslos mit ihm. Sie sah, dass es ihn schockierte, das Blut seines Bruders an ihren Kleidern zu sehen. Es war der unübersehbare Beweis dafür, wie brutal Paul aus dem Leben gerissen worden war.

Sie ging auf ihn zu, aber er war derjenige, der die Arme ausbreitete und sie umarmte. Verlegen. Trotzdem auf Abstand bedacht. So wie typischerweise ein Mann die Freundin seines Bruders umarmt.

»Es tut mir so leid, Doug«, flüsterte sie. »Du hast ihn geliebt. Er hat dich geliebt. Das muss entsetzlich für dich sein.«

Er ließ sie los. In seinen Augen glänzten Tränen, aber er

hielt sich standhaft, so wie sie es von ihm erwartet hatte. »Wie geht es dir?«, fragte er dann. »Bist du verletzt?«

Sie schüttelte den Kopf.

Er betrachtete sie prüfend und rieb sich dann mit beiden Händen übers Gesicht, als wollte er den Anblick der Blutflecken auf ihren Kleidern ausradieren.

Die beiden Detectives, die sich Julie vorgestellt hatten, gleich nachdem sie am Tatort eingetroffen waren, hielten sich diskret im Hintergrund, um ihr und Doug ein paar ungestörte Momente zu lassen.

Detective Homer Sanford war ein großer, breitschultriger Schwarzer, dem das Alter, Julies Schätzung nach knapp über vierzig, lediglich an einem kleinen Bäuchlein anzusehen war. Er wirkte wie ein ehemaliger Footballspieler.

Äußerlich war seine Partnerin das genaue Gegenteil. Detective Roberta Kimball war gerade mal einen Meter fünfzig groß und versuchte vergeblich, den zehn Kilo schweren Reifen um ihre Hüften zu verbergen, indem sie einen weit geschnittenen schwarzen Blazer über der grauen, straff um die Schenkel spannenden Stoffhose trug.

Auf den Notruf hin war im Hotel Moultrie zuerst eine Streife aus dem zuständigen Polizeirevier von Buckhead eingetroffen. Die Streifenbeamten hatten dann umgehend ein Spurensicherungskommando angefordert, das gemeinsam mit zwei Ermittlern vom Morddezernat angekommen war.

Julie hatte den Eindruck, dass Sanford und Kimball ausgesprochen professionell und umsichtig arbeiteten. Am Tatort hatten die beiden sie mit Glacéhandschuhen angefasst und sich immer wieder entschuldigt, dass sie schon jetzt die Ermittlungen aufnehmen und ihr Fragen stellen müssten, obwohl Julie nach dem Verbrechen, das Paul das Leben gekostet hatte, bestimmt noch unter Schock stand.

Jetzt wandte sich Kimball behutsam an Doug: »Brauchen Sie noch ein paar Minuten, bevor wir anfangen, Mr Wheeler?«

»Nein, es geht schon.« Die Antwort kam ein bisschen zu forsch, so als würde er sich selbst Mut zusprechen wollen.

Die Detectives hatten ihn direkt vom Leichenschauhaus hierhergefahren. Allen dreien haftete ein unverkennbarer Geruch an. Julie fröstelte nach ihrem Besuch in dieser freudlosen Gruft immer noch.

»Ich hoffe, es stört Sie nicht, wenn Mr Wheeler zuhört, während wir noch einmal Ihre Aussage durchgehen«, sagte Sanford.

»Gar nicht.« Irgendwann würde Doug ohnehin von ihr hören wollen, was sich eigentlich zugetragen hatte. Warum nicht gleich jetzt?

Sie betraten das Morddezernat, und Sanford führte sie in einen winzigen, von Stellwänden abgetrennten Arbeitsbereich, der offenbar sein Reich war. Julie hatte richtig getippt. An einer Wand hing ein Foto, auf dem er, einen Football unter den Arm geklemmt, in einem Bulldogs-Trikot und mit verkratztem Helm in die Endzone hechtete. Auf anderen Fotos waren drei lächelnde Kinder und eine hübsche Frau zu sehen. Er trug einen Ehering. Roberta Kimball nicht.

Sanford zog für Julie einen Stuhl heraus. »Ms Rutledge.« Sie setzte sich. Dann brachte er Doug einen zweiten Stuhl. Kimball behauptete, sie würde lieber stehen. Sanford setzte sich hinter den Schreibtisch und griff nach einem Ordner, auf dem das aktuelle Datum, Pauls Name und ein Aktenzeichen standen. Er war erst vor knapp fünf Stunden gestorben, und schon war er zu einer Nummer geworden.

Sanford wandte sich an Julie. »Die anderen Zeugen haben inzwischen auch ausgesagt. Ihre vorhin aufgezeichnete

Aussage wurde währenddessen niedergeschrieben. Bevor Sie die Niederschrift unterzeichnen, möchte ich alles noch einmal mit Ihnen zusammen durchgehen, um zu sehen, ob Ihnen noch etwas einfällt, ob Sie etwas hinzufügen oder ändern wollen.«

Julie nickte. Sie verschränkte die Arme und umklammerte ihre Ellbogen.

Kimball bemerkte die Geste und sagte: »Wir wissen, wie schwer das für Sie sein muss.«

»Das ist es allerdings. Aber ich möchte helfen. Ich möchte, dass der Täter gefasst wird.«

»Wir auch.« Sanford nahm einen Kugelschreiber und klickte mehrmals damit, während er die oberste Seite in seinem Ordner überflog. »Vor dem Vorfall waren Sie zusammen mit Mr Wheeler in Zimmer Nummer 901? Das ist die Suite an der Ecke, korrekt?«

»Genau.«

Die Detectives sahen sie fragend an. Doug starrte auf seine Schuhe.

»Ich habe mich dort um halb zwei mit Paul getroffen«, sagte Julie.

»Sie sind direkt in die Suite gegangen. Sie haben nicht erst eingecheckt.«

»Das hatte Paul schon erledigt. Ich hatte mich um ein paar Minuten verspätet. Als ich ins Hotel kam, war er schon in der Suite.«

Der Detective und seine Partnerin tauschten schweigend einen kurzen Blick, dann sah Sanford wieder auf sein Blatt. Julie glaubte nicht, dass er davon ablas. Sie war überzeugt, dass er auf die Unterlagen verzichten konnte. Inzwischen wusste er bestimmt schon, dass Paul und sie diese Suite für jeden Dienstag reserviert hatten, sommers wie winters, zweiundfünfzig Wochen im Jahr. Sie würde sich nicht zu diesem Arrangement äußern. Das tat hier nichts zur Sache.

»Sie haben das Mittagessen beim Zimmerservice bestellt«, sagte Sanford.

Woraufhin Kimball erklärend hinzufügte: »Das wissen wir von der Hotelbelegschaft.«

Das hieß sicher, sie wussten auch, was sie und Paul gegessen hatten. Und sie wussten bestimmt auch, dass Paul heute Champagner bestellt hatte. Was würden sie daraus ableiten? Solange die beiden diesen Punkt nicht ansprachen, würde sie bestimmt nicht darauf eingehen.

Sanford fragte: »Abgesehen von dem Zimmerkellner hat niemand Sie in der Suite gesehen?«

»Nein.«

»Sie waren die ganze Zeit allein?«

»Ja.«

Nach einer vielsagenden und peinlichen Pause fuhr Sanford fort: »Sie haben vorhin ausgesagt, dass Sie die Suite gegen fünfzehn Uhr verlassen haben.«

»Ich hatte um vier Uhr einen Termin.«

»In Ihrer Galerie?«

»Genau.«

»Der Notruf ging um fünfzehn Uhr sechzehn ein«, sagte Sanford.

Als wollte sie seinen Satz vervollständigen, ergänzte Kimball: »Folglich muss sich der Raubüberfall ein paar Minuten zuvor ereignet haben.«

»Dann war es wohl kurz nach drei, als wir die Suite verlassen haben«, sagte Julie. »Weil wir von der Suite aus direkt zum Aufzug gingen und dort nicht lange warten mussten.«

Offenbar dauerte Doug die Diskussion über den genauen

Zeitablauf zu lang, denn er meldete sich zu Wort: »Der Mörder konnte entkommen?«

»Genau das versuchen wir gerade herauszufinden, Mr Wheeler«, antwortete Sanford. »Wir sind dabei, alle Hotelgäste zu befragen. Und alle Angestellten.«

»Mit dieser grässlichen Maske konnte er unmöglich durchs Hotel spazieren«, sagte Julie.

»Wir vermuten, dass er sie sofort entsorgt hat«, sagte Kimball. »Aber obwohl wir das Hotel gründlich durchsucht haben, konnten wir bis jetzt nichts finden. Weder den Jogginganzug noch die Maske …«

»Gar nichts«, beendete Sanford den Satz für sie.

»In einem so großen Hotel wie dem Moultrie gibt es unzählige Verstecke«, sagte Doug.

»Die Suche ist noch nicht abgeschlossen«, bestätigte Sanford. »Wir durchsuchen auch die Müllschlucker, Belüftungsschächte, Abflüsse, einfach jeden Fleck, an dem er die Sachen verstaut haben könnte, falls er sie mit nach draußen genommen hat.«

»Er ist einfach aus dem Hotel spaziert?«, fragte Doug fassungslos.

Kimball schien das nur ungern zuzugeben, aber dann sagte sie: »Die Möglichkeit besteht.«

Doug fluchte leise.

Sanford klickte wieder mit dem Stift und vertiefte sich in sein Material. »Gehen wir noch einmal zurück.« Er sah Julie an. »Als Sie die Suite verließen, war niemand auf dem Gang?«

»Nein.«

»Kein Zimmermädchen, kein Kellner …«

»Niemand.« Sie rief sich ihren Weg zum Aufzug ins Gedächtnis. Paul hatte den Arm über ihre Schulter gelegt. Er hatte so schützend gewirkt. Stark, warm, voller Leben. So ganz anders als die Gestalt unter dem Laken im Leichenschauhaus. Er hatte sie gefragt, ob sie glücklich sei, und sie hatte Ja gesagt.

Kimball fragte: »Haben Sie mit jemandem gesprochen, als Sie in den Aufzug stiegen?«

»Nein.«

»Mr Wheeler auch nicht?«

»Nein.«

»Glauben Sie, dass jemand Sie oder ihn erkannt hat?«

»Nein.«

»Niemand hat Sie beide angesprochen? Oder irgendwie Kenntnis von Ihnen genommen?«

»Eigentlich nicht. Die beiden Frauen unterhielten sich und beachteten uns überhaupt nicht. Der junge Mann sagte nichts, aber er machte höflich Platz, damit wir in den Lift steigen konnten. Er schien mit den Gedanken woanders zu sein.«

»Er kommt aus Kalifornien und hatte um fünfzehn Uhr dreißig ein Vorstellungsgespräch. Er hatte Angst, dass er es nicht rechtzeitig schaffen würde«, erläuterte Kimball. »Wir haben das überprüft.«

»Die beiden Frauen stammen aus Nashville«, sagte Sanford. »Sie sind in Atlanta, weil ihre Nichte am Wochenende heiratet.«

»Das muss schrecklich für sie sein«, murmelte Julie.

Mit Sicherheit war jeder in diesem Aufzug traumatisiert. Aber im Unterschied zu ihr hatten die drei niemanden verloren. Abgesehen von dieser kurzen Fahrt im Lift verband sie nichts mit Paul Wheeler. Er war für sie nur ein Name, ein zu bedauerndes Mordopfer. Bestimmt würde der Vorfall Spuren hinterlassen, und sie würden sich bei jeder einzelnen Liftfahrt daran erinnern, aber er hatte in ihrem Leben kein Vakuum hinterlassen. Für sie hatte sein Tod keine irreparablen Konsequenzen.

Sanford ließ den Stift auf den Tisch fallen. »Warum schildern Sie von diesem Punkt an nicht alles noch einmal? Damit wäre Mr Wheeler geholfen und uns ebenfalls.« Er faltete die langen Finger und legte sie abwartend auf die Gürtelschnalle.

Kimball lehnte sich an die Schreibtischecke. Doug hatte eine Hand um Kinn und Mund geschlossen und sah Julie aufmerksam an.

Sie erzählte, wie sie eine Etage abwärts gefahren waren zum achten Stock, wie dort die Tür aufgegangen war, wie der Räuber in den Aufzug gefasst und den Knopf zum Öffnen der Tür in Notfällen gedrückt hatte.

»Ihr erster Eindruck?«, fragte Kimball.

»Die Maske. Das Haifischmaul.«

»Sein Gesicht konnten Sie nicht erkennen?«

Sie schüttelte den Kopf. »Es waren weder Haut noch Haare zu sehen. Nicht einmal die Handgelenke. Er hatte die Ärmel des Jogginganzugs über die Handschuhe gezogen. Die Maske steckte im Kragen seiner Kapuzenjacke, die er bis unters Kinn zugezogen hatte.«

»Größe, Gewicht?«

»Größer als ich, aber nicht viel. Gewicht durchschnittlich.« Die Detectives nickten, als hätten die anderen Zeugen den Täter genauso beschrieben.

Sanford sagte: »In den nächsten ein, zwei Tagen möchten wir Ihnen ein paar Bandaufnahmen vorspielen, die bei anderen Verbrechen gemacht wurden. Vielleicht erkennen Sie die Stimme wieder.«

Bei dem bloßen Gedanken an die gespenstische Stimme stellten sich die Härchen auf Julies Armen auf. »Sie war wirklich schrecklich.«

»Eine der Zeuginnen meinte, wie Fingernägel auf einer Schiefertafel.«

»Schlimmer. Viel beängstigender.«

Plötzlich tauchte verstörend real die umlaufende Sonnenbrille vor ihren Augen auf. »Die Brille war ganz dunkel, sein Blick war schwarz und undurchdringlich wie der eines Haifischs. Trotzdem konnte ich spüren, dass er mich ansah.«

Sanford beugte sich leicht nach vorn. »Woher wissen Sie, dass er Sie ansah, wenn Sie seine Augen nicht sehen konnten?«

»Ich weiß es einfach.«

Ein paar Sekunden schwiegen alle, bis Kimball auffordernd bemerkte: »Dann befahl er, dass sich alle hinknien sollten.«

Ohne noch einmal unterbrochen zu werden, erzählte sie weiter, bis sie zu dem Moment kam, in dem Paul den Räuber angesprochen hatte. »Er sagte: ›Gut. Sie haben bekommen, was Sie wollten. Jetzt lassen Sie uns in Frieden.‹ Ich hörte ihm an, dass er eher wütend als eingeschüchtert war.«

»Das kann ich mir vorstellen«, sagte Doug.

»Ich drehte mich zu ihm um und wollte ihn bitten, den Dieb nicht zu provozieren. Und in diesem Augenblick …«

Unfreiwillig und unerwartet stieg ein Schluchzen aus ihrer Kehle auf und raubte ihr die Stimme. Sie senkte den Kopf und drückte die Hand auf die Augen, um auszublenden, wie die Kugel in Pauls Kopf eingeschlagen war.

Niemand sagte etwas, die Stille wurde nur vom Ticken einer Armbanduhr durchbrochen. Doch das war Mahnung genug. Julie senkte die Hand wieder. »Warum wollte er nur den Schmuck und die Armbanduhren? Warum keine Geldbörsen? Wäre das nicht viel praktischer gewesen? Schmuck muss verkauft oder versetzt werden, in einer Börse stecken Geld und Kreditkarten.«

»Vielleicht wollte er möglichst wenig Ballast mit sich herumtragen«, sagte Kimball. »Er wollte sich nicht mit Portemonnaies oder Handtaschen belasten, die er erst durchsuchen und dann entsorgen musste, bevor er das Hotel verlassen konnte.«

»Was hat er getan, nachdem er Paul erschossen hatte? Wo ist er hingegangen?«, fragte Doug.

»Das weiß ich nicht mehr«, erwiderte Julie. »Ich war… nach dem Schuss weiß ich praktisch nichts mehr.«

Sanford sagte: »Die anderen drei im Aufzug waren ebenfalls zu geschockt, um mitzubekommen, wohin er lief, Mr Wheeler. Der junge Mann meint, bis er sich wieder halbwegs gefasst hatte, sei der Schütze verschwunden gewesen. Er drückte noch einmal auf den Knopf fürs Erdgeschoss. Er wusste nicht, was er sonst tun sollte.«

»Er hätte versuchen können, den Mann zu verfolgen.«

»Das kannst du ihm nicht vorwerfen, Doug«, ermahnte Julie ihn leise. »Er war bestimmt völlig verängstigt. Er hatte eben zusehen müssen, wie Paul in den Kopf geschossen wurde.«

Wieder sagte länger niemand ein Wort. Sanford klickte mit dem Kugelschreiber. »Also, wenn Sie sich an sonst nichts erinnern…«

»Doch«, bemerkte Julie plötzlich. »Er hatte keine Schuhe an. Ist das noch jemandem außer mir aufgefallen?«

»Einer der Frauen aus Nashville«, bestätigte Sanford. »Sie sagte, er sei in Socken gewesen.«

»Auch das ist nur eine Vermutung«, sagte Kimball, »aber wahrscheinlich wusste er, dass Schuhe, vor allem Sportschuhe, Abdrücke hinterlassen, die sich später abnehmen lassen.«

»Hat er denn Fußabdrücke hinterlassen?«, wollte Julie wissen.

»Unsere Spurensicherung hat keine gefunden. Nein.«

Doug atmete seufzend aus. »Anscheinend hat er an alles gedacht.«

»Nicht an alles, Mr Wheeler«, widersprach Sanford. »Es gibt kein perfektes Verbrechen. Ich bin zuversichtlich, dass wir ihn kriegen.«

Kimball bekräftigte die optimistische Prognose ihres Partners. »Verlassen Sie sich darauf.«

Sanford wartete ab, ob noch jemand etwas sagen wollte, und meinte dann: »Das wäre dann vorerst alles, Ms Rutledge. Würden Sie Ihre Aussage jetzt unterschreiben?«

Sie tat es, ohne zu zögern, dann führten die beiden Detectives sie und Doug hinaus. Als sie durch den Korridor zum Aufzug gingen, nahm Kimball ihren Arm. »Möchten Sie vielleicht lieber die Treppe nehmen, Ms Rutledge?«

Julie war dankbar für ihre Einfühlsamkeit. »Danke, aber nein. Es geht schon.«

Sanford erklärte Doug eben, dass er benachrichtigt würde, sobald der Gerichtsmediziner mit seiner Arbeit fertig war und der Leichnam für die Beerdigung an die Familie übergeben werden konnte.

»Ich würde gern so schnell wie möglich wissen, wann das sein wird«, sagte Doug. »Wir müssen eine Menge organisieren.«

»Natürlich. Wir würden uns gern auch mit den anderen Familienmitgliedern unterhalten. Ihrer Frau. Ihrem Sohn. Am liebsten morgen.«

Doug blieb stehen und sah ihn an. »Wieso das?«

»Routine. Falls Ihr Bruder Feinde hatte …«

»Hatte er aber nicht. Alle liebten Paul.«

»Bestimmt. Trotzdem könnte jemand aus seiner Umgebung etwas wissen, von dem er nicht ahnt, dass es relevant ist.«

»Wie sollte irgendjemand etwas wissen? Das war ein zufälliger Raubüberfall.«

Sanford sah kurz Kimball und dann wieder Doug an. »Im

Moment gehen wir davon aus. Trotzdem müssen wir alle Möglichkeiten in Betracht ziehen.«

Doug schien schon etwas darauf erwidern zu wollen, entschied sich dann aber dagegen. Er sagte: »Ich versichere Ihnen, dass Julie und ich, dass meine ganze Familie alles tun wird, um Ihnen bei den Ermittlungen zu helfen.«

»Sie müssen eine Tragödie durchmachen, und Sie trauern, Mr Wheeler. Wir stören Sie in Ihrer Trauer. Das weiß ich, und es tut uns leid.« Trotz der Entschuldigung erklärte Sanford Doug, dass er am nächsten Vormittag anrufen würde, um ein Treffen zu vereinbaren. »Ms Rutledge«, wandte er sich an Julie. »Vielleicht werden wir uns bei Ihnen auch noch einmal melden.«

»Ich habe Ms Kimball meine Adresse und Telefonnummer gegeben. Ich stehe zu Ihrer Verfügung, wann immer Sie mich brauchen.«

Falls sie die Nacht überlebte, dachte sie. Sie war so erschöpft, dass sie sich kaum noch bewegen konnte, trotzdem erschreckte sie die Aussicht, nach Hause zu fahren, ins Bett zu kriechen und die Lichter auszumachen. Wie sollte sie je wieder Schlaf finden, wo sich die Erinnerung an Pauls grauenvollen Tod so unauslöschlich in ihr Gedächtnis geätzt hatte?

Als hätte Kimball ihre Gedanken gelesen, fragte sie, ob sie jemanden hatte, der bei ihr blieb. Julie schüttelte den Kopf. »Wir könnten eine Polizistin …«

»Nein danke«, fiel Julie ihr ins Wort. »Ehrlich gesagt wäre ich lieber allein.«

Roberta Kimball nickte verständnisvoll.

Der Aufzug kam. Julies Herz krampfte sich zusammen, trotzdem trat sie in die Kabine und drehte sich um. Doug stellte sich neben sie. Sanford sah sie nacheinander mitfühlend an. »Ich möchte Ihnen noch einmal mein aufrichtiges Beileid aussprechen.«

»Ich auch«, ergänzte Kimball.

Dann glitt die Tür zu, und Julie war mit Doug alleine. Sie sagte: »Ich werde mich so weit wie möglich zurücknehmen, um der Familie Unannehmlichkeiten zu ersparen.« Sie hoffte, er würde ihr widersprechen. Er tat es nicht. »Ich habe nur eine Bitte, Doug. Erlaubst du mir, den Blumenschmuck für Pauls Sarg auszuwählen?« Ihr wurde die Kehle eng, doch sie weigerte sich, vor ihm zu weinen. Ihr Blick blieb fest auf die Fuge in der Aufzugtür gerichtet, der Kopf blieb hoch erhoben, der Rücken durchgestreckt. »Bitte.«

»Natürlich, Julie.«

»Danke.«

Er schluckte geräuschvoll, und sie sah aus den Augenwinkeln, dass er still weinte und die Schultern unter den lautlosen Schluchzern bebten. Instinktiv wollte sie ihm eine tröstende Hand reichen, ihm ihr Mitgefühl zeigen. Aber weil sie nicht wusste, wie er reagieren würde, ließ sie es.

»Ich kann es immer noch nicht glauben«, flüsterte er heiser.

»Ich auch nicht.«

»Er ist wirklich tot.«

»Ja.«

»Jesus. Er seufzte schwer und rieb sich mit der Faust über die Augen. »Was für ein schrecklich brutaler Akt. Und so dreist. Nur jemand, der absolut nichts zu verlieren hat, würde so etwas wagen.«

»Oder jemand, der sicher war, dass er damit durchkommt.«

Sie drehte sich um und sah ihm offen in die Augen. Dann glitten die Aufzugtüren zur Seite, und sie trat aus der Kabine, ohne sich noch einmal umzudrehen.

3

Die Entscheidung fiel bei der zweiten Bloody Mary. Wenigstens hatte er sich bis dahin entschieden; genau wie sie, den Signalen nach zu urteilen, die sie aussandte. Die Bedingungen waren nicht ideal. Es würde ein paar vertrackte Manöver brauchen, aber zum Glück hatte er eine Schwäche für vertrackte Manöver, und wo ein Wille war …

Im Moment drückte sein *Wille* vor allem gegen den Sicherheitsgurt.

Zum Glück flogen sie Erster Klasse und nicht in der Economy. Ein Erste-Klasse-Ticket war fast immer das Vermögen wert, das die Fluglinien für einen Transatlantikflug verlangten. Die Ledersessel waren weich und geräumig. Mit einem Tastendruck konnte der Passagier den Sessel genau so einstellen, wie er ihn gern hatte, auch ganz flach. Es war zwar keine Federkernmatratze, aber immerhin.

Jeder Passagier hatte sein eigenes Videosystem, obwohl er seines noch nicht genutzt hatte. Das Essen hatte für eine Fluggesellschaft besser als nur passabel geschmeckt. Seiner inneren Uhr nach war jetzt Frühstückszeit, doch man hatte ihm ein Mittagessen serviert. Während der vielen Gänge hatte er die europäische Ausgabe der *New York Times* studiert, die er auf seinem eiligen Gang durch den Flughafen Charles de Gaulle erstanden hatte.

Er war nie frühzeitig am Flughafen. Im Gegenteil, gewöhnlich traf er so knapp wie möglich ein und hatte gerade noch

Zeit, nötigenfalls das Gepäck aufzugeben und die Security zu passieren, bevor er zum Gate eilte, wo meist gerade das Boarding begann. Jedes Mal wettete er mit sich, ob er es noch schaffen würde. Dieses Risiko verlieh der sonst so ermüdenden Prozedur etwas Spielerisches und machte die Flugreisen überhaupt erst erträglich.

Die Stewardess hatte ihn beschwatzt, nach dem Essen noch ein Hot Fudge Sundae zu bestellen, das mit seinem persönlich ausgewählten Topping gekrönt würde. Er hatte sich zu seiner Selbstdisziplin gratuliert, weil er auf die Schlagsahne verzichtet hatte.

Von den warmen Nüssen als Appetithäppchen bis zum üppigen Dessert hatte das Essen die ersten zwei Flugstunden aufs Angenehmste vertrieben. Nachdem noch acht Stunden bis zur Landung blieben, zog er die Fensterblende wie gewünscht nach unten, damit die anderen Passagiere schlafen konnten. Er schaltete seine Leselampe ein, machte es sich in seinem Sessel gemütlich und begann den neuen Thriller zu lesen, der auf Platz eins der Bestsellerliste stand. Er hatte die ersten fünf Kapitel geschafft, als die Frau von 5C auf dem Weg zur Toilette an seiner Sitzreihe vorbeikam.

Sie fiel ihm nicht zum ersten Mal auf.

Als die Passagiere der Ersten Klasse zum Boarding aufgerufen worden und sie beide gemächlich zum Ende der Warteschlange geschlendert waren, hatten sich ihre Blicke zufällig getroffen. Natürlich hatten sie sofort wieder weggesehen, wie es Fremde tun, doch dann hatten sie beide einen zweiten Blick riskiert. Und als sie an Bord ihr Handgepäck in den Fächern über ihren Sitzen verstauten, hatte er sie dabei ertappt, wie sie in seine Richtung sah.

Er sah, dass sie auf die Toilette ging. Er sah, wie sie wieder herauskam. Er beobachtete sie, während sie zu ihrem Sitz zurückkehrte, und freute sich kindisch, als sie an seiner Reihe stehen blieb, sich über den freien Sitz am Gang beugte und auf seinen Roman deutete. »Mir ist vorhin aufgefallen, was Sie da lesen. Ein gutes Buch.«

»Es fängt jedenfalls gut an.«

»Es wird noch besser.« Sie lächelte wieder und wollte schon weitergehen, als er sich aufsetzte und sie aufhielt: »Haben Sie seine anderen gelesen?«

»Ich liebe seine Bücher.«

»Ach. Interessant.«

»Warum?«

»Nennen Sie mich meinetwegen einen Sexisten, aber sind diese Bücher nicht eher was für Männer? Sie sind gewagt. Und schmutzig.«

»Sie sind ein Sexist.«

Die schlagfertige Antwort ließ ihn grinsen.

Sie meinte: »Manche Frauen mögen es gewagt und schmutzig.«

»Sie zum Beispiel?«

»Ich kann es nicht leugnen.«

Er deutete auf den freien Sitz an seiner Seite. »Darf ich Sie auf einen Drink einladen?«

»Ich komme gerade vom Mittagessen.«

»Darf ich Sie dann auf einen Drink nach dem Mittagessen einladen?«

Sie sah kurz zu ihrem Sitz, der sich zwei Reihen hinter seinem auf der anderen Seite des Ganges befand, dann schaute sie ihn wieder an. »Eine Bloody Mary?«

»Eine gute Wahl.«

Sie setzte sich, schlug die Beine übereinander und winkelte sie in seine Richtung ab. Schöne Beine. Hohe Absätze. Keine Strümpfe, was auch nicht nötig war. Sie ertappte ihn dabei, wie er auf den Rocksaum knapp über dem Knie sah, aber das schien sie nicht verlegen zu machen. Als er ihr wieder ins Gesicht sah, erwiderte sie seinen Blick ganz ruhig. Sehr hübsche Augen, bemerkte er. Wie Gewitterwolken über dem Ozean.

Er hob eine Hand und drückte den Knopf für die Stewardess. »Ich heiße Derek Mitchell.«

»Ich weiß.«

Ihm wurde warm vor Freude, weil er glaubte, dass sie ihn erkannt hatte, doch dann streckte sie die Hand über die Armlehne und tippte auf den Boardingpass, der aus seiner Hemdtasche ragte. Sein Name war deutlich zu lesen.

Sie lachte leise, als er verlegen lächelte, und fragte dann: »Sind Sie in Atlanta zu Hause?«

»Ja. Und Sie?«

»Ich auch. Was hat Sie nach Paris verschlagen? Das Geschäft, das Vergnügen, oder sind Sie dort nur umgestiegen?«

»Das Vergnügen. Wenn man es so nennen will. Wir haben den fünfundsechzigsten Geburtstag meiner Mutter gefeiert. Sie war noch nie in Paris, darum hat sie meinen Dad erpresst, ihre Geburtstagsfeier dorthin zu verlegen, und so fiel eine ganze Armada von Mitchells über die Stadt her.«

»Eine große Familie?«

»Groß genug. Meinen jetzt jedenfalls die Pariser.«

Wieder das leise Lachen, das fast wie ein Schnurren klang. Er fragte sich, ob ihr bewusst war, wie sexy es klang, und beantwortete seine Frage gleich darauf mit Ja. Natürlich.

»Hat sich Ihre Mutter amüsiert?«

»Königlich.« Er sah nach vorn. Die Stewardess ließ sich reichlich Zeit.

Als hätte sie seine Gedanken gelesen, stand seine Begleiterin auf und trat in den Gang. Er hatte schon Angst, dass sie auf ihren Platz zurückkehren würde, aber sie flüsterte ihm zu: »Scharf?«

»Auf jeden Fall.«

Sie ging nach vorne, und er konnte sie in aller Ruhe von hinten begutachten. Sie war mehr als hübsch, sie war phantastisch. Ihr schwarzes Kostüm lag eng an, wirkte aber feminin. Der körperbetonte Schnitt sprach für ein Designermodell. Das dunkle Haar hatte sie zu einem Pferdeschwanz gebündelt, was ihn normalerweise nicht so reizte. Aber bei ihr funktionierte der klassische Look. Sie hatte Geschmack, hatte Klasse, und dazu hatte sie Witz und Sexappeal. Sie trug keinen Ehering.

Sie kehrte zurück, gefolgt von der Stewardess, die ein kleines Tablett trug. Die Stewardess beugte sich über den Sitz am Gang und reichte ihm ein eisgekühltes Glas mit der noch alkoholfreien Bloody Mary sowie ein Fläschchen Ketel One. Ihr Drink war schon fertig gemixt.

»Schauen Sie später wieder vorbei«, trug er der Stewardess auf.

»Wird gemacht.«

Er goss den Wodka in die Bloody Mary, rührte kurz mit dem Plastikstäbchen um und hob dann sein Glas. Sie tat es ihm nach. Sie stießen an und drückten die Gläser kurz gegeneinander, während sie sich in die Augen sahen. Dann warf sie einen Blick auf das Leselicht.

Ohne lange nachzudenken und ohne sie zu fragen, drückte er den Knopf in seiner Armlehne, und das Licht erlosch. »Besser?«

»Eindeutig. Das grelle Licht…« Sie sprach jetzt viel leiser, so als würde sie die Dunkelheit zum Flüstern verführen, und sie ließ den Rest des Satzes unausgesprochen. Stattdessen trank sie einen Schluck von ihrer Bloody Mary, fast ein bisschen nervös, wie er fand. Sie senkte den Kopf, sah angestrengt in ihr Glas und drückte mit dem Stäbchen gegen die darin treibende Limettenscheibe. »Was tun Sie?«

»Wogegen?«

Sie hob den Kopf und sah ihn tadelnd an.

Er lächelte. »Ich bin Jurist.«

»Wirtschaftsrecht?«

»Strafrecht.«

Das weckte ihr Interesse. Sie drehte sich ihm weiter zu, wobei ihre Schuhspitze über sein Hosenbein strich, und schlagartig verwandelte sich seine Wade in eine erogene Zone.

»Welche Seite?«

»Verteidiger.«

»Das hätte ich auch getippt.«

»Wirklich?«

»M-hm«, murmelte sie und nahm wieder einen Schluck. Sie musterte ihn kurz. »Für jemanden im öffentlichen Dienst sind Sie zu gut gekleidet.«

»Danke.« Und weil sie ihn immer noch musterte, fragte er: »Und?«

»Und für einen Staatsanwalt sehen Sie nicht…«, sie legte den Kopf schief und überlegte kurz, »… bieder genug aus.«

Er lachte, und zwar so laut, dass der Mann auf der anderen Seite des Ganges herübersah und am Lautstärkeregler für den Kopfhörer auf seinem Schädel drehte. Derek verstand die Anspielung und lehnte sich zu ihr hinüber, bis sein Gesicht direkt vor ihrem war. Sie wich nicht zurück. »Ich glaube nicht, dass mich irgendwer mit dem Wort *bieder* beschreiben würde.«

»Sie stören sich also nicht an den vielen Anwaltswitzen?«

»Ach was. Ehrlich gesagt liefere ich die Vorlage für die meisten davon.«

Aus Rücksicht auf den Mann auf der anderen Seite des

Ganges verkniff sie sich das Lachen, indem sie sich auf die Unterlippe biss. Perfekte Zähne. Eine volle Unterlippe mit nur einer Spur Lipgloss. Alles in allem war der Mund ausgesprochen sexy.

»Warum Strafrecht?« Sie spielte am obersten Knopf ihrer Bluse herum, und für einen Augenblick lenkten ihn ihre Finger ab.

»Strafrecht? Weil da die bösen Buben sind.«

»Die Sie verteidigen.«

Wieder grinste er. »Mit Profit.«

Sie setzten ihr Geplänkel während der ersten Bloody Marys fort. Sie plauderten über ihre Lieblingsrestaurants in Atlanta, über die wachsenden Verkehrsprobleme, dies und das, aber nichts Persönliches oder Bedeutendes.

Dann sagte sie aus heiterem Himmel: »Ich nehme an, Sie sind nicht verheiratet.«

»Nein. Wie kommen Sie darauf?«

»Logische Schlussfolgerung. Wenn Sie verheiratet wären, glücklich oder unglücklich, dann würde Ihre Frau Sie begleiten. Keine Frau würde sich eine Reise nach Paris entgehen lassen, selbst wenn sie dafür die Geburtstagsfeier ihrer Schwiegermutter überstehen muss.«

»Meine Frau hätte auch mitkommen und ein paar Tage länger in Paris bleiben können, um sich die Stadt anzusehen.«

Sie ließ den Einwand ein paar Sekunden unbeantwortet, dann schaute sie in ihr Glas und schubste mit der Spitze des Plastikstäbchens die Eiswürfel an. »Ihre Frau würde Ihnen bestimmt zu sehr misstrauen, als dass sie Sie allein zurückfliegen ließe.«

»Ich sehe also nicht vertrauenswürdig aus?«

»Eine Frau würde vor allem den anderen Frauen misstrauen.«

Sein Ego begann sich beschwipst aufzuplustern. Er beugte sich einen Fingerbreit weiter vor. »Sie reisen auch allein.«

»Stimmt.«

»Privat oder geschäftlich?«

Sie leerte ihr Glas und blickte dann betont auf ihre linke Hand, an der kein Ehering zu sehen war. »Ich bin extra nach Paris geflogen, um meinen Mann in flagranti mit seiner kleinen Freundin zu erwischen.«

Bingo, dachte Derek. Er hatte gerade im Lotto gewonnen. Ihr Selbstbewusstsein hatte einen schweren Schlag abbekommen. Trotz der sturmgrauen Augen, der so kussbereiten Lippen, der Wahnsinnsbeine und der wohlgeformten Hinterbacken hatte ihr Mann eine andere Frau ihr vorgezogen. Sie war verletzt worden, sann auf Rache und suchte verzweifelt nach einer Bestätigung dafür, dass sie immer noch eine attraktive, verführerische Frau war.

Er nickte zu ihrem leeren Glas hin. »Noch eine?«

Sie wich seinem Blick nicht aus, und er sah ihr an, dass sie vor einer schweren Entscheidung stand. Sollte sie die zweite Bloody Mary höflich ausschlagen und auf ihren Platz zurückkehren? Oder hierbleiben und abwarten, wie sich die Dinge entwickelten? Wieder zog sie die verführerische Unterlippe zwischen die Zähne, und dann antwortete sie: »Klar. Warum nicht?«

Die Stewardess erschien diesmal sofort, nachdem sie den Knopf gedrückt hatten, und sie bestellten eine zweite Runde. Während sie darauf warteten, stellte er fest, dass die anderen Passagiere entweder schon schliefen oder sich in das Geschehen auf ihren kleinen Bildschirmen vertieft hatten. Die Lichter in der Kabine waren bis auf die Leuchten für die Notausgänge und Toiletten gelöscht. Auf der anderen Seite der Kabine las eine ältere Frau unter ihrer Leselampe, die einen Stecknadelstich Licht warf.

Die Stewardess kehrte zurück und servierte beide Drinks genauso wie beim ersten Mal. »Wieso ist Ihrer immer schon fertig gemixt?«, fragte er.

Sie senkte schüchtern den Kopf und spielte wieder am obersten Knopf ihrer Bluse herum. »Weil ich sie darum gebeten habe. Als ich vorn war, habe ich für mich eine doppelte bestellt.«

»Betrug!«, beschwerte er sich im Bühnenflüsterton.

»Sie sollten mich nicht für eine Trinkerin halten.« Endlich zog sie den Gummi aus ihrem Haar und schüttelte es aus. Die dunklen Haare senkten sich als seidiges Cape über ihre Schultern. Seufzend ließ sie den Kopf gegen die Lehne sinken und schloss die Augen. »Ich wollte mich endlich entspannen, loslassen können … die ganze … Szene … ausblenden.«

»Kein schönes Sightseeing in Paris?«

Sie schluckte mühsam, und eine Träne zwängte sich zwischen ihren Wimpern durch und rollte über ihre Wange. »Auf einer Skala von eins bis zehn?«

»Zehn?«

»Zwölf.«

»Das tut mir leid.«

»Danke.«

»Was für ein Idiot.«

»Nochmals danke.« Ohne den Kopf von der Lehne zu nehmen, drehte sie ihm das Gesicht zu. »Ich will nicht über ihn sprechen.«

»Ich auch nicht.« Er zählte still bis zehn, streckte dann den Zeigefinger vor und wischte mit der Fingerspitze die Träne von ihrer Wange. »Worüber sollen wir stattdessen sprechen?«

Den Blick fest ihm zugewandt zählte sie mindestens bis zwanzig, bevor sie mit rauchiger Stimme fragte: »Müssen wir denn sprechen?«

Ihr Blick senkte sich auf seinen Mund, verharrte dort ein paar Sekunden und hob sich dann wieder zu seinen Augen. In diesem Moment wusste er Bescheid. Damit stand es fest. Sie würden miteinander schlafen. Und zwar nicht erst in Atlanta. Sondern gleich hier. Jetzt.

Er hatte Freunde, die damit angegeben hatten, dass sie es im Flugzeug getrieben hatten. Er hatte moderne Mythen von Pärchen gehört, die man zu zweit aus der Toilette gezerrt hatte, aber all diese Geschichten hatte er für wenig glaubhaft gehalten.

Nüchtern betrachtet war es ein riskantes Unterfangen. Zum einen gab es hundert Möglichkeiten, erwischt zu werden, je nach Größe des Flugzeuges und der Anzahl der mitfliegenden Passagiere. Das zweite Problem war, einen geeigneten Platz zu finden, der auf jeden Fall beengt ausfallen würde.

Trotzdem schoss bei dem bloßen Gedanken daran das Testosteron durch seinen Körper.

Vor allem, nachdem seine potentielle Partnerin ihn so unverhohlen bedürftig ansah und nachdem ihr Blick vermuten ließ, dass sich unter dem kultivierten Äußeren ein heißes, erotisches Wesen verbarg. Vielleicht glaubte sie, dass ihr Mann sie betrogen hatte, weil sie im Ehebett zu reserviert geblieben war, weil sie nie ihre wilde Seite gezeigt, nie rein aus Instinkt gehandelt und alle Hemmungen in den Wind geschlagen hatte.

Auch egal.

Er sah sich um. Die Leserin hatte ihr Licht ausgeschaltet. Der Mann auf der anderen Seite des Ganges dämmerte durch seinen Film. Als Dereks Blick wieder auf ihren traf, leuchtete in seinen Augen eine unbeirrbare Willenskraft, mit der er sonst die Jury von der Unschuld seines Mandanten zu überzeugen versuchte.

Sie stellte ihr Glas auf der Lehne ab und legte kurz die kalten Fingerspitzen auf seinen Handrücken. Sie berührte nur kurz seine Knöchel, trotzdem war es eine unmissverständliche Einladung. Gleich darauf war sie aufgestanden und wanderte leise durch den dunklen Gang zu den Toiletten vorne in der Kabine.

Die Bordküche auf der anderen Seite der Kabine war mit einem Vorhang abgeschirmt. Weder Fluggäste noch Flugpersonal beobachteten ihn. Trotzdem hämmerte sein Herz wie wild. War er verrückt geworden? Hatte er vollkommen den Verstand verloren? Würde er das wirklich durchziehen?

Worauf du deinen Arsch verwetten kannst.

Weil er auf riskante Unternehmungen stand. Weil er einen Ständer hatte wie noch nie in seinem Leben. Weil es wahrscheinlich keine zweite Frau auf der Welt gab, die so dringend Sex brauchte wie die hier. Und aus dem allereinfachsten Grund: weil er sie wollte.

Er löste den Gurt, wand sich mühsam aus seinem Sitz und trat in den Gang, immer bemüht, keine Aufmerksamkeit zu erregen und keinen der dösenden Passagiere aufzuwecken.

Sie hatte die Toilettentür angelehnt gelassen. Er schlüpfte in die winzige Kabine, fasste hinter sich und zog die Tür zu. Dann überzeugte er sich, dass sie sicher verriegelt war.

Sie saß mehr oder weniger im Waschbecken. Die Kostümjacke hatte sie ausgezogen. Die obersten drei Knöpfe ihrer Bluse waren offen, sodass er den Brustansatz über den spitzenbesetzten BH-Körbchen sehen konnte.

Sie sahen sich vielleicht zehn Sekunden lang an, dann prallten sie aufeinander wie zwei Becken bei einem Tusch. Ihre Lippen verschmolzen zu einem Kuss, der erotischer war als alles, was er in den letzten Jahren erlebt hatte. Sie nahm seine Zunge mit einer Leidenschaft in den Mund, die ihn unwillkürlich aufstöhnen ließ, weil er diese nackte Lust zum letzten Mal in seiner Pubertät gespürt hatte.

Seine Hand kam ohne Umwege auf dem vierten Perlmuttknopf ihrer Bluse zu liegen, öffnete ihn und danach den darunter. Er schob beide Hände in ihre Bluse, umschloss ihre Brüste, drückte sanft zu und streichelte die empfindsamen Brustwarzen. Ihr stockte der Atem an seinen Lippen.

Ohne den Kuss zu unterbrechen, öffnete sie seinen Gürtel und den Reißverschluss, während gleichzeitig seine Hände außen an ihren Schenkeln abwärtswanderten und den Rock nach oben schoben, bis er den Slip ertastete. Er schälte ihn nach unten, über die Knie, über die Highheels.

Er zwängte sich zwischen ihre Beine, umfasste ihre Hüfte und versenkte sich mit einem tiefen Stoß in ihr.

Als es vorbei war, lachten sie nervös und unsicher.

Schließlich hob sie den Kopf von seiner Schulter. Verlegen lösten sie sich voneinander. Ihm fiel auf, wie gerötet ihr Gesicht und ihr Hals waren, während sie unbeholfen die Knöpfe durch die Knopflöcher zu drücken versuchte.

Während sie ihre Jacke anzog, steckte er sein Hemd in die Hose, zog den Reißverschluss hoch und den Gürtel wieder zu. Sie griff nach ihrem Slip, den er hastig beiseitegeschleudert hatte, zog ihn aber nicht an. Er half ihr aufzustehen und ihren Rock glatt zu streichen. Sie hatten kaum Platz, um beide voreinander zu stehen.

Er strich über ihre Wange. Sie glühte. Ihre Lippen waren geschwollen. Er spielte mit dem Gedanken, sie noch einmal zu küssen. Er hätte das zu gern getan.

Aber bevor er Gelegenheit dazu hatte, sagte sie: »Du gehst zuerst. Ich muss mich noch … saubermachen.«

»Okay.«

»Um dem Anstand Genüge zu tun, sollte ich mich danach wieder auf meinen Platz setzen.«

Das war eine Enttäuschung. Er hatte gehofft, sie würden den Flug Seite an Seite verbringen, Hand in Hand, unter leichtem Geplauder, während sie gleichzeitig heimlich ihr köstliches, unerhörtes Geheimnis genießen, sich immer wieder ansehen und kopfschüttelnd über das absurde Erlebnis lachen würden.

Er schenkte ihr sein betörendstes Lächeln. »Vielleicht kann ich dich ja umstimmen?«

»Nein. Es ist besser so.«

»Ist mit dir alles okay?«

»Ja.« Die Antwort kam ein bisschen zu schnell, und offenbar hatte sie das gemerkt, denn sie wiederholte nickend: »Ja.«

»Bereust du es?«

Zum ersten Mal, seit sie sich voneinander gelöst hatten, sah sie ihm offen ins Gesicht. »Ganz bestimmt nicht.«

»Gut«, flüsterte er lächelnd. »Dann bis später im Flughafen.«

»Im Flughafen.«

Er öffnete die Tür einen Spalt und huschte hinaus, nachdem er sich überzeugt hatte, dass die Luft rein war. Er hörte, wie sie hinter ihm die Tür verriegelte. Keiner der anderen Passagiere schien sich gerührt zu haben. Der Vorhang vor der Bordküche war immer noch zugezogen. Die Gläser standen immer noch auf der Lehne. Befriedigt ließ er sich in seinen Sessel fallen.

Nicht befriedigt, sondern glückselig.

Erst nach ein paar Minuten kam sie auf dem Weg zu ihrem Sitzplatz an seiner Reihe vorbei. Im Vorbeigehen warf sie ihm einen tiefen Blick zu, sagte aber nichts. Er sah zu, wie sie sich in ihrem Sessel niederließ, dann griff er nach seinem Buch, schaltete das Leselicht wieder ein und versuchte zu lesen. Aber die Worte wollten keinen Sinn ergeben. Er hatte einen ordentlichen Wodkaschwips, und er fühlte sich dösig. Außerdem – wem wollte er etwas vormachen? – wollte er in Gedanken noch einmal die letzten Minuten auf der Bordtoilette durchleben.

Was für eine riskante Aktion.

Was für ein phantastischer Sex.

Was für eine unglaubliche Frau.

Noch als er wegdämmerte, spürte er das dümmliche Lächeln auf seinen Lippen.

Er wurde vom Scheppern des Getränkewagens geweckt, den die Stewardess durch den Gang schob. Sie sah so frisch aus wie beim Abflug. Er fragte sich, wie diese Frauen das schafften. Seine Sachen waren verknittert, seine Augen verklebt. Sein Kopf war vom Wodka vernebelt, und er wollte sich unbedingt die Zähne putzen.

Gähnend reckte er die Arme und drehte den Kopf nach hinten. Sitz 5C war leer. Er schaute zu den Toiletten vor und erkannte, dass beide besetzt waren.

»Kaffee, Mr Mitchell?«

»Vielen Dank, das ist sehr nett.«

Die Stewardess beugte sich lächelnd über ihn, um die Jalousie an seinem Fenster nach oben zu schieben. Er sah hinaus und entdeckte ein paar tausend Meter unter ihnen festen Erdboden. Wie immer spürte er einen rührseligen Kloß im Hals, wenn er nach einer Reise nach Übersee wieder über heimatlicher Erde war.

Er hatte Bärenhunger und verschlang das Schinken-Käse-Croissant. Dazu trank er schwarzen Kaffee. »Wir landen in etwa fünfundvierzig Minuten«, eröffnete ihm die Stewardess, als sie seine Tasse wieder auffüllte. »Vergessen Sie nicht, das Zollformular auszufüllen.«

»Bestimmt nicht.«

Als eine der Toiletten frei wurde, stand er auf und nahm den bereitgestellten Einweg-Waschbeutel mit. Er ging auf die Toilette, wusch sich Gesicht und Hände, putzte die Zähne und gurgelte mit der Mundspülung. Bevor er die Tür wieder öffnete, sah er sich kurz in der engen Kabine um, schüttelte den Kopf und lachte still in sich hinein, weil er immer noch nicht glauben konnte, dass er an einem so nüchternen Ort so unglaublichen Sex gehabt hatte.

Auf dem Rückweg fiel ihm auf, dass der Sitz zwei Reihen hinter seinem immer noch leer war. Er konnte sich vorstellen, dass …

Jesus! Wie hieß sie überhaupt?

Im Geist spulte er die letzten Stunden zurück und ließ noch einmal ihre gesamte Unterhaltung ablaufen. Nein, er war sicher, dass sie ihren Namen nicht verraten hatte. Kein Wunder, dass sie danach nicht wieder neben ihm sitzen wollte. Sie musste ihn für einen Riesenarsch halten.

Er starrte minutenlang aus dem Fenster und hätte sich am liebsten geohrfeigt, weil er sie wie ein Klotz nicht einmal nach ihrem Namen gefragt hatte. Als er wieder nach vorn sah, bemerkte er, dass jetzt beide Toiletten frei waren. Sein Kopf fuhr herum. Sie saß wieder auf ihrem Platz.

Er hatte nicht mitbekommen, wie sie an seinem Platz vorbeigegangen war! Wie war das möglich? Er hatte den Kopf abgewandt gehabt. Hoffentlich glaubte sie nicht, dass er absichtlich weggeschaut hatte, weil er ihr aus dem Weg gehen wollte. Er versuchte, ihren Blick auf sich zu lenken, aber sie hatte den Kopf zurückgelehnt und die Augen geschlossen.

Er überlegte, ob er aufstehen und sie ansprechen sollte,

aber in diesem Moment kam die Durchsage, dass sie zum Landeanflug auf Atlanta ansetzten und dass alle Passagiere bis nach der Landung angeschnallt zu bleiben hatten.

Er sah wieder zu ihr nach hinten, ohne sich um die Passagiere in der Reihe hinter seiner zu kümmern, die sich bestimmt fragten, wonach zum Teufel er Ausschau hielt. Er wünschte sich mit aller Kraft, dass sie die Augen aufschlug, aber das tat sie nicht.

Die Piloten absolvierten eine Landung wie aus dem Lehrbuch. Ungeduldig ließ Derek die lange Fahrt zum Terminal über sich ergehen. Sobald sie aufstehen durften, schoss er aus seinem Sitz und stellte sich in den Gang. Aber die Passagiere zwischen seiner Reihe und dem Platz 5C verstellten bereits den Weg. Sie holten ihr Handgepäck aus den Fächern über den Sitzen und drängten dann zu den Ausgängen. Im allgemeinen Geschiebe verlor er sie aus den Augen.

Gleich nach der Fluggastbrücke steigerte sich der stete Passagierstrom zu einer Stampede in Richtung Passkontrolle. Er sah sie nicht mehr und ging davon aus, dass sie in der Menge mitschwimmen musste, wenn sie nicht niedergetrampelt werden wollte.

Von einem Uniformierten, der nicht aussah, als würde er Spaß verstehen, wurde er in eine Warteschlange eingewiesen. Unentwegt wanderte sein Blick über die Passagiere aus seinem Flugzeug und andere, die mit Flügen eingetroffen waren, die zur selben Zeit gelandet waren.

Schließlich entdeckte er sie drei Reihen von ihm entfernt und ein gutes Stück weiter vorne. Er winkte, aber sie bemerkte ihn nicht. Er beschloss, dass es praktischer war, wenn er sie am Gepäckband ansprach, als wenn er jetzt zu ihr zu gelangen versuchte.

Er schien eine Ewigkeit zu brauchen, doch schließlich hatte

er die Passkontrolle überstanden. Im Gepäckbereich eilte er zu dem Förderband für ihren Flug und sah gerade noch, wie sie auf der anderen Seite einen Koffer vom Band zerrte.

Er schlängelte sich zwischen den übermüdeten und grantigen Passagieren durch, bis er sie erreicht hatte. Als sie sah, wie er sich durch die Menge kämpfte, blieb sie stehen.

Er hielt erst an, als er direkt vor ihr stand. Dann lächelte er belämmert. »Ich bin ein Idiot und ein echter Klotz. Ich weiß nicht einmal, wie ich dich ansprechen soll, weil ich deinen Namen nicht kenne.«

»Dafür kenne ich Ihren.«

Er erschrak, weniger über ihre Antwort als über ihren Tonfall. Noch während er versuchte, diese kühle Reaktion einzuordnen, begriff er, dass sie völlig verändert wirkte. Sie wirkte ganz und gar nicht mehr verletzlich und offen und erst recht nicht verfügbar. Die Knöpfe waren allesamt geschlossen. Wenn sie überhaupt ein Signal aussandte, dann war das: *Denk nicht einmal daran.*

Die Stimme klang eisig. Die Augen, die gestern Nacht noch warm und einladend wie eine Bucht im Mondschein gewirkt hatten, blickten ihn spröde und abweisend an. Und das Lächeln, das sie ihm schließlich zeigte, war selbstzufrieden wie das eines Pokerspielers, der gerade sein viertes Ass auf den Tisch legt.

»Das war's dann wohl, Mr Mitchell.«

4

Du siehst aus wie durch die Mangel gedreht.«

Derek verstaute sein Gepäck in einer Ecke des Empfangsbereichs, drehte sich dann um und strafte seine Assistentin mit einem strengen Blick. Nachdem er zwölf Tage weg gewesen war, hätte er sich einen freundlicheren und weniger ehrlichen Empfang in seiner Kanzlei gewünscht.

»Also, vielen Dank, Marlene, ich bin auch froh, wieder hier zu sein. Die Reise war sehr schön, danke der Nachfrage. Das Wetter hätte nicht besser sein können. Keines der Flugzeuge hatte Verspätung. Mom hat sich sehr über ihr Geschenk gefreut. Dad war …«

»Okay, okay. Ich meine ja nur.«

»Ich habe zehn Stunden im Flugzeug gesessen«, knurrte er. »Was hast du denn erwartet?«

»Ich habe erwartet, dass du dich erst duschst und rasierst, bevor du ins Büro kommst.«

»Wenn ich erst nach Hause gefahren wäre, um mich frisch zu machen, wäre ich wahrscheinlich gar nicht mehr gekommen. Die Versuchung, ins Bett zu kriechen, wäre einfach zu groß gewesen. Ich weiß, dass hier inzwischen einiges an Arbeit angefallen ist, darum bin ich hier, unrasiert, ungewaschen und unglücklich.«

»Du warst noch nicht bei Maggie?«

»Nachdem ich so lange weg war, kommt es auf die paar Stunden auch nicht mehr an.«

Marlene schenkte ihm ihren Sag-nicht-ich-hätte-dich-nicht-gewarnt-Blick. Dann fragte sie: »Kaffee?«

»Das ist das erste nette Wort aus deinem Mund.«

Seine Angestellten begrüßten ihn, als er an ihren offenen Bürotüren vorbeikam, aber er winkte ihnen nur kurz zu und ging weiter, ohne auf einen Plausch stehen zu bleiben. Nachdem er es in sein Büro geschafft hatte, ohne dass ihn jemand aufgehalten hätte, schloss er die Tür hinter sich, um alle davon abzuhalten, dem Boss in den Hintern zu kriechen, indem sie ihn persönlich willkommen hießen.

Das geräumige Eckbüro lag im zwanzigsten Stock eines der modernen gläsernen Wolkenkratzer im Zentrum von Atlanta und hatte freien Blick über die Stadt. Heute strahlte die Sonne für seinen Geschmack ein bisschen zu fröhlich und grell, darum stellte er mit der Fernbedienung die Jalousien schräg, die zwischen den Glasscheiben eingelassen waren.

Die Innenarchitektin, die er angeheuert hatte, um die Kanzlei einzurichten, hatte ihn mit Ideen beliefert, aber die letzte Entscheidung hatte er sich jeweils selbst vorbehalten; das Muster des handgeknüpften Teppichs, das Holz für die Regale, die Polsterung der Sitzgruppe, das Leder seines Schreibtischsessels hatte er nach seinem eigenen Geschmack ausgewählt.

Außerdem hatte er darauf bestanden, dass ein paar wichtige persönliche Stücke in seinem Büro Platz finden mussten, selbst wenn sie nicht zur Einrichtung passten. Und so standen im Regal zwischen den Rechtsfachbüchern das Modell eines Doppeldeckers, das er und sein Dad den Sommer über gebastelt hatten, als er neun gewesen war, der Baseballhandschuh, mit dem er seinen Teil dazu beigetragen hatte, dass sein Highschoolteam die Meisterschaft errungen hatte, und ein Bierkrug, in den die griechischen Buchstaben seiner Verbindung eingraviert waren.

Das Büro war mit allen modernen Annehmlichkeiten ausgestattet, und in Verbindung mit diesen nostalgischen Einsprengseln passte es ihm wie ein teures, bequemes Paar Schuhe.

Er ließ das verknitterte Jackett von den Schultern gleiten und hängte es in den Schrank, dann ließ er sich in den Schreibtischsessel fallen, presste die Fingerspitzen gegen die brennenden Augäpfel und murmelte vor sich hin: »Das war's dann wohl, Mr Mitchell.«

Was sollte das heißen?

Er wurde einfach nicht schlau daraus. Und würde es auch nicht mehr werden, denn kaum hatte sie das gesagt, hatte sie sich abgewandt und war den Rollkoffer hinter sich herziehend auf die Damentoilette marschiert. Wenn er vor der Toilette gewartet hätte, bis sie wieder herauskam, hätte man ihn für einen Sittenstrolch gehalten. Außerdem hatte die Lady – wie sie auch heißen mochte – unzweifelhaft klargemacht, dass sich ihr Interesse auf ein paar Bloody Marys und einen heißen, schmutzigen Quickie in einer Flugzeugtoilette beschränkte.

Darum hatte er *Scher dich doch zum Teufel* gedacht und das Weite gesucht, auch wenn er sich gewünscht hatte, dass dieses erinnerungswürdige Zwischenspiel harmonischer geendet hätte. Jetzt ließen ihm ihre Abschiedsworte einfach keine Ruhe.

Er wusste nicht, welches Spiel sie getrieben hatte, aber er war darauf reingefallen. Den Geh-zur-Sache-Blick. Der offen stehende oberste Blusenknopf. Die Beine. O Mann, die Beine. Noch nie hatte Tönungscreme so gut ausgesehen und sich so phantastisch angefühlt. Dazu diese schüchterne Lippenknabberei. Am Ende hatte sie sogar ihr Haar gelöst, verflucht noch mal. Jede Frau auf dem Planeten beherrschte diese Tricks.

Allerdings hatte sie jeden Einzelnen davon zur Perfektion gebracht.

Sie hatte ihn an seinen Eiern gepackt und ihn daran in eine Toilette in einem voll besetzten Flugzeug gezerrt, wo sie jederzeit erwischt, bloßgestellt, zum Gespött gemacht werden konnten. Er wusste nicht, ob Geschlechtsverkehr in einem Passagierflugzeug verboten war – er würde das von einem seiner Leute nachschlagen lassen –, aber *schlau* war das garantiert nicht.

Was, wenn eine reizende alte Dame sie ertappt hätte? Oder ein Kind? Nicht auszudenken, was es für ein Gezeter gegeben hätte, wenn die kleine Suzie versehentlich die Toilettentür aufgerissen hätte. Niemand hätte bis zum Ende des Fluges noch ein Auge zugetan. Alle zweihundert Passagiere hätten wissen wollen, welches Pärchen seine Libido nicht unter Kontrolle hatte, jeder hätte einen verstohlenen Blick auf die beiden verdorbenen Übeltäter werfen wollen.

In seiner Phantasie sah er ein Foto auf dem Titelblatt des *Journal* vor sich, auf dem er von einem Mitarbeiter der Flughafenpolizei mit finsterer, sogar angewiderter Miene abgeführt wurde. Wahrscheinlich hätte der Staatsanwalt das Foto zum Poster aufblasen lassen und das Gerichtsgebäude von Fulton County damit tapeziert. Von diesem Schlag hätte er sich nie wieder erholt.

Er verlor äußerst ungern einen Fall und tat alles, um zu gewinnen. Trotzdem konnte er sich mit Würde geschlagen geben, wenn er sein Bestes gegeben hatte, wenn er von Anfang an keine Chance gehabt und trotzdem alles unternommen hatte, um gegen alle Wahrscheinlichkeit zu siegen. In so einem Fall konnte er sich geschlagen geben. Er tat es nicht gern, aber er konnte es.

Doch derart an der Nase – oder an den Eiern – herumgeführt zu werden, so zum Narren gemacht und für dumm verkauft zu werden wie von diesem Biest, das war unerträglich.

Und *warum?* Was hatte er ihr denn getan, außer sie zu vögeln?

Na schön. Das würde wohl eines der ungelösten Geheimnisse des Lebens bleiben.

Er senkte die Hände, schabte mit den Handflächen über seine Stoppelwangen und ließ sie danach auf dem Stapel von Post, Nachrichten und Akten landen, der sich während seiner zwölftägigen Abwesenheit angesammelt hatte.

Marlene kam mit einem Block und einer dampfenden Tasse Kaffee herein.

»Danke.« Er verbrannte sich beim ersten Schluck die Zunge, doch es war seine Lieblingsmarke, und der Kaffee schmeckte.

Sie nahm ihren Stammplatz auf dem Stuhl vor seinem Schreibtisch ein. »Und. Wie war's in Paris?«

»Französisch.«

»So schlimm?«

Er lächelte. »Es ist eine wunderschöne Stadt. Alles stand in voller Blüte. Das Essen war unvergleichlich. Der Wein gut.«

»Du magst keinen Wein.«

»Ich habe ein paar Gläser hinuntergewürgt, weil ich kein Spielverderber sein wollte.«

»Die Seine?«

»Mom hat ihren Geburtstag auf einem Restaurantschiff gefeiert.«

»Notre Dame?«

»Steht immer noch, nur der Glöckner war nirgendwo zu sehen.«

»Hübsche Frauen?«

»Überall.«

Marlene schniefte abfällig. »Da drüben rauchen sie alle. Nur darum sind sie so dünn.«

Derek sah sie vielsagend an, und sie schoss einen giftigen Blick auf ihn ab. »Ich will kein Wort hören. Das ist und bleibt die einzige Diät, die ich nicht ausprobieren werde.«

Er lachte. Sie arbeiteten schon so lange zusammen, dass sie sich gegenseitig aufziehen konnten, ohne dass der andere beleidigt war. Marlene Sullivan war ihm gefolgt, als er nach einem hitzigen Streit mit seinem Vorgesetzten aus der Tür einer großen und angesehenen Kanzlei gestürmt war.

Sie hatte ihm geholfen, sein Kanzleischild anzubringen, und war seither seine rechte Hand, sein Wachhund, seine Begleiterin bei öffentlichen Anlässen, seine heimliche Botin und seine Klagemauer. Mit ihrem scharfen juristischen Verstand zeigte sie oft neue Wege auf, wenn ein Fall sich als zäh erwies und der von ihm eingeschlagene Pfad unweigerlich zu einer Verurteilung führen würde. Ohne sie könnte er weder seine Kanzlei noch sein Leben führen, eine Tatsache, die sie ihm oft und gern ins Gedächtnis rief.

Er vertraute ihr absolut. Alles, was er ihr unter dem Siegel der Verschwiegenheit ans Herz legte, würde sie mit ins Grab nehmen. Jetzt blickte er in ihr freundliches, mütterliches Gesicht und spielte kurz mit dem Gedanken, ihr von seinem Erlebnis im Flugzeug zu erzählen. *Halt dich fest, Marlene. Du wirst nicht glauben, was dein Boss auf diesem Flug angestellt hat.*

Aber nein. Das durfte er niemandem offenbaren, nicht einmal seiner loyalen Assistentin, die ihn in seinen besten, aber auch in seinen übelsten Zeiten erlebt hatte. Die sexuelle Eskapade von gestern Nacht würde sein Geheimnis bleiben.

Das hoffte er wenigstens.

»Gibt es etwas Neues über Jason Connor aus dem Büro des Staatsanwaltes?«, fragte er. Der Sechzehnjährige war angeklagt, kaltblütig seine Mutter und seinen Stiefvater umgebracht zu haben. Weil Connor so brutal vorgegangen war, wurde nach dem Erwachsenenstrafrecht gegen ihn verhandelt.

»Ich habe drüben angerufen und noch einmal die Befunde der Spurensicherung angefordert. Wie üblich wurde ich von Pontius zu Pilatus geschickt.«

»Die versuchen zu mauern. Ruf an und sag ihnen, ich bin wieder da und will die verdammten Unterlagen.« Der Verhandlungstermin rückte unerbittlich näher, und seinem jungen Mandanten drohte die Hinrichtung, falls er schuldig gesprochen wurde. »Hat in letzter Zeit jemand mit Jason geredet?«

»Gestern.« Sie erklärte ihm, dass einer der jungen Anwälte, die ihm bei diesem Fall assistierten, ins Gefängnis gefahren war. »Er hat ihn *gesehen.* Aber *geredet* haben sie nicht. Der Junge bleibt stumm.«

»Hat man ihm erklärt, dass ich ihm nicht helfen kann, wenn er sich nicht selbst hilft?«

»Ja.«

Derek nahm sich fest vor, den Jungen zu besuchen, sobald es sein Terminkalender zuließ, und ihm dann noch einmal eindringlich vor Augen zu führen, dass er bis zum Hals in Schwierigkeiten steckte. Er griff nach dem Stapel mit rosa Notizzetteln, auf denen alle Anrufe aufgeführt waren, die er erwidern musste. Auf den obersten hatte Marlene in dicken, roten Buchstaben notiert: *Frag mich.*

Er hob ihn hoch und schwenkte ihn. »Und?«

»Du hast echt was verpasst, während du weg warst. Paul Wheeler…«

»Wer ist das?«

»Der von Wheeler Enterprises.«

Er zog eine Braue hoch. »Der Wheeler?«

»Der Wheeler. Geld bis zum Abwinken. Er wurde im Hotel Moultrie erschossen. Die Presse läuft Amok. Riesenbeerdigung. Der nicht identifizierte Täter ist immer noch auf freiem Fuß.«

Er pfiff durch die Zähne, sah wieder auf das Blatt und las einen Namen davon ab. »Wer ist Doug?«

»Der Bruder und Geschäftspartner des Verstorbenen.«

»Die Sache nimmt Gestalt an.«

»Er hat in den letzten zwei Tagen dreimal angerufen. Er sagt, er müsste dich sofort nach deiner Rückkehr sprechen.«

»Wieso das?«

»Hat er nicht gesagt.«

Er war zum Umfallen müde, er roch vermutlich nicht allzu frisch, und er war grätig. Trotzdem klang die Angelegenheit höchst interessant. Sofort geriet sein Blut in Wallung. »Kann er in einer Stunde hier sein?«

Doug sah genauso aus wie das, was er war, nämlich ein erfolgreicher Geschäftsmann. Er war um die fünfzig und hatte sich gut gehalten, obwohl ihm, als er Dereks Büro betrat, die vielen Sorgen anzusehen waren. Trotzdem war sein Händedruck fest und trocken.

»Wie ich gehört habe, sind Sie eben erst von einer Auslandsreise zurückgekehrt.«

»Aus Paris. Ich bin direkt vom Flughafen hierhergefahren. Darum sehe ich so verknittert aus. Ich bitte um Verzeihung.« In Gegenwart seines makellos frisierten und gekleideten Besuchers fühlte sich Derek besonders zerzaust.

»Ich bitte Sie, Mr Mitchell. Ich bin froh, dass Sie bereit sind, mich noch heute zu empfangen.«

Derek deutete auf einen Sessel. In der Mitte der Sitzgruppe stand ein Couchtisch, auf den Marlene ein Tablett mit einem Eiskübel, zwei Gläsern und Wasserflaschen gestellt hatte. Derek saß lieber auf dem Sofa, wenn er sich mit seinen Mandanten unterhielt, als hinter dem Schreibtisch.

»Bitte bedienen Sie sich, Mr Wheeler.«

Wheeler schüttelte den Kopf.

»Meine Assistentin Ms Sullivan hat mir vom Tod Ihres Bruders erzählt«, begann Derek, während er sich ein Perrier einschenkte. »Es tut mir schrecklich leid.«

»Danke. Es war grauenvoll.«

»Das war es bestimmt. Sie hat mir kurz skizziert, was vorgefallen ist, aber ich hatte noch keine Zeit, die entsprechenden Zeitungsartikel zu lesen. Möchten Sie darüber sprechen?«

Die folgenden fünf Minuten hörte Derek schweigend zu, während Doug Wheeler wiedergab, was er über den Überfall wusste. Derek fiel auf, dass sich die Tat an dem Tag ereignet hatte, an dem er selbst nach Frankreich geflogen war.

Wheeler endete mit: »Das ist alles, was ich weiß, und es beruht auf dem, was Julie und die anderen im Lift bei der Polizei ausgesagt haben.«

»Julie ist die Frau, die bei Ihrem Bruder war, als es passierte?«

»Genau.« Wheeler griff nach einer Wasserflasche, drehte den Verschluss auf und trank.

Marlene hatte Julie Rutledge als Wheelers Geliebte bezeichnet. Derek hätte gern gewusst, ob der Familie ihre Beziehung mit Paul Wheeler peinlich gewesen war. Nachdem sich Doug Wheeler offenkundig nicht weiter über Julie auslassen wollte, vermutete er, dass es so war.

»Und der Täter wurde noch nicht identifiziert?«

Wheeler schüttelte den Kopf.

»Ms Sullivan hat mir erzählt, dass die Polizei noch keine heiße Spur hat.«

»Bis heute Morgen nicht.«

»Wer leitet die Ermittlungen?«

»Ein Detective namens Homer Sanford.«

»Ich kenne ihn. Ein guter Polizist.«

»Das nehme ich an.« Wheeler zuckte mit den Achseln. »Trotzdem ist er bis jetzt nicht weitergekommen. Heute Vormittag konnte er mir jedenfalls noch nichts Neues berichten.«

Derek kannte den ehemaligen Footballstar als methodischen und hartnäckigen Detective. Seine Kollegen hielten große Stücke auf ihn. Hart war er nur zu Kriminellen. Falls er noch nicht weitergekommen war, dann hieß das bestimmt nicht, dass er es nicht versucht hätte.

»Soweit ich gehört habe«, sagte er zu Wheeler, »hat Sanford lediglich die Kugel als Anhaltspunkt, und die ballistischen Tests haben nichts erbracht.«

»Genau. Den Datenbanken zufolge wurde die Pistole noch nie bei einem Verbrechen verwendet.«

Derek ließ das absichtlich unkommentiert, weil ihn interessierte, was Wheeler als Nächstes sagen würde. Bis jetzt wusste er noch nicht, warum der Mann ihn so dringend sprechen wollte. Als Wheeler ebenfalls stumm blieb, sprach er schließlich laut aus, was ihm im Kopf herumging, seit er von dem Überfall gehört hatte. »Ein merkwürdiger Schauplatz für einen Raub, nicht wahr? Der achte Stock eines Hotels.«

Wheeler sah ihm fest in die Augen. »Ja.« Dann rutschte sein Blick ab. »Allerdings.«

»Hat Detective Sanford sich irgendwie dazu geäußert?«

»Jedenfalls nicht mir gegenüber.«

»Hm.«

Der Jetlag holte Derek allmählich ein. Er brauchte nicht auf die Uhr zu sehen, der Sonnenstand verriet ihm, dass es allmählich Zeit zum Heimgehen war, außerdem spürte er jeden einzelnen Muskel, so erschöpft war er. Es war an der Zeit, auf den Punkt zu kommen. »Mr Wheeler, warum haben Sie um dieses Gespräch gebeten?«

»Weil ich Ihren Ruf als Strafverteidiger kenne. Wie man hört, sind Sie exzellent.«

»Danke.«

»Ich möchte, dass Sie meine Familie vertreten, bis all das überstanden ist.«

»Mit ›all das‹ meinen Sie ...«

»Die Vernehmungen durch die Polizei.«

»Man hat Sie wegen des Mordes an Ihrem Bruder vernommen?«

Er nickte. »Eine Routineangelegenheit. Pro forma, hat man mir erklärt.«

Quatsch. Derek glaubte nicht, dass die Polizei irgendetwas pro forma tat, und Wheeler glaubte das offenbar genauso wenig.

»War während dieser Befragungen ein Anwalt anwesend?«

»Ja.« Wheeler wedelte abschätzig mit der Hand. »Ein durchaus fähiger Mann, wenn es um Kleinigkeiten oder Ordnungswidrigkeiten geht. Aber wir sind der Meinung, dass wir vielleicht jemanden mit – entschuldigen Sie den Ausdruck – größeren Eiern bräuchten.«

»Den Ausdruck entschuldige ich unbedingt, vor allem, da es sich bei den angesprochenen Eiern um meine handelt.« Beide lächelten. »Wer ist ›wir‹?«

Dereks Rückfrage überraschte sein Gegenüber. »Verzeihung?«

»Sie sagen immer wieder ›wir‹. Sie und wer noch?«

»Meine Familie. Meine Frau und mein Sohn.«

»Ich verstehe.« Derek wartete ab, ob Wheeler seine Erläuterung noch ausführen würde. Das tat er erst, nachdem er einen weiteren Schluck Wasser getrunken hatte.

»Natürlich steht jeder unter Verdacht, der von Pauls Tod profitieren würde«, sagte er.

»Sie?«

»Nicht direkt. Ich werde Paul nicht beerben. Ich werde zwar damit Hauptgeschäftsführer der Firma, aber finanziell macht das keinen Unterschied.«

»Ihre Frau?«

»Sharon. Man sagt, ich hätte gut eingeheiratet. Sharons Urgroßvater kaufte Zehntausende von Coca-Cola-Aktien, als die Firma noch ganz jung war.«

»Herzlichen Glückwunsch.«

Wheeler lächelte leer. »Sie ist bestimmt nicht auf Pauls Geld aus. Außerdem war sie zu Hause, als er umgebracht wurde.«

»Damit bleibt nur noch Ihr Sohn.«

»Creighton.« Er atmete kurz durch und erklärte dann: »Er ist Pauls Erbe.«

Derek lehnte sich zurück und sah den Mann nachdenklich an, bevor er urteilte: »Wenn ich Polizist wäre, würde ich ihn zuerst ins Visier nehmen, Mr Wheeler. Bitte nehmen Sie mir das nicht übel. Ich bin nur brutal ehrlich. Die Polizei folgt immer der Spur des Geldes.«

»Das habe ich schon gehört. Und sie tut gut daran.«

»Wie alt ist Creighton?«

»Achtundzwanzig.«

Derek hatte gehofft, er wäre jünger, am besten noch minderjährig, sodass er weniger unabhängig und besser beaufsichtigt wäre. »Die Polizei hat ihn aber nicht verhaftet, oder?«

»Nein, ganz und gar nicht. Wir wurden sehr gut behandelt und bei uns zu Hause vernommen, nicht in der Polizeizentrale.«

»Sehr gut. Und der Anwalt war immer dabei?«

»Dafür habe ich Sorge getragen. Glücklicherweise hat Creighton auch ein felsenfestes Alibi. Als der tödliche Raubüberfall stattfand, war er bei uns zu Hause und nahm eine Tennisstunde bei seinem Privattrainer. Ich war nach Hause gefahren, um mich für ein Golfspiel umzuziehen, und sah ihn bei meiner Ankunft mit dem Lehrer auf dem Platz, und zwar nur wenige Minuten bevor Julie mich anrief und mir mitteilte, dass Paul tot ist. Unsere Haushälterin, die nicht lügen würde, selbst wenn es sie den Kopf kostete, ist sicher, dass die zwei seit mindestens einer Stunde gespielt hatten.«

»Wo liegt dann das Problem?«

»Eigentlich gibt es kein Problem. Ihre Verpflichtung wäre eine reine Vorsichtsmaßnahme. Ich möchte nicht, dass mein Sohn in die Mangel genommen wird, nur weil die Detectives keinen anderen Verdächtigen finden und sonst nichts zu tun haben.«

»Warum sollten sie das tun?«

Wheeler zögerte und sagte dann: »Paul und Creighton hatten Differenzen.«

»Weswegen?«

»Wegen allem.« Wheeler lachte gepresst. »Hauptsächlich, weil Creighton nicht das Interesse für die Firma zeigt, das Paul für angemessen hielt. Paul war ein Workaholic. Ich bin übrigens auch einer, aber bei mir ist dieser Zug nicht so ausgeprägt wie bei meinem Bruder. Er verstand es nicht, dass jemand nicht in seiner Arbeit aufgehen konnte. Creighton hat andere Interessen.«

Derek zog fragend die Brauen hoch. »Tennis?«

»Er spielt praktisch jeden Tag. Außerdem mag er Autos. Und Kleidung. Aber seine wahre Leidenschaft ist der Film.«

»Filme anzusehen, meinen Sie?«

»Ich glaube, er hat jeden Film gesehen, der je gedreht wurde. Für ihn ist das mehr als nur Unterhaltung. Filme sind sein wichtigster Zeitvertreib. Einer, für den er mehr Zeit aufbringt als für Wheeler Enterprises. Er denkt … wie ein Künstler.« Wheeler seufzte. »Paul konnte es weder verstehen noch akzeptieren, dass sich Creighton so wenig fürs Geschäft interessierte, und setzte ihn deswegen unter Druck, sogar noch mehr, als ich es tat. Als ich es *tue.* Deswegen hatten die beiden ständig Streit.«

»Sind diese Streitpunkte zwischen den beiden allgemein bekannt?«

»Allen, die mit der Familie bekannt sind, ja.« Er runzelte die Stirn. »Julie hat das den Detectives gegenüber erwähnt.«

»Hmm. Die familiären Spannungen wurden der Polizei also von jener Frau offenbart, die mit Ihrem Bruder zusammen war, als er starb. In einem Hotel. Am helllichten Tag.«

Doug begriff. »Mein Bruder und Julie … Paul bezeichnete sie niemals als seine Geliebte. Aber jeder, der ihn kannte, wusste von ihrer Beziehung, auch wenn die beiden sie geheim zu halten versuchten.«

»Und warum?«

»Ich nehme an, aus Respekt vor Pauls verstorbener Frau Mary, die er über alles geliebt hatte. Die beiden waren ein prominentes Paar. Unzertrennlich. Einander absolut ergeben.«

»Kinder?«

»Nein. Offenbar konnte Mary keine empfangen. Aber sie und Paul machten das mit ihrer Wohltätigkeitsarbeit wett. Als Mary starb, war Paul am Boden zerstört. Ich hätte nicht gedacht, dass er sich jemals wieder für eine andere Frau interessieren würde. Aber dann tauchte Julie auf, und er verliebte sich bis über beide Ohren in sie.«

»Wie lange ist das her?«

»Zwei Jahre. Ungefähr.«

»Haben sie zusammengewohnt?«

Er schüttelte den Kopf. »Trotzdem steckten sie ständig zusammen. Mehrmals die Woche und jeden Dienstagnachmittag für ein, zwei Stunden im Hotel. Er hat mir einmal erklärt, dass ihm diese Treffen heilig seien und ihnen nichts im Wege stehen dürfte. Er legte seine Termine darum herum.«

»Das Hotel kann die Reservierung bestätigen?«

»Das hat man bereits getan. Man hat der Polizei die entsprechenden Unterlagen übergeben.« Er stellte die leere Wasserflasche auf dem Tischchen ab. »Kann ich mit Ihrem rechtlichen Beistand rechnen, Mr Mitchell? Vertreten Sie uns offiziell gegenüber der Presse? Ich hoffe, dass wir Ihre Dienste gar nicht zu beanspruchen brauchen. Aber falls doch, würde ich ruhiger schlafen, wenn ich wüsste, dass Sie Gewehr bei Fuß stehen.«

»Ich muss erst ein paar Hausaufgaben erledigen. Mich in den Fall und den Verlauf der Ermittlungen einarbeiten. Außerdem möchte ich vorab mit Ihrer Familie sprechen, vor allem mit Creighton.«

»Natürlich. Er würde Sie auch gern auf unserer Seite wissen, falls es notwendig werden sollte. Natürlich werden wir das entsprechend honorieren.«

Derek erhob sich lächelnd und streckte die Hand aus. »Das werden Sie bestimmt.«

Wheeler lachte. »Ich lasse Ihnen morgen per Kurier einen Scheck zukommen.«

»Lassen Sie sich die Details von Ms Sullivan geben, wenn Sie gehen«, sagte Derek. Dann verdüsterte sich seine Miene. »Ich möchte Ihnen noch einmal mein Beileid für den traurigen Grund Ihres Besuches ausdrücken. Ich fühle mit Ihnen und Ihrer Familie.«

»Danke.«

Wheeler wandte sich zum Gehen und war schon fast an der

Tür, als Derek fragte: »Interessiert sich die Polizei eigentlich auch für sie? Die Freundin, meine ich?«

Wheeler schien zu stutzen und fragte dann: »Ob sie beteiligt ist, meinen Sie? Als Komplizin?«

Derek zuckte mit den Achseln.

Wheeler schüttelte den Kopf. »Falls die Detectives das tun, dann täuschen sie sich. Paul hat Julie vergöttert und sie ihn ebenso.«

Derek behielt für sich, was er von gegenseitiger Vergötterung hielt. Bei einem Vermögen wie dem der Wheelers musste die Vergötterung oft zurückstecken.

5

Sharon Wheeler adressierte die letzten knapp fünfzig Karten, mit denen die Familie den vielen Menschen dankte, die ihnen nach dem Tod ihres Schwagers Blumen und Beileidsbekundungen hatten zukommen lassen. Es war eine zeitaufwendige Arbeit gewesen. Nachdem sie mehrere Tage damit zugebracht hatte, war sie froh, dass nun ein Ende abzusehen war.

Als Creighton ohne anzuklopfen in ihre Schlafzimmersuite stürmte, freute sie sich sogar über die Unterbrechung. Bis sie sah, dass er außer sich war.

»*Mutter!*«

»Hier, Schätzchen.«

Sobald er sie an ihrem Schreibtisch sitzen sah, fasste er sie streng ins Auge. Er hielt etwas in der Hand, mit dem er drohend wedelte, während er auf sie zukam.

»Was ist das, mein Liebling? Eine DVD?«

»Ja, Mutter«, wiederholte er übertrieben betont. »Eine DVD. Eine von *meinen* DVDs.«

»Du hast sie hier liegen lassen. Ich habe sie gestern Abend angeschaut. Ich habe nicht gedacht …«

»Nein, du hast wirklich nicht gedacht. Du hast sie dir angesehen, ohne mich zu fragen.«

»Creighton, um Himmels willen, beruhige dich. Ich habe sie doch nicht kaputt gemacht, oder?«

»Du hast sie offen liegen lassen. Sie lag in der Küche, einfach so auf der Küchentheke. Ich habe sie nur zufällig entdeckt, als ich dort durchgegangen bin.«

»Wahrscheinlich hat Ruby …«

»Wenn du eine DVD offen herumliegen lassen willst, dann nimm eine von deinen oder zieh dir die Filme am besten aus dem Internet, da brauchst du sie gar nicht zu berühren.«

Wenn er nicht wollte, dass jemand seine DVDs anfasste, dann durfte er sie nicht liegen lassen. Aber das behielt sie für sich. Warum sollte sie ihn noch weiter aufbringen? Wenn er sich in einen seiner Wutanfälle gesteigert hatte, war es am besten, einfach abzuwarten, bis er sich Luft gemacht hatte.

»Ich hätte anrufen und dich fragen sollen, bevor ich sie mir ansehe«, sagte sie. »Bitte entschuldige.«

Er ließ die DVD auf ihren Schreibtisch segeln. »Jetzt ist sie ruiniert, und deine Entschuldigung kannst du dir in den Arsch schieben.«

»Sprich nicht so mit deiner Mutter.«

Beide drehten sich um und sahen Doug in der offenen Tür stehen. Er kam ins Zimmer und warf sein Jackett aufs Bett. »Entschuldige dich bei ihr.«

»Kommt gar nicht in Frage. Schließlich hat sie …«

»Es reicht!«, fuhr Doug ihn an.

Creighton verstummte schmollend. Doug sah aus, als würde er ihn am liebsten ohrfeigen. Es war Sharon höchst unangenehm, dass sich die beiden ihretwegen stritten, schließlich hatte sich Creighton zu Recht über sie geärgert. So sorglos mit seinen kostbaren DVDs umzugehen war unverzeihlich.

»Ich werde dir die DVD ersetzen«, bot sie ihm nachgiebig an. Dann lachte sie leise. »Dieses ganze Trara, dabei war der Film nicht einmal gut.«

»Darum geht es nicht, Mutter«, seufzte Creighton, als sei sie zu dumm, um zu begreifen, worum es stattdessen ging.

»Ich bin hier weg. ›Hasta la vista, Baby.‹ Arnold Schwarzenegger. *Terminator 2, Tag der Abrechnung.*« Er drehte sich zur Tür.

»Du bleibst hier«, befahl Doug. »Ich muss mit dir reden.«

»Worüber?«

»Erst entschuldigst du dich bei deiner Mutter.«

»Mann, für wie alt hältst du mich? Für acht?«

Sharon hasste jede Art von Konflikt, weil sie unter ständigen Zankereien aufgewachsen war. Die Ehe ihrer Eltern war lieblos und turbulent gewesen und die gemeinsame Villa ein permanentes Kriegsgebiet. Es war zu viel Geld im Spiel gewesen, als dass eine Scheidung in Frage gekommen wäre, darum hatten sich die beiden darauf beschränkt, sich gegenseitig das Leben zur Hölle zu machen, während sich Sharon als glückloser Schiedsrichter versucht hatte.

Infolgedessen ging sie jedem Streit aus dem Weg und suchte automatisch stets den Ausgleich. »Es ist schon gut, Doug. Er hat es nicht so gemeint, nicht wahr, mein Schatz? Er …«

»Nimm ihn nicht in Schutz, Sharon. Ich konnte ihn bis unten hören. Er wird sich bei dir entschuldigen. Ich bestehe darauf.«

Sie sah zu, wie die beiden Männer in ihrem Leben aneinander Maß nahmen, und diesmal gab Creighton ausnahmsweise nach. Er drehte sich zu ihr um, verbeugte sich ironisch, nahm ihre Hand und hauchte einen Kuss darauf. »Bitte verzeih mir, Mutter. Ich möchte mich dafür entschuldigen, dass ich in deiner Gegenwart ›Arsch‹ gesagt habe.«

Dann richtete er sich auf und wandte sich an Doug: »Ein Ausdruck, der in diesem Film übrigens siebenundsechzig Mal verwendet wird. Also hörte sie, während sie gestern Abend diesen Film ansah, zirka alle anderthalb Minuten das Wort *Arsch* oder eine Abwandlung davon. Aber falls ich sie beleidigt haben sollte, indem ich *Arsch* sagte, dann tut mir das arschmäßig leid.«

Sharon musste unwillkürlich kichern, doch Doug fand den Auftritt nicht lustig.

Sie versuchte, die Situation zu entschärfen und sagte: »Ich bin übrigens gerade damit fertig, die Danksagungskarten zu adressieren. Morgen können sie abgeschickt werden. Die Leute waren wirklich schrecklich nett, trotzdem ist es eine unangenehme Last, sich so oft bedanken zu müssen.«

»Ich weiß es wirklich zu schätzen, dass du das übernommen hast«, sagte Doug. Dann wandte er sich an Creighton. »Ich habe gerade mit Derek Mitchell gesprochen.«

Creighton zuckte mit den Achseln, ließ sich in einen Sessel fallen und lehnte scheinbar gelangweilt den Kopf zurück.

»Frisch bitte meine Erinnerung auf, Doug«, sagte Sharon.

»Er ist Strafverteidiger. Du erinnerst dich, dass wir darüber sprachen, ihn zu engagieren?«

»Ach ja.« Vor ein paar Tagen hatten die beiden Männer beim Abendessen darüber diskutiert, aber sie hatte nicht richtig zugehört.

»Er will mit dir reden«, sagte Doug zu Creighton.

»Das nervt doch nur noch. Wirklich. Erst diese Detectives und dein schlappschwänziger Anwalt, die mir bei jedem Wort an den Lippen hängen und sich jeden Pups notieren.« Creighton imitierte wildes Gekritzel. »Und jetzt noch dieser Typ. Was macht ihn überhaupt so besonders? Und warum brauche ich ihn?«

Doug ging über seine Fragen hinweg. »Seine Assistentin hat dir für morgen einen Termin gemacht.«

»Morgen kann ich nicht. Du wolltest doch, dass ich diese Leute von dem Bauunternehmen zum Essen ausführe, hast du das vergessen?«

»Um fünfzehn Uhr.«

»Um fünfzehn Uhr habe ich einen Werkstatttermin für meinen Wagen, und da will ich dabei sein. Ich traue diesem Kretin von Mechaniker nicht über den Weg.«

»Hier ist die Adresse.«

Doug reichte ihm eine Visitenkarte. Creighton sah seine Eltern nacheinander hasserfüllt an, dann riss er in einer einzigen Bewegung seinem Vater die Karte aus der Hand, sprang von dem Sessel auf und knallte auf dem Weg nach draußen die Tür hinter sich zu.

Ein paar Sekunden blieben Sharon und Doug reglos und wortlos sitzen, dann trat er ans Bett und griff nach seinem abgelegten Jackett. Sie folgte ihm in den begehbaren Kleiderschrank, der gleichzeitig als Umkleide diente. Er zerrte sich die Krawatte vom Hals und knöpfte sein Hemd auf.

»Das ist meine Schuld«, sagte sie. »Ich hätte mir die DVD nicht ansehen dürfen, ohne ihn zu fragen.«

»Lass das, Sharon. Es ist *nicht* deine Schuld. Du nimmst ihn schon wieder in Schutz. Er wird nie erwachsen werden und Verantwortung übernehmen, wenn du mir jedes Mal in den Rücken fällst, sobald ich versuche, ihm etwas Verantwortungsbewusstsein …«

»Du klingst wie Paul.«

Sie bereute die Worte, sobald sie ihren Mund verlassen hatten. Sie schmerzten ihn, das sah sie ihm an. Er zog sein Hemd aus und warf es zusammen mit dem Jackett in den Wäschekorb. Sie trat hinter ihn, schloss die Arme um seine Taille und legte die Wange auf seine Schulter. »Entschuldige.«

Er lachte leise. »Ich habe wirklich wie Paul geklungen.« Er drehte sich zu ihr um und tupfte einen Kuss auf ihre Lippen. »Aber er hatte recht, Sharon. Creighton ist ein verzogener Bursche, und das ist unsere Schuld.«

»Vor allem meine.«

»Nein.«

»Doch.«

»Du wolltest nicht, dass er sich so verlassen und ungeliebt fühlt, wie du dich damals bei deinen Eltern gefühlt hast.«

Sie legte den Kopf in den Nacken und sah zu ihm auf. »Bist du jetzt unter die Psychologen gegangen?«

»Um sich das zusammenzureimen, braucht man kein Psychologe zu sein. Wir haben beide Creighton verhätschelt. Ich habe ihn verwöhnt, weil das für mich einfacher war.«

Sie lachte leise. »Ich kann mich nicht erinnern, dass er je wirklich einfach gewesen wäre.«

»Ich ehrlich gesagt auch nicht.« Er lächelte melancholisch.

»Ich habe ihn so geliebt, Doug. Und das sollte er immer wissen, er sollte nie wütend auf mich sein.« Sie zögerte und sagte dann: »Wenn wir mehr Kinder gehabt hätten, wäre ich vielleicht …«

Nach Creighton hatte sie zwei Fehlgeburten gehabt, dann hatte der Arzt die Sterilisation empfohlen. Doug hatte ihr nie Vorwürfe gemacht, dass sie ihm nicht mehr Kinder geschenkt hatte, aber Mary hatte einmal traurig gescherzt, dass sich die beiden Wheelers in Sachen Nachkommenschaft nicht gerade mit Ruhm bekleckert hatten. Beide hatten keine gebärfreudigen Frauen geheiratet.

Doug strich mit den Händen über ihre Arme. »Das ist Unfug.« Er küsste sie auf die Stirn und ließ sie los. »Aber bitte steh hinter mir, wenn ich in Zukunft ab und zu die Peitsche knallen lasse.«

Sie nickte, gab aber kein Versprechen ab, das sie womöglich nicht halten konnte.

Er setzte sich auf die Bank und zog die Schuhe aus. »Ich hoffe, dass ihm dieser Anwalt eine Höllenangst einjagt.«

»Wie ist er denn so?«

»Mir hat er gefallen. Schießt aus der Hüfte. Wie man so hört, spielt er im Gerichtssaal den großen Zampano. Jeder Staatsanwalt macht sich vor ihm in die Hose. Er verliert nicht gern und gibt sich erst geschlagen, wenn er wirklich am Boden liegt.«

»Creighton hat mich gefragt, warum wir ihn brauchen. Das habe ich mich auch schon gefragt.« Sie hatte ihre Schmuckschublade geöffnet, als würde sie nach etwas suchen, aber in Wahrheit machte dieses Gerede über den Anwalt sie so nervös, dass sie sich beschäftigen musste, um ihre Unruhe zu verbergen.

»Die vergangenen fünf Minuten haben wieder einmal gezeigt, wie trotzig Creighton werden kann. Ich habe Angst, dass er, wenn er als Zeuge befragt wird, in Rage geraten und etwas sagen könnte, das die Detectives falsch auffassen könnten.«

»Wenn er sauer auf sie ist, dann ist das deren Schuld«, meinte Sharon. »Sie fallen ihm mit ihren ständigen Fragen auf die Nerven, und ich kann ihm das ehrlich gesagt nicht verübeln. Er kann unmöglich etwas mit diesem Raubüberfall zu tun haben. Er war hier. Warum suchen sie nicht endlich nach dem wahren Täter und lassen Creighton in Frieden?«

»Das werden sie hoffentlich bald tun. Aber falls nicht, wird sich ab sofort Derek Mitchell vor uns stellen und mit der Polizei sprechen.«

Sie schob die Schublade so energisch zu, dass sie sich mit einem Knall schloss. »Das erklärt immer noch nicht, warum sie sich so auf Creighton versteifen, obwohl er gar nicht dort gewesen sein kann.«

Doug stand auf, legte den Gürtel ab und hängte ihn auf einen Bügel. »Das wird Derek Mitchell bestimmt als Erstes wissen wollen.«

»Glaubst du, dass Julie etwas damit zu tun hat?«

»Mit dem Interesse der Detectives an Creighton?«

Sharon zuckte mit den Achseln.

»Nein.« Doug schüttelte entschieden den Kopf. Dann zog er die Hose aus.

»Es wäre doch möglich, oder?«

»Warum sollte sie Creighton beschuldigen?«

»Weil Paul sie beeinflusst haben könnte.«

»So etwas würde Paul nie tun. Er hätte Julie gegenüber auf keinen Fall schlecht über ein Mitglied der Familie gesprochen.«

Sharon maunzte verächtlich. »Sie haben das Bett geteilt. Paul hat Creighton gehasst. Er …«

»Paul hat Creighton nicht gehasst«, fiel ihr Doug scharf ins Wort. »Sie hatten Meinungsverschiedenheiten, und Paul war manchmal nicht damit einverstanden, wie Creighton sich verhält. Aber er hat ihn nicht gehasst. Bitte sag das nie wieder in Gegenwart anderer Menschen, Sharon. Das erweckt einen völlig falschen Eindruck.« Er schlug den Weg zum Bad ein. »Ich gehe jetzt duschen.«

An der Tür, die aus dem Garten in Dereks Küche führte, klebte ein Post-it.

Pass auf! Sie ist stinksauer. Viel Glück!

Unterschrieben war der Zettel von Dereks Nachbar, der sich während seiner Abwesenheit um sein Haus gekümmert hatte. Er hatte nicht nur die Post hereingeholt, die Zeitungen gestapelt und die Pflanzen gegossen, sondern sich auch mit Maggie und ihren Launen herumschlagen müssen. Nach zwölf Tagen konnte Derek von Glück sagen, falls der Mann je wieder mit ihm sprach.

Er schloss die Tür auf. »Mags?«

Keine Reaktion. Er schob seinen Reisekoffer und den Handgepäckkoffer ins Haus und schloss die Tür so laut, dass es durchs ganze Haus bis ins Obergeschoss zu hören war. »Maggie?« Er ließ die Koffer unausgepackt stehen, ging durch die Küche und am Esszimmer vorbei, warf unterwegs einen kurzen Blick ins Wohnzimmer und in sein Arbeitszimmer, die beide leer waren, und stieg dann die Treppe hinauf, wobei er sich allmählich auszog. Inzwischen war er praktisch seit dreißig Stunden wach, nur das kurze Nickerchen im Flugzeug hielt ihn noch auf den Beinen. Er hoffte, dass Maggie sich gnädig zeigen und nicht mehr von ihm verlangen würde, als er noch zustande brachte.

Als er vom Flughafen weggefahren war, hatte er eigentlich nur kurz ins Büro fahren wollen, um die Post durchzusehen und das Allernötigste zu regeln. Er hatte das Treffen mit Doug Wheeler nicht eingerechnet, aber er hatte es auch nicht bereut, den Termin so kurzfristig vereinbart zu haben.

Bis jetzt.

Während er sich nach oben schleppte, fühlte er sich wie gerädert. Er konnte es kaum erwarten, mit seinen Nachforschungen zu beginnen und mehr über den Mord an Paul Wheeler herauszufinden. Er hatte sogar den Stapel Zeitungen, die Marlene für ihn gesammelt hatte, nach Hause mitgenommen, um wenigstens einen kurzen Blick hineinzuwerfen. Aber die Recherche über den Raubüberfall, der mit einem Totschlag geendet hatte, würde bis nach dem Schlafen warten müssen. Sein Hirn war beinahe genauso ausgelaugt wie sein Körper.

Er schob die Schlafzimmertür auf. Bevor er nach Paris aufgebrochen war, hatte er die Fensterläden zugezogen, und sie waren immer noch geschlossen. Bis auf das Licht der Stehlampe neben seinem ledernen Lesesessel lag der Raum im Dunkeln. Die Birne war gedimmt und tauchte nur die eine

Hälfte des Zimmers in mattes Licht. Während er unterwegs gewesen war, war die Putzfrau gekommen und hatte alles makellos zurückgelassen.

Maggie lag ausgestreckt auf dem Bett.

Sie hob nicht einmal den Kopf vom Kissen, als er eintrat, aber aus ihrem Blick sprach vorwurfsvoller Tadel. Noch bevor er die Türschwelle überschritt, sagte er: »Hör zu, zuerst einmal weiß ich, dass du stinksauer bist, weil ich dich nicht mitgenommen habe. Aber du bist nie wirklich gut mit Mom ausgekommen, und bei dieser Reise ging es allein um sie.«

Tapfer trat er ein, hängte das Jackett über den Stuhl und knöpfte das Hemd fertig auf, während er gleichzeitig aus den Schuhen schlüpfte. »Und ich weiß, du hast erwartet, dass ich nach der Landung direkt nach Hause komme, aber es gab dringende Geschäfte, um die ich mich sofort kümmern musste.«

Er trat ans Bett und ließ sich auf die Kante sinken. Maggie wälzte sich auf den Rücken. »Mags.« Er seufzte, wandte sich ab und starrte ein paar Sekunden ins Leere. Er fragte seine Mandanten nie, ob sie das Verbrechen, dessen sie angeklagt waren, begangen hatten. Er brauchte das nicht zu wissen, schließlich war es nicht seine Aufgabe, ein Urteil zu fällen. Seine Aufgabe war es, dafür zu sorgen, dass der Angeklagte die bestmögliche Verteidigung bekam.

Aber die Erfahrung hatte ihn gelehrt, dass die meisten Menschen, die etwas Unerlaubtes getan hatten, es insgeheim jemandem beichten wollten. So wie er jetzt. »Mags, auf dem Rückflug ist etwas passiert, das du wissen solltest. Ich habe jemanden kennengelernt. Eine Frau.« Er senkte den Blick. »Schau mich nicht so an. Normalerweise reiße ich keine Frauen im Flugzeug auf. Es war die kürzeste Affäre meines Lebens. Außerdem hat sie mich schon wieder abserviert. Es war vorbei, bevor es überhaupt angefangen hat.« Er drehte sich zu ihr um und streichelte ihren Bauch. »Ich gehöre also immer noch nur dir allein.«

Der dunkelbraune Labrador winselte, setzte sich auf und leckte ihm begeistert über die Wange.

»Danke, dass du mich verstehst.«

Der Hund presste die Schnauze in Dereks Nacken und ließ sich von ihm hinter den Ohren kraulen. »Jetzt komm«, sagte Derek im Aufstehen und tätschelte Maggie den Rücken. »Leiste mir Gesellschaft, während ich dusche.« Ihm fiel auf, wie behäbig sie sich vom Bett herabgleiten ließ. »Macht dir wieder dein Rheuma zu schaffen? Morgen rufe ich den Tierarzt an. Und übrigens darfst du nicht auf dem Bett liegen.«

Maggie döste auf dem Badevorleger, während er lang und heiß duschte und sich das Wasser auf die Schultern prasseln ließ, bis seine Haut brannte. Danach trat er aus der Dusche, rubbelte sich ab, föhnte sich eine Minute das Haar und schlang zuletzt das Handtuch um die Taille, bevor er ins Schlafzimmer zurückkehrte, wo er den Wecker auf den Nachttisch stellte. »Musst du noch mal raus?«

Statt in Richtung Tür zu trotten, drehte sich Maggie auf ihrem Lager am Fußende des Bettes im Kreis, legte sich hin und ließ den Kopf auf die Vorderpfoten sinken. »Okay, aber es ist lange hin bis morgen früh. Vergiss nicht, dass ich dich gefragt habe.«

Er legte das Handtuch ab und schlug die Bettdecke zurück. Mit einem dankbaren Seufzer rutschte er zwischen die kühlen Laken und griff nach der Fernbedienung für den Fernseher. Er scrollte durch den Inhalt des Festplattenrecorders und klickte die Abendnachrichten des Lokalsenders an. Er nahm sie jeden Abend auf, weil er oft erst spät nach Hause kam und sie andernfalls verpasst hätte. Wahrscheinlich würde er es heute Abend nicht einmal bis zur ersten Werbung schaffen.

Trotzdem stopfte er sich das Kissen unter den Kopf und holte das Fernsehbild auf den Flachbildschirm an der Wand gegenüber dem Bett. In der ersten Meldung ging es um einen schlimmen Schulbusunfall. Blutende Kinder, verzweifelte Eltern, zwei kleine gelbe Leichensäcke auf dem Boden.

Er zappte im Schnelldurchlauf über diesen und den nächsten Beitrag, einen Bericht über Missstände in einem Pflegeheim. Dann blitzte auf dem Bildschirm das Porträt eines Doug-Wheeler-Doubles auf, und er schaltete auf Normalgeschwindigkeit. Unter dem Gesicht war der Name Paul Wheeler eingeblendet. Die Nachrichtensprecherin fasste eben noch einmal das Geschehen zusammen.

Homer Sanford war mit der Bemerkung zu vernehmen, man bedauere, dass es noch keine heiße Spur gebe, trotzdem werde das Police Department alles daransetzen, den Schuldigen zu fassen. »Mr Wheelers Mörder wird vor Gericht gebracht«, gelobte der Detective, während seine Partnerin Roberta Kimball schweigend neben ihm stand. Ihr Scheitel reichte Sanford nicht einmal an die Schulter, trotzdem wirkte sie nicht weniger entschlossen als ihr Partner.

Die beiden standen in komischem Kontrast zueinander, trotzdem bildeten sie ein schlagkräftiges Paar. Obwohl Derek todmüde war, durchzuckte ihn der Gedanke, dass er die beiden nicht auf seiner Fährte haben wollte, wenn er ein Verbrecher auf der Flucht wäre.

Wieder zurück zur Nachrichtensprecherin. »Julie Rutledge, eine enge persönliche Freundin von Mr Wheeler, die an seiner Seite war, als er niedergeschossen wurde, traf sich heute Nachmittag ein weiteres Mal mit der Polizei. Nach der Besprechung äußerte sie sich wie folgt.«

Schnitt zu einer Außenaufnahme der Polizeistation, wo vor dem Haupteingang eine Frau von einer Horde Reporter belagert wurde, die ihr Mikrofone ins Gesicht streckten und Fragen brüllten, während die Kamera langsam zu einer Nahaufnahme heranzoomte.

Derek schoss so schnell aus dem Bett, dass Maggie aufsprang und zweimal scharf bellte.

Er konnte gerade noch das Bild einfrieren, dann fiel ihm die Fernbedienung aus der Hand. Sie landete ungebremst und schmerzhaft auf seinem linken großen Zeh. Nackt, die Hände in die Hüften gestemmt, starrte er auf den Bildschirm. Dann fuhr er sich mit der Hand durchs Haar, drehte sich dreimal in der Schlafzimmermitte im Kreis und knallte zuletzt die Faust in die andere Hand.

»*Verfluchter* Mist!«

6

Julie drehte den Hahn zu, wrang das Wasser aus ihren Haaren, trat aus der Dusche und griff nach dem Handtuch. Der Spiegel über dem Waschbecken war beschlagen, sodass sie sich nur als schemenhaftes Abbild erkennen konnte. Trotzdem stach ihr aus den Augen scharfer Tadel entgegen.

Verlegen vergrub sie das Gesicht im Handtuch, um sich den Selbstvorwürfen zu entziehen. Doch der Versuch, sich vor ihrer Scham zu verstecken, blieb erfolglos. Würde sie sich je wieder im Spiegel ansehen können?

Ja, auf jeden Fall. Es ging nicht anders. Für Selbstzweifel war es jetzt zu spät.

Sie trocknete sich hastig ab und schlüpfte in einen Pyjama. In der Küche schenkte sie sich ein Glas Orangensaft ein, das sie ins Schlafzimmer mitnahm. Dort setzte sie sich aufs Bett, griff nach dem Telefon und rief in der Galerie an.

»Chez Jean. Wie kann ich Ihnen helfen?«

»Willst du bei mir Eindruck schinden, indem du Überstunden schiebst?«

»Hey, du bist wieder da! Wie war die Reise? Was sagen die Pariser?«

Für ihre Kunden war sie Katherine Fields. Für Julie war sie nur Kate. Wenn sie in der Galerie ans Telefon ging, hätte jeder Anrufer darauf gewettet, dass sie Französin war. Ihre Aussprache des Galerienamens – ein Überbleibsel vom Vorbesitzer, dem Julie das Unternehmen abgekauft hatte – war perfekt.

Aber sobald Kate mit Julie sprach, fiel sie in den heimischen Südstaatenslang zurück. Sie zeichnete sich durch einen natürlichen Elan aus, der aus ihrem schlaksigen Körper sprudelte wie Schaum aus einer Champagnerflasche.

Mit fünfundzwanzig war Kate fast ein Jahrzehnt jünger als Julie, trotzdem hatte sie einen Abschluss in Französisch und Kunstgeschichte. Julies Kunden vergötterten sie, nicht nur wegen ihrer Stilsicherheit und ihrer charmanten Art, sondern weil sie sachkundiger war, als man es einer so jungen Frau zugetraut hätte. Sie verließen sich völlig zu Recht auf Kates Urteil.

»Ja, ich bin wieder da«, sagte Julie. »Wieso ist so spät noch geöffnet?«

»Die Tür ist bereits abgeschlossen. Ich habe nur noch schnell das Büro aufgeräumt und wollte gerade gehen. Aber erzähl mir von deiner Reise. Wie war's in Paris?«

»Bezaubernd wie immer, allerdings habe ich kaum etwas von der Stadt zu sehen bekommen.«

»Ich habe dir gesagt, du sollst länger bleiben.«

»Ich habe alles erledigt, was ich mir vorgenommen hatte.«

»Du hast das Bild gekauft?«

Das war ihr Vorwand für die plötzliche Reise gewesen. »O ja. Und zwei weitere desselben Künstlers. Wir sind die erste Galerie in den Vereinigten Staaten, die seine Arbeiten zeigt, und er hat mich im Hotel besucht, um sich bei mir zu bedanken. Er hat meine Hand mit Küssen bedeckt. Sehr überschwänglich. Sehr französisch.«

»Niedlich?«

»Auf diese exaltierte europäische Art.«

»Hm. Nicht mein Typ«, bedauerte Kate.

»Die Gemälde sind schon unterwegs. Wir müssten sie nächste Woche bekommen.«

»Morgen hänge ich mich ans Telefon und verbreite die gute Nachricht.«

»Gute Idee. Wir sehen uns dann morgen früh.«

»Schlaf dich aus«, riet Kate ihr. »Du bist so schnell heimgeflogen, dass du bestimmt einen Jetlag hast. Konntest du auf dem Rückflug überhaupt schlafen?«

Julies Wangen begannen zu glühen, als sie daran dachte, was sie auf dem Rückflug getan hatte. »Nicht besonders lang und nicht besonders gut. Aber ich gehe jetzt gleich ins Bett, dann müsste ich morgen wieder auf dem Damm sein.«

Nach kurzem Zögern fragte Kate: »Und wie geht es dir sonst?«

»Gut.«

»Ich meine wegen Paul.«

»Ich weiß, wie du es gemeint hast.« Julie holte tief Luft und atmete langsam wieder aus. »Ich komme zurecht. Was bleibt mir anderes übrig?«

»Du solltest dir professionelle Hilfe suchen.«

»Ich werde darüber nachdenken.«

»Es ist schlimm genug, dass du Paul verloren hast, aber noch dazu ist der Kerl, der ihn erschossen hat, auf freiem Fuß.«

»Ich habe heute Nachmittag mit den Detectives gesprochen, bevor ich nach Hause gefahren bin. Es gab keine nennenswerten Fortschritte, während ich in Paris war.«

»Im Fernsehen klären sie solche Verbrechen immer sofort auf.«

Trotz des freudlosen Themas musste Julie lächeln. »Wir sehen uns morgen.«

»Schlaf gut.«

Julie legte das Handy auf den Nachttisch und griff zur Fernbedienung ihres Fernsehers. Sie schaltete die Nachrichten gerade rechtzeitig ein, um zu sehen, wie sie von den Reportern belagert wurde, nachdem sie sich mit den Detectives Sanford und Kimball getroffen hatte, die sich mehr über ihre unangekündigte Reise ins Ausland aufgeregt hatten als darüber, dass sie Pauls Mörder immer noch nicht gefasst hatten.

»Sie können nicht einfach so verschwinden«, hatte Sanford sie streng ermahnt. »Wir haben erst erfahren, dass Sie außer Landes sind, als es schon zu spät war.«

»Zu spät wofür?«

»Zu spät, um Sie noch aufzuhalten.«

»Hätte ich um Erlaubnis fragen müssen?«

»Sie müssen zugeben, dass es keinen guten Eindruck macht«, hatte Kimball ihr erklärt.

»Auf wen?«

Diese Frage hatten die Detectives unbeantwortet gelassen. Stattdessen hatte Sanford gefragt: »Was war in Paris so wichtig, dass Sie es nicht verschieben konnten?«

Sie hatte ihnen von dem Künstler erzählt, von dem alle Welt sprach. »Gut, der Zeitpunkt war unpassend. Normalerweise wäre ich so kurz nach Pauls Tod nicht geflogen, aber die Gelegenheit war einmalig, und ich musste der Konkurrenz zuvorkommen, zu der so ziemlich jede andere Kunstgalerie im Land zählt.«

Es war ein glaubhafter Vorwand für ihre plötzliche Reise gewesen, und beide hatten ihr geglaubt, denn keiner von beiden hatte geahnt, dass der eigentliche Grund ihrer Reise der Rückflug gewesen war.

Sie hatte den Detectives zahllose Fragen gestellt, die letztendlich allesamt auf eine einzige hinausliefen: Hatte es einen Durchbruch gegeben? Wobei all ihre ausweichenden Antworten letztendlich auf eine einzige hinausliefen: Nein.

»Allerdings«, hatte Kimball ihr erklärt, »sind wir noch dabei, die Videos aus den Überwachungskameras in der Lobby von Experten überprüfen zu lassen. Die Kameras nehmen alle vier Sekunden ein Bild auf.«

»Wie in einer Bank.«

Genau, hatten sie geantwortet.

»Aber was werden die Bilder bringen? Wir wissen doch gar nicht, wie er aussieht.«

»Nein, das wissen wir nicht«, hatte Sanford bestätigt. »Wir werden die auftauchenden Personen in einem langen und mühsamen Prozess zuordnen müssen.«

»Ich fürchte, ich kann Ihnen nicht folgen.«

Also war Sanford deutlicher geworden. »Die Befragung der Hotelgäste und Angestellten hat uns nicht weitergebracht. Wir sind noch nicht damit durch, aber bis jetzt hat der Funke nicht gezündet. Wir sind fast sicher, dass unser Mann ins Hotel spaziert kam, die Tat begangen hat und dann wieder hinausspaziert ist.«

Julie hatte erst ihn, dann Kimball angesehen.

»Bis jetzt ist das reine Spekulation, aber so ist es höchstwahrscheinlich abgelaufen«, hatte Kimball gesagt.

Sanford hatte den Faden aufgenommen. »Wir gehen davon aus, dass der Täter nach dem Schuss auf Mr Wheeler ins Treppenhaus rannte, wo er seine Schuhe und eine Tasche abgestellt hatte. Einen Koffer, eine Reisetasche, irgendwas, was in einem Hotel keine Aufmerksamkeit erregt.

Dann zog er die Maske, die Brille und den Jogginganzug aus. Darunter trug er Straßenkleidung, sodass er nur in seine Schuhe zu schlüpfen brauchte. Die Verkleidung stopfte er in den Koffer oder die Tasche, dann lief er die Treppe hinunter in die Lobby und verließ das Hotel, bevor irgendjemand begriffen hatte, was passiert war, und das Sicherheitspersonal die Ausgänge verriegeln konnte.«

Julie konnte sich nicht mehr an die Liftfahrt hinunter zur Lobby erinnern, aber sie erinnerte sich sehr wohl an die chaotischen Minuten, nachdem die Türen aufgeglitten waren und sich den Hotelgästen vor dem Aufzug jenes grauenhafte Bild geboten hatte. Sie, über Paul gebeugt, eine riesige Blutlache auf dem Marmorboden, die drei Mitfahrenden unter Schock. Die entsetzliche Szene hatte ein Chaos ausgelöst. Der Mann, der dafür verantwortlich war, hätte währenddessen unbemerkt das Hotel verlassen können.

Unbemerkt von den Zeugen, aber nicht von den Überwachungskameras.

»Die Zeitspanne, kurz bevor und nachdem der Lift in der Lobby eintraf und das Chaos losbrach, nehmen wir uns besonders genau vor. Vielleicht hat die Kamera jemanden beim Verlassen des Hotels erfasst, der weder als Angestellter, Gast, Freund eines Gastes oder Teilnehmer an einer Konferenz oder eines Meetings identifiziert werden kann. Jemand, der weder seinen Wagen vorfahren ließ noch ein Taxi angefordert hatte.«

»Das sind bestimmt Hunderte von Menschen«, hatte sie erkannt. »Wie lange wird das dauern?«

Die beiden Detectives hatten zugegeben, dass es eine arbeitsintensive Aufgabe war.

»Sonst gibt es nichts?«

Sie hatten ihr erklärt, dass man weder die Maske noch die Brille oder den Jogginganzug gefunden hatte. Zwar hatte man Sockenfasern auf dem Teppichboden im Korridor entdeckt, aber die passten zu einer weit verbreiteten Marke, die praktisch in jedem Kaufhaus mit einer Abteilung für Männerkleidung verkauft wurde. Der Täter hatte nichts berührt, nirgendwo ein Haar hinterlassen, soweit sie feststellen konnten, und selbst falls sie irgendwo seine DNA gesichert hatten, mussten sie ihn erst festnehmen, bevor sie seine DNA mit den gefundenen Proben abgleichen und ihm dadurch nachweisen konnten, dass er am Tatort gewesen war.

»Autos auf dem Parkdeck?«

»Wir überprüfen jedes einzelne«, hatte Sanford erklärt. »Am Ausgang hängt eine Kamera. In den zehn Minuten nach dem Überfall hat kein Auto die Garage verlassen, danach wurde die Ausfahrt versperrt. Darum gehen wir davon aus, dass er zu Fuß entkommen ist. Wahrscheinlich hat er seinen Wagen ein paar Blocks vom Hotel entfernt geparkt.«

Der Jetlag hatte Julies Pessimismus und ihre Niedergeschlagenheit noch verstärkt. Ganz spontan hatte sie beschlossen, alle Vorsicht fahren zu lassen. »Aber Sie haben das Video aus der Eingangshalle, das damals aufgezeichnet wurde?«

»Wir haben es schon mehrmals durchgesehen«, hatte Sanford erwidert.

»Taucht Creighton Wheeler darauf auf?«

»Nein.«

Kimballs Antwort kam sofort, woraus Julie schloss, dass sie nach ihm Ausschau gehalten hatten.

Daraufhin hatte sie den beiden für ihre Bemühungen gedankt und war gegangen. Sie hatte nicht damit gerechnet, dass sich vor dem Gebäude eine Horde von Reportern auf sie stürzen würde. »Ich habe nichts weiter zu sagen«, hatte sie erklärt, während sie sich einen Weg durch das Gedränge zu bahnen versuchte.

»Gibt es eine neue Spur, Ms Rutledge?«

»Das müssen Sie die Polizisten selbst fragen.«

»Gibt es inzwischen eine Vermutung, wer Mr Wheeler erschossen hat?«

»Nicht soweit ich weiß.«

»Glauben Sie, dass der Räuber ein Einzeltäter war?«

Diese Frage ließ sie innehalten, denn das hatte sie noch niemand gefragt. Erst jetzt, als sie die Szene auf ihrem Bildschirm wieder sah, wurde ihr bewusst, mit welcher Überzeugung sie sich über das Mikrofon gebeugt und erklärt hatte: »Nein, und ich glaube auch nicht, dass es ein Raubüberfall war.«

Damit endete die Einblendung, und die Nachrichtenmoderatorin erschien wieder auf dem Bildschirm. »Unser Reporter Chris de la Cruz bat Ms Rutledge, ihre Vermutung zu erläutern, aber das lehnte Ms Rutledge ab.«

Julie schaltete erst den Fernseher und dann das Licht aus.

Wahrscheinlich würden ihr die Detectives nach dieser Erklärung die Hölle heißmachen, doch das war ihr egal. Seit der Tat waren fast zwei Wochen vergangen. Inzwischen bearbeiteten die beiden wahrscheinlich nicht mehr nur den Mord an Paul, sondern ein Dutzend weitere Taten. Jedes Mal, wenn sie sich mit den Detectives traf oder mit ihnen telefonierte, wurde ihr versichert, wie entschlossen man sei, den Fall zu lösen und den Täter vor Gericht zu bringen, aber so naiv war sie nicht. Bald würde dieser Fall zugunsten eines neueren in den Hintergrund treten müssen.

Vielleicht konnte sie mit dem, was sie zu den Reportern gesagt hatte, die Sache ein, zwei Tage länger am Köcheln halten. Alles war möglich. In ein, zwei Tagen konnte eine Menge passieren.

In ein, zwei Tagen konnte man zum Beispiel Dinge in elftausend Metern Höhe tun, die man sich nie zugetraut hätte.

Creighton drückte ein Symbol auf dem iPad, das ihm als Fernbedienung diente, und drehte damit die Lautstärke des riesigen Fernsehers in seinem Privatkino höher.

Die Frau hob den Kopf aus seinem Schoß und fragte pikiert: »Langweilst du dich etwa?«

»Das würdest du schon merken.«

Er legte die Hand auf ihren Hinterkopf und drückte sie wieder nach unten. Sie widmete sich erneut ihrer Aufgabe. Eigentlich war sie verdammt gut. Nachdem er Stammkunde war, kannte die Agentur seine persönlichen Vorlieben und schickte ihm nur die besten Mädchen. Sobald sie eingetroffen war, hatte er sie »in den Kinoraum« befohlen. Dort hatte er es sich im Sessel gemütlich und sie sich an die Arbeit gemacht. Ihre blonden Haare waren lang und glatt. Versonnen spielte er mit den Fingern darin, während er die Nachrichtensendung verfolgte.

In seinem Kinoraum sah selbst die trivialste Sendung gut aus. Er sah ausschließlich dort fern. Auch Filme sah er lieber in seinem Privatvorführraum als in einem Kino, das meist in billigen Shopping Malls untergebracht war und in dem Halbidioten Popcorn mümmelten, während des Films flüsterten, gegen die Rückenlehne seines Sitzes traten oder sogar – wie weit war es mit dieser Welt nur gekommen – SMS-Nachrichten verschickten und empfingen.

Er behandelte seine DVD-Sammlung wie ein Nationalheiligtum. Temperatur und Luftfeuchtigkeit wurden in seinem Heimkinoraum akribisch überwacht und kontrolliert, damit die alten Filmrollen und Videobänder keinen Schaden nahmen. Jeder seiner Filme, jedes Video und jede DVD war in fast täglich überarbeiteten Computerdateien katalogisiert und mit Querverweisen versehen. Die elektronischen Geräte durften nur mit Samthandschuhen angefasst werden. Staub war ein Anathema, aber dem Zimmermädchen war es ohnehin verboten, diesen Raum zu betreten. Hier machte er persönlich sauber.

Die Auflösung des Bildes auf der Leinwand war so brillant, dass er die Poren auf der Nase der Nachrichtensprecherin erkennen konnte, als sie eine deprimierende Story über sabbernde, in Windeln gepackte Greise in einem Pflegeheim ansagte. Mein Gott, warum ließen die nörgelnden Angehörigen diese Leute nicht einfach sterben?

Sonst vergeudete er seine Zeit nicht damit, Nachrichten anzusehen, aber er wollte wissen, ob es etwas Neues über den Mord an seinem Onkel Paul gab. Zum letzten Mal waren die Detectives vor über einer Woche bei ihnen gewesen, und da hatten sie ihn gefragt, ob er sich an einen Streit erinnere, der sich vor Kurzem in Pauls Büro zugetragen hatte.

Nachdem er sich ausrechnen konnte, dass irgendein Wichtigtuer bei Wheeler Enterprises, wahrscheinlich die dörrpflaumengesichtige Sekretärin seines Onkels, ihn verpfiffen hatte, war ihm klar, dass er den Streit zugeben musste, wenn er nicht bei einer Lüge ertappt werden wollte. »Natürlich erinnere ich mich. Er hat mich zur Schnecke gemacht.«

Weswegen, hatten die beiden wissen wollen.

»Weil ich in seinen Augen ein vollkommen wertloser Mensch bin.« Er hatte erst den schwarzen Typen und dann die Frau mit dem fetten Arsch und den unsäglichen Klamotten angegrinst. »Was keineswegs zutrifft. Ich habe Onkel Paul darauf hingewiesen, dass ich nicht wertlos bin, weil der Treuhandfonds meiner Großeltern mütterlicherseits auf über siebzig Millionen Dollar angewachsen ist, was objektiv betrachtet eine hübsche Stange Geld ist. Ich fand das eine ziemlich witzige Erwiderung, aber Onkel Paul hatte keinen Sinn für Ironie.«

Die beiden Detectives schienen ein bisschen geknickt, dass er den Streit zugegeben hatte. Hatten sie gehofft, ihn so in die Enge treiben zu können? Falls ja, dann hatte er sie mit seiner Offenheit entwaffnet. Sein Dad hatte zwar einen sündteuren Anwalt angeheuert, der von nun an als Sprachrohr dienen sollte, aber der war nicht notwendig. Der Fall kühlte allmählich ab. Bald wäre er mausetot. Genau wie der arme Onkel Paul.

Das Mädchen berührte mit der Zunge einen sensiblen Punkt, und sein Penis reagierte. Er war kurz davor. In einem angenehmen Schauer ließ er den Kopf zurücksinken und schloss die Augen. Aber sie flogen sofort wieder auf, als ihn eine vertraute Stimme aus den Surround-Lautsprechern ansprach: »Ich habe nichts weiter zu sagen.«

Vor ihm füllte Julie Rutledge den Bildschirm aus. Zufrieden stellte er fest, dass sie müde, zerzaust und leicht verärgert aussah, als sie gefragt wurde, ob die Polizei auf der Jagd nach Pauls Mörder weitergekommen sei. »Nicht soweit ich weiß«, erwiderte sie.

War das nicht voll cool? Sich einen verfluchten Blowjob verpassen zu lassen, während er die junge Geliebte seines Onkels auf dem Bildschirm hatte. Schade, dass sie das nicht wusste. Vielleicht würde er sie später anrufen und ihr erklären: »Julie, ich hab dich in den Nachrichten gesehen. Ich hab dir in die Augen geschaut, als ich gekommen bin.«

Im selben Moment hob die Hure den Kopf und ließ ihn aus seinem Gedankenflug abstürzen. »Hey, du ziehst an meinen Haaren.«

Er lockerte seinen Griff, aber sein selbstzufriedenes Lächeln blieb. Julie konnte ihn nicht leiden, zweifellos, weil Paul so viele Lügen über ihn verbreitet hatte. Er wusste nicht, was Paul seiner Geliebten alles erzählt hatte, aber seither war sie ihm gegenüber kühl und distanziert geblieben. Es freute und erregte Creighton, wie unwohl sie sich in ihrer Haut fühlte.

Sie sah direkt in die Kamera und sagte: »Und ich glaube auch nicht, dass es ein Raubüberfall war.«

Creighton kam.

Die Hure sah zu ihm auf und nörgelte: »Was war daran so komisch?«

Offenbar war sie es nicht gewohnt, dass die Freier lachten, wenn sie zum Höhepunkt kamen. »Nichts.« Er zog den Reißverschluss zu, packte sie am Oberarm und zerrte sie auf die Füße. »Zeit zu gehen.«

»Wieso so eilig?« Sie strich mit den Händen vorn über ihre Bluse und gurrte: »Ich könnte noch bleiben.«

Er schob sie weg: »Raus.«

Das Mädchen spürte, dass es ihm ernst war, schnappte ihre Handtasche und stolzierte aus dem Raum. Er folgte ihr durch die Wohnung, um sicherzugehen, dass sie unterwegs nichts mitgehen ließ. Sie zog die Wohnungstür auf und schoss ihm über die Schulter einen giftigen Blick zu. »Die anderen Mädchen hatten recht. Du bist ein Arschloch.«

»Mir bricht das Herz.«

»Wenn du mich fragst, bist du scheißpervers.«

Ihm fielen ein Dutzend bitterböse Antworten ein, aber bei diesem Mädchen war jede schlagfertige Erwiderung verschwendet. Wortlos schob er sie aus der Wohnung und knallte die Tür hinter ihr zu.

Auf dem Rückweg zum Kinoraum blieb er kurz stehen, um den Blick auf die funkelnde Skyline von Atlanta zu genießen, die sich unter dem Wohnzimmerfenster seines Penthouse-Apartments ausbreitete. Er fuhr im Vorbeigehen mit der Hand über das butterweiche Leder des Sofas und bewunderte wieder einmal die Art-déco-Doppeltür, die er aus einem ehemaligen Kino gerettet hatte und die ihm jetzt als Portal in sein eigenes Kinoreich diente.

Nachdem er sich wieder in dem plüschigen, handgefertigten und von ihm selbst entworfenen Kinosessel niedergelassen hatte, spielte er Julies Auftritt vor den Reportern ein zweites

Mal ab. Allerdings fand er den zweiten Durchlauf weit weniger amüsant als ärgerlich. Gerade jetzt, wo die Detectives allmählich die Lust verloren und den Mord an seinem Onkel in Richtung Ablage schieben wollten, eröffnete Julie ihnen eine völlig neue Perspektive. Jetzt würden sich Sanford und Kimball verpflichtet fühlen nachzuforschen, ob hinter dem Vorfall möglicherweise mehr steckte als nur ein gewöhnlicher Raubüberfall.

Seit dem brutalen Tod seines Onkels hatte sich Creighton im Hintergrund gehalten und seinen Vater für die Familie sprechen lassen, während er selbst das Scheinwerferlicht gemieden hatte. Er liebte Spektakel, aber nur im Film. Im wirklichen Leben mochte das Scheinwerferlicht vielleicht die Schönheit und Kraft des Angestrahlten hervorheben, und da brauchte er sich wahrlich nicht zu verstecken. Doch wer im Scheinwerferlicht baden wollte, musste dafür sein Privatleben opfern. Anonym zu bleiben hatte eindeutig Vorteile. Wer sich im Hintergrund hielt, war beweglicher und dadurch mächtiger.

Aber jetzt hatte Julie ihr Plappermaul aufgerissen und die Detectives vielleicht wieder misstrauisch gemacht, sodass er diesen Derek Mitchell doch noch brauchen würde.

Was für ein Mist.

7

Julie war stolz darauf, wie ihre Galerie von der Straße aus wirkte. Sie strahlte einen diskreten und klassischen Charme aus und passte damit gut in diesen Abschnitt der Peachtree Street, wo die Boutiquen, Antiquitätenläden, Schneidereien und Lokale nicht weniger schick waren als die Kunden in Buckhead.

Die Töpfe mit den Orangenbäumen links und rechts der schwarz lackierten Tür und die Fransenmarkise über dem Gehsteig setzten heimelige Akzente und wirkten einladend auf unerfahrene Kunstliebhaber, die durch eine allzu spartanische Front abgeschreckt worden wären, während gleichzeitig das elegante Ambiente gewahrt blieb, das erfahrene Käufer erwarteten.

Sie bog in die kleine Gasse neben dem Haus und fuhr auf die Rückseite des Gebäudes, wo sie den Wagen abstellte, um die Galerie dann durch die Hintertür zu betreten. Sie ließ die Handtasche mitsamt einem Stapel aus Frankreich mitgebrachter Kataloge auf ihren Schreibtisch fallen. Die Schreibfläche lag grundsätzlich unter einem Meer von Papieren verborgen, sosehr sie sich auch bemühte, gegen die Flut anzukämpfen. Nachdem sie mehrere Tage nicht hier gewesen war, hatten sich wieder neue Rechnungs- und Poststapel angesammelt. Dazwischen hatte Kate unübersehbar ein paar Bitten um Rückrufe platziert. Julie sah sie der Reihe nach durch, aber nichts davon war wirklich dringend.

Büro und Lager waren über einen zehn Meter langen Flur mit dem Verkaufsraum auf der Vorderseite des Gebäudes verbunden. Hier stellte Julie die preiswerteren und qualitativ nicht ganz so hochwertigen Bilder aus. Während sie durch den Flur ging, nahm sie sich vor, ein paar Werke umzuhängen. Sie glaubte fest daran, dass es besser war, die Bestände immer wieder neu zu präsentieren. Ein Gemälde oder Kunstobjekt, das zuvor unbemerkt geblieben war, fiel an einem neuen Platz womöglich einem interessierten Kunden auf.

Weil der weiche Teppichboden und der aus den unsichtbaren Lautsprechern flüsternde Beethoven ihre Schritte dämpften, bemerkte Kate sie erst, als sie im Ausstellungsraum stand. Fröhlich verkündete ihre Assistentin: »Ach, da ist sie ja.«

Der Mann, mit dem Kate gesprochen hatte, drehte sich um. Julie erstarrte, und ihr stockte kurz der Atem. »Guten Morgen«, begrüßte Derek Mitchell sie freundlich und mit einem strahlenden, selbstgefälligen Lächeln, weil er ihr sichtbar den Boden unter den Füßen weggezogen hatte.

Sie fand ihre Stimme gerade noch rechtzeitig wieder, um die Begrüßung zu erwidern.

»Mr Mitchell war schon hier, als ich den Laden aufsperren wollte«, berichtete Kate. »Ich habe ihm erklärt, dass du wahrscheinlich erst gegen halb elf kommst, aber er wollte unbedingt auf dich warten. Ich habe ihm einen Espresso gemacht.«

Hinter seinem Rücken wackelte Kate grinsend mit den Augenbrauen. Sie konnte ihre Assistentin fast sagen hören: *Was für eine Sahneschnitte!*

Er trug einen Sommeranzug, dazu ein unifarbenes Hemd mit passender Krawatte und extrem dezente Manschettenknöpfe. Alles deutlich gehobener als seine Reiseklamotten. In exzellenter Qualität und Passform. Er strahlte Selbstvertrauen und eine ungestüme Männlichkeit aus, die eigentlich nicht zu seinem städtischen Aufzug passte, so als wollte er seine Mitmenschen mit seiner Kleidung täuschen.

Julie riss den Blick von ihm los und sah auf den Hund, der zu seinen Füßen lag.

»Das ist Maggie«, sagte er.

»Ich weiß, dass in der Galerie eigentlich keine Hunde erlaubt sind«, beeilte sich Kate zu erklären, »aber Mr Mitchell hat mir versichert, dass Maggie stubenrein und eigentlich mehr Mensch als Hund ist. Ist sie nicht schön?«

Die Hündin hob den Kopf, als hätte sie begriffen, dass man sie vorgestellt hatte. Sie sah Julie an, riss das Maul zu einem monströsen Gähnen auf und ließ das Haupt danach wieder neben die italienischen Slipper ihres Herrchens sinken.

Julie sah die Slipper auf sich zukommen. Als sie vor ihr stehen blieben, hob sie den Kopf und blickte Derek Mitchell ins Gesicht. »Ms Rutledge.« Er reichte ihr die Hand. Sie wusste, dass sie vor Kate die Scharade aufrechterhalten musste, und griff darum zu. »Mr Mitchell. Willkommen im Chez Jean. Wie haben Sie von uns erfahren?«

»Ich habe meine Hausaufgaben gemacht.« Er hielt ihre Hand eine Sekunde zu lang fest.

»Er ist auf der Suche nach etwas Besonderem«, erläuterte Kate.

»Und wonach genau?« Julie richtete die Frage an ihn.

»Das weiß ich noch nicht.«

»Für zu Hause oder fürs Büro?«

»Für sein Schlafzimmer«, sagte Kate. Wieder wackelte sie mit den Brauen, und Julie tat so, als hätte sie nichts bemerkt.

Er sagte: »Wie ich gehört habe, haben Sie den Ruf, Ihre Kunden stets zufriedenzustellen.«

Julies Wangen brannten. Kates wegen sagte sie: »Ich bemühe mich jedenfalls.«

»Oh, ich bin sicher, dass Sie sich nicht nur bemühen. Ich glaube, Sie lassen nichts unversucht.« Ein paar Atemzüge lang blieb es still. Dann sagte er: »Ich bin schon tausendmal an der Galerie vorbeigefahren und habe jedes Mal die Kunstwerke im Schaufenster bewundert. Aber ich hatte nie einen Grund anzuhalten.«

»Aber jetzt haben Sie einen?«

»O ja.«

Sie richtete sich auf. »Ich bin überzeugt, dass Katherine das perfekte Stück für Sie finden wird. Sie ist sehr bewandert.«

»Er wollte aber mit dir persönlich sprechen.«

»Ganz genau, Ms Rutledge. Nicht dass Ms Fields nicht ebenso charmant und bewandert wäre.« Er schenkte Kate über die Schulter hinweg ein Lächeln, das automatisch erwidert wurde, und wandte sich dann wieder Julie zu. »Aber ich vertraue mich doch lieber Ihren kundigen Händen an.«

Die zweideutige Bemerkung traf sie wie ein Güterzug. Ein Kaleidoskop von Erinnerungen blitzte in ihrem Kopf auf. Plötzlich bekam sie vor Verlegenheit keine Luft mehr und musste all ihre Willenskraft aufbieten, um sich das nicht anmerken zu lassen. Die Situation war umso peinlicher, als er genau wusste, woran sie im Moment dachte.

Er hatte sie vollkommen überrumpelt. Das Lächeln, der Hund, die entwaffnende Lässigkeit – damit hatte er Kate geblendet. Am liebsten hätte sie ihn und seinen wohlerzogenen Labrador aus der Galerie geschoben und die Tür hinter ihm verriegelt, aber wie hätte sie das ihrer Assistentin erklären sollen?

Ihr Mund war so staubtrocken, dass sie die Frage kaum herausbekam: »Schwebt Ihnen etwas Bestimmtes vor, Mr Mitchell?«

»Ich bin für alles offen.«

Okay, jetzt aber Schluss mit den erotischen Zweideutigkeiten. Knapp und kurz verkündete sie: »Ich brauche zumindest einen Anhaltspunkt. Sonst verschwende ich Ihre Zeit.« *Und meine*, war dabei herauszuhören.

»Was ich wirklich will, weiß ich erst, wenn ich es sehe, aber wenn ich es sehe, greife ich zu.« Er wartete kurz ab und ergänzte dann: »Vielleicht sollten Sie mir einfach ein paar von Ihren Sachen zeigen.«

Kate versuchte behilflich zu sein: »Im Salon haben wir auch noch ein paar Stücke. Ich passe so lange auf den Laden auf. Und auf Maggie.« Sie kniete sich hin und streichelte dem Hund den Rücken. »Wir kommen schon miteinander aus, nicht wahr, Maggie?«

Derek Mitchell lächelte. »Ich höre keine Einwände. Nach Ihnen, Ms Rutledge.«

Nachdem ihr die Entscheidung aus der Hand genommen worden war, drehte Julie sich um und führte ihn durch den Flur in den kleinen Raum auf der linken Seite, den sie als Salon bezeichneten. Hier konnten anspruchsvolle Sammler die Skulpturen und Gemälde im bestmöglichen Licht studieren. Hier bekamen sie Zeit, ein Kunstwerk aus jedem Blickwinkel zu betrachten, in aller Muße, angenehmer Umgebung und absolut ungestört. Und hier schloss Julie gewöhnlich ihre Verkäufe ab, darum war der Raum wohnlich eingerichtet.

Beim Eintreten berührte sie einen Schalter, und gedämpftes Licht erfüllte den Raum. Derek Mitchell folgte ihr. Sie schloss die Tür und drehte sich wütend zu ihm um.

»Was wollen Sie hier?« Abweisend verschränkte sie die Arme.

»Was sollte das alles?«

Sie standen sich direkt gegenüber, mit Feuer speiendem Blick, und legten gleichzeitig los.

Er hatte sich kampfbereit vor ihr aufgebaut, die Hände in die Hüften gestemmt, das Jackett weit geöffnet. Diese Pose nahm er wahrscheinlich auch ein, wenn er einen Zeugen ins Kreuzverhör nahm, und Julie fand sie auf Anhieb unerträglich.

»Wie können Sie es wagen hierherzukommen?«, fauchte sie.

»Wie ich es *wagen* kann? Wie *ich* es wagen kann? Und das von einer windigen Abschleppkünstlerin?«

Sie drehte ihm den Rücken zu. »Darüber spreche ich nicht.«

»Den Teufel werden Sie nicht tun.« Er schob sich an ihr vorbei, sodass sie sich wieder gegenüberstanden. »Es gibt überzeugende Indizien dafür, dass unsere Begegnung kein Zufall war.«

»Natürlich war es kein Zufall. Glauben Sie, ich würde mich ohne zwingenden Grund mit einem Fremden in eine Flugzeugtoilette zwängen?«

»Zwingender als der Wunsch nach einem Quickie?«

Im ersten Moment war sie zu schockiert, um ihm zu antworten, und als sie es tat, bebte ihre Stimme entrüstet. »Verschwinden Sie!«

»O nein, noch nicht.« Sie wollte an ihm vorbei, doch er verstellte ihr den Weg. »Sie waren jedenfalls nicht in tiefer Trauer um Ihren toten Liebhaber, als Sie sich an meinem Reißverschluss zu schaffen gemacht haben.«

»Ich werde mir das nicht länger anhören.« Sie machte einen Ausfallschritt; er versperrte ihr wieder den Weg.

»Wenn es sonst nicht Ihre Art ist, Männer im Flugzeug aufzureißen …«

»Ganz bestimmt nicht.«

»Dann komme ich zu meiner Ursprungsfrage zurück. Warum? Sie haben mir einen schmerzhaften Tritt in den Unterleib versetzt. Ich will wissen, warum. Inzwischen ist mir klar, dass die Sache etwas mit Paul Wheeler zu tun haben muss. Aber was? Als ich in Paris ins Flugzeug stieg, wusste ich nichts über ihn. Warum haben Sie sich also ausgerechnet an mich herangemacht?«

»Sie sind ein kluger Kopf, Mr Mitchell. Sie werden schon selbst darauf kommen.«

»Nehmen Sie mir die Arbeit ab. Erzählen Sie es mir.«

Sie schüttelte den Kopf und wollte wieder an ihm vorbei. Diesmal hielt er sie am Arm fest. »Soll ich lieber Doug Wheeler fragen, warum mich die Geliebte seines Bruders in einem Flugzeug verführt hat?«

Sie riss ihren Arm los. »Es ist mir gleich, ob Sie ihn fragen.«

Er lächelte wie ein Schakal. »Sie bluffen. Es ist Ihnen ganz und gar nicht gleich.«

Sie sah zornig zu ihm auf.

»Ersparen Sie uns allen die Peinlichkeiten, Ms Rutlegde. Warum wollten Sie mich in diese Situation bringen?«

Er bluffte ebenfalls. Er würde Doug nichts von der Episode im Flugzeug erzählen, weil bestimmt niemand wissen sollte, dass er so hereingelegt worden war. Aber er hatte Erfahrung im Bluffen, und nach allem, was sie über ihn gelesen hatte, kam er damit meist durch, selbst bei den zähesten Staatsanwälten. Außerdem hatte sie bereits zu Ende gebracht, was sie sich vorgenommen hatte. Sollte er da nicht erfahren dürfen, warum sie es getan hatte?

»Ich habe es getan, damit Sie Creighton nicht vertreten können.«

»Den Neffen. Was hat er damit zu tun?«

»Alles.«

»Mit dem Tod seines Onkels?«

Sie nickte.

»Er hat ein Alibi.«

»Nichtsdestotrotz steckt er hinter der ganzen Sache, Mr Mitchell. Früher oder später wird das auch die Polizei herausfinden. Dann wird er angeklagt und vor Gericht gestellt. Aber Sie werden ihn dann nicht vertreten können. Sie können ihn nicht verteidigen. Nicht nachdem … nachdem …«

»Ach so. Sie können es also tun, aber Sie können es nicht aussprechen.«

Er brach als Erster ihren langen, wütenden Blickkontakt. Sie meinte einen geflüsterten Fluch zu hören, als er sich von ihr wegdrehte und an die Wand gegenüber trat. Lange betrachtete er gedankenschwer das Gemälde an der Wand. Es war beleuchtet, um jeden einzelnen Pinselstrich zur Geltung zu bringen.

Leise sagte sie: »Jetzt wissen Sie Bescheid und können wieder gehen.«

Er ging gar nicht darauf ein. »Woher wussten Sie, dass Doug mich verpflichten würde?«

»Bei dem Empfang nach Pauls Beisetzung hörte ich, wie er sich bei ein paar Freunden beschwerte, weil die Polizei sich immer noch auf ihn konzentrierte, genau wie auf seine ganze Familie, obwohl alle wasserdichte Alibis hatten. Jemand meinte, das sei lächerlich, es rieche nach polizeilicher Willkür und dass es vielleicht an der Zeit für Doug sei, einen Pitbull – das ist ein Zitat – anzuheuern, der dem ein Ende macht.

Doug meinte, das hätte er sich auch schon überlegt. Dabei ließ er Ihren Namen fallen. Ich habe ein wenig nachgeforscht. Über Ihre Erfolge in ein paar berühmten Verhandlungen gelesen. Sie verlieren nicht oft. Ich hatte Angst, dass Creighton ungestraft mit dem Mord an Paul davonkommen würde, wenn Sie ihn vertreten würden.«

Lange blieb es still, während er mit dem Rücken zu ihr das

Bild studierte. Schließlich sagte er: »Würde irgendwer dieses Exponat kaufen, solange er noch halbwegs bei Sinnen ist?«

Sie musste lächeln. »Sie wären überrascht.«

»Für wie viel ist es denn zu haben?«

»Für fünfzehntausend.«

»Das ist doch ein Witz.«

»Nein.«

»Fünfzehntausend Dollar für ein Bild von einem nackten Fettsack?« Er drehte sich abrupt um. »Woher wussten Sie, dass ich in diesem Flugzeug sitzen würde?«

»Was?« Der abrupte Themenwechsel hatte sie verwirrt, und bestimmt hatte er genau das beabsichtigt.

»Nur meine Assistentin wusste, welchen Flug ich nehme, und die hätte diese Informationen niemals ohne mein Wissen und meine Billigung herausgegeben.«

»Ich wusste es von Sharon, Dougs Frau. Vergangene Woche rief ich bei den beiden an, um mich zu erkundigen, wie es ihnen so ging.«

»Sie stehen der Familie so nahe?«

»Wir kennen uns. Über Paul.«

»Doug hat mir erzählt, dass Paul Sie vergöttert hat. Und umgekehrt.«

»Das stimmt.«

»Hm.« Er unterzog sie einer langsamen, skeptischen Musterung und kehrte dann zum Ursprungsthema zurück. »Sharon Wheeler konnte nicht wissen, welchen Flug ich nehme.«

»Haben Sie sie kennengelernt?«

»Noch nicht.«

»Sie ist… ich meine das nicht so abfällig, wie es klingen wird. Aber sie ist nicht besonders schlau und leicht zu manipulieren. Ich habe so getan, als hätte Doug mir erzählt, dass er Sie verpflichten wollte, und Sharon dann gefragt, ob das geklappt hätte. Sie sagte, dass Sie in Paris seien und erst am Achtzehnten zurückerwartet würden und dass Doug Sie dann zu sehen hoffte.«

»Sie haben einfach so beschlossen, mich in Paris zu überfallen?«

»Mir kam das wie ein guter Plan vor.«

Er unterdrückte ein Lachen. »Verglichen womit? Mit einem Bombenanschlag?«

»Es war ein gewagter Schritt, stimmt. Aber ich musste Sie abfangen, bevor Sie mit Doug sprachen. Sharon hatte mir erzählt, dass Sie mit Ihrer Familie verreist wären, das sah ich als Vorteil. Sie waren bestimmt entspannt. Sie würden nicht so aufpassen. Sie würden nicht damit rechnen…«

»Aufs Kreuz gelegt zu werden. In jeder Hinsicht.«

Sie ging nicht darauf ein. »Delta Airlines fliegt viermal täglich von Charles de Gaulle nach Atlanta. Falls Doug noch am Nachmittag nach Ihrer Rückkehr einen Termin bei Ihnen machen wollte, war davon auszugehen, dass Sie den frühesten Flug nehmen würden.«

»Und wenn nicht?«

»Dann hätte ich mir umsonst ein Erste-Klasse-Ticket gekauft.«

»Und mich nicht flachlegen können.«

»Falls das nicht geklappt hätte, hätte ich mir eine andere Gelegenheit gesucht.«

»Für einen Geschlechtsakt?«

Sie wich seinem Blick aus. »Nicht unbedingt. Ehrlich gesagt hatte ich keine Ahnung, was ich tun würde. Ob ich Sie nicht einfach anflehen sollte. Mit Ihnen reden sollte. An Ihren Anstand oder Ihren Gerechtigkeitssinn appellieren sollte. Aber…« Sie zuckte mit den Schultern.

»Sie glauben nicht, dass ich etwas davon besitze.«

Sie widersprach ihm nicht. »Nach dem, was ich über Sie gelesen hatte, fürchtete ich, dass diese Taktik nicht erfolgreich wäre.« Sie sah ihn kurz an und fragte dann aus reiner Neugier: »Haben Sie eigentlich Gewissensbisse, wenn ein Mandant Ihretwegen freikommt, obwohl Sie wissen, dass er ein schreckliches Verbrechen begangen hat?«

»Glauben Sie an die Rechte, die unsere Verfassung gewährt?«

»Natürlich.«

»Da haben Sie die Antwort. Außerdem sind Sie vom Thema abgekommen. Warum die Verführungstaktik?«

»Das erschien mir die einfachste und effektivste Methode, Sie in eine peinliche Lage zu bringen.«

»Wie jede Frau seit Eva weiß.«

»In einem Flugzeug hat man das Gefühl, von allem losgelöst zu sein. Die Regeln scheinen dort außer Kraft gesetzt.«

»Was in der Luft passiert, bleibt in der Luft?«

»So in etwa.«

»Sie haben mir Wodka eingeflößt, während Sie Virgin Marys tranken. Ja, so viel habe ich mir inzwischen zusammengereimt. Sie haben die Stewardess gebeten, Ihnen alkoholfreie Drinks zu mixen, während ich mir einen ansaufen durfte.«

»Ich habe Ihnen die Drinks nicht unter Zwang eingeflößt.«

»Nein, aber Sie haben dafür gesorgt, dass ich mich möglichst gut amüsiere, nicht wahr? Enger Rock. Highheels. Sie Ärmste. Die betrogene Frau mit dem angeschlagenen Ego. Die Story mit dem fremdgehenden Ehemann, war das Fakt oder Fiktion?«

»Fakt. Nur nicht zu diesem Zeitpunkt.«

»Hm. Haben Sie sich darum von ihm scheiden lassen?« Sie sah ihn scharf an, und er sagte: »Ich habe mich ebenfalls schlau gemacht.«

Sie ließ sich nicht weiter über ihre gescheiterte Ehe aus. Ein paar Sekunden lang erwiderte er ihren Blick, dann absolvierte er einen gemächlichen Rundgang durch den Salon und begutachtete die ausgestellten Gemälde. Vor einem blieb er stehen, stemmte die Hände in die Hüften und betrachtete es so eindringlich, dass Julie fürchtete, er könnte mit seinem Blick ein Loch in die Leinwand brennen. Schließlich fragte sie: »Wann haben Sie es herausgefunden?«

»Wer Sie sind? Gestern Abend. Ich habe die Nachrichten gesehen. Sie können sich vorstellen, wie überrascht ich war. Da standen Sie, meine rätselhafte Flugbekanntschaft, in Hochauflösung vor mir. Diesmal fiel auch Ihr Name, zu meiner großen Freude. Julie Rutledge. Aber Moment mal. Julie Rutledge ist bis über beide Ohren in einen schlagzeilenträchtigen Kriminalfall verwickelt, der – das ist so ein Zufall, dass es kein Zufall mehr sein kann – mir gerade eben angetragen wurde.

Und plötzlich ergibt Ihre rätselhafte Bemerkung zum Abschied ›Das war's dann wohl‹ einen Sinn. Jedenfalls in gewisser Hinsicht.« Er drehte sich wieder zu ihr um, als erwarte er eine Reaktion. Als sie still blieb, fragte er: »Was meinten Sie mit Ihrer letzten Bemerkung vor der Polizeistation?«

»Genau das, was ich gesagt habe. Dass es kein Raubüberfall war.«

»Ein maskierter Mann bedroht mit seiner Pistole eine Gruppe von Menschen, kassiert alle Wertsachen ein, und das ist kein Überfall?«

»Es war Mord, Mr Mitchell. Ein geplanter Mord. Paul sollte sterben. Der Überfall sollte vertuschen, dass sein Tod wohlüberlegt und geplant war.«

»Von Creighton Wheeler mutmaßlich.«

»Das ist keine Mutmaßung.«

»Sie sind ganz sicher, dass er dahintersteckt?«

»Das bin ich.«

»Offenbar teilt die Polizei Ihre Überzeugung nicht, sonst hätte man ihn längst verhaftet.«

»Sie haben keine Beweise.«

»Aber Sie?«

Sie blieb stumm. Selbst wenn sie unwiderlegbare Indizien gehabt hätte, um Creighton mit dem Mord in Verbindung zu bringen, wäre Derek Mitchell der Letzte gewesen, dem sie diese Informationen anvertraut hätte. Aber die Frage erübrigte sich, denn sie hatte keine Beweise. Darum sagte sie: »Obwohl Creighton ein Alibi vorweisen kann, wird er immer noch vernommen. Kommt Ihnen das nicht merkwürdig vor?«

»Eigentlich nicht. Polizisten tun ständig irgendwelche merkwürdigen Dinge.«

»Ich wurde mehrmals von Sanford und Kimball befragt. Mir erscheinen die beiden extrem kompetent.«

Aus seiner verkniffenen Miene schloss sie, dass er ihrer Meinung war, das aber aus Stolz nicht zugeben wollte. »Ich kenne Roberta Kimball nicht«, sagte er.

»Aber Sanford?«

»Flüchtig und vom Ruf her.«

»Und hat er den Ruf, öfter merkwürdige Dinge zu tun?«

»Worauf wollen Sie hinaus?«, fragte er gereizt.

»Würden sich Sanford und Kimball immer wieder mit Creighton beschäftigen, wenn sie nicht glaubten, dass er etwas mit dem Vorfall zu tun hat? Ich *weiß*, dass es so ist. Und Doug befürchtet es. Andernfalls hätte er Sie nicht schon verpflichtet, bevor er definitiv einen Pitbull brauchte. Er hat Sie angeheuert, um seine Potenz zu demonstrieren.«

»Genau wie Sie. Sozusagen.«

Das Wortspiel war beabsichtigt, und auch diesmal glühten

ihre Wangen auf, aber sie wich seinem Blick nicht aus. »Genau. Ich habe vorgesorgt.«

»Da draußen warten unzählige exzellente Strafverteidiger, Ms Rutledge. Und die Wheelers können sich jeden davon leisten. Haben Sie vor, mit allen zu schlafen?«

Sie marschierte zur Tür und zog sie energisch auf. Aber im selben Moment fasste er ebenso entschlossen über ihre Schulter, drückte die Tür mit der flachen Hand zu und stemmte sich dagegen. Eingezwängt zwischen Tür und seinem Körper musste sie sich umdrehen.

»Sie haben viel auf sich genommen, um mich aus dem Rennen zu werfen, Ms Rutledge.«

»Sie haben gar keine Vorstellung, wie viel.«

»Eigentlich sollte ich mich geschmeichelt fühlen, dass Sie solche Angst vor mir haben.«

»Sie sind berüchtigt für Ihre Skrupellosigkeit. Sie und Creighton hätten ein gutes Team abgegeben.«

»Was soll das heißen?«

»Sie wissen schon, wie ich es meine.«

»Ehrlich gesagt nein, denn ich kenne Creighton Wheeler überhaupt nicht. Genauso wenig, wie ich Sie vor diesem Flug kannte. Was in dem Flugzeug geschah, ereignete sich, bevor ich mit Doug Wheeler sprach oder bevor ich auch nur wusste, dass sein Bruder erschossen wurde. Standesrechtlich gesehen habe ich mir nichts vorzuwerfen. Ich bin vom Haken. Wenn es mir verflucht noch mal gefällt, kann ich den Fall jederzeit übernehmen.«

»Sie mögen noch so arrogant sein, Mr Mitchell, aber nicht einmal Sie würden es wagen, Creighton vor Gericht zu vertreten, wenn Sie wissen, dass ich für die Anklage aussagen würde. Und selbst wenn Sie gewillt sind, eine Bauchlandung zu riskieren, würde ich dafür sorgen, dass es nie so weit kommt.«

»Das könnten Sie aber gar nicht, ohne öffentlich zu beichten, was Sie getan haben.«

»Was ich tun würde. Daran sollten Sie nicht zweifeln.«

»Sie würden der Öffentlichkeit erzählen, was wir beide da oben angestellt haben?«

»Auf jeden Fall.«

»Da war der Leichnam Ihres Geliebten kaum erkaltet. Und selbst wenn wir uns inzwischen noch so aufgeschlossen und abgeklärt geben, befinden wir uns hier immer noch in den Südstaaten. Die alte Garde, und dazu zählen Paul Wheelers Freunde und Geschäftspartner, wäre schockiert.« Er ließ den Blick durch den Raum wandern. »Ihre schicke Kundschaft würde nie wieder einen Fuß in diese Galerie setzen. Niemand würde auch nur einen Cent seines schwer ererbten Geldes bei Ihnen ausgeben. Man würde Ihnen vielleicht vergeben, dass Sie im Flugzeug über mich hergefallen sind, aber man würde Ihnen nie verzeihen, dass Sie das publik gemacht und damit Paul Wheelers Namen sowie den seiner fast heiligen Frau Mary durch den Dreck gezogen haben. Wenn Sie meinen Ruf ruinieren, ruinieren Sie damit auch seinen.«

»Ich habe es nur für ihn getan«, fuhr sie ihn an und stieß ihn beiseite, damit sie nicht länger zwischen der Tür und ihm eingesperrt war. »Pauls Neffe hat ihn umbringen lassen. Paul hätte gewollt, dass ich Creightons Verbrechen aufdecke. Er hätte von mir erwartet, dass ich eine Menge auf mich nehme, wie Sie es ausgedrückt haben, damit Creighton seine gerechte Strafe bekommt.«

Seine Augen waren haselnussbraun und schokoladedunkel gefleckt. Sie hielten ihren Blick gefangen, bis sie es kaum noch ertrug. »Sie haben das für Paul Wheeler getan?«

Sie richtete sich zu voller Größe auf und nickte heftig.

»Das war der einzige Grund?«

»Genau.«

»Für ihn?«

»*Ja.*«

Er betrachtete sie ausgiebig und ließ seinen Blick auf jenen Stellen verharren, die er schon einmal berührt hatte. Dann lächelte er, als wüsste er, dass er einen wichtigen Zeugen der Lüge überführt hatte. »Das können Sie sich vielleicht selbst weismachen, Julie. Oder Sie können es zumindest versuchen. Aber mir nicht.«

8

Kate streckte den Kopf durch die Bürotür und sah Julie erwartungsvoll an. »Und?«

Julie gab vor, die Ferngespräche auf der Telefonrechnung zu kontrollieren. Sie hatte Derek Mitchell nicht nach draußen begleitet. Nachdem er sie mit einem arroganten Lächeln bedacht hatte, hatte er hinter sich gefasst, den Türknauf gedreht und den Raum verlassen. Sie hatte volle sechzig Sekunden abgewartet, bevor sie ebenfalls in den Flur getreten war.

Von dort aus war sie in die winzige Toilette geschlüpft, die nur sie und Kate benutzten, hatte dort zwei Aspirin geschluckt, um die leise pochenden Kopfschmerzen abzuwehren, und sich dann die Hände gewaschen, wobei sie sich gewünscht hatte, sie würden aufhören zu zittern. Sie stemmte sie auf das kleine Waschbecken und atmete mehrmals tief durch. *Krieg dich wieder ein, Julie.*

Sie kehrte in ihr Büro zurück und nahm dort die Post in Angriff. Allerdings hätte sie wissen müssen, dass Kates Neugier und Sensationslust geweckt waren und nach weiteren Details hungern würden.

Sie starrte angestrengt auf die Telefonrechnung. »Und was?«

»Was hältst du von ihm?«

»Mr Mitchell?« Sie stellte sich gleichgültig. »Er zieht sich geschmackvoll an. Ob er einen ähnlich guten Kunstgeschmack hat, bleibt abzuwarten. Ich habe ihm ein paar Ideen entlockt, die mir bei der Auswahl helfen werden.«

»Nein, was hältst du von *ihm?* Ich finde, er ist ein echter Traumtyp.«

Julie zog die Stirn in Falten. »Ist er nicht ein bisschen alt für dich?«

»Der Altersunterschied ist auch nicht größer als bei dir und Paul.«

»Das war etwas anderes.«

»Und warum?«

»Ich war schon älter, als ich Paul kennenlernte, darum war die Kluft nicht ganz so tief. Du bist noch nicht einmal dreißig.«

Kate ließ sich nicht aus der Bahn bringen. »Ich habe ihn gegoogelt, während ihr im Salon wart. Er ist ein erstklassiger Anwalt. Strafverteidiger. Er hat einen super Ruf, und was das Beste ist, er ist Single.«

Julie ließ die Telefonrechnung auf den Papierstapel fallen und massierte ihre Stirn, hinter der die Kopfschmerzen mit den Schmerztabletten Pingpong spielten. »Kate, ich habe einen Berg Arbeit zu erledigen.«

Erst jetzt verpuffte der Überschwang der jungen Frau. »Na schön. Ich finde jedenfalls, er ist ein echter Leckerbissen. Mit dem Hund und so.«

Das Telefon läutete. Kate fasste an ihr vorbei, nahm den Hörer ab und antwortete. »Chez Jean. Wie kann ich Ihnen helfen?« Sie lauschte kurz, bat den Anrufer dann, am Apparat zu bleiben, und reichte den Hörer an Julie weiter. »Detective Sanford.«

»Danke, dass Sie so schnell kommen konnten, Ms Rutledge.« Sanford bot ihr einen Stuhl in seinem Kämmerchen an, in dem sie sich inzwischen, leider Gottes, fast zu Hause fühlte.

»Sie sagten, es sei wichtig.«

»Das hoffen wir.« Roberta Kimball hatte an seiner Seite gewartet, als Julie eingetroffen war. »Wir haben jemanden auf dem Überwachungsvideo aus der Lobby isoliert.«

Sanford setzte sich hinter seinen Schreibtisch und kam sofort zum Punkt. »Er war eindeutig zum Zeitpunkt des Überfalls im Hotel, aber er taucht nicht auf den Überwachungsbändern aus der Garage auf, und er hat auch keinen Wagen vorfahren lassen.«

»Wir vermuten, weil er nicht wollte, dass wir den Wagen zu ihm zurückverfolgen«, sagte Kimball. »Der Kamera zufolge hat er das Hotel um zwölf Uhr zweiundvierzig betreten und um drei Uhr fünfzehn wieder verlassen, etwa zum selben Zeitpunkt, in dem der Lift die Lobby erreichte und das größte Chaos herrschte.«

»Der Lift hat zwischen dem achten Stock und der Lobby nicht mehr angehalten. Konnte er wirklich so schnell nach unten kommen?«, fragte Julie.

Kimball nickte. »Er musste sich darauf verlassen, dass alle unter Schock standen. Bis unser junger Mann aus Kalifornien sich weit genug gesammelt hatte, um die Aufzugtür zu schließen und den Knopf fürs Erdgeschoss zu drücken, hätte unser Täter ins Treppenhaus flüchten, den Jogginganzug ablegen, in seine Schuhe schlüpfen und die acht Stockwerke ins Erdgeschoss laufen können. Er hätte wie ein Irrer rennen müssen, aber wir haben das von ein paar Kollegen, Sanford hier eingeschlossen, nachstellen lassen. Es ist zu schaffen.«

»Er ist kein Angestellter«, sagte Sanford. »Das Management hält ihn auch nicht für einen Gast. Niemand an der Rezeption kann sich erinnern, dass er eingecheckt hätte, und diese Leute sind darauf trainiert, sich Gesichter und Namen zu merken. Das Moultrie ist auch darum für seinen Service berühmt, weil die Gäste dort gleich nach der Ankunft mit Namen begrüßt werden. Der Portier an der Tür ist überzeugt, dass er ihn gesehen hat, aber er kann sich nicht erinnern, dass der Mann irgendwann Gepäck dabeigehabt hätte oder dass er ihm einen Pagen geholt oder ihn an die Rezeption geschickt hätte.«

»Niemand kann sich erinnern, dass irgendwer so gesprochen hätte, wie Sie und die anderen Fahrgäste im Lift es beschrieben haben«, ergänzte Kimball.

Vor ihrer Reise nach Frankreich hatte Julie mehrere Stunden damit zugebracht, die unterschiedlichsten Stimmaufnahmen anzuhören, aber damit hatten sie nur ihre Zeit verschwendet. »Die anderen aus dem Lift?«, fragte sie jetzt. »Die haben doch auch die Aufnahmen angehört …«

»Und sie haben das Gleiche gesagt wie Sie. Keine Stimme passt hundertprozentig, also ist das eine Sackgasse.«

Nach einer kurzen Pause fuhr Sanford fort: »Wir befragen auch alle, die an jenem Tag im Hotel an einer Konferenz teilgenommen haben. Wir warten noch ab, ob er irgendwo dazugehört hat. Ein Zimmermädchen glaubt sich zu erinnern, dass sie ihn an jenem Tag in einer der Gästezimmeretagen gesehen hat, aber sie ist sich nicht sicher.«

»Sie ist sich nicht mal sicher, ob der Himmel blau ist«, kommentierte Kimball trocken. »Sie ist sich nicht sicher, in welcher Etage sie ihn gesehen hat oder ob es überhaupt derselbe Typ war, sie bleibt einfach in allem vage. Wir zählen lieber nicht auf sie. Ich persönlich glaube, sie behauptet nur, ihn gesehen zu haben, um sich wichtig zu machen.«

»Wir zeigen dieses Bild unter den Hotelgästen herum«, fuhr Sanford fort. »Aber das ist eine Sisyphusarbeit. Inzwischen sind fast zwei Wochen vergangen. Die Menschen sind in alle Winde zerstreut. Ein paar sind inzwischen im Ausland. Wir brauchen also eine Ewigkeit für die Überprüfung, und vielleicht wird er irgendwann als harmloser Besucher identifiziert, der jemanden während eines Hotelaufenthalts besucht hat, und dann dürfen wir wieder ganz von vorn anfangen.

Wir haben das Foto auch unter unseren V-Leuten herumgezeigt. Bis jetzt ohne Ergebnis. Was nicht heißt, dass ihn niemand erkannt hat. Es heißt nur, dass ihn niemand erkennen will. Bei den Pfandleihern liegt der Fall nicht anders. Falls er den geraubten Schmuck versetzt hat, werden wir das nicht erfahren.

Außerdem durchforsten ein paar Kollegen die Verbrecherkarteien, aber selbst wenn er irgendwann nach einem bewaffneten Raubüberfall oder einem anderen Verbrechen verhaftet wurde, lässt sich das Aussehen verändern, und unser Foto lässt viel zu wünschen übrig, weil wir es von einem Videoband gezogen haben.«

»Einem miserablen Videoband«, ergänzte Kimball. »Mit miserabler Beleuchtung. Und miserablem Aufnahmewinkel. Eigentlich taucht er nur als Klecks auf, trotzdem ist es zumindest ein Anfang.«

Sanford schloss mit der Aufforderung: »Wir dachten, Sie sollten sich das Bild einmal ansehen.«

Er zog ein zwanzig auf fünfundzwanzig Zentimeter großes Foto aus einem braunen Umschlag. Julies Herz begann zu pochen, als sie danach griff. Sie warf einen Blick darauf, sah dann wieder die Detectives an und begriff im selben Moment, dass ihr überdeutlich anzusehen war, was sie davon hielt. *Soll das ein Witz sein?* »Das ist alles?«

»Ich habe Sie gewarnt, dass es eine lausige Aufnahme ist. Übrigens hat das Moultrie, nachdem wir ihnen das Foto gezeigt haben, alle Überwachungskameras ausgetauscht und das ganze System erneuert.«

Julie studierte das Foto und schüttelte zuletzt bedauernd den Kopf. »Das könnte irgendwer sein.«

»Sie erkennen ihn nicht?«, hakte Kimball nach.

»Nicht einmal vage.«

»Das Foto wurde vergrößert«, mischte sich Sanford ein, »und ist darum noch körniger als das Video. Sehen Sie noch einmal genau hin. Versuchen Sie die einzelnen Pixel zu einem Bild zusammenzufügen.«

Julie gab sich redlich Mühe, aber vergebens. Das Gesicht war ein Oval aus hellen und dunklen Klecksen und offensichtlich männlich, aber darüber hinaus nicht zu erkennen. Sie reichte Sanford das Bild zurück. »Glauben Sie mir, ich wünschte, ich könnte Ihnen einen Namen dazu nennen.«

»Na schön, einen Versuch war es wert.« Sanford ließ das Foto in den Umschlag zurückgleiten.

»Haben Sie es jemandem außer mir gezeigt? Den anderen Raubopfern?«

»Wir haben es gefaxt und per E-Mail versandt«, bestätigte Kimball. »Die Damen aus Nashville haben sofort negativ geantwortet. Der Kalifornier hat noch nicht reagiert. Da drüben ist es noch früh am Morgen.«

»Was ist mit Doug? Oder Creighton?«

Sanford nickte. »Wir haben auch erwogen, dass der Schütze ein ehemaliger Angestellter von Wheeler Enterprises sein könnte, der einen Groll gegen seinen früheren Arbeitgeber hegt. Darum haben wir Doug Wheeler hergebeten und ihm das Foto gezeigt. Er hat uns an seinen Anwalt verwiesen. Seit gestern hat er einen neuen.«

Kimball schnaubte in hörbarem Missfallen. »Derek Mitchell. Eine echte Landplage.«

Julie gab sich Mühe, unbeteiligt auszusehen. »Wieso?«

»Weil er gewinnt.«

»Nein, ich meinte, wieso haben die Wheelers einen neuen Anwalt beauftragt?«

Keiner der beiden Detectives gab seine Meinung zum Besten, trotzdem spürte Julie, dass ihre scheinbar harmlose Frage auf fruchtbaren Boden gefallen war. »Das wirkt fast so, als wären sie nervös, oder?«

Kimball und Sanford wechselten einen Blick. Als hätte Kimball Sanford damit einen Fingerzeig gegeben, stand er auf und entschuldigte sich, er müsse jemanden anrufen. »Sie beide können meinen Schreibtisch gern auch weiterhin mit Beschlag belegen. Entschuldigen Sie mich bitte.«

Sobald er außer Hörweite war, lächelte Julie die Polizistin an. »Sie kommunizieren auch wortlos. Das ist mir schon mehrmals aufgefallen.«

»Wir arbeiten inzwischen ein paar Jahre zusammen, aber mir kommt es wie eine Ewigkeit vor. Als wir einander zugeteilt wurden, hat es vom ersten Moment an zwischen uns gepasst. Unsere Ermittlungsmethoden sind kompatibel und unsere Persönlichkeiten auch.«

»Dabei sind Sie ganz unterschiedlich.«

»Lässt sich nicht leugnen«, meinte sie leutselig. »Schwarz, weiß. Mann, Frau. Verheiratet, Single. Groß und dünn, klein und dick. Vielleicht funktioniert unsere Partnerschaft hauptsächlich, weil wir so unterschiedlich sind.«

Julie sah Roberta Kimball kurz prüfend an und fragte dann: »Und welchen Part übernehmen Sie dabei?«

»Ich bin die kleine Dicke.«

Julie lächelte. »Sind Sie der böse Bulle oder der gute Bulle?«

Kimball ließ sich nicht aus der Ruhe bringen und lächelte ebenfalls. »Wo kaufen Sie ein?«

»Verzeihung?«

»Wo kaufen Sie Ihre Kleider? Sie sehen immer so… perfekt aus.«

»Danke.«

»Natürlich wäre es ein modisches Fiasko, wenn ich ein kleines Schwarzes wie Ihres zu tragen versuchte.« Kimballs Lächeln wirkte gutmütig und selbstironisch. Sie griff nach einem bronzenen Briefbeschwerer in Gestalt des Bulldoggen-Maskottchens der University of Georgia und spielte gedankenverloren damit herum, ohne Julie aus den Augen zu lassen. Schließlich sagte sie: »Wir sind beide gute Bullen.«

Julie holte tief Luft und atmete langsam wieder aus. »Wahrscheinlich kommt das auf den Standpunkt an.«

»Wahrscheinlich schon.«

»Was passiert jetzt mit dem Überwachungsvideo und dem Foto?«

»Wir zeigen weiterhin das Foto herum und hoffen darauf, dass jemand den Mann erkennt und ihn entweder entlasten oder belasten kann. Gleichzeitig prüfen wir alle Bänder, die bis zu drei Tage vor dem Überfall gemacht wurden. Das Hotel bewahrt die Videos vier Tage auf, bevor sie überspielt werden, weiter zurück können wir also nicht gehen.

Unsere Techniker sehen die Bänder Bild für Bild durch, um festzustellen, ob dieser Mann irgendwo ein zweites Mal auftaucht. Falls ja, wandert er damit direkt an die Spitze der Liste von Verdächtigen. Denn um diese Aktion durchzuziehen, musste er wissen, wo er sich postieren muss und ob er es schaffen würde, aus dem Treppenhaus zu kommen und aus dem Gebäude zu flüchten, bevor alles abgeriegelt wird.«

»Er musste die Bude ausbaldowern.«

Julies kläglicher Versuch in Ganovenslang brachte Roberta Kimball zum Lachen, darum fühlte sich Julie ein bisschen überfahren, als sie unvermittelt gefragt wurde: »Was halten Sie von Creighton Wheeler?«

»Ich glaube, ich habe deutlich genug gemacht, wie wenig ich von ihm halte.«

»Sie haben Andeutungen gemacht, dass Sie der Meinung sind, er könnte hinter diesem Raubüberfall und Paul Wheelers Tod stecken.«

Julie sagte nichts.

»Ehrlich gesagt waren Ihre Andeutungen so dezent wie ein ausgewachsener Tornado. Sanford und ich müssten ausgesprochen verbohrt sein, wenn wir so einem Hinweis nicht nachgingen.«

»Ich halte Sie bestimmt nicht für verbohrt.«

Die Polizistin legte den Briefbeschwerer auf den Schreibtisch zurück, verschränkte die Arme vor dem dicken Bauch und sah Julie scharf an. »Wie gut kennen Sie Creighton?«

»Meine Meinung beruht vor allem auf dem, was Paul mir über ihn erzählt hat. Aber wenn ich persönlich mit ihm zu tun hatte, sah ich alles bestätigt, was Paul gesagt hatte.«

»Wann hatten Sie denn persönlich mit ihm zu tun?«

»So selten wie möglich, das dürfen Sie mir glauben. Aber Paul war ein sehr sozialer Mensch. Zusammenkünfte mit seiner Familie waren ihm heilig. An Feiertagen. Geburtstagen. Und so weiter.«

»Halten Sie Creighton für fähig, einen Mord zu begehen?«

Julie traute ihm das durchaus zu, doch das konnte sie nicht mit Sicherheit sagen, nachdem ihre Einschätzung allein auf ihrem intensiven Misstrauen und ihrer tiefen Abneigung gegen ihn beruhte. Paul hatte angedeutet, dass sich unter dem strahlenden Aussehen seines Neffen eine dunkle Seite verbarg. Ihre Intuition warnte sie vor Creightons wahrem Wesen, aber diese Intuition war subjektiv und täuschte möglicherweise. Also wich sie der Frage aus und gab sie zurück. »Was meinen *Sie* denn, Ms Kimball?«

»Ganz ehrlich? Ganz allgemein glaube ich, dass jeder von uns fähig ist, einen Mord zu begehen. Was Creighton Wheeler im Besonderen angeht, halte ich ihn für einen neunmalklugen, aufgeblasenen reichen Affen, dem man dringend die Löffel langziehen muss.« Kimball legte die Stirn in Falten. »Aber dass er seinen Onkel aus dem Weg geräumt haben soll, weil er nach dessen Ableben eine Wagenladung Geld erbt, erscheint mir ein bisschen zu platt.«

»Sie müssten Creighton kennen. Er liebt Insider-Scherze.«

»Insider-Scherze?«

»Er macht sich gern über andere lustig.«

»Ein Beispiel?«

»Hmm. Mal sehen. Okay, das perfekte Beispiel. Vor ein paar Monaten veranstaltete ich eine Vernissage für einen jungen Künstler. Mit Champagner und Kaviar. Sie können es sich vorstellen.«

»Die Männer im seidenen Rollkragenpullover und alle Anwesenden in Schwarz.«

Julie musste lächeln, denn die Polizistin hatte den Nagel auf den Kopf getroffen. »Während der Veranstaltung fiel mir auf, dass sich Creighton und mehrere meiner Gäste vor einem Bild versammelt hatten. Ich ging zu ihnen, weil ich wissen wollte, was sie so faszinierte.«

Julies Blut begann immer noch zu kochen, wenn sie an den Vorfall dachte und an Creightons Arroganz. »Er hatte ein Gemälde eingeschmuggelt und es heimlich an die Wand gehängt. Ein grauenvolles Stillleben, das er auf dem Flohmarkt aufgetrieben hatte. Er hatte die Signatur des ausgestellten Künstlers darauf kopiert. Dadurch machte er den Künstler, meine Galerie und meine Kunden lächerlich, die er als leicht verführbare Kunstsnobs vorführen wollte.«

»Wie haben Sie reagiert?«

»Ich habe die Gäste von ihm weggelockt. Und das Bild abgehängt. Die Sache war schnell wieder vergessen. Der Künstler erfuhr nichts davon. Aber solche grausamen Streiche spielt Creighton gern. Er stellt gern andere Menschen bloß, und niemand ist vor seinen Scherzen sicher.«

»Er stößt die Menschen vor den Kopf. Das ist gemein, aber kein Verbrechen.«

So einfach wollte Julie sich nicht abspeisen lassen. »Er weiß, dass Sie sein Motiv für zu vordergründig halten und ihn deshalb nicht als Täter in Betracht ziehen. Verstehen Sie? Genau das ist sein Insider-Scherz, und ich verspreche Ihnen, dass er sich gerade jetzt diebisch freut.«

Kimball sah Julie nachdenklich an, griff dann nach dem braunen Umschlag, in dem das Foto des Unbekannten aus dem Hotel lag, und klopfte damit in ihre Handfläche. »Ich glaube, das wäre vorerst alles. Vielen Dank, dass Sie gekommen sind.«

Dodge Hanley plumpste in einen der Sessel vor Dereks Schreibtisch und ließ einen Ordner über die Tischplatte schlittern. »Das ist alles, was ich bis jetzt zusammenbekommen habe.«

Derek öffnete den Ordner und überflog mehrere beschriebene Seiten. »Und in einem Satz?«

Dodge dünstete den Geruch von schalem Zigarettenrauch aus. Trotz der zahllosen Warnungen vor den lebensbedrohlichen Gefahren des Rauchens hatte er nicht einmal versucht, von seinem Laster loszukommen, und er hegte eine tiefe, an Verachtung grenzende Abneigung gegen alle Raucher, die das taten. In seinen Augen waren das Feiglinge. Seine nikotinbraunen Finger trommelten auf den Armlehnen des Sessels, dann rutschte er auf der Suche nach einer bequemeren Position auf der Sitzfläche herum, allerdings vergeblich, weil er sich nur wirklich wohlfühlte, wenn er eine Zigarette in Händen hielt.

»In einem Satz: Sie ist sauber. Keine Verhaftungen, nicht einmal eine Anzeige.«

»Kindheit?«

»Aufgewachsen ist sie in Aiken. Mom und Dad arbeiteten für die Schule. Er war Lehrer, sie war in der Verwaltung beschäftigt. Kirchgänger, Steuerzahler, anständige Staatsbürger. Keine Geschwister. Beide Eltern sind verstorben.«

Bevor er weitersprach, holte er pfeifend Luft. »Das Mädel ist nicht auf den Kopf gefallen. Hat ein volles Stipendium an der Vanderbilt bekommen und vier Jahre später noch mal ein Forschungsstipendium, um ihre Kunststudien in Frankreich fortzusetzen. Traf dort einen französischen Künstler und hat ihn geheiratet. Den Namen hab ich vergessen, er steht aber da drin.«

Derek verriet Dodge nicht, dass er schon von ihrer Ehe und Scheidung wusste. »Was wurde aus ihm?«

»Nichts wurde aus ihm. Kein Ruhm, kein Reichtum, offenbar auch kein Talent. Die beiden wurden nach drei Jahren geschieden, aber da war Paul Wheeler schon in ihr Leben getreten. Was für eine glückliche Fügung.«

Derek hob den Kopf und sah über den Schreibtisch hinweg auf Dodge, dessen verknittertes und gegerbtes Rauchergesicht trotz des sarkastischen Kommentars vollkommen ausdruckslos blieb. Er war ein unerschütterlicher Zyniker, den nichts mehr überraschen konnte, denn nachdem er über vierzig Jahre alle möglichen Schurken gejagt hatte, behauptete er, einfach alles gesehen zu haben. Bei ihm standen die meisten Menschen noch unter den Tieren.

Er hatte als Detective für die Polizei gearbeitet, als er im Gerichtssaal auf Derek getroffen war. Dodge sagte damals für die Anklage aus, aber seine unfehlbare Erinnerung und seine Konzentration auf jedes Detail beeindruckten Derek während des Kreuzverhörs zutiefst. Nachdem Derek die Verhandlung gewonnen hatte, hatte er den griesgrämigen Dodge aufgesucht und ihn gefragt, ob er Interesse habe, für seine Kanzlei zu arbeiten.

Dodge hatte nur geschnaubt. »Ich soll auf die dunkle Seite wechseln? Nein danke, Anwalt.«

»Ich würde Ihr Gehalt verdoppeln.«

»Wann soll ich anfangen?«

Tatsächlich hatte Dodge die Polizei, bei der nur streng nach Vorschrift ermittelt und verhört werden durfte, nicht ungern verlassen. Während sie bei ein paar Bier den Handel besiegelten, hatte Dodge gefragt: »Interessiert es Sie, wie ich an meine Informationen komme?«

»Nein. Aber wenn Sie bei einer unethischen oder illegalen Aktion erwischt werden, sind Sie auf sich allein gestellt.«

»Kein Problem.« Dodge trank schlürfend von seinem Bier. »Ich werde nicht erwischt.«

Womit er Derek informiert hatte, dass seine Methoden nicht allesamt astrein waren. Derek fragte nie, woher oder wie Dodge seine Informationen bezog, denn er hatte das Gefühl, dass es in dieser Beziehung besser war, nicht allzu viel zu wissen.

Wegen des Rauchverbots in öffentlichen Räumen und weil Marlene keinen Hehl aus ihrer Abneigung gegen seinen Aschenbecherduft machte, arbeitete Dodge von zu Hause aus – wo das auch sein mochte. Derek hatte nicht die leiseste Ahnung. Dodge hatte ihm damals eine Handynummer und eine Postfachadresse genannt, an die Derek seither die Lohnschecks schickte. Abgesehen davon behielt Dodge für sich, wo er sich herumtrieb oder was er zwischen zwei Aufträgen anstellte. Aber er war stets zur Stelle, wenn Derek seine Dienste benötigte.

Gestern Abend hatte Derek, gleich nachdem er Julie Rutledge in den Nachrichten gesehen hatte, die Akten durchgeblättert, die Marlene ihm mitgegeben hatte, und darin nach Hinweisen auf Paul Wheelers »Begleiterin« gesucht. Sie wurde mehrfach erwähnt, aber er fand kaum persönliche Informationen über sie, und eine Computerrecherche hatte abgesehen von zahllosen Links zu ihrer Galerie wenig erbracht. Darum hatte er Dodge angerufen und ihn gebeten, sich kundig zu machen.

»Und bis wann?«

»Gestern.«

»Kein Problem.«

Wie gewöhnlich hatte Dodge ganze Arbeit geleistet. Er hatte Derek schon erwartet, als der nach seinem hitzigen Treffen im Chez Jean vor seiner Kanzlei eingetroffen war. Jetzt fragte er: »Und wie kam es zu dieser glücklichen Fügung? Wie sind Julie Rutledge und Paul Wheeler zusammengekommen?«

Dodge klopfte auf seine Hemdtasche, als taste er nach einer übrig gebliebenen Zigarette. »Das war auf die Schnelle nicht festzustellen. Er war ein reicher Amerikaner mit guten Beziehungen nach Paris. Sie arbeitete in einer Nobelgalerie, um sich und ihren armseligen Ehemann durchzubringen, darum nehme ich an …«

»Moment mal. ›Armseliger Ehemann‹?«

»Kein nennenswertes Einkommen. Zwei Verhaftungen wegen Trunkenheit und Erregung öffentlichen Ärgernisses. Oder wie die das in Frankreich nennen.«

»Okay.«

»Wo war ich?«

»Also nimmst du an …«

»Also nehme ich an, dass Wheeler sie über gemeinsame

Bekannte in der Kunstszene kennengelernt hat. Aber das ist reine Spekulation, wohlgemerkt.«

Derek nickte.

»Wie auch immer, wenig später hat sie ihren Versager von Ehemann in den Wind geschossen, und sie und Wheeler wurden ein Paar. Er nahm sie mit zurück in die Staaten und brachte sie hier in Atlanta ins Geschäft.«

»Mann. Ich frage mich, wie sie ihm diesen Gefallen erwidert hat?«

Dodges Lachen klang, als würden Kieselsteine in einer Blechdose scheppern. »Du glaubst, er war ihr Sugardaddy?«

»Du etwa nicht?«

»Na schön, vielleicht am Anfang. Aber Julie ist ein schlaues Mädel. Das Geld für ihre Galerie bekam sie von Wheeler nicht geschenkt, sondern als Kredit. Genauer gesagt gab die Bank den Kredit, Wheeler bürgte nur dafür. Im ersten Jahr machte die Galerie keinen Profit, aber seither ist sie in den schwarzen Zahlen und verdient gutes Geld. Der Kredit wurde abgelöst. Das Haus in Garden Hills hat sie sich selbst gekauft, sie zahlt ihre Rechnungen und Kreditkartenrechnungen selbst. Finanziell ist sie nicht von Wheeler abhängig. So sieht es jedenfalls auf dem Papier aus.«

Derek rollte seinen Schreibtischstuhl zurück und stand auf. Er stieg über Maggie hinweg, die sich schnarchend auf dem Boden ausgestreckt hatte, und trat an das Panoramafenster. Minutenlang schaute er gedankenversunken hinaus und ließ sich durch den Kopf gehen, was er über Julie Rutledges einst und jetzt wusste.

Scheiße.

Einerseits war Dodges Bericht enttäuschend. Ihre Vergangenheit war keineswegs so anrüchig, wie er erwartet hatte. Dodge hatte ihm kein Aha-Erlebnis beschert – etwa eine lange

Liste ehemaliger »Wohltäter«, mit denen Derek sie konfrontieren konnte. Andererseits war er froh, dass nichts ans Licht gekommen war, was wirklich kriminell oder belastend gewesen wäre.

Sie war genau das, was sie auf den ersten Blick zu sein schien: eine intelligente, kulturinteressierte und gebildete Frau, die sich ihren Erfolg selbst erarbeitet und dabei das Glück gehabt hatte, sich in einen sehr wohlhabenden Mann zu verlieben, der ihre Liebe erwiderte.

Sie hatte neben der Liebe ihres Lebens gekniet, als ihm der Hinterkopf weggeblasen wurde. Sie wollte, dass der Mörder gefasst und die Höchststrafe verhängt wurde. Um das zu erreichen, hatte sie den einen Mann ausgeschaltet, der das ihrer Ansicht nach verhindern konnte. Sie hatte auf den ältesten Trick der Menschheit zurückgegriffen, der, wie sie selbst betont hatte, gleichzeitig der direkteste und effektivste war.

Vielleicht war es wirklich so einfach, und er versuchte nur alles zu verkomplizieren.

Er war so in seine Gedanken versunken, dass er Dodge vollkommen vergaß, bis der Privatdetektiv fragte: »Willst du mir erzählen, warum du dich so für sie interessierst?«

»Ich wurde von Doug Wheeler verpflichtet, die Familie während der Ermittlungen zu vertreten.«

»Schööön«, meinte Dodge gedehnt. »Haufenweise Kohle im Anflug. Aber sie ist keine Wheeler. Hat sie dich auch angeheuert?«

»Nein, aber sie ist – war – während der letzten Jahre ein wesentlicher Bestandteil von Wheelers Leben. Ich wollte ihren Hintergrund ausleuchten.«

»Kennst du sie?«

»Ich habe sie im Fernsehen gesehen.« Das war zwar nicht die ganze Wahrheit, aber auch nicht gelogen.

»Du glaubst, sie hat was damit zu tun?«

»Ich weiß nicht, was ich glauben soll«, murmelte Derek, und das traf die Sache auf den Punkt. Er drehte sich um. Dodge war bereits aufgestanden und am Gehen. Er konnte nur eine begrenzte Zeitspanne ohne Nikotinnachschub durchhalten. »Was hast du über Creighton Wheeler ausgegraben?«

»Gibt gern Geld aus, spielt leidenschaftlich Tennis, fährt teure Autos. Außerdem fährt er gern schnell und hat deswegen ein paar Anzeigen kassiert, aber ein Richter hat sie allesamt verschwinden lassen. Hab nichts gefunden, was ihn mit seinem verstorbenen Onkel Paul in Verbindung gebracht hätte.«

»Hätte er es tun können?«

»Er hat ein Alibi.«

»Hätte er es tun können?«, wiederholte Derek leiser.

Dodge stieß einen nikotingeschwängerten Atemzug aus. »Möglich ist alles.«

»Was sagt dein Bauch?«

»Ich würde nicht wollen, dass meine Tochter was mit ihm anfängt.«

»Du hast keine Tochter.«

»Wenn ich eine hätte.«

»Warum nicht?«

»Er steht auf Nutten. Zwei, drei die Woche. Keine billigen Straßenmädchen. Nur Girls von einer renommierten Agentur. Nicht dass dagegen was einzuwenden wäre, aber …«

»Du würdest nicht wollen, dass sich deine Tochter mit ihm einlässt.«

»Genauso wenig wie du.« Dodge strich sich mit der Hand über den Mund und zupfte an der Unterlippe, um sie dann zurückschnalzen zu lassen. »Aber jemanden für ein paar lumpige Millionen umzubringen, wo er schon so viele Millionen hat? Wozu? Warum nicht in aller Ruhe abwarten, bis der Onkel abdankt, und danach abkassieren?«

»Ich sehe das eigentlich genauso«, sagte Derek. »Außerdem haben ihn zwei fähige Detectives nach der Tat ausgiebig befragt, und sie haben nichts gegen ihn in der Hand. Genauer gesagt haben sie überhaupt nichts in der Hand, wenn man ihren Presseerklärungen glauben kann.«

»Jetzt haben sie etwas.« Dodge deutete auf den Ordner, den er mitgebracht hatte. »Es steckt da drin, und zwar ganz unten.«

»Gib mir einen Tipp.«

»Um dir die Überraschung zu verderben? Belassen wir es dabei, dass es sich um die neuesten, noch druckwarmen Erkenntnisse aus den heiligen Hallen unseres Police Departments handelt.«

Derek schüttelte ungläubig den Kopf. »Irgendwann, bevor einer von uns beiden stirbt, musst du mir verraten, wer deine Maulwürfe sind.«

»Auf deiner Beerdigung werde ich tanzen, und meine Geheimnisse nehme ich mit ins Grab.« Dodge grinste und ging zur Tür. »Übrigens solltest du an deinem Pokerface arbeiten, Anwalt.«

»Wie meinst du das?«

Dodge drehte sich um. Dann sagte er verschmitzt: »Ich hab sie auch im Fernsehen gesehen.«

9

Mr Wheeler ist jetzt da.«

Marlene trat zur Seite, und Creighton Wheeler spazierte in Dereks Büro.

Derek stand auf und ging dem jungen Mann entgegen. »Derek Mitchell.«

»Creighton Wheeler.«

Derek wollte ihm die Hand geben, aber Creighton war bereits ans Fenster getreten und merkte es gar nicht. Marlene bat Derek, ihr über die Sprechanlage Bescheid zu geben, falls er etwas brauchte, und schlüpfte aus dem Raum. Derek deutete auf die Sitzgruppe, in der tags zuvor Creightons Vater gesessen hatte. »Machen Sie es sich bequem.«

»Tue ich immer«, sagte Creighton und sank in einen Sessel.

Maggie winselte kurz und tappte herbei, um ihn zu beschnuppern. »Das ist Maggie«, sagte Derek.

Die meisten Menschen tätschelten ihr daraufhin den Kopf. Frauen beugten sich gurrend über sie. Männer fragten, ob sie ein ausgebildeter Jagdhund sei. Creighton Wheeler hingegen reagierte auffallend gelangweilt und beschränkte sich auf die Bemerkung: »Sehr erfreut, Maggie.«

Dereks Büro fand er viel interessanter. Er nahm es gründlich in Augenschein, wobei Derek nicht zu sagen vermochte, ob er es mit Wohlgefallen oder Missbilligung tat. Er wirkte ein bisschen neugierig, ließ ansonsten aber nicht erkennen, was ihm durch den Kopf ging.

Derek setzte sich ihm gegenüber. »Bedienen Sie sich.« Auf dem Tischchen zwischen ihnen hatte Marlene wieder einen Eiskübel, Gläser und Flaschen mit Wasser abgestellt.

»Nein danke.«

Er sah besser aus als die meisten Filmstars seines Alters. Jedes Alters. Derek vermutete, dass die blonden Haare künstlich aufgehellt waren, aber falls dem so war, hatte es ein Experte getan. Die klaren blauen Augen schauten so arglos, dass Derek automatisch misstrauisch wurde. Creighton wirkte gelangweilt, überheblich und still amüsiert.

Derek konnte ihn vom ersten Augenblick an nicht leiden. »Sie kommen eine halbe Stunde zu spät.«

Die blauen Augen hörten auf, das Büro abzutasten, und kamen auf Derek zu liegen. »Tatsächlich? Das tut mir leid. Ich musste einen Babysitter für meinen Porsche finden. Sie können mir die Wartezeit in Rechnung stellen.«

»Werde ich.« Dereks Lächeln war genauso unaufrichtig wie Creightons Entschuldigung. »Mein Beileid zum Tod Ihres Onkels.«

»Danke, aber ich bin deshalb nicht am Boden zerstört.«

Seine Offenheit überraschte Derek nicht. Wer so arrogant war wie Creighton, nahm kein Blatt vor den Mund. »Ihr Vater hat mir gegenüber erwähnt, dass Sie Differenzen mit Ihrem Onkel hatten.«

»›Was wir hier haben, ist … ein Kommunikationsproblem.‹«

Derek stutzte. »Verzeihung?«

»*Der Unbeugsame.* Strother Martin als Gefängniswärter. Ein großartiger Charakterdarsteller. Er spielte auch in *Butch Cassidy und Sundance Kid* mit.«

»Auch da mit Paul Newman.«

Creighton bedachte Derek mit seinem ersten aufrichtigen Lächeln. »Ich bin beeindruckt. Sie kennen sich in der Kinogeschichte aus. Erinnern Sie sich an den Film, in dem Newman den ausgebrannten Anwalt spielte?«

Derek war klar, dass er vorgeführt werden sollte, aber er blieb unverändert freundlich und ging auf das Spiel ein. »Helfen Sie meinem Gedächtnis auf die Sprünge.«

»*Die Wahrheit und nichts als die Wahrheit.* ›Das ist der Fall, das ist der Fall, das ist der Fall.‹ Newman singt das. Sehr überzeugend. Er hätte für diesen Film einen Oscar bekommen sollen statt für *Die Farbe des Geldes.* Mit ihm haben wir einen von den ganz Großen verloren.«

»Ihr Vater hat mir erzählt, dass Sie ein glühender Filmfan sind.«

Creighton schien sich an dem Begriff zu stören. »Mehr als das. Ich habe an der UCLA Film studiert.«

»Sie wollten selbst ins Filmgeschäft?«

Er wich angewidert zurück. »Gott bewahre. Diese Plackerei. Die unsäglichen Arbeitszeiten. Und sich ständig vor irgendwelchen Arschlöchern rechtfertigen zu müssen, wenn man sich nicht gerade mit den cholerischen Anfällen überspannter Primadonnen und Exgrößen herumschlägt? Nicht mit mir, Mr Mitchell. Ich sehe mir lieber die Filme an, die andere machen.«

»Als Kritiker?«

»Nein, ausschließlich zu meiner Unterhaltung. Ich hatte keine Ambitionen, in die Branche zu gehen. Genauso wenig wie in irgendeine andere Branche, nebenbei bemerkt. Was einer der Punkte war, in denen mein teurer hingeschiedener Onkel und ich verschiedener Meinung waren. Er meinte, ich hätte erst Betriebswirtschaft studieren sollen, um anschließend nach Harvard zu gehen, damit ich dort einen Master of Business Administration mache und mich fortan an Bilanzen und Excel-Sheets aufgeile. Was mich so gar nicht reizt«, ergänzte er fröhlich.

»Trotzdem arbeiten Sie im Familienunternehmen.«

»Ich habe ein Büro in der Zentrale. Das heißt nicht, dass ich dort arbeite.«

Er ließ ein blendend weißes Grinsen aufstrahlen, in das Derek am liebsten mit der Faust gefahren wäre. Um den Impuls zu überspielen, legte er die Hand auf Maggies Kopf und massierte sie so, wie sie es am liebsten hatte. »Ihr Vater ist der Meinung, dass Sie einen Anwalt brauchen.«

»Er macht sich immerzu Sorgen.«

Derek beobachtete ihn aufmerksam, um seine Reaktion einzuschätzen, und fragte: »Hat er Grund zur Sorge?«

»Wenn Sie damit darauf anspielen, dass mich diese Detectives belästigen, dann ja. Wenn Sie damit meinen, ob ich mir etwas zuschulden kommen ließ, dann nein. Ich war beim Tennisspielen, als mein Onkel umgebracht wurde.«

»Das habe ich gehört.«

»Und hätte ich meinen Onkel tatsächlich umbringen wollen, hätte ich ihn bestimmt nicht bei einem blöden Raubüberfall erschossen.«

Derek schenkte sich ein Glas Wasser ein und trank es in einem Zug aus. »Und Sie möchten bestimmt keines?«

»Nein danke.«

»Gestern in den Nachrichten hat die Begleiterin Ihres Onkels erklärt, sie glaube nicht, dass es ein Raubüberfall war.«

»Begleiterin?«, wiederholte Creighton feixend. »Gleichzusetzen mit *Hure?*«

»So schätzen Sie Julie Rutledge ein?«

»Ich hatte gestern Abend Besuch von einer Prostituierten«, erklärte er wegwerfend. »Ich bin kein Moralist. Es ist mir egal, woran Onkel Paul sich aufgegeilt hat. Im Gegenteil, schön für ihn. Aber es ist nichts, womit man angeben sollte. Er tat immer so, als sei Julie etwas ganz Besonderes, dabei würde sie sich von einem Hund besteigen lassen, wenn sie überzeugt wäre, es könnte ihr nützen.«

Derek stellte das Wasserglas auf dem Tisch ab, wischte sich das Kondenswasser von den Fingern und stand auf, als er den aufwallenden Zorn und Unmut nicht unter Kontrolle bekam, um hinter seinen Schreibtisch zurückzukehren.

»Was meinen Sie, wieso sich die ermittelnden Polizisten so für Sie interessieren?«

»Scheiße, woher soll ich das wissen?«, antwortete Creighton abfällig. »Wahrscheinlich, damit sie überhaupt etwas zu tun haben. Schließlich müssen sie für ihre Vorgesetzten beschäftigt aussehen. Sie müssen beweisen, dass sie ihr Gehalt nicht umsonst bekommen. Und Julies witzige kleine Bemerkungen sind nicht gerade hilfreich.«

»Witzige kleine Bemerkungen?«

»Bei jeder Gelegenheit versucht sie, die Ermittlungen in meine Richtung zu lenken.«

»Warum sollte sie das tun?«

»Weil wir uns nicht ausstehen können.«

»Wieso das? Was ist passiert?«

Er lachte leise. »Nichts. Das ist es ja.«

Derek kehrte zu seinem Sessel zurück und setzte sich wieder. »Klingt für mich nach einer Story.«

Creighton lächelte und schien zu überlegen, ob er die Geschichte erzählen sollte oder nicht. Dann begann er: »Mein Onkel brachte sie aus heiterem Himmel aus Paris mit und machte kein Geheimnis daraus, dass er hin und weg von ihr war. Was uns alle überraschte, weil er bis dahin überzeugt gewesen war, dass meine Tante Mary den Mond eigenhändig an den Himmel gehängt hatte. Aber mein Vater meinte, Onkel Paul sei einsam und da sei es doch schön, dass er diese Frau getroffen habe, um die er sich jetzt kümmern konnte. Er meinte, wir sollten nett zu ihr sein und sie in unserem Kreis aufnehmen, und sei es auch nur Onkel Pauls wegen. Also«, meinte er mit einem lässigen Achselzucken, »waren wir nett zu ihr.

Eines Sonntags hatte meine Mom die beiden zum Essen eingeladen. Wir saßen alle auf der Terrasse. Ich verschwand kurz in der Küche, um mir aus dem Kühlschrank eine Cola zu holen. Julie kam mir nach, und im nächsten Moment fiel sie über mich her. Ich rede hier von Kathleen Turner in *Body Heat.* Ich dachte mir, ach, was soll's, und spielte ein, zwei Minuten den William Hurt. Während meine Eltern keine zehn Meter von uns entfernt mit Onkel Paul plaudern, nimmt seine Freundin meinen Schwanz in ihren Mund. Ich glaube, die Gefahr, dass man uns entdecken könnte, hat sie total angemacht.«

Creighton lachte über die Erinnerung. »Es war verrückt und schräg und wäre mit jeder anderen Frau ein echter Spaß gewesen. Aber Julie zu vögeln wäre den Aufruhr nicht wert gewesen, den es gegeben hätte, wenn Onkel Paul uns überrascht hätte. Also habe ich sie weggestoßen, ihr erklärt, dass ich mich nicht mit den abgelegten Bräuten meines Onkels abgebe, und sie allein in der Küche sitzen lassen, während ich zu den anderen zurückging.

Als sie ein paar Minuten später nachkam, war sie so sauer, dass sie nicht mal in meine Richtung blicken wollte. Sie erzählte Onkel Paul, sie hätte Kopfschmerzen, und wollte nach Hause. Er trottete ihr hinterher wie ein kleiner Welpe – ohne dass ich damit Ihren Hund beleidigen will. Seither hasst sie mich.«

Derek spürte sein Blut in allen Adern pulsieren. Sein Körper stand unter Hochspannung. Er musste sich räuspern, ehe er die Sprache wiederfand. »Sie glauben, sie beschuldigt Sie aus gekränkter Eitelkeit?«

Creighton verzog das Gesicht. »Wer weiß schon, warum eine Frau irgendwas tut?«

Allerdings, dachte Derek. »Es ist egal, wie sehr sie die Ermittler in Ihre Richtung zu lotsen versucht, solange die Polizei keine Beweise gegen Sie in der Hand hat.«

»Es gibt keine. Sie haben rein gar nichts.«

»Das war gestern. Heute haben sie sehr wohl etwas.«

Creightons Gesicht blieb völlig entspannt. Derek hatte den jungen Mann genau beobachtet, aber seine Haltung änderte sich nicht. Kein Augenzucken. Keine plötzliche Anspannung um die Lippen. Keine Bewegung. Gar nichts.

»Sie haben eine Videoaufzeichnung aus der Hotellobby«, sagte Derek.

»Das war zu erwarten.«

»Die Polizei hat darauf einen Mann ausgemacht, der wenige Minuten nach dem Raubüberfall das Hotel verlassen hat.«

»Er und wie viele noch?«

»Der Punkt stimmt. Aber allen anderen können sie Namen zuordnen. Nur diesem einen Mann nicht. Jedenfalls noch nicht. Er war kein Gast. Er hatte keinen Wagen in der Garage stehen, hat nicht das Restaurant besucht und war nicht in der Bar.«

»Mein Gott! Monströs! Wenn das kein Verbrechen ist, dann weiß ich auch nicht!«

Derek sah ihn scharf an, zog ein Foto aus der Akte, die er von seinem Schreibtisch geholt hatte, und legte es auf den Tisch. Creighton beugte sich vor, warf einen Blick darauf und begann zu lachen.

»Das ist der alles aufklärende Durchbruch der Polizei? Mein Gott. Unsere Steuergelder bei der Arbeit.« Immer noch kichernd sagte er: »Auf diesem Bild erkennt man nur eines, nämlich dass ich das nicht sein kann. In so einem Hemd würde ich mich nicht tot erwischen lassen.«

»Der Mann kommt Ihnen nicht bekannt vor?«

Er sah noch einmal auf das Foto. »Wissen Sie, jetzt, wo Sie es sagen, erinnert er mich ein wenig an den Elefantenmenschen. Auch darum lasse ich mich so ungern fotografieren. Ich kann es nicht ausstehen, wenn ich der Gnade der Kamera oder des Fotografen ausgeliefert bin.«

Derek legte das Bild in die Akte zurück, richtete es umständlich parallel zu den anderen Seiten aus, stand dann auf und brachte die Akte wieder zu seinem Schreibtisch. Als er sich zu Creighton umdrehte, sprach er das aus, was er beschlossen hatte, sobald der junge Mann in sein Büro getreten war. »Ich werde Sie nicht als Mandanten annehmen, Mr Wheeler.«

Damit löste er endlich eine Reaktion aus. »Wie bitte?«

»Ich werde Sie nicht …«

»Ich habe Sie durchaus verstanden«, unterbrach ihn Creighton gehässig. »Warum nicht?«

Weil du ein widerlicher Klugscheißer bist.

Das war der wahre, schlichte Grund. Während der letzten Minuten war Derek zu der Erkenntnis gelangt, dass er Creighton Wheeler keinesfalls unvoreingenommen vertreten konnte, einfach weil er den eingebildeten Drecksack nicht ausstehen konnte. Er hatte einige der schmierigsten Missetäter in Georgia verteidigt, und noch nie hatte er einen Auftrag abgelehnt, nur weil ihm die Persönlichkeit des Mandanten nicht zusagte. Aber Dereks Abneigung gegen diesen Mann war so ausgeprägt, dass er unmöglich für ihn tätig werden konnte.

Seine Entscheidung, Creighton Wheeler nicht zu vertreten, hatte eigentlich nichts mit Julie Rutledge zu tun. Selbst wenn er ihr nie begegnet wäre, hätte er genauso entschieden.

Aber weil ihm klar war, dass er das dem jungen Millionär unmöglich ins Gesicht sagen konnte, kehrte er lächelnd zu seinem Sessel zurück und setzte sich. »Hauptsächlich lehne ich Ihr Mandat ab, weil Sie mich nicht brauchen, und ich werde weder Ihr Geld noch das Ihres Vaters fürs Nichtstun nehmen. Missgünstige Konkurrenten haben mir vorgeworfen, ich sei skrupellos. Ich gestehe, dass ich vor Gericht schon zu ziemlich verwegenen Tricks gegriffen habe. Aber ich habe noch nie einen Klienten ausgenommen.

Sie hatten zwei starke Motive, Paul Wheeler den Tod zu wünschen. Sie standen mit ihm auf Kriegsfuß, und Sie sind sein Haupterbe. Schon eines davon hätte genügt, damit sich die Polizei auf Sie stürzt. Zusammengenommen ergäbe das ein ziemlich belastendes Paket.

Aber trotzdem lässt sich nicht abstreiten, dass Sie keine Gelegenheit hatten, die Tat zu begehen. Sie haben ein Alibi und mehrere Zeugen dafür. Sie können unmöglich zur Zeit des Überfalls im Hotel gewesen sein. Natürlich hätten Sie jemanden beauftragen können, der ihn umbringt …«

»Aber dann bestimmt nicht diesen Kerl«, meinte Creighton verächtlich und deutete auf das Foto. »Was für ein Volltrottel.«

»Ganz genau«, bestätigte Derek. »Sie könnten sich den besten Auftragskiller der Welt leisten. Jemanden mit einer viel subtileren Technik.« Er wartete kurz ab und fuhr dann fort: »Paul Wheeler war ein Vermögen wert. Er war erst zweiundfünfzig und bei bester Gesundheit und hätte darum leicht noch dreißig oder vierzig Jahre leben können. Nehmen wir einmal rein theoretisch an, Sie hätten es kaum erwarten können, seine Millionen zu erben. Würden Sie tatsächlich dieses Erbe riskieren und dazu den beträchtlichen Treuhandfonds, auf den Sie jetzt schon zugreifen können, indem Sie einen Mord begehen, durch den Sie eventuell alles verlieren?«

»Das wäre vollkommen irrational.«

»Genau.«

Creighton zupfte an der Bügelfalte seiner Leinenhose. »Ich glaube, die Detectives sind klug genug, das auch zu erkennen. Aber was ist mit Julies üblen Behauptungen?«

»Denen haben sie nicht geglaubt. Ich nehme an, Sanford und Kimball haben ihre Unterstellungen als das genommen, was sie sind. Gekränktheit. Verletzte Eitelkeit. Neid. Was auch immer. Sie haben nicht darauf reagiert, darum können wir – und zwar sicher, glaube ich – annehmen, dass sie nichts darauf geben.«

Creighton grinste. »Es gefällt mir, wie Sie denken, Mr Mitchell. Ich möchte Sie als meinen Anwalt.«

Derek schüttelte den Kopf. »Tut mir leid.«

»Mein Vater hat Ihnen bereits einen Vorschuss bezahlt.«

»Den er natürlich zurückbekommt. Ich stelle ihm nur die gestrige und heutige Besprechung in Rechnung, aber der Vorschuss wird erstattet.«

»Wollen Sie mehr Geld?«

»Es ist keine Frage des Betrages.«

»Alles ist eine Frage des Betrages.«

»Das hier nicht.«

»Seit wann feuern Sie Ihre Mandanten?«

»Seit jetzt.«

Creighton hielt seinem Blick ein paar Sekunden stand, dann ließ er wieder das eingebildete Grinsen aufstrahlen, bei dem sich Dereks Haare aufstellten. »Wo liegt das wahre Problem?«

Derek stand auf, um anzuzeigen, dass die Besprechung zu Ende war. »Das Problem liegt darin, dass Ihr Vater wünscht, ich solle Ihnen zu jeder Tages- und Nachtzeit zur Verfügung stehen. So arbeite ich nicht. Ich habe meine Termine und anstehenden Verhandlungen geprüft, und ich habe mein Gewissen erforscht.«

»Ein Anwalt mit einem Gewissen?«

Ihm zuliebe rang sich Derek ein Lächeln ab. »Gewissen, Seele, wie Sie es auch nennen wollen, jedenfalls kann ich keinen neuen Mandanten auf Kosten der Menschen annehmen, denen ich mich bereits verpflichtet habe. Ich habe alle Hände voll damit zu tun, Jason Connors Verhandlung vorzubereiten.«

»Der Junge, der seine Eltern abgeschlachtet hat?«

Derek ging nicht darauf ein. »Er ist erst sechzehn, und sein Leben steht auf dem Spiel. Um Sie zu betreuen, müsste ich die Zeit, die ich seinem Fall zugedacht habe, beschränken. Ich könnte meine Aufgaben nur mit knapper Not erfüllen, und das wäre niemandem gegenüber fair. Kurz und gut, ich werde Sie nicht betreuen.«

»Das wird Vater gar nicht gefallen. Und mir gefällt es auch nicht.«

Derek ging zur Tür und zog sie auf. »Ich kann Sie an einen genauso kompetenten Kollegen vermitteln.«

»Keiner ist genauso kompetent. Was glauben Sie, warum wir zu Ihnen gekommen sind?«

»Das Vertrauen, das Sie in mich setzen, schmeichelt mir. Ich bedauere aufrichtig, dass ich Ihnen nicht helfen kann.«

Creighton starrte ihn zehn Sekunden lang an, dann marschierte er aus der Tür, die Nase beleidigt hochgereckt wie ein kleiner Junge, der mit seinem Ball nach Hause marschiert, nachdem er nicht zum Mannschaftskapitän gewählt wurde.

Ohne auch nur ein Nicken stolzierte er an Marlenes Schreibtisch vorbei und schritt den Gang hinab zum Empfang, wo eine Glaswand die Kanzlei vom Treppenhaus trennte. Erst dort drehte er sich noch einmal um, schob die Tür auf und erwiderte Dereks kühlen Blick über die ganze Länge des Flurs. Dann trat er rückwärts ins Treppenhaus und rauschte in Richtung Aufzug ab.

Marlene grunzte. »Hübsch anzusehen, aber seine Manieren lassen zu wünschen übrig. Er hatte nicht einmal den Anstand, sich zu verabschieden.«

»Ein verzogener Balg.« Derek beobachtete, wie Creighton seine Manschetten geradezog, während er auf den Aufzug wartete. »Hast du Doug Wheelers Scheck schon eingereicht?«

»Noch nicht.«

»Gut. Wir schicken ihn zurück.«

Sie sah ihn überrascht an. »Im Ernst? Warum? Weil sein Kind ein verzogener Balg ist?«

Derek schob die Hände in die Hosentaschen und beobachtete nachdenklich, wie Creighton in den Lift trat. »Es ist was anderes. ›Was wir hier haben, ist … ein Kommunikationsproblem.‹«

10

Creighton war stinksauer auf Derek Mitchell, aber deswegen würde er sich von diesem Möchtegern-Perry-Mason nicht den Abend verderben lassen. Bis Creighton abends einen trendigen Club betrat, hatte er sich schon wieder gute Laune eingeredet. Das Christy's war laut und angesagt und gesteckt voll mit Gästen, die es trotz der späten Stunde nicht nach Hause zog.

Die Drinks waren überteuert und größtenteils pastellfarben. Der Club war nicht auf stille Säufer ausgelegt, die ihr Bier aus der Flasche und den Whisky am liebsten pur tranken. Stattdessen zog er jene Scharen an, die Eindruck machen und beeindruckt werden wollten.

Die Männer waren Atlantas Zukunft, die Frauen schön genug, um ihre Drinks nie selbst bezahlen zu müssen. Es war ein teuer gekleidetes und edel beschuhtes Publikum, das sich mit Leib und Seele dem Erwerb von Geld, Macht und perfekter Bräune verschrieben hatte. Als Creighton den Laden betrat, tat er es in dem Wissen, dass er all das besaß, wonach diese Menschen strebten.

Während er sich zur Bar vorarbeitete, zog er die Blicke mehrerer junger Frauen auf sich, die ihm allesamt ihre Verfügbarkeit signalisierten. Er musterte sie jeweils kurz und registrierte dabei ihre Vorzüge. Aber er ging an allen vorbei. Heute Abend war er auf der Suche nach einer ganz besonderen Frau. Und er würde sie erkennen, sobald er sie sah.

An der Bar bestellte er ein Club Soda mit Limette. Die Musik pulsierte. Die Gespräche wurden von kreischendem Gelächter akzentuiert. An jedem anderen Abend wäre ihm die gezwungene Fröhlichkeit auf den Magen geschlagen, aber heute konnte er sie ertragen und möglicherweise sogar genießen. Auch und gerade nach Derek Mitchells Abfuhr.

Was dachte sich dieses aufgeblasene, windelweiche Arschloch eigentlich dabei, ihn als Mandanten abzulehnen? Er hatte zu viele andere Mandanten? Er war zu beschäftigt? Also *bitte.* Der Mann war doch nichts als ein hoffnungslos überschätzter Winkeladvokat.

Von der Kanzlei war Creighton direkt in den Country Club gefahren und hatte sich dort ein erbittertes Tennismatch mit seinem Coach geliefert, bevor er nach Hause zurückgekehrt war und sich bei einem Thai-Restaurant etwas zu essen bestellt hatte. Er aß vom Tablett, während er die DVD anschaute, die seine Mutter ersetzt hatte, nachdem sie die erste Kopie ruiniert hatte. Sie hatte mit ihrer Einschätzung den Nagel auf den Kopf getroffen – der Film war unterirdisch. Ein geistloses Drehbuch für ein ebenso geistloses Starlet mit einem Schmetterlingstattoo auf dem Arsch. Wobei der Schmetterling eindeutig mehr Talent besaß.

Nach der Hälfte hatte er ihn gegen einen alten Thriller von Brian De Palma ausgewechselt, in dem ein Mädchen in Todesgefahr unter den Bohrer kommt – und zwar im wahrsten Sinn des Wortes. Einen Drillbohrer. Sehr blutig und ein bisschen zu augenfällig in seiner Deflorationssymbolik, aber die Szene entfaltete eine respektable Wirkung, die den Film in der ganzen Welt zum Kult hatte werden lassen. Zwei erhobene Daumen für die ausgeprägte Garstigkeit.

Danach hatte er geduscht und sich zum Ausgehen angezogen. Jetzt stand er hier in seinem neuen Brioni-Anzug, gutaussehend, mit einstudierter Nonchalance, und wartete darauf, dass die heutige Hauptdarstellerin die Bildfläche betrat.

Er brauchte nicht lang zu warten. Er hatte sein Soda nicht mal zur Hälfte ausgetrunken, als er sie am anderen Ende der Bar stehen sah, wo sie einen der vielbeschäftigten Barkeeper auf sich aufmerksam zu machen versuchte.

Sie war zierlich und hatte glattes blondes Haar, ein bisschen wie die Hure, die er gestern Abend hatte kommen lassen. Und die daraufhin ihn hatte kommen lassen. Ihr Haar schimmerte in dem gedämpften Licht, als sie ärgerlich den Kopf schüttelte, weil der Barkeeper sie ein weiteres Mal übersehen hatte und stattdessen die Bestellung eines anderen Gastes aufnahm.

Creighton versuchte, sie per Gedankenkraft zu zwingen, in seine Richtung zu sehen. Ihm gefiel die Vorstellung, dass sie ihn bemerkte, bevor er sich ihr näherte. Fast als würde sie auf seine stumme Aufforderung reagieren, ließ sie den Blick an der Theke entlangwandern, bis sie Creighton entdeckte, der lässig und elegant an der Bar lehnte und sie anstarrte, als hätte ihn eine Vision in Bann geschlagen.

Sie hatte ja keine Ahnung, dass es genau andersherum war.

Er hob das Glas und zog fragend eine Braue hoch. Sie zögerte kurz und nickte dann. Bedächtig, langsam und ohne den Blickkontakt zu unterbrechen, ging er zu ihr hin. Als er bei ihr angekommen war, sagte er im ersten Moment gar nichts, sondern ließ nur seine Augen sprechen. Er sah ihr ins Gesicht, als wollte er sie mit Blicken verschlingen. Frauen liebten das.

Dann beugte er sich vor, damit sie ihn verstand. »›Von allen Spelunken dieser Welt muss sie ausgerechnet in meine kommen!‹«

Sie blinzelte mehrmals und sah ihn erwartungsvoll und verwirrt an. »Verzeihung?«

Kein Bogart-Fan. Schade. »Was möchtest du trinken?«

»Einen Apple Martini?«

Sie setzte ein Fragezeichen ans Ende, als hätte sie Angst, er könnte sich wünschen, dass sie etwas anderes bestellen würde. Daraus zog er augenblicklich zwei Schlüsse. Erstens, das hier war nicht ihre Liga. Und zweitens, sie wusste es. Exzellent.

Als der Barkeeper vorbeiflitzte, schnippte Creighton hörbar mit den Fingern. »Einen Apple Martini für die Lady.«

»Kommt sofort«, rief ihm der Barkeeper über die Schulter zu und sauste weiter.

Creighton schenkte ihr wieder seine ganze Aufmerksamkeit.

»So wird das also gemacht.« Sie schnippte mit den Fingern.

»Zum Beispiel.«

»Bei mir würde das nie funktionieren. Ich strahle nicht so eine Autorität aus wie du.«

Er besah sie ausgiebig von Kopf bis Fuß und murmelte dann ein wenig anzüglich: »Du hast das auch nicht nötig.«

Sie errötete niedlich und bescheiden. Sie trug einen eng anliegenden schwarzen Rock, wahrscheinlich Teil eines Kostüms aus einem preiswerten Modehaus, wo junge berufstätige Frauen mit knappem Einkommen einkauften.

Vielleicht hatte sie das dazugehörende Sakko ausgezogen, sobald sie aus der Arbeit gekommen war. Das rote Satin-Tanktop war dezent genug fürs Büro, wirkte hier aber deutlich verruchter, vor allem, da sie es ohne Jackett und BH trug, den sie mit Sicherheit auf der Damentoilette ausgezogen und in ihre Designertasche aus dem Schlussverkauf gestopft hatte.

Tagsüber ein schlichtes Büromäuschen, verwandelte sie sich nachts in eine Jägerin auf der Pirsch nach ihrem Zauberprinzen. Wahrscheinlich ließ sie regelmäßig das Mittagessen ausfallen, um die Accessoires zu finanzieren, mit denen sie ihre

Beute in die Falle zu locken hoffte – Haartönungen, Make-up, Highheels, Schmuck. Creighton interpretierte das als eine gesellschaftlich geduldete Form von Prostitution. Zu seinem Glück sah sie ihn eindeutig so an, als wäre eben der Mann ihrer Träume in ihre Bärenfalle getappt. Unter der billigen Bluse reckten sich die kleinen Nippel aufgeregt vor.

»Wie heißt du?«, fragte er.

»Ariel.«

»Ariel. Wie sexy.«

»Danke.«

Er beugte sich vor und flüsterte ihr ins Ohr: »Der Name auch.«

Sie errötete. »Und wie heißt du?«

Er verriet es ihr, und sie lachte. »Den Namen habe ich noch nie gehört.«

»Familientradition. Du kannst es dir leicht machen und mich Tony nennen.«

»Hallo, Tony«, meinte sie keck.

Ihr Drink kam. Er reichte ihn ihr, und sie nahm einen Schluck.
»Schmeckt er?«, fragte er.

»Lecker. Vielen Dank.«

»Gern geschehen.«

»Und du bestellst nichts?«

Er hob das Glas, das er mitgebracht hatte.

»Wodka Tonic?«

»Nur Club Soda.«

»Du trinkst nicht?«

»Nein.«

»Nie?«

Er schüttelte den Kopf.

»Aus religiösen Gründen?«

Er grinste breit. »Wohl kaum.«

»Warum dann?«

»Ich mag keine Leistungsdämpfer.«

Sie sah durch die Wimpern zu ihm auf und fragte unschuldig: »Und wie steht es mit leistungssteigernden Mitteln?«

»Habe ich nicht nötig.«

Das verbale Vorspiel war fast zu simpel. Bevor er sich wirklich zu langweilen begann, fragte er sie, wo sie arbeitete.

Selbst nachdem sie ihn fünf Minuten zugetextet hatte, wusste er nicht, was sie in dieser Firma tat, die sich so unbeschreiblich deprimierend anhörte. Er blendete ihre Stimme aus und beschäftigte sich lieber eingehend mit ihrem Aussehen. Bei genauerem Hinsehen bemerkte er den leichten Überbiss, der aber auf unschuldige Weise einnehmend wirkte. Ihre Nase und Wangen waren mit Sommersprossen getüpfelt, die sie unter einer Puderschicht zu verbergen versuchte. Ihre Augen hatten einen netten Braunton. Fast wie Sherry.

Sie leerte ihr Glas, und er winkte nach einem zweiten. Sie fragte: »Und was ist mit dir, Tony? Wo arbeitest du?«

Er lachte leise und beugte sich vor, bis sein Schenkel über ihren strich. »Nirgendwo.«

»Jetzt mal im Ernst.«

»Ich arbeite nicht.«

Sie begutachtete seine Kleidung und seine Uhr. »Damit scheinst du aber ganz gut wegzukommen.«

»Um die Wahrheit zu sagen, ich bin stinkreich. Mit dem peinlichen Vornamen ist ein peinlich großes Vermögen verbunden. So wie ich es sehe, ist das nur gerecht.«

Sie prustete los. Erst als er nicht in ihr Lachen einstimmte, begriff sie, dass er es ernst gemeint hatte, und ihr Unterkiefer klappte herab. »Im Ernst?«

Schon wieder *im Ernst.* Okay, sie war also kein Genie. Umso besser.

Der zweite Martini kam. Sie nahm einen Schluck und betrachtete ihn dabei über den Glasrand.

Er lächelte. »Magst du mich jetzt lieber, wo du weißt, dass ich reich bin?«

»Ich habe dich schon vorher gemocht.«

Er sah ihr an, dass sie an ihrer Strategie feilte. Ihre Neugier ging fast mit ihr durch, aber sie würde ihr nicht so schnell die Zügel schießen lassen, darum lenkte sie das Thema von seinen Finanzen weg, so als wären die völlig belanglos.

»Und wie vertreibst du dir die Zeit, wenn du nicht arbeitest?«

»Ich spiele Tennis, aber meine wahre Leidenschaft ist das Kino. Filme, Regisseure, Drehbuchschreiber, Schauspieler.«

»O Gott! Das liebe ich auch!«

»Wirklich?«

»Wenn du mich fragst, *Us Weekly* berichtet am besten über die ganzen Filmgalas. Aber ich mag auch das *People Magazine*, vor allem wenn sie das Heft über die besten und schlimmsten Oscar-Kleider machen. Was ist dein Lieblingsfilm? Meiner ist *Sex and the City* oder vielleicht noch *Bride Wars.*«

Guter Gott. »Im Ernst?«

Für ihren zweiten Martini brauchte sie fünfzehn Minuten, in denen sie ihn mit sinnlosem Geplapper überzog und dabei gleichzeitig immer deutlicher auf Tuchfühlung ging. Ihre Taktik war versiert, aber durchschaubar. Jedes Mal, wenn sie etwas betonen wollte, berührte sie seine Hand. Sie sprach so leise, dass er sich immer weiter vorbeugen musste, wenn er sie verstehen wollte, bis sie sich schließlich so nahe waren, dass einer dieser vorwitzigen Nippel hin und wieder über seinen Bizeps strich.

Es war Zeit, die Dinge ins Rollen zu bringen.

»Noch einen?«

Sie warf ihr Haar zurück und entblößte dabei ihren Nacken und den Ausschnitt. »Lieber nicht. Morgen ist ein Arbeitstag.« Verspielt stupste sie mit dem Bein gegen sein Knie. »Für die meisten von uns.«

»Wirklich zu schade. Ich wollte dich gerade fragen, ob du noch woandershin möchtest. Irgendwohin, wo man nicht brüllen muss, um sich verständlich zu machen.«

Ihr Blick flackerte unsicher. »Hmm, ich…«

»Nein?«

»Also…«

»Du brauchst nicht weiterzureden.« Verständnisvoll legte er die Hand auf ihren Arm. »Du kennst mich schließlich nicht.«

Ihr Blick glitt kurz ab, kehrte aber gleich darauf zu ihm zurück. »Wohin? Ich meine, wohin würdest du denn gehen wollen?«

»Wohin du willst. Mir ist das egal. Ich will den Abend nur noch nicht zu Ende gehen lassen.« Er drückte ihre Hand. »Hör zu, wir können mit zwei Autos fahren. Ich nehme den Porsche und du…«

»Du hast einen Porsche?«

»In dem ich dich irgendwann in nächster Zeit mitnehme, Ehrenwort. Aber heute Abend nicht.« Er sah ihr tief in die Augen und sagte: »Ich möchte nicht, dass du dich fürchtest, und ich verstehe durchaus, warum du Angst haben könntest. Schließlich sieht man so manches im Fernsehen.«

»Es geht weniger darum. Es ist nur… ich bin ein bisschen nervös, weil es da so einen Typen gibt. Er ruft ständig bei mir zu Hause an. Echt gruselig.«

»Sagt er dabei obszöne Dinge?«

»Nein. Er bleibt nur in der Leitung, bis ich wieder auflege.«

»Die Polizei kann solche Anrufe zurückverfolgen und herausfinden, wer der Kerl ist.«

»O nein, ich weiß, wer er ist«, sagte sie schnell. »So ein Typ, den ich von früher kenne. Er hat ziemlichen Ärger gemacht.« Sie wedelte kurz mit der Hand, als wäre der Ärger nicht der Rede wert. »Er ist inzwischen Geschichte.«

Er beugte sich vor, drückte ihre Hand und knurrte: »Soll ich das Problem für dich erledigen?«

Sie lachte. »Nein. Glaub mir, er ist die Mühe nicht wert.«

»Jedenfalls tust du gut daran, vorsichtig zu sein.« Er ließ ihre Hand los. »Mach dir deswegen keine Sorgen. Wir holen das ein andermal nach. Wenn du öfter hier bist, laufen wir uns bestimmt wieder über den Weg.« Er gab dem Barkeeper ein Zeichen, die Rechnung zu bringen.

Sie schluckte den Köder, genau wie er vorhergesehen hatte. Schnell legte sie die Hand auf seinen Arm, als hätte sie Angst, dass er sich in Luft auflöste und sie ihre Chance ein für alle Mal verpasst hatte. »In der Nähe von meiner Wohnung gibt es ein Café. Eine ziemliche Absteige, aber es hat bestimmt noch auf. Wir könnten dort noch eine Tasse Kaffee trinken.«

Er beschenkte sie mit seinem schönsten Lächeln. »Klingt perfekt.«

»Ich muss nur kurz auf die Toilette.«

»Ich warte hier.«

Jetzt, nachdem sie sich entschieden hatte, konnte sie es kaum erwarten und wollte ihn um keinen Preis mehr verärgern. Eilig zwängte sie sich durch das Gedränge. Bevor sie in den Gang trat, der zu den Toiletten führte, drehte sie sich noch einmal um und winkte ihm kurz zu.

Er hob bestätigend das Kinn und unterdrückte ein leises Lachen. Sie konnte ihr Glück gar nicht fassen. Wahrscheinlich kniff sie sich jetzt ungläubig in den Arm, ermahnte sich, bloß nichts falsch zu machen, prüfte dabei kritisch ihr Spiegelbild und nahm letzte Korrekturen vor, eine Ladung Atemspray eingeschlossen.

Fünf Minuten verstrichen, ohne dass sie wieder aufgetaucht wäre.

Um sich die Zeit zu vertreiben, drehte er sich der Bar zu, sodass er sich in dem getönten Spiegel an der Rückwand betrachten konnte. Der Anzug war der Hammer. Die Zeit auf dem Tennisplatz heute Nachmittag brachte sein Gesicht zum Leuchten und ließ die blonden Strähnen in seinen Haaren noch heller wirken. Kein Wunder, dass ihre Nippel so prompt reagiert hatten.

Er schenkte sich ein wohlgefälliges Lächeln.

Das in sich zusammenfiel, als er Julie Rutledge entdeckte.

Zwischen ihr und ihm lagen mehrere Meter Bar und standen zahllose Menschen, doch ihr Blick war starr in den Spiegel gerichtet. Nachdem sie ihn dabei erwischt hatte, wie er sein Spiegelbild bewundert hatte, wandte sie sich schmunzelnd ab und dem Ausgang zu.

»*Fuck!*« Er drehte sich von der Bar weg und stieß rücksichtslos erst einen Yuppie zur Seite, dann ein magersüchtiges Mädchen und zuletzt ein Pärchen, das so mit sich beschäftigt war, dass die beiden es praktisch in der Bar trieben. All seine Gedanken waren auf Julie gerichtet, die viel geschickter durch die Menge glitt als er.

Erst als sie dem Jungen vom Parkservice ihren Parkschein überreichte, hatte Creighton sie eingeholt. »Verzeihung«, sagte er zu dem Burschen. Er packte Julie am Arm, zog sie beiseite und drückte sie mit dem Rücken gegen die efeubewachsene Außenmauer.

Wütend wehrte sie sich gegen seinen groben Griff. »Lass mich los.«

Er tat es, aber gleichzeitig drohte er halblaut: »Na los, Julie, mach eine Szene. Schrei nach der Polizei, nur keine Hemmungen. Wenn sie kommen, kann ich ihnen gleich erklären, dass du mich verfolgst.«

»Versuch nicht, mich einzuschüchtern, Creighton. Du willst bestimmt nicht, dass die Detectives zu hören bekommen, was ich über dich zu sagen habe.«

»Und das wäre?«

»Wie sehr du Paul gehasst hast.«

»Ich enttäusche dich nur ungern, aber das wissen sie bereits. Weil ich es ihnen selbst erzählt habe.«

»Ich weiß, dass du hinter dem Mord steckst.«

Er lachte. »Du hast wirklich ein Faible für Krimis. Hast du je mit dem Gedanken gespielt, Drehbücher zu schreiben? Hast du meinen Onkel mit deiner fruchtbaren Fantasie so in Bann geschlagen? Oder war es eher die Art, wie du mit deiner Zunge an seinen Eiern gespielt hast?«

Kochend vor Wut und ohne seinem Blick auszuweichen, machte sie einen Schritt zurück. »Paul konntest du nichts vormachen.«

»Vormachen?«

»Er wusste, wie du wirklich bist.«

»Ach wirklich?«

»Und ich weiß es auch.«

»Ich widerspreche dir nur ungern, Julie, vor allem, wo du so bewundernswerten Schneid zeigst. Aber um in den Worten von Jeremy Irons als Claus von Bülow in *Die Affäre der Sunny von B* zu sprechen: ›Du hast ja keine Ahnung.‹«

Maggie erhob sich knurrend. Sekunden später läutete es an Dereks Tür. Er sah auf die Schreibtischuhr. »Was soll das denn?«

Er war nach Hause gefahren und hatte sich unterwegs ein Abendessen mitgenommen. Er hatte es vor dem Fernseher verspeist, während er die ersten Innings eines Spiels mit den Atlanta Braves verfolgte, und sich danach in sein Arbeitszimmer zurückgezogen, wo er den Rest des Abends am Schreibtisch verbracht hatte. Er würde ein paar Tage brauchen, um alles aufzuarbeiten, was sich während seiner Abwesenheit angesammelt hatte, und abends zu Hause bekam er mehr erledigt als im Büro, wo er ständig abgelenkt wurde.

Barfuß, in Shorts und T-Shirt tappte er durch das Haus und schaltete unterwegs die Lichter ein. Er erwartete niemanden und am allerwenigsten den Besucher, den er durch den Spion in seiner Haustür erblickte.

Er drehte den Riegel zurück und öffnete die Tür. »Was zum Teufel tun Sie hier?«

Creighton Wheeler schob sich an ihm vorbei und marschierte ins Haus. »Ich will, dass Sie sie mir vom Hals schaffen. Mir egal, wie viel es mich kostet oder welche Fäden Sie ziehen müssen oder welchen Hintern Sie küssen müssen. Tun Sie, was Sie tun müssen, aber sorgen Sie dafür, dass sie mich verflucht noch mal in Ruhe lässt.«

»Kommen Sie doch rein«, meinte Derek sarkastisch und schloss die Haustür.

»Jetzt beschränkt sie sich nicht mehr darauf, über mich herzuziehen und mich zu verunglimpfen.«

»Zuerst einmal, wer ist ›sie‹? Roberta Kimball?«

»Julie Rutledge«, antwortete Creighton überdeutlich. »Anfangs hat sie nur hier und da eine beleidigende Bemerkung fallen lassen. Aber inzwischen gibt sie sich damit nicht mehr zufrieden…« Er brach ab und warf einen argwöhnischen Blick auf Maggie, die ihn immer noch anknurrte. »Sie beißt doch nicht, oder?«

Derek befahl dem Hund, sich zu setzen. Sie hatte auf den unterdrückten Zorn in seiner Stimme reagiert, aber nicht Maggie, sondern der unerwartete Besucher hatte ihn so wütend gemacht. »Was bilden Sie sich ein, mitten in der Nacht bei mir zu läuten und in mein Haus zu stürmen? Sie haben wohl eine Meise.«

»Und einen Haufen Geld.«

Derek baute sich vor ihm auf und zielte mit dem Zeigefinger auf Creightons Gesicht. »Was Sie zu *rein gar nichts* berechtigt. Ganz bestimmt nicht dazu, mich in meinem Haus zu belästigen. Ich werde Sie nicht vertreten. Ich weiß nicht, wie ich es noch deutlicher ausdrücken soll.«

Creighton nahm jene arrogante Haltung ein, die Derek vom ersten Moment an bis aufs Blut gereizt hatte. Derek wich nicht zurück, und schließlich registrierte sogar Creighton den Zorn, den er ausstrahlte. Ganz langsam trat er ein paar Schritte zurück. Er hob beschwichtigend beide Hände. »Schon gut, schon gut. Entschuldigen Sie, dass ich nicht angerufen habe. Das war unhöflich. Aber ich muss unbedingt mit Ihnen sprechen.«

»Dann hätten Sie in meiner Kanzlei anrufen und einen Termin vereinbaren sollen.«

»Hätten Sie mich denn empfangen?«

»Nein.«

Creightons Geste sagte: *eben.*

»Alles, was ich Ihnen zu sagen habe, habe ich heute Nachmittag gesagt.«

»Aber als wir uns heute Nachmittag unterhielten, hat mir Julie Rutledge noch nicht nachgestellt.«

»Ihnen *nachgestellt?*«

»Ganz genau. Inzwischen hat sie jedes Maß verloren. Offenbar leidet sie nach dem Überfall unter posttraumatischem

Stress. Oder was weiß ich. Es wäre mir auch gleich, aber sie konzentriert sich in ihrem Wahn ausschließlich auf mich. Sie beschuldigt mich, ich hätte etwas mit diesem verpfuschten Überfall zu tun, bei dem mein Onkel erschossen wurde. Ja, sie hat ausdrücklich gesagt: ›Ich weiß, dass du hinter dem Mord steckst.‹«

Julie hatte Derek zwar arglistig getäuscht, aber er glaubte nicht, dass sie psychisch angeknackst war, an einem posttraumatischen Stresssyndrom litt oder schlicht und einfach den Verstand verloren hatte. Eigentlich ganz im Gegenteil. Aber er durfte sich nicht anmerken lassen, dass er sie persönlich kannte. Darum sagte er: »Als ich sie im Fernsehen sah, wirkte sie nicht verwirrt.«

Creighton schien ihn gar nicht zu hören. »Ich werde ein richterliches Kontaktverbot gegen sie erwirken. Genauer gesagt werden Sie das tun.«

»Verzeihung?«

»Gleich morgen. Ich möchte, dass Sie zu einem Richter gehen oder bei wem man eben eine einstweilige Verfügung beantragt. Weiß der Himmel, was sie in ihrem gegenwärtigen Zustand anstellen könnte. Ich möchte sie nicht in meiner Nähe haben. Erwirken Sie eine einstweilige Verfügung, damit sie verhaftet wird, falls sie noch einmal in meine Privatsphäre eindringt.«

»So leicht ist das nicht.«

»Machen Sie sich keine Sorgen, denn je schwieriger es ist, desto mehr Geld werden Sie verdienen.«

Derek machte sich vor allem Sorgen, dass er Creighton doch noch in Grund und Boden hauen könnte, weil dieser reiche Stinker in seiner Arroganz davon ausging, dass alles – Derek Mitchell eingeschlossen – zu kaufen war, wenn nur die Summe stimmte. Aber ihn zu verprügeln würde ihm rein gar nichts einbringen außer einer Klage wegen Körperverletzung, also fragte er in bewundernswerter Selbstbeherrschung: »Was hat Sie so aus der Fassung gebracht? Was ist passiert? Wieso haben Sie den Eindruck, dass Ms Rutledge eine Gefahr für Sie darstellen könnte?«

Um zu beweisen, dass er bereit war, Creighton Gehör zu schenken, trat Derek rückwärts an einen Sessel und ließ sich hineinsinken. Maggie legte sich zu seinen Füßen und behielt misstrauisch den Mann im makellos geschnittenen, cremefarbenen Anzug im Auge, der auf und ab ging und Derek schilderte, wie er Julie Rutledge in einem Club namens Christy's begegnet war.

Als er fertig war, fragte Derek: »Was wollte sie dort?«

»Haben Sie nicht zugehört? Sie verfolgt mich.«

»War sie mit jemandem zusammen?«

»Weiß ich doch nicht. Ich glaube nicht.« Creightons Finger bewegten sich unaufhörlich in der Luft und verrieten, wie aufgewühlt er war. »Was für einen Scheißunterschied macht es, ob sie allein war oder nicht? Ich habe sie dabei erwischt, wie sie mich im Spiegel angestarrt hat. Ich werde nicht dulden, dass sie mir ständig im Nacken sitzt. Sie müssen etwas dagegen unternehmen.«

»Falsch. Muss ich nicht.« Ganz ruhig verschränkte Derek die Arme vor der Brust. »Sie und Julie Rutledge sind sich rein zufällig in einer belebten Bar begegnet. Ein zufälliges Aufeinandertreffen …«

»Zufällig, leck mich doch.«

»Ein zufälliges Aufeinandertreffen an einem öffentlichen Ort stellt noch keine Belästigung dar.«

»Sie ist mir dorthin gefolgt.«

Derek zog eine Schulter hoch. »Möglich.«

»Ganz bestimmt.«

»Können Sie das beweisen?«

»Natürlich nicht, ich weiß es einfach.«

»Hat Julie Rutledge Sie schon einmal verfolgt?«

»Gesehen habe ich sie nicht, aber das heißt nicht, dass sie sich nicht irgendwo versteckt haben könnte.«

Derek musste sich alle Mühe geben, das Gesicht nicht zu verziehen. »Irgendwo versteckt? Zum Beispiel im Gebüsch? Warum sollte sie Ihnen nachspionieren, Creighton?«

»Weil sie verrückt ist.«

»Haben Sie sie dabei ertappt, wie sie um Ihr Haus herumschleicht? Ihren Porsche? Ihren Garderobenschrank im Tennisclub?« Derek sah, dass Creighton die spitzen Bemerkungen nicht gefielen.

»Sie finden das wohl komisch?«, fragte er gepresst.

Derek hörte auf, ihn aufzuziehen, und stand auf. »Wenn Julie Rutledge Sie mitten in der Nacht anruft und Morddrohungen ausstößt oder wenn sie Ihnen Drohbriefe schickt oder in Ihrem Spaghettitopf Ihr Haustier kocht…« Er verstummte und wartete ab, ob Creighton das kommentierte. Als er es nicht tat, sagte Derek: »Das war ein Kinoverweis.«

»Ist mir klar«, sagte Creighton in jener gepressten Stimmlage, bei der er kaum die Lippen bewegte.

»Wenn sie anfängt, solche Sachen zu machen, *dann* wäre der Zeitpunkt gekommen, eine einstweilige Verfügung zu beantragen.«

»Und Sie würden das machen?«

Weil er so müde war und Creighton Wheeler endlich loswerden wollte, sagte Derek widerwillig: »Ich würde es mir überlegen.«

Creighton sah nicht sonderlich zufrieden aus, aber er wirkte zumindest besänftigt und eindeutig ruhiger. »Na dann. Gut. Ich werde mich bei Ihnen melden.«

Derek ging zur Haustür und zog sie auf. Als Creighton an ihm vorbeiging, legte ihm Derek die Hand auf die Schulter und drehte den jungen Mann zu sich herum. »Es ist mir egal, wie viel Geld Sie haben, kommen Sie nie, *nie* wieder unangemeldet zu mir nach Hause.«

Creighton unterdrückte ein Lachen. »Sonst?«

»Sonst werden Sie es schmerzhaft bereuen.«

Creighton ließ sein strahlendstes Lächeln aufblitzen. »Ehrenwort?« Dann pustete er Derek einen Kuss zu und schlenderte zu seinem am Bordstein geparkten Porsche.

11

Die Kunstmäzenin aus der High Society von Atlanta überreichte Julie einen Umschlag. »Das ist Ihre Steuerquittung. Sie können den Marktwert des Gemäldes als Betrag einsetzen. Wie hoch soll die Eröffnungssumme denn sein?«

Julies Galerie hatte ein Gemälde gestiftet, das an diesem Abend bei einer Wohltätigkeitsveranstaltung versteigert werden sollte. Die Erlöse würden an ein neues Krankenhaus für krebskranke Kinder gehen. »In Sausalito ging letzte Woche eine ihrer früheren Arbeiten für siebentausendzweihundert weg.«

»Dann sollten wir die Versteigerung bei fünftausend eröffnen.«

»Ich hoffe, dass es deutlich mehr einbringt.«

»Das wird es ganz bestimmt.« Die ältere Frau begutachtete das Kunstwerk mit Kennerblick. »Ich habe vor, selbst mitzubieten.«

Julie lächelte. »Dann viel Glück.« Danach erklärte sie der Frau, wie sie das Gemälde zu der Veranstaltung transportieren würde. Kate besprach währenddessen mit einem anderen Kunden, einem älteren Herrn, der hin und wieder vorbeikam, aber noch nie etwas gekauft hatte, die Vorzüge eines bestimmten Bildes. Julie hatte den Verdacht, dass er auf seinen Streifzügen durch die hiesigen Galerien eher nach Gesellschaft als nach einem Kunstobjekt suchte, aber sie und Kate freuten sich immer über seinen Besuch. Er blieb nie so lange, dass er lästig geworden wäre.

Als die Glocke über der Tür anschlug, drehte sich Julie kurz um und wollte einen weiteren Kunden begrüßen. Stattdessen traten die Detectives Kimball und Sanford ein, und beide hätten nicht offizieller aussehen können, wenn sie im Kampfanzug einmarschiert wären. Sie strahlten unübersehbar Autorität aus. Alle verstummten und sahen in ihre Richtung.

»Guten Morgen«, begrüßte Julie sie freundlich.

Die beiden erwiderten die Begrüßung.

»Ich komme gleich zu Ihnen.«

»Lassen Sie sich Zeit«, sagte Kimball, die lockerer wirkte als Sanford, auch wenn Julie den Verdacht hatte, dass die lässige Haltung nur Pose war. Roberta Kimball kam ihr nicht so vor, als würde sie oft Kunstgalerien besuchen.

Julie wandte sich wieder der Mäzenin zu. »Nach der Versteigerung bleibe ich noch da und verpacke das Gemälde für den neuen Besitzer, damit es den Transport unbeschadet übersteht.«

»Das wäre wirklich reizend.« Das faltige Gesicht wurde traurig, als sie Julies Hand tätschelte. »Ich weiß, dass Sie gerade eine schreckliche Zeit durchmachen, meine Liebe.« Sie warf einen kurzen Blick auf die Detectives, die inzwischen die Kunstwerke begutachteten – oder zumindest so taten. »Paul war ein wunderbarer Mensch. Ich kann immer noch nicht glauben, dass er auf so grausame Weise ums Leben kam.«

Damit verließ die Frau die Galerie. Der ältere Gentleman verabschiedete sich mit einem Wangenkuss von Kate und ging ebenfalls.

»Sieht so aus, als hätten wir alle Kunden vertrieben«, sagte Kimball. »Das tut uns leid.«

»Sie haben uns jedenfalls keinen Geschäftsabschluss vermasselt. Was führt Sie hierher?«

Die beiden Detectives sahen auf Kate, die in der Nähe geblieben war, als wüsste sie nicht recht, wie sie sich verhalten sollte. Julie stellte alle einander vor, dann setzte verlegenes Schweigen ein.

Kate fragte: »Möchte vielleicht jemand einen Espresso?«

»Ich gern, danke«, sagte Kimball. Sanford lehnte ab.

»Wir sind dann im Salon«, sagte Julie zu Kate, die daraufhin verschwand, um den Kaffee zu machen.

Julie ging den beiden voran. Gestern zur selben Zeit hatte sie mit Derek Mitchell im Salon gestanden. Sie fragte sich, ob sie den Raum wohl je wieder betreten konnte, ohne an ihn zu denken. Wahrscheinlich nicht. Die Erinnerung an ihn schien das ganze Zimmer zu durchtränken und schlug ihr entgegen, sobald sie nacheinander den Raum betraten.

Die Detectives setzten sich auf das Zweisitzersofa. Julie nahm einen Sessel ihnen gegenüber. Sanford begann, indem er ihr einen braunen Umschlag entgegenstreckte. »Wir haben noch mehr Bilder.«

»Von demselben Mann?«

Kimball nickte. »Er wurde dabei aufgenommen, wie er zwei Tage vor dem Verbrechen durch die Lobby ging. Eines der Bilder ist ziemlich deutlich.«

»Darf ich es sehen?«

Sanford öffnete den Umschlag, zog mehrere Abzüge heraus und reichte sie Julie. »Das oberste ist das beste.«

Kate kam mit einem kleinen Tablett herein, auf dem eine Tasse Espresso für Kimball stand. Sie stellte die Tasse auf dem Tisch ab, während Julie das Foto studierte. Es war zwar besser als das vom Vortag, aber nicht viel. Auch dieses Bild war körnig und unscharf. Sie sah auch die anderen Aufnahmen durch, aber genau wie Sanford gesagt hatte, war die oberste die beste.

»Es ist eindeutig auf allen Bildern derselbe Mann«, sagte sie.

Kimball nahm einen Schluck Espresso und nickte Kate dankend zu.

»Unverkennbar derselbe Mann«, fuhr Julie fort. »Trotzdem habe ich ihn noch nie gesehen.«

Sanford war die Enttäuschung anzusehen. »Sie sind sicher?«

»Ganz sicher. Ich kenne ihn nicht.«

Sanford lehnte sich zurück und breitete die Arme über die Rückenlehne des Sofas. Er sah Kate an. »Hätten Sie vielleicht noch ein Glas Wasser für mich?«

Kate hatte über Julies Schulter auf das Foto gesehen und richtete sich sofort gehorsam auf. »Natürlich. Julie?«

»Nein danke.«

Die junge Frau verschwand und ließ Julie mit den beiden Detectives allein, die sie ähnlich konzentriert studierten wie Derek Mitchell das Gemälde von dem nackten Dicken.

»Was ist denn?«, fragte sie.

»Lassen Sie uns noch einmal alles durchgehen«, sagte Sanford.

»Den Überfall?«

»Alles. Von dem Punkt an, an dem Sie und Paul Wheeler die Suite verlassen haben.«

Sie sah Kimball an, die sie mit undurchdringlicher Miene anblickte. Sie hatte ihren Espresso ausgetrunken, hatte sich vorgebeugt und die Ellbogen auf die Knie gestützt. Sanford lehnte immer noch in den Polstern. Beide wirkten hellwach.

Geduldig wiederholte Julie ihre Schilderung. Als sie an dem Punkt angelangt war, an dem der Räuber vor der offenen Aufzugtür stand, unterbrach sie sich. »Wenn Sie mir sagen würden, was Sie besonders interessiert, könnte ich vielleicht …«

»Wir möchten einfach, dass Sie alles Schritt für Schritt durchgehen«, sagte Kimball. »Bitte erzählen Sie weiter.«

Julie wartete ab, während Kate eintrat und Sanfords Wasser brachte, setzte ihre Aussage am selben Punkt fort und berichtete haarklein weiter bis zu dem Punkt, an dem die Sanitäter eingetroffen waren. »Bis dahin konnte mich keiner von Paul trennen. Ich hielt ihn fest, bis sie mich gewaltsam von ihm lösten.«

Ein paar Sekunden sprach keiner ein Wort. Sanford nahm einen Schluck Wasser und stellte das Glas dann neben Kimballs leere Espressotasse auf den Tisch. Kimball brach das peinliche Schweigen als Erste.

»Wir haben die neuen Fotos auch den anderen Zeugen geschickt. Alle haben genau wie Sie erklärt, den Mann nicht zu kennen.«

»Der Räuber hatte eine Maske an, dazu eine Sonnenbrille und Handschuhe. Darunter hätte man unmöglich den Mann auf diesem Foto erkennen können.«

»Stimmt«, bestätigte Kimball. »Wir haben auch nicht auf so viel Glück gehofft. Aber während wir mit den Zeugen telefonierten, haben wir uns von jedem einzelnen noch einmal den Ablauf des Überfalls schildern lassen, genau wie jetzt von Ihnen. Und dabei fiel uns etwas auf, das die Ladys sagten – und zwar beide unabhängig voneinander. Etwas, das uns bis dahin entgangen war oder dem wir keine Beachtung geschenkt hatten.«

Julie sah auf Sanford, aber seine Augen blieben undurchdringlich. Sie hatte den Verdacht, dass die beiden in partnerschaftlichem Einvernehmen beschlossen hatten, diesmal Kimball die Gesprächsführung zu überlassen.

Julie sah wieder auf die Polizistin und fragte: »Und was war das?«

»Dass Sie sich nicht hingekniet haben. Als der Räuber verlangte, dass alle auf die Knie gehen sollten, blieben Sie stehen.«

»Ich habe mich sehr wohl hingekniet.«

»Aber nicht gleich. Warum nicht?«, bohrte Kimball nach. »Ein maskierter Mann zielt auf Sie und brüllt Sie an, Sie sollen sich hinknien. Eine der Frauen aus Nashville war so verängstigt, dass sie ihre Blase nicht mehr kontrollieren konnte, wie sie uns gegenüber zugegeben hat. Sie ließ sich sofort auf die Knie fallen, solche Angst hatte sie, dass sie erschossen würde. Ihre Freundin reagierte genauso.«

»Der Mann aus Kalifornien …«, setzte Julie an.

Kimball fiel ihr ins Wort: »Erklärt, er sei vor Angst wie gelähmt gewesen. Doch als der Räuber mit der Waffe auf ihn zielte und ihm befahl, auf die Knie zu gehen, leistete er sofort Folge. Sie nicht. Alle sagen aus, dass Sie sich widersetzt hätten. Sie haben ihm widersprochen und ihm erklärt, dass Wheeler arthritische Knie hätte. Letzten Endes hat er, Wheeler, Sie mit nach unten gezogen.«

Sanford erwachte endlich zum Leben, senkte die Arme und beugte sich vor, bis er die gleiche Haltung innehatte wie seine Partnerin. »Halten Sie sich für ungewöhnlich mutig, Ms Rutledge?«

»Ich habe mich nie so gesehen, aber mein Mut wurde auch noch nie so auf die Probe gestellt. Jeder reagiert anders auf tödliche Gefahren. Ich glaube, wir wissen erst, wie wir wirklich reagieren, wenn wir in eine lebensgefährliche Situation geraten. Ich kann mich nicht erinnern, dass ich mich als besonders mutig empfunden hätte.«

»Was haben Sie dann empfunden?«, fragte Kimball.

Sie überlegte und antwortete dann: »Resignation.«

Es blieb kurz still, dann fragte Sanford: »Sie dachten, er würde Sie so oder so umbringen, ganz gleich, was Sie tun?«

Sie stellte sich dem bohrenden Blick des Detectives und sah dann Kimball an, die sie genauso eindringlich beobachtete.

»Mir war klar, dass er uns töten würde. Sobald die Tür aufging, war mir klar, dass der Raubüberfall nur ein Vorwand war. Er war gekommen, um Paul zu töten, und ich war sicher, dass ich mit ihm sterben würde.

Wenn ich nicht gleich auf die Knie ging, dann wahrscheinlich, weil ich wusste, dass das nichts ändern würde. Ich starrte auf seine Sonnenbrille und versuchte, hinter die Gläser zu blicken.«

»Weil Sie hofften, Sie könnten ihn überreden, Sie nicht zu töten?«

»Nein. Weil ich hoffte, seine Augen zu erkennen.«

»Und?«

Sie senkte den Kopf und schüttelte ihn dann. »Ich habe gehofft, Creighton zu erkennen.«

»Er war es nicht, Ms Rutledge.«

»Das weiß ich inzwischen auch.«

Das Telefon der Galerie läutete. Julie hörte Kates gedämpften französischen Akzent durch die Wand. »Chez Jean. Ich bedauere, sie ist gerade in einer Besprechung.«

Sie wird gerade von der Polizei verhört, hätte die Sache genauer getroffen. Die Befragung glich mehr und mehr einem Verhör, und das machte sie ausgesprochen nervös.

»Warum ist das plötzlich so wichtig? Was macht es für einen Unterschied, wann ich mich hingekniet habe?«

Sanford antwortete ganz leise: »Sie sagen, ob Sie sich hinknieten oder nicht, hätte nichts am Ausgang des Überfalls geändert.«

»Das hat es auch nicht.«

»Paul Wheeler ist tot, aber Sie sind noch am Leben.«

»Wie kaum zu übersehen«, bemerkte Julie.

»Also, ja, und genau darum könnte das von Bedeutung sein«, meinte Sanford.

Julie sah sie nacheinander an. »Verzeihen Sie. Aber ich verstehe immer noch nicht, worauf Sie hinauswollen.«

»Wir wollen auf Folgendes hinaus, Ms Rutledge«, mischte sich Kimball wieder ein. »Man könnte auch annehmen, dass Sie sich nicht hinknieten … weil Sie wussten, dass der Räuber Ihnen nichts tun würde.«

Froh, dass dieser Tag endlich überstanden war, schloss Ariel Williams ihre Wohnungstür auf. Sobald sie im Haus war, drehte sie den Riegel vor, um die Welt auszuschließen. Sie war glücklich, wieder in der Oase ihrer Wohnung angekommen zu sein, wo sie sich ungestört in ihrem Elend suhlen konnte. Natürlich vermisste sie ihre Mitbewohnerin Carol, die den Sommer über verreist war, aber heute Abend war sie froh, dass sie allein war.

Sie war Büroleiterin in einer Firma, die an Geschäfts- und Privatkunden Beleuchtungs- und Sicherheitssysteme der Luxusklasse verkaufte, installierte und betreute. Die gesamte ein- und ausgehende Post ging über ihren Schreibtisch. Sie musste alles an die entsprechenden Abteilungen weiterleiten. Sie war noch nicht lang in ihrem Job, aber schon jetzt hatte sie sich mit ihrer Kompetenz das Lob des Chefs und die Anerkennung ihrer Kollegen verdient.

Eigentlich liebte sie ihren Job. Aber heute hatte sie jede Stunde als Qual empfunden und jede Aufgabe als Last. Sie hatte die Minuten gezählt, bis sie endlich nach Hause gehen und sich mit einer Packung Chocolate-Chip-Cookie-Dough-Eiscreme ins Bett legen konnte. Nach der Abfuhr von gestern Abend hatte sie sich mindestens eine Familienpackung verdient.

Sie dumme Kuh hatte doch tatsächlich geglaubt, dass sie, die Königin der Selbstzweifel, von einem phantastischen und reichen Typen angebaggert werden könnte. Er hätte jede Frau in dieser Bar haben können. Wie konnte sie nur glauben, dass er ausgerechnet *sie* all den eleganten Mädchen vorziehen könnte?

Sie war ja so bescheuert!

Trotzdem hatte sie, als sie aus der Toilette kam, fest damit gerechnet, dass er an der Bar auf sie warten würde, so wie er versprochen hatte. Selbst als sie ihn nicht sofort entdeckt hatte, war sie gar nicht auf den Gedanken gekommen, dass er sie sitzen gelassen haben könnte. Stattdessen hatte sie darauf getippt, dass er ebenfalls kurz auf die Toilette verschwunden war. Erst als er ein paar Minuten später immer noch nicht aufgetaucht war, war sie nach draußen gegangen und hatte ihn dem vielbeschäftigten Jungen vom Parkservice beschrieben, der zerstreut geantwortet hatte.

»Heller Anzug? Ja, der war… Danke, Sir. Gute Fahrt. Äh, der war gerade hier.«

»Hat er seinen Porsche abgeholt?«

»Porsche? Wir haben heute keinen Porsche hier.« Er hob die Hand, um ihre nächste Frage abzuwehren, und pfiff ohrenbetäubend laut einem Kollegen. »Hey, Greg, kannst du bitte diesen Herrschaften helfen? Er kommt sofort, Madam. Bitte entschuldigen Sie, dass Sie warten müssen.« Dann wieder zu Ariel: »Er ist mit einer Frau weggegangen.«

Er hätte sie genauso gut ohrfeigen können. »Mit einer Frau? Er war mit einer Frau zusammen? Mit welcher?«

»Wollen Sie jetzt Ihren Wagen oder was?«

Während sie ihren Wagen vorfahren lassen hatte und damit heimgefahren war, war sie sich vorgekommen wie die leichtgläubigste Schnepfe auf Gottes weiter Erde. Als sie an dem Café vorbeigefahren war, in dem sie sich lose mit ihm verabredet hatte, war sie hinter dem Steuer rot angelaufen. Ein Mann wie er hätte keinen Fuß in so eine Bruchbude gesetzt.

Sie hatte sich ja so zum Narren gemacht. Wie lange hatte er gebraucht, um sich vom Acker zu machen, nachdem sie ihm noch fröhlich zugewinkt hatte? Zehn Sekunden? Fünf? Es war beschämend, sich vorzustellen, wie erleichtert er gewesen sein musste, nachdem sie sich verzogen hatte und er sich endlich aus dem Staub machen konnte.

Jetzt ließ sie die Handtasche auf den Boden fallen, stieg darüber hinweg und verschwand im Schlafzimmer, wo sie ihr Arbeitskostüm gegen ihren ältesten, bequemsten Pyjama tauschte und aus den Highheels in ein paar Frotteepantoffeln schlüpfte. Heute Abend würde sie keinesfalls ausgehen und morgen wahrscheinlich auch nicht, nicht einmal, wenn ihre Freundinnen anriefen und sie zu einem Frauenabend einluden. Sie brachte einfach nicht die Kraft auf, sich wieder in Schale zu werfen, in einen Club zu spazieren und Smalltalk zu betreiben. Ihr noch nie besonders robustes Selbstbewusstsein hatte einen schweren Schlag abbekommen.

In der Küche holte sie Eiscreme aus dem Gefrierfach, einen Löffel aus der Schublade und nahm beides mit ins Wohnzimmer, wo sie sich in eine Sofaecke kuschelte und mit der Fernbedienung den Fernseher anschaltete.

Sie schämte sich so für ihre Leichtgläubigkeit, dass sie nicht einmal Carol von ihrem gestrigen Missgeschick erzählt hatte, und sie erzählten sich sonst wirklich alles. Sie spielte mit dem Gedanken, sie jetzt anzurufen. Über einer Familienpackung Eiscreme ausgiebig mit der besten Freundin zu schwatzen war der erste Schritt zur Heilung.

Aber gerade als sie die Hand nach dem Telefon ausstreckte, begann es zu läuten. Sie warf einen Blick aufs Display. Obwohl »unterdrückt« darauf stand, wusste sie genau, wer anrief. »Arschloch.«

Statt an den Apparat zu gehen, bohrte sie den Löffel in die

Eiscreme und schob sich einen großen Happen in den Mund. Das Telefon hörte zu läuten auf. Aber nur ein paar Sekunden. Dann fing es wieder an. »Unterdrückt.«

Dreimal wiederholte sich dieses Spiel, dann schnappte sie sich den Hörer. »Verflucht noch mal! *Lass mich in Frieden!*«

Sie hatte angenommen, er sei endlich Geschichte. Eine böse Erinnerung, die sie am besten ausblendete.

Sie hatte ihren Ohren nicht getraut, als er das erste Mal angerufen hatte. Sobald er sich mit Namen gemeldet hatte, hatte sie aus allen Rohren geschossen und ihm die Wahrheit unverblümt an den Kopf geschleudert. Er war ein Lügner, ein Betrüger, ein Krimineller, und keine Frau mit einem Funken Verstand würde ihn auch nur in ihre Nähe lassen. Sie hatte ihn gewarnt, schleunigst zu verschwinden, sich nie wieder blicken zu lassen und lieber auch nicht mehr anzurufen, falls er nicht wollte, dass sie ihm die Polizei auf den Hals hetzte.

Trotzdem hatte er wieder und wieder angerufen.

Er bedrohte sie nie. Inzwischen sagte er überhaupt nichts mehr. Aber sein Hass vibrierte aus der stillen Leitung, und die Drohung, die in seinem Schweigen lag, kostete sie die letzten Nerven, vor allem jetzt, wo sie allein im Haus war.

Sie wünschte sich, sie könnte sich ein Sicherheitssystem leisten, wie es ihre Firma vertrieb, aber ihr Budget reichte nicht einmal für die einfachste Grundausstattung. Trotzdem hatte sie, während Carol weg war, die Türschlösser auswechseln lassen, um wenigstens etwas inneren Frieden zu finden. Carol konnte ihre Ängste nachfühlen und hatte gemeint, sie sollten lieber auf Nummer sicher gehen und sie würde sich an den Kosten für die abschließbaren Fensterriegel beteiligen. Aber heute Nacht reichten diese zusätzlichen Sicherheitsmaßnahmen nicht aus, um Ariels Nerven zu beruhigen, die nach der Abfuhr durch den blonden Beau sowieso schon dünn wie

Spinnweben waren. Diesen zusätzlichen Stress konnte sie jetzt wirklich nicht brauchen.

Nachdem sie die Schleusen einmal geöffnet hatte, brach sich ihre Frustration freie Bahn. »Du bist ein so erbärmlicher Wicht, weißt du das? Was soll denn diese Scheiße? Das ist doch Kinderkram. Du glaubst, die Frauen müssten einem Mann wie dir zu Füßen liegen, aber kein richtiger Mann würde sich dazu herablassen, einer Frau am Telefon was vorzukeuchen. Verzieh dich wieder in dein Erdloch. Oder in die Hölle. Aber hör verflucht noch mal auf, hier anzurufen!« Sie knallte den Hörer auf den Apparat und fühlte sich augenblicklich besser.

Sie bohrte den Löffel ein weiteres Mal in die Eiscreme und gelangte dabei zu einem äußerst tiefgründigen Schluss: Männer waren, ob sie nun perverse Schweine mit einem Telefonfetisch oder glattzüngige reiche Schleimer waren, allesamt Drecksäcke.

12

Gerade als Julie glaubte, es könnte nicht schlimmer kommen, kam es schlimmer.

Der Hauptsaal des Gemeindezentrums, in dem die Wohltätigkeitsveranstaltung stattfinden sollte, war im Stil eines Sultanzeltes dekoriert. Bunte Stoffbahnen waren unter der Decke aufgehängt worden und bündelten sich in der Mitte, wo wie ein riesiges Juwel eine Discokugel herabhing. Die Kellner waren wie Aladin aus Tausendundeiner Nacht gekleidet, die Kellnerinnen wie verschleierte Bauchtänzerinnen. Die lose im Raum verteilten Stehtische waren nicht mit Blumen geschmückt, sondern mit Pfauenfedern.

Julie hatte kaum Zeit, die Dekoration auf sich wirken zu lassen, denn der Erste, den sie unter den anwesenden Gästen erkannte, war Derek Mitchell.

An seinem Arm hing eine wunderschöne Rothaarige in einem mit grünen Perlen besetzten Kleid. Die beiden gaben ein atemberaubendes Paar ab. Sie standen plaudernd in einer kleinen Gruppe und hielten Champagnerflöten in der Hand, als Derek bemerkte, wie Julie zu ihnen herübersah.

Sein Lächeln vertiefte sich. Sekundenlang sahen sie sich an. Fragte er sich genau wie sie, warum sich plötzlich ständig ihre Wege kreuzten, während sie sich zuvor nie begegnet waren? Oder waren sie sich vielleicht schon öfter begegnet und hatten nur nie Notiz voneinander genommen? Allerdings hielt Julie das für höchst unwahrscheinlich. Wenn sie Derek Mitchell vor jenem Morgen am Gate im Flughafen Charles de Gaulle begegnet wäre, hätte sie sich das mit Sicherheit gemerkt.

Die Rothaarige sagte etwas zu ihm, und er wandte sich ihr wieder zu.

Das Wissen, dass er im selben Raum war, würde den Abend, der ohnehin lang zu werden versprach, noch länger machen. Dummerweise hatte sich Julie bereiterklärt, bis zum bitteren Ende und darüber hinaus zu bleiben.

Immerhin musste sie kein Galadiner über sich ergehen lassen, es sollte nur einen kurzen Programmteil geben, der etwa zur Halbzeit der Veranstaltung starten sollte und bei dem das Modell für das neue Kinderkrankenhaus vorgestellt würde, gefolgt von einem herzzerreißenden Film, in dem die Notwendigkeit einer Klinik beschworen wurde und die Anwesenden aufgefordert wurden, großzügig zu spenden. Das Gemälde, das Julie für die Auktion gespendet hatte, war einer unter vierzig Posten, zu denen außerdem Luxusreisen, ein Auto und ein Diamantkollier im Wert von zehntausend Dollar gehörten.

»Hallo, Julie.«

Sie drehte sich um und sah sich Doug und Sharon Wheeler gegenüber. Doug schloss sie kurz in die Arme. Sie und Sharon tauschten ein paar Luftschmatzer aus. Sharon war in roten Chiffon gehüllt und trug gelbe Diamanten an Hals und Ohren. »Du siehst hinreißend aus«, versicherte ihr Julie aufrichtig.

»Danke. Aber mir tun jetzt schon die Füße weh.« Sharon streckte den Fuß unter dem bodenlangen Kleid hervor, um Julie die juwelenbesetzten Schuhe zu zeigen.

»Diese Schuhe sind die Schmerzen wert.«

Sharon lächelte geschmeichelt. »Das habe ich mir auch gedacht, aber frag mich später noch mal, wenn ich ein paar Stunden darin gestanden bin.«

»Ich hätte nicht erwartet, dich heute Abend zu sehen«, sagte Doug.

Paul hatte die Einladung für sie beide nur wenige Tage vor seinem Tod angenommen, aber das erzählte Julie ihnen nicht. »Ich habe ein Gemälde für die Auktion gespendet.« Sie nickte zur Mitte des Saales hin, wo in einer Oase aus falschen Sanddünen und echten Palmen die zu versteigernden Objekte ausgestellt waren.

»Ich hoffe, du bist nicht allzu böse«, sagte Sharon.

»Weswegen?«

»Wegen der Beisetzung.« Ihr hübsches Gesicht legte sich in bekümmerte Falten. »Ich hoffe, du hast das nicht als Beleidigung aufgefasst. Aber wir konnten dich einfach nicht bei der Familie sitzen lassen, Julie. Marys Schwestern waren auch da. Pauls Nichten und Neffen. Das wäre für alle Beteiligten peinlich gewesen.« Sie nahm kurz Julies Hand. »Aber ich würde es mir nie verzeihen, wenn wir dich damit verletzt hätten. Bitte sag, dass du das verstehst.«

»Ich verstehe dich nur zu gut, Sharon.«

Die schlichte Sharon strahlte erleichtert auf, aber Doug begriff sehr wohl, wie Julie es gemeint hatte. Er starrte auf den Teppichboden zwischen seinen Schuhen und schien darin versinken zu wollen, so peinlich war es ihm, dass man Julie bei der Beisetzung derart vor den Kopf gestoßen hatte und dass seine Frau nicht erkannte, was für ein Affront das gewesen war.

Ohne Paul als Gravitationszentrum ihrer Gruppe hatten sie den Halt verloren. Julie fragte sich, wie ihre Beziehung wohl in Zukunft aussehen würde und ob sie überhaupt noch eine Beziehung zu den Wheelers hätte.

»Habt ihr Creighton mitgebracht?« Sie stellte die Frage ganz beiläufig, dabei brachte sie seinen Namen nur mit Mühe über die Lippen.

»Er hat sich entschuldigt«, antwortete Sharon. »Er war schon mit ein paar Freunden verabredet.«

Soweit Julie wusste, hatte Creighton keine Freunde. Er hatte bezahlte Gesellschafter – einen Masseur, seinen Tennistrainer, einen Golfprofi, der gegen ihn spielte. Paul hatte ihr erzählt, dass er ab und zu eine Frau für eine Nacht abschleppte, aber dass er noch nie eine Freundin im traditionellen Sinne gehabt hatte. Er war Stammkunde bei einigen Eskortagenturen, hatte Paul ihr verraten.

Wahrscheinlich hält er die ganzen Filmfiguren für seine Freunde, hatte Paul bei einem ihrer Gespräche über Creighton verärgert angemerkt. *Sie sind immer bei ihm. Sie leben in seinem Kopf. Ich glaube, er unterhält sich sogar mit ihnen.*

Creighton bezahlte Menschen dafür, dass sie ihn bei Laune hielten. Er hatte sich eine Fantasiewelt erschaffen. Aber er konnte nicht von sich behaupten, Freunde zu haben.

Auch in dieser Beziehung machte sich Sharon etwas vor. Schon bald nachdem Julie die Wheelers kennengelernt hatte, war ihr klar geworden, dass Sharon entweder keine Ahnung von der Persönlichkeit ihres Sohnes hatte oder eine exzellente Verdrängungskünstlerin war.

»Hast du in letzter Zeit mit Sanford und Kimball gesprochen?«, fragte Doug.

»Doug, wir wollen uns heute Abend amüsieren«, beschwerte sich Sharon weinerlich. »Zum ersten Mal seit … du weißt schon. Können wir nicht einen einzigen Abend verbringen, ohne darüber zu reden?«

»Entschuldige, Sharon«, sagte Julie. Dann informierte sie Doug: »Ich habe erst heute Morgen mit ihnen gesprochen. Sie waren in der Galerie, um mir die neuesten Fotos von diesem Mann zu zeigen, auf den sie sich jetzt konzentrieren.«

»Hast du ihn schon mal gesehen?«

»Nein.«

»Ich auch nicht. Die beiden waren auch bei mir im Büro. Ich habe ihnen erklärt, dass ich ihn noch nie gesehen habe. Sie haben mich gebeten, die Bilder mit nach Hause zu nehmen und sie Sharon zu zeigen.«

»Mir war er vollkommen fremd«, warf Sharon ein.

»Und Creighton?«, fragte Julie.

»Hat die Fotos noch nicht gesehen. Jedenfalls nicht, soweit ich weiß.« Doug trank von seinem Longdrink, ein bisschen hastig, wie Julie fand.

Sie sagte: »Sie werden das deutlichste der Fotos im Fernsehen bringen.«

»Das haben sie mir auch erzählt. Und zwar heute in den Abendnachrichten, glaube ich.« Doug sah auf seine Uhr. »Das werden wir verpassen.«

»Die Polizei hofft, dass jemand den Mann erkennt und einen Namen dazu liefern kann«, sagte Julie.

»Ich bin ziemlich sicher, dass ihn jemand erkennt. Wahrscheinlich ein Hotelgast. ›Ach, das ist mein Cousin Sowieso. Er hat jeden Tag vorbeigeschaut, während ich in Atlanta war.‹« Doug nahm noch einen Schluck.

»Und was dann?«, fragte Julie, ohne eine Antwort zu erwarten.

»Das weiß ich genauso wenig wie du. Dieses verwischte Bild ist ihre einzige Spur.«

Während Sharon ihre Unterhaltung nur mit halbem Ohr verfolgt hatte, hatte sie gleichzeitig die anderen Gäste beobachtet und schob nun den Arm in Dougs. »Ich glaube, auf dem Diamantkollier da drüben steht mein Name.«

»O Gott.«

»Möchtest du den krebskranken Kindern etwa nicht helfen?«

»Julie, wenn ich in fünfzehn Minuten nicht wieder zurück bin, dann rette mich und meine Kreditkarte.« Doug sagte das mit einem Lächeln, aber Julie sah ihm an, dass er froh war, ihr Gespräch über den Fortschritt der Ermittlungen beenden zu können.

»Lass nicht locker, bis du die Diamanten hast, Sharon. Du tust es für eine gute Sache.«

»Ich werde mein Bestes versuchen«, versprach Sharon aufgekratzt.

Die beiden ließen Julie stehen, aber sie blieb nicht lange allein. Während der nächsten Stunde kamen immer wieder Freunde und Bekannte auf sie zu, von denen manche alles taten, um Pauls Namen nicht in den Mund zu nehmen, während andere von nichts anderem sprachen. Mit einigen wechselte sie nur ein paar Worte, bevor sie sich höflich entschuldigten, sichtlich erleichtert, eine unangenehme Pflichtübung überstanden zu haben.

Andere taten so, als wollten sie Julie zu ihrem persönlichen Projekt erheben und sicherstellen, dass sie nicht zu Hause versauerte, weil sie keinen männlichen Begleiter mehr hatte. Sie stellten gemeinsame Mittag- und Abendessen in Aussicht, Weinproben und sogar eine Radtour durch die Toskana. Sie bekundete jedes Mal Interesse, ohne sich zu irgendetwas zu verpflichten.

Wenn sie nicht versprochen hätte, den Verkauf des Gemäldes zu beaufsichtigen, wäre sie heimlich verschwunden. Es war ihr zuwider, dass sie zum Objekt von Neugier und Mitleid geworden war. Sie war es leid, dass ihre Mitmenschen gespannt beobachteten, wie gut oder schlecht sie mit dem plötzlichen Verlust klarkam. Unter den gegebenen Umständen hätte sie sich auch entschuldigen und den Abend ausfallen lassen können. Niemand hätte ihr das zum Vorwurf gemacht.

Aber als sie durch die Menge zu der künstlichen Oase ging, in der das Bild ausgestellt war, begriff sie, dass es gut gewesen war, trotzdem zu kommen. Nach ihrem Treffen mit den Detectives heute Morgen durfte sie ihren normalen Tagesablauf auf keinen Fall ändern, sie durfte sich nicht zurückziehen oder irgendetwas unternehmen, das den Eindruck erweckte, sie hätte etwas zu verbergen.

Kimballs Unterstellung hatte ihr kurz die Sprache verschlagen. Dann hatte sie gestammelt: »Wollen Sie… wollen Sie damit andeuten, dass ich… den Räuber kannte? Dass ich wusste, was passieren würde? Dass ich etwas damit zu tun habe?«

»Keine Angst.« Kimballs beschwichtigender Tonfall machte sie nur noch wütender. »Man hat die Idee geäußert, das ist alles.«

»Und wer hat sie geäußert?«

»Ein anderer Detective, der mit dem Fall weniger vertraut ist als wir. Er kennt Sie nicht. Jedenfalls halten Sanford und ich nichts von seinen Überlegungen, aber es ist unser Job, jeder Theorie nachzugehen, ganz gleich, wie weit hergeholt sie auch ist.«

Nicht eine Sekunde hatte Julie ihr die scheinheilige Erklärung abgekauft. Sie hatte beiden klipp und klar erklärt, dass sie keine Fragen mehr beantworten würde, solange kein Anwalt anwesend war, und die Detectives dann verabschiedet.

Wie konnten sie auch nur in Erwägung ziehen, dass sie etwas mit Pauls Tod zu tun hätte? Allein die Vorstellung war grotesk. Und genauso frustrierend. Weil sie jede Minute, während der sie dieser falschen These nachgingen, nicht darauf verwendeten, den wahren Schuldigen zu verfolgen. Solange sie ihre Ermittlungen auf Julie konzentrierten, konnte sich Creighton nach Herzenslust ausleben, ohne dass er für den Mord zur Rechenschaft gezogen wurde.

»Wie hoch steht das Gebot im Moment?«

Die vertraute Stimme riss sie aus ihren düsteren Gedanken, und sie drehte sich um. Derek Mitchell stand direkt hinter ihr, den Blick scheinbar auf das Gemälde gerichtet, während er in Wahrheit sie ansah. Er war allein.

»Bei achttausend.«

Er pfiff leise durch die Zähne. »Das ist allerhand.«

»Sind Sie interessiert?«

»Mir fehlt noch was für mein Schlafzimmer.«

Diese Bemerkung bot unzählige Interpretationsmöglichkeiten, und Julie entging keine davon. Sie schaute an ihm vorbei und sah die Rothaarige in lebhafter Unterhaltung mit ein paar anderen Leuten stehen. Derek folgte ihrem Blick und drehte sich dann wieder um. Julie meinte: »Vielleicht sollten Sie sich mit ihr absprechen, bevor Sie ein Gebot abgeben. Was, wenn es ihr gar nicht gefällt?«

»Es zählt allein meine Meinung. Ihre würde mich trotzdem interessieren.«

Julie schaffte es nicht länger, Blickkontakt zu halten, und starrte stattdessen auf die schwarzen Emailknöpfe seines Frackhemdes. »Es ist ein sehr ansprechendes Gemälde von einer vielversprechenden jungen Künstlerin.«

»Darf ich?« Er legte eine Hand auf ihre Taille und schob sie sanft beiseite, damit er an den Tisch treten und ein schriftliches Gebot abgeben konnte. Noch nachdem er seine Hand weggenommen hatte, spürte sie die Wärme seiner Berührung. Sie griff nach einem Stift und reichte ihn ihm. Er beugte sich über den Tisch und schrieb ein paar Ziffern nieder.

»Hi.« Es war die Rothaarige. »Sie sind Julie Rutledge.«

»Genau.«

Aus der Nähe wirkte die Frau noch strahlender. Sie stellte sich vor, allerdings hatte Julie ihren Namen sofort wieder vergessen, weil sie sich nur auf Derek Mitchells Nähe und den Druck seiner Hand auf ihrer Taille konzentrieren konnte. Das verunsicherte sie, und dafür hasste sie ihn umso mehr. Fast so sehr wie sich selbst.

»Ich kannte Paul Wheeler«, sagte die Rothaarige gerade. »Wir waren vor ein paar Jahren zusammen in einem Komitee. Er war ein echter Gentleman.«

»Ja, das war er wirklich.«

»Mein Beileid.« Die Frau lächelte sie freundlich an.

»Danke.«

Derek reichte Julie den Stift zurück. Sie packte ihn fest. Er war noch warm. »Der Stift wird nicht mehr aus der Hand gegeben«, ermahnte er sie lächelnd. »Ich hätte dieses Bild wirklich gern in meinem Zimmer.«

»Die Gebote können jederzeit erhöht werden.«

»Ich werde sie jedenfalls genau im Auge behalten.« Er und die Rothaarige entschuldigten sich und schlenderten dann weiter.

Julie war noch nicht wieder zu Atem gekommen, als Doug an ihre Seite trat. »Woher kennst du Derek Mitchell?«

Sie stellte sich dumm. »Wen?«

»Den Mann, mit dem du gerade gesprochen hast. Der Anwalt.«

Julie sah Derek und der Rothaarigen nach. »Das ist Derek Mitchell? Eigentlich kenne ich ihn gar nicht.«

»Ihr habt ausgesehen, als würdet ihr euch nett unterhalten.«

»Er hat für das Gemälde geboten.«

Doug beugte sich an ihr vorbei und las ab, wie viel Derek geboten hatte. »Jesus. Ich schätze, er kann es sich leisten, uns abzulehnen.«

Julie las den Betrag ebenfalls und schnappte kurz nach Luft, als sie erkannte, dass er das vorige Gebot verdreifacht hatte. Sie drehte sich wieder um und sah gerade noch seine breiten Schultern in der Menge verschwinden. Sie stellte sich weiter dumm. »Wie meinst du das, er hat euch abgelehnt?«

»Nach eingehender Überlegung – behauptet er wenigstens – ist er zu dem Schluss gekommen, dass er uns nicht vertreten kann.«

»Hat er gesagt warum?«

»Er meinte, er sei zu beschäftigt.«

»Ach.«

»Aber das war gelogen.«

Niemand überbot Derek Mitchells Gebot für das Gemälde. Als am Ende des Abends verkündet wurde, wer welches Stück ersteigert hatte, applaudierten ihm die anderen Gäste, und er bedankte sich mit einem bescheidenen Winken. Die Rothaarige stellte sich auf die Zehenspitzen und küsste ihn auf die Wange.

Nachdem die erfolgreichen Gebote verkündet waren, brachen alle in Richtung Tür auf. Julie zog sich in die entgegengesetzte Richtung zurück. Eine Angestellte des Gemeindezentrums half ihr, das Gemälde in einen Lagerraum zu tragen, wo sie es in eine Kiste packte, die eigens für den Transport von Kunstgegenständen konstruiert war.

Glücklicherweise hatte man einen Kurier angeheuert, der sämtliche Auktionsgegenstände ausliefern würe, die nicht von den neuen Besitzern nach Hause mitgenommen werden konnten, sodass Julie das Gemälde nicht persönlich zu Derek Mitchell bringen musste.

Als sie schließlich in den Veranstaltungssaal zurückkehrte, war nur noch die Aufräumtruppe anwesend, die schon dabei war, die Dekoration abzumontieren. Niemand hielt sich mehr im weitläufigen Empfangsbereich des Gebäudes oder im Korridor auf, und so wanderte sie an den verlassenen Konferenzräumen vorbei in Richtung der Aufzüge zum Parkdeck im Obergeschoss, wo sie ihren Wagen abgestellt hatte, weil sie nicht in der langen Schlange für den Parkservice warten wollte.

Ihr wurde ein wenig flau im Magen, als sie vor dem Aufzug stehen blieb und den Knopf nach oben drückte. Als die leere Kabine eintraf, zögerte sie einen Moment, bevor sie eintrat. Aber dann nahm sie ihren ganzen Mut zusammen und ermahnte sich, nicht albern zu sein. Sie konnte nicht bis an ihr Lebensende immer nur Treppensteigen.

Trotzdem pochte ihr Herz, als die Kabine das Parkdeck erreichte und die Doppeltür zur Seite glitt. Kein Mensch war zu sehen. Schon gar kein Mensch mit Sonnenbrille und einer Skimaske mit aufgesticktem Haifischmaul.

Sie trat aus der Kabine und marschierte in Richtung Rampe. Die Decke war niedrig, die Beleuchtung schlecht; weil niemand außer ihr hier war, hallten ihre Schritte besonders laut.

Dann hörte sie ein metallisches Klicken. Sie blieb stehen und drehte sich in die Richtung, aus der es gekommen war. Diese Ecke der Parketage lag vollkommen im Dunkeln und wurde zum Teil von einem Betonpfeiler verdeckt, der breit genug war, dass sich ein Mann dahinter verstecken konnte.

Breit genug, um den Mann zu verstecken, der in diesem Moment sein Feuerzeug betätigte, die Flamme kurz brennen ließ und sie dann löschte, indem er den Deckel zuklappte.

Julie war sofort klar, dass sie für die Rolle der Jungfer in Nöten ausgewählt worden war. »Ist die Szene nicht sogar für dich ein bisschen abgeschmackt, Creighton?« Ihre Stimme schallte durch die weite leere Parketage. »Die wurde schon in weiß Gott wie vielen Filmen heruntergespult. Ein Opfer allein auf einem dunklen, menschenleeren Parkdeck? Komm schon«, mokierte sie sich. »Das kannst du besser.«

Das Feuerzeug flammte wieder auf, brannte ein paar Sekunden und erlosch mit einem Klappen von Metall auf Metall.

Es war eine ganz gewöhnliche Geste, aber in dieser Umgebung hatte sie etwas Gruseliges, dem sich Julie nicht entziehen konnte. Sie glaubte nicht, dass Creighton aus seiner dunklen Ecke springen und über sie herfallen würde. Er wollte ihr nur Angst machen, er wollte ihr heimzahlen, dass sie gestern Abend in der Bar aufgetaucht war, und sie dafür bestrafen, dass sie ihn dabei ertappt hatte, wie er selbstverliebt sein Spiegelbild begutachtet hatte. Er hatte nur eine Gruselfilmszene nachgestellt, um sie aus der Fassung zu bringen.

Oder?

Bislang war er mit dem Mord an Paul ungestraft davongekommen. Vielleicht fühlte er sich inzwischen unverwundbar. Creighton war sowieso überzeugt, dass für ihn keine Regeln galten; seit er Paul ermordet hatte, hatte er vielleicht die letzten Skrupel verloren und war inzwischen bereit oder sogar begierig darauf, ab sofort selbst zu töten, statt das von jemand anderem erledigen zu lassen.

Und er hatte jeden Grund, ihr den Tod zu wünschen.

Plötzlich bekam sie eisige Angst. Sie entriegelte ihren Wagen mit der Fernbedienung, schlüpfte auf den Fahrersitz und verriegelte danach sofort die Türen. Das Röhren des Motors hallte von den Betonwänden wider. Die Reifen quietschten, als sie zurücksetzte und zur Ausfahrt raste. Sie fuhr an der dunklen Ecke vorbei, ohne dass sie gewagt hätte, dorthin zu sehen, aber aus dem Augenwinkel bekam sie trotzdem mit, wie die kleine blaugelbe Flamme in einer quälenden Sequenz aufflammte und erlosch, aufflammte und erlosch.

Sie fuhr so schnell durch die Spiralen bis zur Straßenebene, dass ihr schwindlig war, als sie an der Schranke bezahlte. Als sie auf den Boulevard bog, sah sie aufmerksam in den Rückspiegel. Niemand folgte ihr.

Mit eisigen und kalt verschwitzten Händen umklammerte sie das Lenkrad. Ihre Schultern brannten vor Anspannung. Creighton wäre begeistert, wenn er wüsste, wie tief er sie getroffen hatte. Aber das wusste er nicht, oder? Sie hatte sein albernes Spiel nicht mitgemacht. Sie hatte sich über ihn mokiert und war dann gefahren. Ein bisschen überstürzt, gut, aber ohne erkennen zu lassen, wie sehr sie sich gefürchtet hatte. Er konnte unmöglich wissen, wie sehr er sie erschüttert hatte, und wenigstens das bereitete ihr eine gewisse Genugtuung.

Aber als sie nach Hause kam, musste sie feststellen, dass sie sich zu früh gefreut hatte.

Sie merkte gleich, dass etwas nicht stimmte, weil der Öffner des Garagentors nicht funktionierte. Sie ließ den Wagen in der Einfahrt stehen und schloss mit dem Schlüssel die Haustür auf. Als sie den Lichtschalter umlegte, rührte sich gar nichts. Aber nur in ihrem Haus war der Strom ausgefallen; bei allen Nachbarn brannte Licht.

Sie tastete sich zu dem Tisch im Flur vor, wo sie in der Schublade eine kleine Taschenlampe aufbewahrte. Die Batterie war noch voll, aber der Strahl war schwach, darum sah sie die Bank erst, als sie dagegenrumpelte und ins Stolpern kam.

Normalerweise stand die Bank längs zum Tisch an der Wand gegenüber. Jetzt stand sie quer mitten im Flur.

Dass der Strom abgeschaltet worden war, war das eine. Dass ein Möbelstück verrückt worden war, etwas anderes. Sie war hundertprozentig sicher, dass sie die Bank nicht so hingestellt hatte.

Waren Einbrecher im Haus gewesen? War der Dieb immer noch da? Instinktiv wollte sie sich umdrehen und ins Freie rennen, um dann vom Handy aus die Polizei anzurufen.

Aber sie befahl sich, Ruhe zu bewahren. Sie zwang sich, ganz still stehen zu bleiben und zu lauschen, bevor sie voreilige Schlüsse zog oder richtig hysterisch wurde. Sie hörte lediglich den weichen Schlag ihres Pulses in ihren Ohren.

Sie schob die Bank mit dem Knie zur Seite und wagte sich ein paar Schritte weiter vor, bis sie mit der Taschenlampe erst ins Wohnzimmer und dann ins Esszimmer leuchten konnte, wo alles unverändert schien. Alles schien an seinem Platz zu stehen. Die Wohnung war jedenfalls nicht ausgeplündert worden.

Als sie den Strahl auf den Boden richtete, fiel ihr auf, dass die Fransen an beiden Enden des Läufers korrekt ausgerichtet lagen und offensichtlich nicht berührt worden waren, seit die Putzfrau sie glattgestrichen hatte. Dass ein Einbrecher sorgsam über die Teppichfransen hinwegstieg, war höchst unwahrscheinlich.

»Du verfluchtes Schwein.« Der geflüsterte Fluch war auf Creighton gemünzt. Er hatte ihr das angetan. Er hatte dafür gesorgt, dass sie sich in ihrem eigenen Haus fürchtete. Seinetwegen hatte sie jetzt Angst vor einer ganz gewöhnlichen Bank, wo es doch am wahrscheinlichsten war, dass ihre Putzfrau das Möbel zur Seite geschoben hatte, um den Boden darunter zu wischen, und danach einfach vergessen hatte, es an seinen Platz zurückzustellen.

Geführt vom Strahl ihrer Taschenlampe arbeitete sie sich zum Schlafzimmer vor. An der Schwelle blieb sie stehen und schwenkte den Lichtstrahl durch den Raum. Nachdem nichts zu fehlen schien, trat sie ein und wollte gerade auf den Schrank zuschleichen, als sie vor dem Haus etwas hörte.

All die aufmunternden Worte, die sie sich vorgesagt hatte, wurden von einer Flutwelle der Angst weggeschwemmt.

Sie schaltete die Taschenlampe aus und ließ sich auf den Boden fallen. In absoluter Dunkelheit krabbelte sie zu ihrem Bett und tastete blind nach der Pistole, die Paul mit Klebestreifen unter den Bettfedern befestigt hatte.

Sie fand sie und zog langsam an den Streifen, bis sich die Waffe gelöst hatte. Blindlings riss sie das Klebeband weg. Der Revolver lag kalt und schwer in ihrer Hand, fremd und tödlich. *Er ist geladen, aber zur Sicherheit habe ich zwei Kammern leer gelassen,* hatte Paul ihr erklärt. Sie hörte noch, wie er sie nachdrücklich ermahnt hatte, dass sie insgesamt dreimal abdrücken musste, bevor die Pistole eine Kugel abfeuerte.

Kalter Schweiß stand ihr auf der Haut. Sie keuchte schwer und bekam trotzdem nicht genug Luft. Die Angst, die sie auf dem Parkdeck empfunden hatte, hatte sich tausendfach verstärkt, seit sie wusste, dass jemand in ihrem Haus gewesen war. Erst jetzt begriff sie, wie verletzlich sie war.

Sie presste die Lippen zusammen und zwang sich, durch die Nase zu atmen, damit man sie nicht keuchen hörte. Ihr Herz hämmerte, als sie auf dem Hintern über den Boden rutschte, bis sie in der Ecke saß, den Rücken an die Wand gepresst. Die Pistole in beiden Händen haltend zielte sie auf die offene Zimmertür, in der genau in diesem Augenblick eine Silhouette erschien, ein schwarzer Schatten vor dem weicheren Dunkel.

»Stehen bleiben!«

Ohne auf ihre Warnung zu hören, trat die Gestalt in den Raum.

Sie drückte den Abzug.

13

Die leere Kammer klickte hörbar.

»Julie?«

»Ich meine es ernst!«

Er machte noch einen Schritt auf sie zu. Wieder drückte sie ab. Wieder klickte es unheilvoll.

»Noch einen Schritt und ich schieße!«

»Julie, ich bin's.«

Sie verschluckte einen Schluchzer der Erleichterung. Bebend legte sie die Pistole auf den Boden und öffnete ihre Hand, dann zog sie die Knie an die Brust und ließ den Kopf darauf sinken.

»Ist alles in Ordnung?« Derek folgte ihren abgehackten Atemzügen in die Ecke und ging vor ihr in die Hocke. Er legte eine Hand auf ihren Hinterkopf. »Ist Ihnen was passiert?«

»Nein.«

»Die Haustür stand offen. Wieso brennt nirgendwo Licht? Was ist passiert?«

Sie verschluckte ein hysterisches Lachen. »Ich hätte Sie um ein Haar erschossen.«

»Warum sitzen Sie im Dunkeln?«

»Kein Strom.«

»Wo ist der Sicherungskasten?«

»Im Kleiderschrank. Hinter Ihnen rechts. Irgendwo bei der Tür habe ich eine Taschenlampe fallen lassen.«

Er kannte sich nicht in ihrem Zimmer aus und rumpelte

mehrmals irgendwo dagegen. Dann hatte er die Taschenlampe gefunden. Der Strahl tanzte wild durchs Zimmer, während er zum Schrank ging. Sie hörte Kleiderbügel klappern und gleich darauf die Metalltür des Sicherungskastens quietschen. Im nächsten Moment gingen die Lichter an. Die plötzliche Helligkeit blendete sie, und sie brauchte ein, zwei Sekunden, um sich daran zu gewöhnen. Bis sie wieder sehen konnte, kniete Derek schon neben ihr.

»Die Hauptsicherung war rausgesprungen. Wahrscheinlich gab es irgendwo eine Überspannung.«

»Gut möglich.«

Er sah die Pistole. »Sie hätten mich wirklich fast erschossen.«

»Es hat nicht viel gefehlt.«

»Ist Ihnen was passiert?«, fragte er noch einmal.

Sie schüttelte schweigend den Kopf.

»Möchten Sie mir erzählen, was eigentlich los ist?«

»Ich bin nach Hause gekommen. Alle Lichter waren aus. Da bin ich … ausgeflippt.« Sie erzählte ihm von der Bank im Flur. »Ich dachte, ich hätte vielleicht einen Einbrecher überrascht, der immer noch im Haus war.«

»Warum sind Sie nicht aus dem Haus gelaufen und haben die Polizei gerufen?«

»Ich bin froh, dass ich es nicht getan habe. Ich komme mir auch so albern genug vor.«

Sie versuchte aufzustehen, aber ihre Knie waren noch zu schwach. Er griff ihr unter die Ellbogen und half ihr auf. »Danke.« Sie kam sich lächerlich vor und schob sich an ihm vorbei. »Entschuldigen Sie. Ich brauche etwas zu trinken.«

Im Bad füllte sie ein Glas mit Leitungswasser. Während sie trank, fiel ihr im Spiegel etwas ins Auge. Langsam senkte sie das Glas wieder, drehte sich um und starrte auf den Spitzenbody, der an dem Haken hinten an der Tür hing. Sie hätte nicht sagen können, wann sie ihn das letzte Mal getragen hatte, aber jedenfalls war es schon länger her. Eindeutig so lange, dass er nicht mehr an der Badezimmertür hängen, sondern zusammengefaltet in der Wäscheschublade liegen sollte.

»Alles in Ordnung?« Derek streckte den Kopf durch die Tür. Ein Blick in ihr Gesicht genügte, und seine Miene verdüsterte sich. »Was ist?«

»Der hier dürfte nicht hier hängen.« Sie deutete auf den Body und schob gleichzeitig Derek zur Seite, damit sie durch die Tür kam. In der Mitte des Schlafzimmers blieb sie stehen und suchte hektisch den Raum ab.

»Wie meinen Sie das, der dürfte nicht hier hängen?«

»Genauso, wie ich es sage.« Sie suchte nach weiteren Anhaltspunkten, und seien sie noch so klein, dass etwas verändert worden war.

»Er gehört Ihnen nicht?«

»Doch, aber ich habe ihn nicht mehr getragen, seit… ich weiß nicht mehr, wann ich ihn das letzte Mal getragen habe.«

Eilig verließ sie den Raum und hastete durch den Flur zum Gästezimmer. Dort schaltete sie ebenfalls das Licht ein und hielt kurz Ausschau, aber hier kam ihr alles unverändert vor.

Dafür entdeckte sie im Wohnzimmer etwas, das ihr vorhin entgangen war, als sie nur das Taschenlampenlicht gehabt hatte. Auf dem Tisch neben der Couch lag aufgeschlagen ein Buch mit dem Gesicht nach unten. Das Lesezeichen lag daneben, nicht zwischen den Seiten, wo es hingehörte.

Derek kam ihr nach. »Was ist?«

»Ich lasse meine Bücher nie aufgeschlagen liegen. Dadurch geht die Bindung kaputt. Mein Dad liebte Bücher. Er schrieb uns genau vor, wie wir sie zu behandeln hatten. Er hat mir beigebracht, nie…« Sie drehte sich zu Derek um. »Ich verwende grundsätzlich ein Lesezeichen.«

Ohne seine Reaktion abzuwarten, eilte sie weiter in die Küche, wo sie auf den ersten Blick erkannte, dass mehrere Gegenstände auf der Küchentheke umgestellt worden waren. Das Kochbuch im Ständer war zugeklappt worden; sie ließ es immer offen, weil ihr das Foto so gut gefiel. Eine Flasche Wein war geöffnet, aber nicht angerührt worden.

Am auffälligsten war der schmiedeeiserne dekorative Halter, an dem immer drei Küchenhandtücher hingen. Sie und Paul hatten die Tücher auf einem Flohmarkt in Paris erstanden, kurz nachdem sie sich kennengelernt hatten. Sie achtete nicht besonders darauf, wie die Tücher an dem Halter hingen. Im Gegenteil, es gefiel ihr, wenn es so aussah, als würden sie oft benutzt, was auch der Fall war. Jetzt hingen sie perfekt gefaltet und mit korrekt ausgerichtetem Saum an den Eisenstangen.

»Er war hier.«

Dass sie die Worte laut ausgesprochen hatte, merkte sie erst, als Derek sie an den Schultern nahm und leise fragte: »Was reden Sie da?«

Sie zielte mit dem Finger auf den Handtuchhalter und schrie auf: »Sehen Sie das nicht? Das ist wie in diesem Film.«

Derek drehte sie um und sah sie perplex an. »Was denn? Wie in welchem Film?«

Sie wand sich aus seinem Griff und drängte sich an ihm vorbei. »Sie müssen jetzt gehen.« Sie kehrte ins Schlafzimmer zurück, zog eine Schublade auf und nahm mehrere Kleidungsstücke heraus. Dann holte sie eine Reisetasche aus dem Schrank und warf alles hinein.

»Was tun Sie da?« Derek stand in der offenen Tür und sah ihr ungläubig zu.

»Ich werde heute Nacht auf keinen Fall hierbleiben. Woher soll ich wissen, ob der Strom nicht noch einmal ausfällt? Bis die Elektrizitätsgesellschaft hier war und alles überprüft hat, will ich hier nicht schlafen.« Es klang nach einer plausiblen Erklärung für ihren vorübergehenden Auszug, dabei flüchtete sie eigentlich aus zwei Gründen. Hauptsächlich aus Angst. Und vor der unerträglichen Gewissheit, dass Creighton in ihr Heim eingedrungen war. »Man spürt deutlich, wie heiß es ohne Klimaanlage geworden ist. Darum werde ich…«

Derek hielt sie am Arm zurück und drehte sie zu sich um. »Was ist wirklich los?«

»Das habe ich doch gesagt. Ich…«

»Julie.«

Sie atmete flach durch die leicht geöffneten Lippen und begriff, dass er ihr die Angst ansehen musste und es darum sinnlos war, noch länger zu lügen. »Er war hier.«

»Wer?«

»Creighton.«

Er ließ sich die Behauptung durch den Kopf gehen. »Wieso glauben Sie das?«

Sie sah sich um, hielt Ausschau nach einem eindeutigen Hinweis darauf, dass jemand eingedrungen war, und erkannte gleich darauf, dass nur sie allein die subtilen Zeichen erkennen konnte. »Die Bank. Er hat sie umgestellt. Und er hat noch mehr angefasst. Den Body an der Tür im Bad.« Sie schlang die Arme um den Oberkörper, massierte ihre Oberarme und schauderte unwillkürlich, als sie sich vorstellte, wie seine Hände ihre Wäsche durchwühlt hatten. »Die Weinflasche habe ich nicht aufgemacht. Das Buch im Wohnzimmer. Ich hätte es nie so liegen lassen. Die Handtücher am Ständer.«

»Vielleicht hat die Putzfrau…«

Sie schüttelte den Kopf. »Das war Creighton. Es gibt einen

Film. Ich weiß nicht mehr, wie er heißt. Darin schützt Julia Roberts ihren eigenen Tod vor, um ihrem prügelnden Ehemann zu entkommen. Aber er spürt sie wieder auf, und als er sie findet, da … da … hängt er alle Handtücher in einer Reihe auf. Er hat so einen Tick, er muss immer alles kontrollieren. Als sie die Handtücher sieht, weiß sie sofort …«

Sie verstummte, weil ihr klar war, wie verrückt sich das anhören musste. Also holte sie tief Luft und versuchte das Beben in ihrer Stimme zu unterdrücken. »Ich habe gesagt, dass Sie gehen sollen. Wieso sind Sie noch da? Was wollen Sie überhaupt hier?«

Er ignorierte ihre Fragen. »Und Sie sind sicher, dass jemand eingebrochen ist?«

»Ganz sicher.«

Er sah sie nachdenklich an und meinte dann ruhig: »Sie sollten die Polizei rufen.«

Sie schüttelte den Kopf.

»Wenn Sie sich dem nicht gewachsen fühlen, kann ich für Sie anrufen.«

Er griff nach seinem Handy, doch sie packte ihn am Ärmel. »Rufen Sie nicht an.«

»Aber wenn Sie vermuten, dass bei Ihnen eingebrochen wurde …«

»Ich vermute es nicht. Ich *weiß* es.«

»Können Sie feststellen, ob irgendwas weggekommen ist?«

»Er ist nicht eingebrochen, um etwas zu stehlen. Er ist eingebrochen, um mir zu demonstrieren, dass er es kann.«

»Creighton?«

Sie sah den Zweifel in seinen Augen, wandte sich wütend ab und ging ins Bad.

Derek folgte ihr bis vor die Tür. »Ich würde Ihnen raten, nichts zu berühren, bis die Polizei hier war und ermittelt hat.«

»Haben Sie mich nicht verstanden? Ich habe nicht vor, etwas zu unternehmen. Nicht einmal Sie glauben mir. Warum sollte mir die Polizei glauben?«

»Ich habe nicht gesagt, dass ich Ihnen nicht glaube.«

»Das war auch nicht nötig. Jedenfalls werde ich die Polizei nicht anrufen. Es gibt keine Beweise für einen Einbruch. Man würde mich für verrückt halten.«

»Falls jemand in Ihr Haus eingedrungen ist, sollten Sie Anzeige erstatten.«

»Erstatten Sie doch selbst Anzeige«, fuhr sie ihn an. Sie begann die Nadeln aus ihren Haaren zu zerren und ließ sie auf die Kommode im Bad fallen. »Dann dürfen Sie die Nacht auf dem Polizeirevier verbringen, Fragen beantworten und Ihre Geschichte immer und immer wieder erzählen. Ich durfte das an dem Tag tun, an dem Paul starb. Und seither fast jeden Tag. Und hat es mir irgendwas gebracht? Ich werde mir das nicht noch einmal antun.« Sie schüttelte den Haarknoten in ihrem Nacken aus und ergänzte halblaut: »Diese Befriedigung will ich ihm nicht verschaffen.«

Sie sammelte ein paar Toilettenartikel zusammen, nahm sie mit ins Schlafzimmer und warf sie ebenfalls in die Reisetasche. Dann zog sie den Reißverschluss zu, hob die Tasche hoch und nickte zur Tür hin. »Ich bringe Sie zur Tür.«

»Wo wollen Sie hin?«

»In ein Hotel.«

»Möchten Sie sich vorher umziehen?«

Sie waren beide noch in Abendkleidung, allerdings hatte er den Kragenknopf seines Hemdes geöffnet, und die Fliege baumelte offen über seiner Brust. Ihr war es gleich, wie sie aussah. »Nein, ich gehe so, wie ich bin.«

»Ich fahre Sie hin.«

»Warum?«

»Weil Sie nicht in der Verfassung sind, Auto zu fahren.«

»Es geht mir gut.«

»Sie bibbern.«

Sie erkannte, dass er recht hatte. Die Angst, inzwischen von Wut überlagert, ließ sie zittern.

Derek trat um sie herum und hob die Pistole vom Boden auf. »Haben Sie einen Schein dafür?«

Sie nahm sie ihm ab und schob sie zwischen die Matratze und den Bettrahmen.

»Das ist eine ziemlich schwere Waffe«, bemerkte er.

»Paul hat sie mir geschenkt, und er bestand darauf, dass ich sie immer zur Hand habe. Weil er so reich war, bestand die Gefahr, dass er entführt werden könnte. Er hatte paranoide Angst davor, dass mir jemand etwas antun könnte, um ihn zu erpressen.«

»Wie viele Kammern waren leer?«

»Zwei.«

»Glück gehabt.«

»Ich auch. Wenn ich Sie erschossen hätte, wäre mir nichts anderes übrig geblieben, als die Nacht auf der Polizeistation zu verbringen.«

Es schien lächerlich, das Haus jetzt noch abzuschließen, aber sie tat es trotzdem. Dereks Wagen parkte am Straßenrand. »Ich habe mich schon wieder beruhigt«, sagte sie. »Ich kann wirklich wieder fahren.«

Er schüttelte den Kopf.

»Sie könnten mir hinterherfahren und sich überzeugen, dass ich sicher ankomme.«

»Ich werde fahren.« Um jede weitere Diskussion zu unterbinden, nahm er ihr die Reisetasche aus der Hand.

»Morgen früh rufe ich Kate an und lasse mich von ihr heimfahren.«

»Klingt nach einem vernünftigen Plan.«

Er setzte sie auf den Beifahrersitz, warf die Reisetasche auf den Rücksitz, ging dann vorne um den Wagen herum und stieg ein. Ein paar Minuten fuhren sie schweigend dahin, dann wiederholte sie ihre Frage. »Was wollten Sie in meinem Haus?«

»Ich musste mit Ihnen sprechen.«

»Worüber?«

»Haben Sie Creighton gestern Abend in diesem Club aufgelauert?«

»Ach so.«

Er sah sie kurz an. »Ist das ein Ja?«

»Ich gebe gar nichts zu.«

»Sehr vernünftig.«

Sie sah ihn scharf an. »Doug hat mir heute Abend erzählt, dass Sie sich geweigert haben, die Wheelers zu vertreten.«

»Stimmt.«

»Er sagte, Sie hätten behauptet, dass Sie zu beschäftigt wären, um neue Mandanten aufzunehmen. Aber das hat er nicht geglaubt.«

»Nicht geglaubt und nicht akzeptiert. Ich weiß das, weil er die Summe, die wir als Honorar ausgehandelt hatten, heute Nachmittag auf unser Firmenkonto eingezahlt hat. Er hat es elektronisch überwiesen, das heißt, die Überweisung kann nachvollzogen werden.«

»Also sind Sie, bis Sie das Geld zurückgeben können …«

»… sein eingetragener Anwalt. Genau betrachtet vertritt ihn zurzeit meine Kanzlei. Aber es läuft aufs Gleiche hinaus.« Er hielt an einer Kreuzung und sah sie an. »Das heißt, wir haben immer noch einen Interessenkonflikt.«

Sie sahen sich tief in die Augen, dann fuhr er wieder an.

»Wenn dem so ist«, sagte sie, »warum sind Sie dann zu mir nach Hause gekommen?«

»Weil ich nicht anrufen wollte.«

»Weil man den Anruf später nachweisen könnte?«

Er zuckte mit den Achseln. »Es kann nicht schaden, vorsichtig zu sein. Nur für alle Fälle. Jedenfalls tauchte Creighton nach der Begegnung im Nachtclub unangemeldet bei mir zu Hause auf. Ich war stinkwütend auf ihn und sagte ihm das auch. Ihm stand der Schaum vor dem Mund. Er beschuldigte Sie, ihm nachzustellen, er meinte, Sie würden an posttraumatischem Stress leiden und eine Gefahr für ihn darstellen.«

»Das ist absurd.«

»*Sind* Sie ihm gefolgt?«

»Nein.«

»Sie wollten zufällig an genau diesem Abend zu genau dieser Uhrzeit in genau diese Bar gehen, und was für ein Zufall: Da steht Creighton, Ihr Erzfeind.«

Sie sah aus dem Beifahrerfenster. »Ich weiß, dass er öfter ins Christy's oder in ähnliche Bars geht. Bevor ich ihn gefunden habe, war ich schon in ein paar anderen.«

»Warum wollten Sie ihn sehen?«

»Um ihn aufzuschrecken.«

»Also, das ist Ihnen jedenfalls gelungen. Er wollte, dass ich eine einstweilige Verfügung gegen Sie beantrage. Ich bin heute Abend zu Ihnen gefahren, um Sie zu warnen.«

Sie sah ihn wieder an. »Um mir zu drohen, meinen Sie.«

»Nein, um Sie zu warnen. Dieses Gerede von einer einstweiligen Verfügung ist natürlich Blödsinn, trotzdem gibt es genug Anwälte, die eine beantragen würden, nur um etwas von Creightons Geld in ihre Taschen umzuschichten.«

»Ich könnte genauso gut eine einstweilige Verfügung gegen ihn beantragen«, wehrte sie sich. »Er hat mir auf dem Parkdeck aufgelauert, als ich heute Abend von der Veranstaltung wegfuhr.«

»Wie bitte?«

»O ja. Wirklich gruselig.« Sie schilderte ihm, was passiert war, und ergänzte bitter: »Ich schätze, in mein Haus einzusteigen und seinen krankhaften Neigungen nachzugehen hat ihm nicht gereicht.«

»Haben Sie ihn gesehen?«

»Auf dem Parkdeck? Nein. Aber ich weiß, dass er es war. Er hat eine Szene aus einem weiteren Film nachgestellt. Er hat diesen Filmspleen.«

»Ja, ich weiß. Er hat mich mit Zitaten bombardiert. Der Mann ist eine wandelnde Film-Enzyklopädie.«

»Er ist besessen. Die Parkdeckszene könnte aus verschiedenen Filmen stammen, aber wegen der Sache mit dem Feuerzeug tippe ich auf *Die Unbestechlichen.*«

»*Deep Throat.*«

»Sie kennen den Film?«

»Aus dem Geschichtsunterricht.«

»Mein Vater zeigte ihn immer, wenn es um Richard Nixons Präsidentschaft ging. Er war Lehrer.«

»Geschichtslehrer.«

Sie sah ihn überrascht an und kniff dann misstrauisch die Augen zusammen. »Woher wissen Sie das?«

Er stoppte den Wagen gegenüber einem kleinen, gemütlichen Hotel, zwei Blocks von der Peachtree Street entfernt, schaltete den Motor ab und wandte sich ihr zu. »Lassen Sie uns eine Minute warten, bevor Sie hineingehen. Ich will feststellen, ob uns jemand gefolgt ist.«

»Mich verfolgt niemand«, sagte sie wütend. »Jetzt beantworten Sie meine Frage. Woher wissen Sie, was mein Vater von Beruf war?«

»Ich habe Ihren Hintergrund von unserem Privatermittler durchleuchten lassen.«

Ihr wurde heiß vor Wut. »Meinen Hintergrund? Warum? Hatten Sie Angst, Sie könnten sich was bei mir geholt haben? Sie hätten auch einfach fragen können.«

»Julie…«

»Was haben Sie sonst noch erfahren?«

»Dass Sie Ihr Studium in Paris abgeschlossen haben. Und dass Sie später einen erfolglosen Künstler geheiratet haben.«

»Der mich verprügelte.« Sie sah sein Entsetzen und lachte. »Ach, das ist Ihrem Schnüffler wohl entgangen? Zu schade. Dabei war das am spannendsten.«

»Möchten Sie mir davon erzählen?«

Er sah sie ruhig an, seine Stimme klang gelassen, seine ganze Haltung strahlte Vertraulichkeit aus. »Warum nicht?«, meinte sie schnippisch. »Sonst schicken Sie nur wieder Ihren Bluthund los, um mir nachzuschnüffeln, und dem könnte am Ende ein saftiges Detail entgehen. Das wollen wir doch nicht.«

Dicke Regentropfen klatschten auf die Windschutzscheibe. Sie knallten wie durchsichtige Farbkleckse auf das Glas. »Als ich Henri kennenlernte, war ich seit fast einem Jahr in Paris. Er schlug sich als Künstler durch, ohne einen Cent und von Selbstzweifeln gepeinigt. Ich wäre seine Muse, behauptete er. Beim Picknick mit Wein und Brot säuselte er mir vor, dass ihn die Schönheit und Reinheit meiner Seele dazu inspirieren würde, Meisterwerke zu malen.« Sie lächelte sarkastisch. »Auf Französisch klingen selbst die banalsten Säuseleien poetisch. Es war ungeheuer romantisch, künstlerisch und leidenschaftlich.

Wir heirateten. Ich arbeitete in einer Galerie, und er malte. Irgendwann begann er, immer weniger zu malen und immer mehr zu trinken. Er brachte seine betrunkenen Freunde mit nach Hause. Sie trösteten seine gepeinigte Seele und halfen ihm, seine Selbstzweifel im Zaum zu halten. Ich hatte längst keine so hohe Meinung von ihnen wie er.

Schon bald welkte unsere frisch erblühte Romanze dahin. Plötzlich lebten wir nicht mehr in der Boheme, sondern eher im Müll. Und seine Leidenschaft richtete sich immer weniger auf die Malerei und immer mehr darauf, mich zu erniedrigen. Nur verbal, aber wenn wir stritten, dann bis aufs Messer. Danach fühlte ich mich oft so schwach und verletzt, als wäre er tatsächlich mit einem Messer auf mich losgegangen.«

Immer wenn Julie sich an damals erinnerte, war es ihr unmöglich, sich selbst in jener Situation vorzustellen. Ihr Gedächtnis konnte die Bühne wieder erschaffen, aber dass sie in diesem Schmuddelstück eine Hauptrolle gespielt hatte, war ihr inzwischen unvorstellbar. Das alles hatte so wenig mit ihrem jetzigen Leben zu tun, dass es ihr vorkam wie ein schrecklicher Albtraum, den jemand anderes geträumt hatte.

»*Der Feind in meinem Bett*«, sagte sie leise. »So hieß der Filmtitel, der mir vorhin entfallen war.« Immer mehr Regentropfen klatschten auf die Windschutzscheibe. Dicker. Lauter. Nasser. »Eines Tages kam ich von der Arbeit nach Hause und erwischte Henri mit einer anderen Frau im Bett, einem dieser schlampigen, betrunkenen Mädchen, mit denen er sich inzwischen umgab, um sein erschlafftes Selbstbewusstsein aufzurichten. So wie es aussieht, war sie eine mitfühlendere Muse als ich.

Aber natürlich bestand er darauf, dass ich diejenige sei, die ihn hintergangen hatte. Wenn ich ihn mehr unterstützt und nicht so viel gefordert hätte, wenn ich ihn nicht so kritisiert hätte …« Sie verstummte und winkte hilflos ab. »Sie können es sich vorstellen. Ich allein war daran schuld, dass er ein Alkoholiker, ein Ehebrecher und Versager war. Als ich ihm widersprach, schlug er mich.«

Aus dem Augenwinkel sah Julie, wie Derek die Faust ballte.

»Nur ein einziges Mal«, sagte sie, »aber das genügte mir. Ich rief die Polizei, und er wurde verhaftet. Die Anzeige zog ich später zurück, aber dafür reichte ich die Scheidung ein. Er wollte nicht akzeptieren, dass ich ihn verlassen würde. Voller Reue flehte er mich an, es noch einmal mit ihm zu probieren. Er würde arbeiten, er würde mir treu bleiben, er würde mit dem Trinken aufhören.« Sie holte tief Luft. »Ich will Sie nicht mit den Details langweilen. Wenn Sie daran interessiert sind, können Sie ja Ihrem Schnüffler auftragen, noch tiefer im Dreck zu wühlen. Alles in allem steckte ich damals bis zum Hals darin und hatte Mühe, mich am eigenen Schopf herauszuziehen.«

»Bis in Form von Paul Wheeler Rettung nahte.«

»Ja.« Sie sah ihn an. »Er zog mich aus dem Morast und zeigte mir einen neuen Weg auf. Wollen Sie noch etwas wissen?« Sie erwartete weitere Fragen nach ihrer Ehe oder nach Paul. Aber er überraschte sie.

»Warum hassen Sie Creighton so sehr?«

»Wieso fragen Sie das, Sie kennen ihn doch? Mögen *Sie* ihn etwa?«

»Das ist irrelevant.«

»Für mich nicht.«

»Wieso sind Sie so sicher, dass er heute Abend in Ihr Haus eingebrochen ist?«

»Wieso sind Sie so sicher, dass er es nicht getan hat?«

»Das bin ich nicht. Ich weiß es nicht. Aber Sie sind offenbar davon überzeugt. Warum?«

Sie verschränkte die Arme, lehnte sich von innen gegen die Autotür und musterte ihn. »Ich dachte immer, Anwälte würden nie Fragen stellen, deren Antwort sie nicht schon kennen.«

»Das gilt nur fürs Kreuzverhör.«

»So komme ich mir auch vor.«

»Wirklich?«

»Ja.«

Er ließ sich nicht beirren. »Konnten Sie Creighton von der ersten Begegnung an nicht leiden?«

»Ja, aber da hatte Paul mir schon so einiges über ihn erzählt, darum war ich schon vor der ersten Begegnung ziemlich sicher, dass ich ihn nicht mögen würde. Und er hat meine schlimmsten Erwartungen bestätigt.«

»Es gab keine besondere Episode, kein bestimmtes Ereignis, das Ihre Abneigung gegen ihn ausgelöst hat?«

Sie legte den Kopf schief. »Was für eine Art Frage ist das, Mr Mitchell? Eine, auf die Sie die Antwort kennen? Oder eine von den anderen?«

»Das ist reine Neugier.«

»Ich glaube Ihnen nicht.«

»Wirklich nicht? Mist.« Er grinste und beschwerte sich weinerlich: »Dabei habe ich so ein ehrliches Gesicht.«

»Ich enttäusche Sie nur ungern, aber Ihr Lächeln ist alles, nur nicht ehrlich. Sie grinsen wie ein Kartenhai mit vier Assen im Ärmel.«

Er lachte leise. »Ich wurde schon schlimmer beleidigt.« Er wartete ein, zwei Herzschläge ab und sagte dann: »Nur noch eine Frage. Tragen Sie Schwarz, weil Sie trauern?«

Der abrupte Themenwechsel überraschte sie. Er bemerkte es und nutzte das sofort aus. »Jedes Mal, wenn ich Sie sehe, tragen Sie Schwarz. Im Flugzeug ein schwarzes Kostüm. Bis auf die weiße Bluse. Mit den Perlknöpfen. Kleinen runden Perlknöpfen.«

Sie musste unwillkürlich daran denken, wie hastig er sie aufgezerrt hatte, und spürte, wie ihr das Blut ins Gesicht schoss.

»In der Galerie ein schwarzes Kleid. Und heute Abend schon wieder.« Sein Blick wanderte von ihrem tiefen V-Ausschnitt zum Saum hinunter und wieder nach oben. »Schick und sexy, aber trotzdem schwarz. Tragen Sie das für Paul Wheeler?«

»Ich trage es, weil ich Schwarz liebe.«

»Es steht Ihnen gut. Heute Abend waren Sie nicht zu übersehen unter all den prächtigen Farben.«

»Wie zum Beispiel Smaragdgrün.« Sie zögerte kurz und sagte dann: »Die Lady ist übrigens zauberhaft.«

»Allerdings.«

»Wusste sie, dass Sie zu meinem Haus fahren, nachdem Sie sie abgesetzt haben?«

»Nein.«

Die Sekunden verstrichen, und plötzlich schlug die Stimmung im Wagen um. Die Luft schien sich zu verändern. Oder genauer gesagt nicht mehr zu ändern. Auf einmal schmeckte sie schal und muffig.

»Ich sollte jetzt gehen.« Sie fasste zwar nach dem Türgriff, zog ihn aber nicht auf. Inzwischen prasselte der Regen aufs Autodach. Auf der anderen Straßenseite hatte sich der Hotelportier in die schützende Lobby verzogen. »Ich habe schon von dem Hotel gehört, aber ich war noch nie drin.«

Das Logo auf dem Vordach trug die verschnörkelten und ineinander verschlungenen Buchstaben CH. Im vergangenen Jahrhundert war das Anwesen unter dem Namen Coulter House errichtet worden. Vor einigen Jahren hatten Investoren es in ein exklusives Luxushotel umgewandelt, in dem vor allem Gäste mit Platinkarten willkommen geheißen wurden.

»Es ist nett«, versprach Derek. »Klein, aber elegant. Der Service ist außergewöhnlich gut.« Er fing ihren fragenden Blick auf und ergänzte: »Ich quartiere hier ab und zu Mandanten von außerhalb ein.«

Gezackte Blitze jagten durch den Himmel, gefolgt von knallendem Donner. Sie beobachteten, wie das Gewitter über den Himmel rollte, und hörten den Regen auf das Autodach trommeln, aber minutenlang rührte sich keiner und sprach keiner ein Wort. Die Scheiben begannen zu beschlagen. Nach einer Weile fragte er: »Haben Sie den Mann auf dem Foto wiedererkannt?«

»Den Mann in der Lobby des Moultrie? Nein. Nicht einmal auf dem zweiten Satz Fotos.«

»Es gibt einen ganzen Satz davon?«, fragte er. »Ich habe nur das eine Bild gesehen.«

»Er tauchte schon mehrere Tage vor dem Raubüberfall auf den Überwachungsvideos auf.« Sie erzählte ihm, wie Kimball und Sanford am Morgen mit den Bildern in die Galerie gekommen waren. »Ein Bild ist ziemlich deutlich, aber ich habe den Mann trotzdem nicht erkannt. Genauso wenig, wie Doug oder Sharon ihn erkannt haben.«

»Oder Creighton.«

»Sie glauben ihm das?«

»Ich habe ihm das Bild persönlich gezeigt, Julie. Ich habe in seinem Gesicht auf eine Reaktion geachtet, und ich bin gut darin, Reaktionen einzuschätzen. Er hat keine gezeigt.«

»Natürlich nicht! Er wusste doch, dass Sie auf eine lauern. Begreifen Sie nicht? Er spielt verschiedene Rollen. Er …«

Sie unterbrach sich. Einstweilen war er Creightons Anwalt. Schon jetzt fragte er sich offenbar, ob sie Pauls Neffen nur beschuldigte, weil sie ihn so abgrundtief verabscheute. Hätte er sie sonst gefragt?

Sie sagte: »Im Fernsehen sollte das Foto des Mannes heute Abend in den Nachrichten gezeigt werden.«

»Vielleicht bringt das etwas.«

»Vielleicht. Aber vorerst ermitteln die Detectives in eine andere Richtung.«

»Und die wäre?«

»Dass ich hinter dem Mord an Paul stecke.« Als er stumm blieb, fragte sie: »Hat Ihnen das die Sprache verschlagen?«

»Ja. Ich bin sprachlos. Damit hätte ich wirklich nicht gerechnet.«

»Ich auch nicht.«

»Wie zum Teufel kommen Sie denn darauf?«

Sie erzählte ihm, wie sie dem Räuber getrotzt hatte. »Offenbar stehe ich ganz oben auf der Liste der Verdächtigen, weil ich nicht sofort auf die Knie gefallen bin.«

»Warum haben Sie sich nicht hingekniet?«

»Ich habe versucht, hinter der Sonnenbrille und Skimaske Creighton zu erkennen.«

»Er war es nicht.«

»Wie oft habe ich das schon gehört?«

Wieder breitete sich im Wagen ein beklommenes Schweigen aus, über dem der tosende Sturm noch wütender wirkte. Schließlich sagte er: »Wann bekomme ich mein Gemälde?«

»Es wird morgen geliefert. Sie wissen doch, dass es nicht annähernd so viel wert ist, wie Sie geboten haben, oder?«

»Ich sehe das als Investition.«

»Sie werden vielleicht Jahre warten müssen, bis sie sich auszahlt.«

Er blieb gelassen. »Das Geld dient einem guten Zweck. Außerdem wollte ich es haben.«

»Ganz gleich, ob Ihre kleine Freundin damit einverstanden ist oder nicht.«

»Sie ist nur eine Freundin«, sagte er ruhig.

»Das geht mich nichts an.«

»Warum sprechen Sie dann ständig von ihr?«

Darauf wusste sie keine Antwort.

»Lindsay und ich lernten uns kennen, als sie sich mit meinem besten Freund an der Universität verlobte«, erzählte er. »Ich war bei der Hochzeit Trauzeuge, und ich bin Taufpate ihres Sohnes Jackson. Kurz nachdem Jackson getauft wurde, starb mein Freund. Einfach so. Bei einem Unfall im morgendlichen Stoßverkehr auf der Fünfundachtzig. Wir halfen uns gegenseitig durch die Trauerzeit und sind seither befreundet.

Manchmal, so wie heute Abend, braucht sie einen zuverlässigen, unkomplizierten Begleiter, wenn sie irgendwohin geht. Und sie weiß nicht, dass ich jetzt mit Ihnen im Auto sitze, weil wir uns zwar sehr nahe sind, aber ich trotzdem nicht weiß, wie sie nackt aussieht, und das auch gar nicht wissen will.«

Julie holte tief Luft und atmete langsam wieder aus. »Also, Sie haben es jedenfalls geschafft, dass ich mir mies vorkomme. Und genau das wollten Sie doch erreichen, oder?«

Er schloss die Augen, legte die Stirn in Falten und kniff sich in die Nasenwurzel. »Ja, genau das wollte ich erreichen.«

»Warum?«

Er ließ die Hand sinken und sah sie an. Plötzlich nahm er ihre Hand in seine beiden und drückte sie. Seine Stimme klang eindringlich und aufrichtig. »Weil du mich seit unserer Begegnung im Flugzeug nicht ein einziges Mal, bei all unseren Begegnungen, mit meinem Vornamen angesprochen hast und weil ich das für mein Leben gern hätte. Weil ich im Moment als Anwalt für die Wheelers benannt bin. Weil du einem von ihnen mehrere schwere Straftaten unterstellt hast, womit wir juristisch betrachtet auf verschiedenen Seiten stehen. Weil es ungehörig und nicht standesgemäß ist, dass wir uns alleine treffen. Weil ich mir heute Abend einen Vorwand aus den Fingern gesogen habe, um zu dir nach Hause zu kommen, damit wir allein sein *können*. Weil ich meine Hände kaum noch bei mir halten kann, wenn ich in deiner Nähe bin, und weil ich ständig daran denken muss, wie du dich unter diesem Kleid anfühlst.«

Abrupt, als hätte sich eine Sprungfeder gelöst, fasste er über den Sitz hinweg, schob die Hand um ihren Nacken und zog sie zu sich her. »Warum bist du im Flugzeug so über mich hergefallen?«

»Das weißt du genau.«

»Ich weiß, was du mir *erklärt* hast.«

»Nur darum.«

»Es gab keinen anderen Grund?«

»Nein.«

»Du lügst.«

Sein Mund presste sich auf ihren, dann schoben seine Lippen ihre auseinander, seine Zunge schlang sich um ihre, und ihr Widerstand erstarb.

Es war ein ausgiebiger, tiefer und erotischer Kuss, in keiner Weise ein Abschluss, sondern ein Vorspiel, eine Vorahnung dessen, was passieren würde, wenn sie es nicht verhinderte. Sie drückte ihn von sich weg und murmelte: »Bitte tu mir das nicht an. Bitte nicht.« Aber noch während sie ihn anflehte, berührten ihre Lippen seine und bettelten um mehr.

Sie küssten sich noch einmal, bis ihre Lippen miteinander verschmolzen. Er strich mit den Fingerspitzen über ihren Nacken, dann senkte sich seine Hand auf ihre Brust und liebkoste sie durch den Stoff hindurch. Sie protestierte wimmernd, löste die Lippen von seinen und wandte den Kopf ab. »Nicht.«

Sein Daumen streichelte sie weiter und entlockte ihr die erwartete Reaktion, die sie von ihrer Brustwarze abwärts bis in den Unterleib spürte und die sie so erschreckte, dass sie ihn mit beiden Händen wegstieß. »Nein, Derek!«

Er ließ sie augenblicklich los, lehnte sich in seinen Sitz zurück und starrte sie verständnislos und schwer atmend an. »Also, wenigstens hast du mich diesmal mit meinem Vornamen angesprochen.«

Sie tastete nach dem Türgriff und zog. Dann hob sie die in ihrem langen Rock gefangenen Beine aus dem Wagen. Der Regen peitschte wie mit tausend Nadeln gegen ihre nackte Haut. Augenblicklich war sie von Kopf bis Fuß durchnässt. Sie zog die hintere Tür auf und holte ihre Reisetasche heraus.

»Danke fürs Fahren.«

Derek sah sie über die Straße rennen und dabei über ihr Kleid stolpern, bis sie es mit einer Hand bis zu den Knien raffte. Der Portier hatte sie bemerkt und eilte ihr mit einem aufgespannten Regenschirm entgegen. Gemeinsam verschwanden sie durch die Drehtür in der Lobby.

Derek stieß einen Schwall von Flüchen aus. Am liebsten hätte er das Gas durchgetreten und wäre mit quietschenden Reifen losgerast, nur um ihr zu zeigen, wie wütend er war.

Es war eine pubertäre Reaktion, tatsächlich fühlte er sich in diesem Moment auch unreif wie ein Sechzehnjähriger. Auf dem Vordersitz des Autos rumzuknutschen, bis die Scheiben beschlugen. Sie auf dem Beifahrersitz zu begrabschen. Wie weltgewandt. Wie erwachsen.

Ein verfluchter Bockmist war das.

Er konnte nicht fassen, dass er sich so hatte gehen lassen. Aber als er dermaßen selbstmitleidig zusammengefasst hatte, wie sehr ihn die augenblickliche Situation frustrierte, hätte er schwören können, dass sie genauso unglücklich ausgesehen hatte wie er, genauso hungrig danach, ihn wieder zu schmecken, ihn wieder zu berühren.

Also hatte er seinem Instinkt nachgegeben, hatte sie geschmeckt und berührt, und er wollte verdammt sein, wenn sie ihn nicht auch wollte. Da täuschte er sich auf keinen Fall. Nicht zum zweiten Mal. Damals im Flugzeug und heute Abend war sie genauso scharf auf ihn gewesen wie er auf sie. Toter Geliebter hin oder her, sie hatte ihn gewollt.

Oder hatte Creighton recht, und er war nur ein testosterongesteuerter Bock und sie eine falsche Schlange? Immerhin nutzte sie jede Gelegenheit, um Pauls Neffen zu verunglimpfen, und beschuldigte ihn sogar, hinter dem Mord zu stecken. Natürlich war Creighton ein überheblicher und arroganter Hurensohn, aber dazu hatte man ihn erzogen. Niemand wuchs in einem derartigen Überfluss auf, ohne zu glauben, dass er etwas ganz Besonderes war.

Aber war er auch ein Krimineller? War er jemand, der eine Frau auf einem Parkdeck in Angst und Schrecken versetzte und in ihr Haus einbrach, nur um sie in den Wahnsinn zu treiben? War er fähig, die Hinrichtung seines eigenen Onkels zu planen?

Eines machte Derek wirklich zu schaffen. Bislang hatte sich Creighton zwar als unerträgliche Nervensäge aufgespielt, aber Derek hatte keinen Grund zu der Annahme, dass er eines Verbrechens schuldig war. Wohingegen Julie … Er wusste aus erster Hand, dass sie zu falschem Spiel fähig war. War es so, wie Creighton behauptete? War sie in ihrer Eitelkeit gekränkt und sah nun eine Möglichkeit, finstere Rache an dem Mann zu üben, der sie im Poolhaus der elterlichen Villa hatte abblitzen lassen?

Man konnte vorbringen, dass eine Frau, die Paul Wheelers Neffen an die Hose gehen wollte, während sich ihr Liebhaber in Hörweite befand, kaum Skrupel hätte, nicht einmal zwei Wochen nach der Beisetzung ihres Liebsten einen Fremden in einer Flugzeugtoilette zu besteigen.

In Dereks Kopf kreisten immer noch Creightons Worte.

Dabei würde sie sich von einem Hund besteigen lassen, wenn sie überzeugt wäre, es könnte ihr nützen.

Dreimal wählte Ariel Williams die Nummer der Hotline, und dreimal legte sie sofort wieder auf. Sie ließ den Kopf gegen das Lochblech des Münztelefons sinken und wischte sich die feuchten Hände an den Jeansbeinen ab.

Sie wollte das nicht. Sie wollte *nichts* mit alldem zu tun haben. Selbst wenn sie mitten im Gewitter losgefahren war, um ein Münztelefon zu suchen, damit der Anruf nicht zu ihrem Anschluss zurückverfolgt werden konnte, hatte sie Angst, dass irgendein irrwitziges Hightech-System mit Satelliten oder weiß Gott was die Polizei geradewegs zu ihrer Haustür führen würde.

Ein Schock reichte für diesen Abend. Und sie hatte sich mehr als genug erschreckt, als nur wenige Stunden nach Billys Keuchanruf sein Bild auf ihrem Fernsehschirm erschienen war. Sie hatte den Löffel in den Eiscremebecher fallen lassen und im ersten Moment ihren Augen nicht getraut. War er inzwischen ein so fester Bestandteil ihres Lebens, dass sie ihn jetzt schon in jedem Schatten und hinter jedem Baum sah?

Das Foto war verschwommen und der Aufnahmewinkel zu steil. Er hatte irgendetwas Komisches mit seinen Haaren angestellt. Sein sonst so auffälliges Outfit hatte er gegen langweilige Sachen getauscht. Trotzdem hatte sie nicht den geringsten Zweifel, dass dies Billy Duke war. Die Polizei suchte ihn im Zusammenhang mit einem Raubüberfall und einer Schießerei mit Todesfolge und bat jeden, der etwas wusste, um Mithilfe.

Sie hatte Carol angerufen und ihr alles erzählt. Carol hatte sie bedrängt, nichts zu unternehmen, wenigstens nicht, bevor sie eine Nacht darüber geschlafen und sich in aller Ruhe überlegt hatte, was es für Folgen haben könnte, wenn sie sich einmischte. »Sollen sich doch andere mit ihm herumschlagen.«

Sie hatte Ariel an die zusätzlichen Schlösser an ihrem Haus erinnert, und das hatte Ariels Panik halbwegs beschwichtigt. Aber nicht ihr Gewissen. Es nagte an ihr, bis sie es schließlich nicht mehr ausgehalten hatte. Carols Rat hin oder her, Ariel wusste genau, was sie zu tun hatte.

Und jetzt war sie hier.

Nervös sah sie über ihre Schulter durch das schmierige Glas der Telefonzelle, eine von den wenigen, die es in der Stadt noch gab. Der Regen strömte in Sturzbächen, die Blitze zuckten unheilverheißend. Jedes Mal, wenn einer aufleuchtete, schreckte sie zusammen. Auf den Straßen waren kaum Autos unterwegs. Es war keine Nacht, um auf der Straße zu sein, aus welchem Grund auch immer.

Selbst nachdem sie beschlossen hatte, sich dem Diktat ihres Gewissens zu unterwerfen, hatte sie versucht, sich einzureden, dass es besser war, wenn sie bis zum nächsten Morgen wartete, bevor sie die Telefonnummer wählte. Vielleicht hatte bis dahin schon jemand anderes angerufen und Billy identifiziert. Vielleicht würde sie in den Morgennachrichten hören, dass er gefasst worden und in Polizeigewahrsam war, und wäre damit alle Verantwortung los.

Aber wenn ihn niemand außer ihr erkannte? Falls er etwas mit Paul Wheelers Tod zu tun hatte, war es ihre Bürgerpflicht, alles zu melden, was sie wusste, und zwar sofort. Wheeler war ein angesehener Bürger gewesen, ein großzügiger Spender bei zahllosen Wohltätigkeitsorganisationen. Natürlich hatte sie ihn nicht persönlich gekannt, aber alles, was sie über ihn gelesen oder gehört hatte, ließ darauf schließen, dass er ein anständiger und angesehener Mann gewesen war. Außerdem war es egal, wer er war oder wie viel Geld er besessen hatte, niemand hatte es verdient, umgebracht zu werden.

Sie hatte die Lady im Fernsehen gesehen, die bei Paul Wheeler gewesen war, als er erschossen wurde, und es hatte Ariel das Herz gebrochen, so verstört hatte sie gewirkt, nachdem man ihr den geliebten Menschen auf so brutale Weise entrissen hatte.

Bürgerpflicht hin oder her, Ariel würde es für die arme Frau tun.

Sie zwang sich, noch einmal die Nummer der Hotline zu wählen.

Nach dem zweiten Läuten meldete sich eine gelangweilt klingende Polizistin. Bestimmt hatten schon zahllose Psychopathen angerufen, seit die Nachrichten ausgestrahlt worden waren. Wahrscheinlich glaubte sie, dass Ariel auch dazugehörte.

»Sind Sie zuständig, wenn ich etwas über den Mann auf dem Bild weiß? Das heute Abend im Fernsehen gezeigt wurde?«

»Ja, bin ich. Ihr Name bitte?«

»Den brauchen Sie nicht zu wissen.«

»Er bleibt anonym.«

»Meinen Namen brauchen Sie nicht zu wissen«, widersprach Ariel ruhig. »Aber wenn Sie seinen wissen wollen, den kann ich Ihnen verraten.«

14

Als Derek aus dem Gerichtssaal trat, lehnte Dodge an der Wand im Korridor. Er wirkte fahrig, so als bräuchte er dringend Nikotinnachschub. »Wieso hast du so verflucht lang gebraucht?«

»Ich musste meinen Mandanten überzeugen, den Deal anzunehmen, den der Staatsanwalt angeboten hat.«

»Anrechnung der U-Haft?«

»Plus zwei Jahre.« Sie stiegen in den Aufzug und unterbrachen das Gespräch, bis sie das Gerichtsgebäude verlassen hatten und Dodge sich eine Zigarette anzünden konnte. »Der Typ auf dem Überwachungsvideo heißt Billy Duke.«

»Sagt wer?«

»Eine anonyme Anruferin. Klang jung und nervös. Der Anruf ging kurz nach Mitternacht ein und kam von einem Münztelefon. Zu der Uhrzeit waren alle Geschäfte ringsum geschlossen, darum hat niemand sie gesehen.«

»War sie einsam und wollte nur plaudern, oder steckt mehr dahinter?«

»Die meisten dieser einsamen Herzen rufen von zu Hause an. Bei der Polizei hält man sie für echt.« Dodge hustete einen Schleimbatzen hoch, spuckte ihn in den schmalen grünen Rasenstreifen vor dem Gebäude und zog sofort wieder an seiner Zigarette.

»Ich warte auf das ›Aber‹.«

»Aber die Führerscheinbehörde hat keine passenden Unterlagen über einen Billy oder William Duke. Ein William Wayne Duke hier aus Atlanta stellte sich als neunzehnjähriger Schwarzer heraus. William S. Duke ist weiß. Und nebenbei vierundachtzig Jahre alt. Keiner von beiden ist der Mann auf dem Foto. Ein weiterer …«

»Okay«, fiel Derek ihm ins Wort, weil er schon ahnte, dass Dodge umfassend und in aller Ausführlichkeit Bericht erstatten würde. »Macht man sich Hoffnungen, den Richtigen aufzuspüren?«

»Sie suchen noch nach ihm. Er ist weder im County noch im Staat steuerlich gemeldet. Jetzt durchforsten sie die landesweiten Datenbanken und suchen dort nach Steuerbescheiden, Verhaftungen, Führerscheinen. Gleichzeitig sind Sanford und Kimball unterwegs zu den Wheelers und zu Julie Rutledge, um alle zu fragen, ob der Name jemandem etwas sagt oder ob ihn der Verstorbene sogar selbst erwähnt hat.«

»Wohl eher nicht, nachdem ihnen das Gesicht nichts sagt.«

Dodge zuckte mit den Achseln. Er schnippte den Stummel auf die Straße und zündete die nächste Zigarette an.

»Das ist Umweltverschmutzung.«

»Verklag mich doch.« Er inhalierte, stieß eine Rauchwolke aus und sah seinen Boss an. »Also, was hältst du davon, Anwalt?«

»Ich weiß es nicht. Ich hätte erwartet, dass die ganze Sache ein Schuss in den Ofen ist, dass sich der Mann auf den Bildern als Schuhverkäufer aus Cleveland herausstellt, als braver Bürger, der vielleicht mal seine Steuererklärung geschönt hat, aber ansonsten keiner Fliege etwas zuleide tun und schon gar nicht einen Mann aus nächster Nähe niederschießen könnte. Ich hatte mir schon ein komplettes Profil für ihn zurechtgelegt.«

Derek fuhr sich mit der Hand über den Nacken und stemmte

dann die Hände in die Hüften, wie so oft, wenn er frustriert war. »Jetzt bin ich mir da nicht mehr sicher. Gut möglich, dass wir es tatsächlich mit dem Schuhverkäufer zu tun haben. Gut möglich, dass wir es mit einer dieser einsamen Frauen zu tun haben, einer alten Jungfer, die hofft, dass ein schneidiger junger Polizist den Anruf zu ihr zurückverfolgt und sie dadurch die Liebe ihres Lebens findet.«

»Gut möglich.«

»Oder dieser Billy Duke ist tatsächlich der Schütze.«

»Du nimmst mir die Worte aus dem Mund.«

Derek griff nach seinem Handy, kontrollierte, ob Nachrichten eingegangen waren, und rief dann in seinem Büro an. Während es läutete, fragte Dodge, was er jetzt unternehmen sollte. »Bleib am Ball. Sag mir Bescheid, sobald du etwas Neues erfährst. Hey, Marlene.« Derek verabschiedete sich mit einem Winken von Dodge und spazierte den Gehsteig entlang zu dem Parkplatz, wo er seinen Wagen abgestellt hatte. »Sie haben ihm zwei Jahre verpasst. Nein, das fällt unter Sieg. Es hätte deutlich schlimmer kommen können. Hör zu, ruf bitte bei den Wheelers an … Ja, bei beiden. Und auch bei der Frau. Vereinbare einen Termin in meinem Büro … Wann? So bald wie möglich.«

Julie rief früh am Morgen bei Kate an und bat sie, zum Coulter House zu kommen und sie nach Hause zu fahren. Sie versprach, ihr alles zu erklären, sobald sie eingetroffen war. Kate stellte erstaunt fest, dass Julie immer noch das Abendkleid trug, das sie für die Wohltätigkeitsveranstaltung angezogen hatte. »Es ist nicht das, wonach es aussieht«, sagte Julie, als sie auf den Beifahrersitz von Kates Auto rutschte. »Ehrenwort.«

Sie erzählte ihrer Assistentin nur, dass bei ihr zu Hause der

Strom ausgefallen war und dass sie unsicher gewesen war, ob er nicht, nachdem er wieder angesprungen war, im Lauf der Nacht noch einmal ausfallen würde. »Vielleicht ist irgendwo in der Gegend ein Transformator kaputtgegangen.«

Kate bohrte nicht weiter nach, allerdings wollte sie wissen, warum Julie nicht mit ihrem eigenen Auto zum Hotel gefahren war. »Nicht dass es mich irgendwie stören würde, dich abzuholen.«

»Mein Auto machte komische Geräusche. Und ich wollte nicht das Risiko eingehen, im Regen auf der Straße liegen zu bleiben. Darum bin ich mit dem Taxi gefahren.«

Kate sah sie von der Seite an. »Erst der Strom und dann das Auto? Da muss übles Karma am Werk sein.«

Julie lachte unecht. »Allerdings.«

Sie stieg vor ihrem Haus aus und erklärte Kate, dass sie noch etwas zu erledigen hätte, bevor sie in die Galerie kommen würde, dass sie aber notfalls über ihr Handy erreichbar wäre. Sobald sie in ihrem Haus war, rief sie ihre Putzfrau an, die zweimal wöchentlich kam, und fragte sie, ob sie schon heute kommen und ihren Mann mitbringen könnte, weil sie ein paar schwere Möbel bewegen müssten.

»Ich möchte, dass das Haus von oben bis unten durchgeputzt wird. Und dass alle Oberflächen desinfiziert werden.«

Schon eine halbe Stunde später traf das Paar ein. Julie saß an der Haustür und erwartete sie bereits. Sie wollte nicht allein in dem Haus sein, in dem sie Creightons Anwesenheit wie einen feuchten, fauligen Nebel spürte.

Während die Putzfrau und ihr Mann die Arbeiten unter sich aufteilten und die Putzmittel zusammenstellten, ging Julie durch alle Zimmer und hielt Ausschau nach weiteren Veränderungen, die ihr gestern Nacht entgangen waren. Im Esszimmer waren die Bilder an der Wand vertauscht worden.

Die Sessel im Wohnzimmer standen verkehrt. Ihr fielen noch weitere subtile Modifikationen auf, die nur jemand bemerken würde, der im Haus wohnte.

Creighton war wirklich geschickt vorgegangen.

Der augenfälligste Eingriff war ein anatomisch korrekter Dildo, der zusammen mit einem frischen Päckchen Batterien und einer bebilderten Anleitung in ihrer Nachttischschublade lag. Es war kein schöner Anblick, trotzdem war sie froh, dass sie auf ihre Intuition vertraut hatte, alle Schubladen zu kontrollieren, bevor sie die Wohnung säubern ließ.

Julie beschäftigte sich währenddessen damit, jedes Kleidungsstück zu waschen und alles auszusortieren, was nicht gewaschen werden konnte, damit sie es später in die Reinigung bringen konnte. Sie war gerade mit dieser Aufgabe fertig, als Kate anrief.

»Ich habe gerade mit Detective Kimball telefoniert. Sie und Sanford möchten dich sehen.«

»Wann?«

»So bald wie möglich, hat sie gesagt. Ich habe ihr versprochen, dir sofort Bescheid zu geben.«

»Worum geht es?«

»Das wollte sie mir nicht sagen. Sie hat vorgeschlagen, dass sie beide in die Galerie kommen. Ist das okay? Ich soll sie gleich zurückrufen.«

»Sag ihnen, ich brauche noch eine Stunde.«

Die Detectives erwarteten Julie bereits, als sie im Chez Jean eintraf, und dort erwartete sie auch ihr Anwalt, den sie dorthin bestellt hatte, sobald sie nach Kates Anruf aufgelegt hatte. Zum Glück hatte er Zeit.

Julie sagte: »Haben Sie sich schon bekannt gemacht?«

Die Detectives grüßten mürrisch und schüttelten Ned Fulton, der ihr von Pauls Firmenanwalt empfohlen worden war, unwillig die Hand.

Kimball sagte zu dem Anwalt: »Das ist keine Vernehmung, Mr Fulton. Ihre Anwesenheit ist also nicht nötig.«

»Meine Mandantin ist da anderer Meinung«, gab er verbindlich zurück. »Wegen der Anschuldigungen, die Sie gestern geäußert haben.«

Kimball sah ihn verschnupft an, sagte aber nichts.

Sanford kam direkt zum Punkt. »Bei unserer Hotline ist gestern Nacht ein Anruf eingegangen«, erklärte er ihnen. »Dabei wurde der Mann auf dem Foto als Billy Duke identifiziert.«

Alle Augen, Kates eingeschlossen, richteten sich auf Julie.

Sie zuckte nur mit den Achseln. »Der Name sagt mir nichts.«

»Sind Sie sicher?«, fragte Kimball.

»Sie brauchen nicht zu antworten«, mischte sich Fulton ein.

»Ich beantworte die Frage gern. Ich kenne niemanden, der so heißt.«

»Und Paul Wheeler?«, fragte Kimball nach.

»Falls er jemanden kannte, der so hieß, hat er ihn mir gegenüber nie erwähnt. Ich habe den Namen noch nie gehört.«

»Vielleicht eine Abwandlung davon? Bill oder William als Vor- oder Nachname?«

»Tut mir leid, nein«, sagte Julie. »Wer hat ihn denn identifiziert?«

»Das wissen wir nicht.« Es behagte Sanford offenkundig nicht, das zuzugeben. »Die Anruferin hat sich nicht zu erkennen gegeben.«

»Die *Anruferin.* Also eine Frau.«

Kimball nickte. »Eigentlich hat sie nur erklärt, sie hätte das Bild im Fernsehen gesehen und den Mann erkannt. Sie nannte der Polizistin den Namen und legte dann auf. Wir haben den Anruf zu einem Münztelefon zurückverfolgt und sofort einen

Streifenwagen losgeschickt, aber bis der dort eintraf, war die Frau verschwunden. Es war überhaupt niemand zu sehen. Die Straße war menschenleer.«

Julie dachte kurz nach. »Könnte es sein, dass sie sich nur wichtigmachen wollte?«

»Möglich«, sagte Sanford. »Aber die Kollegin an der Hotline hat seit der Ausstrahlung der Suchmeldung zahllose Anrufe von Leuten entgegengenommen, die sich nur wichtigmachen wollten, und sie meinte, die Frau habe sich aufrichtig angehört. Sie meinte, sie klang jung und verängstigt. Kurz angebunden. Als wäre sie wirklich nervös. Seither versuchen wir, dieser Fährte nachzugehen.«

»Und?«, wollte Ned Fulton wissen.

»Bis jetzt ohne Erfolg«, bekannte Sanford.

Daraufhin schilderte Kimball knapp, was sie alles unternommen hatten, um Billy Duke ausfindig zu machen, ohne dass sie dabei Erfolg gehabt hätten. »Wir werfen das Netz jetzt weiter aus und hoffen, dass sich irgendwas darin verfängt. Aber selbst wenn wir ihn finden, heißt das nicht, dass er der Täter sein muss.«

Ned Fulton trat einen Schritt vor. »Ms Rutledge hat ausgesagt, dass sie diesen Mann weder vom Namen noch vom Sehen her kennt. War das alles?«

Die Detectives berieten sich kurz wortlos. Dann meinte Sanford: »Ich glaube, das wäre vorerst alles.« Er sah Julie an und ergänzte dann: »Aber wenn Ihnen noch etwas einfällt, dann sollten …«

»Ich wünsche mir noch mehr als Sie, dass dieser Killer gefasst wird, Detective. Glauben Sie mir, falls ich etwas dazu beitragen könnte, hätte ich es längst getan.«

Als sie sich verabschiedeten, zeigte sich Kimball noch einmal von ihrer menschlichen Seite und erkundigte sich nach dem Ergebnis der Wohltätigkeitsveranstaltung. »War der Abend ein Erfolg? Oder sind die Leute bei dem Regen lieber zu Hause geblieben?«

»Zum Glück hat es erst danach zu regnen angefangen.«

»Der Abend war also gelungen?«

»O ja, sehr sogar.«

»Hat das Gemälde so viel eingebracht, wie Sie erhofft hatten?«

Leise antwortete Julie: »Sogar deutlich mehr.«

Kimball ließ sich auf dem Beifahrersitz ihres Zivilwagens nieder. Sanford fuhr. Sie fragte: »Und was glaubst du?«

»Dass das ein verfluchter Drecksfall ist.«

»Das ist deine professionelle Einschätzung? Das willst du dem Chief berichten, wenn wir antreten und erklären müssen, was wir bisher erreicht haben?«

»Warum hat sie sich einen Anwalt genommen?«

»Du klingst grantig.«

»Mir ist heiß.«

»Dann schalte die Klimaanlage ein.« Er tat es. Sie richtete die Düsen auf ihn. »Besser?«

»Warum hat sie sich einen Anwalt genommen?«, wiederholte er, aber diesmal weniger gereizt.

»Weil es klug ist«, erwiderte Kimball. »Hättest du das nicht auch getan?«

Er rollte die Schultern und gestand damit mehr oder weniger, dass er genauso reagiert hätte.

»Sie ist nur vorsichtig. Das heißt nicht, dass sie schuldig ist.«

»Das heißt aber auch nicht, dass sie unschuldig ist.«

»Stimmt.« Sie seufzte. »Trotzdem machen wir allmählich Fortschritte, Homer. Ich kann nicht wirklich glauben, dass sie tatsächlich jemanden angeheuert hat, um Wheeler erschießen zu lassen. Erstens glaube ich, dass sie wirklich verrückt nach dem Mann war. Zweitens kommt sie mir nicht wie so jemand vor.«

»Und was für ein Typ wäre so jemand?«

»Einer, der einen Mord wie den hier inszenieren würde.«

»Du hältst sie nur für unschuldig, weil sie gebildet und gut gekleidet ist.«

»Und wir verdächtigen sie nur, weil wir ansonsten nichts in der Hand haben.«

»Immerhin haben wir diesen Billy Duke. Na schön, wir *haben* ihn nicht wirklich. Scheiße, du weißt, wie ich es meine.«

»Ja.« Sie seufzte wieder. »Ich weiß, wie du es meinst.«

Nachdenklich und schweigend fuhr Sanford einen Block weiter. Dann musste er an einer Ampel bremsen und fragte: »Warum wurde sie so zappelig, als du sie nach diesem Rummel gestern Abend gefragt hast?«

Sie lachte. »Zappelig? Das ist mir neu.«

»Sie wurde schlagartig leiser und wollte uns nicht mehr in die Augen sehen. Sie wurde zappelig. Und ich frage mich, warum.«

»Du glaubst, dass sie lügt? Was gibt es bei einer Wohltätigkeitsversteigerung und dem Preis für ein Gemälde zu lügen?«

»Nicht direkt zu lügen, nur …«

Er brach mitten im Satz ab, weil Kimballs Handy läutete. »Merk dir, was du sagen wolltest.« Sie löste das Handy von ihrem Gürtel und klappte es auf. »Kimball.« Sie sah sofort auf Sanford. »Hallo, Miss Fields. Kate.«

Sanfords Kopf fuhr so schnell herum, dass sein Genick knackte. Seine Brauen waren überrascht und fragend hochgezogen.

Kimball hörte zu, sagte: »M-hm. M-hm.« Hörte wieder zu

und sagte dann: »Natürlich. Wann möchten Sie vorbeikommen? Okay. Wir sind da.« Sie klappte das Handy zu. »Sieh an, sieh an.«

»Julie Rutledges Assistentin? Diese Kate Fields?«

»Ebendiese. Sie möchte uns wegen etwas Wichtigem sprechen.«

»Hat sie gesagt, worum es geht?«

»Ja. Du hattest recht. Ihre Chefin ist zappelig.«

»Der ist ja zauberhaft!«

»Sie«, korrigierte Derek. »Maggie.«

»Hallo, Maggie.« Sharon Wheeler bückte sich und kraulte Maggie hinter den Ohren. »Ich hatte nie einen Hund, aber sie scheinen mich alle zu mögen.«

Sie und Doug Wheeler waren ein paar Minuten zuvor in Dereks Büro erschienen, und sie hatte sich sofort in Maggie verliebt. Doug hatte Sharon und Derek während der Auktion miteinander bekannt gemacht. Sie strahlte die Schönheit einer gut betuchten Südstaatenaristokratin aus. Aber dem hübschen Äußeren fehlte Substanz. Derek hatte das Gefühl, dass sie auch lachte, wenn sie einen Witz nicht wirklich verstanden hatte. Er stellte sich vor, dass sie ein bisschen verloren durchs Leben irrte, aber inzwischen ein gewisses Geschick darin entwickelt hatte, ihre Unsicherheit mit einstudiertem Charme zu überspielen.

Derek vermutete außerdem, dass Doug um die geistige Beschränktheit seiner Frau wusste, sie aber trotzdem liebte. Mit einem freundlichen Lächeln sah er zu, wie sie Maggie tätschelte. »Warum legen wir uns nicht auch einen Hund zu?«

Sie strahlte ihn an. »Das wäre zu schön.«

»Aha, die gesamte Gang ist schon hier.« Creighton segelte durch die Tür, die Marlene ihm aufhielt. »Hallo, Mutter, Vater.

Mr Mitchell.« Er schlug die Hacken zusammen und salutierte vor Derek. »Alles vollzählig angetreten, Sir.«

Derek hätte ihn am liebsten in den Boden und bis nach China gerammt. »Sind Sie gestern Abend in Julie Rutledges Haus eingebrochen?«

Beide Eltern beschwerten sich lautstark, doch Derek blendete ihre Proteste aus. Er konzentrierte sich ausschließlich auf Creighton. Der junge Mann starrte ihn ein paar Sekunden an und drehte dann den Kopf weg, um hinter sich zu blicken. Dann sah er ihn wieder an und fragte in einer perfekten Nachahmung von De Niro: »›Redest du mit mir? Redest du mit *mir?*‹«

»Beantworten Sie meine Frage.«

Creighton unterdrückte ein Lachen. »Ach, Sie meinen das *ernst.* Ich war mir sicher, dass Sie Witze machen.«

»Was soll das, Mr Mitchell?«, wollte Doug wissen.

Derek erwiderte Creightons selbstgefälligen Blick noch ein paar Sekunden, dann wandte er sich an Doug. »Nicht so wichtig. Ein privater Scherz. Ich habe Sie alle hierhergebeten, weil ich Ihnen einen letzten Rat geben wollte. Einen kostenlosen Rat, denn ich werde Ihnen Ihr Geld komplett zurückerstatten.« Er holte kurz Luft und sagte dann: »Falls einer von Ihnen den Mann auf dem Foto kennt, der als Billy Duke identifiziert wurde, sollte er oder sie das jetzt der Polizei sagen.«

»Ich habe schon erklärt, dass ich ihn nicht kenne. Weder vom Sehen noch vom Namen her«, beschwerte sich Doug weinerlich. »Das hätte ich Ihnen auch am Telefon sagen können.« Er wirkte verärgert, weil er unnötig von der Arbeit weggerufen worden war.

»Ich möchte mich bei unseren Gesprächen nicht mehr auf Telefonate verlassen, Mr Wheeler«, sagte Derek. »Ich wollte persönlich mit Ihnen sprechen, weil ich keinesfalls missverstanden werden will. Obwohl Sie eine beträchtliche Summe auf mein Konto überwiesen habe, werde ich Sie nicht anwaltlich vertreten. Weder alle zusammen noch einzeln.«

Sharon sah ihn verdattert an. Doug verärgert. Creighton blieb gleichgültig.

»Und das ist Ihr kostenloser Rat?«, fragte Doug.

»Früher oder später wird die Polizei diesen Billy Duke ausfindig machen, ob er nun so heißt oder anders. Vielleicht stellt sich dann heraus, dass er absolut harmlos und ein Musterbürger ist. Oder er steht irgendwie in Verbindung zum Tod Ihres Bruders. Falls dem so ist, falls er irgendetwas mit Paul oder Wheeler Enterprises zu tun hatte und Sie davon wissen, wäre Ihnen weitaus besser gedient, wenn Sie das der Polizei jetzt mitteilen würden, als wenn Sie später etwas zugeben müssen, das die Polizei selbst herausgefunden hat.«

Doug sah erst seine Frau an, die ihn verständnislos anblinzelte, und danach seinen Sohn, der daraufhin sagte: »Ich habe den beiden Detectives – die mich nebenbei bemerkt bei einer Massage unterbrochen haben – erklärt, dass ich diesen Kerl nie gesehen und auch noch nie von einem Billy Duke gehört habe.« Er schnitt eine Grimasse. »Allein dieser Hinterwäldlername … Also *bitte.* Und ist Duke nun der zweite Vorname oder ein Nachname? Heißt er Billy Duke Smith? Oder Billy Joe Duke?«

Sharon kicherte.

Doug sah auf die Uhr. »Ich muss in eine Konferenz. Ist das alles, Mr Mitchell?«

Derek trat vor und reichte ihm die Hand. »Ich möchte Ihnen noch einmal mein Beileid zum Tod Ihres Bruders ausdrücken. Ich hoffe, der Täter wird bald gefasst. Und Ihnen viel Glück.«

Doug schüttelte ihm knapp die Hand und schob Sharon dann dezent zur Tür. Creighton folgte ihnen auf dem Fuß.

»Mit Ihnen wollte ich noch kurz unter vier Augen sprechen, Creighton.«

Der junge Wheeler drehte sich um und sah Derek an, als wünschte er ihm auf der Stelle den Tod. Dann lächelte er scheinheilig. »Natürlich.«

Doug konnte seine Sorge nicht verhehlen. »Worüber wollen Sie mit ihm sprechen?«

Creighton erwiderte: »Über eine Kleinigkeit, die ich vor ein paar Tagen Mr Mitchell gegenüber erwähnt habe.« Er küsste seine Mutter auf die Wange. »Bist du heute Nachmittag zu Hause? Dann komme ich vorbei.«

»Ach, wie schön. Dann bis später, Schätzchen.«

Sie gingen. Creighton drehte sich wieder zu Derek um und klimperte mit den Wimpern. »Jetzt gehöre ich Ihnen ganz allein.«

Derek trat auf ihn zu, bis sie voreinander standen. Er sprach leise, aber deutlich. »Sie sind ein Arschloch. Und ein Idiot. Mehr noch, Sie sind ein Idiot, den seine eigene Arroganz teuer zu stehen kommen kann.«

»›Redest du mit *mir?*‹«

Derek ging nicht auf seine Komödie ein, denn er wusste, dass er diesem Knallkopf dadurch genau das geben würde, was er sich erhoffte. »Für Sie habe ich noch einen weiteren kostenlosen Rat.«

»Mann. Ich fühle mich geehrt.«

»Ich würde diesen Bockmist mit der einstweiligen Verfügung vergessen, wenn ich Sie wäre. Der Schuss könnte nach hinten losgehen, vor allem wenn Sie auf irgendwelchen Parkdecks *Deep Throat* spielen.«

Creighton schüttelte langsam den Kopf. »Muss ich wissen, wovon Sie da reden?«

»Julie Rutledge hat Sie beschuldigt, Sie hätten ihr gestern

Abend auf dem Parkdeck Angst einjagen wollen, als sie das Gemeindezentrum verließ. Dann kommt sie nach Hause und ist überzeugt, dass jemand dort war, der ein paar Sachen umgestellt hat, so als wollte er ihr einen Streich spielen, den sie aber gar nicht komisch finden kann.«

»Und das wissen Sie … woher?«

»Weil ich das Gemälde ersteigert habe, das sie für die Auktion gespendet hat. Sie rief heute Morgen bei mir an, um mir zu danken.« Im Lügen konnte es Derek mit den Besten aufnehmen, und er war stolz darauf. »Es war nicht gerade der herzlichste Dank, der mir je ausgesprochen wurde. Eher eine Pflichtübung. Gestern Abend wurde ich ihr als Anwalt Ihrer Familie vorgestellt. Sieht so aus, als hätte sie keine bessere Meinung von Ihnen als Sie von ihr.«

»Ich habe Ihnen erklärt, warum.«

»Ja, haben Sie. Aber sie hat genauso wenig Gutes über Sie zu sagen, also wem soll ich jetzt glauben? Ihnen? Ihr? Keinem?«

»Ich möchte Ihnen eine Frage stellen, Mr Mitchell. Waren Sie bei dem angeblichen Vorfall auf dem Parkdeck dabei? Hat sie den angeblichen Einbruch in ihrem Haus bei der Polizei angezeigt?«

Derek sagte nichts.

Creighton schmunzelte. »Zehn zu eins, dass sie ihn nicht angezeigt hat. Und warum nicht? Weil es gar keinen Einbruch gab. Und dass ich mich auf einem Parkdeck herumtreiben soll, ist so absurd, dass ich das keiner Diskussion würdigen werde. Haben Sie immer noch nicht begriffen? Sie erzählt wilde Lügengeschichten, sie will Sie gegen mich einnehmen, so wie sie es auch bei diesem Detective-Pärchen probiert hat. Sie hasst mich. Sie hasst mich seit der Episode in der Küche.« Er lachte kurz auf. »Im Rückblick hätte ich mir damals wohl besser einen blasen lassen.«

Der Zorn, der Derek durchschoss, war so überwältigend, dass er ihn nur mit knapper Not kontrollieren konnte. »Je länger Sie reden, desto mehr frage ich mich, ob Ms Rutledge wohl wirklich Lügengeschichten erzählt.«

Creighton schenkte Derek jenes arrogante Lächeln, das er inzwischen kaum noch ertrug. »Julie lügt. Sie lügt, um ihre Unterstellung zu bekräftigen, dass ich etwas mit dem Mord an Onkel Paul zu tun hätte. Was ich aus Gründen, die wir bereits besprochen haben und die mich, ehrlich gesagt, inzwischen ein wenig langweilen, reichlich dreist finde. Und nachdem Sie gerade eben unsere beruflichen Bindungen gekappt haben, brauche ich Sie auch nicht mehr um Erlaubnis zu bitten, wenn ich gehen will, oder?«

Derek fixierte ihn ein paar Sekunden mit eisigem Blick, dann hob er wie zur Kapitulation beide Hände und trat einen Schritt zurück. Creighton schüttelte den Kopf, lachte wieder kurz auf und verschwand dann durch die offene Tür.

»Lassen Sie mich vorausschicken, dass mir das schrecklich unangenehm ist.« Kate Fields knetete das Taschentuch in den verschwitzten Händen. Sie sah nacheinander Roberta Kimball und Homer Sanford an, die jeweils mit einem mitfühlenden und verständnisvollen Nicken reagierten.

»Ich liebe Julie«, sagte sie. »Sie war so gut zu mir. Sie hat mir gleich nach dem College diesen Job angeboten. Und sie vertraut mir, nicht nur als Angestellte, sondern auch als Freundin. Ich würde nie im Leben etwas tun oder sagen, das ihr schaden könnte.«

»Wir stellen Ihre Loyalität gegenüber Ms Rutledge bestimmt nicht in Frage«, versicherte ihr Kimball. »Trotzdem sind Sie dem Gesetz und auch Ihrem Gewissen gegenüber verpflichtet, die Wahrheit zu sagen.«

»Natürlich, das weiß ich doch«, schniefte Kate in ihr Taschentuch. »Trotzdem habe ich auf ein Wunder gehofft und gebetet, dass irgendwas passieren würde, damit ich Ihnen das nicht erzählen muss.«

»Was erzählen?« Sanford beugte sich vor. »Sie haben Detective Kimball gegenüber angedeutet, dass Ms Rutledge uns gegenüber nicht völlig aufrichtig war.«

»Das kann ich nicht mit Sicherheit sagen.« Sie sah wieder beide an. »Aber… aber sie weiß vielleicht mehr, als sie Ihnen erzählt.«

»Mehr worüber?«, bohrte Kimball nach. »Über den Überfall?«

Kate schüttelte den Kopf. Sie schluckte. Sie fragte sich zum tausendsten Mal, ob sie das wirklich tun musste, und kam auch diesmal zu dem unangenehmen Schluss, dass sie keine andere Wahl hatte. Ihr Gewissen befahl es ihr. »Die Wahrheit über diesen Billy Duke.«

Die beiden Detectives tauschten einen Blick aus, und sofort bereute Kate ihren Beschluss, ihr Wissen mit den beiden zu teilen. »Halt, bitte glauben Sie nicht, dass sie irgendwas geplant hätte oder so. Sie hat garantiert nichts mit Mr Wheelers Tod zu tun. Das ist absolut *unmöglich.* Sie hat ihn geliebt. Sie wissen ja nicht, wie die beiden zueinander waren, das können Sie sich gar nicht vorstellen. Sie haben sich uneingeschränkt und absolut geliebt.« Plötzlich flossen die Tränen über, die sie so lange zurückgehalten hatte.

Kimball reichte ihr eine Schachtel mit Taschentüchern. »Kate, wir verstehen, dass das sehr schmerzhaft für Sie ist, aber es ist von größter Wichtigkeit, dass Sie uns erzählen, was Sie über Ms Rutledge und Billy Duke wissen.«

Kate riss ein frisches Taschentuch aus dem Karton. Nach mehreren schluchzenden Anläufen hatte sie ihre Tränen halbwegs unter Kontrolle. »Ich habe ihn gleich wiedererkannt, als Sie Julie das Bild zum ersten Mal gezeigt haben. Da habe ich Ihnen einen Espresso gebracht, wissen Sie noch? Wir waren im Salon, und …«

»Ich kann mich erinnern«, fiel ihr Kimball ins Wort. »Woher kannten Sie ihn?«

»Er war schon einmal in der Galerie.«

»Wann?«

»Das genaue Datum weiß ich nicht mehr.«

»Nachdem Mr Wheeler erschossen worden war?«

»Nein. Ein paar Wochen davor. Da bin ich ganz sicher.«

»Wollte er damals Ms Rutledge sprechen?«

»Ja.«

Kimball sah kurz zu Sanford und gleich darauf wieder Kate an. Wieder schienen die beiden wortlos zu kommunizieren, und sofort fühlte Kate sich noch elender, weil sie Julie hinterging, die sie doch über alle Maßen bewunderte.

»Aber Julie hat nicht mit ihm gesprochen.«

»Sie hat sich geweigert?«

Kate schüttelte den Kopf. »Nein, sie war nicht da. Er kam in den Laden. Fragte nach ihr. Ich erklärte ihm, dass sie auf einem Kundentermin sei und dass sie an diesem Tag wohl nicht mehr in die Galerie kommen würde. Ich sagte, ich könnte ihm stattdessen helfen. Er meinte, nein, er hätte etwas mit Julie zu besprechen und würde sie später treffen.«

Dass sie endlich ausgesprochen hatte, was sie bisher für sich behalten musste, ließ sie erleichtert aufatmen. Wenigstens konnte sie guten Gewissens beschwören, dass sie Julie und diesen Billy Duke nie zusammen gesehen hatte.

»Haben sie miteinander Verbindung aufgenommen?«, fragte Sanford.

»Nicht soweit ich weiß.«

»War er noch mal in der Galerie?«

»Nie. Jedenfalls nicht, wenn ich dort war. Und er kam mir nicht so vor, als wäre er ein Kunstfreund. Er sah die Bilder gar nicht an, er machte nicht den Eindruck, als hätte er mit Julie über ein bestimmtes Werk gesprochen und wäre noch einmal vorbeigekommen, weil er sich noch nicht entschieden hatte. Ich hatte nicht das Gefühl, dass er ein potentieller Kunde war. Er interessierte sich überhaupt nicht für unser Angebot.«

»Nur für Julie.«

Widerwillig nickte Kate. »Nur für Julie.«

»Hat sie mit Ihnen je über ihn gesprochen?«

»Nein, aber bis heute Morgen, als Sie uns seinen Namen gesagt haben, wusste ich auch gar nicht, wie er heißt.«

»Aber er verhielt sich so, als würde er Ms Rutledge kennen?«

Kate zögerte. Das war die Frage, die sie am meisten gefürchtet hatte. »Also, ja. Er sagte immer nur ›Julie‹, wenn er von ihr sprach, daher hatte ich den Eindruck, dass sie ihm schon einmal begegnet war oder früher mit ihm zu tun hatte. Und als er sagte, dass er sie später treffen würde, und zwar mit genau diesen Worten, klang das ganz selbstverständlich, so als wären sie alte Bekannte. Finden Sie nicht auch?«

Die Detectives murmelten zustimmend. »Haben Sie ihr von diesem Besuch erzählt?«, fragte Kimball.

Kate bestätigte das. »Er hinterließ weder seinen Namen noch eine Visitenkarte oder Telefonnummer, darum konnte ich nur sagen, dass ein Mann nach ihr gefragt hatte und sich später bei ihr melden würde. Nachdem sie nicht wusste, was er wollte, ließ sie die Sache auf sich beruhen und ich auch. Ich hatte ihn mehr oder weniger vergessen, bis Sie uns das Bild aus der Überwachungskamera zeigten. Ich erkannte ihn sofort wieder, aber als Julie so überzeugt erklärte, dass sie ihn nicht kennen würde, da … da …«

»Da wollten Sie nichts sagen«, meinte Sanford mit leisem Tadel.

»Ich wollte sie nicht in Schwierigkeiten bringen.«

Sanford fragte: »Und wie ist das jetzt?«

»Wie meinen Sie das?«

Kimball beugte sich vor. »Kate, halten Sie Informationen zurück, die Ms Rutledge in Schwierigkeiten bringen könnten?«

»Nein.« Als beide sie zweifelnd ansahen, beteuerte sie: »Ehrenwort! Ehrlich gesagt bin ich froh, dass ich mir das von der Seele geredet habe. Obwohl …« Ihre Unterlippe begann zu beben, und sie spürte, wie die Tränen gegen ihre Lider drückten. »Seit Mr Wheeler gestorben ist, geht Julie durch die Hölle. Hoffentlich habe ich alles nicht noch schlimmer für sie gemacht, indem ich zu Ihnen gegangen bin. Vor allem nach der Sache gestern Nacht.«

Die Detectives sahen einander verblüfft an und dann wieder auf Kate. Sanford fragte: »Was war denn gestern Nacht?«

15

Bitte sehr, Mags.« Gerade als Derek Maggies Fressnapf auf den Küchenboden stellte, begann sein Handy zu läuten. »Lass es dir schmecken.« Dann sah er auf die Nummer im Display und klappte das Handy auf. »Hey, Dodge.«

»Störe ich gerade?«

Nicht dass es Dodge je interessiert hätte, ob er seinen Boss störte. Wenn er etwas Neues erfahren hatte, wartete er nicht ab, bis der geeignete Zeitpunkt gekommen war, es mitzuteilen. »Bin gerade heimgekommen. Und füttere Maggie. Was gibt's?« Er holte eine Bierflasche aus dem Kühlschrank und drehte den Schraubverschluss ab.

»Eben ist was Interessantes aus dem PD zu mir durchgesickert.«

»Haben Sanford und Kimball Billy Duke aufgespürt?«

»Nein, aber vielleicht haben sie eine Spur.«

»Ich höre.«

»So wie es aussieht, gibt es eine Verbindung zwischen dem mysteriösen Bill und Julie Rutledge.«

Derek setzte die Flasche vom Mund ab und stellte sie vorsichtig auf die Küchentheke. »Wie bitte?«

»Ganz recht. Sie hat doch diese junge Frau, die für sie arbeitet.«

Derek sah die hübsche, aufgeweckte Kate vor sich.

»Und die hat sich hinter Rutledges Rücken zu einem vertraulichen Schwatz mit den beiden Detectives getroffen.«

Dodges Methoden, an Informationen zu gelangen, mochten oft zweifelhaft sein, aber die Informationen selbst waren es nie. Darum wurde Derek schlagartig übel.

Dodge sagte währenddessen: »Sie hat Sturzbäche geheult, weil sie ihre Chefin verraten musste. Ein echter Loyalitätskonflikt, klar. Die Frau, die sie vergöttert, auf der einen Seite, ihr Gewissen, gepaart mit ihren Bürgerpflichten, auf der anderen. Sie mussten ihr die Informationen praktisch aus den Rippen schneiden.« Dodge wartete kurz ab. »Bist du noch dran?«

»Ja, ich … Maggie wollte unbedingt raus, und ich musste ihr die Tür aufmachen. Erzähl weiter.«

»Also, was ihr so zusetzte, war, dass sie Billy Duke auf diesem Bild wiedererkannt hatte. Ein paar Wochen bevor Wheeler abgeknallt wurde, war er in dieser schicken Galerie, die Ms Rutledge gehört. Sie war nicht da, aber er hat sich nach ihr erkundigt, und das Mädchen meint, es hätte so ausgesehen, als würde er ihre Chefin kennen. Näher. Was er von ihr wollte, hat er nicht gesagt, nur dass er Julie Rutledge später treffen würde. Dann ist er gegangen.«

Ungeduldig zerrte Derek an dem eigensinnigen Krawattenknoten. Schweiß rann ihm über die Rippen. »Vielleicht war es ein Kunde.«

»Das glaubt die Kleine nicht. Außerdem wäre das doch ein unglaublicher Zufall, findest du nicht auch?«

Doch, das fand er auch. Derek hatte seine Verteidigungsstrategie schon öfter auf Zufällen aufgebaut, die noch unglaublicher waren, aber die Geschworenen erkannten einen begründeten Zweifel nur innerhalb eines gewissen Rahmens an. »Wie haben Kimball und Sanford auf diese Neuigkeit reagiert?«

»Sie haben die Kleine mit Glacéhandschuhen angefasst, sie gelobt, dass sie das Richtige getan hätte, bla bla bla. Aber du kannst deinen Arsch darauf verwetten, dass sie Blut geleckt haben und Wheelers kleine Freundin noch einmal unter die Lupe nehmen werden, wenn nicht unters Mikroskop. Ach ja, noch was.«

Jesus. Da kam noch *mehr?*

»Eine Kleinigkeit, aber man kann nie wissen. Das Mädchen hat den Detectives erzählt, dass gestern Nacht der Strom in Julie Rutledges Haus ausgefallen ist und dass sie seither völlig durch den Wind ist.«

»Was heißt ›völlig durch den Wind‹?«

»Sie benimmt sich sonderbar. Reagiert äußerst merkwürdig. Heute Morgen ist sie zu Hause geblieben. Ihre Assistentin hat bei ihr angerufen und wollte sie wegen einer Routinesache in der Galerie sprechen. Die Putzfrau war am Apparat und hat gefragt, ob das vielleicht bis später warten könnte. Julie hätte alle Hände voll zu tun, weil sie das Haus von oben bis unten reinigen lassen wollte. Sie hat der Kleinen erklärt, sie hätte schon haufenweise Zeug weggeschmissen, sogar einen Satz Handtücher. Uralte Dinger aus Frankreich, die ihr eigentlich am Herzen gelegen hätten, weil Paul Wheeler sie ihr gekauft hätte.

Also, wenn diese Handtücher ein Geschenk von ihm waren, sollte man doch meinen, sie würde die Lappen aufheben wollen, oder? Diese Kate meinte das jedenfalls. Sie hat den Detectives erklärt, vielleicht würde sich so Julies Trauer zeigen oder es wäre eine verspätete Reaktion darauf, dass Wheeler abgeknallt wurde, irgendwas in der Art, aber kurz und gut, Julie Rutledge ist in letzter Zeit nicht sie selbst.« Sonst redete Dodge nicht so lang. Er machte eine Pause, um Luft zu holen. »Was meinst du dazu, Anwalt?«

Derek tupfte mit dem Hemd die Schweißrinnsale von seiner Brust. »Ich meine gar nichts mehr dazu. Ich habe mit der

Sache nichts mehr zu tun. Ich habe den Wheelers heute erklärt, dass sie sich einen neuen Anwalt suchen müssen.«

»Du verscheißerst mich.«

»Nein.«

»Wieso das denn?«

»Solange nicht einer von ihnen oder alle zusammen angeklagt werden, brauchen sie mich nicht.«

»Und wenn einer von ihnen oder alle zusammen angeklagt *werden*?«

»Dann hat die Kanzlei nicht genug Luft im Terminkalender für ein so umfangreiches Verfahren.«

»Hm.« Dodge war das Bedauern anzuhören. »Das ist ein echt heißer Fall, Anwalt. Jede Menge Kohle. Jede Menge Sex. Weitere schlüpfrige Details sind zu erwarten. Irgendwie schade, dass wir das alles nur von der Tribüne aus mitkriegen werden.«

»Ja. Aber auch wenn wir aus der Sache raus sind, möchte ich es trotzdem sofort erfahren, falls dir irgendwelche Gerüchte über diesen Billy Duke und seine Beziehung zu Julie Rutledge zu Ohren kommen. Halte mich auf dem Laufenden.«

»Ich bleibe dran.« Dann, nach einer vielsagenden Pause, fragte Dodge: »Erzählst du mir, warum?«

Derek rang sich ein trockenes Lachen ab. »Du hast es selbst gesagt, da sind weitere schlüpfrige Details zu erwarten.«

Der Ermittler lachte schnaubend und legte auf.

Derek griff nach seinem Bier, stellte fest, dass es plötzlich schal schmeckte, und kippte es in den Ausguss. Er starrte ins Leere und war so in seine Gedanken vertieft, dass Maggie praktisch den Lack von der Tür zum Garten kratzen musste, bevor er merkte, dass sie wieder zurück war und ins Haus wollte.

»Entschuldige, Mädel.« Er bückte sich und kraulte sie hinter den Ohren. »Bitte, bitte, bring mich davon ab, das zu tun, was ich gleich tun werde, Maggie. Bitte, ich flehe dich an.«

Mit einem zufriedenen Schnaufen sackte sie auf die kühlen Fliesen.

»Du bist mir wahrlich eine Hilfe.« Er nahm das Handy von der Küchentheke und tippte eine Nummer ein, die er vorhin nachgeschlagen und sich eingeprägt hatte.

»Hallo?«

»Ich bin's.«

Julie schwieg einen Atemzug lang, dann kam ein zweifelndes: »Ja?«

»Können wir uns treffen?«

»Jetzt gleich?«

»In Athens. Es gibt dort ein italienisches Restaurant auf der Clayton Street, gleich hinter der Kreuzung mit der Jackson.«

»Wo…«

»In der Nähe der Universität. Du findest schon hin.«

»Nach Athens fahre ich von hier aus mindestens eine Stunde.«

»Zu dieser Tageszeit anderthalb Stunden.«

Er legte auf, bevor sie etwas einwenden konnte.

Das Restaurant duftete nach Oregano und Knoblauch, dem Hefearoma von Bier und frisch gebackenem Brot und nach dem fruchtigen Bouquet preisgünstiger Weine. An fast allen Tischen saßen Studenten der Sommerseminare an der Universität, und genau darum hatte Derek dieses Restaurant ausgewählt. Es war wenig wahrscheinlich, dass sie hier erkannt wurden.

Nachdem er die Wheelers nicht mehr vertrat, verstieß dieses Treffen mit Julie rein theoretisch nicht gegen seine Standesklauseln. Trotzdem hatte er aus Gründen, die er nicht genau benennen konnte, das Gefühl, etwas Verbotenes zu tun. Vielleicht rührte das aus ihrer ersten Begegnung. Seit jenem Flug von Paris nach Atlanta hatte er immer das Gefühl, etwas Unanständiges zu tun, wenn er sie traf.

Manchmal war es ein unglaublich gutes Gefühl.

Er traf vor ihr ein und schaffte es mit einer Zehndollarnote an die Spitze der Warteliste für einen freien Tisch, die im Sommer noch länger war als sonst. So saß er bereits in einer gemütlichen Nische und beobachtete die Tür, als Julie eintraf.

Sie trug völlig ausgeblichene Jeans und dazu einen engen roten Pullover. In diesem Aufzug und mit dem offenen Haar sah sie kaum älter aus als die Studenten ringsum. Ein paar Verbindungsstudenten stimmten sich bereits mit viel Bier auf die kommende Woche ein, in der die Aufnahmerituale der Verbindungen stattfinden sollten, und kommentierten wohlgefällig die Form ihres Hinterns, als sie auf dem Weg zu seinem Tisch an der Bar vorbeiging.

Ohne auf ihre Bemerkungen einzugehen, rutschte sie ihm gegenüber in die Bank und sah ihn fragend an.

»Ich habe Roten bestellt«, begrüßte er sie. »Ist das okay?«

»Roter ist wunderbar.«

»Die Spaghetti sind billig, der Wein auch, aber beides ist gut. Ich war oft hier, als ich noch studiert habe.«

»Du hast einen Harvard-Abschluss.«

»Aber das Grundstudium habe ich hier absolviert.«

Ein Kellner brachte eine Karaffe Rotwein und zwei Gläser. Er fragte sie, ob sie schon wüssten, was sie essen wollten. Derek erklärte ihm, dass sie ihm Bescheid geben würden, wenn sie bestellen wollten. »Bis dahin«, sagte er, »hätte ich mir gern etwas Privatsphäre erkauft und den Tisch für uns allein.« Er drückte ihm einen weiteren Zehner in die Hand.

Nachdem der Kellner gegangen war, füllte Derek beide Gläser und hob seines an. »In vino veritas«, prostete Julie ihm zu und nahm einen Schluck.

»Ist es dir ernst?«

»Was?«

»Dass im Wein Wahrheit liegen soll.«

»Du klingst, als würdest du das bezweifeln.«

»Weil du und nackte Ehrlichkeit selten Hand in Hand gehen.«

Ihre Augen blitzten zornig auf. »Hast du mich extra hierherfahren lassen, nur um mir zu erklären, dass du an meiner Aufrichtigkeit zweifelst?«

Er nahm ebenfalls einen Schluck, setzte sein Glas ab und eröffnete das Feuer. »Kate Fields war heute Nachmittag bei Kimball und Sanford und hat ihnen erklärt, sie hätte Billy Duke auf dem Bild wiedererkannt, weil er zwei Wochen vor dem Überfall im Hotel in der Galerie war und nach dir gefragt hat.«

Sie presste sich in die Bank, als hätte sie eben erfahren, dass er an einer ansteckenden Krankheit litt. »Das ist unmöglich.«

»Was genau ist daran unmöglich, Julie?«

»Alles.«

»Ich habe es aus einer unanzweifelbaren Quelle.«

Sie schien ihm schon widersprechen zu wollen, dann senkte sich ihr Blick auf das Tischtuch. »Kate hat gesagt, dass sie sich nicht wohlfühlt, und ist deshalb heute früher gegangen.«

»Dass sie sich nicht wohlgefühlt hat, kann ich mir gut vorstellen. Wie ich gehört habe, hat sie viel geweint, weil sie dich nicht hintergehen wollte, und die Detectives mussten ihr die Informationen abpressen.«

Sie stellte sich offen seinem Blick und sagte: »Ich schwöre dir, dass ich diesen Mann nicht kenne. Ich habe ihn noch nie gesehen, bevor man mir dieses Bild gezeigt hat. Seinen Namen habe ich zum ersten Mal heute Vormittag gehört, als die Detectives zu uns in die Galerie kamen und mir erklärten, dass eine anonyme Anruferin ihn identifiziert hätte.«

Er stützte die Unterarme auf die Tischplatte, beugte sich vor und flüsterte wütend und drängend: »Warum sollte Kate die Polizei anlügen?«

»Das würde sie bestimmt nicht! Aber offenbar glaubt sie, dass *ich* gelogen habe, und das muss sie in einen schrecklichen Gewissenskonflikt gestürzt haben.«

»Habt ihr euch gestritten? Hast du sie angegriffen und …«

»Nein!« Sie schüttelte vehement den Kopf. »Kate ist bestimmt nicht aus Rache zur Polizei gegangen. Darauf würde ich mein Leben verwetten. Wenn sie diesen Detectives erklärt hat, dass der Mann in der Galerie war und nach mir gefragt hat, dann stimmt das. Aber das heißt trotzdem nicht, dass ich ihn kenne.«

»So sieht es aber aus.«

»So sieht es *für dich* aus!«

Derek lehnte sich zurück, und ein paar Sekunden sahen sie sich nur feindselig und misstrauisch an. Schließlich fragte sie: »Warum warnst du mich?«

»Scheiße, das wüsste ich auch gern«, murmelte er und griff nach der Karaffe. Marlene hatte recht. Eigentlich mochte er keinen Wein, aber wenn er ihn einschenkte, hatte er wenigstens etwas zu tun.

Julie wartete, bis er beide Gläser nachgeschenkt hatte. »Danke, dass du mir das gesagt hast.«

»Du hättest es sowieso herausgefunden.«

»Aber du hast den Schock abgefedert. Wahrscheinlich stehen Kimball und Sanford in diesem Augenblick vor meiner Haustür und wollen mich mit diesen Neuigkeiten überraschen.«

»Vielleicht. Oder sie sind gerade am Wühlen, um die Verbindung zwischen euch aufzudecken und Munition zu sammeln, bevor sie dich damit konfrontieren.«

»Es gibt keine Verbindung. Das ist die Wahrheit.«

Er nahm wieder einen Schluck Wein und sah sie aufmerksam an. »Bist du heute Morgen gut nach Hause gekommen?«

»Kate hat mich abgeholt.«

»Wie hast du ihr erklärt, dass du im Hotel übernachtet hast?«

»Ich habe ihr gesagt, dass der Strom ausgefallen war und ich nicht sicher war, ob er über Nacht an bleiben würde. Und ein Taxi hätte ich genommen, weil mein Auto komische Geräusche von sich gibt.«

»Und das hat sie dir abgekauft?«

»Ich hatte den Eindruck. Sobald ich heimkam, habe ich meine Putzfrau angerufen. Ich habe das Haus heute gründlich durchputzen lassen. Ich musste jede Spur von Creighton wegschrubben.«

»M-hm.«

»Was denn?«

»Nichts«, sagte er, obwohl ihn sehr wohl etwas störte. »Es wäre vielleicht besser gewesen, wenn du den Detectives sofort von deinem Einbruchsverdacht erzählt hättest, das ist alles.«

Sie setzte sorgsam das Weinglas ab. »Wieso?«

Er behielt die Antwort für sich und erzählte ihr stattdessen von seinem Gespräch mit den Wheelers. »Damit ist unsere geschäftliche Verbindung offiziell beendet.«

»Wie hat Doug es aufgenommen?«

»Er war nicht besonders glücklich, aber er hat nicht versucht, mich umzustimmen. Er marschierte eingeschnappt ab und nahm Sharon mit.« Während er fortfuhr, versuchte er ihre Reaktion einzuschätzen. »Danach war ich kurz mit Creighton allein. Ich habe ihm von deinen jüngsten Anschuldigungen erzählt. Dem Vorfall auf dem Parkdeck, der Sache mit deinem Haus.«

»Natürlich hat er beides abgestritten.«

»Er meinte, du würdest dir wilde Lügengeschichten ausdenken, um deine Unterstellungen, er hätte Paul umbringen lassen, zu unterfüttern.«

»Und glaubst du das wirklich? Dass das alles nur Märchen sind?«

»Es gab keine sichtbaren Zeichen für einen Einbruch, Julie. Ich habe nichts gesehen, was eine Panik gerechtfertigt hätte.«

»Du glaubst, ich hätte dir alles nur vorgespielt?«

Er zog zweifelnd die Schultern hoch.

»Aber wozu?«

»Um Creighton in ein schlechtes Licht zu rücken.«

»Überleg doch mal, Derek. Ich hatte doch keine Ahnung, dass du zu mir nach Hause kommen würdest. Ich hätte mich bestimmt nicht im Dunkeln in die Ecke gekauert, nur für den äußerst unwahrscheinlichen Fall, dass du in mein Haus spaziert kommst und ich einen emotionalen Zusammenbruch inszenieren kann.«

Er beugte sich vor und schlug mit der Faust auf den Tisch. »Aber wenn du dir so sicher warst, dass jemand in dein Haus eingedrungen war, warum hast du dann nicht zugelassen, dass ich die Polizei rufe? Wieso hast *du* sie nicht gerufen?«

»Das hätte doch nichts gebracht!«, zischte sie. »Creighton hat dafür gesorgt, dass für jeden außer mir alles ganz normal aussah.«

»Okay, aber auf dem Parkdeck hat ihn auch niemand gesehen.«

Sie starrte ihn kurz an und flüsterte dann: »Du glaubst, dass ich lüge. Das ich alles erfunden habe. Von Anfang bis Ende. Oder?«

Dass er ihr so etwas zutraute, schien sie so tief zu verletzen, dass sie in sich zusammensank. Ihre Miene war vor Fassungslosigkeit ganz weich geworden, und ihr Blick erinnerte ihn an Maggie, wenn er wieder einmal mit ihr schimpfte, weil sie die Wolle aus einem ihrer Spieltiere gerupft hatte.

Auf der Fahrt hatte er sich mehrmals streng ermahnt, nicht weich zu werden, wenn er Julie Rutledge und ihren unendlich tiefen grauen Augen gegenübersaß. Er hatte sich befohlen, nicht an den Kuss von gestern Abend zu denken, sich nicht vorzustellen, wie ihr Mund auf seinem gelegen hatte oder wie unmissverständlich ihr Körper auf seine Berührung reagiert hatte.

Aber trotz dieser Ermahnungen war er nicht immun gegen ihre verletzte Miene. In seiner Brust und deutlich tiefer spürte er das süße Verlangen, sich über den Tisch zu beugen und sie zu berühren, sich zu entschuldigen, sie zu bitten, dass sie seine ekligen Verdächtigungen und alles, was er gesagt hatte, vergessen möge.

Stattdessen gab er sich alle Mühe, keine Gnade walten zu lassen. »Hast du dich an ihn rangemacht?«

Sie sah ihn erst verständnislos an und lachte dann trocken. »An *Creighton?* Spinnst du?«

»In der Küche der Villa seiner Eltern. Da hast du versucht, ihm einen zu blasen, während Paul keine zehn Meter von euch entfernt am Tisch saß. Er sagte, es hätte dich scharf gemacht, dass man euch so leicht entdecken konnte.«

Zehn Sekunden lang blieb sie stumm und vollkommen reglos sitzen, dann schoss sie hoch, riss ihre Tasche vom Sitz und hängte sie über ihre Schulter, während sie aus ihrer Bank floh. Sie stieß gegen einen Kellner, der ein Tablett mit vollen Tellern und Gläsern über dem Kopf balancierte und um ein Haar mehrere Mahlzeiten und zwei Karaffen Wein auf den

Boden gekippt hätte, aber sie wurde nicht einmal langsamer und blieb erst recht nicht stehen, um sich zu entschuldigen.

Derek zischte einen Fluch, zwängte sich ebenfalls aus der Bank, wühlte einen Zwanziger aus seiner Hosentasche und drückte ihn dem verdatterten Kellner in die Hand, bevor er Julie nachlief.

Er kämpfte sich durch die Menge, die sich an der Tür drängte, und schaute, als er es endlich ins Freie geschafft hatte, gehetzt in beide Richtungen. Einen halben Block entfernt eilte Julie mit ausgreifenden Schritten davon, wobei sie sich geschmeidig zwischen den Passanten durchschlängelte.

Sie schoss über die Straße, direkt vor einem Volkswagen, dessen Fahrer quietschend bremsen musste und dann erbost hupte. Ohne sich um den entgegenkommenden Verkehr zu scheren, lief Derek ihr nach, um sie nicht zu verlieren, und hatte sie nach zwei weiteren Blocks eingeholt, als sie gerade in den Parkplatz einbog, auf dem sie ihr Auto abgestellt hatte. Während sie noch in ihrer Handtasche nach dem Schlüssel kramte, schloss sich seine Hand um ihren Oberarm, und er drehte sie zu sich her.

»Julie.«

Sie riss ihren Arm los. »Du bist noch schlimmer als Creighton.«

»Hör mir zu …«

»Bestimmt nicht mehr.«

»Ich glaube dir.«

»Ich scheiße darauf, ob du mir glaubst oder nicht.«

Er fing ihre Hand ein. »Ich *will* dir glauben.«

»Klar.«

»Verflucht noch mal, das ist die Wahrheit. Und du weißt genau, warum.«

Sie hörte auf, sich losreißen zu wollen, und sah argwöhnisch zu ihm auf, so als wollte sie fragen: »Wo ist der Haken?«

Er sagte: »Ich will alles wissen, was du über Creighton weißt.«

»Wieso?«

»Aus reiner Neugier.«

»Sensationsgier?«

»Okay, wenn du meinst. Du kannst es verflucht noch mal nennen, wie du willst. Solange ich nur erfahre, was du über ihn weißt.« Er sah sich um und nickte zu den Parkbänken vor der City Hall von Athens hin. Dann sah er sie wieder an und meinte leise: »Bitte.«

Nach kurzem Zögern ließ sie sich von ihm über den Bürgersteig führen. Sie setzten sich auf eine der verwitterten Holzbänke. Zwei Eichhörnchen spielten auf dem Gras des kleinen Grünstreifens neben dem Gebäude Fangen, kletterten dann einen Baumstamm hinauf und verschwanden im Geäst. Ein Pärchen schlenderte plaudernd und lächelnd Arm in Arm vorbei. Ansonsten waren er und Julie ungestört.

Sie begann, ohne dass er noch einmal nachfragen musste. »Ich kann dir nur erzählen, was Paul mir erzählt hat.«

»Genau das interessiert mich.«

»Es ist nicht viel. Paul ließ nur wenig auf seine Verwandten kommen.«

»Familien, die so reich sind, schließen fast immer die Reihen, vor allem, wenn einer von ihnen in Schwierigkeiten steckt.«

»Ich nehme an, dass es bei den Wheelers auch so ist. Wenn Paul von Creighton sprach, wurde er ausgesprochen wortkarg. Es ging eher darum, was er nicht sagte, als darum, was er sagte.«

»Weshalb du glaubst, dass es umso mehr zu erzählen gab.«

Sie lächelte spröde. »Du versuchst die Zeugin zu beeinflussen.«

Er erwiderte ihr Lächeln. »Das ist eine meiner Stärken.«

»Glaube ich gern.«

Beide lächelten ein paar Sekunden, dann wurde sie wieder ernst. »Einmal hat Paul erwähnt, dass er für Creighton Kaution stellen musste.«

»Damit er nicht ins Gefängnis muss?«

»Ich weiß nicht, ob er das wörtlich oder im übertragenen Sinn meinte. Ich habe nicht nachgefragt. Wenn er gewollt hätte, dass ich mehr weiß, hätte er es mir erzählt.«

Sie verstummte, und Derek ahnte, warum sie plötzlich schwieg. »Du brauchst mir nichts anzuvertrauen, was dir unangenehm ist.«

Sie sah ihn an und senkte dann den Kopf. »Du durchschaust die Menschen ziemlich gut.«

»Das gehört zu meinem Job.«

»Ich habe das Gefühl, Paul zu verraten, wenn ich mit dir über all das spreche.«

Ihn noch mehr zu verraten als auf dieser Flugzeugtoilette? Doch diesen Gedanken sprach Derek nicht aus. Stattdessen wartete er ab.

Schließlich war sie zu einem Entschluss gekommen und begann zu reden. »Paul erzählte nie etwas Positives über Creighton. Es war ihm anzumerken, wie wenig er von ihm hielt. Aber nur ein einziges Mal redete er sich seinen Ärger wirklich von der Seele. Da war er unglaublich wütend auf ihn, noch wütender als sonst. Er brütete über etwas, das Creighton getan oder unterlassen hatte. Er nannte ihn absolut verantwortungslos und meinte, ihm fehle jede Initiative.«

»Eine typische Klage der älteren Generation über die Jugend.«

»Ja, aber dann sagte er, er sei nicht wirklich überrascht, dass Creighton als Erwachsener ein so hoffnungsloser Fall sei, denn er hätte sich schon als Junge bizarr verhalten.«

»Inwiefern bizarr? Wurde er da deutlicher?«

»Nein. Er sagte nur, Creighton wäre manchmal gemein zu anderen Kinder gewesen, ohne dass die ihm etwas getan hätten. Trotzdem hätten ihm die anderen immer seinen Willen gelassen. Er war ein begnadeter Manipulator und brachte die anderen immer dazu, sich seinem Willen zu beugen. Er war ein Anführer, aber nicht unbedingt im guten Sinne. Paul erzählte auch, eine von Creightons Lehrerinnen hätte mitten unter dem Schuljahr gekündigt und erklärt, sie würde seinetwegen von der Schule gehen.«

»Wieso? Was hatte er denn angestellt?«

»Das weiß ich nicht. Paul behauptete, er würde es auch nicht wissen. Er sagte, die Lehrerin hätte sich geweigert, ihnen eine Erklärung zu geben. Sie weigerte sich einfach, die Klasse noch einmal zu betreten, dabei war es eine Privatschule, und sie gab einen gut bezahlten Job auf.«

Derek ließ sich all das durch den Kopf gehen. »War Creighton jemals in Therapie? Oder in psychiatrischer Behandlung?«

»Davon wollte Sharon nichts hören. Doug hatte keine rechte Meinung dazu. Paul setzte Doug zu, bis er schließlich nachgab. Hinterher begriff Paul allerdings, dass die Therapie Geldverschwendung gewesen war. Creighton wusste genau, was er antworten musste und wie er die Therapeuten beeinflussen konnte.«

»Seine Mutter scheint blind für seine Fehler zu sein.«

»Er ist äußerst geschickt darin, anderen etwas vorzuspielen. Ganz nach Lust und Laune kann er der liebevolle Sohn sein oder auch der unschuldige Neffe, dem böse Zungen die Mithilfe beim Mord an seinem Onkel vorwerfen.« Sie drehte sich zu ihm um, und ihre Knie berührten sich. »Er lebt in einer Phantasiewelt, Derek.«

Sie zögerte, als wäre sie plötzlich unsicher, und redete dann schnell weiter, bevor er etwas dazu sagen konnte. »Creightons Leben ist ein einziges Drehbuch, an dem er immer weiter feilt. Er schreibt es ständig um.« Sie legte beide Hände auf seine, um ihren Worten Nachdruck zu geben. »Und du spielst darin eine feste Rolle, ob es dir gefällt oder nicht.«

»Ich.«

»Du. Ich. Wir alle. Er hat jedem eine bestimmte Rolle zugedacht. Ich glaube, Paul wusste, dass er gefährlich ist, oder er hatte wenigstens den starken Verdacht. Aber er brachte es nicht über sich, seinen eigenen Neffen als Psychopathen zu bezeichnen. Trotzdem hat er mir geraten, mich von Creighton fernzuhalten.«

»Er hat dich vor ihm gewarnt?«

»Nicht ausdrücklich. Er sagte, je weniger ich mit ihm zu tun hätte, desto besser.«

Während Derek darüber nachdachte, sah er, wie sie eine Mücke von ihrem Unterarm strich. »Du wirst hier bei lebendigem Leib aufgefressen.«

Gemeinsam standen sie auf und machten sich auf den Rückweg zu Julies Auto. Während ihres Gesprächs war es dunkel geworden. Die öffentlichen Gebäude hatten sich geleert. Musik, Stimmen und Gelächter wehten aus den Bars und Restaurants auf der anderen Straßenseite heran, auch wenn das Viertel zurzeit längst nicht so überlaufen war wie während des Herbst- oder Frühjahrsemesters. Eine Joggerin mit iPod lief vorbei. Ein bärtiger Professorentyp schaukelte auf einem klapprigen, rostigen Fahrrad heran, das genauso alt aussah wie er.

Als sie bei ihrem Wagen angekommen waren, drückte Julie

die Taste für die Verriegelung, öffnete die Tür und warf ihre Handtasche hinein, bevor sie sich zu ihm umdrehte. »Du hast wirklich aufmerksam zugehört, aber ich habe das deutliche Gefühl, dass du mir im Grunde deines Herzens immer noch nicht glaubst.« Er wollte schon widersprechen, doch sie sagte: »Ich weiß, dass ich recht habe. Du brauchst nichts zu sagen.«

Also blieb er stumm. Stattdessen legte er die Hände auf ihre Arme und massierte sie. Dann senkte er den Kopf, um sie zu küssen, aber sie wandte das Gesicht ab. »Julie.« Seine Hand wanderte auf ihren Rücken und zog sie näher, bis ihr Unterleib gegen seinen gepresst wurde. Mit der Nase schob er ihr Haar beiseite und flüsterte ihr dann ins Ohr: »Ich denke ständig daran. An uns. Dich so zu halten.« Sie stemmte sich gegen ihn, und er stöhnte enttäuscht: »Wehr dich nicht.«

Doch sie tat es. Sie sah ihn eisern und abweisend an. »Vor ein paar Sekunden hast du mich noch als Lügnerin bezeichnet. Und jetzt flüsterst du mir erotische Bekenntnisse ins Ohr und willst mich küssen. So geht das nicht, Derek. So geht das nicht bei mir.«

»Ich glaube nicht, dass du lügst.«

»Du glaubst aber auch nicht, dass ich die Wahrheit sage.«

»Das ist etwas anderes«, sagte er.

»Vielleicht werde ich den Unterschied eines Tages verstehen.«

Wieder versuchte sie, sich zu befreien und in ihren Wagen zu steigen, und wieder hielt er sie fest. »Das Problem sind die Nuancen, Julie. Die Detectives spüren das auch, sonst würden sie dich längst nicht mehr verdächtigen. Du erzählst uns genau das, was wir deiner Meinung nach wissen sollen. Was lässt du aus?«

»Nichts.«

»Von wegen.« Er legte den Finger unter ihr Kinn und zwang

sie, ihn anzusehen. »Ich habe keine Sekunde geglaubt, dass du in der Küche über Creighton hergefallen bist.«

»Warum solltest du das nicht glauben, nach dem, was ich im Flugzeug mit dir angestellt habe?« Als er schwieg, lachte sie auf, aber ihr Lachen klang bitter. »Warte, ich weiß. Die Vorstellung, Sex mit Creighton zu haben, hätte mich vielleicht scharf gemacht, aber ich war viel zu scharf auf Pauls Vermögen, als dass ich meine Beziehung zu ihm durch so einen Unfug gefährdet hätte.«

Sein Schweigen sprach Bände.

»Versuch nicht, dich noch einmal mit mir zu treffen.« Sie stieß ihn weg und stieg schnell ein.

»Julie …«

»Ich meine es ernst.« Nach kurzem Zerren löste er die Hand vom Autogriff, und sie knallte die Tür zu. Sobald sie den Motor gestartet hatte, fuhr sie an. Er sah den Rücklichtern ihres Wagens nach, bis sie hinter der nächsten Ecke verschwunden waren.

Lautlos fluchend drehte er sich weg und sah im selben Moment, wie sich ein Schatten vom dunklen Stamm eines nahen Baumes löste und ein Mann auf ihn zukam. »Beim nächsten Zank würde ich Ihnen die Höhlenmenschentaktik empfehlen. Der Trick mit der Keule hat schon bei den Steinzeitladys funktioniert, sonst hätte sich die Spezies nicht fortgepflanzt und wir alle wären nicht hier.«

Creighton Wheeler trat, die Hände in den Hosentaschen vergraben, aus dem tiefen Schatten unter dem Baum und kam auf ihn zugeschlendert, als sei er auf seinem Sonntagsspaziergang. Es fehlte nur noch, dass er leise durch die Zähne pfiff.

Derek versuchte, seinen Ärger zu überspielen und so lässig wie möglich zu reagieren. »Irgendwie kann ich mir nicht vorstellen, dass man eine Frau wie Julie mit einer Keule betören könnte.«

Creighton schenkte ihm ein Lächeln, bei dem seine Zähne weiß aus der Dunkelheit strahlten. »Wahrscheinlich haben Sie recht. Zu schade, dass Sie meinen Onkel nicht mehr fragen können, wie man sie am besten betört. Er hätte es bestimmt gewusst. Die beiden waren zwei Jahre lang ein Paar, irgendwas muss er also richtig gemacht haben. Natürlich hatte er auch…« Er beugte sich vor und flüsterte: »G-e-l-d. Vielleicht hat er ihr die Muschi mit Hundertdollarscheinen massiert. Was meinen Sie?«

Derek hatte Angst, gleich einen Mord zu begehen. Er zitterte am ganzen Körper vor Wut – auf sich selbst, weil er sich in diese absurde Situation gebracht hatte, und auf diesen Bastard, der sich so vor ihm aufspielte. »Wem sind Sie gefolgt, Julie oder mir?«

»Heute Abend? Ihnen.«

Derek registrierte das einschränkende *heute Abend*, und Creighton sah, dass er es bemerkt hatte. »Ich gestehe, ich versuche mich nicht zum ersten Mal als Amateurschnüffler. War dieses Gewitter gestern Abend nicht romantisch? Die Blitze, der Donner, der trommelnde Regen. Äußerst archaisch. Hat es das Tier in ihr geweckt?«

»Sie sind widerwärtig. Als wir uns heute unterhielten, wussten Sie genau, dass ich gestern Abend mit Julie zusammen war.«

»Sie waren mit ihr zusammen, ganz recht.« Creighton fächelte sich Luft zu. »Ich werde ganz wuschig, wenn ich mir vorstelle, was hinter diesen beschlagenen Autofenstern ablief. Jedenfalls haben Sie beide mächtig geatmet, so viel steht fest.«

»Wem von uns sind Sie gestern Abend gefolgt?«

Creighton zuckte lässig mit den Achseln. »Ich habe keine

Sekunde lang diesen Quatsch geglaubt, dass Sie zu viele Mandanten und keine Zeit für uns Wheelers hätten. Haben Sie etwa gedacht, ich würde das nicht überprüfen? Also, ich habe es überprüft, und bei meinen Recherchen habe ich festgestellt, dass Ihr Talent allein von Ihrem Ehrgeiz und Ihrer Gier übertroffen wird. Was Sie zum perfekten Strafverteidiger macht.

Wieso also, habe ich mich gefragt, sträuben Sie sich dagegen, dass wir Sie mit Geld zuschütten, obwohl Sie dafür nichts weiter tun müssten, als ein paar lästige Reporterfragen abzuwehren? Und Sie stehen für Ihr Leben gern im Scheinwerferlicht, Mr Mitchell. Verstehen Sie? Das passte aus mehreren Gründen nicht zusammen, und ich kann es nicht ausstehen, wenn der Plot Löcher hat, ganz zu schweigen von einem unglaubwürdigen Motiv des Hauptdarstellers. Darum wollte ich um jeden Preis herausfinden, warum Sie uns wirklich abgelehnt haben.«

»Und haben mich verfolgt.«

»Niemand weist einen Wheeler ab, Mr Mitchell. Und schon gar nicht diesen Wheeler. Aber ich war nicht nur wütend, Sie faszinierten mich auch. Ich ahnte« – er wackelte mit dem Zeigefinger – »ein Doppelspiel. Eine starke erotische Ausstrahlung. Als würden Sie einen primitiven Brunftgeruch absondern.«

»Gehen Sie nicht ein bisschen zu weit mit Ihren prähistorischen Analogien?«

»Auch egal.« Creighton senkte wieder die Stimme. »Und siehe da, vor wessen Haus tauchten Sie gestern Nacht auf? Stellen Sie sich nur vor, wie erstaunt ich war. Aber plötzlich wird mir klar, warum Sie sich so gewunden und gesträubt haben, als Sie mich vertreten sollten. Sie, mein Verteidiger, treiben es mit meiner Anklägerin. Ich gebe zu, darauf wäre ich nie gekommen. Scorsese wäre stolz auf so eine Wendung gewesen.«

Er blickte in die Richtung, in die Julie gefahren war. »Bestimmt hat sie Ihnen unzählige Schmuddelgeschichten über mich und meine fehlgeleitete Jugend aufgetischt, die ihr – bis zur Unkenntlichkeit aufgebauscht – von meinem verstorbenen Onkel Paul zugetragen wurden.

Hat sie Ihnen erzählt, dass er darauf bestanden hatte, mich in psychiatrische Behandlung zu schicken? Ja? Und hat sie Ihnen auch erzählt, dass der Psychiater nach monatelangen Sitzungen zu dem Schluss kam, ich sei vollkommen normal, während er Onkel Paul für geistig instabil und emotional unausgeglichen hielt, weil er so besessen von mir und meinen Fehlern war?«

Er lachte. »Irgendwann müssen Sie mir erzählen, wie Sie und Julie sich kennengelernt haben. War das vor oder nach Onkel Pauls tragischem Ende?« Dann hob er abwehrend die Hand. »Wissen Sie was? Ich will es gar nicht wissen. Ich denke mir lieber selbst ein schlüpfriges Szenario aus.

Ganz ehrlich, Mr Mitchell – kann ich Sie Derek nennen? Ganz ehrlich, wenn Sie mir von Anfang an offen erklärt hätten, warum Sie mich nicht als Mandanten annehmen wollen, hätte mich das wohl amüsiert. Sie und Onkel Pauls kleine Geliebte. Was für eine Paarung.«

Plötzlich gab er die leutselige Pose auf, und schlagartig wirkte er bedrohlich. »Doch Sie haben mir das verschwiegen. Also lassen Sie sich eines gesagt sein. Wenn Sie mich zu hintergehen versuchen, sind Sie endgültig am Arsch, und damit meine ich nicht das Hinterteil Ihrer bezaubernden Julie. Wenn ich mit Ihnen fertig bin, werden Sie keinen Gerichtssaal mehr von außen sehen können, ganz zu schweigen davon, dass Sie einen betreten.«

Derek hatte genug gehört. Er baute sich jetzt seinerseits vor Creighton auf und piekte so fest mit dem Finger gegen dessen Brust, dass eine Mulde im gestärkten Leinenhemd zurückblieb. »Wagen Sie es nicht, mir zu drohen. Ich bin nicht Ihr Anwalt. Das habe ich Ihnen schon am ersten Tag erklärt, an dem Sie in mein Büro kamen. Ich vertrete, wen ich will, und Sie können nicht den kleinsten Furz daran ändern.

Und dass ich bei Julie war, können Sie nur wissen, wenn Sie selbst dort waren. Falls ich Sie noch einmal in meiner oder ihrer Nähe erwische, werde ich zur Polizei gehen und Ihren zuckersüßen Hintern ins Gefängnis verfrachten lassen, wo Sie bleiben werden, bis man Julies Haus von oben bis unten durchsucht hat, um festzustellen, ob wirklich jemand darin war und Möbel umgestellt oder mit ihren Sachen herumgespielt hat. Ich spreche hier von der Suche nach Fingerabdrücken, DNA-Spuren, Labortests, und so etwas kann verdammt lang dauern.

Vielleicht führt das alles nie zu einer Verurteilung, aber auf jeden Fall werden Sie ein paar ziemlich ungemütliche Wochen im Knast verbringen. Zurzeit halten sich dort ein paar Mandanten von mir auf, deren Schicksal davon abhängt, wie gut ich sie vor Gericht vertrete. Ein Besuch von mir, und sie werden dafür sorgen, dass Sie sich nicht allzu wohlfühlen werden. Man könnte Sie dort ziemlich zurichten, und zwar auf eine Weise, die Sie sich nicht mal ausmalen möchten.« Derek trat noch einen Schritt auf ihn zu. »Haben wir uns verstanden?«

Creighton flüsterte schaudernd: »›Wow, jetzt bin ich sexuell erregt, Commander.‹ Tom Cruise, *Eine Frage der Ehre.*« Er zwinkerte grinsend. »Kein Wunder, dass Julie da ganz feucht wird.«

Nichts in seinem Leben war Derek je so schwergefallen, wie sich von Creighton wegzudrehen und all seine strahlenden Zähne intakt zu lassen.

Sobald Julie zu Hause war, rief sie Kate an. Ihre Assistentin klang heiser, als sie ans Telefon ging, so als hätte sie stundenlang geweint. Nachdem sie Julies Nummer auf dem Display gesehen hatte, klang sie außerdem noch ängstlich.

Julie nahm ihr diese Last sofort ab. »Ich weiß, dass du heute bei der Polizei warst, und das ist okay.«

»Gott sei Dank.« Schluchzend blubberte Kate eine Erklärung hervor.

Erst nach mehreren Minuten schaffte es Julie, sie zu unterbrechen. »Ich mache dir keine Vorwürfe, Kate. Wirklich nicht. Du hast getan, was du tun musstest, und dazu brauchtest du wirklich Mut. Bitte glaub mir, ich bin dir nicht böse, aber bitte glaub mir auch, dass ich diesen Mann nicht kenne. Ich habe keine Ahnung, was er in der Galerie wollte und weshalb er nach mir gefragt hat. Aber ich schwöre dir, dass du kein schlechtes Gewissen zu haben brauchst, weil du mit den Detectives gesprochen hast. Du hast mir nicht geschadet, indem du ihnen von diesem Kerl erzählt hast, denn ich kenne ihn nicht.«

»Mein Gott, Julie, du kannst dir nicht vorstellen, wie mich das erleichtert. Ich war sicher, dass du mich hassen würdest.«

»Dazu wird es nie kommen.«

»Ich hatte noch mehr Gewissensbisse, weil sie mich gebeten haben, dir nicht zu verraten, dass ich mit ihnen gesprochen habe. Seither war ich ganz krank vor Kummer. Ich konnte mir beim besten Willen nicht vorstellen, wie ich mich dir gegenüber normal verhalten sollte. Ich bin so froh, dass das jetzt geklärt ist.«

Um keine Missverständnisse aufkommen zu lassen, stellte Julie klar: »Ich weiß das nicht von den Detectives.«

»Woher dann?«

»Ich habe versprochen, das nicht zu verraten.«

»Dann behalt es für dich. Aber nachdem du schon weißt, dass ich mit den beiden gesprochen habe, darfst du wohl auch wissen, dass sie den Besuch von diesem Typen in der Galerie für keinen Zufall halten.«

»Ich halte es auch nicht für einen Zufall.«

»Du glaubst, dass er Paul erschossen hat?«

»Ich weiß es nicht. Und heute Abend bin ich zu müde, um noch darüber nachzudenken. Ich gehe ins Bett. Wir sehen uns morgen früh.«

Bevor sie auflegen konnte, sprudelte es aus Kate heraus: »Die Sache mit dem Hotel, also dass du gestern Nacht nicht zu Hause geschlafen hast, habe ich ihnen nicht erzählt.«

»Ach ja. Das hat sowieso nichts mit der ganzen Sache zu tun.«

»Das habe ich auch angenommen. Darum habe ich das ausgelassen, als ich ihnen von deiner Putzwut erzählt habe.«

Julie wollte Kate schon fragen, woher sie das wusste, aber die jüngere Frau übergoss sie mit einem Schwall von Dankesbekundungen für diesen Anruf. »Jetzt kann ich endlich beruhigt ins Bett gehen.«

»Dann schlaf gut«, wünschte Julie ihr. »Morgen früh geht es uns bestimmt beiden besser.«

Kurz nach diesem Telefonat ging Julie ebenfalls ins Bett, doch sie war zu aufgedreht, um schlafen zu können. Sie fand keine Ruhe, immerzu fragte sie sich, was Kimball und Sanford mit diesen neuen Erkenntnissen wohl anfangen und wie sie die Verbindung zwischen ihr und Billy Duke ziehen würden. Sie rätselte, ob sie ihm inzwischen auf den Fersen waren.

Obwohl sie fest entschlossen war, nicht an Derek zu denken, kreisten ihre Gedanken unaufhörlich um ihn, was praktisch schon seit dem Moment so war, in dem sie sich im Flugzeug neben ihn gesetzt hatte. Ursprünglich hatte sie ihn sabotieren wollen, doch dann war etwas völlig Unerwartetes geschehen: Sie hatte angefangen, ihn zu mögen.

Vom ersten Moment an hatte sie ihn sympathisch gefunden, und das nicht nur wegen seines Aussehens. Nicht nur sein einnehmendes Lächeln und sein faszinierender Blick hatten ihr gefallen, sondern auch sein Witz, seine Selbstironie und seine selbstbewusste Gelassenheit. Er war längst nicht so eingebildet, wie sie angenommen hatte. Im Gegenteil, er machte sich gern über sich selbst lustig. Er hatte die Unterhaltung nicht an sich gerissen und sie mit Anekdoten über wichtige Fälle und Siege im Gerichtssaal gelangweilt, sondern aufmerksam zugehört und aufrichtiges Interesse an allem, was sie erzählte, gezeigt.

Sie hatte nicht vorhersehen können, dass sie unter dem hübschen Äußeren einen so angenehmen, netten Mann entdecken würde. Und sie hatte schon gar nicht einkalkuliert, dass sie ihn so erotisch finden könnte. Sie hatte sich kaum neben ihm niedergelassen, da hatte sie bereits beschlossen, wie sie weiter vorgehen würde.

Inzwischen konnte sie sich eingestehen, dass sie ihn nicht ausschließlich verführt hatte, um ihn zu kompromittieren. Sondern auch *ihretwegen*. Die ganze Trauer, die Angst, der Frust und der Zorn, die seit Pauls Tod in ihr gebrodelt hatten, waren in dem Moment übergekocht, in dem Derek zu ihr in die Toilette gekommen war. Das emotionale Gebräu hatte sich in einer überwältigen Explosion gelöst.

Schon der erste Kuss hatte ihm gezeigt, dass sie auf der Stelle genommen werden wollte, ohne alle Bedenken und Hemmungen, denn seine so kräftigen, warmen und bestimmenden Hände waren unverzüglich an ihre Hüften gewandert, hatten sie bei jedem Stoß vor und zurück geschoben und sie mit aller Kraft umklammert, bis er mit einem gepressten Schnaufen zum Höhepunkt gekommen war.

Sobald es vorüber war, hätte sie am liebsten alles vergessen. Mission erfüllt.

Aber es war töricht von ihr gewesen zu glauben, dass sie so objektiv bleiben oder sich auch nur eine Sekunde lang weismachen könnte, der Sex hätte keine Rolle gespielt. Heute Abend hatte sie ihn attackiert, als er ihr erklärt hatte, dass er ständig daran denken musste. Aber damit war er nicht allein. Auch ihre Gedanken kreisten ständig um ihr Stelldichein über den Wolken, immer wieder kehrten sie zu diesem Erlebnis zurück. Wie in einer Endlosschlaufe spielte sich die Episode wieder und wieder vor ihrem inneren Auge ab. Und zu den merkwürdigsten Gelegenheiten, auch wenn der Zeitpunkt noch so ungünstig war, tauchte sie ganz darin ein und durchlebte von Neuem jenen scharfen, süßen und von Sinnlichkeit getränkten Moment.

Schlimmer noch, jedes Mal, wenn sie in seiner Nähe war, meldeten sich diese Erinnerungen in Dolby Surround und Technicolor. Ihr Körper reagierte beschämend intensiv auf seine Nähe. Selbst wenn sie wütend auf ihn war, spürte sie gleichzeitig das süße Ziehen des Verlangens. Das Timing hätte nicht schlechter sein können. Alle Umstände sprachen dagegen. Und doch …

Ihr Telefon läutete.

Sie tastete in der Dunkelheit danach und klappte es auf. »Hallo?«

»Julie.«

»Derek?«

»Ich glaube dir. Alles. Von Anfang bis Ende.«

Sie warf die Decke zurück. Etwas Schlimmes war vorgefallen. Das hörte sie ihm an. »Was ist denn los? Was ist passiert?«

»Dieser Hurensohn hat Maggie umgebracht.«

16

Billy Duke betrachtete das Gesicht in dem gesprungenen, fleckigen Spiegel und rätselte, wo zur Hölle der vorwitzige, gutaussehende, schick gekleidete und wortgewandte Typ geblieben war, der er bis vor wenigen Wochen gewesen war.

Seine Haare waren nach dem Stoppelschnitt wieder halbwegs nachgewachsen. Trotzdem vermisste er die wehende Mähne, die zwar altmodisch, aber eines seiner Markenzeichen gewesen war. Und er vermisste die stylischen Sachen, die er durch abgetragene T-Shirts und Jeans ersetzt hatte.

»Du musst dein Outfit ändern«, hatte Creighton ihn ermahnt. »Du darfst nicht auffallen. Du musst für alle und jeden unsichtbar werden.«

Also hatte er sein Outfit verändert, aber gleichzeitig hatte sich der Mensch dahinter verändert, bis er ihm völlig fremd geworden war. Wo war sein selbstsicherer Gang geblieben? Der Typ im Spiegel wirkte nervös und gehetzt, verwahrlost und verängstigt. Er erkannte sich kaum wieder.

Billy Duke rätselte, was ihm eigentlich widerfahren war.

Creighton Wheeler war ihm widerfahren.

Er beugte sich über das schmutzige Waschbecken und spritzte sich kaltes Wasser ins Gesicht. Das Wasser schmeckte leicht muffig. Das Handtuch war so dünn, dass man beinahe hindurchsehen konnte. Die ganze Anlage war eine Müllhalde, aber die Wohnsituation war noch sein kleinstes Problem.

Creighton hatte ihm heute Morgen einen unerwarteten Besuch im Motel abgestattet. Seither hatte Billy jede Minute damit zugebracht, darüber nachzudenken, was sie geredet hatten und was eigentlich passiert war.

Das Erste, woran er sich erinnerte, war, dass er mit einem Mordsdurst aufgewacht war. Er erinnerte sich außerdem, dass er versucht hatte, genug Spucke zu sammeln, damit er was zum Schlucken hatte und nicht gleich aufstehen musste, aber sein Mund war wie ausgedörrt gewesen. Widerwillig hatte er die Augen geöffnet.

Ihm war vor Schreck fast das Herz stehengeblieben. »Scheiße!«

Sofort krallte sich eine Hand um seine Luftröhre und erstickte den Aufschrei. » ›Wie gern willst du am Leben bleiben?‹«

Die Antwort darauf blieb Billy schuldig. Außer ein paar Würgegeräuschen hätte er sowieso keinen Laut herausgebracht. Er zappelte mit den Beinen, bäumte sich auf und versuchte, die Hand um seine Kehle abzuschütteln, aber Creighton Wheeler stützte sich mit seinen ganzen achtzig Kilo darauf, sodass sie sich keinen Fingerbreit bewegen ließ. Er drückte mit aller Kraft zu, bis Billy befürchtete, dass ihm gleich der Adamsapfel wie ein Pingpongball aus dem Hals hüpfen würde.

»›Willst du so gern weiterleben, dass du mich aufhältst, Schlampe? Oder verlässt du dich darauf, dass ich dich aus Großmut und reiner Menschenliebe nicht töte?‹«

Billys Augäpfel traten langsam aus den Höhlen. Sein Gesicht verzerrte sich, das Blut staute sich in seinem Schädel. In seinem Kopf explodierten gelbe Raketen vor einem tiefschwarzen Hintergrund. Seine Glieder begannen zu kribbeln. Sein Gehirn schaltete sich allmählich ab. Die Synapsen brachen die Verbindungen ab.

Trotzdem war ein kleiner Teil seines Gehirns noch in der Lage, klar zu denken, und dieser Teil registrierte erstaunt, wie bemerkenswert ruhig Creighton blieb, obwohl er sich so zornig gab. Hätte Creighton gebrüllt, hätte er längst nicht so furchterregend gewirkt. Vor allem sein bösartiges Flüstern und die kalte Selbstbeherrschung überzeugten Billy, dass ihn dieser Mann tatsächlich umbringen könnte, dass dies vielleicht seine letzten Sekunden auf Erden waren und dass er im Angesicht von Creightons charmantem, gefasstem Gesicht sterben würde, während der langsam und unausweichlich jedes Leben aus ihm herauspresste.

Aber genauso plötzlich, wie Creighton ihn angegriffen hatte, löste er den Griff wieder. Die Hand zuckte von Billys Kehle zurück, als wollte er ihn abschütteln. Billy, immer noch auf dem Rücken, griff sich hustend und keuchend an den Hals. Als er endlich wieder Sauerstoff durch seine geschwollene Luftröhre zwängen konnte, fiepte er: »Was soll der Scheiß? Du hast mir eine Höllenangst eingejagt.«

»Wie man riechen kann.« Ungerührt ließ sich Creighton in einen Sessel fallen und wischte in aller Ruhe seine Hand an einem Stofftaschentuch ab, so als hätte er sich an Billy schmutzig gemacht. Dann steckte er das Tuch in die Brusttasche seines Sakkos und erklärte: »Louis Gossett Junior hat für diese Zeilen aus *Eine Frage der Ehre* einen Oscar bekommen.«

»Ich scheiß auf dich und Louis Wieauchimmer.« Billy sah sich gern Filme an, aber dieser Typ war so besessen, dass es einem auf die Nerven ging. »Ich muss pinkeln.«

Im Bad erledigte er erst sein Geschäft, dann trank er ein Glas Wasser und suchte zuletzt seinen Hals nach blauen Flecken ab. In diesem Moment hatte er gedacht, was für ein Schwein Creighton war. Aber wie er gleich darauf erfahren sollte, hatte Creighton Wheeler gerade erst angefangen.

Billy zog sich an und kehrte ins Zimmer zurück, das ein kombinierter Wohnschlafbereich war, der durch eine L-förmige Theke aus bröseligem, rosafarbenem Kunststoff von der Kochecke abgetrennt war. In der Mitte des freudlosen Raumes thronte, wie eine Magnolie in einem Kuhfladen, der Goldjunge, der so beschissen perfekt aussah, dass es Billy noch wütender machte als sonst, dass er in diese Bruchbude eingepfercht war.

»Die haben dein Bild.«

Billys Herz setzte kurz aus, als er Creightons Tonfall registrierte. Oder vielmehr den fehlenden Tonfall. Um seine Ängste zu überspielen, ließ er sich auf der Bettkante nieder und zog seine Schuhe an.

»Die haben dein Bild«, wiederholte Creighton. »Sie haben es gestern Abend im Fernsehen gebracht.«

»Ich hab's gesehen. Na und?« Endlich hatte er die Schuhe an und schlenderte in die Kochecke.

»Ich bin heute Morgen hergekommen, um mich zu überzeugen, dass du inzwischen verschwunden bist. Aber da sitzt du immer noch hier herum, zwei Wochen nach dem ... Ereignis. Du hättest noch am selben Nachmittag aus Atlanta verschwinden sollen, Billy. Das war der Plan.«

»Glaubst du vielleicht, mir gefällt das hier?« Er sah sich angewidert im Motelzimmer um, um seinen Gast auf die schäbige Einrichtung aufmerksam zu machen. »Ich wäre auch lieber abgereist, wie es unser *Plan* war. Ich wäre längst weg. Wenn da nicht die Sache mit dem Geld wäre. Das ebenfalls zum *Plan* gehört hat. Jeden Tag werfe ich den Laptop an, um den Stand auf diesem Bankkonto auf den Cayman Islands zu überprüfen. Bis jetzt lautet er null Komma null. Hast du vielleicht vergessen, das Geld einzuzahlen? Hast du diesen Teil des *Plans* praktischerweise verdrängt?«

»Nein«, erwiderte Creighton ganz ruhig. »Aber du erinnerst dich nur ungenau. Wir hatten ausgehandelt, dass das Geld eingezahlt wird, wenn du aus Atlanta verschwunden bist und dir niemand auf den Fersen ist. Ich muss eine gewisse Zeit abwarten, um sicherzugehen, dass du nicht gesucht wirst. Wenn ich das mit Sicherheit geklärt habe, wirst du bezahlt.«

Billy schnaubte. »Ich bin doch nicht von gestern.«

»Du glaubst, dass ich mein Wort breche, sobald du weg bist?« Creighton senkte affektiert den Kopf. »Das ist nicht cool. Nach allem, was ich für dich getan habe.«

Die Ermahnung war ebenso beiläufig wie effektiv. Billy ließ die Sache auf sich beruhen. »Kaffee?«

»Nein.«

Billy setzte Wasser für sich auf. »Das Foto, das sie von mir haben, ist ein Witz. Absolut nutzlos.«

»Immerhin war es so deutlich, dass ich dich erkannt habe.«

»Weil du der Einzige in Atlanta bist, der mich kennt.«

»Deine Exfreundin kennt dich auch.«

Die Bemerkung traf Billy wie ein Blitz aus heiterem Himmel. Er hatte gehofft, Creighton hätte vergessen, dass sie in Atlanta lebte. »Mit Betonung auf ›Ex‹«, sagte er und wedelte geringschätzig mit der Hand. »Außerdem hat sie keine Ahnung, dass ich hier bin. Ich habe mein Aussehen von Grund auf geändert. Haare. Kleidung. Sie würde auf diesem verschwommenen Bild keinesfalls den Billy Duke erkennen, den sie von früher kennt. Und selbst wenn, würde sie niemals was mit der Polizei zu tun haben wollen. Sie weiß doch, wie das beim letzten Mal geendet hat.«

»Du könntest dich in ihr täuschen.«

»Bestimmt nicht. Ich kenne sie. Das würde sie nicht tun. Du kannst relaxen.«

Creighton lehnte sich völlig entspannt zurück und klopfte

lässig mit dem einen Bommel-Slipper in die Luft. Entspannt wie ein Reptil vor dem Zuschnappen.

»Habe ich dich nicht vor den Überwachungskameras gewarnt?«, fragte er.

»Hast du. Aber wie hätte ich in das dämliche Hotel kommen sollen, ohne dass ich dabei aufgenommen werde? Sie haben an allen Eingängen Kameras. Wenigstens ist das Hotel so alt, dass das Sicherheitssystem total überholt ist. Die neueren Hotels haben auch Kameras in den Aufzügen und auf jedem Stockwerk, einfach überall. Stell dir vor, dein Onkel Paul hätte seine Kleine im Buckhead Ritz gevögelt… Warum sind sie eigentlich ausgerechnet in dieses Hotel gegangen? Und nicht in was Neueres, Schickeres?«

»Es ist eines der wenigen Hotels in der Stadt, die noch in Privatbesitz sind. Der Besitzer war ein alter Freund von Onkel Paul. Er ist vor ein paar Jahren gestorben. Onkel Paul war in dieser Beziehung sentimental.«

»Hmm. Na ja, umso besser für uns. Wenn sie in einem neueren und belebteren Hotel gewesen wären, hätte ich mir was anderes ausdenken müssen.«

»So wie es aussieht, hättest du das sowieso tun sollen.«

Billy tat das mit einem Kopfschütteln ab. »Er hat sich absolut regelmäßig jeden Dienstag mit ihr zum Mittagessen getroffen. Ich wusste, dass er da sein würde. Ich wusste, wann er kommen und wann er gehen würde. Deshalb konnte ich alles genau planen. Und du wolltest, dass sie dabei ist, wenn ich ihn umblase. Das war dir doch so wichtig.« Als genug Kaffee durchgelaufen war, nahm er die Kanne aus der Maschine und schenkte sich eine halbe Tasse ein, froh, dass er endlich etwas zum Festhalten hatte. »Und du willst bestimmt keinen?«

»Nein danke.«

Creightons eisiger Blick brachte ihn völlig aus der Fassung.

Um sich die Verunsicherung nicht anmerken zu lassen, starrte Billy auf den aufsteigenden Dampf, während er auf seinen Kaffee blies, um ihn abzukühlen. Dann beschloss er, dass es Zeit für einen Gegenangriff war.

»Es überrascht mich, dass du hergekommen bist, Creighton. Wir haben doch gesagt, dass wir niemals und unter gar keinen Umständen Kontakt aufnehmen dürften. Ich bin dir dankbar für die Gesellschaft, aber ehrlich gesagt bin ich stinksauer, dass du unsere Vereinbarung gebrochen hast.«

»Dein Fernsehauftritt gestern Abend hat alles geändert. Ich musste das Risiko eingehen. Ich musste mich überzeugen, dass du weg bist. Aber nachdem das nicht der Fall ist, gibt es mir die Gelegenheit, dir zu erklären, dass du hier nicht mehr willkommen bist, und dich zu fragen, was du dir verflucht noch mal dabei gedacht hast.«

Sein Ton war spitz wie eine Nadel. Billy zuckte zusammen, als hätte man ihn gepiekt. »Wobei?«

»Bei dem Raubüberfall. Dieser lächerlichen Maske.«

»Du hast gesagt, ich soll kreativ sein. Du hast gesagt, es soll nicht wie ein Auftragsmord aussehen.«

»Damit hast du niemandem was vormachen können.«

In diesem Augenblick merkte Billy, dass Creighton, auch wenn er sich nicht bewegte, innerlich zu vibrieren schien, so als würde nur noch seine Haut verhindern, dass er vor Zorn explodierte. Für wen hielt sich dieser Arsch eigentlich, auf *ihn* sauer zu sein. Dieses Chefgehabe kotzte Billy an. Vielleicht hatte Creighton mehr Geld als Gott persönlich, aber darum war er *trotzdem* nichts Besonderes.

»Ich hab dir doch gesagt, du kannst dich entspannen. Ich bin nicht umsonst Billy Duke, klar? Die kriegen mich nicht. Ich war von Kopf bis Fuß verkleidet. Ich habe meine Stimme verstellt. Ich habe die Sachen verbrannt, die ich getragen habe, und die Maske gleich mit dazu. Ich habe die Sonnenbrille zerbrochen und in den Müll geschmissen.

Die Pistole liegt in Einzelteilen in verschiedenen Gullys überall in der Stadt. Selbst wenn die Polizei alle Einzelteile finden und wieder zusammensetzen würde – und dafür stehen die Chancen praktisch bei null –, kann die Waffe nicht zu mir zurückverfolgt werden. Ich habe die Seriennummer weggefeilt, und der erste Schuss, der je daraus abgefeuert wurde, ging in den Schädel von deinem Onkel.« Creighton wirkte wenig beeindruckt. Gereizt fügte Billy an: »Verstehst du, sie können mir keine Verbindung zu der Tat nachweisen. Okay?«

»Aber sie wissen, dass du im Hotel warst.«

»Wie ein paar hundert andere Gäste auch. Und selbst falls sie mich irgendwann aufspüren und befragen, habe ich die perfekte Erklärung. Ich war dort, weil ich telefonieren wollte.«

»Telefonieren?«

»An einem der Fernsprecher in der Lobby. Ich war auf Jobsuche und habe mich auf Stellenanzeigen aus der Zeitung beworben.« Er fasste nach hinten, zog einen Stapel zusammengefalteter Zeitungen von der Bar und hielt sie so, dass Creighton sie sehen konnte. »Anzeigen, rot eingekringelt. Anzeigen mit einem Sternchen daneben. Handschriftlich notierte Namen. Ich habe mich vor allem für einen Job in dem Viertel rund um das Hotel interessiert. Blöderweise hatte mein Handy den Geist aufgegeben, aber das Hotel war ein praktischer, klimatisierter, gekühlter Ersatz, um überall anzurufen. Ich habe die Eingangshalle schon ein paar Tage vor Paul Wheelers Tod und an dem Tag selbst zu meinem Behelfsbüro gemacht.

Falls die Polizei überprüft, wer von den Telefonen in der Lobby angerufen wurde, werden sie feststellen, dass ich von dort aus an jedem dieser vier Tage mit verschiedenen Firmen in der Gegend telefoniert habe, die mit ihren Nummern in diesen Anzeigen stehen, und dass ich mich dort nach einem Job erkundigt habe.

Bei zweien davon war ich sogar persönlich und habe mir einen Bewerbungsbogen abgeholt, den ich allerdings nie ausgefüllt habe. Wie du siehst, hatte ich also einen guten Grund, in dem Hotel zu sein, und das lässt sich durch die Telefonverbindungen und die Leute, mit denen ich gesprochen habe, belegen.

Am Tag des Raubüberfalls hatte ich noch dazu um drei Uhr fünfundvierzig ein Vorstellungsgespräch vereinbart. Du hast mir erzählt, dass dein Onkel und die Frau gewöhnlich um drei das Hotel verlassen würden. Sie muss ihm an dem Tag einen Nachschlag verpasst haben, denn die beiden sind erst um zehn nach drei aus der Suite gekommen. Ich musste eine halbe Ewigkeit im Treppenhaus warten und die Tür zu ihrer Suite im Auge behalten. Sobald sie draußen waren, habe ich die Maske und Brille aufgesetzt und bin einen Stock tiefer in den achten gerast, um dort den Aufzug aufzuhalten. Das war gar nicht so einfach. Aber es hat funktioniert, oder etwa nicht?«

Inzwischen hatte Creighton zu lächeln begonnen. »O doch.«

»Hattest du je Zweifel?«

Creighton zuckte mit den Achseln, woraus Billy schloss, dass er nicht hundertprozentig an Billys Fähigkeiten, den Plan durchzuziehen, glaubte.

Billy konnte Creighton Wheeler nicht ausstehen, aber er wollte ihm imponieren. »Ein paar Sekunden bevor in der Lobby der Teufel los war, bin ich ganz cool aus der Tür spaziert. Und ich bin noch bequem zu meinem Termin gekommen.«

»Du bist tatsächlich hingegangen?«

»Ich hab mich mit der Kleinen aus der Personalabteilung unterhalten. Sie konnte mich gut leiden. Sie meinte, meine

Zeugnisse würden sie wirklich beeindrucken. Ich glaube, wenn ich den Bewerbungsbogen ausgefüllt hätte, hätte sie mir den Scheißjob angeboten.«

Sie lachten gemeinsam, dann sagte Creighton: »Gib mir den Kram.«

Billys Lachen erstarb auf der Stelle. »Was für Kram?«

»Den Schmuck, den du den Leuten im Aufzug abgenommen hast. Ich will nicht, dass man dich mit der Armbanduhr meines Onkels erwischt.«

»Scheiße, Creighton, ich konnte doch nicht wissen, dass du das Zeug haben willst. Ich hab alles weggeworfen. Auch wenn's mir schwergefallen ist. Die Uhr allein war wahrscheinlich zwanzig Riesen wert.«

»Fünfzig.«

»Fünfzig? O Jesus. Also, jetzt ist sie einen Scheiß wert. Ich hab sie hinten in einen Mülllaster geworfen, als die Müllmänner gerade nicht hingeschaut haben. Ich hab mit eigenen Augen gesehen, wie alles zusammengepresst wurde. Den Rest habe ich in verschiedenen Mülleimern überall in der Stadt verteilt. Ich nehme an, es könnte passieren, dass ein Penner einen Ring oder eine Uhr findet, aber selbst wenn sie die Sachen bei der Polizei abgeben – was sicher nicht passiert, könnte man sie nie zu mir zurückverfolgen.«

Creighton sah ihn mit starrem Reptilienblick an. Billy hätte am liebsten eine tiefe Delle in seine Millionärsfresse geschlagen. Er wollte Creighton beeindrucken und blenden, einfach damit er sich ihm nicht unterlegen fühlte, damit er sich nicht vorkam, als wäre er der Untergebene in ihrer Partnerschaft. »Hat dir die Polizei Bilder vom Tatort gezeigt, als sie mit dir geredet haben?«

»Warum?«

»Ich frag nur«, meinte er möglichst beiläufig.

»Nein, haben sie nicht. Aber ich glaube, mein Vater hat sie zu sehen bekommen.«

»Ich glaube, es hätte dir gefallen, wie der Lift ausgesehen hat.« Mit zunehmender Begeisterung beschrieb er Creighton das Hochgefühl, das ihn überkommen hatte, als er den Abzug durchgedrückt hatte. »Ich dachte, ich wüsste, was mich erwartet. Ich schaue auch Filme, klar.« Er grinste. »Aber Mann! Das war viel lauter, viel…« Er deutete mit den Händen eine Explosion an. »Das gab eine Scheißsauerei in diesem Lift, das kannst du mir glauben.«

Der Hurensohn sagte kein Wort zu der schaurigen Szene, die Billy damit erschaffen hatte. »Wann haust du endlich ab, Billy?«

»Das hab ich dir schon gesagt.«

»Wenn das Geld auf dem Konto ist?«

»Sobald dieses letzte Detail geklärt ist, heißt es *adios.* Dann sehen wir uns nie wieder.«

»Perfekt.«

»Genau wie geplant.«

Creighton erhob sich bedächtig. »Nur dass ich auch noch ein letztes Detail zu klären habe.« Er lächelte, allerdings so, dass Billy dabei eng ums Herz wurde.

»Welches Detail?«

»Ich bin längst nicht so *relaxt* wie du. Schon gar nicht, wenn ich an deine Ex denke.«

Schlagartig schien Billys Herz in einer Schraubzwinge zu stecken. »Die weiß nicht mal, dass ich in Georgia bin.«

Creightons Lächeln wurde melancholisch. »Billy, du sollst deinen Partner doch nicht anlügen.«

»Ich lüge nicht.«

Creighton beugte sich vor und flüsterte: »Ich habe mit Ariel gesprochen.«

Billy hätte beinahe seinen Kaffee hochgewürgt. »Echt? Wann? Wo?«

»Ich weiß von den Anrufen.«

Immer noch bemüht, sich lässig zu geben, stammelte er: »A-Anrufen? Keine Ahnung, wovon du redest. Was für Anrufen?«

»Versuch nicht, mich zu verscheißern, Billy. Du weißt genau, von welchen Anrufen ich rede.«

»Keine Ahnung, Ehrenwort.« Er wehrte sich so vehement, wie er nur konnte. Inzwischen schämte er sich, weil er dem reichen Bastard bestimmt völlig verzweifelt vorkommen musste. »Hör zu, keine Ahnung, was Ariel dir erzählt hat, aber sie kann unmöglich wissen, dass ich hier im Süden bin. Wir beide haben beschlossen, dass ich Abstand zu ihr halte. Wir sind Partner, du und ich.«

»Und als solche sollten wir keine Geheimnisse voreinander haben. Darum sage ich dir jetzt, dass ich beschlossen habe sicherzustellen, dass uns deine Exfreundin nicht mehr gefährlich werden kann.«

»Und wie willst du das anstellen?«

»Überlass das nur mir.«

»Ich sag dir doch, wir brauchen uns ihretwegen keine Sorgen zu machen.«

»Trotzdem …« Creighton zwinkerte ihm zu. »Ich will ganz sichergehen.«

Billy schoss so schnell hinter der Küchentheke hervor, dass er sich an der Ecke die Hüfte anschlug. Die Hände entwaffnend erhoben, zeigte er Creighton jenes unschuldige, bubenhafte Grinsen, das ihn noch nie im Stich gelassen hatte. »Okay, du hast mich erwischt. Ich hab tatsächlich ein paar Mal bei ihr zu Hause angerufen. Bloß so zum Spaß, klar? Reiner Blödsinn. Was ist schon dabei?«

Creighton sah auf die Uhr und wandte sich zur Tür. »Mein Masseur wartet auf mich.«

»Warte, was hast du jetzt vor?«

»Mich massieren lassen«, antwortete er mit der Unschuldsmiene eines Ministranten. »Ach so, du meinst mit deinem einstigen Schätzchen?« Er spitzte die Lippen, als müsste er nachdenken, und Billy hätte schon wieder am liebsten auf ihn eingeprügelt. »Na ja, nachdem sie so grausam zu dir war und dich betrogen hat, sollte sie streng bestraft werden, meinst du nicht auch? Schließlich hat sie dir auch keine Gnade gezeigt, stimmt's?«

»Sie ist noch ein Kind«, antwortete Billy mit gespielter Gleichgültigkeit. »Außerdem war ich auch nicht gerade fair zu ihr.«

»Vertrau mir, Billy. Wir werden uns beide sicherer fühlen, wenn wir diesen losen Faden kappen.« Dicht gefolgt von Billy ging Creighton zur Tür. Er griff nach dem Türknauf, aber Billy hatte, eher impulsiv als berechnend, den Knauf vor ihm umklammert.

»Du gehst nirgendwohin, Creighton. Nicht bevor wir das hier besprochen haben. Bevor wir alles geklärt haben.«

Creighton sah ihn überrascht und beleidigt an. »Das klingt ja fast wie eine Drohung.«

»Keine Drohung. Ich will nur sicherstellen, dass wir uns nicht missverstehen.«

»Ich glaube, wir verstehen einander ganz wunderbar«, damit blickte Creighton betont auf Billys Hand am Türknauf. Billy drehte den Knauf und öffnete die Tür.

Creighton war schon beinahe draußen, als er noch einmal stockte und mit den Fingern schnippte. »Das hätte ich fast vergessen. Ich habe dir ein Geschenk dagelassen. Drüben beim Fernseher. Viel Spaß damit.«

Das sogenannte Geschenk war eine Film-DVD.

Billy legte sie nicht ein, weil er zuerst einmal lang und heiß duschen wollte. Er hatte Creighton zwar nie anders als geschniegelt und gestriegelt gesehen, aber der Mann war von einer unerklärlichen, fauligen Wolke umgeben. Eigentlich hätte man kaum glauben können, dass man diesen Raum noch ungemütlicher machen konnte, aber irgendwie hatte Creighton Wheeler ihn mit seiner Anwesenheit vergiftet.

Das Duschen half wenigstens ein bisschen. Trotzdem nagte das Erlebnis den ganzen Tag über an Billy. Er versuchte, Creightons Worte und die Art, wie er sie gesagt hatte, in einem möglichst positiven Licht zu sehen, aber die düsteren Schatten waren einfach nicht zu übersehen. Auch nach der langen Dusche haftete Billys Haut eine finstere Vorahnung an wie saurer Schweiß. Allmählich wünschte er sich, er hätte Creighton Wheeler nie kennengelernt.

Als er das erste Mal auf Billy zugekommen war, war er ihm wie ein Schutzengel erschienen. Er war aufgetaucht, als Billy schon alle Hoffnung aufgegeben hatte. Dann hatte er sich langsam in sein Leben eingeschlichen, ohne dass Billy sich dagegen gesträubt hätte. Im Gegenteil, es hatte ihn gefreut. Weil Creighton einem völlig Fremden – ihm, Billy Duke – den Arsch gerettet hatte. Es stand von Anfang an außer Frage, dass Billy seine Dankbarkeit zeigen würde, indem er ihm diesen Gefallen erwiderte. Außerdem war Creighton ein echter Überredungskünstler.

Alles war genau so gelaufen, wie Creighton es vorhergesagt hatte. Paul Wheeler war tot, dank Billy Duke. Noch Tage nach dem Überfall war er jedes Mal beinahe vor Stolz geplatzt, wenn er Nachrichten gesehen hatte. Mit einem einzigen kühnen Akt hatte er es aus der Regionalliga bis in die Weltklasse geschafft.

Während er sich hier in diesem Rattenloch verkrochen und sich jeder Tag zäher hingezogen hatte, hatte er sich mit Visionen einer strahlenden Zukunft getröstet. Sobald die vereinbarten hundert Riesen auf dem Bankkonto eingegangen waren, das Creighton für ihn auf den Cayman-Inseln eröffnet hatte, würde er von hier verschwinden. Sein Gewissen war rein, schließlich hatte er nur einem alten Geizhals das Licht ausgepustet, einem alten Despoten, der seinem Neffen das Leben zur Hölle machte. Billy Duke würde fortan als reicher Mann leben. Er und Creighton würden ungeschoren davonkommen, genau wie sie es geplant hatten.

Aber heute Morgen hatte sich Creighton schon ziemlich gespenstisch verhalten. Was er gesagt hatte und wie er sich dabei benommen hatte, hatte in Billy den sprießenden Zweifel gesät, dass ihre Partnerschaft beileibe nicht so rosig enden könnte, wie er ursprünglich angenommen hatte. Vielleicht hatte Creighton nur geblufft, als er Ariels Namen erwähnt hatte, vielleicht hatte er ja nur abschätzen wollen, wie Billy reagierte. Creighton hatte erklärt, sie hätten sich darauf geeinigt, aber hatten sie das wirklich? Er hatte gesagt, er würde das Geld auf das Konto einzahlen, aber würde er Wort halten?

Den ganzen Tag über hatte Billy gegen die Angst angekämpft, dass seine Allianz mit Creighton ein kolossaler Fehler gewesen sein könnte.

Aber als er sich jetzt im Spiegel ansah, fragte er sich, was sich dieses Arschloch eigentlich dabei dachte, ihn halbtot zu würgen. Und wieso hatte er Creighton damit durchkommen lassen?

Plötzlich und in einem blendenden Moment geistiger Klarheit verfluchte sich Billy dafür, dass er so ein Schlappschwanz war. In ihm keimte der Verdacht, dass er Creighton Wheeler direkt in die Hände spielte. So ging Creighton nämlich immer vor. Er versuchte Billy in Angst und Schrecken zu versetzen, und Billy hätte sich beinahe einschüchtern lassen!

Er lachte sich selbst aus, weil er sich so leichtgläubig von den Psychospielchen dieses Idioten hatte beirren lassen. Das war typisch für reiche Stinker wie Creighton. Sie verbreiteten Angst, indem sie subtile Warnungen fallen ließen. So übten sie Macht über andere aus. Creighton hatte ein Psychospiel mit ihm gespielt, und es hätte beinahe so gut funktioniert wie sonst auch.

»Leck mich!«

Billy stakste ins Zimmer und zeigte dem Sessel, in dem Creighton, scheinbar perfekt und unantastbar, gesessen hatte, den Finger. Was dachte sich dieser Typ eigentlich dabei, Billy dafür zu kritisieren, wie er die Exekution seines Onkels durchgeführt hatte? Der Mann hatte vielleicht Nerven. Schließlich hatte er nicht seinen eigenen Arsch dafür hinhalten müssen, oder? Wie konnte er es also wagen, an ihm rumzunörgeln?

Du bist ein Wolf, sagte sich Billy, gerissen und gewitzt, und du überlebst mit Instinkt und List. Er war eine tödliche, nicht aufzuhaltende Maschine. Mit frisch erwachtem Selbstbewusstsein ging er auf die Knie und zog grinsend den schwarzen Samtbeutel aus der untersten Schreibtischschublade. »Ich bin doch nicht von gestern.«

Er musste leise lachen, als ihm einfiel, dass er genau das auch zu Creighton gesagt hatte. Creighton hatte ihn daraufhin mit diesem schmierigen Blick angeglotzt, bei dem ihm Billy am liebsten sofort eine geknallt hätte, und genau das hätte er tun sollen.

Creighton Wheeler war längst nicht so schlau, wie er meinte. Glaubte er ernsthaft, Billy Duke hätte sich kein Schlupfloch offen gelassen? Billy setzte niemals alles auf eine Karte und hatte natürlich ein Ass im Ärmel behalten, falls irgendwas schieflief.

Er zog am Bändel des Beutels und schüttelte den Inhalt aufs Bett. Die meisten Teile waren billig und nicht zu verkaufen, nur die Diamantohrstecker, die einer der ängstlichen alten Schachteln gehört hatten, waren vielleicht ein paar Riesen wert.

Aber Wheelers Uhr, also das war ein richtig fetter Brocken.

Genau wie Julie Rutledge, wenn er recht darüber nachdachte.

Billy hatte von Anfang an gespürt, dass Creighton die Braut genauso hasste wie seinen Onkel. Immerhin hatte er großen Wert darauf gelegt, dass Wheeler in ihrer Nähe und am besten in ihren Armen starb. Immer wieder hatte er Billy das eingebläut, bis Billy völlig entnervt gewesen war und ihm das auch deutlich gezeigt hatte. Seither hatte Creighton die Geliebte seines Onkels mit keinem Wort mehr erwähnt, nicht einmal heute Morgen.

Aber nachdem Billy die Gabe besaß, jede günstige Gelegenheit zu erspüren und auszuschlachten, hatte er sofort nach seiner Ankunft in Atlanta jeden Aspekt von Julie Rutledges Leben durchleuchtet. Er hatte sie heimlich überwacht, um sich zu vergewissern, ob sie nicht vielleicht eine bessere Partnerin für ihn abgeben würde als Creighton. Er hatte sich überlegt, ob er nicht vielleicht die Fronten wechseln und dabei alle beide aufs Kreuz legen konnte.

Zum Beispiel hätte er ihr bei einem kleinen Besuch von Creightons Plan erzählen und sich anhören können, ob ihr nicht etwas einfiel, um das Leben ihres Liebhabers zu retten – *und* Billy noch mehr Geld zu verschaffen.

Eine Win-win-Situation. Klar?

Aber letzten Endes hatte er sich dagegen entschieden. Zum

einen hatte sie zwar eine todschicke Galerie und einen zuckersüßen Pfirsichhintern, aber sie besaß keinesfalls die *Massen* an Kohle, die Creighton Wheeler vorweisen konnte. Ihr Haus war nett, aber nichts verglichen mit dem Hochhaus, in dem Wheeler lebte – ja, gegen Creightons ausdrückliche Anordnung hatte Billy das Gebäude inspiziert. Langfristig, hatte er beschlossen, war er besser dran, sich nicht mit Julie Rutledge zusammenzutun, sondern bei Creighton und seinem Plan zu bleiben.

Einmal hatte Billy sogar mit dem Gedanken gespielt, zu Paul Wheeler zu gehen und ihm zu verraten, was sein Neffe für ihn geplant hatte. Aber nachdem Creighton den Mann als echt sturen Hund beschrieben hatte, hatte Billy befürchtet, dass Wheeler die Bullen rufen würde und damit Schluss für ihn wäre. Er würde ins Gefängnis wandern, und Creighton würde weiterhin leben wie ein Prinz.

Weil niemand geglaubt hätte, dass ein Geldsack wie Creighton Wheeler mit einem armen Schlucker wie Billy Duke unter einer Decke steckte. Und genau das ärgerte Billy so. So wie die Dinge im Moment standen, würde er allein untergehen, wenn ihn die Bullen schnappten.

Er nahm Paul Wheelers Armbanduhr in die Hand und rieb mit dem Daumen über die glatte Oberfläche. Verflucht! Es war wirklich ein genialer Schachzug, das Ding zu behalten. Nicht weil die Uhr fünfzig Riesen wert war, sondern weil er, solange sie in seinem Besitz war, damit etwas gegen Creighton Wheeler in der Hand hatte.

Aber wie setzte er es am besten ein? Er musste sich so elegant und profitabel wie möglich von Creighton lösen. Natürlich, ohne dabei geschnappt zu werden.

Er musste sich etwas überlegen.

Aber sein Kopf brauchte dringend eine Pause. Schließlich

konnte man sich so in ein Problem hineinsteigern, dass sich die Lösung am Ende irgendwo verklemmte.

Also öffnete er, während er in Ruhe über alles nachdachte, den DVD-Player, legte die DVD ein, die Creighton ihm dagelassen hatte, und lehnte sich zurück, um den Film zu genießen.

17

Julie musste dreimal läuten, bevor ihr geöffnet wurde.

Er hatte noch dieselben Sachen an wie bei ihrem Treffen in Athens, eine Jeans und ein weißes Hemd mit hochgekrempelten Ärmeln, aber jetzt wirkte er völlig aufgelöst. Das Hemd hing ihm aus der Hose, und die Haare sahen aus, als wären sie in einen Hurrikan geraten. Seine Augen waren blutunterlaufen und nass. Ein Mann mit gebrochenem Herzen.

Er reagierte überhaupt nicht auf ihren Besuch, weder überrascht noch erleichtert oder verärgert. Sein Gesicht war von tiefer Trauer gezeichnet.

Sie sagte seinen Namen, mehr nicht, leise und voller Mitgefühl.

Statt etwas darauf zu erwidern, ließ er die Tür offen und wich ins Haus zurück. Sie trat ein, schloss die Tür und folgte ihm um eine Ecke in einen kleinen Raum. An zwei Wänden waren Bücherregale eingelassen. Sie wirkten nicht protzig, sondern ordentlich und funktionell. Die Lamellenjalousien vor dem hohen Fenster waren geschlossen.

Der Raum war minimalistisch eingerichtet. Ein Schreibtisch mit Computer, Zeitungsstapeln, ungeöffneter Post. Ein Sessel. Und ein tabakbraunes Zweisitzersofa aus Leder, auf dem Derek lagerte, den Kopf auf die Armlehne gestützt, den Unterarm vor den Augen.

Nachdem Julie jetzt hier war, wusste sie plötzlich nicht mehr, was sie tun sollte. Er hatte sofort aufgelegt, nachdem er ihr erklärt hatte, dass jemand seine geliebte Maggie umgebracht hatte. Wie von selbst war sie aufgestanden, hatte sich angezogen und war wenige Minuten nach dem Anruf zu ihm nach Hause gerast.

Seine Adresse hatte sie nachgeschlagen, als sie noch darüber gegrübelt hatte, wie sie ihn daran hindern sollte, Creighton zu vertreten. Die Habersham gehörte zu den angesehensten Adressen in der Stadt, und wie die meisten Domizile an der gewundenen, quer durch Buckhead führenden Straße stand Dereks Haus auf einem weitläufigen, von Bäumen beschatteten Grundstück. Es war ein älteres Haus, das renoviert worden war, ohne dass dabei der ursprüngliche Charakter zerstört worden wäre. Zu jeder anderen Zeit hätte sie es für ihr Leben gern besichtigt.

Aber heute Abend war sie eher an dem Besitzer als an seinem Haus interessiert. Sie hatte es so eilig gehabt herzukommen, dass sie keine Sekunde hinterfragt hatte, was sie eigentlich antrieb. Jetzt wusste sie plötzlich nicht mehr, ob es ratsam war, ihn in seiner Trauer zu stören.

Zögerlich sank sie auf die Armlehne des Sessels. »Kann ich dir irgendetwas bringen?«

Er schüttelte den Kopf.

Im Haus war es still wie in einem Grab. Nicht einmal das Ticken einer Uhr oder das Knarren eines Balkens störte die tiefe Stille, die gegen ihr Trommelfell drückte, als wäre sie unter Wasser. Sie überlegte, ob sie einfach wieder gehen sollte, ohne ihn weiter zu stören. Wenn sie sich jetzt aus dem Haus schlich, würde er es wahrscheinlich gar nicht bemerken und sich später auch nicht erinnern, dass sie da gewesen war. Aber etwas ließ sie auf ihrer unbequemen Sitzkante ausharren.

Schließlich senkte er den Arm und sah sie an, sah sie nur an, ohne etwas zu sagen.

»Soll ich gehen?«

»Warum bist du gekommen?«

»Weil …« Sie stockte. Eigentlich hatte sie sagen wollen, *weil ich weiß, wie viel Maggie dir bedeutet* oder *weil ich weiß, wie niederschmetternd so ein Verlust ist.* Aber plötzlich wurde ihr klar, warum sie hier war, und bei dieser Erkenntnis wurde ihr übel. Sie war hergerast, um ihn um Verzeihung zu bitten.

»Wenn ich nicht wäre«, erklärte sie belegt, »wäre Maggie noch am Leben. Es tut mir leid. Es tut mir so leid.«

Sie sprang auf und lief zur Tür, aber Derek rief sie zurück. »Du hast Maggie nicht umgebracht.« Er setzte sich auf. »*Er* war das. Dieses kranke Schwein. Er hat sie umgebracht.«

Er setzte sich auf, stemmte die Ellbogen auf die Knie, ließ den Kopf in die Hände sinken und pflügte sich mit den Fingern durchs Haar. Seine bodenlose Verzweiflung rührte Julie zutiefst. Sie ging zum Sofa, setzte sich neben ihn und legte die Hand zwischen seine Schulterblätter. »Wie lang hast du sie gehabt?«

Er sah auf einen Fleck neben seinem Schreibtischstuhl, wo Maggie wahrscheinlich immer auf dem Teppich geschlummert hatte, während er arbeitete. »Zehn Jahre.«

»Sie wurde in fast allen Artikeln erwähnt, die ich über dich gelesen habe. Überall stand, sie sei deine treueste Begleiterin. Sie war fast so berühmt wie du.«

Er lachte leise und wischte sich mit dem Daumenballen über die Augen. »Sie wusste das auch. Ich schwöre dir, sie hat sich immer zurechtgesetzt, wenn sie fotografiert wurde.«

»Denk vor allem daran. Erinnere dich daran, wie sehr sie geliebt wurde, wie sehr sie dich geliebt hat. Konzentrier dich auf die schönen Zeiten, die ihr zusammen hattet.«

Er hob den Kopf und sah zu der offenen Tür seines Arbeitszimmers. »Das wird schwer werden. In der ersten Zeit jedenfalls.«

Sie folgte seinem Blick und sah dann wieder auf sein in Trauer erstarrtes Profil. »Du hast sie gefunden, als du aus Athens zurückgekommen bist?«

»Ich habe mir auf der Rückfahrt Zeit gelassen. Hab unterwegs angehalten und etwas gegessen.« Wieder stützte er die Ellbogen auf die Schenkel und bohrte sich die Daumen in die Augenhöhlen. »Kennst du die Szene aus dem *Paten*? Die mit dem Rennpferd. Im Bett.«

Sie atmete leise durch den Mund aus und murmelte: »O Gott, Derek.«

Er nahm die Hände von den Augen und sah sie an. »Genau. Das hat mir den Boden unter den Füßen weggezogen. Ich habe geschrien wie ein Irrer. Er wollte mich verwunden, er wollte mich treffen, er wollte mich zu Boden gehen lassen. Das ist ihm gelungen.«

Die Türglocke schlug an, und Julie sprang auf, die Augen erschrocken aufgerissen.

»Das ist wahrscheinlich die Polizei. Ich habe sie schon vorhin erwartet, als du geläutet hast.«

»Die haben sich aber reichlich Zeit gelassen.«

»Ich habe ihnen erklärt, dass es nicht eilt, dass es hier nichts mehr zu retten gibt. Entschuldige mich einen Moment.«

Er stand auf und ging zur Tür. Sie folgte ihm. Die Streifenpolizisten wirkten schrecklich jung und furchtbar steif, so als kämen sie frisch von der Police Academy und müssten ihre Unerfahrenheit kompensieren, indem sie sich besonders zackig und straff gaben.

Sie stellten sich gestelzt Derek vor, der ihnen den Weg nach oben zeigte. »Die erste Tür links.«

Während er und Julie ihnen nachsahen, sagte sie leise: »Die benehmen sich wie Maschinen. Vielleicht wird sie der Anblick oben menschlicher machen.«

»Verlass dich nicht drauf. Die Polizei ist nicht besonders gut auf mich zu sprechen. Sie werden offiziell die Anzeige aufnehmen, aber das Atlanta Police Department wird sich bestimmt kein Bein ausreißen, um den Mörder meines Hundes aufzuspüren. Ich gehe nicht davon aus, dass die beiden viel mehr unternehmen werden, als einen Bericht zu verfassen. Ich habe sie nur gerufen, weil ich will, dass die Sache aktenkundig wird.«

Es läutete schon wieder. »Das ist bestimmt der Tierarzt«, sagte er. »Ich habe ihn angerufen, damit er mir mit… mit Maggie hilft.«

Er ging an die Tür und ließ einen Mann ein, der etwa so alt war wie er selbst. So wie es aussah, war er in aller Hast in ein paar Kleider gestiegen, eine fadenscheinige Jeans und ein verblichenes T-Shirt mit Falcons-Emblem. Vielleicht hatte er die alten Sachen ausgewählt, weil er ahnte, dass er sie nach der Arbeit, die ihn hier erwartete, wegwerfen musste.

Er und Derek umarmten einander unbeholfen, wie es Männer oft tun, wenn sie sich plötzlich in einer gefühlsbeladenen Situation wiederfinden. Eine Sekunde später trat Derek zurück, deutete auf Julie und stellte sie leise vor, woraufhin sich die beiden knapp begrüßten.

Dann sagte Derek zu dem Tierarzt: »Hier entlang.« Als die beiden an ihr vorbeigingen, sagte er: »Bleib lieber unten.«

Julie suchte den Weg in die Küche. Die Geräte und die Theke waren neu und makellos und sahen aus, als würden sie nicht oft benutzt. Die Kaffeemaschine war so ultramodern, dass sie eine Weile brauchte, bis sie kapiert hatte, wie sie das Ding einschalten musste, nachdem sie den Wassertank aufgefüllt und Kaffeepulver auf den Drahtfilter gelöffelt hatte.

Sie sah Maggies Fress- und Wassernapf neben der Tür zum Garten stehen und stellte beide in die Vorratskammer. Der Anblick war bestimmt schmerzvoll für Derek.

Die beiden Polizisten traten in die Küche und wirkten noch genauso steif wie vor ihrem Gang nach oben. Beide musterten Julie kurz, sagten aber kein Wort, während sie den Raum durchquerten und durch die Hintertür nach draußen verschwanden.

Durch das Fenster hinter der Essecke konnte sie sehen, wie ihre Taschenlampenstrahlen über den Boden tanzten und über das Gebüsch strichen. Einer der Polizisten leuchtete nach oben in eine Baumkrone, als könnte sich der Täter im Geäst verstecken. Aber keiner von beiden machte Anstalten, den Garten wirklich abzusuchen, und schon nach wenigen Minuten kamen sie ins Haus zurück. Einer klopfte mit der Taschenlampe gegen den Schaltkasten der Alarmanlage, und der andere nickte.

»Glauben Sie, er hat an der Alarmanlage herumgefummelt?«, fragte Julie. »Werden Sie Fingerabdrücke vom Türknauf abnehmen? Haben Sie draußen Fußabdrücke entdeckt?«

Ohne auf ihre Fragen einzugehen, fragte der eine: »Wie heißen Sie?«

Sie sagte es ihm.

»Schreibt man das so, wie man es spricht?«

»Genau.«

»Waren Sie hier?«

»Wann?«

»Als er den Hund gefunden hat.«

Sie schüttelte den Kopf. »Ich bin ein paar Minuten vor Ihnen eingetroffen.«

Ohne eine weitere Frage marschierten sie wie ein Mann aus der Küche.

Derek hatte sich nicht geirrt. Sie handelten streng nach Vorschrift und unternahmen nichts, was darüber hinausgegangen wäre. Sie folgte ihnen zum Fuß der Treppe, wo sie wieder mit Derek zusammentrafen. Sie hielt sich etwas abseits, während die Polizisten sich gedämpft mit ihm unterhielten. Einer machte sich Notizen. Derek stellte den beiden mehrere Fragen, die knapp und wortkarg beantwortet wurden.

Dann klappte der Polizist, der sich Notizen gemacht hatte, seinen Block zu. Sie hörte den anderen sagen, dass man sich mit Derek in Verbindung setzen würde. Derek brachte die beiden zur Tür, wo einer von ihnen an seine Hutkrempe tippte. »Das mit Ihrem Hund tut uns leid, Mr Mitchell.«

Ohne ein weiteres Wort schloss Derek die Tür hinter ihnen. Er warf Julie einen kurzen Blick zu, während er zur Treppe zurückging, und verschwand dann wortlos im Obergeschoss.

Sie kehrte in die Küche zurück. Der Kaffee war fertig. Gerade als sie Kaffeebecher und Löffel gefunden hatte, hörte sie ein Rumpeln und ging wieder zur Treppe. Derek und der Tierarzt schleppten mit vereinten Kräften einen schwarzen Plastiksack die Stufen herunter. Aus Dereks Augen liefen Tränen.

Sie ging ihnen voran, öffnete die Haustür und trat beiseite. Die beiden trugen ihre Last weiter an den Straßenrand, wo der Tierarzt seinen Pick-up abgestellt hatte. Julie beobachtete von der Tür aus, wie sie den Sack behutsam auf dem Boden ablegten, die Heckklappe nach unten senkten und dann den Sack auf die Ladefläche hievten.

Der Tierarzt trat zurück und ließ Derek allein. Julie hatte das Gefühl, dass er eine Ewigkeit dort stehen blieb, aber jede einzelne Sekunde war mit so vielen Gefühlen belastet, dass die Zeitspanne vielleicht nicht so lang war, wie es ihr vorkam. Schließlich legte Derek die Hand auf den Plastiksack, murmelte etwas, hob dann die Heckklappe wieder an und verriegelte sie.

Bemerkenswert einfühlsam, wie Julie fand, ging der Tierarzt wortlos an ihm vorbei, kletterte schweigend in die Kabine und fuhr ab. Dereks Knie schienen nachzugeben. Er sank auf den Bordstein und blieb so sitzen. Julie sah seine Schultern beben. Sie blieb in der offenen Tür stehen, denn sie wusste, dass er einen Moment für sich allein brauchte.

Schließlich stand er wieder auf und kam ins Haus zurück. Sein weißes Hemd war nicht mehr weiß. Seine Jeans waren in dunklem Blut getränkt. Als er an die Tür kam, sagte er nur: »Ich gehe duschen«, und verschwand ein weiteres Mal nach oben.

Als er nach fünfzehn Minuten noch nicht wieder aufgetaucht war, füllte sie einen Becher mit Kaffee und trug ihn ins Obergeschoss. Sie fand das Schlafzimmer sofort, denn es war der einzige Raum, in dem Licht brannte. Die Tür zu dem angeschlossenen Bad war zu. Dahinter hörte sie Wasser laufen. Das Bett war abgezogen. In der Mitte der Matratze leuchtete ein dunkler, nasser Fleck, größer als ein Mensch und abstoßender als alles, was Julie bis dahin unter die Augen gekommen war.

In einer Ecke stand verschlossen ein zweiter Sack ähnlich jenem, in den sie Maggies Leichnam gelegt hatten. Dereks Bettzeug und Anziehsachen, dachte sie. Auf dem Boden an der Wand gegenüber dem Bett lehnte das Gemälde von der Auktion immer noch in der Kiste, in die sie es gepackt hatte. Das war erst am Abend zuvor gewesen, und doch kam es ihr vor wie in einem anderen Leben.

Das Wasser wurde abgedreht, und wenig später kam er mit einem Handtuch um die Hüften aus dem Bad. Sie streckte ihm den Kaffee hin. »Ich fürchte, er ist schon wieder kalt.«

»Trotzdem vielen Dank.« Er nahm ihr den Becher aus der Hand und starrte dann in den Kaffee, ohne ihn zu trinken. »Ehrlich gesagt hätte ich lieber was Stärkeres.«

»Bei mir.« Sie sagte das mit allem Nachdruck, obwohl ihr der Gedanke gerade erst gekommen war. »Zieh dich an.«

Creighton betrat das Apartmenthaus durch die Lobby und blieb kurz stehen, um seine Post einzusammeln. In dem schmalen Schlitz vorn an seinem Messingbriefkasten klemmte ein zusammengefaltetes Blatt Papier. Er faltete es auf, las die Nachricht und eilte dann fluchend zum Lift.

Billy wollte ihn sehen. Sofort. Unterstrichen und in Großbuchstaben.

Er ballte die Faust und zerknüllte die Nachricht darin. Dieser Idiot war doch tatsächlich in sein Haus gekommen und hatte einen Zettel in seinen Briefkasten gesteckt, obwohl Creighton ihn weiß Gott wie oft ermahnt hatte, unter keinen Umständen Kontakt mit ihm aufzunehmen.

Natürlich hatte Creighton diese Übereinkunft ebenfalls gebrochen, als er heute Morgen in Billys Motel aufgetaucht war, aber das hieß nicht, dass Billy die gleichen Privilegien zustanden.

Creighton fuhr mit dem Aufzug zu seinem Apartment und ging direkt in sein rundum verspiegeltes Bad. Er zog sich aus und stellte sich unter die Dusche. Dieser Drecksköter hatte eine Mordsschweinerei verursacht.

Die Idee, ihn zu töten, war ihm schon seit ein paar Tagen im Kopf herumgegangen. In einem Baumarkt hatte er sich die nötige Ausrüstung zugelegt, einen Maleroverall inklusive, nur für den Fall, dass er doch noch beschließen sollte, die Szene aus dem *Paten* nachzustellen.

Als Mitchell ihn heute in seinem Büro so rüde abgefertigt hatte, hatte er damit das Schicksal seines Hundes besiegelt. Eigentlich hatte Mitchell ihn für diese Demütigung schon halbwegs entschädigt, als Creighton ihn in Athens mit Julie erwischt hatte, wo Mitchell sie begrabscht hatte wie ein notgeiler Teenager. Doch dann hatte der Typ die Frechheit besessen, ihm stattdessen Vorhaltungen zu machen. Als Mitchell auf der Rückfahrt nach Atlanta an einer Raststätte angehalten hatte, hatte Creighton das als Wink des Schicksals genommen, vorauszufahren und den Hund zu erledigen.

Ein Mann, der sein Geld damit verdiente, Diebe zu verteidigen, sollte eigentlich klug genug sein, das Haus nicht zu verlassen, ohne dass er die Alarmanlage eingeschaltet hatte. Nur die hatte Creighton Sorgen gemacht. Die Alarmanlage und dass der Hund bellen könnte. Aber dieses Problem hatte er mit einem Abstecher zum Drive-in-Schalter bei einem Burger King gelöst. Die Töle hatte ein paarmal geknurrt und geblafft, dann hatte er ihr den Burger zugeworfen, und sie wäre fast erstickt, so schnell hatte sie ihn hinuntergeschlungen.

Eigentlich war es rasend schnell gegangen.

Dann hatte er im Schutz des Gestrüpps hinten in Mitchells Garten den hässlichen Overall, die Stiefel und Handschuhe ausgezogen, die er über seine Sachen gestreift hatte, alles in einen Müllsack gestopft und den Sack auf dem Heimweg in den Müllcontainer eines Supermarktes geworfen. Anschließend hatte er bei einer Waschanlage mit Hochdruck-Wasserstrahler Halt gemacht, das Messer genommen, mit dem er dem Tier die Gurgel durchgeschnitten hatte, und das Beil, mit dem er den Job zu Ende gebracht hatte, und von beidem die Fleischfetzen geblasen.

Trotzdem konnte er immer noch das muffige Blut an seinen Händen riechen. Er mochte den Geruch nur, wenn er frisch war.

Während er sich abschrubbte, dachte er über Billy nach, der offensichtlich den Gehorsam verweigern wollte. Er spürte in der Nachricht, die er ihm hinterlassen hatte, eine gewisse

Nervosität und eine wachsende Verzweiflung, die sie beide in Schwierigkeiten bringen konnte.

Creighton wusste nur zu gut, wie es war, wenn ein Verlangen so intensiv wurde, dass die Haut von innen zu jucken schien. Natürlich hatte er seine Impulse immer unter Kontrolle, aber Billys Fähigkeiten schätzte er weit geringer ein. Darum würde er, auch wenn das riskant war, Billys panischem Wunsch nach einem Treffen Folge leisten.

Bis er sich zweimal gründlich eingeseift und abgespült hatte, hatte er einen Plan geschmiedet. Er trocknete sich ab, gelte sein Haar und kämmte es straff zurück, damit es dunkler wirkte. Dann schlüpfte er in schwarze Jeans und ein schwarzes T-Shirt.

Anschließend durchforstete er seine Küche und packte alles, was er aus Speisekammer und Kühlschrank mitnahm, in eine Tiefkühltasche aus dem Gourmet-Supermarkt, in dem er immer einkaufte.

Eine halbe Stunde nachdem er das Gebäude betreten hatte, verließ er es durch dieselbe Tür wieder. Heute Abend war ihm der Porsche zu auffällig. Sein halbhoher Kombi war dunkelblau mit hellbraunen Zierleisten. Innen war er mit jedem verfügbaren Sonderzubehör ausgestattet, aber von außen sah er aus wie unzählige andere Fahrzeuge auf den Straßen von Atlanta und Umgebung. Genau darum hatte er ihn heute genommen. Der Wagen hatte weder in Athens noch in Derek Mitchells Viertel Aufsehen erregt.

Vorsichtshalber hatte er in dieser Woche zweimal die Nummernschilder gewechselt.

Er hatte keine große Lust, sich schon wieder hinters Steuer zu setzen. Heute Abend hatte er eigentlich genug durchgemacht. Erst die Fahrt nach Athens, dann die rasante Rückfahrt, um Mitchell zuvorzukommen. Das Theater mit dem

Hund – obwohl der Cheeseburger sie zu Freunden gemacht hatte, war es ein ganz schönes Stück Arbeit gewesen, das Vieh aufs Bett zu locken, das Mitchell offenbar zum verbotenen Terrain erklärt hatte.

Er hatte schon einen anstrengenden Tag hinter sich. Viel lieber hätte er es sich gemütlich gemacht und die kühle, entspannende Dunkelheit in seinem Heimkino genossen, wo eine unbegrenzte Anzahl von Filmen auf ihn wartete.

Aber »ein Mann muss tun, was ein Mann tun muss«. Colin Firth, *Tatsächlich Liebe.*

Damit niemand seinen Wagen vor dem Motel stehen sah, parkte er im Schatten hinter einem Discount-Teppichgeschäft, das bereits geschlossen hatte, nahm dann die Tüte aus dem Wagen und spazierte über den vollen Parkplatz einer schmierig aussehenden Bar bis zum Motel.

Wie praktisch, dachte er. Er entdeckte zwischen den Büschen tatsächlich einen Trampelpfad zwischen der Tür der Bar und jener des Motels.

Billy wohnte im Erdgeschoss, und zwar im letzten Zimmer jenes Traktes, der hinter der Front von der belebten Straße weg verlief. Als Creighton sich der Tür näherte, drehte er sich kurz um. Soweit er feststellen konnte, hatte ihn, genau wie heute Morgen, niemand bemerkt. In Motels wie diesem wollten nur die wenigsten Gäste gesehen werden.

Er klopfte einmal kurz an die Tür. Billy öffnete praktisch im selben Moment und sackte vor Erleichterung zusammen, als er ihn sah. »Gott sei's gedankt. Ich hatte schon Angst, dass du nicht kommst.«

Creighton schubste die Tür mit der Schuhspitze auf und trat ein. Drinnen war es warm und feucht und roch nach Angst. »Das hat sich nach einem Notfall angehört.« Er schleppte die Einkaufstasche zur Kochecke und stellte sie auf der Theke ab.

»Was hast du dir dabei gedacht, einfach bei mir aufzukreuzen?«

»Mich hat keiner gesehen.«

»Bist du dir sicher?«

»Absolut. Glaubst du, ich bin verblödet? Ich will genauso wenig geschnappt werden wie du.«

Billy plusterte sich nach Kräften auf, aber Creighton entdeckte die ersten feinen Risse in der großspurigen Fassade. Was Creighton zusätzlich in seiner Entscheidung bestärkte, schnell zu handeln, bevor der Mann komplett zusammenbrach und ihn mit ins Verderben riss.

Er zog eine Bierflasche aus der Einkaufstasche. »Für mich sieht es so aus, als würdest du unter akutem Hüttenkoller leiden. Wie wär's mit einem Bier?«

»Danke.«

»Flaschenöffner?«

»Hinter dir. Oberste Schublade.«

Creighton entdeckte einen rostigen Flaschenöffner und öffnete das Bier damit. Es schäumte aus dem Hals und auf die Frühstückstheke. Ein paar Tropfen landeten auf dem Boden. Creighton riss ein Papiertuch von der Rolle und ging auf die Knie, um den Fleck aufzuwischen. Billy schien den Zwischenfall gar nicht zu bemerken und auch nicht mitzubekommen, wie lange Creighton zum Aufwischen brauchte. Die ganze Zeit tigerte er wie ein Zootier im Käfig auf und ab.

Als Creighton alles sauber gemacht hatte, stand er wieder auf und reichte die Flasche an Billy weiter, der sie ihm aus der Hand riss und gierig daran nuckelte. »Danke.«

»Keine Ursache.«

»Und du willst keins?«

»Ich trinke nicht.«

»Stimmt. Hab ich vergessen.« Billy blickte auf die Einkaufstasche, als hätte er sie eben erst bemerkt, zeigte aber kein besonderes Interesse daran. Er rollte die Schultern nach vorn und baute sich vor Creighton auf. »Hör zu, Creighton…«

»Ich höre.«

»Ich will nicht, dass du das tust.«

Creighton begann, das Essen und die Utensilien aus der Tüte zu holen. Er wusste genau, worüber Billy sprach, trotzdem stellte er sich dumm. »Was denn?«

Billy nahm wieder einen Schluck Bier. »Ab jetzt wird niemandem mehr wehgetan, okay?«

»Ach so. Du spielst auf unsere Unterhaltung von heute Morgen an. Warum macht dir das so zu schaffen?« Er lächelte und wickelte ein Päckchen mit dünn geschnittenem Schinken aus. »Das braucht dich gar nicht zu kümmern, nur mich. Und ich mache mir überhaupt keine Sorgen. Du brauchst das auch nicht. Ich nehme doch an, du magst Schinken.«

»Sie hat nichts mit unserem Deal zu tun.«

»Ursprünglich nicht. Aber ich bin flexibel. Noch ein Bier?«

Billy sah ihn gereizt an, meinte aber, Schinken sei okay und ein zweites Bier auch.

Creighton drehte ihm den Rücken zu, um die zweite Flasche zu öffnen, und bemerkte dabei aus den Augenwinkeln die verräterische Unruhe, die Billy vor ihm zu verbergen suchte. Billy wischte sich die Hände am Hosenboden ab. Er fuhr sich mit einer Hand über den Nacken. Seine Zähne zupften an seiner Unterlippe herum.

Creighton tauschte Flaschen mit ihm, die leere gegen die volle. »Wie wär's mit einem Sandwich?«

»Klar. Okay. Ich hab heute noch kaum was gegessen. Im Kühlschrank steht Mayo.«

»Ich habe Senf mitgebracht.«

»Super.«

Creighton nickte zu einem der Barhocker hin. »Setz dich, Billy. Du machst mich nervös.« Billy setzte sich, aber er wirkte ganz und gar nicht entspannt dabei. Sofort stellte er den Fuß auf die Strebe zwischen den Hockerbeinen und begann mit dem Knie zu wippen. Im Gegensatz dazu bereitete Creighton betont ruhig, ganz langsam und methodisch zwei Sandwichs zu, indem er die Brotscheiben mit Senf bestrich und dann großzügig Schinkenscheiben darauf stapelte. »Schweizer Käse oder Provolone?«

»Ist mir egal.« Billy ließ ihn nicht aus den Augen. »Du brauchst das nicht zu tun.«

Creighton verstand ihn absichtlich falsch. »Mir macht das nichts aus. Ehrlich. Du hast wochenlang praktisch nur aus Dosen gelebt. Ich dachte, du würdest dich über etwas Abwechslung in deiner Kost freuen.«

»Hör auf zu quatschen, Creighton. Du weißt genau, wovon ich rede, und das ist nicht das verfluchte Sandwich. Du brauchst sie nicht umzubringen.«

Creighton stapelte weiter Käse und Schinkenscheiben auf die Brote.

Billy stützte den Unterarm auf die Frühstückstheke und beugte sich vor. »Sie weiß nichts von Paul Wheeler. Sie käme im Leben nicht auf die Idee, dass ich was damit zu tun haben könnte.«

»Vielleicht ja doch.«

»Bestimmt nicht. Wie denn?«

»Unverhofft kommt oft, Billy. Der kleinste Hinweis kann dich verraten. Du bist mein Partner. Es ist meine Pflicht, dich zu beschützen.«

»Nein, ist es nicht. Ich wollte dich heute Abend eigentlich nur sehen, um dir zu erklären, dass wir quitt sind. Ich mach mich vom Acker. Gleich morgen. Du hattest recht. Ich hätte gleich nach der Sache im Aufzug aus Atlanta verschwinden sollen. Hast du heute Abend diese schwarze Polizistin in den Nachrichten gesehen?«

»Nein, die habe ich verpasst.«

»Also, eine von den Frauen, mit denen ich mehr zu tun hatte, eine Sekretärin in einer von den Firmen, wo ich mir Bewerbungsunterlagen abgeholt hab, die hat mich auf einer Aufnahme der Überwachungskameras wiedererkannt und die Polizei angerufen.«

»Sie wusste aber nichts über dich, oder? Du hast ihr doch nicht verraten, wie du heißt?«

»Nein.«

»Oder wo du wohnst. Die Telefonnummer?«

»Natürlich nicht.«

»Dann sehe ich da kein Problem.« Creighton hatte das frisch geschärfte Messer mitgebracht, das inzwischen gereinigt und desinfiziert war und mit dem er Mitchells Hund bearbeitet hatte. Er holte es aus der Einkaufstasche und halbierte damit die Sandwichs, dann legte er es auf die Theke und schob Billy einen Pappteller zu. »Iss.«

»Danke.«

»Ist mir ein Vergnügen.« Creighton biss von seinem Sandwich ab. »Hmm. Köstlich, wenn ich mir die Bemerkung erlauben darf. Ich liebe diese schwarze Pfefferkruste am Schinken, du nicht auch?«

Billy biss in sein Sandwich, kaute und spülte den Bissen mit einem Schluck Bier hinunter. »Also sind wir uns einig?«

»Einig?«

»Du unternimmst nichts weiter. Ich haue ab. Wir sehen uns nie wieder. Wir nehmen nie wieder Verbindung auf. Niemand sonst stirbt.«

Ohne Billys Blick auszuweichen, biss Creighton in sein

Sandwich und kaute nachdenklich. »Du überraschst mich, Billy. Als wir uns kennenlernten, konntest du gar nicht genug über die Kleine herziehen.«

»Ich weiß, was ich damals gesagt hab. Damals hab ich das auch so empfunden, aber jetzt…« Er nahm einen großen Schluck Bier, griff nach seinem Sandwich, entschied sich plötzlich aber anders, legte das Brot auf den Teller zurück und massierte sich stattdessen die Stirn.

»Was beschäftigt dich so, Billy?«

»Ich sag dir, was mich so beschäftigt. Dieser Drecksfilm.«

Creighton tupfte sich den Mund mit einer Serviette ab. »Welcher Film?«

»Der, den du heute Morgen hiergelassen hast.«

»Du hast ihn dir angesehen?«

»O ja.«

»Brillant, nicht wahr?«

»Krank trifft's eher. Dieser Typ, der Killer, ist krank. Die Szene, in der er…«

»Ich kann mir vorstellen, welche du meinst. Das ist die Schlüsselszene. Die Brutalität wird so graphisch dargestellt, dass der Effekt…«

»Scheiß drauf«, fiel Billy ihm aufgebracht ins Wort. »Jedenfalls geht mir die nicht mehr aus dem Kopf.«

»Hat dich das scharfgemacht?«, flüsterte Creighton.

Billy klappte der Kiefer nach unten. »Scheiße, nein!«

Creighton zwinkerte. »Nicht mal ein bisschen?«

»Jesus, Creighton. Nein.«

Creighton hätte am liebsten laut gelacht. Er amüsierte sich königlich. Der arme Billy leider deutlich weniger. Er tat Creighton beinahe leid.

»Hör zu, Creighton, ich war wirklich sauer auf sie. Vielleicht hab ich irgendwann tatsächlich so was gesagt wie ›Ich könnte sie umbringen‹. Aber das hab ich nicht so gemeint. Das war bloß Gequatsche.« Er deutete auf den Fernseher. »Ich würde echt nicht wollen, dass ihr so was passiert.«

»Billy, du Heuchler. Du hast das Hirn meines Onkels in Fetzen geschossen. Es spritzte den ganzen Aufzug voll. Heute Morgen hast du noch damit angegeben, und wenn ich mich nicht sehr irre, warst du sogar enttäuscht, dass ich keine Bilder von deiner Arbeit sehen durfte.«

»Das ist was anderes.«

Immer noch fröhlich fragte Creighton: »Wirklich? Klär mich auf.«

»Ich hab ihn nicht gekannt. Er hat mir nichts bedeutet. Es ging ganz schnell. Er hat gar nicht mitbekommen, was mit ihm passiert ist.«

»Ich verstehe.« Creighton schob seinen Teller beiseite und wischte sich die Brotkrümel von den Fingern. Er hatte sein Sandwich aufgegessen. »Du würdest dich nicht daran stören, wenn ich deine Exgeliebte umbringen würde, solange ich gnädig dabei bin.«

»Nein. Ja. Ich meine ...« Er sprang abrupt von seinem Hocker, als würde das Polster glühen. »Ich meine, ich will überhaupt nicht, dass du das tust.«

»Das ist nur fair, Billy.« Creighton packte seelenruhig den übrig gebliebenen Schinken und Käse weg. Er setzte den Deckel auf das Senfglas. Er griff nach seinem Messer und deutete mit der rasierklingenscharfen Spitze auf Billys Teller. »Bist du fertig?«

»Ja, danke. Was ist nur fair?«

Creighton schob die Reste, die Papierteller eingeschlossen, in eine Plastiktüte und steckte dann alles, sogar die leere Bierflasche, wieder in die Einkaufstasche. »Noch etwas Schokolade?«

»Nein danke. Was ist nur fair?«

Creighton wickelte ein Schokoladebonbon aus und steckte es in den Mund, dann ließ er die Folie ebenfalls in die Einkaufstasche fallen. »Für mich ist das ein weiterer loser Faden. Gerechterweise solltest du sie selbst eliminieren. Schließlich hast du sie auch angeschleift. Aber«, er lächelte, »ich kann sehen, wie schwer das für dich wäre. Ich kann mir vorstellen, dass du da widerstreitende Gefühle hegst. Also nehme ich dir die Last ab, die das für dich darstellen würde.«

Billy sah aus, als könnte er das Bier und das Sandwich kaum noch bei sich behalten. »Behalt doch einfach …«

»Die Uhr von Onkel Paul?«

»Was? Nein. Ich hab's dir doch gesagt. Ich hab das ganze Zeug von dem Überfall weggeworfen.«

Creighton sah ihm kurz in die Augen und ließ den Blick dann langsam und konzentriert durch den schäbigen Raum wandern. »Indianerehrenwort? Würdest du beim Grab deiner Mutter beschwören, dass ich hier keine Schmuckstücke finde, wenn ich das Zimmer jetzt durchsuche?«

»Ich schwöre es.«

»Dein Handy.«

»Hä?«

»Dein Handy. Du bist doch nicht so blöd, dass du von diesem Zimmer aus telefoniert hast.«

»Es ist ein Prepaid-Handy. Ich hab's vor dem Raub gekauft.«

»Ariel hat mir erzählt …«

»Ich habe nie auch nur einen Ton gesagt. Ich hab's dir doch erklärt. Ich hab nur ein paarmal angerufen und gleich wieder aufgelegt. Wenn sie dir erzählt hat, dass ich angerufen hätte, dann hat sie nur blind geraten, ehrlich.«

Creighton hielt die offene Hand ausgestreckt.

Billy nagte wieder an seiner Lippe, ging dann an den Schreibtisch, holte ein Handy aus der Schublade und klatschte es in Creightons Hand, der es in seine Hosentasche gleiten ließ.

»Scheiße, das ändert rein gar nichts«, brummelte Billy. »Die können keine Anrufe zu mir verfolgen.«

Creighton lächelte. »Trotzdem fühle ich mich gleich viel besser.« Er zögerte und sagte dann: »Es versteht sich von selbst, dass du keine E-Mail …«

»Da ist mein Laptop.« Er lag auf dem Nachttisch. »Schau ihn dir an. Natürlich habe ich keine E-Mails geschrieben. Ich hab den Computer nur benutzt, um den Kontostand zu kontrollieren, und zwar mit dem Passwort, das du mir gegeben hast.«

»Wann hast du das letzte Mal nachgesehen?«

»Gestern.«

»Ich habe das Geld heute Morgen eingezahlt, gleich nachdem ich von hier weggefahren bin. Du brauchst mir nicht zu glauben. Du kannst nachsehen.«

Unvermittelt sagte Billy: »Ich will das Geld nicht.«

»Wie bitte?«

»Du kannst deine hundert Riesen behalten.«

Creighton lachte leise. »Also, vielen Dank für die großzügige Geste, aber so gut habe ich noch nie hundert Riesen angelegt. Sie haben mich von meinem kleinlichen und knausrigen Onkel Paul befreit.«

»Behalt dein Geld. Nur lass … lass …«

»Ach, ich verstehe. Ich soll nur deine kleine Exfreundin am Leben lassen?« Creighton sah ihn traurig an und schüttelte den Kopf. »Aber ich möchte sie umbringen, Billy. Ich möchte sie für dich umbringen. Die Schlampe hat dich betrogen. Nicht nur einmal, sondern zweimal.«

»Zweimal?«

»Jemand hat bei der Polizei angerufen und dich identifiziert, hast du das schon vergessen?«

Billy wischte sich den Schweiß von der Stirn. Er sah wieder zum Fernseher, und Creighton hätte schwören können, dass er noch eine Spur bleicher wurde. »Bist du … wie willst du …«

»M-m-m.« Creighton wedelte mit dem Zeigefinger. »Ich habe dir auch nicht vorgeschrieben, wie du meinen Onkel Paul umbringen sollst. Da ist es nur fair, dass ich mir meine Methode selbst aussuchen darf. Lass dich überraschen. Wenn sie gefunden wird, wirst du es mit Sicherheit aus den Nachrichten erfahren.«

»Wann willst du es tun?«

»Weißt du, was ein harter Schnitt ist?«

»Ein harter … Nein, keine Ahnung. Was soll das sein?«

»Eine unvermutete Montage. Ein unerwarteter Szenenwechsel. Der den Zuschauer schocken soll. Äußerst effektiv. Ungeheuer kraftvoll. Ein Schlag ins Gesicht. Genauso wird es sein. Niemand wird etwas ahnen. Sie am allerwenigsten.« Er schüttelte die zweite Bierflasche, um sich zu überzeugen, dass sie leer war, und versenkte sie dann ebenfalls in der Einkaufstasche.

»Trotzdem glaube ich, dass es besser ist, wenn du aus Atlanta verschwindest. Wir sollten einander nicht wiedersehen. Du könntest eindeutig einen Tapetenwechsel vertragen.« Creighton sah sich abfällig im Zimmer um. »Diese Bude hier ist die reine Müllhalde. Kein Wunder, dass du heute Abend nicht du selbst bist.«

Er befeuchtete ein Küchentuch und wischte damit den Flaschenöffner ab, bevor er ihn in die Schublade zurücklegte, dann wischte er mit dem Tuch über die Frühstückstheke und ließ es zuletzt in der Einkaufstasche verschwinden. Er sah sich noch einmal um, ob er nichts übersehen hatte, griff nach der Tasche und drückte sie mit beiden Armen an seine Brust. »Kannst du mir bitte die Tür aufmachen?«

Billy hatte aufgehört zu jammern und konnte es jetzt anscheinend kaum erwarten, ihn loszuwerden. Er eilte an die Tür und riss sie auf. »Mach's gut, Creighton. War nett, dich gekannt zu haben.«

»Wir werden uns nicht wiedersehen.«

»Ganz genau. Ein schönes Leben noch.«

»Wenn du hier ausziehst, dann pass auf, dass du nichts zurücklässt, was die Polizei zu dir führen könnte. Oder zu mir, Billy. Vor allem zu mir.«

»Ich hab's dir vorhin schon gesagt, ich will auch nicht geschnappt werden.«

»Ich wäre lieber tot.« Creighton wartete einen Herzschlag ab und ergänzte dann: »Du nicht auch?«

18

Julie hatte mit halbherzigem Widerspruch oder zumindest mit einer Nachfrage gerechnet. Aber ein paar Minuten nachdem sie Derek erklärt hatte, dass sie zu ihr nach Hause fahren würden, kam er in frischen Jeans, Poloshirt und Sneakers die Treppe herunter.

Gemeinsam gingen sie nach draußen, stiegen in ihr Auto und legten schweigend die zehnminütige Fahrt zurück. Er folgte ihr direkt aus der Garage in die Küche. Sie stellte die Handtasche auf den Tisch und trat an einen Küchenschrank. »Ich habe den Alkoholvorrat nicht mehr aufgestockt, seit Paul gestorben ist, aber Bourbon und Wodka müssten noch da sein. Im Kühlschrank steht auch eine Flasche Weißwein.« Nicht die, die gestern geöffnet darin gestanden hatte. Die hatte sie weggeworfen.

»Bourbon.«

»Wasser?«

»Nur Eis.«

Sie bereitete den Drink zu und reichte ihn Derek, der in der Mitte der Küche stehen geblieben war. Sein Blick war auf den leeren Handtuchhalter gerichtet.

Sie sagte: »Sie haben mich an Paul erinnert, aber diese Erinnerung hat er kaputt gemacht. Ich habe sie weggeworfen.«

Derek trank einen Schluck und ließ den Blick über die Töpfe wandern, die oberhalb des Herdes aufgehängt waren, über die verkorkten Fläschchen mit aromatisierten Ölen und

Essigsorten, die Regale voller Kochbücher, die griffbereiten Gerätschaften, die hier eine ganz andere Atmosphäre schufen als in seiner fast sterilen Küche.

»Du kochst.« Das war keine Frage.

»Das habe ich in Frankreich gelernt.«

Ihre Blicke trafen sich. »Hast du auch für Wheeler gekocht?«

»Oft.«

Er nahm noch einen Schluck Whisky.

»Möchtest du etwas essen?«

»Nein.«

Die Antwort kam so schnell und so entschieden, dass sie das Thema nicht weiter vertiefte. »Ich will dir etwas zeigen. Es wird eine Weile dauern, aber es kann auch bis morgen warten, wenn du zu müde bist.«

Er sah in sein Glas und ließ den Whisky über die Eiswürfel schwappen. »Ich glaube nicht, dass ich heute Nacht schlafen kann.«

Sie nickte mitfühlend und gab ihm dann ein Zeichen, ihr zu folgen. Sie führte ihn ins Wohnzimmer. »Mach es dir bequem.« Er setzte sich aufs Sofa. Sie trat an den Schrank, in dem ihr Mediencenter untergebracht war.

Während sie alles vorbereitete, fragte Derek: »Was glaubst du, wann Creighton hier war?«

»Meine Putzfrau war bis mittags da, er hatte also den ganzen Nachmittag Zeit. Ich hatte mein Abendkleid gestern früh in die Galerie mitgenommen, weil ich mich dort umziehen und dann direkt zur Versteigerung fahren wollte.«

»Wie ist er an deiner Alarmanlage vorbeigekommen?«

»Einer der Bewegungsmelder ist kaputt und hat mehrmals falschen Alarm ausgelöst. Ich hatte noch keine Zeit, ihn auszutauschen, darum habe ich die Anlage ausgeschaltet, damit ich keine Strafen zahlen muss. Wie ist er an deiner vorbeigekommen?«

»Ich hatte es so eilig, dich in Athens zu treffen, dass ich vergessen habe, sie einzuschalten.«

Während sie sich unterhielten, hatte sie eine DVD aus der Hülle genommen und sie in den Player geschoben.

»Du willst jetzt einen Film anschauen?«

Mit der Fernbedienung ging sie das Menü auf dem Bildschirm durch, um den Film laufen zu lassen, dann setzte sie sich zu ihm aufs Sofa und reichte ihm die DVD-Hülle. »Hitchcock.«

Er las den Titel. »*Der Fremde im Zug.* Habe ich nie gesehen.«

»Er ist alt. Manche halten ihn für einen Klassiker. Creighton zum Beispiel.«

Derek wandte sich dem Bildschirm zu, und Minuten später verfolgte er gebannt Robert Walkers gespenstisches Porträt eines mordenden Millionärs, so wie es viele Zuschauer seit Jahrzehnten taten. Als der Film etwa eine Stunde gelaufen war, nahm Derek Julie die Fernbedienung aus der Hand und drückte auf Pause. »Creighton und Billy Duke haben ihre Morde getauscht.«

»Creighton und irgendjemand.« Julie blickte in die Großaufnahme des Schauspielergesichtes auf dem Bildschirm. Hinter der zuvorkommenden Fassade und angenehmen Stimme verbargen sich Hirn und Herz eines skrupellosen Killers. »Ich glaube, Creighton hat die Idee aus diesem Film. Einmal ließ er sich während eines Essens bei Doug und Susan endlos über Hitchcocks Brillanz und ganz besonders über diesen Film aus. Er kennt das ganze Drehbuch auswendig, Wort für Wort. Viele Filme Hitchcocks sind bekannter als der hier. *Psycho, Die Vögel, Das Fenster zum Hof.* Aber dieser hier war eindeutig Creightons Favorit, ich glaube, weil er sich in dem Millionär wiedererkennt. Zumindest ist er genauso ein narzisstischer Egomane.«

»Er meidet die Kameras, weil er das Gefühl hat, dass sie ihm nicht gerecht werden.«

»Vielleicht spielt das eine Rolle. Jedenfalls musste ich mir ständig anhören, dass Creighton unmöglich der maskierte Räuber sein kann, der Paul erschossen hat; irgendwann fiel mir dann ein, dass er von diesem Film erzählt hatte. Also habe ich mir die DVD bestellt und angesehen.« Sie lächelte freudlos. »Ich glaube, es ist kein Zufall, dass Creighton gerade beim Tennisspielen war, als Paul umgebracht wurde.«

Derek sah auf den Bildschirm. »Die zweite Hauptfigur ist Tennisprofi.«

»Creightons kleiner Scherz für Eingeweihte.«

Derek beugte sich vor und stellte das Glas auf dem Couchtisch ab. Die Eiswürfel waren geschmolzen, und die Flüssigkeit im Glas sah aus wie wässriger Kräutertee. Der Film und seine Bedeutung für ihre Realität hatten ihn so gefesselt, dass er seinen Bourbon vollkommen vergessen hatte.

Er stand auf, drehte langsam eine Runde durch den Raum und pausierte dabei immer wieder, um sich etwas genauer anzusehen: ein gerahmtes Foto von ihr und Paul, drei alte französische Bücher, eine Vase mit getrockneten grünen Hortensien. Schließlich blieb er mit dem Rücken zu ihr stehen und betrachtete eindringlich ein Bild an der Wand, die Hände in die Hüften gestützt und in derselben Pose, in der er das Gemälde im Salon ihrer Galerie studiert hatte.

»Gefällt dir das besser als der fette Mann?«

Er drehte sich zu ihr um und lächelte schief. »Eindeutig.«

Sie sahen sich lange an. Vielleicht musste er, genau wie sie, an die Feindseligkeiten denken, die sie sich damals an den

Kopf geworfen hatten, und an den Grund dafür. Schließlich fragte sie: »Was hältst du von meiner Hypothese? Bin ich übergeschnappt?«

»Nein.«

»Lese ich zu viel in das Drehbuch hinein? Das übrigens auf einem Roman beruht. Glaubst du, ich biege mir den Plot zurecht?«

Er setzte sich auf eine Ottomane, die näher am Fernseher stand, und schaute angestrengt auf das Schwarz-Weiß-Bild. »Dieser Typ will, dass sein Vater umgebracht wird, damit er früher an sein Erbe kommt.«

»In Creightons Fall war es sein Onkel Paul. Aber genau wie in dem Film haben sich die beiden nie vertragen.«

»Der Millionär lernt den Tennisspieler im Zug kennen und bietet ihm bei einem gemeinsamen Mittagessen im Speisewagen ganz beiläufig an, dessen Frau umzubringen.«

»Weil sie eine Schlampe ist. Sie trägt ein Baby im Bauch, das der Tennisspieler für das eines anderen Mannes hält. Außerdem ist er bis über beide Ohren in eine andere Frau verliebt. Er will um jeden Preis die Scheidung, aber seine Frau sträubt sich dagegen. Weil er der Held des Films ist, wünscht er ihr eigentlich nicht den Tod.«

»Der Millionär lässt sich davon nicht beirren. Ohne dass der Tennisspieler sein Einverständnis gegeben hätte, bringt er die Frau um.«

»Das Publikum beobachtet den Mord im Spiegel ihrer Brillengläser.«

»Ein genialer Regieeinfall.«

»Weil man dabei kaum zuschauen kann.«

Derek erzählte den Plot des Films weiter. »Nachdem der Millionär seinen Part erledigt und die störende Ehefrau beseitigt hat, ist der Tennisspieler an der Reihe, den Gefallen zu erwidern. Der Psychopath erwartet, dass er seinen Vater tötet. Der Tennisspieler weigert sich aber.«

»Ihm war nicht klar, dass es der durchgedrehte Millionär ernst gemeint hatte, als er im Zug diesen Handel vorschlug. Der Tennisprofi dachte, sie hätten das Ganze nur hypothetisch erörtert. Hör zu, *ich* will jemanden aus dem Weg haben, *du* willst jemanden aus dem Weg haben. Warum tauschen wir die Morde nicht einfach? Fremde, die einen Fremden töten. Ohne jede Verbindung. Niemand würde Verdacht schöpfen.«

Derek runzelte die Stirn. »Falls dieser Billy Duke tatsächlich den Fahrstuhl überfallen und Paul in Creightons Auftrag umgebracht hat, müsste demzufolge auch Creighton jemanden für ihn getötet haben?«

»Falls er dem Drehbuch des Films folgt, könnte man davon ausgehen. Natürlich weiß ich das nicht mit Sicherheit.«

»Nehmen wir einmal rein theoretisch an, du hättest recht. Creighton hat also bekommen, was er wollte. Paul gibt es nicht mehr, und niemand kann Creighton etwas nachweisen. Außer …« Er sah Julie an. »Billy Duke. An seiner Stelle würde ich mich vor Creighton in Acht nehmen.«

»Vor allem jetzt, da sein Bild im Fernsehen ausgestrahlt wurde.«

»Das muss Creighton nervös machen. Wenn er Billy Duke loswerden kann, bevor die Polizei ihn aufspürt …«

»Dann wird Creighton nie dafür bestraft, dass er den Mord an Paul ausgeheckt hat«, schloss sie leise. »Ich befürchte nur, dass Billy Duke längst tot ist und alles, was die beiden in Verbindung bringen könnte, vernichtet wurde. Ich habe Angst, dass Creighton schon nichts mehr nachzuweisen ist.«

Derek stand von der Ottomane auf, durchquerte den Raum und blieb genau vor ihr stehen. »Hast du Sanford und Kimball von deiner Theorie erzählt?«

»Nein.«

»Warum dann mir? Und warum ausgerechnet jetzt?«

»Beide Fragen kann ich dir mit einem einzigen Wort beantworten: Maggie. Du hast selbst erfahren, wie grausam Creighton sein kann. Ich habe dir seit Tagen klarzumachen versucht, dass er kein Gewissen hat. Jetzt hast du es am eigenen Leib erlebt.«

Er sah sie nachdenklich an. »Eigentlich habe ich reichlich Übung darin, unter Bergen von Ausflüchten und dreisten Lügen die Wahrheit auszugraben. Ich bin sogar ziemlich gut darin.«

»Das bist du immer noch. Du glaubst auch, dass ich recht habe.«

»Und trotzdem …«

»Bin ich deiner Ansicht nach nicht vertrauenswürdig, außerdem hasse ich Creighton.«

Sein Blick schnitt ihr bis ins Mark, doch er sagte keinen Ton.

Schließlich gab sie sich geschlagen. »Na schön, es gab *tatsächlich* einen Vorfall bei Doug und Sharon. Wir haben auf der Terrasse zu Abend gegessen. Paul zog grundsätzlich jede Mücke wie magisch an, und an diesem Abend waren sie besonders lästig, darum bin ich in die Küche gegangen, um ein Insektenmittel zu holen.

Während ich danach suchte, fiel Creighton über mich her. Was er dir beschrieben hat, ist tatsächlich passiert, nur dass er mich bedrängte statt umgekehrt. Er zog den Reißverschluss seiner Hose auf und schloss meine Hand um seinen Penis. Er sagte, wenn ich nicht tun würde, was er von mir verlangte, würde er Alarm schlagen, Paul würde angelaufen kommen, und was würde Paul wohl sagen, wenn er seine hübsche Geliebte mit der Hand am Schwanz seines viel hübscheren und jüngeren Neffen sähe?

Ich konnte mich befreien. Das angedrohte Geschrei blieb aus, und inzwischen ist mir klar, dass das nur eine leere Drohung war. Er wollte mich erniedrigen. Ich versuchte, so zu tun, als wäre nichts gewesen, aber ich ertrug seine Nähe nicht mehr. Jedes Mal, wenn ich ihn ansah, zwinkerte er mir zu oder machte eine zweideutige Geste. Das machte mich ganz krank. Also sagte ich zu Paul, dass ich Kopfschmerzen hätte, und wir gingen.«

»Hast du Paul die Wahrheit je erzählt?«

»Nein.«

»Warum nicht?«

»Wegen seiner Meinungsverschiedenheiten mit Creighton gab es sowieso schon Spannungen mit Doug und Sharon. Paul war seine Familie immer wichtig, vor allem Doug. Ich wollte nicht, dass sich die beiden Brüder meinetwegen zerstritten.« Sie hob die Hände. »Das war alles. Das ist die Wahrheit und nichts als die Wahrheit.«

»Warum hast du mir das nicht schon früher erzählt?«

Sie hielt seinem Blick mehrere Pulsschläge stand. »Weil ich im Flugzeug …« Sie senkte den Kopf. »Deswegen.«

Er wandte sich ab und ging wieder auf und ab, bis sie fragte: »Glaubst du, ich sollte Sanford und Kimball von meiner Theorie erzählen?«

»Seit sie mit Kate gesprochen haben, gehen sie davon aus, dass du mit Billy Duke unter einer Decke steckst.«

»Das kann ich aufklären.«

»Einfach so? Wenn du mit einer so abwegig klingenden Theorie ankommst …«

»Du glaubst also, sie ist abwegig?«

Er blieb wieder stehen. »Julie, ich predige meinen Mandanten immer wieder, dass es nicht darauf ankommt, was ich glaube. Es kommt nur darauf an, was die Jury glaubt, und zurzeit besteht die Jury aus Kimball und Sanford. Kannst du glaubhaft widerlegen, dass du diesen Billy Duke kennst?«

»Nein.«

»Nein. Also bist du, soweit es die Detectives angeht, in die Sache verstrickt.«

»Was soll ich dann tun? Auf meinem Hintern sitzen, nichts tun und Creighton ungeschoren mit einem Mord davonkommen lassen?«

Ihr Ton ärgerte ihn so, dass er sich vorbeugte und sich mit dem Zeigefinger gegen die Brust tippte. »Ich will ihn auch nicht ungeschoren wegkommen lassen, Julie. Ich würde ihn am liebsten zu Hackfleisch verarbeiten. Was er Maggie angetan hat, ist ein Verbrechen, trotzdem mache ich mir keine Hoffnungen, dass die Polizei es aufklärt, dass ein Staatsanwalt Creighton vor Gericht bringt oder dass mir ein Richter irgendwann Genugtuung verschafft.« Er richtete sich auf, wandte ihr den Rücken zu, wartete, bis er sich etwas beruhigt hatte, und drehte sich dann wieder zu ihr um. »Er hat bewiesen, wie gerissen er ist. Also müssen wir noch gerissener vorgehen.«

»Und wie soll das aussehen?«

»Indem ich Dodge auf ihn ansetze.«

»Wer ist Dodge?«

»Mein Ermittler.«

»Der auch mich durchleuchtet hat? Wie praktisch, wenn man so jemanden hat.«

Er überhörte ihren Sarkasmus. »Äußerst praktisch. Ich habe ihm schon aufgetragen, mich auf dem Laufenden zu halten, wenn es etwas Neues über die Jagd nach Billy Duke gibt. Aber jetzt werde ich ihn selbst nach dem Mann suchen lassen. Hoffentlich hat er mehr Glück als die Polizei.«

»Wie soll dieser Dodge ihn finden, wenn nicht mal die Polizei es schafft?«

»Das willst du gar nicht wissen«, sagte Derek leise. Dann wechselte er das Thema und fragte: »Hat Wheeler irgendwann erwähnt, ob Creighton jemals verhaftet wurde? Ob es eine Jugendstrafakte gibt?«

»Davon hat er nie etwas gesagt. Kann das dein Ermittler nicht rausfinden?«

»Es ist nahezu unmöglich, aber wir werden sehen.«

»Jedenfalls hat er in nächster Zeit genug zu tun. Und ich soll währenddessen meiner Arbeit nachgehen, als wäre ich nicht plötzlich an die Spitze der Verdächtigenliste befördert worden?«

»Hast du einen Anwalt?«

»Ned Fulton.«

»Ich kenne ihn. Guter Mann. Ruf ihn gleich morgen früh an und erzähl ihm von Kates Gespräch mit den Detectives. Du brauchst ihm nicht zu erklären, was das für dich bedeutet. Das wird er von selbst begreifen.«

»Und was wirst du tun?«

»Ich muss um neun im Gericht sein.« Er sah auf seine Uhr. »In sieben Stunden.«

»Du kannst gern in meinem Gästezimmer schlafen.«

»Danke, aber ich muss …« Er brach ab. Sein Kopf sackte nach unten, und er rieb sich über die Stirn. »Ich wollte gerade sagen, ich muss heimfahren und Maggie in den Garten lassen.« Er ließ die Hand sinken, ballte sie zur Faust und schlug damit in die andere Hand. »Dieser Hurensohn. Ich bereue fast, dass ich die Polizei gerufen habe. Je mehr der Schock nachlässt, desto wütender werde ich. Am liebsten würde ich Creighton persönlich jagen, ihn aufspüren und ihn dann mit bloßen Händen erwürgen. Ich würde für mein Leben gern ganz primitiv und direkt reagieren. Auge um Auge.«

Sie lächelte traurig. »Ein verführerischer Gedanke, zugegeben. Aber ich empfehle dir, dass du stattdessen den Film zu Ende ansiehst.«

Plötzlich verließ ihn die Kraft, und er schüttelte den Kopf. »Ich habe genug gesehen. Aber wenn es dir nichts ausmacht, schlafe ich heute hier und rufe mir morgen früh ein Taxi. Irgendwann im Lauf des Tages muss ich eine neue Matratze kaufen.«

»Vielleicht muss die Polizei sie noch einmal untersuchen.«

»Die werden sich nicht mehr darum kümmern.«

»Glaubst du, du kannst schlafen?«

»Keine Sekunde.«

»Vielleicht erlebst du eine Überraschung«, sagte sie. »Du bist am Ende.«

»Sehe ich wirklich so schlimm aus?«

Sie hob die Hand, als wollte sie seine Wange berühren, zuckte aber im letzten Moment zurück. »Du siehst wütend und verletzt aus.«

»Bei mir kommen Wut und Traurigkeit abwechselnd hoch.«

»Ich weiß genau, was das für ein Gefühl ist.«

Mit ein paar knappen Handbewegungen schaltete sie den Fernseher und die Lampe aus und winkte ihm dann, ihr zum Gästezimmer zu folgen. Der Raum war schlicht eingerichtet und in neutralen Erdfarben gehalten, die hier und da von etwas Rot und von ein paar Tierdrucken akzentuiert wurden.

»Es ist nur ein schmales Bett.«

Doch Derek sah nicht in das Zimmer, sondern nur auf sie. Das Bett schien ihn gar nicht zu interessieren.

»Das Bad ist da drüben.« Sie deutete auf eine geschlossene Tür am anderen Ende des Zimmers. »Ich glaube, es ist alles drin, was du brauchst, aber …«

»Julie.« Er wartete, bis sie ihn ansah, zuerst blickte sie störrisch auf die Polo-Insignien auf seinem Hemd, bis sie widerstrebend den Kopf hob. »Ich habe dir noch nicht dafür gedankt, dass du sofort zu mir gefahren bist.«

»Dank mir nicht, Derek.« Sie senkte bekümmert den Kopf und schüttelte ihn langsam. »Ganz gleich, was du sagst, wenn ich nicht wäre, wäre Maggie noch am Leben.«

Er schmiegte die Hand um ihre Wange und hob ihr Gesicht an. »Creighton hat uns zusammen gesehen.«

Sprachlos und mit aufgerissenen Augen sah sie ihn an.

»In Athens. Und schon davor. Er hat mich gestern Abend hierher verfolgt. Er ist uns zum Coulter House gefolgt. Er hat eine Bemerkung über das romantische Gewitter und die beschlagenen Autofenster gemacht. Er weiß nicht, wie oder wann wir uns kennengelernt haben, aber er hat mich beschuldigt, ich hätte mit seiner ›Anklägerin‹ verkehrt. Er hat es nicht so höflich ausgedrückt, aber er weiß inzwischen, warum ich ihn nicht vertreten wollte, und das macht ihn rasend. Er hat Maggie den Kopf abgeschnitten, weil er sich dafür rächen wollte, dass ich ihn nicht als Mandanten angenommen habe und ihm nicht verraten wollte, warum.« Er musste schwer schlucken, bevor er weitersprechen konnte. »Du hast da nur eine Nebenrolle gespielt.«

»Ich habe dich in die ganze Sache hineingezerrt.«

»Gezerrt? Ich kann mich nicht erinnern, dass du mich im Flugzeug über den Gang *gezerrt* hast.« Sein Blick wurde dunkel und wütend, und er trat einen Schritt auf sie zu. »Und ich kann mich an alles lebhaft erinnern.«

Bestimmt hätte er sich gefreut, wenn er gewusst hätte, wie genau auch sie sich an alles erinnerte. Erst vorhin hatte sie die Begegnung wieder einmal in allen atemberaubenden Details durchlebt. Und jetzt, wo sie so nah bei ihm stand, dass sie seine Körperwärme spürte und seine Fingerspitzen federleicht über ihr Gesicht streichen konnten, erwachten die Erinnerungen schon wieder. Und zwar gefährlich lebhaft. Vor allem, als er sich vorbeugte und die Lippen auf ihren Nacken drückte.

Sie bog den Kopf zurück und unterbrach damit den Kontakt. »Ich hoffe, du findest wenigstens etwas Ruhe. Gute Nacht.«

Er fing ihre Hand ein. »Bleib bei mir.«

»Nein, Derek.«

»Du brauchst nur neben mir zu liegen. Sonst nichts.«

Sie warf ihm einen vielsagenden und unmissverständlichen Blick zu und entzog ihm ihre Hand.

Leise fluchend fuhr er sich mit den Fingern durchs Haar. »Warum nicht? Die Katze ist sowieso aus dem Sack. Creighton weiß Bescheid. Bald wird auch Doug alles wissen. Was kann noch passieren?«

»Es könnte zum Beispiel …«

»Bist du schwanger?«

»Was? Nein!«

»Wenn du Paul Wheelers Baby im Bauch trägst …«

»Das tue ich nicht!«

Er betrachtete sie nachdenklich und kaute, vor Frustration wie versteinert, innen an seiner Wange. »Du hast ihn geliebt.«

»Ja.«

»Ihn selbst oder eher das, was er für dich getan hat? Er hat dich aus einer unglücklichen Ehe gerettet, er hat dir geholfen, ein Geschäft zu eröffnen, und dich wie eine Prinzessin behandelt. Im Gegenzug bekam er von dir selbstgekochte Mahlzeiten und die so wichtigen Dienstagnachmittage.«

Glühender Zorn durchschoss sie. »Denkst du so von mir? Wenn ja, dann bist du nicht besser als Creighton. Unsere Beziehung war keineswegs so, wie du sie hinstellst.«

»Es war Liebe«, sagte er mit hörbar zynischem Einschlag.

»Allerdings.«

»Für euch beide?«

»Ja.«

»Für dich genauso wie für Wheeler?«

»Warum hackst du immer darauf herum? Warum glaubst du mir nicht?«

»Weil du dich im Flugzeug an mich rangemacht hast.«

»Du weißt, warum.«

»Vielleicht würde ich dir sogar glauben, dass das der einzige Grund war, aber als ich dich berührt habe, warst du feucht.«

Sie klappte den Mund auf und wollte ihm widersprechen, brachte aber kein Wort heraus.

»Und weil du gekommen bist, Julie«, ergänzte er heiser. »Weil du gekommen bist.«

Creighton Wheeler war ein kranker Irrer.

Kaum hatte Billy die Tür hinter ihm ins Schloss gedrückt, da beugte er sich vornüber und atmete, die Hände auf die Knie gestützt, erst einmal tief durch, um sich zu reinigen.

Irgendetwas war absolut faul mit diesem Mann, irgendetwas Menschliches fehlte ihm. Er war leer und kalt wie eins von diesen Löchern im Weltall, die alles Licht schlucken. Widerlicher als jeder andere, der Billy bis dahin über den Weg gelaufen war.

Er verfluchte den Tag, an dem Creighton in sein Leben getreten war. Er verfluchte Creighton und seinen idiotensicheren Plan, der einfach zu gut war, um wahr sein zu können. Das hätte Billy von Anfang an erkennen sollen. Aber dummerweise war, als Creighton ihm den »Plot«, wie er es nannte, dargelegt hatte, der erste Akt schon gespielt, oder etwa nicht? Creighton hatte ihn über den Tisch gezogen, bevor sich Billy auch nur entscheiden konnte.

Obwohl er nicht ernsthaft behaupten konnte, ein unschuldiges Opfer zu sein.

Nein, er hatte nur zu gern mitgemacht. Sogar begeistert. Er hatte sich verführen lassen von Creightons aristokratischem Charme, den er seinem vielen Geld zu verdanken hatte. Creighton hatte all das verkörpert, wonach Billy Duke sein Leben lang gestrebt hatte. Also hatte sich Billy an ihn gehängt und gehofft, dass etwas von dem Glanz des Millionärs auf ihn abfärben würde.

In seiner Blödheit hatte Billy tatsächlich geglaubt, dass Creighton ihn wegen seines Potentials, seines Talents und Geschicks auserwählt hatte.

Aber das war inzwischen Geschichte, und es war zu spät, gefällte Entscheidungen zurückzunehmen. Jetzt ging es nur noch darum, den Schaden zu begrenzen. Er musste sich überlegen, wie er sauber aus der Sache herauskam. Und er musste nicht nur der Polizei entkommen. Sondern auch Creighton Wheeler. Was wesentlich schwieriger werden konnte.

Wer sich mit dem Teufel einließ, blieb bis zum Grab mit ihm verbündet. Wie blöd von ihm, dass er das nicht früher kapiert hatte. Billy Duke war ein loser Faden, den Creighton um jeden Preis kappen würde.

Und er war vollkommen schutzlos. Inzwischen war ihm aufgegangen, dass Creighton nichts in seinem Zimmer angerührt hatte, weder heute Morgen noch heute Abend. Alles, was er berührt hatte, hatte er wieder mitgenommen. Er konnte sicher sein, dass auf der DVD-Hülle keine Fingerabdrücke zu finden waren.

Es gab nichts, was Billy Duke und Creighton Wheeler verbunden hätte. Wenn die Bullen in dieser Sekunde durch die Tür gestürmt kämen, säße Billy ganz allein bis zum Hals in der Scheiße. In seinem Besitz würden sie die Schmuckstücke von dem Raub finden. Plötzlich erschien es ihm gar nicht mehr so schlau, dass er sie mitgenommen hatte. Wie lang würden die hundert Riesen wohl auf dem Konto bleiben, wenn Billy verhaftet wurde? Nur so lange, bis Creighton online ging und das Konto mit einem Tastendruck leerte.

Das Einzige, was sie verband, war Ariel. Den ganzen Tag über hatte er ihre Festnetznummer angerufen, weil er sie vor Creighton warnen wollte, aber offenbar war sie bei der Arbeit, und er hatte keine Ahnung, wo sie inzwischen ihr Geld verdiente. Falls er sich in ihre Nähe wagte, würde sie die Polizei rufen, und man würde ihn auf der Stelle für den Mord an Wheeler verhaften, und wenn er im Knast saß, konnte er erst recht niemandem mehr helfen.

Bei der Vorstellung, dass Creighton die Szene in diesem Film mit seiner Ex nachstellen könnte, wurde ihm übel. Natürlich hatte die Affäre damals ein hässliches Ende genommen, aber solange sie zusammen gewesen waren, hatte er die Kleine geliebt. Auf seine Weise hatte er sie wirklich geliebt.

Wenn du nicht willst, dass sie stirbt, dann denk nach!

Dass er in fast jeder Hinsicht am Arsch war, hatte er inzwischen kapiert.

Jetzt musste er sich darauf konzentrieren, was er noch retten konnte.

Er trat an die Schreibtischschublade, holte den Beutel mit dem Schmuck heraus und legte ihn aufs Bett. Dann wühlte er sein zweites Handy hervor, das er zur Sicherheit gekauft hatte. Nur für den Fall, dass Creighton ihn irgendwie reinlegte. »Ich bin nicht von gestern«, murmelte er.

Das war alles, was ihm noch zur Verfügung stand. Es war nicht viel, aber er würde seine Mittel geschickt einsetzen. Er klappte das neue Handy auf und wählte per Kurzwahl die einprogrammierte Nummer. Es läutete mehrmals, ohne dass sich jemand meldete. Er legte wieder auf. Er spielte mit dem Gedanken, noch einmal zu wählen und Ariel eine Nachricht zu hinterlassen, aber er wusste, dass sie ihm nicht zuhören würde. Sobald sie seine Stimme hörte, würde sie die Nachricht löschen. Er musste sie zwingen, mit ihm zu reden. Noch heute Abend. Das war lebenswichtig.

Und während er das Leben einer jungen Frau zu retten versuchte, die einzig und allein sterben würde, weil sie mit ihm zusammen gewesen war, musste er gleichzeitig überlegen, wie er sich selbst schützen konnte.

Angefangen mit ihrer allerersten Begegnung ging Billy noch einmal alles durch, was Creighton und er besprochen hatten. Nur auf einer Sache hatte Creighton fast fanatisch bestanden, und zwar, dass der Mord an seinem Onkel nicht zu ihm zurückverfolgt werden konnte. »Ein gerechter Tausch. Das ist nur fair«, sagte er immerzu. Heute Abend hatte er es schon wieder gesagt, als er gegangen war. »Pass auf, dass du nichts zurücklässt, was sie zu dir führen könnte. Oder zu mir, Billy. Vor allem zu mir.«

War das etwa der Schlüssel, mit dem sich Billys Probleme lösen ließen?

Er würde Creighton nur loswerden, wenn er sicherstellte, dass er nicht unter Verdacht kommen konnte. Wenn Creighton absolut sicher war, dass ihm niemand den Mord an seinem Onkel anhängen konnte, wäre es doch sinnlos, noch jemanden zu töten. Oder? Hoffentlich.

Während Billy sich den Kopf zermarterte, sah er auf den Samtbeutel. Dann auf das Handy. Dann wieder auf den Beutel. Und plötzlich fielen ihm gleichzeitig zwei Dinge ein. Das eine war Creightons unermüdlicher Refrain. Das andere war ihm vor Jahren eingetrichtert worden, als er richtig in der Scheiße gesessen hatte. Jedenfalls war es ihm damals so vorgekommen. Verglichen mit seiner augenblicklichen Situation war es ein warmes Schaumbad gewesen.

Aber damals war es ihm übel vorgekommen. Er war schuldig im Sinne der Anklage gewesen. Nicht zu verteidigen. Trotzdem hatte sich sein Anwalt nicht besonders besorgt gezeigt. Er hatte Billy eingetrichtert, dass es nur eine Möglichkeit gab, wenn man nichts zu seiner Verteidigung vorzubringen hatte: Man versuchte gar nicht erst, sich zu verteidigen, sondern beschuldigte einen anderen.

»Deine Verteidigung beschränkt sich auf einen einzigen Satz, Billyboy: ›Ich war's nicht, jemand anderes ist es gewesen.‹«

Billy erinnerte sich noch ganz genau an die Worte des gerissenen Anwalts, und plötzlich musste er laut lachen. Heilige Scheiße, er hatte sehr wohl Ideen und etwas in der Hand!

Creighton Wheeler hielt sich für scheißgefährlich, aber nicht einmal er konnte Billy Duke austricksen.

19

Pünktlich auf die Minute erreichte er das Gericht.

Wie zu erwarten hatte Derek in Julies Gästezimmer kein Auge zugetan. Noch vor Sonnenaufgang hatte er ein Taxi gerufen und sich abholen lassen. Erst nach einer halben Stunde war es aufgetaucht. Als es endlich hielt, hatte er schon wartend am Bordstein gesessen.

Gestern Abend war Julie aus dem Zimmer gestakst und hatte wütend die Schlafzimmertür zugeschlagen. Sie war die ganze Nacht zu geblieben. Er hatte sich ohne Abschied aus dem Haus geschlichen.

Ohne Maggies Begrüßung war ihm sein Haus unvorstellbar leer und kalt vorgekommen. Als er in sein Schlafzimmer getreten war und den obszönen, dunklen, feuchten Fleck auf seiner Matratze sah, hatte er vor Übelkeit kaum Luft bekommen. Er hatte sich so schnell wie möglich geduscht, angezogen und das Haus keine fünfzehn Minuten später wieder verlassen.

Von dort aus war er in die Kanzlei gefahren. Marlene, die Gute, war schon vor ihm dort gewesen und hatte Kaffee gekocht. Während sie ihm eine dampfende Tasse reichte, hatte sie ihn kritisch begutachtet und dann in seine blutunterlaufenen Augen geblickt. »Anstrengende Nacht gehabt?«

»Maggie ist tot.«

In fassungslosem Schweigen hatte sie zugehört, während er ihr erzählt hatte, was passiert war, allerdings ohne dabei Julie oder die Tatsache zu erwähnen, dass er die Nacht bei ihr verbracht hatte.

»Und du bist sicher, dass Creighton Wheeler dahintersteckt?«

»Ja, ich bin sicher.« Vorerst wollte er nicht mehr zu diesem Thema sagen. »Setz für elf Uhr eine Teambesprechung an. Ich will jeden dabeihaben, der nicht gerade im Gericht ist. Ich brauche knappe, ich betone, knappe Updates über die Fälle, an denen jeder arbeitet.«

Auch wenn so viel passiert war, musste Derek immer noch eine Kanzlei leiten. Eigentlich war er froh, dass er die Arbeit und Verantwortung hatte. Er brauchte etwas, worauf er seine von Zorn befeuerte Energie richten konnte, weil er andernfalls direkt zu Creighton Wheeler gefahren wäre und ihn mit bloßen Händen umgebracht hätte. Die Arbeit würde ihm zwar längst nicht die gleiche Befriedigung verschaffen, aber dafür war es eine gesellschaftlich akzeptierte Methode, seine Wut auszulassen.

»Falls die Besprechung über Mittag dauert, lassen wir etwas zu essen liefern. Niemand darf gehen. Falls jemand zum Lunch verabredet ist, soll er den Termin absagen.«

Er hatte seine Anweisungen in einem Atemzug heruntergerattert, und Marlene hatte wie wild auf ihrem Block mitgeschrieben. Dann hatte er mit einem langen Schluck die Kaffeetasse geleert und auf die Uhr gesehen. »Ruf meine Putzfrau an und warne sie, wenn sie nach oben geht. Sag ihr, sie soll den Sack in der Ecke zum Müll bringen. Und ruf einen Matratzenhändler an. Sag ihm, ich will …«

»Wird alles erledigt, Derek«, war Marlene ihm ins Wort gefallen. »Ich sorge dafür, dass du ein neues Bett hast, wenn du heute Abend heimkommst. Ich mache mir mehr Sorgen um *dich.* Wie geht es *dir* eigentlich?«

»Es ging mir schon besser.« Das Mitgefühl in Marlenes Blick hatte seine Gefühle sofort wieder aufgerührt. »Ich komme zu spät zur Verhandlung.« Während er zur Tür gestürmt war, hatte er ihr über die Schulter zugerufen: »Und ruf Dodge an. Die Anhörung müsste in einer Stunde über die Bühne sein. Danach will ich ihn sehen.«

Er fuhr zum Gericht, um eine Verschiebung der Verhandlung gegen Jason Connor zu beantragen. Die Staatsanwaltschaft hatte ihnen endlich die Ermittlungsakten zugesandt, aber erst gestern Nachmittag, kurz nach seiner Besprechung mit den Wheelers.

Obwohl er das Gefühl hatte, jeden Moment zu explodieren, und seine Augen brannten, betrat er den Gerichtssaal voller Zuversicht. Er begrüßte seinen Mandanten, der Handschellen trug und nicht auf ihn reagierte. Derek hätte ihn für seine Frechheit am liebsten geohrfeigt, aber er widmete sich stattdessen den anstehenden Aufgaben und argumentierte eindringlich, wieso das Versäumnis der Staatsanwaltschaft, die Befunde rechtzeitig auszuhändigen, ihn in seiner Arbeit ungebührlich beeinträchtigte. Nach zwanzig Minuten hitziger Debatte brach es aus dem Staatsanwalt heraus: »Euer Ehren, die Akte wurde in gutem Glauben übermittelt, sobald sie vollständig war. Wenn Mr Mitchells Terminkalender es ihm nicht gestattet, sie sofort durchzusehen, hätte er diesen Fall nicht annehmen sollen. Was er nur getan hat, damit er wieder einmal in die Schlagzeilen kommt.«

Derek hätte ihn küssen können. Das Mundwerk war mit dem Staatsanwalt durchgegangen, und Derek wusste, noch ehe der Richter seine Entscheidung verkündete, dass sie in seinem Sinn ausfallen würde. Er bekam einen weiteren Monat gewährt, um etwas aus dem verstockten Teenager herauszukitzeln, bevor es zur Verhandlung kommen würde.

Er bat, seinen Mandanten kurz unter vier Augen sprechen zu dürfen, und die Wärter ließen ihn ein paar Minuten mit Jason allein. »Jason, ich kann dir nicht helfen, wenn du mir nicht hilfst.«

Abgesehen von der finsteren Miene sah der Junge eigentlich ganz gut aus. Fest gebaut, dunkles Haar, Schmollmund. »Wie denn helfen?«

»Indem du mir etwas gibst, womit ich arbeiten kann. Etwas, worauf ich eine Verteidigung aufbauen kann. Ich habe mir die Akte sehr wohl durchgesehen. Wenn ich keinen guten Grund vorbringen kann, weshalb du deine Eltern mit dem Messer attackiert hast, dann bist du geliefert.«

Er wartete ab. Und bekam nichts. Jason wackelte mit den Beinen und brachte damit die Ketten zum Rasseln, aber ansonsten blieb er still.

Derek sagte: »Weißt du, was ich glaube? Du bist ein Idiot und ein Versager und längst nicht so hartgesotten, wie du allen weismachen willst.«

Sofort drehte der Junge Derek den Kopf zu und sah ihn mit feuerspeiendem Blick an. »Was wissen Sie schon von mir, verfluchte Scheiße?«

Nachdem Derek ihn endlich aus der Reserve gelockt hatte, beugte er sich vor. »Ich weiß, dass du in der Todeszelle landest, wenn du weiter so bockst und mir nichts in die Hand gibst, womit ich arbeiten kann.«

»Ich war eben wütend. Okay?«

Derek klatschte die flache Hand auf den Tisch. »›Wütend‹ wird es nicht rausreißen, Jason. Alle Kinder sind mal wütend auf ihre Eltern. Sie schlachten sie deshalb aber nicht ab. Hörst du mir eigentlich zu? Ich versuche gerade, dein Leben zu retten.«

»Und wer hat Sie darum gebeten?« Er schoss aus seinem

Stuhl hoch. Die Wachen sprangen auf. »Warum lassen Sie mich nicht in Ruhe?«, schrie er Derek an. Er wehrte sich gegen den Griff der Wachen, die ihn abführten.

Derek war noch dabei, entmutigt seinen Aktenkoffer zu packen, als ein Gerichtsdiener auf ihn zukam und ihm einen unauffälligen Briefumschlag überreichte. »Jemand hat mir den hier für Sie gegeben. Er sagte, Sie würden schon wissen, worum es geht.«

Dodge stand rauchend im Schatten des Gebäudes, als Derek bei seiner Kanzlei ankam. Genau wie vorhin Marlene musterte er Derek prüfend, ließ sich aber im Unterschied zu ihr nicht über dessen übernächtigte Miene aus. Stattdessen drückte er die Zigarette im Humus einer Topfpflanze aus und betrat mit Derek zusammen das Gebäude. Sie waren allein im Aufzug.

Derek sagte: »Jason Connor ist wild entschlossen, sich hinrichten zu lassen.«

»Trottel.«

»Und Creighton Wheeler hat gestern Nacht Maggie umgebracht.«

Dodge sah ihn scharf an.

Während sie die Kanzlei betraten und in Dereks Eckbüro gingen, schilderte er Dodge in allen grausigen Details, was vorgefallen war.

»Dieses verschissene Arschloch«, murmelte Dodge.

»Das habe ich gehört«, kommentierte Marlene.

»Verklagen Sie mich.«

Verklagen Sie mich war Dodges liebster Kommentar – sein liebster *jugendfreier* Kommentar.

Marlene wedelte mit der Hand, um seinen Tabakatem zu vertreiben, und überreichte Derek eine Handvoll Notizen. »Alles nicht weiter dringend. Bei der Besprechung sind alle anwesend, und ich habe alle gewarnt, sich am besten gut vorzubereiten.« Dann ergänzte sie milder: »Der Tierarzt hat angerufen und lässt ausrichten, dass er auf deine Anweisungen wartet, was mit dem Leichnam passieren soll.«

Derek nickte und verschwand in sein Privatbüro, dicht gefolgt von Dodge. Er fragte: »Was wirst du mit ihr machen?«

»Ich lasse sie einäschern.«

»Warte damit lieber ein, zwei Tage«, riet Dodge. »Vielleicht will die Polizei sie noch mal untersuchen.«

Derek schnaubte abfällig. »Ich habe die Polizeizentrale in Zone zwei angerufen, bevor ich ins Gericht gefahren bin. Die Jungspunde, die bei mir zu Hause waren, haben heute Vormittag frei, aber ich habe dafür mit ihrem Vorgesetzten gesprochen. Sie haben den Bericht bereits eingereicht. Man hat mir die Fallnummer mitgeteilt und mir versichert, dass die Untersuchung noch nicht abgeschlossen sei und dass man sich mit mir in Verbindung setzen würde, wenn es irgendwas zu berichten gäbe.«

»Aber du glaubst nicht, dass sich noch was tut.«

»Nein.«

»Woher weißt du, dass er es war?« Dodge ließ sich in einen der Sessel vor Dereks Schreibtisch sinken.

Derek zog den Umschlag, der ihm im Gericht übergeben worden war, aus der Jackentasche, stand auf und reichte ihn seinem Detektiv, der ihn neugierig ansah, öffnete, ein einzelnes Blatt herauszog und die beiden getippten Zeilen las.

»›Wie findest du das als Drecksarbeit?‹ Michael Douglas. *Ein perfekter Mord.*« Er sah Derek an. »Mit *Drecksarbeit* meint er das Blut an seinen Händen. Was hat Michael Douglas damit zu tun? Ist mir da was entgangen?«

»Creighton Wheeler ist ein wandelndes Filmlexikon. Ein Historiker. Was er Maggie angetan hat…«

»*Der Pate.*«

»Genau.«

»Jesus.«

»Genau.«

Dodge steckte den Zettel in den Umschlag zurück und schob beides über Dereks Schreibtisch. »Wirst du das der Polizei als Beweismittel übergeben?«

»Obwohl es nichts bringen wird.«

»Vor allem jetzt, wo wir es in den Fingern gehabt haben.«

»Wahrscheinlich hätten sie den Brief sowieso nicht untersucht, trotzdem werde ich darauf bestehen, dass er zur Spurensicherung geschickt wird.«

Dodge schnitt ein Gesicht. »Bei der Spurensicherung haben sie alle Hände voll mit umgebrachten Menschen zu tun.«

»Ich mache mir keine großen Hoffnungen, dass irgendwas dabei rauskommt.«

»Warum hat es dieser Hurensohn so auf dich abgesehen? Weil du dich geweigert hast, ihn zu vertreten?«

Derek lehnte sich in seinen Schreibtischstuhl und drehte ihn hin und her, während er den abgerissenen Privatdetektiv ins Auge fasste. Er überlegte lang und eindringlich, aber ihm wollte kein Grund einfallen, warum er ihm nicht vertrauen sollte. »Dodge, ich werde dir jetzt was erzählen.«

»So wie du das sagst, musst du mich danach bestimmt umbringen. Ehrlich gesagt wär's mir lieber, wenn du es für dich behalten würdest.«

Derek feixte grimmig, dann begann er am Anfang, bei dem Rückflug aus Frankreich, und erzählte Dodge alles, was seither passiert war, inklusive Julies Theorie, dass Creighton mit jemandem Morde getauscht hätte, und zwar höchstwahrscheinlich mit dem Mann, der als Billy Duke identifiziert worden war.

Als er fertig war, blieb es lange still. Schließlich sagte Dodge: »Ich brauche eine Zigarette.«

»Die kriegst du erst, wenn du mir gesagt hast, was ich tun soll.«

»Du bist von uns beiden der Denker, Anwalt. Du kassierst deine Kohle dafür, dass du andere Leute aus der Tinte holst.«

Derek nahm die Nörgelei des Älteren als das, was es war – reine Verzögerungstaktik. Dodge brauchte Zeit, um zu verarbeiten, was Derek ihm erzählt hatte. Um ihm diese Zeit zu geben, stand Derek auf und trat ans Fenster. Er schaute hinaus und beneidete urplötzlich die Menschen, die sich unten durch den Verkehr kämpften, die zu ihren Verabredungen eilten, rennend irgendetwas erledigen mussten, sich mit alltäglichen Beschwernissen herumschlugen und einen ganz normalen Tag erlebten.

Normal war bei ihm gar nichts mehr, seit er im Flugzeug das erste Mal in Julie Rutledges Gesicht gesehen hatte. In dieser Beziehung hatte sie recht: Er steckte vor allem ihretwegen in diesem Schlamassel. Wäre sie nicht gewesen, wäre Maggie noch am Leben. Andererseits würde er jetzt Creighton Wheeler verteidigen, wenn sie nicht gewesen wäre, und bei der Vorstellung, diesem Geisteskranken als Anwalt zu dienen, kam Derek das kalte Grausen. Er konnte einen Versager wie Jason Connor bis zu seiner Hinrichtung begleiten. Aber Creighton Wheeler würde er nicht einmal verteidigen, wenn er nur bei Rot über die Ampel gegangen war.

Als hätte Dodge seine Gedanken gelesen, sagte er: »Ganz cgal, was sonst noch ist, dieser Creighton Wheeler ist ein Arschloch, mit dem man kurzen Prozess machen sollte. Ich kenne da ein paar Jungs. Für eine Kiste kaltes Bier und ein paar Scheine …«

»Dodge.«

»Ich meine es ernst.«

Derek lachte kurz. »Ich weiß. Und die Vorstellung reizt mich, glaub mir. Aber ich möchte ihm lieber das Leben zur Hölle machen, als ihn direkt dorthin zu schicken.«

»Nur für Maggie, oder glaubst du, diese Braut hat recht und Creighton steckt tatsächlich hinter dem Mord an Paul Wheeler?«

Derek überhörte, dass Dodge Julie als Braut bezeichnet hatte. »Ich neige zu der Auffassung, dass sie recht haben könnte. Ich habe mir diesen Hitchcock-Film fast bis zum Ende angesehen. Dieser Schurke erinnert gespenstisch an Creighton. Er ist charmant. Gutaussehend und gewandt. Wohlhabend.«

»Und ein Psychopath«, ergänzte Dodge. »Ich hab den Film auch gesehen. Vor vielen Jahren. Meine erste Frau – vielleicht war's auch Nummer zwei – hatte mich damals rausgeschmissen. Ich musste ein paar Tage im Motel wohnen, bis sie sich wieder abgeregt hatte. Damals gab's ein Hitchcock-Filmfestival in einem von diesen alten Kinos, die so was veranstalten, und die Glotze in meinem Zimmer hatte kein Kabel, also hab ich fast alle Vorstellungen angesehen.«

Er verstummte und kratzte sich nachdenklich an der Wange. »Ich kann mir vorstellen, worauf das Mädel rauswill, nachdem er so ein Filmfreak ist und so weiter. Wenn er Maggie so etwas antun kann, ist er der Teufel in Person.«

Derek ahnte, dass der ältere Mann noch nicht fertig war, und wandte sich vom Fenster ab. »Aber?«

»Nichts.« Dodge klopfte auf der Suche nach einer Phantomzigarette seine Taschen ab.

»Komm schon. Was?«

»Oder jemand ist so sauer auf jemand anderen, dass er dessen Hund umbringt. So was passiert ständig.«

»Glaubst du, mehr steckt nicht dahinter? Creighton war wütend auf mich, weil ich ihn nicht vertreten wollte, darum ist er in mein Haus geschlichen und hat meinem Hund den Kopf abgeschnitten? Du meinst, das ist die ganze Geschichte?«

»Ich weiß es nicht«, erwiderte Dodge genauso giftig wie Derek. »Ich meine ja nur.«

»Und was genau meinst du?« Derek kehrte an seinen Schreibtisch zurück und setzte sich. Dodge wich seinem Blick aus, doch Derek wartete schweigend ab, bis der Detektiv ihn wieder ansah. »Willst du andeuten, dass Julie Rutledge mich schon einmal manipuliert hat und es vielleicht gerade wieder tut?«

»Ich meine nur«, keuchte Dodge, »dass eine Frau am sichersten kriegt, was sie will, indem sie etwas einsetzt, ohne das wir armen Stinker nicht leben können. Auch so was kommt ständig vor.«

»Sie setzt es aber nicht ein. Ich durfte sie nicht einmal berühren. Nicht mehr seit dem Flug.«

»Aber du willst es.«

Jetzt war Derek an der Reihe, dem Blick seines Gegenübers auszuweichen.

»Und sie weiß, dass du es willst.«

Derek reagierte nicht.

»Und je länger sie sich zurückhält, desto dringender willst du es, und je dringender du es willst, desto blinder wirst du. Es gibt einen direkten Zusammenhang, wie du genau weißt, zwischen einem harten Schwanz und einer weichen Birnc.«

Derek sprang so abrupt aus seinem Stuhl auf, dass die Sitzfläche herumwirbelte. »Okay, angenommen, du hast recht. Du glaubst genau wie die Polizei, dass sie einen Plan ausgeheckt hat, um Paul Wheeler umzubringen, und jetzt versucht, Creighton die Schuld in die Schuhe zu schieben.« Er stützte sich auf die Rückenlehne seines Stuhles und beugte sich vor, um seinen Worten Nachdruck zu geben. »Sie hat den Mann geliebt, Dodge. Warum sollte sie ihn umbringen wollen?«

»Scheiße, das weiß ich doch nicht. Und ich sage auch nicht, dass es so gewesen sein muss. Ich will nur nicht, dass du diese Möglichkeit von vorneherein ausschließt. Du musst zugeben, dass einiges gegen sie spricht. Sanford und Kimball sind nicht auf den Kopf gefallen. Im Gegenteil, sie sind fähige Leute. Gemeinsam sind sie verflucht gut. Sie würden die Kleine nicht unter die Lupe nehmen, wenn sie nicht das Gefühl hätten, dass da was nicht zusammenpasst.

Du hast selbst gesagt, dass du nicht sehen konntest, ob irgendwas in ihrem Haus verändert wurde. Du glaubst ihr einfach, dass Creighton Wheeler eingebrochen ist und mit ihren Sachen rumgespielt hat und dass er ihr auf dem Parkdeck Angst eingejagt hat.«

»Sie hat Maggie nicht umgebracht. An dem Abend war ich mit ihr zusammen.«

»Du hast aber gesagt, du hättest dir auf der Heimfahrt Zeit gelassen und sie hätte dich fast angespuckt, als ihr euch getrennt habt.«

»Sie hat Maggie *nicht* umgebracht.«

Dodge hob abwehrend die Hände. »Wahrscheinlich nicht. Aber der Rest…?« Er machte eine Pause und holte pfeifend Luft. »Du sollst bloß die Möglichkeit in Betracht ziehen, dass ihre Weste nicht so blütenweiß ist, wie du es gern hättest. Sieh sie dir objektiv an, bevor du dich in etwas verhedderst, das deine Karriere, deinen Ruf und dein Leben ruinieren könnte. Du bist zu klug, um all das für einen hübschen Hintern zu riskieren.«

Derek sah ihn wütend an.

»Du kannst dich aufblasen und mich anschreien, so viel

du willst, trotzdem habe ich recht. Außerdem wolltest du meine Meinung hören«, ergänzte Dodge brummelnd. Dann schnalzte er mit der Zunge gegen die Zähne und murmelte etwas vor sich hin. »Ich weiß, wovon ich spreche, Anwalt. Frauen können dich schneller und tiefer in die Scheiße reiten als alles andere, dafür bin ich das lebende Beweisstück. Wenn dich erst mal eine von ihnen am Haken hat ...« Er sah Derek an und schüttelte traurig den Kopf.

Derek gab seine feindselige Haltung auf und kehrte an seinen Schreibtisch zurück. Er ließ sich in den Stuhl fallen und merkte plötzlich, wie müde er war. Er wusste, dass Dodge es nur gut mit ihm meinte, wenn er ihn so anging. Er sah den Privatdetektiv an und fragte tonlos: »Was rätst du mir?«

»Lass die Finger von der Sache.«

Derek sah ihn nur weiter an.

»Na schön.« Dodge seufzte und klopfte wieder seine Taschen ab. »Ich hab's nicht wirklich geglaubt, aber ich habe zu hoffen gewagt.«

»Ganz egal, ob Julie die ganze Sache ausgekocht hat oder ob Creighton jemanden angeheuert hat, der Paul Wheeler für ihn umbringen sollte, der Schlüssel liegt in jedem Fall bei dem Kerl, der tatsächlich geschossen hat.«

»Diesem Billy Duke?«

»Er ist bislang die einzige Spur. Kannst du ihn finden, Dodge?«

Statt zu antworten, stand der Detektiv auf und ging zur Tür.

»Noch etwas.«

Dodge drehte sich um.

»Kannst du rausfinden, ob Creighton Wheeler als Jugendlicher eine Vorstrafenakte hatte?«

Dodge sah ihn finster an. »Viel verlangst du ja nicht, oder?«

»Unmöglich?«

»Na ja, Moses hat das Tote Meer geteilt.«

»Das Rote Meer. Kannst du es versuchen?«

Wieder drehte sich Dodge zur Tür, und wieder hielt Derek ihn auf. Der Ältere stöhnte. »Ich brauche jetzt wirklich eine Zigarette.«

»Wegen Julie. Du hast ein paar wichtige Fragen aufgeworfen, Dodge. Danke dafür.«

Der Ermittler wirkte halbwegs beschwichtigt. »Mist. Wer bin ich schon, dir Vorträge zu halten. Und vielleicht lieg ich auch völlig falsch bei ihr. Ich hoffe es. Aber eines weiß ich hundertprozentig …«

»Ja?«

»Sie geht dir mächtig unter die Haut.«

Gleich nachdem Julie am Morgen in der Galerie eingetroffen war, hatte sie sich im Hinterzimmer mit Kate ausgesprochen. Kate hatte schon auf sie gewartet. Kaum hatte Julie die Tür geöffnet, da begann sich die junge Frau wieder zu entschuldigen.

»Ich habe dir schon gestern erklärt, dass du dich nicht zu entschuldigen oder zu rechtfertigen brauchst«, erklärte ihr Julie. »Du musstest der Polizei erzählen, was du weißt. Das war ganz richtig.«

Sie umarmten sich, dann verschwand Kate in den Verkaufsraum, während Julie die Papierberge in Angriff nahm, die sich seit Tagen angehäuft hatten. Der erste Anruf kam um elf Uhr dreißig. Weil Kate vorne mit einem Kunden beschäftigt war, nahm Julie den Hörer beim zweiten Läuten ab.

»Chez Jean.«

Nichts. Sie war fast sicher, dass der Anrufer noch in der Leitung war, aber als ihr auch nach der zweiten Begrüßung niemand antwortete, legte sie wieder auf.

Zwei Stunden später passierte das Gleiche wieder. Diesmal fragte Julie nur einmal nach, bevor sie wieder auflegte.

Der dritte Anruf ging kurz vor Ladenschluss ein. Kate unterschrieb eben eine Quittung für den UPS-Lieferanten, darum ging Julie ans Telefon. »Chez Jean.« Nachdem sie ein paar Sekunden der erwartungsvollen Stille gelauscht hatte, murmelte sie: »Mach's dir selbst«, und knallte wütend den Hörer auf die Gabel.

»Wer war das?«

»Ein Hechler.«

Kate stellte das Päckchen, für das sie unterschrieben hatte, auf Julies Schreibtisch ab. »Er hat heute Morgen schon zweimal angerufen, bevor du gekommen bist.«

»Davon hast du mir nichts erzählt.«

»Beim ersten Mal dachte ich, er hätte sich bloß verwählt. Beim zweiten Mal habe ich einfach aufgelegt und mir nichts weiter dabei gedacht. Bis jetzt.«

Julie sah aufs Display des Apparats. »Nummer unterdrückt.«

Offenbar hielt Kate die Anrufe zwar für lästig, aber nicht für wichtig. »Irgendwann verliert er bestimmt die Lust und hört wieder auf«, sagte sie, während sie ihre Sachen einsammelte und sich zum Gehen fertig machte. »Hättest du Lust, noch was trinken zu gehen, Julie? Oder auf ein frühes Abendessen?«

»Danke, aber ich will das hier noch erledigen, bevor ich gehe.«

»Okay, dann sehen wir uns morgen.« Kate legte ihr mitfühlend die Hand auf die Schulter und verschwand durch den Hinterausgang.

Julie sah auf die Wanduhr und schaltete den kleinen Fernseher auf ihrem Schreibtisch ein. Es war Zeit für die Frühausgabe der Abendnachrichten. Sie ließ den Fernseher die ganze Nachrichtensendung über eingeschaltet, aber es wurde weder über den Mord an Paul noch über die Fahndung nach Billy Duke berichtet. Sie wusste nicht recht, ob sie erleichtert oder enttäuscht sein sollte.

Sie hatte erwartet, dass die Detectives heute wieder auftauchen und sie mit dem konfrontieren würden, was Kate ihnen gestern über den Besuch des Mannes in der Galerie erzählt hatte. Sie hatte Ned Fulton Bescheid gegeben, sich zur Verfügung zu halten, falls sie ihn brauchen sollte. Aber sie hatte nichts von der Polizei gehört.

Es ärgerte sie, dass die Detectives so viele Stunden darauf verschwendeten, sie mit einem Mann in Verbindung zu bringen, den sie gar nicht kannte. Aber ihr waren die Hände gebunden. Sobald sie ihnen riet, ihre vergebliche Suche nach einer nicht existierenden Verbindung zwischen ihr und Billy Duke aufzugeben, würde sie damit verraten, dass Derek ihr davon erzählt hatte.

Derek.

Auch von ihm hatte sie heute nichts gehört. Was sie nicht weiter überraschte, aber auch in diesem Fall wusste sie nicht, ob sie enttäuscht oder erleichtert sein sollte. Erst als sie nach vorn ging, um die Ladentür zu verriegeln, gestand sie sich ein, dass sie hauptsächlich enttäuscht war.

So wütend sie gestern Abend auch auf ihn gewesen war, nachdem er sie so beleidigt hatte, hatte es sie heute Morgen trotzdem getroffen, als sie nach dem Aufstehen festgestellt hatte, dass er ohne ein Wort und ohne jede Nachricht verschwunden war. Er hatte sogar das Bett im Gästezimmer gemacht, sodass es so aussah, als wäre er nie da gewesen.

Auf dem Weg zurück ins Lager blieb sie kurz in der offenen Tür zum Salon stehen und versuchte, den Duft seiner Rasierseife zu erahnen, indem sie tief einatmete. Der Gedanke zog sie in den Raum. Versonnen trat sie an das Bild des nackten Mannes, über das er sich so mokiert hatte, und erinnerte sich lächelnd, wie er gefragt hatte, wie jemand, der noch alle Tassen im Schrank hatte, so viel Geld dafür bezahlen konnte.

Dass er an diesem Tag in der Galerie aufgetaucht war, hatte sie komplett aus der Bahn geworfen. Er war der letzte Mensch auf Erden, den sie damals erwartet hätte oder sehen wollte. Und doch hatte sie danach gehungert, ihn wiederzusehen. Jedes Detail hatte sich ihr unauslöschlich eingeprägt – seine Haltung, die Form seiner Hände, die Wirbel in seinem Haar, die kaum erkennbare Narbe an seinem Kinn. Sie hatte vorab so viele Fotos von ihm betrachtet, dass ihr all diese Merkmale längst vertraut gewesen waren, bevor sie ihm im Flugzeug persönlich begegnet war.

Darf ich Sie dann auf einen Drink nach dem Mittagessen einladen? Dazu hatte er ein fast boshaftes Grinsen aufblitzen lassen, bei dem sie jetzt noch ein unheimliches Ziehen in der Magengrube spürte. Sie lächelte melancholisch und flüsterte leise: »Du hattest mich schon nach dem Hallo.«

»Jerry Maguire.«

Ihr Herz setzte einen Schlag aus. Sie schnappte erschrocken nach Luft und fuhr herum. Creighton stand in der offenen Tür. Die Beine lässig gekreuzt lehnte er entspannt und mit sarkastischer Miene am Türstock. »Macht dich dieser stattliche Gentleman mit dem klitzekleinen Würstchen tatsächlich so scharf?« Dann fuhr er samtweich fort: »Oder habe ich dich dabei ertappt, wie du von deinem juristisch bewanderten Zuchthengst träumst?«

Sie wusste, dass sie weder ihre Angst noch ihren Widerwillen zeigen durfte, und fragte daher so energisch wie möglich: »Was willst du hier, Creighton?«

»Julie, Julie, ich spüre da eine gewisse Feindseligkeit. Ich dachte, ich sollte nachsehen, wie es dir geht, nachdem du praktisch meine Tante warst.«

»Du hättest mich fragen können, wie es mir geht, als du heute angerufen hast.«

»Angerufen?«

»Diese Telefonspielchen sind wirklich albern und deiner unwürdig, Creighton. Einem hilflosen Tier den Kopf abzutrennen ist schon eher dein Kaliber.«

»Ich habe keinen Schimmer, wovon du redest. Ich weiß weder etwas von irgendwelchen Anrufen noch von geköpften Tieren.« Er schnalzte mit der Zunge. »Ganz ehrlich, Julie.«

Sie bekam kaum noch Luft. Ihr Ekel war so stark, dass sie fast daran erstickte, und das verlieh ihr Mut. »Die Galerie ist geschlossen. Du begehst Hausfriedensbruch. Ich fordere dich auf zu gehen. Wenn du es nicht tust, rufe ich die Polizei.«

Er nahm das schnurlose Telefon vom Couchtisch und reichte es ihr. »Nur zu. Das wäre eine ausgesprochen interessante Konstellation. Du, ich und die beiden Detectives, die dich sowieso schon verdächtigen, traulich vereint in deinem kuschligen kleinen Salon. Wo ich ihnen erzählen kann, dass du mich hergebeten hättest, weil du jetzt, da mein Onkel Paul aus dem Weg ist, endlich dort weitermachen wolltest, wo wir an dem Abend in der Küche aufgehört haben.«

»Sie würden dir nie glauben. Derek glaubt dir jedenfalls nicht.«

Er zog eine Braue hoch. »Derek glaubt mir nicht?«

»Ich habe ihm die Wahrheit erzählt.«

»Er hat das Thema von sich aus angeschnitten?«

Sie schwieg, und auf seinem Gesicht breitete sich ein genüssliches Grinsen aus.

»Die Tatsache, dass er es getan hat, lässt mich vermuten,

dass er deine Version anzweifelt. Aber verlier nicht den Mut. Vielleicht hast du bei den Detectives mehr Glück.« Er wedelte mit dem Apparat. »Soll ich für dich wählen?«

Sie schubste ihn zur Seite und floh aus der Tür. »Wenn du nicht gehen willst, dann gehe eben ich.«

Sie marschierte den Flur entlang auf den Lagerraum zu, mit durchgestrecktem Rücken und möglichst so, als würde ihr nicht das Herz im Hals hämmern. Nach Maggies Ermordung hatte sie keine Zweifel mehr daran, zu welcher Brutalität er fähig war.

Er hakte seine Hand in ihren Ellbogen, schleuderte sie gegen die Wand und klemmte sie dort mit seinem Körper fest, bevor er die Finger um ihren Hals schloss. »Vielleicht hast du ja wirklich gern mit Onkel Paul gefickt. Es sind schon schrägere Sachen passiert. Ich kann mir auch vorstellen, dass du es noch mehr genießt, den schneidigen und tapferen Derek Mitchell zu ficken. Aber ich glaube, am besten würde es dir gefallen, mich zu ficken.« Er drängte sich an sie. Sie versuchte, sich aus seinem Griff zu winden, aber das führte nur dazu, dass sich auf seinem Gesicht jenes triumphierende Lächeln ausbreitete, bei dem sie regelmäßig eine Gänsehaut bekam.

»Lass mich los.«

»Es macht dir Spaß, dich in mein Leben einzumischen, oder, Julie? Hmm? Du denkst, du kannst mich austricksen, indem du den Anwalt auf deine Seite ziehst? Falsch gedacht.«

»Ich warne dich, Creighton.«

»Wovor? Was willst du unternehmen?« Seine Finger spannten sich um ihren Hals. »Du spielst hier ganz und gar nicht in deiner Liga, Herzchen, und tragischerweise bist du zu stolz, um das zu begreifen. Du solltest dich zurückziehen, solange deine süße, weiche Haut noch intakt ist.«

Er ließ sie abrupt los und grinste, als sie schützend die Arme vor die Brust nahm. »Wobei ich durchaus Lust hätte, mit meiner Zunge jeden Zentimeter dieser süßen Haut zu kosten. ›Das wollte ich schon immer mal machen.‹ Robert Patrick, *The Faculty*. Außerdem wollte ich schon immer mal wissen, wieso deine kleine Pussy meinen Onkel so in Bann gezogen hat. Aber leider, leider, meine liebste Julie, wird diese köstliche Erkundungsreise warten müssen. Heute Abend bin ich schon verabredet.«

Nachdem er das gesagt hatte, schlenderte er in ihr Hinterzimmer. Als er an ihrem Schreibtisch vorbeikam, blieb er kurz stehen und sah auf das Paket. »Vergiss nicht, dein Päckchen aufzumachen.«

Dann verschwand er durch den Hinterausgang und zog die Tür energisch hinter sich ins Schloss. Julie blieb angelehnt an der Wand stehen, denn ihre Beine schlotterten so, dass sie sie kaum trugen.

Schließlich schaffte sie es, mit einer Hand an der Wand abgestützt bis zu ihrem Büro zu kommen. Sie taumelte zur Hintertür, schob energisch den Riegel vor, drehte sich um und sank schwer atmend dagegen.

Dann stolperte sie zu ihrem Schreibtisch und griff nach dem Telefon, doch nach kurzem Überlegen legte sie es zurück. Creighton wäre nicht aufgetaucht, wenn er nicht überzeugt gewesen wäre, dass er die Situation völlig im Griff hatte, dass er sie zu seinen Gunsten nutzen und ihr dadurch Schaden zufügen konnte. Wahrscheinlich hoffte er, sie würde den Vorfall den Detectives melden, damit er jedes ihrer Worte ins Gegenteil verdrehen konnte, um sie lächerlich zu machen oder in Bedrängnis zu bringen.

Ihr Blick fiel auf das Paket auf ihrem Schreibtisch.

Dem Aufkleber war nicht zu entnehmen, wer es geschickt

hatte. Es sah völlig harmlos aus, aber Creightons lässige Bemerkung hatte sie argwöhnisch gemacht.

In ihrem Kopf kreisten Filmszenen, in denen jemand in einem ganz gewöhnlichen Paket die grässlichsten Dinge fand.

In der Galerie war es vollkommen still bis auf das Klopfen ihres Herzens. Widerstrebend zog sie die Schreibtischschublade auf und nahm das Teppichmesser heraus, mit dem sie ihre Pakete öffnete. Sie schob den Knopf vor, um die Rasierklinge freizulegen, setzte das Messer auf das Paketband und zog einen langen Schlitz, der an den Schnitt eines Skalpells erinnerte. Eilig durchtrennte sie auch das Band an den Kopfseiten des Kartons, dann legte sie das Teppichmesser wieder weg.

Ihre Finger waren so kalt, dass sie kaum die Pappe spürte, als sie erst die eine Lasche des Deckels und dann die andere zurückschlug. Darunter sah sie grüne Schaumstoffchips. Ganz normales Verpackungsmaterial. Absolut harmlos.

Sie streckte die Hände aus, ballte im nächsten Moment die Fäuste und zuckte zurück. Erst nachdem sie mehrmals tief durchgeatmet hatte, schlug ihr Herz langsamer. Sie kämpfte ihre Angst nieder und streckte die Hände wieder vor. Nach einer Sekunde nackter, kalter Furcht tauchte sie mit beiden Händen in das federleichte Verpackungsmaterial. Die grünen Chips purzelten über ihre Arme, aus dem Karton, auf den Schreibtisch und den Boden. Ohne darauf zu achten, tastete sie in der Schachtel herum.

Dann bekam sie etwas zu fassen, das in Blisterfolie verpackt war.

Sie griff mit beiden Händen zu und zog es heraus.

Sie erkannte auf den ersten Blick, was es war, und schrie leise auf. Ihre Knie knickten ein, und sie sank, am ganzen Leib schlotternd, zu Boden. Ein Schluchzen stieg aus ihrer Kehle auf.

Es war die mundgeblasene Glasschüssel, die sie für einen Kunden bestellt hatte.

Nichts weiter.

Während sie auf dem Boden saß und versuchte, wieder zu Atem zu kommen, sah sie auf die Tür, durch die Creighton hinausgegangen war.

Und meinte höhnisches Gelächter zu hören.

20

Dereks Firma bearbeitete zurzeit ein Dutzend Fälle. Dreimal so viele waren in Vorbereitung. Er wusste über jeden einzelnen Fall Bescheid und war aktiv an sämtlichen Verteidigungsstrategien beteiligt, selbst wenn der Mandant von einem anderen Anwalt aus seiner Kanzlei vertreten wurde.

Nach der ausführlichen Lagebesprechung hatte sein Kopf noch mehr Daten zu speichern und zu verarbeiten. Aber als er an sein Handy ging und Dodge sagte: »Ich hab ihn«, konzentrierten sich Dereks Gedanken sofort auf einen einzigen Punkt, sodass er nicht zu fragen brauchte, wen sein Ermittler damit meinte.

»Wo?«

»Ein mieses Motel in der Nähe vom Flughafen.«

»Wie hast du ihn gefunden?«

»Ich hab einen V-Mann, der öfter in eine Bar ganz in der Nähe geht. Er ist in die kleine Koreanerin verknallt, die das Motel führt, also ist er bei ihr vorbeigegangen und hat ihr Billy Dukes Bild gezeigt. Sie wurde ganz zapplig. Er hat mich angerufen, also bin ich persönlich zu der Lady. Nach einem großzügigen Händedruck hat sie zugegeben, dass sie Billy Duke erkannt hat, als sie sein Bild im Fernsehen gezeigt haben. Er hat das Zimmer seit fast einem Monat gemietet, aber natürlich unter einem anderen Namen.«

»Warum hat sie das nicht der Polizei gemeldet?«

»Sie ist illegal hier. Ich musste ihr ein paar Hunderter in

die Hand drücken, damit sie nicht ausflippt, so fürchtet sie sich davor, dass sie abgeschoben werden könnte.« Dodge holte hörbar Luft. »Ich glaube, die Romanze mit ihr kann mein Spitzel vergessen, aber jedenfalls habe ich Billy Duke aufgetrieben. Soll ich mal bei ihm anklopfen und hallo sagen?«

»Nein. Wir müssen Sanford und Kimball anrufen.«

»Wirklich?« Es war nicht zu überhören, dass Dodge das anders sah.

»Was für einen Wagen fährt Billy Duke?«

»Die Koreanerin behauptet, das weiß sie nicht.«

»Wenn er weggeht, dann folg ihm, aber sag mir sofort Bescheid. Und ansonsten lässt du seine Zimmertür nicht aus den Augen.«

Derek legte auf und beauftragte Marlene, ihn mit Sanford oder Kimball zu verbinden. »Sag, es ist dringend, ganz gleich, mit wem du sprichst.«

Während er wartete, spielte er mit dem Gedanken, auch Julie anzurufen, aber Dodges mahnende Worte hielten ihn davon ab. Falls sie die Wahrheit sagte, würde sie schon bald erfahren, dass Billy Duke festgenommen worden war. Falls sie gelogen hatte und Duke ihr Komplize war, würde Derek das Gesetz brechen, falls er ihr verriet, dass Billy verhaftet werden sollte.

Einstweilen blieb seine Integrität gewahrt.

Julie zitterte immer noch, als sie nach Hause kam. Creightons Überraschungsbesuch in der Galerie hatte sie eingeschüchtert. Unerträglich, aber wahr: Er konnte ihr Todesangst einjagen. Er hatte schon wieder eines seiner kranken Psychospiele angezettelt, und sie war darauf hereingefallen. Seinetwegen hatte sie Angst gehabt, ein ganz gewöhnliches Paket zu öffnen.

Sobald sie den Wagen in die Garage gefahren hatte, schloss sie mit der Fernbedienung das Tor. Aber auch in der sicheren Garage blieb die Angst. Immerzu musste sie daran denken, wie sich Creightons Finger um ihre Kehle geschlossen hatten und wie er seinen Körper gegen ihren gepresst hatte. Schließlich faltete sie die Hände über dem Lenkrad, ließ die Stirn darauf sinken und atmete tief durch.

Jedes Mal, wenn sie ihn in letzter Zeit sah – vor der Bar, in der Galerie –, bedrängte er sie aggressiver. War das ein Anzeichen für eine sich verstärkende Psychose?

Die Garage hatte die Tageshitze gespeichert. Schon nach wenigen Minuten überzog sie ein dünner Schweißfilm, trotzdem zitterte sie noch aus Angst vor Creighton. Was er auch angefangen hatte, als er den Mord an Paul ausgeheckt hatte, er hatte es noch nicht zu Ende gebracht. Davon war sie überzeugt. Irgendwie fühlte er sich von ihr bedroht, sonst würde er nicht ständig auftauchen und ihr drohen und sie nicht warnen, sich aus der Sache herauszuhalten. Etwas war im Busch. Aber was? Wie sollte sie etwas unternehmen, wenn sie nicht einmal wusste, welches Verbrechen er plante oder wer sein nächstes Opfer sein sollte?

Schließlich zwang die drückende Hitze sie, aus dem Auto zu steigen.

Seit dem Einbruch achtete sie peinlich darauf, alle Türen abzuschließen, auch die zwischen Garage und Küche. Jetzt nahm sie ihren Schlüssel und schloss auf.

Trotz des fehlerhaften Bewegungsmelders war sie dazu übergegangen, mit religiösem Pflichteifer die Alarmanlage einzuschalten, selbst wenn sie nur kurz aus dem Haus ging. Und sie ließ die Anlage auch eingeschaltet, wenn sie zu Hause war.

Also rechnete sie fest damit, ein warnendes Piepsen zu hören, sobald sie die Tür zur Küche aufdrückte. Dass sie nichts hörte, erschreckte sie mehr als jeder Alarm, denn die Stille wirkte umso bedrohlicher und beängstigender.

Ihr Herz begann, wie wild zu pochen. Aus dem Schweißfilm wurden Rinnsale, und im nächsten Moment war sie klatschnass, so jagte das Adrenalin durch ihren Körper. Sie bekam kaum noch Luft. In ihrem Kopf überschlugen sich die schlimmsten Vorstellungen, aber sie zwang sich, rational zu überlegen und nicht in Panik zu geraten. Noch nicht.

Hatte vielleicht die Putzfrau vergessen, die Anlage einzuschalten, als sie gegangen war?

Nein. Die Putzfrau war heute nicht da gewesen. Das war nicht nötig, nachdem das Haus erst gestern gründlich geputzt worden war.

Hatte sie selbst heute Morgen vergessen, die Anlage einzuschalten? Sie zermarterte sich das Gehirn und versuchte, sich jeden einzelnen Handgriff ins Gedächtnis zu rufen, doch sie hätte beschwören können, dass sie den Schalter umgelegt hatte, bevor sie die Tür von außen abgeschlossen hatte.

Lautlos stellte sie die Handtasche auf dem Küchentisch ab und schlüpfte aus den Schuhen. Barfuß schlich sie auf Zehenspitzen zur Küchentheke und zog ein Fleischmesser aus dem Messerblock. Es hatte eine lange Klinge mit Wellenschliff, trotzdem hätte sie sich mit ihrer Pistole wohler gefühlt, doch die klemmte wieder unter dem Bett. Sie schlich zum Flur und lauschte angestrengt.

Bis auf das Hämmern ihres Herzens war es im ganzen Haus totenstill.

Als nach fünf Minuten ihre Muskeln zu zittern begannen, weil sie sich so anstrengte, reglos auszuharren, zwang sie sich zu entspannen. Fiel sie schon wieder auf eines von Creightons Psychospielen herein?

Hatte sie heute Morgen *wirklich* die Alarmanlage eingeschaltet? Sie war wütend auf Derek gewesen, zum einen, weil er am Vorabend *Du bist gekommen* gesagt hatte, andererseits, weil er ohne Entschuldigung oder ein Wort der Erklärung aus dem Haus geschlichen war. Vielleicht – offenkundig – hatte sie das so beschäftigt, dass sie trotz aller festen Vorsätze vergessen hatte, die Alarmanlage einzuschalten.

Trotzdem durchsuchte sie mit abwehrbereit vorgestrecktem Messer das ganze Haus und suchte nach Hinweisen darauf, dass jemand eingedrungen war. Nirgendwo war etwas verändert worden. Sie trat aus dem Wohnzimmer und sah ängstlich den Flur hinunter, der zu den Schlafzimmern führte. Wieder blieb sie stehen und lauschte, hörte aber nichts.

Auf Zehenspitzen schlich sie zum Gästezimmer. Das Bett war genau so, wie Derek es hinterlassen hatte. Die Tür zum Gästebad stand offen. Bevor sie der Mut verlassen konnte, durchquerte sie das Zimmer. Das Bad sah aus wie immer – bereit für einen Gast. Sie nahm ihren ganzen Mut zusammen, trat an den Kleiderschrank und kam sich reichlich dämlich vor, als sie theatralisch die Tür aufriss. Der Schrank war leer bis auf ein paar Kleiderbügel und eine zusammengefaltete Decke im Fach über der Kleiderstange. Um sich vollends zum Narren zu machen, ließ sie sich danach auf Hände und Knie nieder und schaute unters Bett.

Schließlich stand sie wieder auf und trat kopfschüttelnd in den Flur zurück. Die Tür zu ihrem Schlafzimmer stand offen.

Sie war nur wenige Schritte davon entfernt, als er aus seinem Versteck sprang. Er schoss hervor wie ein Monster in einem Geisterhaus. Urplötzlich. Explosiv.

Julie hatte mit einem bösen Streich gerechnet. Trotzdem schrie sie gellend auf.

Als Derek in dem Steakhaus gegenüber dem Pine View Motel eintraf, saß Dodge an der Theke mit Blick auf das Fenster, durch das er quer über den Boulevard auf das Motel und die umgebenden Gebäude sah. Derek setzte sich auf den Hocker neben ihm und schob einen Teller mit abgenagten Knochen und gestockter Soße beiseite.

»Die Spareribs sind nicht übel«, sagte Dodge.

»Nein danke.«

Die Kellnerinnen servierten einer Handvoll Gäste üppige Portionen von Grillfleisch mit Beilagen, weder das Personal noch ihre Kunden ahnten, dass sich gegenüber ein Polizeieinsatz anbahnte.

Mit gesenkter Stimme sagte Derek: »Ich habe an der Straßenecke zwei Streifenwagen gesehen.«

»An der anderen Ecke haben sie auch einen stehen. Und zwei an der Straße hinter dem Motel. Außerdem sind die beiden mit von der Partie. In Zivil.«

Derek sah in die Richtung, in die Dodge genickt hatte. Direkt vor der Lounge parkte eine unauffällige Limousine. Im Widerschein einer Neonreklame konnte Derek zwei Gestalten darin ausmachen, einen Mann hinter dem Lenkrad und eine Frau auf dem Beifahrersitz.

»Sie hat mir früher öfter Informationen zukommen lassen«, bemerkte Dodge beiläufig.

»Öfter?«

»Wir hatten ein Arrangement.«

»Was für ein Arrangement?«

»Ein Arrangement eben. Aber damit ist Schluss. Lass dir nicht anmerken, dass du etwas weißt, wenn wir mit ihr reden.«

»Meine Lippen sind versiegelt.«

Ihr Gespräch endete abrupt, als Sanford und Kimball eintrafen. Derek und Dodge beobachteten, wie die beiden Detectives vor der Rezeption des Motels parkten. Kimball stieg aus und trat in die Rezeption. Auf ihrem Beobachtungsposten sahen Dodge und Derek zu, als stünden sie vor einem Aquarium und studierten das Verhalten der Fische. Sie schlug auf die Glocke auf der Theke. Die Koreanerin teilte den Perlenvorhang zu einem Hinterzimmer und kam auf Kimball zu, die ihre Marke aufblitzen ließ.

Derek sagte zu Dodge: »Das gehört mit zu dem Deal, den ich mit Sanford geschlossen habe. Wenn sie kooperiert und Kimball den Schlüssel gibt, melden die beiden sie nicht der Einwanderungsbehörde.«

»Und das glaubst du?«

»Eher nicht.«

Keine volle Minute später verließ Kimball die Rezeption mit dem Zimmerschlüssel in der Hand. Sanford ließ den Zivilwagen stehen. Gemeinsam schritten sie die Zimmerfront parallel zur Straße ab, umrundeten die Ecke und marschierten weiter am langen Ast des Ls entlang, wo sie abwechselnd in den gelben Lichtinseln unter der Außenbeleuchtung erschienen und in den dunklen Teichen dazwischen verschwanden.

Ein paar Schritte vor dem letzten Zimmer begannen sie sich vorsichtig anzuschleichen und bezogen dann beiderseits der Tür Position. Sanford klopfte mit dem Lauf der Dienstwaffe an die Tür. Nichts geschah. Er sagte etwas und klopfte wieder gegen die Tür. Als sich immer noch nichts rührte, nickte er Kimball zu, die sich vorbeugte und den Schlüssel ins Schloss führte. Dann stießen sie blitzschnell die Tür auf und stürmten hinein.

Zwei weitere Polizisten in Zivil schossen aus ihrem Auto und rannten mit gezogenen Pistolen auf das Zimmer zu.

»Los!« Derek platzte durch die Tür des Steakhauses. Er sprintete über die Fahrbahnen geschickt durch den Verkehr.

Als sie auf der anderen Straßenseite ankamen, war Dodge schon außer Atem. Er hielt noch Schritt mit Derek, schnaufte aber wie die Dampflok eines Güterzuges.

Als sie beinahe bei dem Zimmer angekommen waren, kamen die beiden Zivilpolizisten wieder heraus. Inzwischen schienen sie es gar nicht mehr eilig zu haben. Die Waffen steckten wieder in den verdeckten Holstern.

Als die Frau Dodge sah, blieb sie abrupt stehen. »Was hast *du* hier zu suchen, verdammt noch mal?«

»Ich habe ihn gefunden. Und eure Kollegen gerufen.«

»Herzlichen Glückwunsch. Aber du bist zu spät gekommen. Er ist nicht mehr da.«

»Scheiße!«, zischte Derek.

Ihr Partner sah ihn an. »Was interessiert Sie das?« Dann fragte er Dodge: »Arbeitest du immer noch für ihn?«

»Er zahlt mir die Krankenversicherung.«

Der Polizist spuckte aus und ging dann los zur Rezeption. »Ich gehe mal vor.«

Als er außer Hörweite war, fragte Dodge die Frau: »Kannst du uns in das Zimmer lassen?«

»Du Arschloch.«

Dodge atmete tief aus. »Ich musste los, Dora. Ich wurde weggerufen.«

»Du hast mich mit der Rechnung sitzen lassen.«

»Der Anwalt hier brauchte mich sofort.«

»Dieses Essen hat mich zweiundzwanzig Mäuse gekostet.«

»Ich hab doch gesagt, es tut mir leid. Jetzt komm schon. Sei nicht sauer auf mich.«

Sie sah über die Schulter durch die offene Tür in Billy Dukes Zimmer. »Wenn Sanford dich hier sieht, kriegt er das Kotzen.«

»Aber danach wird's ihm besser gehen.«

»Sag ihm nur nicht, dass ich dich hier draußen gesehen habe.«

»Sie befragen jetzt die Managerin?«, fragte Derek.

Sie fixierte ihn argwöhnisch. »Vielleicht.«

»Fragen Sie …«

»Sagen Sie mir nicht, wie ich meinen Job zu machen habe, Mr Mitchell.«

Dodge trat auf sie zu. »Das würde ihm nicht im Traum einfallen, Dora. Aber falls du dabei was Interessantes erfahren solltest …«

»Vergiss es, Dodge. Ich will Kimball genauso wenig im Genick sitzen haben wie du.« Sie ging weg.

»Hast du vergessen, dass du oben liegen durftest?«

Ohne sich umzudrehen, zeigte sie Dodge den Mittelfinger über die Schulter.

Dodge lachte krächzend. »Was die Liebe aus uns macht.«

Er folgte Derek zur offenen Tür des Motelzimmers. Als Sanford sie hörte, wandte er sich von dem Schrank ab, den er gerade durchsuchte. Er stemmte die Hände in die Hüfte. »Danke für den Tipp, Mr Mitchell. Aber deshalb sind Sie noch lange nicht zur Party eingeladen.«

»Wir kennen uns alle?«, fragte Dodge. Niemand antwortete ihm.

Derek fragte: »Irgendein Zeichen von Billy Duke?«

»Billy Wood«, korrigierte Kimball, die gerade aus dem Bad trat. Sie trug Latexhandschuhe, genau wie ihr Partner, aber ihre Hände waren leer. »Jedenfalls hat er unter diesem Namen eingecheckt. Er hat die Miete für einen Monat im Voraus bezahlt, zehn Tage bevor Wheeler erschossen wurde. Die Besitzerin hat ihn seither nur ein einziges Mal gesehen. Sie hat ihn dabei beobachtet, wie er einen Müllsack zu dem Container hinter dem Haus getragen hat.«

»Sie haben nur ein paar Sekunden mit ihr gesprochen«, bemerkte Dodge.

Die Polizistin lächelte. »Ich bin gut.«

»Warum haben Sie ihn dann nicht gefunden?«

Kimball sah ihn giftig an. Sanford schien die ganze Situation zu ärgern. »Warum haben Sie Ihren Mann nach ihm suchen lassen, Mr Mitchell?«

»Ich habe ein berufliches Interesse daran.«

»Sie vertreten die Wheelers nicht mehr.«

»Nein.«

»Warum sind Sie dann so scharf darauf, diesen Typ zu finden?«

»Kein Kommentar.«

»Hat das irgendwas mit Ihrem Hund zu tun?«

Derek sah Kimball, die diese Frage gestellt hatte, scharf an. Sie zuckte mit den Achseln. »Wir haben heute davon erfahren. Mein Beileid. Aufrichtig.«

Merkwürdigerweise glaubte Derek ihr und war von ihrer Offenheit gerührt. »Danke.«

»Das gilt auch für mich«, ergänzte Sanford. »Man kann sich kaum vorstellen, dass jemand so was tut.«

Bevor sie noch weiter über Maggie sprechen konnten, fragte Dodge nach dem vorhin erwähnten Müllcontainer. »Ihre Leute durchsuchen ihn schon?«

Kimball verwandelte sich wieder in eine Polizistin. »Wir sind keine Amateure. Natürlich werden unsere Leute alles durchsieben, aber vielleicht wurde der Container schon geleert, nachdem Billy Duke, oder wie der Mann auch heißen mag, sein Zeug dort entsorgt hat. Die Lady an der Rezeption war nicht mehr sicher, an welchem Tag sie ihn gesehen hat. Wenn wir hier nicht fündig werden, wird wohl jemand Müllkippendienst schieben müssen.«

»Wie sieht es mit einem Auto aus?«

»Unbekannt«, war Sanfords Antwort.

»Unsere Lady an der Rezeption sagt, sie hätte ihn nie in einem Auto gesehen«, erläuterte Kimball. »Wahrscheinlich hat er es irgendwo in der Nähe abgestellt und ist zu Fuß zum Motel gegangen. Unsere Leute suchen die umliegenden Straßen ab.«

Dodge zeigte mit einem Grunzen, wie er die Erfolgschancen für dieses Unterfangen einschätzte. »In dieser Gegend braucht man Informanten. Ihr werdet ein paar Scheine lockermachen müssen.«

Offenbar waren die Detectives seiner Meinung, denn keiner widersprach.

Derek ließ die Ermittler reden. Er war vor dem Zimmer stehen geblieben, weil er keine Spuren verwischen wollte, falls es denn welche gab. Er nahm durchaus auf, was die Detectives und Dodge sagten, aber gleichzeitig versuchte er, ein Gefühl für den Raum und für den Mann zu entwickeln, der darin gehaust hatte.

Es war ein armseliges Quartier mit rissigem Verputz und Wasserflecken an der Decke. Das Bett war nicht gemacht, und das Bettzeug sah schmuddelig aus, so als hätte jemand wochenlang darin geschlafen, ohne dass es gewechselt worden war. Falls Duke seinen Müll selbst nach draußen gebracht hatte, war das Zimmermädchen wohl nicht im Preis inbegriffen. Hinter Kimball konnte Derek durch die offene Tür ins Bad blicken, wo ein paar Handtücher auf dem Boden lagen, so als wären sie nachlässig fallen gelassen oder weggeschleudert worden.

Aber im ganzen Raum war kein einziges persönliches Stück zu entdecken, nichts, was nicht zur festen Einrichtung gehörte.

»Er ist nicht nur weggegangen, er ist ausgezogen«, stellte er resigniert fest.

Sanford zog die Stirn in Falten. »Sieht so aus. Der Schrank ist leer. Die Schubladen genauso.«

»Und im Bad ist nichts als Gestank geblieben«, sagte Kimball. »Offenbar ist der Abfluss verstopft.«

»Haben Sie ins Waschbecken geschaut?«, fragte Dodge.

»Es ist noch nass«, antwortete Kimball. »Er kann also noch nicht lange weg sein.«

»Hat das Bad ein Fenster?«

»Aber das ist nicht so groß, dass sich ein Erwachsener durchquetschen könnte.«

»Ich habe das Zimmer seit achtzehn Uhr zehn im Auge behalten«, erklärte ihnen Dodge. »Danach ist er nicht mehr aus der Tür gekommen. Er muss also schon verschwunden sein, als ich hier ankam, aber nicht so lang vorher, dass das Waschbecken trocknen konnte.«

»Also irgendwann am Nachmittag?«, schlug Sanford vor.

Dodge hob eine Schulter zu einem lakonischen Achselzucken.

»Mich interessiert weniger, wann er weggegangen ist, als wohin er wollte«, mischte sich Derek ungeduldig ein.

»Das wüssten wir auch gern«, sagte Sanford.

»Wir haben immer noch nichts gefunden, was ihn mit dem Überfall verbinden würde. Vielleicht ist er nur ein Vertreter auf Geschäftsreise.«

Derek vermutete, dass Kimball das genauso wenig glaubte wie er. »Welcher Geschäftsreisende zahlt bar und im Voraus statt mit Kreditkarte?«

»Und verwendet zwei verschiedene Namen«, ergänzte Dodge. »Wenn nicht noch mehr.«

Sie antwortete gequält: »Ich weiß, ich weiß.«

Derek sah sich in dem ungastlichen Raum um. »So wie es sich für mich darstellt, war dieses Zimmer seine Höhle, sein Versteck.«

»Ich sehe das genauso.« Dodge deutete auf den eisernen Papierkorb. »Leer.«

»Der im Bad auch«, erklärte ihnen Kimball.

»Er hat nichts zurückgelassen, als er ausgeflogen ist«, fasste Derek zusammen.

»Nichts, was ins Auge fallen würde.« Sanford griff nach seinem Handy. »Ich lasse den Raum auf Fingerabdrücke absuchen. Vielleicht finden wir einen, den wir durch die Datenbanken jagen können. Wer einen falschen Namen verwendet, wurde wahrscheinlich schon einmal verhaftet und erkennungsdienstlich behandelt. Zumindest wüssten wir dann seinen wahren Namen.«

Kimball war in die Kochnische getreten und bemerkte laut: »Er hat alles abgewaschen. Und den Mülleimer ausgeleert. Aber den Boden hat er nicht gewischt. Er klebt.« Sie tauchte hinter der Bar ab. Als sie ein paar Sekunden später wieder auftauchte, fiel Derek der vielsagende Blick auf, den sie ihrem Partner zuwarf.

»Haben Sie etwas gefunden?«, fragte Derek.

Sie schüttelte den Kopf. »Nein. Aber vielleicht sollten wir untersuchen lassen, was er hier verschüttet hat.« Sie runzelte die Stirn. »Was tun Sie eigentlich noch hier? Sie sind kein Polizist, und wir haben Sie aufgefordert zu gehen.«

Dodge stupste Derek an. »Hast du genug gesehen?«

»Ich schätze schon.« Trotzdem machte er keine Anstalten zu gehen.

»Was ist denn?«

»Irgendetwas passt hier nicht zusammen.«

»Was gibt es da zu flüstern?«, wollte Sanford wissen.

Ohne ihm zu antworten, ließ Derek den Blick ein letztes Mal durch den Raum schweifen. Sein Blick glitt am Fernseher vorbei und zuckte dann zurück. Plötzlich begriff er, was ihn gestört hatte. Alles im Zimmer war altmodisch, nur der Fernseher sah brandneu aus und hatte einen eingebauten DVD-Spieler. »Sehen Sie doch mal im DVD-Player nach.«

Sanford sah ihn neugierig an, dann suchte er nach der Fernbedienung und entdeckte sie schließlich zwischen den verhedderten Laken auf dem Bett. Er schaltete damit den Fernseher ein, dann ging er hin und drückte die Taste zum Öffnen der DVD-Lade. Sie glitt heraus. Leer.

Er sah Derek erwartungsvoll an.

Derek seufzte enttäuscht. »War nur so ein Gedanke.«

Ariel sprühte Parfüm auf, betrachtete sich ein letztes Mal prüfend im Spiegel und griff dann nach ihrer Handtasche. Nach dem Eiscreme-Fressanfall vor drei Tagen hatte sie beschlossen, dass sie schön blöd wäre, wenn sie wegen dieses Vollidioten fett würde. Wenn du abgeworfen wirst, musst du gleich wieder in den Sattel steigen, hatte ihr Daddy immer gesagt.

Sie würde wieder ausgehen, und sie würde sich amüsieren.

Und ganz nebenbei: *Fick dich, du Armleuchter!*

Sie achtete darauf, die Tür richtig abzusperren, als sie draußen war. Während sie zu ihrem Auto ging, winkte ihr die Nachbarin von gegenüber. Unter einem stillen Aufstöhnen winkte sie zurück und rief fröhlich: »Hallo, Mrs Hamilton!« Die ältere Dame lebte allein und war offenkundig einsam. Sie fing Ariel immer wieder ab, und zwar besonders gern dann, wenn sie es eilig hatte. Jedenfalls kam es Ariel so vor.

»Warten Sie, Ariel!«

Nachdem man Ariel beigebracht hatte, älteren Menschen Respekt zu zeigen, warf sie ihre Handtasche in den Wagen und wartete ab, bis Mrs Hamilton auf ihre Straßenseite gehumpelt kam.

»Ihre Blumen sehen richtig gut aus«, sagte Ariel, als die alte Dame näher kam. Mrs Hamilton hatte den schönsten Garten in der ganzen Straße und brüstete sich damit, dass sie ihn ganz allein bestellte.

»Danke, Herzchen.« Sie presste die altersfleckige Hand auf ihre Brust, als wäre sie ganz außer Atem. »Ich mache mir Sorgen um Sie.«

»Warum das denn?«

Normalerweise sorgte sich Mrs Hamilton höchstens, ob sie genug aß, sie tadelte Ariel, weil sie so lange ausging, oder drängte sie, Sonnencreme aufzulegen. Darum traf es sie wie ein Blitz aus heiterem Himmel, als ihr die alte Lady eröffnete: »Ein Mann hat heute nach Ihnen gefragt, während Sie in der Arbeit waren.«

»Ein Mann?«

»Ich glaube, er hat Drogen genommen«, flüsterte sie unheilvoll. »Er hat mir ganz und gar nicht gefallen.«

»Wie sah er denn aus?«

Ariels Herz begann, immer heftiger zu hämmern, als ihre Nachbarin unverkennbar Billy Duke beschrieb. Nicht so, wie Ariel ihn von früher kannte, sondern so, wie er auf den Überwachungsbildern aus dem Hotel ausgesehen hatte.

»Was wollte er denn?«

»Ich habe ihn dabei beobachtet, wie er um Ihr Haus schlich, durch die Fenster glotzte und gegen die Tür hämmerte. Also habe ich ihm zugerufen, dass Sie nicht zu Hause sind und ob er das nicht sehen könnte?«

Zu jedem anderen Zeitpunkt hätte Ariel das Bild, das Mrs Hamilton heraufbeschwor, komisch gefunden, doch jetzt war ihr gar nicht zum Lachen zumute.

»Daraufhin kam er sofort über die Straße gerannt. Ich schaffte es knapp vor ihm, ins Haus zu flüchten, und ließ sofort die Fliegentür einschnappen, aber er schwenkte beide Arme und begann wie ein Irrer zu rufen: ›Bitte helfen Sie mir!‹«

»Sie sollten ihm helfen?«

»Er sagte, er müsste unbedingt mit Ihnen reden, es ginge um Leben und Tod und ob ich nicht wüsste, wo Sie arbeiten? Er hatte bei ihrer Arbeitsstelle angerufen, aber dort hätten sie ihm gesagt, Sie wären dort nicht mehr beschäftigt.«

»Ich habe vor Kurzem gewechselt.« Gott sei Dank.

»Dann fragte er, ob ich Ihre Handynummer hätte, und ich antwortete, selbst *wenn* ich sie hätte, und ich *habe* sie nicht, würde ich sie ihm nicht geben. Ich drohte ihm, ich würde die Polizei rufen, wenn er nicht schleunigst verschwinden würde, und dann habe ich ihm die Tür vor der Nase zugeknallt. Aber ich habe ihn durch die Gardinen beobachtet. Er stieg in sein Auto und fuhr davon.« Mrs Hamilton sah sie besorgt an. »Es geht mich natürlich nichts an, aber er kam mir nicht vor wie jemand, mit dem Sie sich abgeben sollten, Ariel.«

»Machen Sie sich keine Sorgen, Mrs Hamilton. Das tue ich nicht.« Sie drückte der Älteren die Hand. »Rufen Sie die Polizei, wenn Sie ihn noch einmal sehen.«

»Das werde ich gewiss tun! Passen Sie auf sich auf.«

Ariel versicherte ihr, das werde sie tun, und die alte Lady zog sich in ihren Garten zurück. Ariel spielte mit dem Gedanken, umzudrehen und bei der Polizei anzurufen, um Billys unerbetenen Besuch zu melden. Aber damit würde sie in die Geschichte hineingezogen, und sie hatte sich und Carol versprochen, dass das nicht passieren würde. Sie hoffte, dass Mrs Hamiltons Warnung ihn vertrieben hatte.

Sie war fest entschlossen, sich von Billy Duke nicht den

Abend vermiesen zu lassen, aber als sie die schicke Bar betrat, bemühte sie sich immer noch, einen Anflug von Beklemmung abzuschütteln.

Ihre Beklemmung verstärkte sich noch, als sie Tony entdeckte, der an einem der Stehtische hinten im Raum lehnte und unglaublich elegant und gut aussah.

21

Julies Schrei gellte durch den Flur.

Er machte einen Schritt auf sie zu, stemmte dann die Hände in den Türstock und versperrte ihr so den Durchgang. Seine Haut wirkte wächsern und tot. Die Augen lagen tief in den dunklen Höhlen.

Julie machte auf dem Absatz kehrt und wollte losrennen, aber im selben Moment stürzte er sich auf sie, bekam sie an der Schulter zu fassen, drehte sie herum und taumelte gegen sie, wobei er sich das Messer in ihrer Hand in den Bauch rammte. Es versank bis zum Heft im Fleisch. Er riss den Mund zu einem Schrei auf, aber aus seinem Schlund ergoss sich nur widerlicher Schleim, der auf Julies Brust spritzte. Sie schrie auf.

Verzweifelt versuchte sie, ihn abzuschütteln, doch er hielt sich eisern an ihr fest. In einem makabren Tanz versuchte sie, sich von ihm zu lösen. Er klammerte sich weiter fest.

Dann begann er, sich zu krümmen. Er konnte sich nicht mehr halten, kippte rückwärts auf den Boden und begann, so heftig zu zittern, dass seine Schulterblätter und Fersen gegen das Parkett hämmerten.

Julie sprang über ihn hinweg und taumelte in ihr Schlafzimmer. Sie riss das schnurlose Telefon vom Nachttisch und tippte hektisch die Notrufnummer ein. Nichts geschah. Sie ließ das Telefon fallen. Es fiel klappernd auf den Boden. Ihr Handy steckte in der Handtasche in der Küche. Sie stolperte in den Flur zurück.

Inzwischen zuckte der Fremde nicht mehr ganz so heftig. Sie ging neben ihm in die Hocke und versuchte dabei, nicht auf den Messergriff zu sehen, der aus seiner Brust ragte. »Ich rufe gleich Hilfe. Aber ich muss mein Handy holen. Ich bin sofort wieder da. Versuchen Sie zu …«

Seine Augen waren weit aufgerissen, aber sie starrten die Decke an, ohne Julie noch wahrzunehmen. Er schien sie nicht zu hören und ihre Anwesenheit gar nicht mehr zu bemerken. So als wäre er schon an einem anderen Ort. Noch einmal zuckte er.

Dann lag er absolut still da.

Derek und Dodge hatten den Boulevard überquert und waren gerade auf dem Parkplatz des Steakhauses angekommen, als Derek sah, wie Kimball und Sanford aus Billy Dukes verlassenem Motelzimmer gerannt kamen, als wäre ihnen ein Dämon auf den Fersen.

In vollem Lauf hielten sie auf die Rezeption des Motels zu. Sanford stieg auf der Fahrerseite ihres Zivilfahrzeugs ein und knallte ein magnetisches Einsatzlicht auf das Dach, während Kimball noch kurz den Kopf in die Rezeption steckte. Sie rief Dora und ihrem Partner, die gerade dabei waren, die Koreanerin zu befragen, etwas zu. Dann setzte sich Kimball zu Sanford in den Wagen. Er ließ den Motor aufheulen, und sie schossen so schnell los, dass der Gestank von verbranntem Gummi bis zu Derek herüberwehte.

Derek sah Dodge an, dann liefen beide ohne ein weiteres Wort zu Dereks Wagen. Er klemmte sich hinters Lenkrad, Dodge ließ sich auf den Beifahrersitz fallen. Er hatte noch nicht einmal die Tür zugezogen, da stieg Derek schon aufs Gaspedal.

»Was hältst du davon?«, fragte er, während sie sich durch den Verkehr fädelten, immer dicht hinter Sanford her, aber ohne sich mit einem Blaulicht den Weg freimachen zu können.

»Keine Ahnung, aber die Sache ist heiß.«

»Billy Duke?«

»Vielleicht. Stört's dich, wenn ich rauche?«

»Was glaubst du denn?«

Sie fuhren in angespanntem Schweigen dahin. Nach zehn Minuten bemerkte Dodge: »Sieht fast so aus, als würden sie zu dir fahren.«

»Eher zu Julie.« Derek wurde unwohl, als er begriff, dass er dem Zivilwagen immer tiefer in ihr Viertel folgte. »O Jesus, nein.«

»Was ist?«, fragte Dodge.

Derek antwortete nicht. Sobald er die Einsatzfahrzeuge mit blinkenden Lichtern in ihrer Straße stehen sah, stieg er auf die Bremse und hielt den Wagen an. Ehe Dodges Warnruf ihn erreichen konnte, rannte er schon auf dem Gehweg entlang und schubste die Nachbarn beiseite, die sich in kleinen Gruppen versammelt hatten, um Mutmaßungen anzustellen, was wohl vorgefallen war.

Julies Grundstück war bereits mit gelbem Absperrband gesichert, doch er bückte sich darunter durch und lief auf die Haustür zu. Ein uniformierter Polizist verstellte ihm den Weg. »Hey! Hiergeblieben!«

»Was ist denn passiert?«

»Wohnen Sie hier?«

»Nein.«

»Sind Sie ein Verwandter?«

»Nein.«

»Dann verziehen Sie sich.«

»Ich bin Derek Mitchell, vereidigter Strafverteidiger. *Was ist passiert?*«

Der Polizist runzelte die Stirn, sah sich kurz um und sagte: »Eine tödliche Messerstecherei.«

Dereks Knie verwandelten sich in Pudding. »Wer…« Ihm versagte die Stimme, bevor er die Frage aussprechen konnte, das schien das Herz des Polizisten zu erweichen.

»Warten Sie hier.« Er drehte ihm den Rücken zu und wollte durch die offene Tür ins Haus.

»Von wegen.« Derek drängte an ihm vorbei und schaffte es durch die Haustür, wo er um ein Haar mit einem weiteren Polizisten zusammengestoßen wäre, der ihm den Weg verstellte und ihm beide Hände auf die Brust drückte. »Wer hat Sie reingelassen?«

»Aus dem Weg!« Derek versuchte die Hände abzuschütteln, aber die waren unerbittlich. Der erste Polizist packte von hinten seine Arme. »Lassen Sie mich los!«

»Komm schon, Kumpel, ganz ruhig, sonst müssen wir Handschellen anlegen.«

»Lassen Sie mich los!«

Homer Sanford erschien in dem Bogen zu Julies Wohnzimmer und sah mit finsterem Gesicht zu ihnen herüber. »Mitchell? Sie schon wieder? Was soll der Mist?«

Erschrocken versuchte Derek, die Miene des Detectives zu interpretieren. »Julie?«, krächzte er.

Sanford starrte ihn ein paar Herzschläge lang an, dann nickte er zu dem Raum in seinem Rücken hin. Derek machte einen Schritt nach vorn oder versuchte es wenigstens. Die Polizisten hielten ihn immer noch fest. »Lassen Sie ihn«, befahl Sanford. Die uniformierten Männer gaben Derek frei. Er strauchelte ins Wohnzimmer und blieb wie angewurzelt stehen, als er Julie da sitzen sah: totenbleich, aber am Leben.

Sie saß in eine Chenilledecke gehüllt auf dem Sofa, obwohl

es im Wohnzimmer dampfig wie in einem Treibhaus war. Die Kleider unter der Decke waren verschmutzt. Mit Blut und etwas anderem, das ekelhaft aussah und stank. Ihr Gesicht war fahl wie Hefeteig, sodass ihre Augen umso dunkler und riesiger wirkten, als sich ihr Blick mit seinem verband.

Ein großer, dürrer Schwarzer stand mit einem kleinen Notizblock in der Hand am Kamin. Er wirkte unsicher. Ein weiterer Detective, ein älterer Mann, den Derek schon kannte – Graham? Grant? Irgendwas in der Richtung –, saß auf der Ottomane, auf der Derek sich gestern niedergelassen hatte, um näher am Fernseher zu sein. Er saß Julie und Roberta Kimball zugewandt, die nebeneinander auf der Couch Platz genommen hatten.

Es war ein eigentümliches Bild, das mehrere Sekunden lang erhalten blieb, bis Graham oder Grant zu Sanford sagte: »Schaffen Sie ihn hier raus.«

»Ich bin Derek Mitchell.«

»Ich weiß, wer Sie sind. Und *ich* bin Sergeant Graham und ermittle hier in einer tödlichen Messerstecherei. Damit hätten wir uns vorgestellt, und jetzt scheren Sie sich verflucht noch mal von meinem Tatort.«

»Ich bin Ms Rutledges Anwalt.«

Julies Augen wurden für einen kurzen Moment größer, aber sie widersprach ihm nicht. Kimball sah ihn an, als hätte sie etwas durch das Sofapolster hindurch in den Hintern gekniffen. Er meinte Sanford leise brummeln zu hören, aber verstand nicht, was er sagte.

Graham wandte sich an Julie. »Sie haben Ihren Anwalt schon angerufen?«

»Nein. Nur den Notruf.«

»Er muss uns hierher gefolgt sein«, erklärte Kimball. »Er war bei dem Motel, in dem Billy Duke gewohnt hat.« Widerwillig erklärte sie: »Eigentlich hat er ihn dort aufgespürt. Oder genauer gesagt sein Spitzel.«

»Und wie kommt es, dass Sie nach ihm gesucht haben, Mr Mitchell?«, wollte Graham wissen.

Doch bevor Derek etwas darauf erwidern konnte, ging der Blick des Detectives an seiner Schulter vorbei. Derek drehte sich um. Zwei Sanitäter rollten unter dem aufmerksamen Blick eines Gerichtsmediziners aus dem Fulton County Medical Examiner's Center eine Trage mit einem darauf festgeschnallten Leichensack zur Haustür. Der Gerichtsmediziner erkannte Derek aus den zahlreichen Verhandlungen wieder, in denen er ausgesagt hatte, und nickte ihm grüßend zu, ohne allerdings ein Wort zu sagen.

Stattdessen sagte er zu Graham: »Ich sage Ihnen Bescheid, wann die Autopsie vorgenommen wird.«

»Haben Sie jetzt schon was für mich?«

»Er war tot, als die Sanitäter eintrafen. Anzeichen für einen Kampf und für eine tiefe Verletzung. In seinem Torso steckt etwas, das nach einem gewöhnlichen Küchenmesser aussieht.« Ohne einen weiteren Kommentar verschwand er nach draußen.

Derek sah Sanford an. »Billy Duke?«

»Wir wissen es noch nicht mit Sicherheit.«

Graham erhob sich. »Wir wissen so vieles noch nicht. Ms Rutledge, Sie werden mit uns aufs Revier kommen und ein paar Fragen beantworten müssen.«

»Jetzt?«

»Jetzt gleich.«

»Darf ich mich vorher noch sauber machen?«

Graham sah sie nachdenklich an und schränkte dann ein: »Detective Kimball bleibt bei Ihnen.« Zu Kimball sagte er: »Die Kleidungsstücke sind Beweismittel.«

Als Kimball Julie an Derek vorbeiführte, fasste er nach Julies Hand. Sie wirkte verloren und völlig ratlos. Er kämpfte gegen den Drang an, sie in die Arme zu schließen. Es kostete ihn Kraft, seine professionelle Haltung zu bewahren. »Wir sehen uns dort, Ms Rutledge. Kein Wort zu niemandem, solange ich nicht dabei bin. Verstanden?«

Sie nickte und bedankte sich leise und völlig verstört.

Er drückte beruhigend ihre Hand und ließ sie dann los. Die Decke hinter sich herschleifend tappte sie durch den Flur. Als Roberta Kimball an ihm vorbeikam, sah sie ihn mit Argusaugen an und meinte halblaut: »Das wird immer merkwürdiger.«

Damit traf sie den Nagel auf den Kopf.

Eine Stunde später schilderte Julie Sergeant Graham und dem jungen schwarzen Detective, der, jedenfalls in Julies Hörweite, noch kein Wort gesagt hatte, was geschehen war. Sie nahm an, dass der Junge erst vor Kurzem zum Detective ernannt worden war und noch unter Grahams Fittichen stand. Sie wusste, dass Sanford und Kimball im Raum nebenan waren und sie durch den Einwegspiegel beobachteten.

Derek war an ihrer Seite, ein Musterbild professioneller Haltung. Er war schon in der Polizeistation gewesen, als sie mit Graham und seinem Juniorpartner eingetroffen war. Auf der Fahrt von ihrem Haus hierher hatten sie kein Wort gewechselt. Sie nahm an, dass der Detective Derek vom Hörensagen kannte und wusste, was für einen Aufstand er machen würde, falls einer seiner Mandanten zum Reden genötigt wurde, während er nicht dabei war.

Jetzt hantierte der junge Detective kurz an der Videokamera herum und zeigte Graham dann den erhobenen Daumen. Graham nannte Datum, Uhrzeit sowie die Namen aller

Anwesenden und bat Julie dann höflich zu schildern, was vorgefallen war.

Sie tat es. Sie erzählte alles, woran sie sich erinnerte, angefangen bei dem Zeitpunkt, zu dem sie das Haus von der Garage aus betreten und festgestellt hatte, dass der Alarm nicht piepte, bis hin zu dem grässlichen Moment, in dem Billy Duke ein letztes Mal am ganzen Leib gezittert hatte und dann reglos liegen geblieben war.

Als sie verstummte, blieb es im Raum sekundenlang völlig still, dann sagte Graham: »Vielen Dank, Ms Rutledge.«

»Meine Mandantin möchte mit der Polizei kooperieren. Wenn das dann alles wäre …«

»Das ist es leider nicht«, sagte Graham zu Derek. Und dann zu ihr: »Mir ist aufgefallen, dass Sie bei Ihrer Schilderung den Namen des Opfers verwendet haben.«

»Man hat mir erklärt, dass er Billy Duke heißt.«

»Wer?«

»Die Detectives Sanford und Kimball.«

»Und er war ein Eindringling, kein *Opfer*«, ergänzte Derek.

»Das lassen wir erst einmal dahingestellt, Mr Mitchell. Ms Rutledge hatte ein Fleischermesser in der Hand. Billy Duke war unbewaffnet. Und er ist derjenige, der im Leichenschauhaus liegt.«

»Er war unbewaffnet?«, fragte sie.

»Er hatte nicht einmal ein Taschenmesser dabei«, erwiderte der Detective.

»Das wusste ich nicht«, erklärte sie schwach. »Ich dachte …«

»Hat er gedroht, Ihnen wehzutun?«

»Seine Anwesenheit allein stellte für meine Mandantin eine Bedrohung dar.«

»Danke, Mr Mitchell«, sagte der Detective, ohne Julie dabei aus den Augen zu lassen. »Warum haben Sie das Haus nicht wieder verlassen, als die Alarmanlage ausgeschaltet blieb? Warum haben Sie nicht gleich die Polizei gerufen? Sie haben gesagt, Sie hätten gedacht, dass jemand im Haus sei.«

»Ich habe *befürchtet,* dass jemand im Haus sein könnte, habe ich gesagt.«

»Was macht das für einen Unterschied?«

»Man bildet sich schnell etwas ein, wenn man Angst hat. Ich habe geglaubt, ich würde übertreiben.« Sie blickte auf ihre verschränkten Finger, die sich so fest verklammert hatten, dass die Knöchel weiß leuchteten. »Ich hatte vor einigen Wochen ein traumatisches Erlebnis.«

»Ich weiß, dass Sie mit Paul Wheeler zusammen waren, als er erschossen wurde.«

»Seit diesem Zeitpunkt bin ich … nicht mehr ich selbst. Ich bekomme leicht Angst. Ich dachte, diesmal wäre es genauso.«

»Sie dachten, Sie würden sich nur einbilden, dass jemand in Ihr Haus eingedrungen war.«

»Genau.«

»Aber Sie nahmen das Messer mit, während Sie das Haus durchsuchten.«

»Für den Fall, dass ich mich geirrt hatte.«

»Sie waren bereit, einen möglichen Eindringling niederzustechen, falls Sie sich geirrt haben sollten?«

»Meine Mandantin wird die Frage nicht beantworten«, mischte sich Derek ein.

Graham wechselte das Thema: »Haben Sie den Mann erkannt, als Sie ihn sahen?«

»Er jagte mir Todesangst ein. Ich dachte nicht gleich: *Billy Duke.* Ich hatte ihn noch nie persönlich gesehen, immer nur auf diesen Überwachungsbildern. Eigentlich fiel mir im ersten Augenblick nur auf, dass er aussah wie ein Zombie. Er war totenbleich. Seine Haut leuchtete wie die einer Puppe.«

Sie beschrieb ihn, so gut sie konnte. »Er kam auf mich zu und stützte sich irgendwie im Türrahmen ab. So ungefähr.« Sie stellte nach, wie Billy Duke halb zusammengekrümmt in der offenen Tür gestanden hatte. »Er war krank. Oder verletzt. Irgendwas. Jedenfalls ging es ihm schlecht. Das erklärt wohl auch, warum er auf mich fiel. Ich glaube nicht, dass er mich angreifen wollte. Natürlich könnte ich mich irren, aber ich glaube nicht, dass er sich auf mich stürzte, um mir wehzutun. Es sah eher so aus, als wollte er mich um Hilfe bitten.«

»Hilfe.«

»Das hat er jedenfalls gesagt«, warf Derek knapp ein. »Der Mann, der wie ein wandelnder Toter aussah, taumelte ihr aus der Schlafzimmertür entgegen. Sie drehte sich um und lief los, wie es jeder normale Mensch getan hätte. Er drehte sie am Arm herum und warf sich dann auf sie, als könnte er nicht mehr allein stehen. Sie haben das alles schon auf Video.«

»Danke, Mr Mitchell. Ich weiß, was sie gesagt hat.«

»Warum belästigen Sie meine Mandantin dann immer noch? Welcher Teil ihrer Aussage ist Ihnen unklar?«

»Ich habe ihn nicht erstochen«, stellte Julie klar. »Er ist in das Messer gefallen. Dann brach er zusammen.«

»Auch das haben Sie bereits erzählt, ich weiß«, sagte der Detective.

»Das ist die Wahrheit.«

»Er hat sich auf Sie übergeben.«

»Sie haben meine Kleider gesehen.«

»Dann fiel er auf den Boden.«

Sie nickte.

»Er wand sich unter Krämpfen. Dann zuckte er ein paar Mal und starb.«

»Genau so hat es sich abgespielt.«

»Aber genauso hätte es sich auch abgespielt, wenn er nur ein Messer in den Bauch gerammt bekommen hätte.«

Sie schwieg.

»Als Sie in der Notrufzentrale anriefen, sagten Sie, in Ihrem Haus sei ein Eindringling gestorben.«

»Genau. Ich wollte erst auf dem Festnetz anrufen, aber der Anschluss war tot. Darum wollte ich mein Handy holen, aber er starb, bevor ich dazu kam.«

»Woher wussten Sie, dass er tot war? Haben Sie ihn berührt oder nach seinem Puls getastet?«

»Nein. Ich wusste es einfach. Seine Augen… ich wusste es. Ich holte mein Handy aus der Küche, wo ich meine Handtasche stehen gelassen hatte. Ich wählte die 911, dann ging ich nach draußen und wartete vor dem Haus, bis der Krankenwagen kam. Die Sanitäter untersuchten ihn und erklärten mir, dass er tot ist. Fast gleichzeitig trafen die ersten Polizisten ein. Sie blieben bei mir, bis Sie kamen.«

»Den Rest kennen Sie«, schloss Derek. »Haben Sie noch weitere Fragen an meine Mandantin, bevor wir gehen?«

Graham sah den jüngeren Detective an, der immer noch keinen Ton von sich gegeben hatte. Der schüttelte den Kopf. Graham sah in den halbdurchsichtigen Spiegel. Sekunden später kamen Sanford und Kimball in den Raum.

Julie sah sie nacheinander an, aber ihre Mienen ließen nicht erkennen, warum Graham sie stillschweigend eingeladen hatte, sich zu ihnen zu gesellen. Beklommen sah Julie Derek an. Auch ihm schien es nicht zu gefallen, dass die beiden Detectives einbezogen wurden. Er erhob sich. »Es war für Sie alle ein verflucht langer Tag.«

»Für Sie aber auch«, sagte Kimball. »Sie tauchen heute Abend einfach überall auf. Sie haben uns immer noch nicht erklärt, warum Ihr Spitzel nach Billy Duke suchte.«

Derek sagte: »Haben Sie noch eine Frage an meine Mandantin?«

»Wann haben Sie eigentlich die Seiten gewechselt, Mr Mitchell?«

»Ach so, Sie haben noch eine Frage an *mich.*«

»Spielen Sie nicht den Schlaumeier«, raunzte Kimball ihn an.

»Schon komisch«, sagte Sanford.

»Was denn?«, fragte Derek.

»Erst vertreten Sie die Wheelers. Dann nicht mehr. Und jetzt vertreten Sie Ms Rutledge.«

»Danke für den Geschichtsunterricht.« Er schob eine Hand unter Julies Ellbogen und wollte sie sanft aus dem Stuhl ziehen, um das Gespräch zu beenden.

Aber Kimball trat vor ihn hin. »Einen Moment noch.« Sie sah auf Julie und sagte: »Sie haben schon einmal und gerade eben wieder erklärt, dass Sie Billy Duke nie begegnet seien und ihn nie gesehen hätten, bevor er in Ihrem Haus zu Tode kam.«

»Das stimmt auch.«

»Waren Sie jemals im Pine View Motel?«

»Antworte nicht«, sagte Derek.

»Kein Problem«, erklärte ihm Julie. »Ich habe noch nie vom Pine View Motel gehört.«

»Ganz bestimmt?«

»Antworte nicht.«

»Hundertprozentig«, erwiderte sie, ohne Dereks Rat zu beachten.

»Wir haben etwas in Billy Dukes Zimmer gefunden, das irgendwie nicht in so ein ranziges Loch passt.« Kimball zog einen kleinen Plastikbeutel aus der Tasche ihres Blazers. Sie präsentierte den Beutel auf der offenen Hand und streckte sie Julie hin. »Haben Sie einen Knopf verloren?«

Julie spürte, wie ihr der Boden unter den Füßen wegsackte.

In dem Beutel lag ein runder Perlmuttknopf mit einem kleinen Auge aus Chrom auf der Unterseite, ein Knopf, der zu einer elfenbeinweißen Bluse aus Charmeuse gehörte, ein Knopf, den Derek mit Sicherheit ebenfalls wiedererkannte.

Er stand direkt neben ihr. Sie meinte zu spüren, wie von ihm, genau wie von ihr, Schuldgefühle und Verlegenheit ausstrahlten. Ein paar Sekunden sagte niemand etwas, dann fragte Sanford nach: »Ms Rutledge?«

»Ich…«

»Das ist bloß ein Knopf, Herrgott noch mal«, kam ihr Derek zuvor. »Man kann sie überall kaufen. Wer weiß, wem er gehört.«

»Gehört er vielleicht Ihnen, Ms Rutledge?«

Derek ließ sich nicht aus der Fassung bringen. Er nahm Julie am Arm und zog sie aus dem Stuhl. »Der Mann, den Sie in Zusammenhang mit einem brutalen Mord gesucht haben, drang heute Abend in das Haus meiner Mandantin ein. Sie fürchtete um ihr Leben. Er griff sie an und stürzte dabei versehentlich in ein Messer. Tragischerweise ist er gestorben, ob nun durch die Stichwunde oder einen bislang unbekannten Grund, wird erst die Autopsie ergeben. Sie wissen, wie Sie mich erreichen können.«

Bevor Creighton das Chez Jean verließ, hatte er Julie erklärt, dass er verabredet sei, aber das war geschwindelt. Natürlich hätte er jederzeit zu Ariel fahren können. Er wusste, wo sie wohnte und wo sie arbeitete. Aber es war ihm lieber, wenn die zweite Kontaktaufnahme genauso zufällig wirkte wie die erste.

In der Hoffnung, dass sie ein Gewohnheitsmensch war, war er ins Christy's zurückgekehrt und hatte dort an einem Stehtisch an der Wand Posten bezogen. Hier blieb er im Schatten, konnte aber gleichzeitig die ganze Bar und vor allem den Eingang im Auge behalten. Falls sie hereinkam, würde er sie sehen.

Wieder hatte er den Porsche zu Hause gelassen und stattdessen den SUV genommen, damit ihn der Junge vom Parkservice nicht im Gedächtnis behielt. Außerdem hatte er sich betont locker gekleidet, in Designerjeans mit einem Sportsakko aus Leinen, das weniger auffällig war als seine maßgeschneiderten Anzüge.

Selbst wenn er jemandem ins Auge fiel, war es eher unwahrscheinlich, dass derjenige wusste, mit wem er es zu tun hatte. Zum großen Verdruss seiner Eltern begleitete er die beiden so gut wie nie zu Wohltätigkeitsbazaren oder anderen Veranstaltungen, auf denen Fotografen nach Schnappschüssen jagten, um damit die Klatschspalten ihrer Zeitungen zu füllen. Er wollte nicht, dass sein Name und sein Gesicht in die Öffentlichkeit getragen wurden und dass jeder ihn erkannte.

Seine Mutter, Gott mochte sie für ihre Ignoranz segnen, fand seine Kamerascheu liebenswert und glaubte, sie würde aus einer tiefen Schüchternheit rühren. Was sein Vater davon hielt, wusste er nicht. Wahrscheinlich hatte er noch keinen Gedanken darauf verschwendet.

Creighton gab sich solche Mühe, nicht fotografiert zu werden, dass man fast glauben konnte, er hielte sich für hässlich. So hübsch wie er war, war es nicht einfach, sich unsichtbar zu machen, aber er hatte gelernt, nicht aufzufallen, und war inzwischen ziemlich geschickt darin, mit der Tapete zu verschmelzen, statt im Mittelpunkt zu stehen.

Wenn er anonym bleiben wollte, hielt er sich einfach im Schatten und unternahm nichts, was Aufmerksamkeit erregt hätte. Heute Abend war es ganz besonders wichtig, dass sich niemand an ihn erinnerte, darum flirtete er nicht mit der Bedienung, die seine Bestellung für ein Mineralwasser entgegennahm, und wechselte ansonsten mit niemandem einen Blick oder ein Wort. Es war noch relativ früh, der Laden war längst nicht voll, darum hatte er den Tisch für sich allein, ohne dass sich jemand zu ihm stellen wollte.

Er stand schon eine knappe Stunde dort, als Ariel eintraf, allein und noch verunsicherter und schüchterner wirkend als beim ersten Mal. In einem vergeblichen Versuch, ihre Unsicherheit zu überspielen, hatte sie viel zu viel Make-up aufgelegt. Beim Eintreten warf sie die blonden Haare zurück, aber die Bewegung wirkte einstudiert, nicht natürlich.

Sie blieb sofort stehen und ließ den Blick durch das Lokal wandern. Als sie ihn entdeckte, spannte sie sich sichtbar an. Die Unentschlossenheit war ihr überdeutlich anzusehen. Das war der Mann, der erst so intensiv und vielversprechend mit ihr geflirtet hatte und der sie dann kaltschnäuzig sitzen gelassen hatte, sodass sie sich wie eine dumme Pute vorgekommen war. Sollte sie ihn ignorieren, sollte sie ihn zur Rede stellen und ihm erklären, was für ein Schwein er war, oder sollte sie versuchen, sich noch einmal bei ihm einzuschmeicheln?

Sie entschied sich für die erste Variante. Mit einem weiteren hoheitsvollen Haarschütteln stolzierte sie an die Bar und schnippte aufgesetzt draufgängerisch mit den Fingern, um den Barmann auf sich aufmerksam zu machen.

Creighton wartete ab, bis sie einen pastellgrünen – nein speigrünen – Martini serviert bekommen hatte, und schlenderte dann gemächlich zu ihr hinüber. Sie nippte an ihrem Drink und würdigte ihn keines Blickes.

»›Es tut mir unendlich leid‹ drückt es nicht einmal annähernd aus.«

Sie drehte ihm den Kopf zu, als hätte sie erst jetzt bemerkt, dass er hier war. Sie sagte nichts.

»Ich musste unerwartet ganz dringend weg. Du warst noch auf der Toilette. Ich konnte dir leider nicht mehr ausrichten, dass wir unsere Pläne auf ein andermal verschieben müssen.«

Sie wandte sich wieder ihrem Glas zu. Sie lächelte den vorbeikommenden Barkeeper an und stellte sicher, dass Creighton bemerkte, wie wenig sie sich für ihn und seine Entschuldigung interessierte.

»Ich musste sofort gehen, Ariel. Ich hatte keine Wahl.«

Sie knallte das Martiniglas so fest auf die Theke, dass die klebrige Flüssigkeit auf das Holz schwappte. »Ich weiß von dem Jungen draußen, dass du mit einer Frau weggefahren bist.«

»Meiner Assistentin.«

Das nahm ihr den Wind aus den Segeln. »Assistentin?«

»Meine Familie hat mit allen Mitteln versucht, mich zu erreichen. Ich hatte mich hier so gut amüsiert, dass ich mein Handy stumm geschaltet hatte. Also haben sie meine Assistentin losgeschickt, um mich aufzuspüren.«

»Warum?«

»Es ging um meine Nichte.« Er senkte den Blick auf die Theke und rieb über die Kondenswasserpfütze unter seinem Wasserglas. »Sie wurde vergewaltigt.«

»Vergewaltigt? O *Gott!*«

Die Lüge war wie geschaffen für diese Gelegenheit und löste die gewünschte Reaktion aus. Er seufzte tief. »Von einem Dreckskerl, den sie für einen Freund hielt.«

Ariels Augen waren groß wie Untertassen und sahen ihn voller Betroffenheit, Zorn und Mitgefühl an.

»Er fuhr mit ihr an einen abgelegenen Fleck. Zwang sie, es

ihm mit dem Mund zu machen, und dann…« Er verstummte, als hätte er nicht die Kraft weiterzusprechen.

Sie legte beide Hände auf seine. »Mehr brauchst du mir nicht zu erzählen.«

Eigentlich genoss er es, ihr zu beschreiben, wie er die süße kleine Alison Perry überredet hatte, in sein Auto zu steigen. Damals hatte er gerade den Führerschein bekommen. Um das und seinen sechzehnten Geburtstag zu feiern, hatten ihm seine Eltern ein BMW-Cabrio geschenkt.

Wie geblendet hatte ihm Alison erklärt, sie sei noch nie in einem Cabrio gefahren. Doch als es endlich interessant wurde, hatte er das Verdeck hochfahren müssen, um ihre Schreie zu dämpfen. Letzten Endes hatte er sie sogar bewusstlos schlagen müssen, um sie zum Schweigen zu bringen.

Hinterher hatte ihr Wort gegen seines gestanden, was die Art des Geschlechtsverkehrs anging. Schließlich und endlich – allerdings erst nach großem Hin und Her – ließen sich die Perrys überreden, dass es für »die Kinder« besser wäre, wenn die Sache nicht an die große Glocke gehängt würde, und lehnten es ab, polizeiliche Ermittlungen zu fordern. Sie hatten mit reichlich Schweigegeld besänftigt werden müssen, aber für Creighton selbst war die ganze Sache nach einer strengen Strafpredigt erledigt.

Jetzt sagte er zu Ariel, die ihn mit großen Augen ansah: »Meine Assistentin weiß, dass ich manchmal hier bin, darum hat sie hier nach mir gesucht. Sie entdeckte mich gerade, als du auf der Toilette warst. Ich…«

»Es ist schon okay. Ich verstehe.« Sie drückte seine Hand.

»Ich wusste nicht mal, wie du mit Nachnamen heißt.«

»Williams.«

»Und ich wusste natürlich nicht, wo du wohnst. Ich Idiot hatte mir nicht einmal deine Nummer geben lassen. Bestimmt hast du gedacht… weiß der Himmel, was du dir gedacht hast.«

»Ich war ziemlich sauer.«

Er legte die Fingerspitze an ihre Wange. »Das tut mir leid.«

»Wie geht es deiner Nichte?«

»Sie wird es überleben. Das Trauma wird sie natürlich nie verwinden.«

»Wurde der Typ verhaftet?«

»Er wartet auf seine Verhandlung.«

»Ich hoffe, sie sperren ihn irgendwo ein, wo er nie wieder rauskommt.«

»Das sollte er auch lieber hoffen.«

»Wieso?«

»Weil er sich wünschen wird, er säße sicher hinter Schloss und Riegel, falls ich ihn je in die Finger bekommen sollte.«

Ihr Gesicht glühte vor Bewunderung für seine schneidige Ankündigung. Er bestellte ihr noch einen Martini und schlug dann vor, sich an einen weniger belebten Fleck zurückzuziehen. Im Lokal wurde es immer voller. An seinem Tisch standen inzwischen andere Gäste, aber er lenkte Ariel in eine stille und dunklere Ecke. Als sie den zweiten Martini intus hatte, war sie schon viel sanftmütiger und anschmiegsamer.

Er sah auf die Uhr und fluchte leise.

»Was ist denn?«, fragte sie.

»Meine Eltern und ich wollen heute Abend meine Nichte im Krankenhaus besuchen.«

»Ach ja?«

»Bleibst du noch hier, oder darf ich dich zu deinem Wagen bringen?«

Falls er ging, wollte sie auch nicht mehr bleiben. Zu seiner Freude hörte er, dass sie den Parkservice nicht in Anspruch genommen hatte. »Zu teuer«, erklärte sie ihm, während sie ihn um das Gebäude herum und dann durch eine Durchfahrt auf den Angestelltenparkplatz hinter einem Bürogebäude führte, wo alle schon nach Hause gegangen waren. Nur ihr Wagen stand noch auf dem Platz. Es war niemand zu sehen.

»Du kannst dir gar nicht vorstellen, wie froh ich bin, dass du das verstehst, Ariel.«

»Das ist doch nicht der Rede wert. Ihr tut mir alle so leid. Das arme Mädchen. Ihre Familie.«

Sie schwiegen einen Moment, dann legte er die Hände an ihre Oberarme und massierte sie leicht. »Warst du enttäuscht?«

»Als ich vom Klo kam? Ich war total am Boden zerstört. Wahrscheinlich sollte ich das nicht zugeben, aber so war es.«

»Ich will das wiedergutmachen.« Er beugte sich vor und strich mit den Lippen über ihre Wange. »Kann ich dich morgen Abend sehen?«

»Hmm.« Sie drehte den Kopf, sodass sich ihre Lippen berührten.

Ihr Atem roch nach Martini. Ihm wurde fast übel. Aber als er leise aufstöhnte, ließ er es so klingen, als wäre er erregt. »Kann ich vielleicht zu dir kommen? Ich wäre gern mit dir allein. Wäre das ein Problem für dich?«

»Ganz und gar nicht. Zurzeit bin ich ganz allein zu Hause.«

Er riss den Kopf zurück und sah sie finster an. »Und sonst nicht? Hast du etwa einen Freund?«

Sie kicherte. »Nur eine Mitbewohnerin.«

Er lächelte. »Ach so. Gut. Also haben wir die Wohnung für uns?«

»Das Haus, genauer gesagt. Und ja. Ganz für uns allein.«

Er beugte sich wieder vor und zupfte mit den Lippen an ihrem Ohr. »Das klingt phantastisch. Könnte deine Mitbewohnerin eventuell unerwartet auftauchen, wenn ich morgen Abend komme?«

»Nein.«

»Wieso weißt du das so sicher?«

Sie erzählte ihm von ihrer Mitbewohnerin – Carol –, die ab Herbst eine Stelle als Lehrerin hatte, zurzeit aber als Kellnerin arbeitete, um sich bis zum Schulbeginn über Wasser zu halten. Ohne Atempause ließ sie sich bis zum Überdruss über Carol und eine coole Bar in Athens aus, in der Carol jetzt arbeitete und tonnenweise Trinkgeld scheffelte, weil sie so hübsch und gut ausgestattet war. »Und«, sie rollte mit den Augen, »du weißt, wie Männer auf große Brüste anspringen. Vor allem diese Collegejungs.«

Scheinbar kokett ritt sie auf dem Thema herum, bis er glaubte, sie auf der Stelle erwürgen zu müssen. Schließlich endete sie mit: »Damit sie nicht jeden Abend hin und her fahren muss, wo doch so viele Besoffene unterwegs sind, wohnt sie vorübergehend in einem Haus, das einem anderen Mädchen aus der Bar gehört. Sie ist den Sommer über in Spanien, um Spanisch zu lernen, und hat das Haus so lange an Carol untervermietet.«

Als sie endlich Luft holen musste, nutzte Creighton die Gelegenheit. »Kurz und gut, es besteht keine Gefahr, dass wir in einem … ungünstigen Moment unterbrochen werden?« Seine Fingerspitzen liebkosten ihren Brustansatz. Er sah ihr tief in die Augen, um sich zu überzeugen, dass sie es bemerkte.

Sie bemerkte es. Ihr Atem kam leicht und schnell. »Gar keine Gefahr«, hauchte sie.

»Perfekt.« Er küsste sie noch einmal, drängte sie dabei gegen den Wagen und zwang sich, ihr die Zunge in den Mund zu stecken. Dann zog er sich zurück und legte beide Hände an ihr Gesicht. »Dann bis morgen Abend?«

Ihr Kopf wackelte zustimmend.

Er fragte sie, wo sie wohnte. Er fragte, wann er da sein sollte. Sie bot an, etwas zu kochen, und er fragte, ob er etwas mitbringen sollte, und sie sagte, nur sich selbst. »Dann haben wir ein Date.« Er gab ihr einen weiteren festen, schnellen Kuss, ließ sie dann los und trat zurück. »Und jetzt verschwinde von hier, bevor ich vergesse, wie dringend meine Nichte meine Unterstützung braucht.«

»Du musst sie unbedingt besuchen«, ermahnte sie ihn. Sie schloss den Wagen auf, stieg ein und ließ den Motor an, um dann das Fenster herunterzulassen. »Wir sehen uns morgen Abend.«

Verspielt tupfte er mit dem Finger auf ihre Nasenspitze. »Du kannst dir gar nicht vorstellen, wie ich mich darauf freue.«

22

Julie sah Derek an, der hinter dem Steuer saß und sich ausschließlich auf den Verkehr konzentrierte. »Wenigstens haben sie mich nicht verhaftet.«

Er hatte ihr nicht verraten, wohin sie fuhren. Merkwürdigerweise war es ihr egal, welches Ziel er ansteuerte, solange es nur nicht ihr Haus war. Wobei man ihr wahrscheinlich sowieso nicht erlaubt hätte, dort zu übernachten, selbst wenn sie das gewollt hätte, denn schließlich hatte sich dort ein Verbrechen ereignet.

»Das werden sie aber«, sagte er. »Gleich morgen. Oder schon heute Abend, falls sie so schnell einen Haftbefehl bekommen.«

»Sie werden die Bluse finden. Die hängt in meinem Schrank. Ich habe sie eben erst aus der Reinigung zurückbekommen. Als ich sie aus der Plastikhülle zog, fiel mir sofort auf, dass der Knopf fehlte.« Sie sah ihn kurz von der Seite an. »Ich dachte, ich hätte ihn im Flugzeug verloren.«

»Wie kommt ein Knopf von deiner Bluse in dieses Rattenloch im Pine View Motel, Julie?«

»Ich weiß es nicht.«

»Ich bin dein Anwalt, nicht die Polizei. Du kannst es mir verraten, falls du jemals dort warst.«

»Ich kann nicht glauben, dass du das gerade gesagt hast.«

Er hielt an einer roten Ampel und sah sie eindringlich an. »Ich versuche, dir zu helfen.«

»Indem du mich eine Lügnerin nennst?«

Es wurde Grün, und der Fahrer hinter ihnen hupte. Leise fluchend schoss Derek über die Kreuzung. Im Wagen war die Spannung greifbar. Schließlich sagte er: »Wie erklärst du dir, dass dein Knopf – falls es denn deiner ist – in dieses Zimmer gelangt ist?«

»Creighton. Er hat den Knopf abgerissen, als er in meinem Haus war. Er suchte sich etwas ganz Unverfängliches aus, das ich nicht so schnell vermissen würde, um mich dadurch mit Billy Duke in Verbindung zu bringen.«

»Vielleicht ist Creighton gar nicht in dein Haus eingebrochen. Vielleicht war es von Anfang an Billy Duke.«

»Nein. Ich bin hundertprozentig sicher, dass es Creighton war. Diese Ich-bin-schlauer-als-du-Streiche sind so typisch für ihn.« Sie sah Derek an. »Ich hätte den Detectives davon erzählt, wenn du mich nicht aus dem Raum geschleift hättest.«

»Sie hätten dir nicht geglaubt.«

»Genau wie du.«

»Das alles riecht förmlich nach Creighton, wie du selbst sagst.«

»Aber?«

»Du kannst es nicht beweisen, Julie.«

»Ich dachte immer, die Beweislast liegt bei der Polizei.«

»Stimmt. Aber glaub mir, es hilft ungemein, wenn man einen Verdacht ausräumen kann. So wie es aussieht, wirkt alles, was du unternommen hast, merkwürdig. Gestern hast du dein Haus bis unters Dach putzen lassen.«

»Weil Creighton eingebrochen war und ich den Gedanken nicht ertrug…«

»Ich weiß, ich weiß. Aber du kannst nicht beweisen, dass er da war. Und jetzt, wo alles desinfiziert wurde, erst recht nicht mehr. Unter Eid müsste ich aussagen, dass ich keine Anzeichen dafür entdecken konnte, dass jemand eingedrungen war. Mit dieser Putzorgie hast du Sanford und Kimball hellhörig gemacht.«

Sie sah ihn fragend an.

»Man redet darüber, Julie. Dodge hat aus der Gerüchteküche der Polizei davon erfahren. Man könnte dir unterstellen, dass du Beweise vernichten wolltest. Also muss ich dich für den Fall, dass die Sache noch einmal auf den Tisch kommt, fragen, welche mögliche Erklärung du dafür geben kannst, dass deine Putzfrau deine gesamten Habseligkeiten mit Desinfektionsmittel abwischen musste?«

»Creighton hatte in meinen Sachen gewühlt. Das Haus fühlte sich verunreinigt an.«

»Das kann ich nachvollziehen«, sagte er. »Ich werde mich in meinem Haus auch nie wieder völlig geborgen fühlen.« Damit ließ er es vorerst bewenden und erzählte ihr stattdessen von der Nachricht, die Creighton ihm hatte zukommen lassen.

»Nicht genug, dass er dir wehgetan hat, jetzt macht er sich auch noch über dich lustig.«

»Weil er wollte, dass ich mich persönlich an ihm räche. Wahrscheinlich hat er erwartet, dass ich mich sofort auf seine Fährte stürze, sobald ich entdecke, was er angerichtet hat. Nachdem ich nichts unternahm, schickte er mir eine Nachricht. Die Botschaft war wie ein rotes Tuch für mich, ich hatte größte Mühe, nicht zu reagieren, glaub mir. Am liebsten hätte ich ihn mit bloßen Händen zu Brei geprügelt. Aber wenn ich das getan hätte, hätte er gewonnen. Ich will ihn lieber vor Gericht zerren und dafür sorgen, dass er bis an sein Lebensende weggesperrt wird.

Die Nachricht habe ich der Polizei übergeben«, fuhr er fort. »Aber es gibt Probleme mit der Beweiskette. Man wird, und zwar zu Recht, einwenden, dass ich sie selbst geschrieben haben könnte. Mehrere Menschen hatten das Papier in Händen. Damit ist es kein zwingender Beweis mehr.«

»Hat man Creighton zu der Sache mit Maggie befragt?«

»Nicht soweit ich weiß, obwohl ich ihn sofort genannt habe, als ich routinehalber gefragt wurde, ob ich Feinde hätte.«

»Er ist ein überzeugender Lügner. Als ich Maggie erwähnte, hat er so getan, als hätte er keine Ahnung, wovon ich rede.«

»Wie bitte?« Er warf ihr einen kurzen Seitenblick zu, aber nachdem sie fuhren, musste er sich auf den Verkehr konzentrieren. »Wann war das?«

»Er hat mich in der Galerie überrascht, kurz nach Ladenschluss. Wahrscheinlich hat er beobachtet, wie Kate heimfuhr, und hat sich dann durch die Hintertür hereingeschlichen.«

»Die Tür war nicht verriegelt?«

»Weil ich noch da war, hat Kate nicht abgeschlossen, als sie ging. Vielleicht hat Creighton auch einen Schlüssel. Ich würde ihm das durchaus zutrauen. Ich weiß nur, dass er plötzlich vor mir stand und mir Todesangst einjagte.« Sie schilderte ihm den Vorfall.

»Nach seinem beiläufigen Kommentar über das UPS-Paket hatte ich Angst, es aufzumachen, weil ich nicht wusste, was ich darin finden würde. Darum war ich auch so nervös, als ich nach Hause kam. Ich habe die Detectives nicht angelogen. Ich habe gezittert und war eingeschüchtert, aber ich dachte, ich würde vor Angst Gespenster sehen. Darum bin ich nicht wieder aus dem Haus gegangen oder habe die Polizei gerufen, als die Alarmanlage nicht funktionierte.« Leise ergänzte sie: »Hätte ich nur auf meinen Instinkt vertraut.«

Die Erinnerung an Billy Dukes letzte Sekunden ließ sie schaudern. Jedes Detail war ihr lebhaft in Erinnerung. Wie er ausgesehen und wie er gerochen hatte. Wie es sich angefühlt hatte, als das Messer seine Haut durchstieß. Wie heiß und eklig der schleimige Brei gewesen war, der ihre Bluse bis auf die Haut durchtränkt hatte. Wie grauenvoll Billy Duke gegurgelt hatte, als er etwas zu sagen versuchte. Wie seine Knochen auf dem Boden aufgeschlagen waren.

Die Straße hinter der Motorhaube verschwamm unter den Tränen, die ihr in die Augen schossen. »Hoffentlich stellt sich heraus, dass er an etwas anderem gestorben ist. Dass es nicht das Messer war. Wie sollte ich mir das sonst je verzeihen?«

Er fasste über die Handbremse und nahm ihre Hand. »Du warst in Lebensgefahr, Julie.«

»Vielleicht aber auch nicht.«

»Du hast ihm das Messer nicht in den Bauch gestoßen. Er ist hineingefallen.«

»Das ist er wirklich, Ehrenwort. Aber trotzdem …«

»Versuch, an etwas anderes zu denken. Wir sind gleich da.«

»Wo?«

Ein paar Minuten darauf trafen sie am Coulter House ein. Er parkte davor und sah sie an. »Wir wollen beide nicht nach Hause. Ist das okay?«

»Mir wäre jede Alternative recht.«

»Dies ist eine Alternative mit besonders gutem Service.«

Er stieg aus, kam um den Wagen herum und öffnete ihr die Tür. Der Portier begrüßte ihn mit Namen. Derek fragte: »Ist noch etwas frei?«

»Für Sie jederzeit, Mr Mitchell.«

Ein paar Minuten später öffnete ein Page mit einem altmodischen Messingschlüssel die Tür zu einer Suite im obersten Stock und bat sie hinein. Eine gläserne Doppeltür trennte den Wohnbereich vom Schlafbereich ab. Auf ihre Beteuerung hin, dass sie vorerst nichts brauchten, verschwand der Page wieder.

»Sie haben hier eine Schwäche für Chintz«, bemerkte Derek und schaltete eine Stehlampe ein.

Sie lächelte. »Allerdings. Aber es wirkt charmant. Ehrlich gesagt bin ich beeindruckt, dass du weißt, was Chintz ist.«

»Meine Mom betätigt sich in ihrer Freizeit als Inneneinrichterin für ihre Freundinnen.«

»Erzähl mir mehr.«

»Erst gibt es etwas zu essen.«

»Ich kann jetzt nicht essen, Derek.«

»Du wirst aber essen.«

Er bestellte eine Krabbensuppe mit Mais, begleitet von grünem Salat und knusprigen Brötchen. Sie stellte fest, dass sie sehr wohl etwas essen konnte. Außerdem bestellte er ihr eine Flasche Weißwein, während er einen Whisky aus der Minibar trank. Nachdem sie fertig gegessen hatten, erschien der Kellner vom Zimmerservice und räumte den Tisch ab.

Julie nahm ihr Weinglas mit zum Sofa, kuschelte sich in eine Ecke, streifte die Schuhe ab und schlug die Füße unter. »Warum sind wir hier?«

»Das habe ich dir doch erklärt. Unsere beiden Wohnungen wurden mit Blut verunreinigt. Mit Maggies. Und dem von Billy Duke.«

Rein theoretisch stimmte das, trotzdem hatte sie das Gefühl, dass er ihr etwas verschwieg. Sie sah ihn stumm an, bis er ihr ein schuldbewusstes Lächeln schenkte. »Wir sind hier, weil ich nicht will, dass du gefunden wirst. Jedenfalls nicht so schnell.«

»Von den Detectives, meinst du. Du glaubst also, dass sie mich festnehmen wollen?«

»Ich weiß es wirklich nicht. Ich bin sicher, dass sie dein Haus durchsuchen werden. Natürlich gilt es als Tatort, trotzdem werden sie sich doppelt absichern und einen Durchsuchungsbefehl erwirken, der sie berechtigt, alles auf den Kopf zu stellen.«

»So wie mein Leben auf den Kopf gestellt wurde.«

Darauf sagte er nichts.

»Hast du Angst, dass sie etwas finden könnten?«, fragte sie.

»O ja. Nicht weil ich glaube, dass du mich anlügst. Sondern weil ich glaube, dass du Creighton ganz richtig einschätzt. Wenn er schlau genug war, den Knopf mitgehen zu lassen und ihn in Billy Dukes Zimmer zu deponieren, dann weiß der Himmel, was er sonst noch angestellt hat, damit es so aussieht, als hättet ihr beide, du und Duke, zusammengearbeitet.«

Sie starrte in ihr Weinglas und fuhr mit der Fingerspitze den Rand nach. »Ich habe Angst.«

»Ich weiß.«

»Heute Nachmittag in der Galerie hatte ich wirklich Angst, dass er mir etwas antun könnte. Körperlich. Und ich habe ihm meine Angst gezeigt. Ich wollte das nicht. Ich habe mich bemüht, sie ihm nicht zu zeigen, aber ...«

»Aber du bist auch nur ein Mensch.«

Sie lächelte mutlos, und er erwiderte ihr Lächeln. »Allzu menschlich, so wie es aussieht.« Sie nahm einen Schluck Wein, stellte das Glas auf dem Tisch neben dem Sofa ab, faltete die Hände im Schoß und schöpfte tief Luft, um den Kopf freizubekommen. »Unterhalt dich mit mir, Derek. Unterhalt dich mit mir über irgendetwas anderes. Erzähl mir von dem Hobby deiner Mom.«

Er lachte. »Es ist tatsächlich nur ein Hobby, aber sie hat Talent. Manchmal wird sie von ihren Freunden gefragt, in welcher Farbe sie ihre Wände streichen sollen, und am Ende richtet sie ihnen das ganze Haus neu ein.«

Während der nächsten halben Stunde erzählte er von seiner Familie, und seine Begeisterung verriet, wie gern er sie hatte. Sein älterer Bruder arbeitete als Rechnungsprüfer und lebte mit seiner Frau und zwei halbwüchsigen Töchtern in Augusta. »Die ältere kommt im Herbst ins College. Ich kann es nicht glauben. Es kommt mir vor, als wäre sie erst gestern mit ihren Zöpfchen angelaufen gekommen, damit ich ihre knochigen aufgeschürften Knie heilküsse.«

Seine Schwester hatte ihren Beruf als Krankenschwester aufgegeben, als sie einen Anästhesisten aus Houston geheiratet hatte. »Ein netter Bursche, aber so langweilig, dass er dich ohne jedes Schlafmittel in Narkose versetzen könnte. Die beiden haben drei Jungs. Zwischen neun und vier. Sie ohne größeren Schaden durch den Louvre zu lotsen war eine echte Herausforderung.«

Julie lachte. »Kann ich mir vorstellen.«

»Ich hatte Angst, sie würden irgendwas kaputt machen und das würde dann zu internationalen Verwicklungen führen. ›Amerikanische Chaosfamilie verwüstet den Louvre‹, ›Jugendliche Straftäter aus den USA zerstören unbezahlbare Meisterwerke‹.«

Das Lachen tat ihr gut.

»Eigentlich sind es tolle Burschen.« Er saß in einem bequemen Sessel und hatte die Füße auf den dazugehörenden Hocker gelegt. Das Jackett hatte er ausgezogen, die Krawatte gelöst und die Hemdsärmel hochgekrempelt. Er hob die Arme und verschränkte die Finger hinter dem Kopf. »Wieso muss ich eigentlich ständig reden? Erzähl mir lieber von dir.«

»Du weißt doch schon alles über mich, dank deines Spitzels.«

»Das mit Dodge tut mir leid.« Er klang, als wäre es ihm ernst. »Ich habe im besten Interesse meiner Mandanten gehandelt, und das waren zu dem Zeitpunkt die Wheelers. Dich zu durchleuchten gehörte zu meinen Aufgaben.«

»Ehrlich gesagt finde ich es nicht so schlimm, dass du bereits alles weißt. Damit hast du schon alle Leichen aus dem Keller geholt.«

»Wirklich? Ich kenne deine Lebensdaten, aber viel mehr weiß ich nicht über dich.«

»Das stimmt nicht. Du weißt, dass ich die Kunst liebe.«

»Aber diesen Fettsack magst du doch auch nicht, oder?«

Sie lachte. »Nein, aber ich muss für alles offen sein, das bin ich meiner Kundschaft schuldig. Manches von dem, was ich verkaufe, würde ich nicht in meinem Haus aufhängen wollen.«

»Was ist mit dem Gemälde, das ich gekauft habe? Könntest du mit dem leben?«

»Das gefällt mir gut. Du hast Geschmack.«

»Danke.«

»Du weißt, dass ich gern koche.«

»Aber ich weiß nicht wie gut.«

»Sehr gut.«

»Kann ich diese Behauptung überprüfen?«

»Vielleicht. Irgendwann einmal.«

Der Wortwechsel schloss eine gemeinsame Zukunft nicht aus. Aber er versprach sie auch nicht. Beide merkten das gleichzeitig und verstummten verlegen.

Schließlich sagte er: »Deine Eltern. Hattest du ein gutes Verhältnis zu ihnen?«

»Wir sind ein paarmal aneinandergeraten. Über die typischen Sachen. Aber alles in allem waren wir eine glückliche Familie. Mein Dad liebte meine Mutter über alles. Sie liebte ihn. Beide liebten mich.«

»Warum klingst du dabei so überrascht?«

»Nicht überrascht. Eher dankbar.«

»Wieso dankbar?«

Nach kurzem Nachdenken sagte sie: »Meine Mom war sehr

jung, als sie mich bekam. Es war bestimmt nicht leicht für sie, ihre Ausbildung abzuschließen und einen Beruf zu erlernen, während sie sich gleichzeitig um einen Mann und ein Kind kümmern musste. Dad war kein fordernder Ehemann. Wirklich nicht. Und ich war kein schwieriges Kind. Aber … aber sie hatte nie die Gelegenheit, andere Wege auszuprobieren. Sie konnte nie reisen oder herumexperimentieren, um festzustellen, ob sie vielleicht lieber etwas anderes machen würde, als in der Schulverwaltung zu arbeiten. Sie musste sich sehr früh festlegen. Ich habe mich oft gefragt, ob sie die Entscheidung von damals bereut hat.«

»Hattest du das Gefühl, dass sie deinem Vater das übelnahm?«

»Ganz und gar nicht. Sie behandelte ihn, uns beide, absolut liebevoll.« Sie zuckte kurz mit den Achseln. »Das ist es, was mich manchmal so verwundert. Und wofür ich ihr dankbar bin.«

Er setzte sich in seinem Sessel zurecht, fing ihren Blick ein und hielt ihn fest, als wäre sie eine Zeugin und er im Begriff, die große, alles entscheidende Frage zu stellen. »Wie standen deine Eltern zu deiner Beziehung zu Paul Wheeler?«

»Dad war fast zehn Jahre älter als Mom. Als ich Paul kennenlernte, war er schon ein paar Jahre tot. Weil ich in Frankreich unter so unglücklichen Umständen lebte, erzählte mir meine Mom erst von ihrer Krebserkrankung, als sie schon im Endstadium war. Sie wusste, dass ich Paul kennengelernt hatte, aber sie hat uns nie zusammen gesehen.

Als ich erfuhr, dass es mit ihr zu Ende ging, zahlte er mir den Flug nach Hause. Ich kam zu spät, um mich noch von ihr zu verabschieden. Zum Glück war Paul mitgekommen. Dass sie gestorben war und dass ich nicht bei ihr gewesen war, setzte mir so zu, dass ich nicht weiß, was ich getan hätte, wenn er nicht an meiner Seite gewesen wäre. Er war eine echte Stütze.«

»Das war offenbar seine Art, soweit ich gehört habe.«

Wieder breitete sich angespanntes Schweigen aus. Um das Thema zu wechseln, sagte sie: »Ich habe in der Zeitung von deinem Fall gelesen.«

»Von welchem?«

»Jason Connor.«

Er seufzte. »Eine zähe Geschichte.«

»Wie kannst du ihn verteidigen? Er hat kaltblütig seine eigenen Eltern umgebracht.«

»Er ist *angeklagt*, sie getötet zu haben.«

»In der Zeitung stand, er hätte sie in Stücke gehackt.«

»Ein sogenanntes ›Hassverbrechen‹. Ich habe die Schlagzeilen auch gelesen«, ergänzte er trocken. »Hoffentlich haben es die zukünftigen Geschworenen nicht getan.«

»Er wurde als notorischer Unruhestifter beschrieben.«

»Stimmt. Aber Schulschwänzen, Gras rauchen, Gelegenheitsdiebstähle und ein paar Raufereien sind ein ganz anderes Kaliber als ein Doppelmord. Außerdem ist er ein Flegel, ein Stänkerer mit ausgeprägtem Minderwertigkeitskomplex und Menschenhass. Er hat keinen Zweifel daran gelassen, dass er weder von mir noch von meinen Bemühungen viel hält.«

»Stimmt es, dass du auf dein Honorar verzichtet hast?«

»Ja.«

»Warum?«

»Weil auch dieser Flegel und Stänkerer eine bessere Verteidigung verdient als die halbherzigen Scheingefechte eines Pflichtverteidigers, der nur sein Standardprogramm abspult, während er insgeheim mit der Anklage übereinstimmt. Und weil dieser Junge, für den sich noch nie jemand eingesetzt hat, hingerichtet wird, wenn ich ihm nicht das Leben retten kann.« Sie wollte etwas einwenden, doch er kam ihr zuvor. »Julie?«

»Was ist?«

»Wenn wir weiter über den Connor-Fall sprechen, werden wir uns streiten.«

Sie wusste, dass er recht hatte. »Wahrscheinlich sollten wir lieber über *meinen* Fall sprechen. Nachdem du dich inzwischen zu meinem Anwalt ernannt hast.«

»Ich hatte den Eindruck, dass du einen brauchen könntest.«

»Danke dafür.« Sie zog eine Braue hoch. »Ich nehme nicht an, dass du auch bei mir auf dein Honorar verzichten wirst.«

Er grinste. »Dir berechne ich das Doppelte.«

Obwohl sie sich bemühten, locker zu bleiben, durchdrang ihr gemeinsames Problem das heimelige Zimmer wie ein unangenehmer Geruch. »Als du bei mir zu Hause aufgetaucht bist, sagte Kimball zu Graham, du wärst ihnen von dem Motel aus gefolgt, in dem Billy Duke gewohnt hatte.«

»Richtig.«

»Was wolltest du dort?«

»Dodge hatte ihn für mich aufgespürt. Er rief mich an. Ich rief Sanford an. Er und Kimball rasten hin, und beide waren nicht besonders froh, uns dort zu sehen. Noch frustrierender war, dass Duke sein Zimmer inzwischen geräumt hatte. Und zwar gründlich. Kein Müll und keine Spur von ihm war da.«

»Genauso wenig wie von Creighton.«

Er schüttelte den Kopf. »Ich habe sie sogar den DVD-Player überprüfen lassen. Leer.«

»Es gibt also keine Verbindung zwischen ihm und Billy Duke.«

»Sieht nicht danach aus.«

»Dafür kann die Polizei eine Verbindung zwischen Billy Duke und mir ziehen.«

»Du hast gesagt, du wolltest nicht mehr darüber sprechen.« Er nahm die Füße von dem Hocker und hievte sich aus dem Sessel. »Willst du nicht versuchen zu schlafen?« Er nickte zum Schlafzimmer hin. »Ich nehme das Sofa.«

»Willst du vorher ins Bad?«

»Danke.«

Er verschwand hinter der Doppeltür.

Weil sie nicht wusste, was sie mit sich anfangen sollte, trat sie ans Fenster und kippte die Lamellen der Holzjalousie. Der Nachthimmel war klar. Der Mond dreiviertel voll. Die Straße lag still da, ohne dass sie jemand beobachtet hätte, soweit sie das feststellen konnte.

Derek kam wieder aus dem Schlafzimmer. »Es gehört dir.«

Sie schloss den Fensterladen und drehte sich um. »Ich musste eben daran denken, dass Creighton uns in der Gewitternacht hierher gefolgt ist. Er könnte auch jetzt da draußen warten. Ich finde die Vorstellung furchtbar, dass er mich, dass er uns beobachten könnte. Er ist nicht mehr nur lästig, Derek. Anfangs ging er mir nur auf die Nerven, inzwischen empfinde ich ihn als Gefahr.«

»Hat er dich vor dem Zwischenfall heute in der Galerie jemals bedrängt?«

»Nicht in dem Maße. Im Christy's hat er seine Hand um meinen Arm gekrallt und mich an die Wand gepresst. Das heute war anders. Das war nicht nur grob, das war wirklich bedrohlich.«

»Bei unserer Begegnung in Athens wirkte er nur überheblich und sarkastisch. Er ließ ein paar Warnungen fallen und wollte Muskeln zeigen, aber Maggie umzubringen war ein echter Sprung. Ich habe Dodge gefragt, ob er vielleicht eine Jugendstrafakte ausgraben könnte. Er hat mir versprochen, er würde es versuchen, aber er war nicht allzu optimistisch.«

Julie hatte sich noch einmal alles durch den Kopf gehen lassen, was sie über Creighton wussten. »Du weißt doch, dass man sagt, Serienkiller würden immer schneller töten? Dass sie, je mehr Opfer sie haben, in immer kürzeren Abständen morden?«

Er nickte.

»Sollten wir Sanford und Kimball von Creightons Besuch in der Galerie erzählen? Ihnen schildern, was er gesagt und wie er sich benommen hat?«

»Das mit Maggie wissen sie bereits. Sie haben mir ihr Beileid ausgesprochen, aber in dem Zusammenhang kein Wort über Creighton verloren.« Er legte den Finger unter ihr Kinn, drehte es hin und her und betrachtete dabei ihren Hals. »Ich kann keine blauen Flecken entdecken.«

»So fest hat er nicht zugedrückt. Stattdessen hat er mich mit dem ganzen Körper gegen die Wand gepresst.«

»Wenn wir den beiden das melden und sie ihn befragen würden, würde er zwar zugeben, dass er dort gewesen ist, aber energisch abstreiten, dass er handgreiflich geworden ist. Damit hätten wir wieder ein Patt.«

»Aber du glaubst mir doch, oder?«

Er lächelte. »Ich wünschte, ich hätte jedes Mal einen Dollar bekommen, wenn mich ein Mandant das fragt.« Er ließ die Hand sinken. »Jetzt versuch zu schlafen.«

Sie ging ins Schlafzimmer, zog die Doppeltür hinter sich zu und war sich dabei bewusst, dass er ihre Frage unbeantwortet gelassen hatte. Das war seine ganz besondere Gabe.

Zum Glück war es auch ihre.

Derek lag auf dem Rücken, starrte an die Decke und versuchte einzuschlafen. Es funktionierte nicht. Das Sofa war zu kurz, aber nicht das unbequeme Nachtlager hinderte ihn am Einschlafen. Sondern dass er die Suite mit Julie teilte.

Er hatte während der vergangenen zwanzig Minuten keinen Mucks aus dem Schlafzimmer gehört, trotzdem spürte er, dass sie auch nicht schlief. Hinter dem gespannten Stoff über der gläsernen Doppeltür war kein Licht, keine Bewegung zu erkennen, aber irgendwie wusste er, dass sie wach und genauso rastlos war wie er.

Mit einem leisen Fluch schlug er die dünne Decke zurück, schwang die Füße auf den Boden und stand auf. Er griff nach seinem Hemd, entschied sich dann dagegen und ließ es auf dem Sessel liegen. Barfuß trat er an die Doppeltür und drückte sie auf. Die Flügel glitten vollkommen lautlos zur Seite, trotzdem drehte sie sich sofort vom Fenster weg, an dem sie stand und nach draußen sah, als würde sie Wache halten. Sie hatte den weißen Frotteebademantel übergeworfen, den das Hotel seinen Gästen zur Verfügung stellte. Er umhüllte sie von den Ohrläppchen bis zu den Knöcheln.

Scheinbar eine Ewigkeit blieben sie an den entgegengesetzten Enden des Raumes stehen und sahen einander an. Später hätte er nicht mehr sagen können, wie er zu ihr gelangt war. Er wusste nur noch, wie sehr er sich vor ihrer Antwort gefürchtet hatte, als er die Hand nach ihr ausgestreckt und gefragt hatte: »Wenn ich dich jetzt berühre, stößt du mich dann weg?«

Sie holte kurz Luft und schüttelte den Kopf.

Langsam, als könnte sie jede Sekunde die Flucht ergreifen, löste er den Gürtel ihres Bademantels und schob seine Hände unter den Stoff. Er strich mit den Fingern über ihren nackten Bauch, und sie erschauerte. »Fürchtest du dich, Julie?«

»Und wie.«

»Wovor?«

Sie schloss kurz die Augen, schlug sie wieder auf und antwortete: »Vor allem hiervor.«

Aber sie sagte nichts und zuckte nicht, als er den Bademantel über ihre Schultern schob. Der Stoff glitt an ihren Armen abwärts auf den Teppichboden. Sie trug einen Spitzen-BH, genau wie damals im Flugzeug. Die Brüste erhoben sich weich über die Körbchen. Er fuhr mit dem Finger über die samtigen Kurven und nahm dann ihr Gesicht zwischen beide Hände. »Es ist mir gleich, ob du mich sonst anlügst. Nur jetzt darfst du mich nicht belügen.«

»Nein. Das werde ich nicht.«

Ihre Stimme bebte, genau wie ihre Lippen, als er sie mit seinen berührte. Anders als beim ersten Mal ließen sie sich Zeit für Zärtlichkeiten, tauschten erst Atemzüge, berührten sich nur kurz mit den Lippen und lösten sich dann wieder voneinander, so als wollten sie sich gegenseitig heimlich kosten. Aber ohne dass einer bewusst einen ersten Schritt unternommen hätte, wurde ihr Kuss tiefer. Zurückhaltung und Scheu lösten sich in Luft auf. Sein Gedächtnis hatte genau gespeichert, wie gut sie schmeckte. Seit jenem Rückflug nach Atlanta hatte ihn immer wieder aus heiterem Himmel die Erinnerung daran heimgesucht, wie erotisch ihr Mund auf seinen Kuss reagiert hatte.

Aber so tief sich die Erinnerung auch eingeprägt hatte, sie war mit der Wirklichkeit nicht zu vergleichen.

Er schob seine Hände auf ihren Rücken und löste ihren BH. Er landete auf dem Morgenmantel. Dann schloss er sie in die Arme und drückte sie an seinen Körper. Als er spürte, wie voll und weich sich ihre Brüste gegen seinen Brustkorb schmiegten, stöhnte er unwillkürlich auf, verloren in dem Gefühl, endlich ihre Haut auf seiner zu spüren.

Endlos lange küssten sie sich. Ohne mehr zu wollen, aber dafür so leidenschaftlich und atemlos, dass sie sich schließlich voneinander lösen mussten. Während sie Atem schöpften, ließ sie die Stirn gegen sein Brustbein sinken und rollte ihren Kopf hin und her, sodass ihre feuchten Lippen über seinen Brustkorb strichen. Dann hob sie die Hand, wühlte die Finger in sein Haar und zog ihn nach unten, um wieder von vorn anzufangen.

Auf der Rückseite war ihr Slip praktisch nicht existent. Seine Hände lagen heiß auf ihrer Haut, als er ihren Hintern drückte und ihren Unterleib gegen seinen schob. Sie gab einen tiefen Laut von sich, der durch ihre Kehle und ihren Mund bis über seine Zunge rollte und ihn zum Wahnsinn trieb.

Er hob den Kopf und sah ihr tief in die Augen, während er gleichzeitig seine Hose aufknöpfte und den Reißverschluss nach unten zog. Sie löste sich von ihm und lag, als er sich aus seinen Kleidern geschält hatte, schon auf dem Bett und streckte die Hände nach ihm aus.

Er beugte sich über sie, ließ den Slip über ihre Beine gleiten und legte dann die Hand zwischen ihre Schenkel, als wollte er ihr Geschlecht in seiner Handfläche bergen. Mehrere Sekunden tauchten ihre Augen so intensiv ineinander ein, dass es leidenschaftlicher wirkte als jede Berührung. Seine Handwurzel lag genau dort, wo sie am empfindsamsten war. Ihr stockte der Atem, und ihr Rücken wölbte sich ihm entgegen.

Dann legte er sich über sie. Als er sich in sie versenkte, fasste er nach ihren Händen, die wehrlos ausgebreitet neben ihrem Kopf lagen. Ihre Finger verschränkten sich, und als sie wenige Sekunden später kamen, konnte er nicht mehr sagen, ob er sich an ihr oder an seiner Seele festzuhalten versuchte, die plötzlich ins Bodenlose stürzte.

»Willst du hier schlafen?«

»Ich könnte hier sterben«, murmelte er. »Und zwar glücklich.«

Sie lachte leise und zog ihre Finger durch seine Haare. »Es gefällt mir, wie du dich anziehst.«

»Wie bitte?«

»Ich mag deine Sachen. Ich kenne kaum Männer, die so gut gekleidet sind wie du.«

»Wir liegen hier nach einem unglaublichen Fick, und dir geht nichts anderes im Kopf herum? Als meine *Kleider?«*

Sie lachte gluckernd. »Natürlich gefällt es mir auch, wie du ohne sie aussiehst.«

»Ach ja?«

»Ach ja.«

Nach einem Pulsschlag bekannte er: »Ich glaube, ich mag dich lieber nackt.« Er hob den Kopf und ließ den Blick über das Territorium wandern, auf dem er sich ausgebreitet hatte. »Ja, ganz eindeutig. Nackt.«

Er drückte die Lippen in den weichen Flaum, auf dem seine Wange geruht hatte, und küsste sich aufwärts zu ihrem Nabel vor. Sie zog den Bauch ein, als er mit seinem stoppligen Kinn über ihre weiche Haut rieb. »Tut mir leid«, murmelte er.

»Mir aber nicht. Ich mag es, wenn es ein bisschen kratzt.«

»Selbst auf …?«

Die Hitze stieg ihr ins Gesicht. »Vor allem auf …«

»Ich hatte schon Angst, es könnte zu rau für eine so empfindliche Stelle sein.«

»Nicht so, wie du es gemacht hast.«

Genauso rauchig wie sie antwortete er: »Gut zu wissen.«

Er küsste abwechselnd ihre Brüste, konzentrierte sich schließlich auf die linke und spielte mit der Zunge über die Spitze. Julie sah ihm zu, während er sie liebkoste. Sie strich über sein Gesicht, fuhr mit dem Daumen über seinen markanten Wangenknochen. Ihr Ego schien sich unter dem Ansturm der Gefühle aufzublähen wie ein Segel. »Derek?«

»Hmm?«

»Derek?«

»Lenk mich nicht ab. Ich könnte das eine ganze Woche machen.«

»Ich kann aber keine Woche warten.«

Er hob den Kopf, sah ihr ins Gesicht und erkannte sofort, was sie in diesem Moment brauchte, denn er reagierte auf der Stelle. In einer einzigen flüssigen Bewegung legte er sich wieder über sie und versenkte sich in ihr.

Sie drückte die Hände auf seine Hinterbacken. »Nicht bewegen. Noch nicht. Ich will dich einfach nur spüren.«

Er kam ihrer Bitte nach und senkte nur den Kopf, um sie langsam und verheißungsvoll zu küssen. Als er den Kopf wieder hob, entdeckte er verblüfft, dass ihre Wangen tränennass waren. »Mein Gott, Julie. Tue ich dir weh?«

»Nein. *Nein.«* Er wollte sich schon zurückziehen, doch sie umklammerte ihn noch fester.

»Was ist dann?«

»Ich…«

»Wheeler?« Verunsicherung und Furcht schwangen in seiner Stimme. »Weinst du vielleicht seinetwegen?«

»Nein«, flüsterte sie. »Sondern *deinetwegen.«*

»Meinetwegen?«

»Ich hätte nie geglaubt, dass mir das ausgerechnet jetzt passieren würde. Ich habe…« Sie hielt inne und leckte eine Träne aus ihrem Mundwinkel.

»Was? Du hast was?«

»Damit habe ich einfach nicht gerechnet.« Sie schob die Hände aufwärts über seinen Rücken und seine Schultern. Sie berührte sein Haar, seine Augenbrauen, schließlich seine Lippen, wo ihre Fingerspitzen zur Ruhe kamen. Kaum hörbar erklärte sie: »Mit dir habe ich einfach nicht gerechnet.«

Als sie aufwachte, war die Tür zum Bad zu, und sie hörte die Dusche laufen. Sie räkelte sich gähnend und wünschte sich, sie könnte den ganzen Tag lang faulenzen, genüsslich darüber nachsinnen, was in der vergangenen Nacht passiert war, und dabei jeden kostbaren Moment noch einmal durchleben. Sie hätte angenommen, dass sie durch und durch gesättigt war, doch sie brauchte nur an Dereks Hände und seinen Mund zu denken, und schon kribbelte ihr ganzer Körper vor erotischen Erinnerungen und frischer Lust. Dass sie ihn schon wieder begehrte, machte sie glücklich und rührselig zugleich.

Und schrecklich traurig.

Eine Dampfwolke folgte ihm aus dem Bad. Er war nackt und scherte sich nicht darum, während ihr unversehens vor Verlegenheit die Wangen brannten. Sie zog das Laken hoch, um ihre Brüste zu bedecken, und ihre verspätete Schüchternheit brachte ihn zum Grinsen.

»Zu spät. Ich hab sie schon gesehen.«

Allein seine Bemerkung und sein Tonfall reichten aus, dass etwas in ihrem Unterleib zuckte. »Guten Morgen. Wie lang bist du schon wach?«, fragte er.

»Seit ungefähr zehn Sekunden.«

Schon wieder halb hart kam er ans Bett, setzte sich auf die Kante und schlug die Decke zurück. Eine Hand schob er zwischen ihre Schenkel, mit der anderen führte er ihre Fingerspitzen an seinen Penis. Sie streichelte die angeschwollene Spitze. »Haben wir noch Zeit dafür?«

»Wenn es schnell geht.«

Er ließ seinen Daumen kreisen, und ihr stockte der Atem. »Das ist kein Problem.«

Als er nach der zweiten Dusche aus dem Bad kam, trug er Boxershorts. Sie zog die Decke wieder nach oben und hielt sie fest. »Gibt es etwas Neues?«

»Dass du in den Nachrichten bist.«

Sie sah durch die Doppeltür in den Wohnbereich, wo ein Fernseher stand.

Ihr Blick kehrte zu Derek zurück.

»Ich bin eine Stunde vor dir aufgewacht. Ich habe mir die Nachrichten schon angesehen.« Er trat wieder ans Bett, beugte sich vor und nahm ihr Gesicht zwischen beide Hände. »Die Übertragungswagen sämtlicher Lokalsender parken vor deinem Haus, in dem, wie berichtet wird, gestern Abend auf mysteriöse Weise Paul Wheelers Mörder ums Leben kam. Als Doug Wheeler zur Arbeit fahren wollte, lauerten ihm die Reporter schon auf.«

Sie stöhnte.

»Er hat erklärt, er hätte nicht geahnt, dass die enge persönliche Freundin seines Bruders, also du, den Mörder möglicherweise gekannt hat.«

»Das ist ein Albtraum.«

»Es könnte noch schlimmer kommen, bevor es wieder besser wird, Julie.«

»Darum fühle ich mich ja so krank.«

Er nahm die Hände von ihrem Gesicht. »Da helfen keine guten Wünsche. Der heutige Tag wird für dich eine Tortur, fürchte ich. Du solltest lieber aufstehen.«

»Ich habe nur die Sachen, in denen wir gekommen sind.« Sie suchte danach.

»Ich habe die Hotelwäscherei gebeten, sie für dich aufzubügeln.« Er küsste sie kurz und trat dann an die Durchgangstür. »Jetzt bestelle ich uns erst einmal Frühstück.«

Sie würde bestimmt keinen Bissen hinunterbringen, doch

sie widersprach nicht, sondern schlüpfte still aus dem Bett und verschwand im Bad. Sie duschte, wusch sich mit dem Hotelshampoo die Haare und fönte sie anschließend. Außer ein paar Sachen zum Auffrischen hatte sie kein Make-up in ihrer Handtasche. Sie trug etwas Puder auf die Nase auf, etwas Rouge auf die Wangen und dazu Lipgloss. Das musste genügen.

Da ihre Sachen noch beim Bügeln waren, zog sie den Morgenmantel über, in den sie sich gestern Abend gehüllt hatte, und ging zu Derek in den Wohnbereich. Der Zimmerservice hatte das Frühstück bereits gebracht. Er hob die Silberhaube von einem der Teller. »Das Käsegebäck ist jede einzelne Kalorie wert.«

»Derek, ich kann jetzt nichts essen.«

»Das hast du gestern Abend auch gesagt.«

Er rückte ihr einen Stuhl zurecht. Dann goss er Kaffee aus der Thermoskanne in ihre Tasse. Und er hatte recht, nach ein paar Bissen von dem köstlichen Gebäck hatte sich ihr Magen halbwegs beruhigt. »Was machen wir jetzt?«, fragte sie, während sie ihre zweite Tasse Kaffee trank.

»Erst einmal abwarten. Ich will nicht, dass du in die Öffentlichkeit trittst, solange wir keine Vorstellung haben, was dich erwartet.«

Sie sah zur Tür. »Werden mich die Hotelangestellten nicht verpfeifen?«

Er schüttelte den Kopf. »Sie fragen nie, wen ich hier unterbringe, und ich erzähle es ihnen nie. Sie werben damit, wie diskret sie sind. Außerdem habe ich über die Jahre ein kleines Vermögen hiergelassen. Sie sind mir was schuldig.«

Sie zupfte mit den Gabelzinken an dem nächsten Gebäckstück. »Kommt es öfter vor, dass du mit deinen Mandantinnen hier die Nacht verbringst?«

Er stellte die Tasse auf die Untertasse zurück und wartete ab, bis sie ihm in die Augen sah. »Das ist noch nie vorgekommen.«

Sie nahm einen Schluck Kaffee, um ihre Verlegenheit und ihre heimliche Freude zu überspielen. Er fasste über den Tisch nach ihrer anderen Hand und studierte sie, während er ihre Finger streichelte. »Ich hätte zu gern gewusst, was wohl passiert wäre, wenn wir uns kennengelernt hätten, bevor du nach Frankreich gegangen bist. Bevor du Paul Wheeler kennengelernt hast.«

»Vielleicht hätten wir uns auf den ersten Blick gehasst.«

»Das bezweifle ich«, sagte er leise.

»Ich auch«, flüsterte sie.

»Oder wir hätten uns ineinander verliebt, geheiratet und inzwischen einen Stall voll Kinder.«

Ihre Kehle wurde so eng, dass sie keinen Ton mehr herausbekam.

Er streckte die andere Hand über den Tisch und strich über ihre Wange. »Das könnte immer noch passieren, Julie. Vielleicht haben wir eine gemeinsame Zukunft, wenn all das hier erst überstanden ist.«

Der Moment wurde vom Läuten des Zimmertelefons zerstört. Beide sahen argwöhnisch erst den Apparat und dann einander an. Derek stand auf und nahm den Hörer ab. Er lauschte kurz, ohne auch nur einmal den Blick von Julie zu wenden, dann erklärte er knapp: »Okay«, und legte auf. »Das war Dodge. Er ist unten. Und kommt jetzt hoch.«

23

Dodge klopfte an. Derek öffnete die Tür. Der Ermittler trat ein. Als er Julie sah, nickte er knapp: »Hab ich mir gedacht.«

Derek sagte: »Julie Rutledge, Dodge Hanley.«

Ohne ihr auch nur ein Nicken zu schenken, erklärte Dodge: »Der Lackaffe mit dem miesen Toupet und dem Besenstiel im Arsch hat mir an der Rezeption gesagt, du wärst wahrscheinlich nicht begeistert, wenn du heute früh gestört würdest. Er hat durchklingen lassen, dass du die Nacht nicht allein verbracht hast. Aber ich wollte nicht glauben, dass du so blöd sein könntest.«

»Möchtest du Kaffee?«

Der Ältere senkte den Blick auf Dereks Boxershorts und schaute dann auf Julie, die im Morgenmantel am Tisch saß.

»Wir haben nichts zum Wechseln dabei«, erklärte Derek. »Ihre Sachen werden gerade gebügelt.«

Dodge grunzte. »Wie praktisch.«

Derek verschränkte die Arme vor der nackten Brust und merkte im selben Moment, wie lächerlich die Pose wirken musste. »Bist du hergekommen, um uns Vorhaltungen zu machen, oder willst du uns erzählen, was uns da draußen erwartet?«

»Jedenfalls nichts Gutes«, brummte der Ermittler. Er trat an den Tisch und sah auf Julies Teller. »Essen Sie das noch auf?«

»Bedienen Sie sich.«

Er griff sich das letzte Gebäckstück, stopfte es sich in den Mund und leckte sich danach den Ricotta von den Fingern. »Ich für meinen Teil hatte nämlich noch keine Zeit zum Frühstücken. Ich musste mir die Ohren vollquatschen lassen.«

»Von wem?«, fragte Derek.

»Von jedem, den ich gestern Abend bestochen habe. Du wirst ordentlich bluten müssen, so viel habe ich inzwischen für diesen Auftrag verbraten, und ich kann nicht sagen, dass es mir leidtut.« Er schenkte Kaffee aus der Thermoskanne in Dereks Tasse und trank sie auf einen Zug leer.

»Was hast du gehört?«

»Sie haben ihr Haus durchsucht, von den Dachbalken bis zum Betonfundament.«

»Lass mich raten«, sagte Derek. »Sie haben eine Bluse gefunden, an der ein Knopf fehlt. Das war zu erwarten. Es beweist aber nicht, dass der Knopf in Dukes Motelzimmer von Julies Bluse stammt. Es ist ein gängiges Modell.«

»Wir sind nicht vor Gericht, und ich bin kein Geschworener«, sagte Dodge. »Heb dir deine Munition für später auf, Anwalt.« Er warf einen Blick auf Julie. »Du wirst sie brauchen.«

»Was noch?«

Dodge setzte sich Julie gegenüber an den kleinen Tisch und sprach sie direkt an. »Sie haben eine Pistole unter Ihrer Matratze gefunden.«

»Paul hat sie mir zur Selbstverteidigung gegeben.«

»Sie können von Glück reden, dass sie nicht das Kaliber hat, mit dem er erschossen wurde.«

Derek sagte: »Wenn sie die Waffe auf Fingerabdrücke untersuchen, werden sie auch meine finden.«

Dodge wurde noch fahler und sah zu seinem Boss auf. »O Mann.«

»Ich habe es dir doch erzählt. Als ich in ihr Haus ging, waren alle Lichter aus, und sie hatte die Waffe …«

»Okay, okay.« Dodge wandte sich wieder an Julie. »Vergessen wir die Waffe. Das sind die wirklichen Neuigkeiten: Ihr Freund Wheeler hatte eine schicke Uhr.«

»Eine Patek Philippe. Sie wurde ihm bei dem Überfall geraubt.«

»M-hm. Sie können sich also vorstellen, wie angetan Sanford und Kimball waren, als sie in Ihrem Haus wieder auftauchte, zusammen mit den übrigen Sachen, die bei dem Überfall geraubt wurden.«

Derek sah, wie ihr das Blut aus dem Gesicht wich. »Das ist unmöglich.«

»Leider nicht, Ms Rutledge. Die Sachen steckten alle in einem kleinen schwarzen Samtbeutel, wie ihn die Opfer des Überfalls beschrieben haben, Sie eingeschlossen. Und der lag in einem Schuhkarton in Ihrem Schrank, direkt auf einem Paar schwarzer Samtschuhe. Übrigens war Detective Kimball ganz begeistert von Ihren schicken Schuhen.«

Julie starrte ins Leere. Derek bezweifelte, dass sie noch irgendetwas gehört hatte, nachdem Dodge erklärt hatte, dass man den Beutel gefunden hatte. Er musste sie zweimal ansprechen, ehe sie aus ihrer Trance erwachte. Als sie ihn ansah, waren ihre Augen groß und fassungslos.

»Er muss ihn dort versteckt haben. Billy Duke. Er kam aus meinem Schlafzimmer. Darum war er überhaupt dort. Er hatte den Schmuck behalten und wollte ihn in meinem Haus deponieren, damit er dort gefunden wird.«

In wilder Verzweiflung sah sie erst ihn und dann Dodge an. Derek war nicht sicher, wie viel seine Miene verriet, aber Dodge war eindeutig skeptisch.

Sie schoss aus ihrem Sessel wie ein in die Ecke getriebenes Tier, das sich verzweifelt zu befreien versucht. »Glaubt ihr wirklich, dass ich so blöd wäre, den Schmuck zu behalten, wenn ich tatsächlich das Hirn hinter diesem Überfall und Mord gewesen wäre? Und noch dazu in einer *Schuhschachtel?*«

Dodge sagte nichts. Derek fuhr sich mit den Fingern durchs Haar. »Natürlich nicht.«

»Aber vielleicht würde ein Komplize wollen, dass er in Ihrem Haus gefunden wird, weil er Ihnen eins auswischen will.«

Julie stützte die kleinen Fäuste auf die Tischkante und beugte sich vor. »Ich habe keinen Komplizen. Ich hatte diesen Mann noch nie gesehen, bis er aus meinem Schlafzimmer getaumelt kam.«

»Und in ein zwanzig Zentimeter langes Fleischermesser mit Wellenschliff hechtete, das Sie rein zufällig auf Bauchhöhe hielten.«

»Okay, Dodge«, fuhr Derek dazwischen. »Was gibt es noch Neues?«

Dodge löste seinen Blick von Julie und wandte sich Derek zu. »Sie haben in diesem Rattenloch von Motel einen Fingerabdruck abgenommen und ihn durch die Datenbanken gejagt. Die Bestätigung kam in null Komma nix. William Randall Duke.«

Er zog einen kleinen Notizblock aus der Brusttasche seines verknitterten Sportsakkos und klappte den blau glänzenden Umschlag zurück. »Unser Junge ist ein paarmal wegen kleinerer Vergehen aufgefallen, war aber nie länger im Knast. Offenbar hat er irgendwann auf Schwerverbrecher umgeschult, denn vor drei Jahren stand er in Oregon wegen räuberischer Erpressung vor Gericht. Er hatte eine Affäre mit einer Frau, die ihn beschuldigte, er würde sie erpressen. Er behauptete, sie hätte ihn für geleistete Dienste bezahlt – mehrere zehntausend, wohlgemerkt. Es gab nur Indizienbeweise, und letztendlich stand sein Wort gegen ihres. Er wurde freigesprochen.

Ein Jahr später finden wir ihn in Chicago wieder, wo er als Stalker vor Gericht steht. Aber wie sich herausstellt, hat die Lady ihren Mann angelogen, was die Art ihrer Verbindung mit Duke anging.« Er sah auf und blickte sie beide an. »Er hatte anscheinend eine Schwäche für Ladys. Und die für ihn. Die Anklage in Chicago wurde fallen gelassen.

Wir springen nach vorn. Vor ein paar Monaten stand er in Nebraska schon wieder wegen räuberischer Erpressung vor Gericht. Diesmal wurde ihm vorgeworfen, eine Witwe in den Vierzigern um ein paar Tausender in bar und mehrere Wertgegenstände erleichtert zu haben. Sie und Duke waren ein paar Monate ganz heiß aufeinander, aber dann hat sie die Stacheln aufgestellt und ihn vor den Richter geschleift. Am Abend bevor sie vor Gericht aussagen sollte und sie ihn an den Eiern gehabt hätten, wie der Staatsanwalt meinte, wurde sie tot aufgefunden.«

»Tot?«

»Mausetot, Anwalt. Sie ist auf einem Supermarkt-Parkplatz ermordet worden. Eigentlich wollte sie nur Milch kaufen. Die Milch und ihre Leiche lagen neben ihrem Auto. Die Milch war noch kalt, die Leiche noch warm. Der Mörder wurde nie gefunden. Niemand hat irgendwas gesehen. ›So als hätte ein Scheißphantom sie abgemurkst.‹ Ein Zitat von dem Jungen, der sie gefunden hat. Eine Aushilfe. Er war draußen, um die Einkaufswagen einzusammeln.«

»Duke hat sie umgebracht?«

Dodge feixte. »Der hatte ein felsenfestes Alibi. Weil Fluchtgefahr bestand, war keine Kaution bewilligt worden. Er logierte zu der Zeit auf Staatskosten.«

»Er war im Gefängnis?«, fragte Julie.

»Eingesperrt und weggeschlossen wie eine keusche Jungfrau im… ja, er saß ein«, beendete er den Satz unvermittelt. »Der Staatsanwalt hat getan, was er konnte, aber seine Hauptzeugin war tot, und viel mehr hatte er nicht in der Hand. Die Jury beriet sich nur zwei Stunden, die Zeit fürs Mittagessen schon eingerechnet. Duke wurde freigesprochen. Der Mord an der Witwe wurde nie aufgeklärt.«

Weder Derek noch Julie sprachen ein Wort, während sie diese Informationen zu verarbeiten versuchten. Schließlich fragte Derek: »Und von Nebraska aus kam er hierher?«

»Niemand kann sagen, wann genau er in Atlanta eingetroffen ist. Es gibt keine Unterlagen darüber, dass er irgendwo gearbeitet hätte. Zumindest unter seiner offiziellen Sozialversicherungsnummer. Nach der Sache in Nebraska blieb er unter dem Radar, erst drei Tage vor Wheelers Tod tauchte er auf dem Band aus dem Hotel wieder auf.« Er klappte den Block zu und steckte ihn wieder in die Tasche. »Und damit endet das Leben des William Randall Duke.«

»Hat er Verwandte hier in der Gegend?«

»Das wird noch ermittelt, es sieht aber nicht danach aus. Geboren wurde er in der Nähe von Seattle als Sohn einer alleinerziehenden Mutter. Als er in der achten Klasse war, beging sie Selbstmord, von da an durchlief er mehrere Pflegeheime. Verwandte sind keine bekannt.«

»Er hat sich zweimal aus einer Anklage wegen eines schweren Verbrechens winden können.«

Dodge sagte: »Was die Frage aufwirft, warum ein gerissener Hund wie er, der sich bis dahin der Festnahme entziehen konnte, in Ms Rutledges Haus stürmen sollte, um dort ein paar gestohlene Schmuckstücke zu deponieren.«

Beide Männer sahen Julie fragend an. Sie hatte die Hände

in die weiten Ärmel des Morgenmantels geschoben und hielt ihre Ellbogen umklammert. »Er hatte Angst, dass man ihn mit den Sachen erwischen könnte.«

»Warum hat er sie dann nicht in den nächsten Straßengraben geworfen? Warum hat er die Stadt nicht sofort verlassen, nachdem er Wheeler abgeknallt hatte?«

Es waren naheliegende Fragen, auf die sie keine Antwort hatte.

Das Klopfen hallte unnatürlich laut durch den Raum. Derek ging an die Tür. Ein Zimmermädchen wünschte ihm guten Morgen und reichte ihm ihre Kleider, ordentlich gebügelt und auf mehreren Kleiderbügeln. »Danke.« Er nahm ihr die Bügel ab und wollte schon in die Tasche greifen, um ihr ein Trinkgeld zu geben, als ihm einfiel, dass er keine Hose anhatte.

»Lass mich das machen.« Dodge ging zu ihm an die Tür, drückte dem Mädchen einen Fünfdollarschein in die Hand und folgte ihm hinaus auf den Gang.

»Wo gehst du hin?«

»Rauchen. Zieh dir verflucht noch mal eine Hose an. Und ruf unten in der Rezeption an. Sag diesem Klemmi, dass ich wieder hochwill, sobald ich mit meiner Zigarette fertig bin. Ich will diesen Affentanz nicht noch einmal durchmachen.« Er stapfte durch den Gang davon.

Derek schloss die Tür. Julie nahm ihm die Kleiderbügel ab und ging ohne ein weiteres Wort zum Schlafzimmer.

»Julie?«

Sie drehte sich zu ihm um. »Dein Kompagnon glaubt mir kein Wort.«

»Er glaubt grundsätzlich niemandem.«

»Und was ist mit dir?« Sie sah ihn kurz an und stellte dann fest: »Du hast mich nie gefragt, Derek.«

»Was denn?«

»Ob ich Paul umbringen ließ oder nicht.«

»So was frage ich nie.«

»Frag mich trotzdem.«

Er zögerte, aber ihm war klar, dass sie feststellen wollte, wie weit er ihr vertraute. »Hast du?«

»Nein.«

Als er nichts darauf erwiderte, versteinerte sich ihre Miene, bis er kaum noch glauben konnte, dass sie sich noch vor einer Stunde auf seltene und so wunderschöne Weise nahe gewesen waren, dass ihr Gesicht mit weicher Hingabe erfüllt gewesen war, während sie gleichzeitig ihren Körper durchbog, um möglichst viel von ihm aufzunehmen.

Ihre Augen, die vergangene Nacht noch Tränen der Leidenschaft vergossen hatten, waren erkaltet. Und um die noch von seinen Küssen geröteten Lippen spielten Sarkasmus und Trauer. »Ich wette, du wünschst dir, du hättest auch jedes Mal einen Dollar bekommen, wenn ein Mandant das gesagt hat.«

Sie brauchte länger als üblich, um sich anzuziehen, weil ihre Hände so zitterten und sie sich nicht auf die einfachsten Aufgaben konzentrieren konnte. Bis sie ins Wohnzimmer zurückkehrte, war das Frühstück abgeräumt worden und Dodge zurückgekehrt. Er saß, den Notizblock in der Hand, auf dem Sofa.

Derek marschierte auf und ab und sah gelegentlich aus dem Fenster, wo er die Lamellen waagrecht gestellt hatte. Der gemusterte Teppichboden war mit buttergelben Sonnenstreifen überzogen. Sie registrierte, dass es für die meisten Menschen ein schöner Tag werden würde.

Sobald sie in den Raum trat, blieb Derek stehen und kam sofort auf den Punkt. »Sie haben ein paar Blocks von deinem Haus entfernt einen verlassenen Wagen gefunden. Darin lag eine gepackte Reisetasche mit Anziehsachen und Waschbeutel, ein paar Zeitschriften und persönlichen Dingen. Sie haben Fingerabdrücke von dem Wagen genommen, es steht sicher bald fest, dass er von Duke benutzt wurde. Er hat ihn dort abgestellt und ist dann zu Fuß zu deinem Haus weitergegangen. Eines der Fenster in deinem Schlafzimmer wurde aufgebrochen. So ist er ins Haus gekommen.«

»Wieso hat der Alarm nicht funktioniert? Die Fenster sind alle gesichert.«

»Die Telefonleitung war gekappt.«

»Darum konnte ich auch nicht anrufen. Das Telefon war tot.« Sie sah Dodge an. »Eigentlich wollte ich mir schon längst eine Anlage mit Funksignal kaufen.«

»Kann ich nur empfehlen«, meinte er sarkastisch.

»Was noch?«, fragte sie.

Derek gab Dodge ein Zeichen fortzufahren. »Die Leute aus dem Labor werden den Wagen genauso gründlich untersuchen wie das Motelzimmer.«

»Sie werden weder da noch dort eine Spur von mir finden«, sagte Julie.

Die beiden Männer sahen sich kurz an. Julie ahnte, was der Blick zu bedeuten hatte, und sank auf die Armlehne des Sessels, in dem sich Derek am Vorabend noch so wohl gefühlt hatte. »Sie haben schon was gefunden, richtig?«

Dodge sagte: »Im Wagen haben sie an der Kopfstütze auf der Beifahrerseite in der Polsternaht ein Haar gefunden, das wie Ihres aussieht. Ich sage ›wie Ihres aussieht‹, weil sie es erst noch ins Labor schicken und abgleichen müssen.«

»Ich war nie in einem Wagen, der von Billy Duke gesteuert wurde. Creighton muss ein paar Haare aus meiner Bürste gezupft haben. Oder er hat sie irgendwie anders beschafft. Ich weiß es nicht! Ich weiß nur, und das hundertprozentig, dass er dafür verantwortlich ist. Für alles. Wir sollten überprüfen, ob er zum Zeitpunkt von Billy Dukes Verhandlung in Nebraska war.«

»Ich kann nicht folgen«, sagte Dodge.

»Er hätte für Billy diese Witwe töten können.«

»So wie in diesem Film mit dem Zug?«

Dodge klang fast höhnisch, doch das ignorierte sie. »Genau so. Er tötete die Frau, damit sie nicht gegen Billy aussagen konnte, und verpflichtete Billy dadurch, Paul für ihn umzubringen.«

»Wie sollte ein Playboy aus Atlanta von einer Erpressung in Omaha erfahren?«

»Das weiß ich doch nicht.«

»Die Witwe und ihr lasterhafter Lover waren vielleicht in Nebraska ein Thema, aber ...«

»Ich weiß nicht, wie er es angestellt hat!«, fiel sie ihm aufgebracht ins Wort. »Ich weiß nur, dass er es war.« Sie drehte sich um, sah Derek flehend an und fragte: »Begreifst du nicht? Er ist ein Genie. Er ist tolldreist. Er hat kein Gewissen und darum auch keine Angst. Wahrscheinlich hat er Hunderte von Filmen gesehen, in denen jemand wegen Mordes hinter Gitter kommt. Natürlich weiß er, wie er es hindrehen muss, damit ich schuldig wirke. Für ihn ist das alles ein Spiel. Er würde es genießen ...« Sie merkte, dass sie allmählich verzweifelt und hysterisch klang, und zog die Lippen zwischen die Zähne, um nichts mehr zu sagen.

Nach einer Weile hustete Dodge, räusperte sich dann und schluckte. »Derek hat mir erzählt, dass Creighton Ihnen gestern Abend in der Galerie einen Besuch abgestattet hat.«

»Er hat mir Todesangst eingejagt. Obwohl Sie mir bestimmt nicht glauben oder zumindest glauben, dass ich übertreibe.«

»Hören Sie, Ms Rutledge, ich glaube jedenfalls, dass die

Welt ohne diesen Kerl ein angenehmeres Fleckchen wäre. Wenn er für Maggies Tod verantwortlich ist, dann ist er ein dreckiger Sadist. Aber man hat sein Bild schon der Koreanerin gezeigt, die das Motel leitet, außerdem den anderen Gästen dort und dazu dem Personal im Moultrie, wo Sie und Paul Wheeler immer Ihr Schäferstündchen hielten. Niemand hat ihn erkannt. Genauso wenig wie den schicken Wagen, den er fährt und der garantiert alle Blicke auf sich zieht.«

»Er hat noch einen Wagen. Der nicht so auffällt. Ich glaube, er besitzt mehrere Fahrzeuge.«

Dodge notierte das kurz und sagte dann: »Ich werde das überprüfen«, aber Julie hatte nicht den Eindruck, als wäre ihm das besonders wichtig.

»Er legt großen Wert darauf, dass sein Privatleben privat bleibt. Sie haben ihn als Playboy bezeichnet, aber das ist der falsche Begriff. Playboys lassen sich mit hübschen Frauen sehen. Sie schmeißen verschwenderische Partys. Sie schleifen ein ganzes Gefolge hinter sich her. Sie verzehren sich nach Aufmerksamkeit und kultivieren sie. Creighton tut nichts dergleichen. Finden Sie es nicht eigenartig, dass er so abgeschieden lebt und die Öffentlichkeit meidet, obwohl er so von sich eingenommen ist?«

»Viele Reiche meiden die öffentliche Aufmerksamkeit.«

»Aber dass Creighton sie meidet, widerspricht seiner Persönlichkeit. Es muss einen Grund dafür geben. Haben Sie nachgeprüft, ob er Vorstrafen hat?«

»Ich hatte heute schon genug zu tun«, erwiderte Dodge gehässig.

Derek meldete sich zum ersten Mal seit Minuten zu Wort. »Erzähl ihr von dem Handy.«

Sie sah zum Fenster, wo er mit dem Rücken zum Raum stand. Mit dem Rücken zu ihr.

»Billy Duke hatte ein Handy dabei, als er starb.« Dodge fasste wieder in seine Brusttasche und zog ein Blatt Papier heraus. »Eine nette Freundin von mir, eine Polizistin, hat das hier für mich konfisziert, aber dafür muss ich sie mit allem Drum und Dran in ein Restaurant ihrer Wahl ausführen. Es ist eine Aufstellung von allen Anrufen, die von diesem Handy aus gemacht wurden. Der erste stammt von vorgestern Abend, was darauf schließen lässt, dass es ein neues Handy ist.«

»Es findet sich keine von Creightons Nummern darauf«, sagte Derek.

»Bestimmt hat Creighton größten Wert darauf gelegt, dass Billy Duke ihn nicht anruft.«

Dodge reichte ihr das Blatt. »Dafür aber …«

Julie überflog die Nummer, die jedes Mal unterstrichen worden war. »… die Galerie.«

»Die gestern fünfmal angerufen wurde.«

»Er hat tatsächlich angerufen. Ich meine, ich vermute, dass er es war.«

Derek drehte sich um und sah sie bohrend an.

»Ich dachte nicht, dass das weiter wichtig ist«, rechtfertigte sie sich. »Ich bin gestern dreimal ans Telefon gegangen, ohne dass der Anrufer etwas gesagt hätte. Du musst mir nicht glauben. Du kannst Kate fragen.«

»Sie hat mitgehört?«

»Nein. Aber sie hat mir gesagt, ihr sei das auch passiert. Du siehst doch, wie kurz die Anrufe waren. Nicht einmal eine Minute.«

»In einer Minute lässt sich viel besprechen.«

Sie streckte Dodge das Blatt unter die Nase. »Das hier beweist nur, dass er angerufen hat. Es beweist nicht, dass jemand mit ihm gesprochen hat.«

Derek sah Dodge an, der stirnrunzelnd bemerkte: »Es macht

sich trotzdem nicht gut. Vor allem, nachdem er schon einmal in der Galerie war und nach Ihnen gefragt hat.«

»Ich bin dem Mann nie begegnet.«

»Warum sollte er Sie dann treffen wollen, Ms Rutledge?«

»Das weiß ich doch nicht.«

»Wirklich nicht?«

»Nein.«

»Hm.« Dodge studierte sie kurz, dann sah er weg und klopfte seine Taschen ab.

Offenbar war es eine nervöse Angewohnheit, die Derek schon zu deuten verstand. »Was ist, Dodge?«

Der Ermittler hielt im Klopfen inne. Er sah erst Derek dann sie an. Als er wieder Derek ansah, strahlte seine Miene Mitleid aus. »Eine letzte Sache haben sie noch ausgegraben, Anwalt, und die bricht euch das Genick.«

»Sag schon.«

Dodge nickte zu Julie hin, ohne Derek aus den Augen zu lassen. »Sie weiß es. Frag sie.«

Alles in ihr begann zu zerbröckeln. Sie spürte, wie sie innerlich Molekül um Molekül zusammenbrach. Es war unausweichlich gewesen, dass sie das irgendwann herausfanden, aber sie hatte gehofft, dass Creighton und sein Genosse Billy Duke bis dahin als Pauls Mörder überführt wären.

»Was denn?«, wollte Derek wissen, und als weder sie noch Dodge antwortete, wiederholte er wütend: »Verflucht noch mal, *was ist?«*

Julie versuchte zu sprechen, aber die Zunge klebte ihr am Gaumen. Flehend stammelte sie seinen Namen und verstummte dann.

Dodge hievte sich aus dem Stuhl und ging zur Tür. Er hatte schon den Türknauf in der Hand, als er sich noch einmal umdrehte. »An diesem Dienstag hatten Sie keines Ihrer üblichen nachmittäglichen Schäferstündchen. Sie und Wheeler hatten an diesem Tag etwas zu feiern. Nicht wahr, Ms Rutledge?«

Weil sie immer noch kein Wort herausbrachte, nickte sie.

»Sanford und Kimball mussten dafür zu ihrem Vorgesetzten gehen und ihn um Rückendeckung bitten. Er hat sich Wheelers Anwalt vorgeknöpft, aber selbst dann mussten sie Strafantrag stellen, bevor der Anwalt die Akte rausgerückt hat.«

»Was für eine Akte?«, fragte Derek.

»Paul Wheelers Testament. Er hatte es ändern lassen. Es ist noch nicht bestätigt, aber Ms Rutledge wird voraussichtlich sein gesamtes Vermögen erben. Seinen Anteil am Unternehmen, seinen Grundbesitz. Alles bis auf den letzten Cent.«

Die Worte hallten nach wie Totengeläut, dann breitete sich stickige Stille aus.

Derek starrte Julie fassungslos und mit mühsam gezügeltem Zorn an.

Sie schüttelte ganz langsam den Kopf, denn sie wusste, dass sie in diesem Moment, was sie auch antwortete, nur das Falsche sagen konnte.

Dodge meinte: »Ich bin draußen.«

Ein paar Minuten später folgte Derek ihm in den Innenhof, wo das Hotel nachmittags Tee servierte, wenn es das Wetter zuließ. Der schattige und heiter wirkende Patio war auf drei Seiten von efeubewachsenen Backsteinmauern umschlossen und auf der vierten Seite durch eine undurchdringliche Hecke von der Straße abgeschirmt. In der Mitte stand ein steinerner Brunnen, in dem das Wasser über einen Leier spielenden Cherub tröpfelte.

Sie waren hier ungestört.

Derek setzte sich an den kleinen schmiedeeisernen Tisch, an dem sich Dodge bereits eine filterlose Camel angesteckt hatte. Eine Weile saßen sie nur da. Derek beobachtete einen Kolibri, der von einer Hibiskusblüte zur nächsten schwirrte. Dodge starrte ins Leere und rauchte.

Schließlich sah er Derek an. »Hast du sie bestiegen?«

»Seit dem Flug?«

»Seit dem Frühstück.«

Derek schniefte. »Mehr oder weniger.«

Dodge nickte und stampfte seine Zigarette aus. Dann zündete er die nächste an. »Das Testament hat sie aber nie erwähnt.«

»Nein.«

»Kein guter Zeitpunkt, um davon zu erfahren.«

»Wem sagst du das.«

»Was hat sie jetzt dazu gesagt?«

»Nichts. Ich habe ihr keine Zeit gelassen. Ich musste an die frische Luft, musste den Kopf freibekommen.«

»Ist er schon wieder frei?«

»Keine Spur.«

»Und was wirst du jetzt unternehmen?«

»Verflucht, wenn ich das nur wüsste.« Derek stand auf und ging vor den mit Flechten bewachsenen Backsteinen auf und ab.

»Hast du mir nicht erzählt, sie hätte Ned Fulton als Anwalt verpflichtet?«

»Ja, und er ist gut.«

»Ich würde dir raten, sie ihm zu überlassen und die Finger von diesem ganzen Mist zu lassen, Anwalt.«

Derek marschierte weiter auf und ab, Dodge rauchte weiter. Ein paar Sekunden verstrichen, dann stellte Dodge fest: »Das wirst du nicht tun, oder?«

Derek blieb stehen und sah dem Kolibri dabei zu, wie er über einer Blüte schwebte, die wie ein großer roter Sonnenschirm leuchtete. »Es ist gut möglich, dass ihr jemand übel mitspielt, Dodge.«

»Das klingt verdammt melodramatisch.«

»Genau darum geht es. Maggies Kopf abzuschneiden war melodramatisch. Wir können Creighton und sein Faible für Melodramatik nicht außen vor lassen. Er ist heimtückisch. Er ist eine verfluchte Schlange. Wie Julie schon gesagt hat, er hat kein Gewissen. Er ist eingebildet und hundertprozentig davon überzeugt, dass er alles tun kann, was ihm nur einfällt, *ohne* dass ihm jemand etwas anhaben kann.«

»Und er hätte dasselbe Motiv, Wheeler umzubringen«, überlegte Dodge laut. »Das Erbe. Vielleicht wusste er, dass der gute Onkel kurz davor stand, sein Testament zu ändern, und wollte ihn beseitigen lassen, bevor Fakten geschaffen wurden.«

»Oder er hat erfahren, dass der Akt bereits vollzogen war, und ihn aus Rache umgebracht.«

»Aber wenn das so wäre, hätte er sie doch auch umlegen lassen, oder?«

Derek ließ sich dieses Szenario durch den Kopf gehen und versuchte, es mit Creightons Charakter und allem anderen, was Julie ihm über diesen Menschen erzählt hatte, in Einklang zu bringen. »Das hätte ihm keinen Spaß gemacht.«

»Spaß?«

»Er macht gern Scherze, die nur Eingeweihte nachvollziehen können. Wenn er ihr erfolgreich den Mord an seinem Onkel anhängen kann, dann kann er auf ihre Kosten lachen und gleichzeitig sicherstellen, dass sie das Vermögen nicht bekommt. Wenn sie verurteilt wird, werden er und seine Eltern das neue Testament wahrscheinlich anfechten.«

»Millionär von mörderischer Mätresse niedergemetzelt. Neffe als Erbe wiedereingesetzt.«

»Ganz genau. Creighton würde sich eins ablachen.«

Dodge zerknüllte eine leere Zigarettenpackung und öffnete gedankenversunken die nächste. »Das könnte hinhauen. In der Theorie. Aber wir haben nichts, was Creighton Wheeler mit Billy Duke in Verbindung bringt.«

»Natürlich nicht. Dafür ist er viel zu smart. Etwas hat mich schon die ganze Zeit gestört, ohne dass ich den Finger darauf legen konnte. Aber als Julie davon redete, dass er nicht gern im Rampenlicht steht, wurde mir klar, was es war. Als er zum ersten Mal in mein Büro kam und auch bei seinem zweiten Besuch, hat er nichts angerührt. Kein Glas, nicht die Armlehnen des Sessels, nicht einmal den Türknauf. Immer haben ich oder Marlene ihm die Tür aufgehalten. Er hat mir nicht einmal die Hand gegeben.«

»Er hinterlässt keine Spuren.«

»Jedenfalls keine sichtbaren.«

»Während gegen sie ein ganzer Berg an Indizien spricht.« Der Ermittler nickte zu dem Hotelzimmer hin, in dem Derek und Julie die Nacht verbracht hatten. »Bis Mittag liegt ein Haftbefehl gegen sie vor. Das kannst du mir glauben.«

»Für den Mord an Billy Duke?«

»An ihm. An Wheeler. Such's dir aus. Vielleicht wegen beiden.«

»Sie haben nur Indizien, Dodge.«

»Sie können sie trotzdem ein paar Tage festhalten, während sie weiter Beweise sammeln.«

»Es gibt keine Beweise, die nicht absichtlich hinterlassen wurden. Da bin ich ganz sicher. Sie hat Paul Wheeler geliebt.«

»Wir reden hier von einer Menge Geld, Derek.«

Dodge nannte ihn sonst nie beim Vornamen. Und er sprach auch nie so leise und eindringlich auf ihn ein. Derek wusste, was es zu bedeuten hatte, dass er es jetzt tat. Er wiederholte:

»Sie hat den Mann geliebt, Dodge. Glaub mir, ich sage das wirklich nicht gern, aber es war so.«

Er starrte Dodge an, bis sein Gegenüber nachgab. »Okay. Nehmen wir an, sie hätte Paul Wheeler für kein Geld der Welt umbringen lassen. Du kannst das bis zum Jüngsten Gericht wiederholen, aber das löst dein Problem nicht.«

»Aus Creighton werden wir nichts herausholen. Die Lösung muss bei Billy Duke liegen.« Derek dachte kurz nach und sagte dann: »Julie hat erzählt, er hätte fahl und krank ausgesehen, so als bräuchte er Hilfe. Wann sind sie mit der Autopsie fertig?«

»Nachdem so viel davon abhängt, sitzen die Detectives dem Pathologen bestimmt im Nacken, sie so schnell wie möglich vorzunehmen.«

»Bleib am Ball, Dodge. Lass es mich sofort wissen, wenn du irgendwas Neues erfährst.«

»Das wird teuer.«

»Versprich dieser Polizistin – Dora? – drei schicke Abendessen. Ich brauche Informationen, die ich als Munition gebrauchen kann. Fang mit dem Inhalt der Reisetasche an, die sie in Billy Dukes Wagen gefunden haben.«

»Ich hab dir schon gesagt, was drin war.«

»Ich will eine komplette Inventarliste, wenn möglich. Und …«

»Lässt du mir wenigstens Zeit zum Pissen?«

»Nicht heute. Bohr weiter nach, ob Creighton irgendwelche Vorstrafen hat.«

»Hab ich schon gemacht. Es gibt nichts. Nicht einmal eine Anzeige wegen Trunkenheit am Steuer. Er ist ein paar Mal zu schnell gefahren. Das ist alles.«

»Jugendstrafen?«

»Ich habe ganz vorsichtig die Fühler ausgestreckt, aber das ist der Heilige Gral.«

»Tu, was du kannst.«

»Und was willst du in der Zwischenzeit unternehmen?«

»Ich gehe wieder rauf und berate mich mit meiner Mandantin.«

Erst als Ariel früh am Morgen den Fernseher einschaltete, hörte sie, dass Billy Duke tot war. Während ein Bericht dem nächsten folgte und jeder noch sensationeller als der vorige klang, versuchte sie Carol anzurufen, um sie zu fragen, ob sie die Neuigkeiten schon gehört hatte. Natürlich würde Ariel ihr verschweigen, welche Rolle sie bei der Identifizierung gespielt hatte, denn immerhin hatte ihre Freundin sie gedrängt, sich keinesfalls einzumischen. Außerdem wollte Carol nichts mehr mit der Sache zu tun haben. Nichtsdestotrotz war es aufregend, dass immer wieder von dem anonymen Anruf gesprochen wurde, der bei der Hotline der Polizei eingegangen war.

Dass Billy in Julie Rutledges Haus gestorben war, war ein echter Schock für Ariel gewesen. Die Sprecherin der Polizei, eine Polizistin namens Roberta Kimball, hatte es zwar nicht direkt ausgesprochen, aber dennoch angedeutet, dass er nicht auf natürliche Weise gestorben war wie etwa an einem Herzinfarkt und dass Ms Rutledge etwas damit zu tun hatte.

Es wollte Ariel nicht recht in den Kopf, warum sich eine Frau wie Julie Rutledge, die einen Millionär als Lover hatte, mit einem Versager wie Billy Duke einließ. Aber andererseits war der Millionär deutlich älter gewesen als sie. Vielleicht hatte er sie sexuell nicht befriedigen können, was wiederum Billys Spezialität war. Außerdem konnte er gewandt, charmant und witzig sein, wenn er es darauf anlegte. Und Julie passte bestimmt genau in sein Raster.

Ariel vertiefte sich so in die verschiedenen Berichte, dass im Nu eine halbe Stunde verstrichen war, was wiederum bedeutete, dass sie den ganzen Tag der Zeit hinterherrennen musste. Dabei hatte sie so viel zu tun!

Schließlich sollte heute Abend alles perfekt ablaufen.

Weil sie frühestens um halb sechs aus der Arbeit kommen würde und das Essen für halb acht angesetzt war, wollte sie so viel wie möglich vorab zubereiten.

Sie zog sich eilends an und lief dann in die Küche, um den Rinderbraten in Olivenöl anzubraten und ihn anschließend in den Römertopf zu legen, wo er den ganzen Tag vor sich hinschmoren würde. Wenn sie später nach Hause kam, würde sie das Gemüse dazugeben. Und Salat machen. Und das Sorbet in die Dessertgläser löffeln und sie dann wieder ins Tiefkühlfach stellen.

Den Tisch hatte sie noch gestern Abend gedeckt, gleich nachdem sie heimgekommen war, beschwipst vom Martini und trunken vor Freude, weil sie ihn wiedergesehen und obendrein erfahren hatte, dass er sie doch nicht sitzen lassen hatte und dass er sie unbedingt wiedersehen wollte. *Allein.* Und wie oft hatte sie ihm versichern müssen, dass sie ganz bestimmt ungestört bleiben würden?

Wenn das nicht vielversprechend klang!

Auf dem Weg zur Tür warf sie einen letzten Blick auf den gedeckten Tisch und wünschte sich noch einmal, sie hätte eine spanische Wand oder etwas anderes, um den Tisch von der Küche abzutrennen. Im Kerzenlicht würde das Ambiente weicher wirken. Sie durfte nicht vergessen, welche mitzunehmen, wenn sie Blumen und Wein besorgte. Roten. Der passte zum Rindfleisch. Tony kannte sich bestimmt bei solchen Sachen aus, dass Rotwein zu rotem Fleisch passte und so.

Sie durfte auch nicht vergessen, ein Päckchen Kondome zu kaufen.

Hoffen durfte sie schließlich.

Im Auto drehte sie das Radio lauter, als die Nachrichten kamen, natürlich wurde auch hier über Billy gesprochen. Als er sie das letzte Mal angerufen hatte, hatte er noch etwas sagen wollen, bevor sie einfach aufgelegt und dann das Telefon ausgestöpselt hatte, damit er nicht wieder anrufen konnte. Das war vorgestern Abend gewesen.

Ariel hoffte, dass Mrs Hamilton von gegenüber den Mann, dessen Tod heute Morgen Schlagzeilen machte, nicht mit dem Mann in Verbindung brachte, der noch gestern Ariel zu Hause besuchen wollte. Was irgendwie ziemlich gruselig war. Immer wieder fragte sie sich, was Billy wohl von ihr gewollt hatte.

»Es geht um Leben und Tod«, hatte er zu Mrs Hamilton gesagt. Ariel hatte angenommen, dass er das nur im übertragenen Sinn gemeint hatte, aber offenbar war es ihm ernst gewesen. Billys Eskapaden hatten ihm letzten Endes das Genick gebrochen. Er war tot. Während sie um ihn als menschliches Wesen trauerte, war sie gleichzeitig erleichtert, dass sie keine Angst mehr vor ihm zu haben brauchte.

Sie konnte ihn getrost aus ihren Gedanken streichen und sich stattdessen ihren Tagträumen von ihrem abendlichen Date hingeben.

24

Als Derek ins Hotelzimmer kam, war Julie gerade am Handy und telefonierte anscheinend mit Kate. Sie erzählte ihrer Assistentin, wie tief es sie erschüttert hatte, dass Billy Duke bei ihr daheim aufgetaucht und gestorben war.

»Leider stimmt alles, was in den Nachrichten gebracht wird. Er hat tatsächlich eine Stichwunde abbekommen, aber…« Sie sah Derek an, der mit dem Zeigefinger über seine Kehle strich. »Die Polizei befasst sich mit der Sache, Kate, darum darf ich leider nicht mehr dazu sagen.«

Dann versicherte sie ihrer Assistentin, dass ihr nichts passiert war und dass es ihr den Umständen entsprechend gut ging, bevor sie Kate bis auf Weiteres die Leitung der Galerie anvertraute. »Ich hoffe, ich kann bald wieder arbeiten«, schloss sie.

»Hast du ihr erzählt, wo du bist?«, fragte Derek, sobald sie aufgelegt hatte.

»Ich bin absichtlich vage geblieben.«

»Gut.«

»Entziehe ich mich inzwischen schon offiziell der Verhaftung?«

»Noch nicht.«

»Was ist mit deiner Kanzlei? Musst du nicht zur Arbeit?«

Er schüttelte den Kopf. »Ich habe Marlene angerufen, sie auf den neuesten Stand gebracht und ihr erklärt, dass ich heute den ganzen Tag unterwegs bin. Sie weiß, wie sie auf mögliche Nachfragen zu reagieren hat.«

»Ausweichend?«

»Genau.«

»Was ist mit deinen anderen Mandanten?«

»Du brauchst mich am dringendsten, deshalb kümmere ich mich jetzt um dich.«

»Danke.«

»Das tue ich nicht umsonst. Ich werde dir die Zeit in Rechnung stellen. Aber das kannst du dir jetzt leisten«, raunte er.

Sie sah ihn stirnrunzelnd an. »Genau solche Bemerkungen wollte ich vermeiden.«

»Darum hast du mir nichts von dem Testament erzählt? Damit ich dich nicht damit aufziehen kann? Oder ist es dir schlicht entfallen, dass du ein verfluchtes Vermögen erbst?«

»Wann wäre denn der geeignete Zeitpunkt gewesen, es anzusprechen?«

»Jederzeit.«

»Zum Beispiel?«

»Als wir uns kennengelernt haben.«

»So etwas erzählt man doch keinem Fremden.«

»Stimmt, das wäre wirklich merkwürdig gewesen. Vor und nach dem Sex.« Sie lief rot an, aber bevor sie etwas darauf erwidern konnte, sagte er: »Wie wäre es mit dem Tag danach gewesen, als ich in der Galerie war?«

»Da warst du außer dir vor Wut und wolltest mir nicht zuhören.«

»Du hättest es mir gestern Abend erzählen können.«

Darauf antwortete sie erst gar nicht, was auch nicht nötig war. Ihr Blick sagte alles. Er fluchte frustriert, trat ans Fenster, sah hinaus und drehte sich wieder um. »Früher oder später musste das ans Licht kommen. Das war dir doch klar.«

»Ich habe gehofft, dass es später wäre. Ich habe mich vor

dem Moment gefürchtet. Ich konnte keine weiteren Hiobsbotschaften brauchen.«

»Warum hast du mir dann um Gottes willen nichts davon erzählt, Julie?«

»Weil mir klar war, wie du reagieren würdest. Ich wusste, dass das alles ändern würde.«

»Du hast verflucht recht, das ändert wirklich alles!«, fuhr er sie hitzig an. »Damit hast du das älteste Motiv in der Geschichte der Rechtsprechung. Das lernt jeder Jurastudent im ersten Semester.«

»Ich weiß! Mir war klar, wie es für dich aussehen würde. Wie es für Sanford und Kimball aussehen würde. Für alle.«

»Es hätte nicht ganz so schlecht ausgesehen wie jetzt.«

Ihr Zorn verpuffte. »Es war dumm, das Erbe zu verschweigen. Das ist mir inzwischen klar.«

Auch er gab sich versöhnlich. »Ich bin genauso wütend auf mich wie auf dich. Ich wusste die ganze Zeit, dass du mir etwas verheimlichst.«

»Ehrlich gesagt bist du nicht so wütend, wie ich befürchtet habe.«

»Als Derek, der Mann, mit dem du im Bett warst, bin ich stinksauer.« Er zeigte zornig auf die Doppeltür zwischen den beiden Räumen. »Da drin war nichts… Wir haben… Wie konntest du…« Plötzlich verließen ihn die Worte. Er fluchte und durchschnitt dann mit der Handkante die Luft. »Darüber werden wir uns später unterhalten. Als dein Anwalt…«

»Du vertrittst mich immer noch?«

»Es würde verflucht schlecht für dich aussehen, wenn ich mein Mandat jetzt niederlegen würde, nachdem ich mich erst gestern Abend zu deinem Rechtsbeistand erklärt habe. Wut ist ein Gefühl, das ich mir nicht erlauben kann. Wut ist kontraproduktiv. Genau wie späte Reue. Du schätzt einen Geschworenen falsch ein, den du auf deiner Seite glaubst, du hältst einen Zeugen für überzeugender, als er in Wahrheit ist, unter den Augen des Richters stellt sich heraus, dass dich dein Mandant angelogen hat – in all diesen Fällen gibt es keine zweite Chance. Es ist, wie es ist. Du musst damit fertig werden und nach vorne sehen.« Er setzte sich auf den Hocker und sah sie an. »Also eins nach dem anderen. Sanford und Kimball werden wissen wollen, wann es dazu kam.«

»Dass Paul sein Testament ändern wollte? Zum ersten Mal erwähnte er es vor einem Jahr, und von da an brachte er es immer wieder zur Sprache. Ich wollte es ihm ausreden.«

»Das werden sie dir kaum glauben, Julie.«

»Es stimmt aber.«

»Wer würde auf so einen Haufen Geld verzichten wollen?«

»Ich zum Beispiel. Ich habe es wirklich versucht. Aber Paul war nicht umzustimmen. Er ließ seinen Anwalt ein neues Testament aufsetzen. Er hatte es an diesem Dienstag unterzeichnet, bevor wir uns zum Mittagessen trafen.«

»Daher die Feier.«

»Es war *seine* Feier. Nicht meine. Er war zufrieden. Ich war…«

»Unzufrieden?«

»Unsicher. Mir war klar, dass es Ärger geben würde.«

Derek schwieg nachdenklich und fragte sie dann, wie der Anwalt zu dem neuen Testament gestanden hätte: »Hat er versucht, Wheeler davon abzubringen?«

»Ich war bei ihren Gesprächen nicht dabei. Aber als wir uns nach Pauls Tod begegneten, verhielt er sich mir gegenüber ausgesprochen freundlich. Ich habe ihm gleich gesagt, dass ich es mit der Testamentseröffnung nicht eilig hätte.«

»Im Unterschied zu Creighton.«

»Der Anwalt hielt ihn hin.«

»Die Wheelers wussten und wissen also nicht, dass Creighton leer ausgehen wird?«

»Soweit ich weiß, nein. Paul legte größten Wert darauf, dass die Angelegenheit so lange wie möglich geheim blieb. Ich glaube, er hatte Angst, dass Creighton etwas unternehmen könnte. Paul machte kein Geheimnis aus seiner Liebe zu mir. Und Creighton machte kein Geheimnis daraus, wie sehr ihm das missfiel.«

»Er sah dich als Bedrohung.«

»Darum frage ich mich, warum er nicht mich umbringen ließ, sondern Paul.«

»Dodge hat etwas Ähnliches gesagt.« Derek erklärte ihr, was er seinem Ermittler darauf erwidert hatte.

»Wahrscheinlich hast du recht«, sagte sie nach kurzem Nachdenken. »Wenn Creighton mich eliminiert hätte, hätte sich das Spiel, das er seither treibt, nie so weit entwickeln können. Und ich fürchte, es ist noch nicht zu Ende.« Sie beugte sich vor. »Was wollte Billy Duke in meinem Haus, Derek?«

»Beweise hinterlassen, die dich mit dem Raub in Verbindung bringen«, gab er die naheliegende Antwort.

»Wenn wir das beweisen können …«

»Sind wir am Arsch.«

Sie setzte sich abrupt auf. »Wieso das?«

»Weil es dann so aussehen würde, als hätte Billy Duke entweder allein gehandelt oder als hätte er dich, seine Komplizin, austricksen wollen. So oder so wäre Creighton aus dem Schneider.«

»Billy Duke hat auf Creightons Anordnung gehandelt.«

»Ganz bestimmt. Aber sag das nicht den Detectives, Julie.«

»Warum nicht?«

»Weil sie dann fragen werden, warum Creighton den Schmuck, falls er ihn tatsächlich die ganze Zeit besaß, nicht schon in deinem Haus versteckt hat, als er eingebrochen ist und mit deinen Sachen herumgespielt hat.«

»Davon wissen Kimball und Sanford doch gar nichts.«

»Sie werden es aber erfahren. Sie müssen es erfahren. Wie wollen wir sonst den Großputz erklären, der so umfassend war, dass deine Putzfrau mit Kate darüber gesprochen hat und die wiederum den Detectives davon erzählt hat?«

»Die sich natürlich darin festbeißen.«

»Sie sind nicht umsonst Detectives.«

Sie ließ den Kopf sinken.

»Außerdem …«

Sie stöhnte auf. »Da kommt noch ein Problem?«

»Hatte Billy Duke keine Waffe. Wir können nicht glaubhaft vorbringen, dass er in dein Haus eingedrungen ist, um dir etwas anzutun.«

»Wodurch es so aussieht, als wären wir Freunde gewesen.«

»Zumindest Bekannte.«

»Aber ich habe ihn nicht ins Haus gelassen. Er ist eingebrochen.«

»Das ist immerhin etwas. Allerdings nicht viel.«

Sie seufzte. »Es sieht schlimm aus, nicht wahr?«

»Ich will dir nichts vormachen, Julie. Ja. Sie haben ein mögliches Motiv.«

»Das neue Testament. Aber trotzdem bleibt die Frage nach einer möglichen Gelegenheit. Wann hätte ich diesen Plan mit Billy Duke denn schmieden sollen? Ich habe ihn gestern zum ersten Mal gesehen.«

»Es gibt eine Reihe von Hinweisen darauf, dass es sich anders verhalten hat«, sagte er. »Die Telefonverbindungen. Sein Besuch in der Galerie. Der Knopf in seinem Zimmer, die Haare in seinem Auto. All das sind nur Indizien, aber zusammengenommen und kombiniert mit Paul Wheelers Vermögen könnte einem ehrgeizigen Staatsanwalt darüber der Mund wässrig werden.«

Sie stand auf, ging an die Bar und öffnete einen Softdrink, stellte die Dose aber wieder ab, ohne getrunken zu haben. »Währenddessen steht Creighton nicht einmal unter Verdacht.«

»Ich fürchte, du hast recht. Sein Strohmann ist tot, und bis jetzt hat noch niemand die beiden miteinander in Verbindung gebracht.«

»Wo könnten sie sich getroffen haben? In Nebraska?«

Derek spielte den Advokaten des Teufels: »Was sollte ein kosmopolitischer Städter wie Creighton in Omaha? Der schaudert doch schon bei der Vorstellung, in zehntausend Metern Höhe über Omaha wegzufliegen.«

»Er war dort, um Billy Duke zu rekrutieren.«

»Um mit ihm Morde zu tauschen.«

»Die Witwe gegen Paul.«

»Möglich.«

Sie hörte ihm den Zweifel an. »Was ist?«

»Erst müssten wir nachweisen, dass Creighton in Omaha war. Und wo hätten sie sich treffen sollen, um den Handel perfekt zu machen? Immerhin saß Billy Duke damals im Gefängnis. Ich nehme an, Creighton hätte ihn dort besuchen können, aber …«

»Dafür ist er zu smart«, sagte sie. »Das Gefängnis hätte seinen Besuch dokumentiert.«

»Genau das wollte ich auch gerade sagen. Falls Creighton wirklich ›wie ein Scheißphantom‹ auf einem Supermarktparkplatz eine Frau erwürgt hat, ohne dass es jemand mitbekommen hat, würde er …«

»Wollen, dass es jemand erfährt.«

Diesmal setzte sich Derek ungläubig auf. »Das wollte ich

nicht sagen. Das widerspricht doch deiner Behauptung von vorhin, dass er die Öffentlichkeit scheut.«

»Nein, gar nicht. Es wäre ein Insiderwitz. Und das ist genau seine Art. In dem Film, den wir uns angesehen haben, gibt es nach der Stelle, an der wir zu schauen aufgehört haben, eine Szene, in der sich der Millionär auf einer Party zeigt.

Inzwischen redet die ganze Stadt über den Mord an der Frau des Tennisspielers. Im Lauf der Unterhaltung erkundigt sich eine dumme alte Frau, wie man es wohl anstellt, jemanden zu erwürgen. Der Millionär bietet ihr an, es ihr zu zeigen. Er legt die Hände um ihren Hals und demonstriert es. Natürlich weiß niemand außer ihm, dass er in Wahrheit den Mord nachstellt, den er zuvor begangen hat.«

Sie kehrte auf ihren Platz auf dem Sofa zurück. »Creighton will nicht erwischt werden, trotzdem bin ich überzeugt, dass er, vor allem uns gegenüber, damit angeben möchte, wie raffiniert er ist.«

»Er will uns an seinem Witz teilhaben lassen.«

»Genau, und ich will mir lieber nicht vorstellen, wie die Pointe aussehen wird.«

Derek stand auf und begann auf und ab zu gehen. »Wir müssen ihn irgendwie mit Billy Duke in Verbindung bringen.«

Sie griff nach dem Blatt, das Dodge zurückgelassen hatte, der Aufstellung von Billy Dukes Handyverbindungen. »Die Galerie ist nicht die einzige Nummer, die er mehrfach angerufen hat.« Sie deutete auf eine zweite Nummer. »Hier hat er sogar mitten in der Nacht angerufen.«

»Es könnte ein Pizzaservice sein.«

»Das ist es nicht. Während du mit Dodge draußen warst, habe ich die Nummer gewählt und bin auf einer Mailbox mit automatischer Ansage gelandet.«

»Wenn die Nummer uns aufgefallen ist, dann ist sie auch

Sanford und Kimball aufgefallen.« Derek griff nach seinem Handy, klappte es auf und drückte die Kurzwahltaste für Dodges Nummer.

Er war sofort am Apparat. »Euch klingeln wohl die Ohren. Ich wollte euch auch gerade anrufen.«

»Hör zu, diese Telefonverbindungen …«

»Haben sie bereits überprüft.«

»Und?«

»Ariel Williams. Siebenundzwanzig Jahre alt. Angestellte. Machte sich fast ins Höschen, als Kimball bei ihr in der Arbeit erschien und sie zu Billy Duke befragen wollte.«

»Sie hat ihn gekannt?«

»Sie hat zugegeben, dass sie angerufen und ihn identifiziert hat, nachdem sein Bild im Fernsehen ausgestrahlt wurde.«

»In welcher Beziehung stand sie zu ihm?«

»Damit wollte sie nicht rausrücken, aber man nimmt allgemein an, dass er ein Ex von ihr war, den sie loswerden wollte.«

»Wo haben sie sich kennengelernt?«

»Nebraska. Sie war nicht begeistert, als er dort freigesprochen wurde. Sie meint, sie wünschte, sie hätten ihn in den Knast gesteckt, denn das hätte er verdient. Sie ist hierhergezogen und war ausgesprochen unglücklich, als er irgendwann anrief und ihr erklärte, dass er nachgekommen war. Sie hat ihm gesagt, er soll die Fliege machen und sie in Frieden lassen. Aber so leicht war er nicht abzuschütteln. Er hat mit ihr das gleiche alberne Telefonspiel getrieben wie mit Ms Rutledge.«

Derek hatte auf Lautsprecher gestellt, damit Julie mithören konnte. Er warf ihr einen kurzen Blick zu, als Dodge das sagte, und sie sah ihn erleichtert an.

»Das Mädchen hat steif und fest behauptet, dass sie Billy Duke nicht gesehen hat, seit sie aus Nebraska weg ist, und sie war gar nicht traurig, als sie heute Morgen in den Nachrichten gehört hat, dass er tot ist.« Dodge verstummte und holte pfeifend Luft.

»Hat sie Creighton Wheeler erwähnt?«

»Nicht soweit ich weiß.«

»Frag sie.«

»Okay. Noch was. Hast du jemals von einem Film namens *Frenzy* gehört?«

»Nein.« Derek sah Julie an, doch die schüttelte den Kopf.

»Also, ich weiß nicht, ob es was zu bedeuten hat«, sagte Dodge. »Aber in Dukes Reisetasche lag eine DVD mit diesem Film.«

»Ich hätte nie geglaubt, dass Julie zu so etwas fähig sein könnte«, sagte Sharon Wheeler und strich Butter auf ihren Käsecracker.

Doug schob seinen Teller weg, ohne sein Essen angerührt zu haben. »Ich *glaube* es nicht.«

»Ich schon. Ich habe ihr nie getraut.« Creighton gab Ruby einen Wink, ihm frischen Eistee nachzuschenken. »Das mit ihr und Onkel Paul war doch irgendwie… *schräg.*«

»Schräg?«

»Ja, Vater. Schräg. Ich konnte nie den Finger darauf legen, warum. Trotzdem war es so, ganz eindeutig.« Ruby schüttete – unverhohlen verdrießlich – Tee in sein Glas. Er griff nach ihrer anderen Hand und küsste sie auf den Handrücken. Sie riss sie weg und watschelte leise grummelnd davon. »Dankeschön«, rief er ihr singend nach.

Nicht einmal Rubys mürrische Miene konnte der Hochstimmung etwas anhaben, die ihn erfüllte, seit er am Morgen den Fernseher im Bad angeschaltet und erfahren hatte, dass Billy Duke in Julie Rutledges Haus gestorben war, und zwar offenbar an einer tödlichen Stichwunde.

Die Neuigkeit hatte ihm einen Ständer beschert.

Billy Duke war in Julies Haus gewesen. Julie hatte ihn erstochen. Er war tot, und sie stand unter Verdacht.

Perfekt! Unbezahlbar!

War er nicht wahrhaft brillant? Er hatte die Vorarbeiten geleistet. Den Knopf von ihrer Bluse, der so unauffällig auf dem Boden der Kochnische im Motelzimmer gelegen hatte. Die in Billys Auto deponierten Haare. Eigentlich hatte er geplant, dass die Polizei Billy tot im Pine View Motel auffinden und dass die Spur von dort aus direkt zu Julie führen würde.

Aber so war es noch besser. Dieses Szenario ließ Julie noch schuldiger aussehen und hatte eindeutig höheren Unterhaltungswert.

Billys Schicksal war von Anfang an besiegelt gewesen. Creighton hatte nie vorgehabt, Billy am Leben zu lassen, nachdem er seinen Teil des Handels erledigt hatte. Trotzdem hatte er beschlossen, dass es nur fair war, wenn Billy lang genug lebte, um mitzuerleben, wie seine Exfreundin jenes grausame Ende nahm, das sie verdient hatte.

Aber dann hatte Billy mit seinem Verhalten Creighton gezwungen, das Timing zu ändern. Zuerst war er zu Creighton nach Hause gekommen, um die Nachricht in den Briefkasten zu stecken. Das war wirklich töricht. Sein wachsweiches »Sie ist noch ein Kind. Außerdem war ich auch nicht gerade fair zu ihr« und sein weiteres Gejammer hatten Creighton überzeugt, dass Billy, auch wenn er noch so oft über das Mädel herzog, das als Charakterzeugin gegen ihn ausgesagt hatte, in Wahrheit immer noch von ihrer Pussy gesteuert wurde. Ein Mann in seiner geistigen Verfassung konnte nicht klar denken und möglicherweise etwas Unbedachtes tun. Wie zum Beispiel ein Geständnis ablegen.

Also adieu, Billy-Boy, war schön, mit dir Geschäfte gemacht zu haben.

Glücklicherweise war Creighton gut vorbereitet im Pine View Motel erschienen. Billy trank gern Bier. Und er suhlte sich zu sehr in seinem Elend, als dass ihm aufgefallen wäre, wie lang Creighton gebraucht hatte, um die Flaschen zu öffnen. Er hatte nicht einmal Verdacht geschöpft.

Creighton fragte sich, ob ihm wohl später ein Licht aufgegangen war, zum Beispiel mitten in der Nacht, als sich seine Innereien in Krämpfen zusammenzogen, als ihm übel wurde und er die Orientierung verlor.

Vielleicht hatte er auch geglaubt, dass der Schinken schlecht gewesen war. Oder der Käse. Vielleicht hatte er geglaubt, er hätte sich einen Magen-Darm-Virus eingefangen.

Ehrlich gesagt hatte es Creighton gar nichts gegeben, Billy umzubringen. Er hatte nicht beobachten können, wie er verendet war. Vielleicht wäre es erregender gewesen, wenn er dazu Gelegenheit gehabt hätte. Während sie Billys letztes Mahl geteilt hatten, hatte er sich immer wieder vorgesagt, dass er in diesem Moment den Mann tötete und dass das genauso gut war, wie ihn sterben zu sehen.

Aber offen gestanden war es ein echter Gähner gewesen. Längst nicht so aufregend wie etwa das Blut aus der durchtrennten Halsschlagader eines Hundes spritzen zu sehen.

Immerhin war es effektiv gewesen, und schließlich konnte man nicht alles haben.

Ursprünglich hatte Creighton ein letztes Mal zu jenem abscheulichen Motel zurückkehren wollen, bevor Billys Leichnam zu stinken begann, um dort nach dem gestohlenen Schmuck zu suchen, weil er genau wusste, dass ihn der gierige Hurensohn schamlos angelogen hatte, als er behauptet hatte, dass er die Sachen weggeworfen habe. Die Waffe hatte Billy wahrscheinlich tatsächlich beseitigt. Weil selbst Billy schlau genug war, nicht zu riskieren, dass er mit einer Mordwaffe erwischt wurde. Aber der Schmuck, daraus ließ sich noch Profit schlagen, und Billy hatte zu Lebzeiten eine Schwäche für auffallende Kleidung.

Weil Billy aus unerfindlichen Gründen zu Julie gefahren war, war Creighton das unangenehme Problem erspart geblieben, seinen Leichnam beseitigen zu müssen. Wahrscheinlich würde Creighton nie erfahren, was Billy dazu getrieben hatte. Offenbar hatte Billy versucht, alles loszuwerden, was ihn mit dem Raubüberfall und Mord in Verbindung brachte. Aber warum hatte er riskiert, dabei erwischt zu werden?

Nun gut, inzwischen spielte das keine Rolle mehr. Dass Billy in Julies Haus gestorben war, war für Creighton nur von Vorteil, und mehr interessierte ihn eigentlich nicht. Er war aus dem Schneider, und Julie wirkte noch verdächtiger als zuvor.

Hihi.

Heute Morgen hatte Creighton nach dem Duschen zur Feier dieser großartigen Wendung einen Notruf an Madam abgeschickt, die augenblicklich eines ihrer Mädchen gesandt hatte. Während die Kleine ihn eben nach allen Regeln der Kunst verwöhnt hatte, hatte sein Vater angerufen. Creighton hatte sein Hochgefühl nur mit Mühe unterdrücken können, als er seinem Vater geantwortet hatte, ja, er hätte die Neuigkeiten von Julie gehört und sei das nicht absolut unfassbar?

Doug hatte betont, wie wichtig es sei, dass die Familie jetzt geschlossen auftrat, und darum vorgeschlagen – nein, korrigiere, *befohlen* –, dass Creighton nicht mit der Presse sprach. Als wäre ihm das in den Sinn gekommen. »Willst du«, hatte Doug gesagt, »den Tag nicht lieber hier mit deiner Mutter und mir verbringen, als ins Büro zu gehen? Wir müssen uns neu positionieren und überlegen, wie wir in dieser Sache agieren sollen.«

Creighton hatte sowieso nicht vorgehabt, ins Büro zu gehen, was sein Vater natürlich wusste, aber Creighton war von einem derartigen Großmut erfüllt, dass er seinen alten Herrn gar nicht angefahren hatte, was der mit dieser Versammlung erreichen wollte.

Doug hatte vor den Reportern auf der Straße vor dem Anwesen eine einzige, äußerst knappe Erklärung abgegeben, dann war er in seinem Arbeitszimmer verschwunden und hatte sich in seinen Papieren vergraben. Sharon hatte den Vormittag damit verbracht, ein festliches Abendessen für die Zeit zu planen, »in der all das endlich hinter uns liegt«. Creighton hatte an der Ballmaschine seine Rückhand trainiert und dann ein paar Bahnen im Pool gezogen. Ruby hatte gefragt, ob sie den Lunch auf der Terrasse servieren sollte, und Creighton hatte geantwortet, das sei eine hervorragende Idee.

Draußen war es angenehm, deshalb ließen sie sich Zeit bei Tisch.

Seine Mutter fragte: »Creighton, glaubst du wirklich, dass Julie und dieser Billy Duke gemeinsame Sache gemacht haben, um Paul umbringen zu lassen?«

»Danach sieht es doch aus, oder? Mmm. Niemand macht so einen Hühnchensalat wie Ruby, ehrlich.« Er sah auf den Teller seines Vaters. »Kein Hunger?«

»Nein.«

»Julie und ich hatten nie viel gemeinsam.« Sharon spielte gedankenverloren mit ihrer Perlenkette. »Sie hat es sogar abgelehnt, dass ich sie als Anwärterin auf eine Mitgliedschaft in meinem Gartenclub benenne, aber sie hat es sehr nett ausgedrückt. Und sie schien Paul wirklich zu lieben.«

»Sie hat ihn geliebt«, verkündete Doug. »Da bin ich ganz sicher.«

Creighton verdrehte die Augen. »Du ergreifst immer für sie Partei.«

»Ich ergreife nicht für sie Partei. Ich stelle eine Tatsache fest. Wie es auch aussehen mag, ich werde mich nie überzeugen lassen, dass Julie sich mit einem … einem *Kriminellen* zusammengetan hat, um Paul ermorden zu lassen. Wenn wir gefragt werden, werden wir erklären, und zwar einvernehmlich«, betonte er mit Blick auf Creighton, »dass wir große Stücke auf Julie Rutledge halten, dass sie nach allem Dafürhalten Paul genauso treu verbunden war wie er ihr und dass wir darüber hinaus überzeugt sind, dass sie nach Abschluss der Ermittlungen von jedem Verdacht freigesprochen werden wird. Haben wir uns verstanden?«

Sharon griff über den Tisch und nahm seine Hand. »Natürlich, Liebling.«

Nachdem er sein Machtwort gesprochen hatte, schob er den Stuhl zurück und stand auf. »Ich bin im Arbeitszimmer.«

»Er trauert immer noch«, sagte Sharon zu Creighton, sobald Doug im Haus war. »Alles, was ihn an Paul erinnert, geht ihm an die Nieren. Ich werde lieber mit ihm sprechen.« Sie stand ebenfalls vom Tisch auf und folgte ihrem Mann ins Haus.

Creighton reckte sich gähnend, blickte hoch ins Geäst der riesigen Eiche, die den Tisch beschattete, und fragte sich, was er mit dem restlichen Tag anfangen sollte, nachdem er nicht mehr ins Pine View Motel zurückfahren und nach der Patek Philippe seines Onkels suchen musste.

Jetzt, wo alles vorbei war, fühlte er sich irgendwie unausgelastet und fast ein bisschen niedergeschlagen. Es war ein so komplexer Plan gewesen, inspiriert von einem seiner Lieblingsfilme, und er hatte ihn perfekt vollstreckt. Wenn man das kleine Wortspiel verzieh.

Alles hatte an dem Tag begonnen, an dem sein Tenniscoach mit einem anderen Spieler länger trainiert hatte als vereinbart. Anfangs hatte es Creighton geärgert, dass er warten musste, doch bald hatte sich das als glücklicher Zufall erwiesen. Er las sonst kaum je Zeitung. Was er in seiner Phantasie erlebte, war immer interessanter als alle wahren Ereignisse. Echte Dramen verblassten verglichen mit dem, was sein Geist erschuf.

Aber an jenem Tag waren selbst die Übungsplätze im Country Club belegt, und weil er sonst nichts mit sich anzufangen wusste, hatte er zu einer Zeitung gegriffen, die jemand liegen gelassen hatte. Beim Durchblättern war er zufällig auf eine obskure Story über eine junge Frau aus Atlanta gestolpert, die unter Strafandrohung nach Omaha, Nebraska beordert worden war, um dort vor Gericht gegen einen Mann auszusagen, gegen den wegen räuberischer Erpressung ermittelt wurde.

Besonders interessant hatte Creighton dabei gefunden, dass die Staatsanwaltschaft ihre Anklage allein auf der Aussage jener Frau aus Atlanta aufbaute, einer ehemaligen Geliebten des Angeklagten, sowie auf der Aussage der Witwe, die der Mann angeblich erpresst hatte.

Armer Stinker, hatte Creighton gedacht. *Ich wette, er wünscht sich, sie wären beide tot.*

Er wartete nicht auf seine Tennisstunde.

Stattdessen wechselte er den Porsche gegen den Land Rover, den er aus einer Laune heraus gekauft, aber bis dahin nur ein paarmal gefahren hatte. Zum ersten Mal in seinem Leben betrat er einen WalMart und kaufte dort die hässlichsten Sachen, die er finden konnte, dazu eine Lesebrille mit möglichst wenig Dioptrien sowie eine Packung Haartönung.

Er brauchte zwei Tage, bis er in Omaha ankam, wo er unter falschem Namen in einem Motel eincheckte. Am folgenden Tag erschien er pünktlich zur Eröffnung der Sitzung im Gerichtsgebäude. Als die Witwe eintraf, wurde sie sofort von den Reportern der Lokalpresse belagert. Als sie frisch gebleicht, blasiert und überheblich im Glanz ihrer zweifelhaften Berühmtheit badete, wirkte sie in Creightons Augen ganz und gar nicht wie das Opfer einer hinterhältigen Straftat.

Billy Duke hatte ein wenig überzeugendes, selbstgefälliges Schmunzeln aufgesetzt.

Creighton verschlang alles, was in der Lokalpresse über die Verhandlung geschrieben wurde, und verfolgte in seinem Motelzimmer jede Nachrichtensendung. Es wurde berichtet, dass sich die junge Frau aus Atlanta unbedarft durch ihre Aussage geplappert hatte. Man hatte sie als Charakterzeugin aufgerufen, und das Porträt, das sie von dem Angeklagten gezeichnet hatte, war wenig schmeichelhaft.

Sie gab zu, ein sexuelles Verhältnis mit Billy Duke gehabt zu haben. Er hatte sie glauben lassen, dass er sie aufrichtig liebte und sie irgendwann heiraten würden. Aber während er ihr ein Eheversprechen nach dem anderen gab, vögelte er schon längst mit der Witwe.

Billy Duke war ein Schuft und Weiberheld. Ob er auch ein Krimineller war, würde die Zeugenaussage der Witwe ergeben, und die würde mit gezogener Flinte vor Gericht erscheinen.

Zwei Tage blieb Creighton ihr auf den Fersen und wartete auf eine günstige Gelegenheit.

Am Abend des zweiten Tages hielt sie an einem Supermarkt. Als sie herauskam und auf ihren Wagen zuging, spazierte Creighton auf sie zu und fragte sie mit einem entwaffnenden Lächeln, ob sie die Frau sei, die er im Fernsehen gesehen hätte. Geschmeichelt lächelte sie zurück, klimperte mit den falschen Wimpern, reckte den Riesenbusen vor und antwortete, jawohl, die sei sie.

Blöde Kuh. Sie widerte ihn an. Er versuchte, sie nirgendwo zu berühren außer an ihrem Hals. Abgesehen davon war es verblüffend einfach.

Als sich die Jury endlich zur Beratung zurückzog, hatte Creighton sein Motelzimmer, die primitiven WalMart-Klamotten und die dunklen Haare gründlich satt.

Kurz nach Billy Dukes Freispruch tauchte Creighton an seiner Haustür auf und stellte sich als der Mensch vor, dem Billy die Freiheit verdankte. Dann erklärte er dem fassungslosen Freigesprochenen, was er im Gegenzug für ihn tun musste. Billy war von Creightons Wagemut so beeindruckt – oder eingeschüchtert – und so dankbar, dass er sich leicht überreden ließ. Die Aussicht auf hunderttausend Dollar trug dazu bei, alle verbleibenden Bedenken, ob moralisch oder sonstwie, auszuräumen.

Billy war auf seine Weise durchaus gewitzt, aber er spielte eindeutig nicht in Creightons Liga. Nicht annähernd. Und es gab eine schmerzliche Fußnote: Billy hatte immer eine Schwäche für die »süße Kleine« gehabt. Er hatte um ihr Leben gefleht.

»Bis zum bitteren Ende.«

»Was hast du gesagt, Schatz?« Creighton merkte erst, dass er laut gesprochen hatte, als seine Mutter mit einem Tässchen mit Untertasse in der Hand wieder an den Tisch trat. »Espresso?«

»Nein danke.«

»Dein Vater telefoniert eben mit Pauls Anwalt.«

Sie redete weiter, aber Creighton blendete ihr Geplapper aus. Er fühlte sich der süßen Kleinen längst nicht so verbunden wie Billy. Und er wollte keine losen Fäden hinterlassen. Immerhin hatte Billy bei ihr zu Hause angerufen, und wer wusste, was er dabei absichtlich oder unabsichtlich über Creighton Wheeler gesagt hatte?

»Einer der Zeitungswagen ist vor dem Tor quer über den Rasen gefahren«, sagte seine Mutter eben. »Diese Leute haben nicht den geringsten Respekt vor dem Eigentum anderer Menschen.«

Außerdem machte es bestimmt Spaß. Unvermittelt stand er auf. »Entschuldige mich, Mutter. Ich muss weg.«

»Weg? Ich dachte, du bleibst heute hier. Doug rechnet fest damit. Er wird bestimmt wütend.«

»Er wird schon darüber wegkommen.«

»Was soll ich ihm sagen? Was ist denn so wichtig?«

Creighton beugte sich vor, hauchte einen Kuss auf ihre Wange und zwinkerte ihr zu, als er sich wieder aufrichtete. »Ich habe ein Date.«

25

Während Kimball damit beschäftigt war, Ariel Williams zu befragen, war Sanford ins Fulton County Medical Examiner's Center gefahren und verfolgte dort die Autopsie von Billy Duke. Die Detectives hatten beschlossen, sich aufzuteilen, um mehr erledigen zu können. Ein Münzenwurf hatte darüber entschieden, wer wohin fahren würde.

Sanford hatte verloren.

Er hatte zwei Päckchen Kaugummi mitgenommen und kaute einen Streifen nach dem anderen durch, während Billy Dukes Organe entnommen wurden. Das anschließende Zunähen überließ der Pathologe einem Assistenten und trat ans Waschbecken, um sich die Hände zu waschen. Froh, dass das Schlimmste überstanden war, bat Sanford ihn um einen vorläufigen Befund. »Er ist verblutet, richtig?«

»Die Messerwunde hatte eindeutig das Potential, ihn zu töten. Er wäre verblutet. Bald.« Der Pathologe schüttelte das Wasser von den Händen und zog zwei Papierhandtücher aus dem Spender. »Aber wie ich gehört habe, waren die Sanitäter schon wenige Minuten nachdem ihm die Wunde zugefügt wurde vor Ort.«

»Stimmt. Sobald der Notruf einging, ging alles Schlag auf Schlag.«

»Wenn das Opfer sofort in einem Notfallzentrum behandelt worden wäre, hätte es den Stich möglicherweise überlebt.«

»Und das heißt?«

»Das heißt, dass der Tod eintrat, bevor der Mann verbluten konnte. Er ist an etwas anderem gestorben.«

»Und woran?«

»Das werde ich Ihnen so bald wie möglich mitteilen.«

Sanford traf kurz vor Kimball im Büro ein. Sie brachte ein Päckchen Cracker mit und stellte es auf seinem Schreibtisch ab. »Wofür sind die?«, fragte er.

»Dir ist doch immer flau nach einer Autopsie. Die helfen dagegen.«

»Danke.« Er schob sich zwei Cracker in den Mund. »Was hatte das Mädchen zu sagen?«

Kimball fasste ihr Gespräch mit Ariel Williams zusammen. »So wie ich es sehe, sagt sie die Wahrheit. Sie lässt sich nicht gern über die Art ihrer Beziehung zu Duke aus, aber darüber spricht es sich auch nicht leicht. Sie arbeitet noch nicht lang in der Firma. Ihren Kollegen sind fast die Augen aus dem Kopf gefallen. Sie wirkt verängstigt und unschuldig und sagt, sie wisse, dass es herzlos klinge, trotzdem sei sie froh, dass ihr Billy Duke keinen Ärger mehr machen könne.«

Sanford vertilgte den nächsten Cracker. »Hat sie irgendwas über Julie Rutledge gesagt? Hat Duke sie jemals erwähnt?«

»Nie.«

»Das wäre auch zu einfach gewesen«, grummelte er. Sein Telefon läutete, und er nahm den Hörer ab. »Hallo, Doc. Das ging ja schnell. Ja, immer raus mit der Sprache.« Er hörte kurz zu und fragte dann: »Er starb *woran?*« Vorgebeugt griff er nach Stift und Block, kritzelte etwas nieder und schob Kimball den Block zu.

Eine volle Minute lauschte er, ohne ein Wort zu sagen. Dann fragte er: »Irgendwelche Anhaltspunkte für den Zeitraum? M-hm. M-hm. Okay. Sind Sie heute da, falls wir noch

Fragen haben? Sehr gut. Danke, dass Sie so schnell angerufen haben.« Er legte auf.

»Hepatische Nekrose durch Intoxikation«, las Kimball vor, was er auf den Block gekrakelt hatte. »Er wurde vergiftet?«

»Der Doc tippt auf eine Überdosis Paracetamol.«

»Schmerztabletten?«

»Eher Paracetamol in Kombination mit Propoxyphenen, die man nicht im freien Verkauf bekommt, aber zum Beispiel in einem verschreibungspflichtigen Schmerzmittel.«

»Und das steht fest?«

»Liest du nicht die Rundschreiben, die wir ständig über neue Straßendrogen bekommen?«

»Ich weiß, dass ich das tun sollte«, antwortete Kimball gereizt. »Aber woher weiß der Pathologe, was Billy Duke umgebracht hat? Er hatte noch keine Zeit, das toxikologisch abzuklären.«

»Es handelt sich um eine begründete Vermutung. Er sagt, er hätte so was dauernd zu sehen bekommen, als er noch in der Notaufnahme arbeitete. Weil die Mittel so leicht zu beschaffen sind, ist es eine beliebte Suizidmethode. Einen Patienten hat er dadurch verloren. Ein Typ hatte eine ganze Packung Schmerzmittel eingenommen, also dreißig, vierzig Tabletten, und zehn Stunden später seine Meinung geändert. Rief die 911 und wurde sofort in die Notaufnahme gekarrt. Er wurde mit dem bekannten Gegenmittel behandelt, das normalerweise ganz gut wirkt, wenn es rechtzeitig verabreicht wird. Aber die Überdosis war zu hoch, und der Typ hatte zu lang gewartet. Der Prozess war nicht mehr aufzuhalten. Es kam zu akutem Leberversagen, und daran ist er gestorben. Der Pathologe sagt, er wird Dukes Organe natürlich den nötigen Tests unterziehen, aber er ist sich seiner Sache ziemlich sicher.«

»Dann lag Billy Duke bereits im Sterben, als er in Julie Rutledges Haus kam.«

»Sieht so aus.« Sanford klappte den Spiralblock auf und las seine Notizen ab. »Laut Grahams Team fand sich Erbrochenes auf Ms Rutledges Bett, auf dem Badezimmerboden und auf der Kommode. So wie es aussieht, war Billy Duke schon eine Weile dort, bevor sie heimkam und ihn entdeckte. Der Doc meint, er müsste schon ziemlich groggy gewesen sein und sich beschissen gefühlt haben.«

»Haben wir es mit einer absichtlichen Überdosis zu tun? Einem Suizid?«

»Wenn ja, warum hat er sich dann zu ihr geschleppt?«

»Ihn muss etwas getrieben haben, das er um jeden Preis loswerden wollte.« Kimball seufzte. »Jedenfalls stimmt Julie Rutledges Behauptung, er hätte ausgesehen, als ginge es ihm sehr schlecht und als bräuchte er Hilfe.«

»So oder so«, sagte Sanford und klappte den Block zu, »würde ich gern wissen, ob ihr jemals Schmerzmittel verschrieben wurden.«

»Hey, Linds. Ist es ein schlechter Moment?«

Selbst in Jeans und ausgeleiertem T-Shirt statt im engen Abendkleid sah Dereks rothaarige Freundin umwerfend aus. Heute hatte sie ihr phantastisches Haar zu einem lockeren Knoten zusammengebunden. Sie sah ihn und Julie neugierig an, trat dann zur Seite und winkte sie ins Haus.

Derek küsste seine Freundin auf die Wange. »Ich hätte vorher angerufen, aber wir waren beide ziemlich in Eile.«

»Kann ich mir denken. Ihr wurdet beide in den Nachrichten erwähnt. Bist du jetzt ihr Anwalt?«

»Seit gestern Abend. Lindsay Graveau, das ist Julie Rutledge. Julie, Lindsay.«

Die Frau lächelte sie an und sagte: »Wir sind uns schon bei der Auktion begegnet.«

»Bitte entschuldigen Sie«, sagte Julie, »dass wir so mit der Tür ins Haus fallen.«

»Steckt ihr in Schwierigkeiten?«

»Auf jeden Fall«, gab Derek zu. »Aber nicht so tief, dass du dich strafbar machst, wenn du uns ins Haus lässt.«

Sie lachte. »Ich würde dich auch reinlassen, wenn dir ein Lynchmob auf den Fersen wäre. Kommt mit nach hinten. Ich bin gerade dabei, ein paar Pflanzen umzutopfen.« Sie folgten ihr durch das Haus in eine ordentliche, aber bewohnt wirkende Küche.

»Wo ist Jackson?«, fragte Derek.

»Bei einem Freund. Ich soll ihn um fünf abholen. Möchtet ihr etwas zu trinken?«

»Für mich nicht«, sagte Julie.

»Ehrlich gesagt sind wir hier, um einen Film anzusehen.« Er hielt die Plastikhülle mit der DVD hoch, die sie unterwegs in einem Verleih besorgt hatten. »Können wir deinen Fernseher mit Beschlag belegen?«

»Klar, aber was ist mit deinem?«

»Ich möchte jetzt lieber nicht bei mir zu Hause auftauchen. Und zu Julie können wir auch nicht, weil ihr Haus heute Morgen von der Polizei durchsucht wurde. Da herrscht das Chaos.« Er verriet seiner Freundin nicht, dass das Hotelzimmer, in dem sie gemeinsam die Nacht verbracht hatten, keinen DVD-Spieler hatte. »Es ist kompliziert, Linds, aber wir halten es für möglich, dass dieser Film den entscheidenden Schlüssel liefert.«

»Wozu?«

»Das wissen wir nicht«, gestand Julie aufrichtig.

Julie rechnete es Lindsay hoch an, dass sie keinerlei Bedingungen stellte. Sie deutete in ein Zimmer neben der Küche und sagte zu Derek: »Du weißt, wo er steht, schließlich hast du ihn selbst angeschleppt. Bedient euch im Kühlschrank. Falls ihr mich braucht, ich bin draußen.«

Julie folgte Derek in ein gemütliches Wohnzimmer, das so aussah, als würden Lindsay und ihr Sohn dort viel Zeit verbringen. Auf dem Couchtisch lag ein Gameboy, und unter dem Sofa lugten zwei Sportschuhe mit Klettverschluss hervor. Das Puzzle auf dem größeren Tisch war halb fertig. Oft gelesene Bücher lagen aufgestapelt auf der unteren Ablage des Couchtisches. In dem Regal unter dem Flachbildfernseher an der Wand stand ein Sortiment an DVDs.

»Du hast ihnen den Fernseher geschenkt?«

»Letztes Jahr zu Weihnachten.«

»Und was hast du ihnen dieses Jahr geschenkt?«

»Eine Wii.« Er bemerkte, wie sie ihn ansah, und zuckte mit den Achseln. »Ich verwöhne Jackson. Ich weiß. Aber ich tue es gern, und er ist trotzdem kein verzogener Bengel. Dafür sorgt Lindsay schon.«

Sie setzten sich aufs Sofa, und er startete mit der Fernbedienung den Film. »Kennst du den Film?«

»Nein.«

»Ich auch nicht.« Während des Vorspanns sagte er: »Wir sitzen hier in der letzten Reihe. Möchtest du vielleicht lieber mit mir rummachen?« Sie sah ihn strafend an, und er grinste. »Immerhin ist es schon ein paar Stunden her.«

»Und die Hälfte der Zeit warst du wütend auf mich.«

»Das ändert nichts daran, dass ich unglaublich scharf auf dich bin.«

Er griff nach ihrer Hand und zog mit dem Daumen verstohlene Kreise in ihrer Handfläche. Ein höchst angenehmes Kribbeln wanderte ihren Arm herauf, trotzdem flüsterte sie: »Wir verpassen die Eröffnungssequenz.«

Es war ein weiterer Hitchcock-Thriller, eine eiskalte Geschichte über einen Serienmörder in London. Das meiste überspulte Derek, der vor allem nach den brutalen Szenen Ausschau hielt. »Ich komme mir vor wie ein Psycho, der sich nur für die blutigsten Stellen interessiert.«

Der filmische Höhepunkt hätte als Musterbeispiel für schockierende Kinobrutalität dienen können. Danach hielt Derek den Film an. Einen Moment fehlten ihnen die Worte, so verstörend hatten die Bilder auf sie gewirkt. Dann atmete Derek tief aus. »Macht dich das auch so nervös wie mich?«

Sie nickte.

»Gewalt ohne Blut.«

»Genau wie in *Der Fremde im Zug*. Brutal. Und kaltschnäuzig.«

»Und genau wie der Killer dort ist der hier so …«

»Unbeirrbar. Kalt. Grausam.«

Ohne noch etwas zu sagen, sahen sie den Film zu Ende an. Gerade als der Abspann lief, kam Lindsay herein. »Es ist gleich fünf. Ich muss Jackson abholen. Kann ich euch irgendwas mitbringen? Etwas zu essen vielleicht?«

»Nein, danke. Du bist ein Schatz, dass du uns aufgenommen hast.« Derek stand auf, ging zu ihr und umarmte sie. »Ich glaube nicht, dass wir noch hier sind, wenn du zurückkommst.«

»Schließ überall ab und schalte die Alarmanlage ein, wenn ihr geht. Du kennst den Code.«

Julie stand ebenfalls auf. »Ich bin Ihnen wirklich dankbar, Lindsay.«

»Nicht der Rede wert. Ich hoffe, Sie haben all das überstanden, wenn wir uns das nächste Mal sehen.« Sie lächelte Julie freundlich an, flüsterte Derek dann etwas ins Ohr und küsste ihn auf die Wange.

Julie wartete ab, bis sie sicher war, dass Lindsay außer Hörweite war, und fragte dann: »Was hat sie gesagt?«

Er zog sein Handy aus der Halterung am Gürtel und sah aufs Display. »Ich hatte es lautlos gestellt. Dodge hat zweimal angerufen. Ich wollte nicht rangehen und mir anhören, was er zu sagen hat.«

»Hat Lindsay etwas über mich gesagt?«

»Sie hat gesagt, sie sei froh, dass wir jetzt zusammen sind.«

»Woher weiß sie das?«

»Ich schätze, sie hat das verträumte Leuchten in deinen Augen bemerkt, wenn du mich ansiehst.«

Julie sah ihn finster an, und er lachte. »Weibliche Intuition? Ich weiß es nicht.« Er zuckte gleichmütig mit den Achseln und tippte weiter auf seinem Handy herum. »Dodge hat keine Nachricht hinterlassen. Das heißt wahrscheinlich, dass er keine guten Nachrichten hat.«

»Hast du mit Lindsay über mich gesprochen?«

»Eigentlich nicht. Aber als ich sie am Abend nach der Wohltätigkeitsveranstaltung heimfuhr, meinte sie, ich sollte aus Respekt vor Paul Wheeler noch eine Weile warten und dich dann fragen, ob du mit mir ausgehst.«

»Wirklich?«

»Ja. Ich habe ihr daraufhin erklärt, ich hätte es nicht eilig, schließlich hätte ich es schon mit dir im Flugzeug getrieben und …«

»*Wie bitte?*«

Er sah sie an und grinste. »War nur ein Spaß.«

»Du hast ihr das mit dem Flugzeug nicht erzählt?«

»Natürlich nicht. Ich bin der Patenonkel ihres Kindes, vergiss das nicht.« Er drückte die Kurzwahltaste für Dodges Handynummer. »Aber sie hat mich damals wirklich bearbeitet, dass ich dich anrufen soll. Sie meinte, du seist klug, elegant, bezaubernd und überhaupt genau die Frau, die ich bräuchte.«

»Was hast du geantwortet?«

Er ließ ein Lächeln aufblitzen. »Ich habe irgendwas davon gebrummelt, dass ich nicht verkuppelt werden wollte, vielen Dank. Anschließend fuhr ich direkt zu dir nach Hause und wäre um ein Haar erschossen worden. Hey, Dodge. Entschuldige, dass ich erst jetzt …«

Julie hörte Dodges Stimme aus dem Handy. Er klang verstört.

Derek schnitt ihm das Wort ab. »Nein, wir sind angezogen. Wir sind gerade bei Lindsay Graveau. Wir sind hergefahren, um den Film anzusehen, den Billy Duke … Okay, einen Moment.« Er schaltete auf Lautsprecher. »Also los. Jetzt können wir dich beide hören.«

Ohne weitere Vorrede fragte Dodge: »Ms Rutledge, haben Sie jemals verschreibungspflichtige Schmerzmedikamente genommen?«

»Warum?«

»Antworten Sie einfach.«

»Im letzten Frühjahr.«

»Ich habe eine Kurzfassung der Obduktionsergebnisse in die Finger bekommen.« Er klang unglücklich.

»Ist er an der Stichwunde gestorben?«

»Nein. Aber das wäre besser für Sie gewesen. Dann hätten Sie auf Notwehr plädieren können.«

Ohne Dereks besorgtem Blick auszuweichen, ließ sich Julie auf Lindsays Sofa sinken. Sie wollte nicht hören, was Dodge ihnen zu erzählen hatte.

»Der Pathologe vermutet, dass Billy Duke eine tödliche Dosis eines verschreibungspflichtigen Schmerzmittels eingenommen hat.«

Dodge verstummte, offenbar weil er auf eine Reaktion am anderen Ende der Leitung wartete. Derek blieb still und sah Julie an.

Sie hob hilflos die Arme. »Paul hatte sich in den Kopf gesetzt, dass ich Golf lernen sollte, damit wir zusammen spielen konnten. Ich war ein hoffnungsloser Fall und konnte mich überhaupt nicht fürs Golfspielen erwärmen. Ich war fast froh, als ich mir einen Rückenmuskel zerrte. Damit hatte ich einen Vorwand, die Stunden aufzugeben. Der Arzt verschrieb mir einen Entzündungshemmer und einen Schmerzmittel-Hammer. Ich hatte Angst vor den Tabletten. Ich habe nur zwei davon genommen, weil ich sonst in der ersten Nacht kein Auge zugetan hätte. Aber nach einem Tag Bettruhe hatte der Entzündungshemmer den Schmerz schon wieder gedämpft. Ich brauchte nichts mehr zu nehmen.«

»Die Polizei hat bei der Durchsuchung Ihren Medikamentenschrank geleert. Keine verschreibungspflichtigen Schmerzmittel«, sagte Dodge. »Aber Kimball hat in Ihrer Apotheke angerufen. Sie haben das Rezept im März eingereicht.«

»Hast du die restlichen Pillen behalten, Julie?«

»Ja«, antwortete sie Derek. »Ich wollte sie griffbereit haben, falls sich die Rückenschmerzen wieder melden sollten. Creighton muss die Packung mitgenommen haben, als er in meinem Haus war. Mir ist nicht aufgefallen, dass sie fehlt, nicht einmal bei dem Großputz am nächsten Tag.«

Nach einer kurzen, aber vielsagenden Pause fuhr Dodge fort: »Sanford hat nachgeforscht. Zu den Symptomen für eine Überdosis zählen Übelkeit, fahle Gesichtsfarbe, Orientierungslosigkeit, Schwierigkeiten beim Sprechen und Gehen, Krämpfe. Und so weiter. All das stimmt mit dem überein, was Sie bei Ihrer Aussage über Billy Duke gesagt haben.«

»Das ist aber kein zwingender Beweis«, warf Derek ein.

»Diese Symptome können auch auf andere Beschwerden hindeuten.«

»Sie werden eine komplette toxikologische Analyse vornehmen. Vielleicht ist seine Leber ja an was anderem eingegangen. Aber bis dahin…«

»Spricht auch das gegen mich.«

Keiner widersprach ihr, daraus schloss sie, dass beide Männer das Gleiche dachten. »Ich nehme an, damit halten Sie meine Schuld für erwiesen, Mr Hanley.«

Dodges Husten klang feucht und gurgelnd. »Nein, Ms Rutledge. Im Gegenteil, ich muss mich bei Ihnen entschuldigen.«

Dereks Brauen flogen hoch. »Warum das?«

»Creighton hat tatsächlich eine Jugendstrafakte, genau wie du vermutet hast. Ich hab sie erst seit fünf Minuten, aber die haben mir gereicht, um festzustellen, dass sie von Anfang an recht hatte, was diesen Typen angeht. Er ist pervers. Die Akte ist ziemlich dick, darum gebe ich nur die Highlights durch, denn nachdem ich das hier gesehen habe, habe ich richtig Schiss, dass uns die Zeit davonläuft.«

Derek und Julie sahen einander an. Ihre Mienen waren so ernst wie Dodges Stimme. Keiner sagte ein Wort.

»Ein gewisser Jerry Bascomb war mit Creighton im gleichen Jahrgang. An einer schweineteuren Privatschule in North Carolina. Creighton behauptete, dass Jerry in der Umkleide als Stricher arbeiten würde, darum schnitt er ihm mit einem Jagdmesser den kleinen Finger ab. Statt einfach nein danke zu sagen, verstümmelte er den Jungen.

Der kleine Bascomb schwor bei allen Heiligen, dass er kein bisschen schwul sei und dass er nie ein entsprechendes Angebot gemacht hätte. Die Polizei wollte wissen, wieso Creighton ein Jagdmesser in seinem Schließfach aufbewahrte. Während sie noch ermittelten, wandten sich die Wheelers an Bascombs

Familie und meinten, dass man die Differenzen doch auch durch einen Mediator beilegen könnte.«

Derek sagte: »Ich wette, sie haben dabei angedeutet, dass die Familie die Angelegenheit lieber auf sich beruhen lassen sollte, weil Jerry andernfalls als Perverser bloßgestellt würde, der seinen Mitschülern unsittliche Anträge macht.«

»So oder so«, sagte Dodge, »wurde Creighton nie angeklagt. Damit war die Sache erledigt.«

»Geld wechselte den Besitzer?«

»Was glaubst du denn, Anwalt? Wir springen weiter zum Sommer des nächsten Jahres. Creighton ist fünfzehn und im Feriencamp. Eine gewisse Sarah Walker beschuldigt ihn, dass er sie vergewaltigt hätte. Sie gibt zu, dass sie sich beim Würstchengrillen mit Schnaps zugedröhnt hat, den jemand ins Camp geschmuggelt hatte. Creighton schlug ihr vor, mit ihm allein im Wald spazieren zu gehen. Als sie eine Stunde später wieder aus dem Wald getaumelt kommt, blutet sie aus dem Unterleib. Sie ist hysterisch. Seine Version lautet, er hätte nicht gewusst, dass sie noch Jungfrau war, sie hätte ihn aufgestachelt, und er hätte ihr nur das gegeben, was sie wollte.«

»Als würde irgendeine Frau darum betteln, brutal vergewaltigt zu werden«, meinte Julie zynisch.

»Er nannte es ›harten Sex‹. Das ist ein Zitat aus seiner Aussage. Das arme Mädchen war am Ende. Es musste in Therapie. Wollte sein Zimmer nicht mehr verlassen. Die Familie setzte den Staatsanwalt unter Druck, eine Anklage vorzubereiten, doch da meldeten sich aus heiterem Himmel mehrere andere Jungen und behaupteten, das Mädchen hätte sie mit Hand oder Mund befriedigt und noch anderes getrieben. Besagte Sarah sei nur im technischen Sinn noch Jungfrau gewesen, und wenn sie von ihr in den Wald gelockt worden wären, hätten sie genauso reagiert wie ihr guter Kumpel Creighton.«

»Creighton hat keine Kumpel«, kommentierte Julie.

»Aber dafür eine Menge Kies zu verteilen.« Das kam von Dodge nach einem kurzen Spuckgeräusch.

»Lass mich raten«, meinte Derek. »Die Sache löste sich in Luft auf.«

»Die Anklage wurde fallen gelassen, weil Sarah Walker nicht mehr aussagen wollte.«

»Hat man ihrer Familie die Taschen gefüllt?«

»Davon steht nichts in der Akte, aber ausschließen würde ich es nicht«, sagte Dodge. »Das ist noch nicht alles. Es gab noch ein paar kleinere Vergehen während seiner Kinderzeit. Ein Mann berichtete, er und seine Frau seien eines Nachts aufgewacht und hätten Creighton neben ihrem Bett stehen sehen. Man tat das damals als Schlafwandeln ab. Eine Kosmetikerin, die bei den Wheelers zu Hause war, um Sharon Wheeler eine Maniküre zu geben, beschuldigte ihn, sich ›in erregtem Zustand‹ vor ihr präsentiert zu haben. Er behauptete, er hätte sich nur einen runtergeholt und dabei gar nicht gemerkt, dass sie ihn sehen konnte, wobei man sich allerdings wundert, wie sein Samen auf ihren Schuh gelangt ist. Kurz darauf bekam die Kosmetikerin unversehens einen Job in einem Nobelresort auf Amelia Island angeboten.

Das nächste Mädchen, eine Alison Perry, ging an seinem sechzehnten Geburtstag mit ihm aus. Die beiden machten eine Tour in seinem neuen Cabrio, dabei wurde sie anal missbraucht. Er behauptete, sie wären beide übereingekommen, dass das die sicherste Form von Verhütung sei.«

»Jesus.« Derek fuhr sich mit beiden Händen übers Gesicht.

»Wurde er jemals verurteilt?«

»Nicht ein einziges Mal, Ms Rutledge.«

»Die Wheelers erkauften sich das Schweigen von jedem, der gegen ihn aussagen wollte.«

»Und füllten wahrscheinlich auch einigen Polizeibeamten die Taschen«, vermutete Dodge. »Was der kleine Scheißer auch sonst noch angestellt haben mag, auf jeden Fall zeigt er einen Hang zur Perversion. Ich persönlich glaube, dass er inzwischen einen härteren Kick braucht.«

Julie lachte humorlos. »Er ist pervers, und ich stehe unter Verdacht.«

»Sorg dafür, dass wir ihnen einen Schritt voraus bleiben, Dodge«, befahl Derek seinem Ermittler.

»Bin dran.«

Er hatte aufgelegt. Nachdenklich tippte sich Derek mit dem Handy gegen die Lippen.

»Und jetzt?« Sie deutete auf den Fernseher. »Der Film hat uns nicht weitergebracht.«

»Ich bin noch nicht bereit, ihn als unbedeutend abzutun.« Er starrte auf den leeren Bildschirm, als sähe er noch einmal die Bilder darauf, und wandte sich dann Julie zu. »Es ist schließlich nicht so, als hätte Billy Duke ein ganzes Sortiment an DVDs in seinem Motelzimmer gehabt, um sich die Zeit im Pine View zu vertreiben. Er hatte nur eine einzige. Die hier. Warum ausgerechnet diesen einen Film? Ich habe heute zum ersten Mal davon gehört. Warum hat Creighton ihn Billy Duke gegeben? Und wann? Und wo?« Er schlug sich mit der Faust in die offene Hand. »Gott verflucht noch mal! Warum finden wir keine Verbindung zwischen den beiden?«

»Ich habe alle Hoffnungen auf das Mädchen gesetzt, das Billy Duke identifiziert hat. Aber laut Dodge konnte sie Kimball nichts erzählen, was uns weitergebracht hätte.«

Plötzlich blieb Derek stehen. »Weißt du noch, wie ich dir vorhin erklärt habe, jeder Jurastudent würde schon im ersten Semester lernen, dass Geld das wichtigste Motiv ist?«

»Ja.«

»Weißt du, was er im zweiten Semester lernt?«

»Jeder lügt.«

Creighton verließ das Anwesen seiner Eltern durch die Dienstbotenzufahrt, weit weg von den Reportern, die vorn auf ein wenig O-Ton warteten. Er fuhr zu seinem Apartment und verbrachte die nächsten anderthalb Stunden in seinem privaten Fitnessraum, wo er trainierte, bis sein Körper mit glänzendem Schweiß überzogen war.

Er rubbelte sich mit dem Handtuch trocken und legte sich dann auf die Sonnenbank, um nahtlose Bräune zu schaffen. Danach folgten fünfzehn Minuten im Dampfbad, um alle Unreinheiten auszuschwitzen. Als Nächstes kam eine heiße Dusche mit Seifenmassage, gefolgt von einem kurzen Tauchbad im eiskalten Wasserbecken, damit sich die Poren wieder schlossen. Er reinigte die Zähne erst mit Zahnseide, dann mit der Bürste und schrubbte sie dabei so gnadenlos, dass der Schaum beim Ausspucken rosa war.

Er schnitt sich die Fingernägel und schob die Nagelhaut zurück. Danach deckte er sein Gesicht mit einer Peelingmaske ab und massierte hinterher einen duftenden Toner ein, damit die Haut straff und gespannt blieb. Besondere Aufmerksamkeit widmete er der Arbeit mit Bürste und Föhn.

Bevor er sich anzog, blieb er kurz stehen, um die unendlichen Reflektionen in den verspiegelten Wänden seines Badezimmers zu begutachten. Er konnte seinen auf Hochglanz polierten nackten Körper aus jedem Blickwinkel betrachten. Er fand keinen Makel.

Von hinten sah er aus wie eine griechische Statue. Er war perfekt proportioniert und von den Schultern bis zur Hüfte durchtrainiert. Sein Hintern war muskulös, an den Seiten leicht konkav und edel geformt, wo er in die Schenkel überging. Unzählige Stunden auf dem Tennisplatz hatten seine Waden modeliert.

Die Vorderseite gefiel ihm noch besser. Was hätte ihm daran auch nicht gefallen können? Von der Sonne geküsstes Haar. Aquamarinblaue Augen. Eine Nase, an der selbst der geschickteste, teuerste rhinoplastische Chirurg nichts zu verbessern gefunden hätte. Seine Lippen waren gleichmäßig geschnitten, sinnlich und leuchteten in genau dem richtigen Rosa. Der kantige Kiefer und das energische Kinn verhinderten, dass der Mund zu weich wirkte.

Brusthaare hatte er keine. Hätte er welche gehabt, hätte er sie sich entfernen lassen. Haarige Brustkörbe erinnerten ihn an Filme über Barbaren, Halbaffen, die an riesigen Tierknochen nagten und Frauen mit dreckigen Füßen bestiegen. Abstoßend.

Sein Brustkorb war glatt und golden. Er befingerte seine Nippel und kniff sie, bis sie prall waren und die Lust in Schmerz umschlug. Sein Penis zuckte, schwoll an und reckte sich. Der Anblick war so erhaben, dass ihm Tränen in die Augen schossen.

Er masturbierte langsam und genüsslich, um die Lust auszukosten, die es ihm bereitete, sich selbst in den endlosen Spiegelungen rund um ihn herum zu lieben. Der Höhepunkt schwächte ihn und erfüllte ihn zugleich mit Euphorie.

Er zog Kleider an, die er nie zuvor getragen hatte. Es war ein bedeutsamer Abend, und er wollte besser aussehen als je zuvor. Bedauerlicherweise würde niemand außer ihm je davon erfahren. Zu schade, dass er niemanden daran teilhaben lassen konnte, wie brillant er diesen Filmplot adaptiert und ins wahre Leben übertragen hatte.

Julie wurde der Mord an Billy Duke zugeschrieben, so wie Billy Duke der Mord an Onkel Paul zugeschrieben worden war. Niemand würde je erfahren, dass Billy nur ein Handlanger gewesen war. Creighton war das Hirn dahinter.

Es war wirklich zu schade, dass ihm die verdiente Anerkennung versagt bleiben würde. Aber dass er verkannt blieb, war der Preis, den er für seine ganz spezielle Art von Brillanz zu zahlen hatte. Schon als Teenager hatte er sich mit der Tatsache ausgesöhnt, dass niemand je von seinem Genie erfahren würde – oder durfte.

Niemand außer ihm selbst und seinen Opfern natürlich.

Die Hauptdarstellerin des heutigen Abends war ganz besonders unbedarft. Sie würde in einem Zustand absoluter Fassungslosigkeit aus dem Leben scheiden, denn nicht in einer Million Jahren würde sie etwas ahnen. Es war der perfekte harte Schnitt.

26

Obwohl sie den ganzen Tag über unter Druck gestanden hatte, hatte Ariel um Punkt halb acht alles für das große Date vorbereitet. Das köstliche Aroma des Bratens durchzog das Haus. Der Salat lag gekühlt im Kühlschrank. Der Cabernet war dekantiert. In der Mitte des Tisches stand eine Vase mit Rosen, flankiert von Kerzen, die nur noch angezündet werden mussten.

Sie hatte alles bis auf die Minute durchorganisiert, und so blieben ihr noch zwölf Minuten zum Duschen und Schminken, bevor sie sich wieder anziehen musste. Das Sommerkleid hatte ein Top mit Spaghettiträgern und war skandalös kurz.

Sie strich Lotion auf ihre rasierten Beine, schlüpfte in die Sandalen mit Keilabsatz, schüttelte ihr Haar aus, tupfte sich ein paar Tropfen Parfüm auf die nackten Schultern und zwischen die Brüste, fädelte die Goldkreolen durch ihre Ohrläppchen, und schon war sie fertig.

Um sieben Uhr dreißig entzündete sie die Kerzen, lugte durch die Glasscheibe in der Haustür und kontrollierte, ob er schon zu sehen war und ob er wohl im Porsche ankam. Was wohl die Nachbarn denken würden, wenn er zwischen den bescheidenen Häuschen in ihrer Straße hindurchröhrte und vor ihrem stehen blieb?

Um sieben Uhr fünfunddreißig sah sie noch einmal nach dem Braten, um sich zu überzeugen, dass er nicht austrocknete.

Um sieben Uhr fünfundvierzig war sie beunruhigt, aber nicht besorgt. Vielleicht steckte er im Verkehr fest. Die Leute waren so neugierig, dass schon eine Reifenpanne auf dem Seitenstreifen einen Stau auslösen konnte und ein bedeutungsloser Auffahrunfall den Verkehr zum Erliegen brachte.

Um zehn vor acht gestand sie sich ein, dass sie tot umfallen würde, wenn er sie schon wieder versetzte. Ohne jeden Zweifel.

War das vielleicht die Verarscht-Ariel-Woche?

Heute in der Arbeit war sie beinahe in Ohnmacht gefallen, als sie in das Büro ihres Chefs gerufen und der dicken Polizistin vorgestellt worden war. »Sie möchte Ihnen ein paar Fragen stellen.«

Das war eindeutig untertrieben gewesen.

Mehr als eine halbe Stunde hatte die Polizistin sie über Billy Duke ausgehorcht. Und das nicht einmal eine Stunde nachdem Ariel beschlossen hatte, ihn ein für alle Mal aus ihrem Gedächtnis zu streichen, da er endlich das Zeitliche gesegnet hatte. Typisch für ihn, dass er sie trotzdem noch verfolgte.

Um der Polizistin zu demonstrieren, was für eine gesetzestreue Bürgerin sie war, hatte sie zugegeben, dass sie bei der Hotline angerufen hatte. Doch so leicht hatte Roberta Kimball sie nicht vom Haken gelassen. Immer wieder hatte sie nachgebohrt und nachgefragt, was in Omaha passiert war. »Hat er dort jemals mit Ihnen zusammengewohnt?«

»Nein. Niemals. Er hat ein paarmal in der Wohnung übernachtet, das schon. Aber mehr nicht.«

Ganz besonders hatte sie sich dafür interessiert, wann Ariel Billy das letzte Mal gesehen hatte.

»Seit seiner Verhandlung gar nicht mehr.« Sie hatte der Polizistin nichts davon erzählt, dass er gestern versucht hatte, sie zu besuchen.

Kimball hatte sie auf die wiederholten Anrufe angesprochen.

»Aber dabei hat er nie ein Wort gesagt und ich auch nicht. Ich habe immer gleich aufgelegt.«

»Was ist mit Ihrer Mitbewohnerin? Hat die jemals mit ihm gesprochen?«

»Nein. Carol ist den Sommer über in Athens.«

Dann hatte die Polizistin gefragt, ob Billy Duke jemals Paul Wheeler oder Julie Rutledge erwähnt hätte.

»Nein. Da bin ich ganz sicher. Von den beiden habe ich das erste Mal gehört, als Mr Wheeler erschossen wurde.«

Ariel hatte alle Fragen wahrheitsgemäß beantwortet, aber sie hatte auch nichts von sich aus hinzugefügt. Schließlich schien die Polizistin zu glauben, dass sie ihr alles erzählt hatte, was sie wusste, und dass es Zeitverschwendung wäre, sie noch länger zu befragen. Sie hatte Ariel für ihre Kooperation gedankt und war gegangen.

Ariel war an ihren Arbeitsplatz zurückgekehrt und hatte schon wegen der Kollegen so getan, als hätte sie das Verhör völlig kalt gelassen. Angenehm war es nicht gewesen, trotzdem hatte sie es einigermaßen gut überstanden. Billy war tot. Er würde keiner Frau mehr nachstellen. Bald wäre völlig vergessen, dass sie ihn auch nur flüchtig gekannt hatte.

Wieder setzte sie sich in den Kopf, sich von nichts und niemandem, schon gar nicht von dem verstorbenen Billy Duke, den bevorstehenden Abend mit Tony verderben zu lassen. Bis zum Feierabend hatte sie die Polizistin und alles, was mit Billy Duke zusammenhing, aus ihren Gedanken gestrichen und sich ausschließlich mit ihrem Date beschäftigt.

Vorsichtshalber war sie gar nicht mehr ans Telefon gegangen. Seit sie heimgekommen war, hatte es in regelmäßigen Abständen geläutet. Weder hatte ein Name auf dem Display gestanden, noch hatte sie die Nummer erkannt. Aus Angst, dass es Roberta Kimball mit neuen Fragen sein könnte, hatte sie die Anrufe auf der Mailbox landen lassen.

Sie wusste, dass es nicht Tony war. Sie hatte ihm ihre Nummer nicht gegeben – weder die vom Handy noch die Festnetznummer –, und zwar absichtlich. Sie hatte es vermieden, weil sie insgeheim befürchtete, dass er ihr sonst absagen könnte.

Als es acht wurde und er immer noch nicht aufgetaucht war, war sie sicher, dass er nicht mehr kommen würde. Wie konnte er ihr das gleich *zweimal* antun? Wie hatte sie sich auch beim zweiten Mal so verarschen lassen können? Bestimmt hielt er sie für die dümmste Gans, die je das Licht der Welt erblickt hatte. Falls er überhaupt einen Gedanken an sie verschwendete.

Um acht Uhr fünfzehn blies sie die Kerzen aus und ging ins Schlafzimmer, um sich umzuziehen. Schluchzend schleuderte sie die Sandalen von den Füßen und hatte eben die Hände an den Hals gelegt, um ihr Kleid auszuziehen, als jemand leise an ihre Haustür klopfte.

Das Herz wäre ihr fast aus der Brust gesprungen. Schlagartig waren all die schrecklichen Dinge vergessen, die sie ihm unterstellt hatte, genau wie all die üblen Bezeichnungen, die sie ihm zugedacht hatte. Aufgekratzt rannte sie zur Tür und riss sie auf.

Sein Name erstarb ihr auf den Lippen.

Während Ariel Williams ängstlich darauf wartete, dass ihr Date erschien, brüllte Derek in sein Handy: »Was soll das heißen, sie ziert sich plötzlich?«

»Weißt du nicht, was *sich zieren* bedeutet?«, feuerte Dodge zurück.

»Doch, ich weiß sehr wohl, was *sich zieren* bedeutet, aber

ich dachte, du hättest dich mit ihr ausgesöhnt. Wir brauchen doch nur eine Adresse.«

»Falls du es noch nicht weißt, du bist nicht besonders beliebt im PD, Anwalt. Deinetwegen ist eine ganze Reihe von miesen Typen noch auf freiem Fuß. Und jetzt versuchst du, den kleinen Connor vor dem elektrischen Stuhl zu retten. Du hast durchblicken lassen, dass die ersten Polizisten am Tatort bei der Beweissicherung geschlampt haben und dass entlastende Informationen zurückgehalten werden. Seit dem Prozess gegen O.J. Simpson – und zwar dem ersten – war die Polizei nicht mehr so schlecht auf einen Verteidiger zu sprechen.«

»Bist du jetzt fertig?«

»Ich meine ja nur. Sei nicht so streng mit mir. Immerhin habe ich dir die Jugendstrafakte besorgt, oder etwa nicht? Dafür durfte ich einem Typen praktisch den Schwanz lutschen, und wie wird mir das gedankt?«

»Entschuldige. Vielen Dank.«

»Nicht der Rede wert.«

»Aber wir brauchen die Adresse.«

»Ich hab's verstanden. Aber wenn es den einfachen Polizisten auf Atlantas Straßen schon einen Dreck schert, wer deinen Hund umgebracht hat, wird er dich verflucht sicher nicht mit Informationen versorgen, auch nicht mit der Adresse von Ariel Williams. Ich will Dora nicht allzu sehr zusetzen. Sie ist alleinerziehend und hat zwei Kinder. Sie darf ihren Job nicht verlieren. Sie sagt, falls sich rumsprechen sollte, wer dir gesteckt hat, wann Ms Rutledges Haus durchsucht wird und was die Autopsie ergeben hat und …«

»Schon gut.« Derek massierte müde seine Stirn. Er sah zum Beifahrersitz, wo Julie ebenfalls am Handy hing und mit Kate telefonierte. Mit einem Kopfschütteln zeigte sie ihm an, dass sie nicht weiter war als er.

Dodge sagte eben: »Seit Julie offiziell gesucht wird, weil man sie wegen Dukes Tod verhören will, haben sie alle Schotten dichtgemacht.«

»Ich weiß, du tust dein Bestes. Aber wir brauchen die Adresse um jeden Preis. Vielleicht ist Ariel Williams der Schlüssel zu allem.«

»Obendrein …«

»Was?«

»Na ja, nachdem ich weiß, was für ein Typ Creighton Wheeler ist, mache ich mir Sorgen um das Mädel. Es hat ihm bestimmt nicht gefallen, dass sie Duke identifiziert hat.«

»Noch ein Grund, sie so schnell wie möglich zu finden. Fahr noch einmal zu deiner Freundin. Versprich ihr, dass sie oben liegen darf.« Derek klappte das Handy zu.

Julie hatte ihr Gespräch Sekunden vor ihm beendet und zog neugierig die Brauen hoch.

»Frag nicht«, sagte er. »Hatte Kate Erfolg?«

»Sie hat in der Firma angerufen, in der Ariel Williams arbeitet, aber nachdem dort schon Feierabend ist, wurde an dem Anschluss nur die Nummer für Notfälle durchgesagt. Sie hat dort angerufen, aber auch da ist sie nur bei einem Tonband gelandet, auf dem man Name, Nummer und Art des Problems nennen sollte, damit jemand zurückrufen kann.

Sie hat versucht, Ariel Williams im Telefonbuch ausfindig zu machen, aber unter Williams gibt es dort Tausende von Einträgen, und die Kombinationen stimmen alle nicht, und falls das Mädchen tatsächlich telefonisch belästigt wurde, hat sie sich bestimmt eine Geheimnummer geben lassen.

Bei der Suche mit Google ist sie auf Ariels Facebook- und MySpace-Seite gestoßen, aber auf keiner von beiden steht ihre Adresse, und die letzten Einträge sind zwei Wochen alt. Kate hat ihr eine E-Mail geschrieben. Keine Antwort. Sie probiert es weiter.« Sie zupfte zwei kalt gewordene Pommes frites aus der Schachtel, betrachtete sie nachdenklich und ließ sie zurückfallen. »Ich fühle mich elend, weil ich Kate gebeten habe, das für mich zu tun.«

»Sie will dir helfen. Das hat sie selbst gesagt. Sie hat das Gefühl, dass sie dir das schuldig ist, nachdem sie hinter deinem Rücken mit der Polizei gesprochen hat.«

»Ich weiß, dass sie mir aufrichtig helfen möchte. Aber inzwischen bin ich auf der Flucht. Und damit leistet sie Beihilfe.«

»Noch hat niemand sie gefragt, ob sie weiß, wo du steckst.«

»Weil sie bis jetzt nicht auf die Anrufe der Polizei reagiert hat. Sie geht nur ans Telefon, wenn sie weiß, dass ich dran bin. Das fällt unter Umgehung.«

»Die man ihr aber nicht nachweisen kann. Selbst wenn sie nach deinem Aufenthaltsort gefragt wird, kann sie ehrlich sagen, dass sie ihn nicht kennt.« Er sah durch die Windschutzscheibe auf das goldene M des McDonald's. Sie hatten an der Drive-in-Theke bestellt, dann auf dem Parkplatz ihre Big Macs gegessen und dabei telefoniert.

Derek hatte gehofft, dass Ariel Williams sich ihnen gegenüber vielleicht nicht ganz so verschlossen zeigen würde wie gegenüber einem so einschüchternden Detective wie Roberta Kimball. Die Sache war jedenfalls einen Versuch wert, darum hatten sie angefangen, bei ihr anzurufen, sobald sie Lindsays Haus verlassen hatten, aber sie waren immer nur auf der Mailbox gelandet.

Fast drei Stunden hatten sie darauf gewartet, dass Dodge irgendeine brauchbare Information lieferte, zum Beispiel ihre Adresse, aber bislang hatte er genauso wenig in der Hand wie sie. Er hatte keinen seiner Maulwürfe in der Führerscheinbehörde oder im Finanzamt erreichen können, der Zugriff auf ihre Akten gehabt hätten. Und seine Polizistin zierte sich plötzlich.

»Er probiert es noch einmal mit Süßholzraspeln«, sagte Derek.

»Ich kann mir nicht vorstellen, dass Dodge Süßholz raspelt.«

»Die Vorstellung ist auch eher abwegig.«

Julie wickelte das Papier um die Reste ihres Burgers und ließ ihn zu den nicht gegessenen Pommes frites in die Tüte fallen. »Rein rechtlich gesehen entziehe ich mich der Verhaftung. Glaubst du, ich könnte tatsächlich verurteilt werden?«

»Keinesfalls.«

»Spricht da dein Herz, oder ist das deine objektive, professionelle Überzeugung?«

»Mit dem, was sie bis jetzt in der Hand haben, können sie dich unmöglich verurteilen. Dafür würde ich meine ganze Karriere aufs Spiel setzen.«

Sie lächelte melancholisch. »Ich fürchte, das hast du bereits getan.«

»Ich werde es weiterhin tun.«

»Ich habe weniger Angst davor, vor Gericht gestellt und verurteilt zu werden, als vor dem Gedanken, dass Creighton ungestraft davonkommt. Er ist durch und durch böse, Derek.«

Er versenkte die Reste seines Mahles in ihrer Tüte. »Da kann ich dir nicht widersprechen. Seit ich Maggie gefunden habe, war ich nur ein einziges Mal in meinem Haus. Ich wollte nicht wieder hin. Ich kann mir nicht vorstellen, wie ich ohne sie dort leben soll. Es war ein Akt sinnloser Brutalität. Er hat das aus purer Gemeinheit getan. Bosheit, wenn du so willst.

Damit hat er nicht nur meinen Hund ermordet, sondern auch mein Heim entweiht. Es wird für mich nie wieder wie früher sein. Jedes Mal, wenn mir dieser Gedanke kommt, kocht der Zorn wieder hoch. Und immer wenn ich an Maggie denke…« Er verstummte, weil ihm die Stimme versagte.

Julie beugte sich über die Handbremse, legte die Hände an seine Wangen und küsste ihn zärtlich auf den Mund.

Als sie sich wieder von ihm löste, tasteten seine Augen ihr Gesicht ab. Er flüsterte: »Die Sache mit dem Begegnen und Verlieben, von der ich beim Frühstück geredet habe?«

Sie nickte.

»Weißt du was?«

Er sah ihr tief in die Augen und hielt ihren Blick gefangen, bis sein Handy läutete. Er klappte es auf. »Bitte sag mir, dass sich Dora erweichen ließ.«

»Ich werde sie wohl heiraten müssen.«

»Ariel Williams?«

Das breite Lächeln der jungen Frau fiel in sich zusammen, als sie Derek und Julie vor ihrer Tür stehen sah. Ihre Wangen waren knallrot, und Julie war klar, dass sie geweint hatte. Die Mascara war verschmiert. Bis auf die Schuhe hatte sie sich in Schale geworfen, sie war nicht für einen ruhigen Abend zu Hause angezogen. Hinter ihr sah Julie Rauchkringel aus einigen eben gelöschten Kerzen aufsteigen.

»Ariel Williams?«, wiederholte Julie.

Stumm wippte ihr Kopf auf und ab.

»Ich heiße Julie Rutledge.«

Sie schluckte sichtbar. »Ich weiß, wer Sie sind.«

»Woher?«, fragte Derek.

Ihr Blick zuckte zu ihm hinüber. »Ich habe sie im Fernsehen gesehen. In den Nachrichten.«

»Ich heiße Derek Mitchell.« Als sie daraufhin weder etwas sagte oder irgendwie sonst reagierte, erklärte er: »Wir würden uns gern mit Ihnen unterhalten.«

»Worüber? Wenn es um Billy geht – ich habe der Polizei schon alles erzählt, was ich weiß.« Ihre Unterlippe bebte leise. »Und das ist gerade kein guter Zeitpunkt.«

»Wissen Sie, woran Billy Duke gestorben ist?«, fragte Julie.

»Sie haben ihn erstochen oder so.«

»Der Gerichtsmediziner glaubt, dass er nach einer Überdosis von Schmerzmitteln an Leberversagen gestorben ist.«

Ariels tränennasse Augen wurden groß. »Ich wusste nicht, dass er Drogen genommen hat.«

»Er fiel in ein Messer, mit dem ich mich schützen wollte, aber er starb an einer Überdosis von verschreibungspflichtigen Medikamenten. Ich habe sie ihm nicht gegeben. Wir, Mr Mitchell und ich, glauben, dass ein Mann namens Creighton Wheeler ihn vergiftet hat.« Julie holte tief Luft und fragte dann: »Bitte, Ariel, dürften wir kurz hereinkommen? Wir versprechen, dass wir nicht lange bleiben werden. Es ist wirklich wichtig, sonst würden wir uns nicht so aufdrängen.«

Das Mädchen sah vom einen zur anderen und seufzte dann. »Warum nicht?«

Die Haustür führte direkt ins Wohnzimmer. Sie winkte sie zum Sofa, das mit einer beigefarbenen Husse überzogen war und von bunten Kissen akzentuiert wurde. Das Sofa und ein Schaukelstuhl aus Bugholz waren die wichtigsten Möbelstücke im Raum. Außerdem gab es ein paar nicht zusammengehörende Tische und Lampen, einen belaubten, liebevoll gepflegten Ficus am Fenster und ein paar gerahmte Reiseposter an den Wänden. Das Zimmer war sparsam, aber mit einem Auge für Farbe und Proportionen eingerichtet und erinnerte Julie an ihre erste Wohnung in Paris. Es war ein ordentlicher und gemütlicher Raum.

Ariel setzte sich in den Schaukelstuhl, und Julie hatte das Gefühl, dass sie sich nicht besonders für sie oder den Anlass ihres unerwarteten Besuches interessierte. Der Esstisch war mit Tellern und Gläsern, Blumen und Kerzen gedeckt. Eine noch volle Weinflasche stand entkorkt bereit.

Julie merkte, wie Ariel wehmütig zum Tisch sah. »Erwarten Sie jemanden?«

»Ja, aber er … er hat sich verspätet.«

Das erklärte die ausgelöschten Kerzen und die Mascarastreifen auf den Wangen.

Derek sagte: »Er verpasst etwas. Es duftet phantastisch, und in dem Kleid sehen Sie umwerfend aus.«

»Danke.« Sie wurde rot. »Also, was wollen Sie wissen?«

»Fangen wir damit an, wie Sie Billy Duke kennenlernten.«

Sie verdrehte die Augen. »Ich verfluche heute noch den Tag. Meine Freundin und ich waren in einem Club.«

»Das war in Omaha?«, fragte Derek.

Sie bestätigte das mit einem Nicken. »Billy tauchte in dem Club auf, in dem wir damals waren. Wir blieben den ganzen Abend zusammen. Von da an kam er regelmäßig dorthin. Er war richtig süß. Und nett. Immer schick gekleidet, mit einem coolen Auto und nie kleinlich, wenn es darum ging, eine Runde zu schmeißen. Außerdem war er ein Angeber, der immer auf dicke Hose machte und ständig mit großen Scheinen wedelte. Aber er ließ sich nie darüber aus, womit er sein Geld verdiente. Inzwischen weiß ich, warum er nie über seine Arbeit sprach. Er war ein professioneller Betrüger. Ein Hochstapler.«

»Aber Sie hatten damals keine Ahnung, dass er ein Verhältnis mit der Witwe hatte und sie bestahl?«

»O Gott, nein! Allerdings hatte ich damals sehr wohl den Verdacht, dass er irgendwas verheimlichte.«

»Wie kamen Sie darauf?«

»Er kam manchmal nicht, wenn er verabredet war. Und er

gab auf direkte Fragen keine direkten Antworten. Manchmal war er tagelang verschwunden, dann tauchte er mit Blumen und Wein wieder auf, ohne dass er erklärt hätte, wo er gewesen war. Das sind alles Anzeichen dafür, dass er ein doppeltes Spiel trieb.« Sie wandte sich an Julie. »Aber Sie wissen selbst, wie wir Frauen sind. Wir gestehen uns nur ungern ein, was wir tief im Herzen längst wissen.«

Wieder fiel ihr Blick auf den Tisch, und ihre enttäuschte Miene rührte Julie zutiefst. Sie schien ein nettes Mädchen zu sein, dem man übel mitgespielt hatte. Dann sah Ariel sie wieder an. »Als Billy verhaftet wurde, hielt ich das für eine gute Gelegenheit, ganz neu anzufangen. Ich überredete Carol …«

»Carol?«, fragte Derek.

»Meine Mitbewohnerin. Ich überredete sie, aus Omaha wegzugehen und es woanders zu versuchen. Wir zogen beide hierher. Hier gefiel es uns vom ersten Tag an. Das Essen. Die Art, wie die Leute hier reden.« Ihre Braue zuckte. »Ich war nicht wirklich überrascht, als Billy wegen dieser Erpressungssache vor Gericht gestellt wurde und es zu der Verhandlung kam. Doch dann wurde er wieder freigelassen! Ich konnte es nicht glauben!«

»Der Staatsanwalt hatte schlampig gearbeitet«, meinte Derek. »Er hätte den Fall nicht allein auf der Aussage des Opfers aufbauen dürfen. Sobald die Witwe gestorben war, hatte er verloren.«

Ariel sah ihn entgeistert an. Julie erklärte: »Er ist Strafverteidiger.«

»Ach.«

Derek fuhr fort: »Danach folgte Billy Ihnen nach Atlanta.«

»Auch das konnte ich anfangs nicht glauben. So viel zu unserem Neuanfang an einem anderen Ort. Als er zum ersten

Mal anrief und sich mit Namen meldete, war ich so sauer, dass ich sofort auflegte. Meine Handynummer hatte er nicht, dafür rief er immer wieder hier an.«

»Wir kennen das Spiel, das er trieb«, sagte Derek. »Er sagte kein Wort. Und Sie legten einfach auf.«

Belämmert senkte sie den Kopf. Derek warf Julie einen kurzen Blick zu, und sie begriff, dass er eine Lüge ahnte. »Ich habe dieser Polizistin – Ms Kimball? –, ich habe ihr erzählt, dass ich dabei nie mit ihm geredet hätte. Aber das stimmt nicht ganz. Er hatte hier angerufen, bevor ich bei der Hotline anrief und denen seinen Namen verraten habe. Ich hatte diese blöden Anrufe so satt. Ich habe ihn angebrüllt, was für ein Würstchen er ist, wie kindisch diese Anrufe sind und dass er endlich damit aufhören soll. Natürlich hat ihn das nicht abgehalten. Sogar in der Nacht, in der er gestorben ist, hat er hier angerufen. Ich bin nur ans Telefon gegangen, weil er von einer fremden Nummer aus anrief. Aber er war es.«

Julie beugte sich vor. »Hat er da etwas gesagt?«

»Er hat es versucht, aber er brachte kein klares Wort heraus. Ich habe nicht …« Sie schlug die Hand vor den Mund. »O Gott. Glauben Sie, da stand er schon unter Drogen? Und er brauchte Hilfe? Ich habe danach das Telefon ausgehängt«, gestand sie kläglich.

»Sie dachten, er will Sie wieder mit seinen Anrufen terrorisieren«, sagte Derek nachsichtig. »Danach haben Sie nichts mehr von ihm gehört?«

Ihr Blick sprang zwischen ihnen hin und her, und sie zog bekümmert die Unterlippe zwischen die Zähne. Sie hätte nicht schuldbewusster aussehen können, und Julie begriff, dass diese junge Frau nicht überzeugend lügen konnte, sosehr sie sich auch bemühte. Offenbar hatte ihr Roberta Kimball die falschen Fragen gestellt.

Derek sprach sie leise mit Namen an, als wollte er ein verängstigtes Fohlen beruhigen. »Aber da war noch mehr.«

Sie zögerte kurz und platzte dann heraus: »Gestern war Billy sogar hier. Aber da war ich in der Arbeit.« Sie sprudelte eine Geschichte von einer Nachbarin hervor, die gegenüber wohnte. »Sie hat gesehen, wie er an meine Tür geklopft hat. Sie hat ihm zugerufen, was er von mir wollte. Er hat gesagt, dass er unbedingt mit mir reden muss, es würde um Leben und Tod gehen. Sie hat gesagt, er hätte irgendwie krank ausgesehen. Sie hat geglaubt, er hätte irgendwelche Drogen genommen. Ich dachte, dass sie als alte Frau doch keine Ahnung von solchen Sachen hat, aber jetzt glaube ich, dass sie recht hatte. Jedenfalls hat er ihr Angst eingejagt. Sie ist ins Haus geflohen und hat die Tür verriegelt.«

Tränen standen ihr in den Augen. »Vielleicht ist er hergekommen, weil er mich um Hilfe bitten wollte. O Gott, ich fühle mich so schrecklich. Ich meine, ich konnte den Typen nicht ausstehen, er war ein Verbrecher, aber wenn er im Sterben lag …« Tränen flossen über ihre Lider und rollten ihre Wangen hinunter. »Warum ist er nicht einfach ins Krankenhaus gegangen?«

Derek meinte: »Vielleicht wusste er nicht, dass man ihm eine tödliche Dosis verabreicht hatte.«

»Wenn er ins Krankenhaus gefahren wäre, hätte man ihn verhaftet«, erklärte Julie. »Und das wollte er auf keinen Fall.« Sie streckte die Hand aus und legte sie auf Ariels verkrampfte Finger. »Ich kann mir genau vorstellen, wie Sie sich fühlen. Er war auch in meinem Haus. Und zwar über längere Zeit, glaubt die Polizei. Vielleicht mehrere Stunden. Ich nehme an, dass er eingestiegen ist, um die Beute aus dem Überfall zu verstecken, damit es so aussieht, als hätte ich Paul umbringen lassen. Aber da ging es mit ihm schon dem Ende zu. Das wusste ich natürlich nicht. Ich habe so reagiert wie wohl jeder, wenn er glaubt, dass er angegriffen wird.«

»Ich habe keine Sekunde lang gedacht, dass Sie ihn töten wollten«, sagte Ariel. »Als ich in den Nachrichten gehört habe, was passiert ist, war mir sofort klar, dass es eine andere Erklärung geben muss. Eine Überdosis. Mannomann. Und wer soll sie ihm gegeben haben, haben Sie gesagt?«

»Paul Wheelers Neffe Creighton«, erklärte Derek.

»Der Name kommt mir bekannt vor. War er auch im Fernsehen?«

»Nein.« Julie warf Derek einen kurzen Seitenblick zu. »Er meidet die Öffentlichkeit. Sie kennen seinen Namen vielleicht, weil ihn die Polizei mehrfach vernommen hat.«

Die Augen des Mädchens begannen zu strahlen. »Jetzt erinnere ich mich. Er hatte ein Alibi.«

»Trotzdem glauben Julie und ich, dass Creighton jemanden beauftragt hat, seinen Onkel zu ermorden.«

»Etwa Billy?«

»Ja. Wir glauben, dass die beiden in Omaha eine Übereinkunft getroffen haben. Wahrscheinlich hat Creighton die Witwe getötet, die gegen Billy aussagen wollte, und Billy damit unter Druck gesetzt.«

»Wow.« Ariel setzte das Bild im Geist zusammen. »Und nachdem Billy seinen Zweck erfüllt hatte, wollte dieser Neffe ihn aus dem Weg schaffen?«

»Das nehmen wir an«, bestätigte Julie. »Bedauerlicherweise können wir es nicht beweisen. Darum sind wir zu Ihnen gekommen. Wir haben gehofft, dass Sie uns einen Anhaltspunkt liefern könnten.«

»Und was?«

»Zum Beispiel eine Verbindung zwischen Creighton und Billy«, sagte Derek.

»Tut mir leid, aber da muss ich Sie enttäuschen. Ich kann mich nicht erinnern, dass er von jemandem namens Creighton gesprochen hätte.«

»Was ist mit Billys Freunden in Omaha?«

»Wenn er dort irgendwelche Freunde hatte, habe ich sie nie kennengelernt.«

Derek beugte sich vor. »Ariel, ich will Ihnen keine Angst machen. Aber Creighton hat schon mehr Menschen verletzt. Und das ist weder eine bloße Vermutung noch eine Unterstellung. Die brutalen Verbrechen, die er begangen hat, sind aktenkundig. Wenn er Billy Duke für eine Bedrohung hielt, die er eliminieren musste, dann wird er Sie vielleicht auch als Bedrohung betrachten.«

»Mich?«, quiekte sie. »Ich kenne ihn doch gar nicht.«

»Sie haben eine Verbindung zu Billy. Sie haben Billy identifiziert. Vielleicht befürchtet Creighton, dass Billy Ihnen etwas erzählt hat.«

Sie sah sie mit weit aufgerissenen Augen an.

»Ariel.« Julie beugte sich wieder vor und nahm ihre Hand. »Wie Derek schon gesagt hat, wollen wir Ihnen keine Angst machen. Aber falls sich Creighton, was wenig wahrscheinlich ist, tatsächlich an Sie heranmachen sollte, müssen Sie so schnell wie möglich auf Distanz gehen und die Polizei rufen.«

»Und wenn Sie nicht die Polizei anrufen wollen, dann wenigstens uns.« Derek zog eine Visitenkarte aus der Brusttasche und notierte auf der Rückseite mehrere Telefonnummern, bevor er sie Ariel überreichte. »Das sind meine Nummern, Julies Handynummer und die Nummer meines Privatdetektivs. Er heißt Dodge. Er weiß über Sie Bescheid. Er wird augenblicklich reagieren, wenn Sie sich melden. Und er ist jemand, den man gern auf seiner Seite hat.«

Sie nahm die Karte und hielt sie fest in der Faust. »Ich will hier nicht alleine bleiben. Ich werde Carol fragen, ob sie wieder herkommt.«

»Gute Idee.« Derek lächelte sie aufmunternd an. »Eigentlich bin ich überzeugt, dass Creighton sich schon bei Ihnen gemeldet hätte, falls er tatsächlich Kontakt mit Ihnen aufnehmen wollte.« Er sah Julie an. »War das alles?«

»Passen Sie auf sich auf, Ariel, und bleiben Sie mit uns in Verbindung. Ich würde gern wissen, wie es Ihnen geht.«

Beinahe schüchtern bemerkte Ariel: »Das mit Mr Wheeler war wirklich schrecklich.«

»Ja, das war es. Vielen Dank.«

Alle standen auf und gingen gemeinsam zur Tür. Derek warf einen letzten Blick auf den Tisch. »Hat man Sie versetzt?«

Ariel seufzte. »Es sieht ganz so aus. Er hätte vor über einer Stunde kommen sollen.«

»Wie heißt der Kerl? Ich werde ihn aufspüren und ihm eine Tracht Prügel verabreichen.«

Sie kicherte und errötete geschmeichelt. »Er heißt Tony. Eigentlich heißt er Bruno, aber er nennt sich lieber Tony.«

»Kein Wunder«, bemerkte Derek. »Wie er auch heißt, er muss ein Vollidiot sein, wenn er ein Abendessen mit Ihnen sausen lässt.«

»Danke.« Sie wurde noch röter.

Sie reichten ihr die Hand und gingen dann zu Dereks Wagen. »Sie ist niedlich. Und süß«, sagte er. »Mir tut sie wirklich leid, schließlich wird sie in einen fürchterlichen Mordfall verwickelt, ohne dass sie irgendwas mit der Sache zu tun hätte.«

»Mir auch. Und noch dazu hat ihr Date sie versetzt.«

»So ein Trottel.«

»Schon als sie die Tür aufgemacht hat, war mir klar, dass da irgendwas nicht stimmt. Ich habe den Tisch gesehen und …« Julie blieb abrupt stehen und packte ihn am Arm. »O Gott!«

Sie drehte sich um und rannte zum Haus zurück.

»Julie? Was ist denn?«

»Der Name«, rief sie zurück. »Ich habe ihn eben erst wiedererkannt.«

»Den Namen?«

»Bruno. So nannte sich auch der Mörder in *Der Fremde im Zug.*«

»Mein Gott, du hast recht.«

Julie war zuerst an Ariels Tür und begann sofort wild zu klopfen und ihren Namen zu rufen. Die Augen weit vor Angst, öffnete das Mädchen. »Was ist denn noch?«

»Bruno«, platzte es aus Julie heraus. »Wie heißt er mit Nachnamen?«

»Anthony. Darum nennt er sich auch Tony.«

Julie sah Derek an. »Bruno Anthony.«

»Warum?«, fragte Ariel. »Was ist denn los?«

»Wie sieht er aus, Ariel?«

»Er … er sieht wirklich toll aus. Ich meine, superheiß.«

»Groß? Schlank? Blond? Blaue Augen?«

Sie nickte.

»Gut gekleidet? Sehr weltmännisch?«

»Woher wissen Sie das?«

»Das ist Creighton Wheeler.«

Die junge Frau trat einen Schritt zurück.

»Wann haben Sie ihn kennengelernt?«, fragte Derek.

»Vor ein paar Tagen.«

»Wo? Wie? Hat er Sie angesprochen?«

»Im … im Christy's. In der Bar. Ich … ich habe gemerkt, wie er mich angesehen hat. Dann ist er … er ist rübergekommen, hat mich angesprochen und mich auf einen Drink eingeladen.« Sie erzählte ihnen, dass er mit ihr in ein Café gehen wollte und dann plötzlich verschwunden war. »Der Junge vom

Parkservice hat mir erklärt, dass er mit einer anderen Frau weggegangen ist.«

»Das war ich«, wandte sich Julie an Derek. Dann sah sie wieder Ariel an. »Vielleicht habe ich Ihnen da das Leben gerettet.«

»Wahrscheinlich war er darum so wütend, als er danach bei mir zu Hause auftauchte«, meinte Derek. »Du hast seine Pläne mit Ariel durchkreuzt.«

Sie wimmerte: »Seine Pläne mit mir?«

In einer schützenden Geste legte ihr Derek die Hand auf die Schulter. »Verdammt, ich bin froh, dass wir Sie heute Abend gefunden haben.«

»Ja, Gott sei Dank«, hauchte Julie.

Ariel war bei Weitem nicht so erleichtert. »Warum sollte er mir etwas antun?«

»Irgendwie hat er erfahren, wahrscheinlich von Billy, dass Sie Billy identifiziert haben. Und Sie haben erzählt, dass Billy ein Angeber war. Vielleicht befürchtet Creighton, Billy könnte vor Ihnen damit geprahlt haben, dass er jetzt mit einem reichen Kerl gemeinsame Sache macht und seinen Onkel umgebracht hat, um auf diese Weise Ihr Herz zurückzuerobern.«

»Mein Herz zurückzuerobern?«

»Nachdem er Sie mit der Witwe betrogen hatte.«

Verdattert sah Ariel sie nacheinander an. »Billy hat doch nicht *mich* betrogen. Er war nicht mit *mir* befreundet. Sondern mit Carol.«

27

Carol Mahoney?«

Ihr Gesicht – er konnte nur die Hälfte erkennen – zeigte eine Mischung aus Überraschung und Argwohn. Ihr Blick zuckte an ihm vorbei. »Ja?«

Creighton lächelte. »Dem Himmel sei Dank. Ich hatte wirklich größte Mühe, Sie zu finden.«

Sie hatte die Haustür nur so weit geöffnet, wie es die Türkette erlaubte. Er erkannte sie von den Fotos wieder, die anlässlich von Billys Prozess in Nebraska veröffentlicht worden waren.

»Wer sind Sie?«

»Verzeihung.« Er schenkte ihr ein weiteres strahlendes Lächeln. »Peter Jackson«, sagte er und hoffte gleichzeitig, dass ihr der Name des Regisseurs nichts sagte, obwohl er einen Oscar bekommen hatte. »Ich schreibe für das *Atlanta Journal.*«

Ihr vom Weinen verschwollenes Gesicht verzog sich verärgert. »Ich rede mit keinem Reporter.«

Bevor sie die Tür zudrücken konnte, sagte er: »Ariel hat mir schon erzählt, dass Sie pressescheu sind. Sie hat mich gewarnt, dass Sie mir wahrscheinlich die Tür vor der Nase zuschlagen werden.«

Sie zögerte. »Sie haben mit Ariel gesprochen?«

»Nur am Telefon.« Dass er ihre Freundin und Vertraute erwähnt hatte, hatte sie verunsichert, trotzdem sahen ihn ihre feuchten Augen unentschlossen an. »Hören Sie, ich kann hier warten, während Sie Ihre Freundin anrufen und nachfragen.« Es war ein Bluff, und während sie sich seinen Vorschlag durch den Kopf gehen ließ, dachte er immer nur *Hol mich von der Veranda, bevor jemand vorbeifährt und mich sieht.*

»Ich möchte Ariel heute Abend lieber nicht stören«, sagte sie. »Sie hat einen Bekannten zu Besuch.«

Er lachte. »Ach so. Darum klang sie am Telefon so gehetzt.«

»Sie hat ihn eben erst kennengelernt. Sie ist ganz aus dem Häuschen.«

Bin ich gut, oder bin ich gut? »Dann bin ich umso dankbarer, dass sie sich die Zeit genommen hat, mit mir zu sprechen. Ich fürchte, ich war ziemlich aufdringlich.«

»Ich nehme an, Sie wollen mit mir über Billy Duke sprechen?«

»Billy Duke hat heute Schlagzeilen gemacht. Im Haus seiner Geliebten umgebracht zu werden. Eine unglaubliche Story.«

Ihre Miene verschloss sich. »Nicht, wenn Sie Billy gekannt haben.«

»Das habe ich nicht. Darum wollte ich Ihnen gern ein paar Fragen stellen. Ihre Einschätzung hören.«

»Ich will aber nicht über ihn reden. Ich will das nicht noch mal durchmachen.«

»So wie damals in Omaha?«

»Sie wissen davon?«

Er lächelte traurig. »Ich habe mich schlau gemacht, Carol. Das gehört zu meinem Job.«

»Dann tut es mir leid, Mr …«

»Jackson. Aber nennen Sie mich Peter.«

»Sie scheinen ein netter Mensch zu sein, Peter, und es tut mir leid, dass Sie so weit fahren mussten und sich so viele Umstände gemacht haben, um mich zu finden. Aber ich möchte dazu nichts sagen.« Wieder wollte sie die Tür zudrücken. Natürlich hätte er einfach den Fuß in den Spalt stellen und die Tür mitsamt der mickrigen Sperrkette aufstoßen können, aber das wollte er nicht. Es wäre besser, wenn nichts auf ein gewaltsames Eindringen hindeutete.

Ihre Leiche würde man erst nach Tagen finden, und dann würde es ein ungelöstes Rätsel bleiben, wer sie angegriffen hatte. Bis jetzt war ihr noch gar nicht aufgefallen, dass er ohne Auto gekommen war. Der Wagen parkte weiter unten an der Straße, in einem Dickicht und außer Sichtweite. Die Hütte lag ideal für das, was ihm vorschwebte. Hätte er nach einer Location für eine Szene mit einer Frau in tödlicher Gefahr gesucht, wäre das hier der perfekte Drehort gewesen. Er lag abseits der befahrenen Straßen, hatte keine lesbare Hausnummer, und der nächste Nachbar wohnte eine halbe Meile entfernt.

»Ich kann Ihre Bedenken verstehen«, sagte er schnell, bevor das Schloss einschnappte. »Mein Gott, wer könnte Ihnen das nach der Sache in Omaha verdenken? Aber ich möchte Sie vorwarnen. Einer meiner Kollegen sitzt gerade an einer Titelstory über Billy Duke, die morgen gedruckt wird. Sie kommen auch darin vor. Ich habe den Entwurf gelesen, und mein Kollege beurteilt Sie nicht allzu schmeichelhaft. Seit seine Frau ihn verlassen hat, hat er sich zu einem richtigen Frauenhasser entwickelt.«

Er senkte die Stimme, um sie mitfühlender klingen zu lassen. »Mein Artikel würde Sie und Ihre Beziehung zu Billy aus einem ganz anderen Blickwinkel zeigen. Ich werde Sie nicht als eine von seinen nuttigen…«

»Ihr Kollege bezeichnet mich als nuttig?«

Creighton zuckte hilflos mit den Achseln. »Er ist ein Arschloch. Ich würde das gerne geraderücken. Aber das kann ich nicht, wenn Sie nicht mit mir reden.«

Sie musterte ihn durch den Türspalt von Kopf bis Fuß, und er spürte, wie ihr Widerstand erlahmte. »Ich habe gerade auf der Terrasse gesessen und ein Glas Wein getrunken. Möchten Sie nach hinten kommen?«

Er grinste, drehte sich um und ging zur Hausecke vor. Wenn sie nicht im letzten Moment ihre Meinung änderte und Ariel anrief, um sich nach ihm zu erkundigen, hatte er so gut wie gewonnen.

Die Situation war auf köstliche Weise ironisch. Carol Mahoney war den Attacken des mutmaßlichen Mörders Billy Duke entkommen, nur um wenig später von einem Unbekannten umgebracht zu werden, und zwar ohne offenkundiges Motiv.

Er konnte sich schon ausmalen, wie einer der hiesigen Bullen Mutmaßungen anstellte, dass einer ihrer Gäste sie umgebracht hatte. Ein Kerl aus der Sportbar, wo sie arbeitete und ihre ansehnlichen Brüste allabendlich in ein zwei Nummern zu kleines T-Shirt quetschte, wo sie Tabletts mit Chicken Wings und Bier über dem Kopf trug und dadurch einer Horde lüsterner Halbaffen freien Blick auf ihren Vorbau gönnte.

Bestimmt neckte und provozierte sie die Männer, um mehr Trinkgeld zu bekommen.

Man würde zu dem Schluss kommen, dass einer sich nicht länger provozieren lassen wollte.

Wer je einen Horrorfilm gesehen hatte, wusste, dass die Filmschlampe sterben muss. Die Sterberate der leichtlebigen Mädchen überstieg die ihrer tugendhaften Geschlechtsgenossinnen bei Weitem. Jamie Lee Curtis' freizügige Freundin in *Halloween.* Diane Keaton in *Auf der Suche nach Mr Goodbar.* Die Liste ließ sich endlos fortsetzen.

Er hatte mit dem Gedanken gespielt, die ganze Sache einfach zu vergessen. Wirklich. Er hatte ernsthaft daran gedacht, den Fall auf sich beruhen und Carol Mahoney am Leben zu lassen.

Aber das zog Probleme nach sich. Zum einen war es, genau wie er Billy erklärt hatte, ein loser Faden, den er sich nicht leisten konnte. Nachdem Billy schon so dämlich gewesen war, von seinem Handy aus immer wieder in dem Haus anzurufen, in dem Carol mit Ariel gewohnt hatte, war nicht abzusehen, was für Dummheiten er noch begangen hatte. Creighton hatte Ariel unmöglich fragen können, ob sie irgendwann nachgegeben und Billy erklärt hatte, wie er seine Exfreundin erreichen konnte. Aber Creighton musste davon ausgehen, dass sie es getan hatte. Er wusste nicht, ob Billy seiner Exfreundin nicht seit Tagen das Herz ausgeschüttet hatte. Vielleicht sogar seit Wochen. Wenigstens hatte er das Problem mit dem Handy gelöst. Das lag inzwischen am Grund des Stone Mountain Lake, es sei denn, ein Wels hatte es verschluckt.

Zweitens hatte er Billy versprochen, dass er es tun würde, und auch wenn Billy inzwischen tot war, waren sie Partner gewesen, darum war es für Creighton Ehrensache, Wort zu halten.

Drittens wollte er es tun.

Er hatte schon früher Menschen gequält und dabei unglaubliche Lust empfunden, aber den letzten, unübertrefflichen Kick hatte es ihm gegeben, diese aufgeblasene Witwe zu würgen, bis das Leben aus ihrem Körper gewichen war. Das war ein unglaublich geiles Gefühl gewesen. Nein, das stimmte nicht. Es war weit besser als jede Geilheit. Kein Essen, kein Getränk, keine Droge, kein Kleidungsstück, kein Auto und kein Sex, nichts konnte ihm ein ähnliches Lustgefühl bereiten. Diese Art von transzendentaler Seligkeit verspürte man nur, wenn man einer anderen Person das Leben nahm, wenn man zum Gott über ihr Dasein, zum Diktator über ihr Schicksal wurde.

Seit die Witwe damals unter seinen Händen erschlafft war, hatte er sich unausgesetzt nach diesem unvergleichlichen Kitzel gesehnt. Onkel Paul zählte nicht. Billy eigentlich auch nicht. Er hatte sie beide nicht sterben sehen. Um diese ganz besondere Befriedigung zu erleben, musste man schon selbst Hand anlegen.

Außerdem hatte Carol Billy betrogen, als sie gegen ihn ausgesagt hatte, und damit durfte sie auf keinen Fall durchkommen.

Ariel würde nur weiterleben, weil jemand im Christy's sich erinnern könnte, sie mit ihm zusammen gesehen zu haben. Zweifellos wäre das arme Mädchen am Boden zerstört, wenn sie vom Tod ihrer Mitbewohnerin erfuhr. Es war unübersehbar, wie treu sie Carol ergeben war. Sie hatte einiges auf sich genommen, um ihre Freundin aus Omaha wegzuschaffen. Dann hatte sie Billys Belästigungen erduldet, um zu verhindern, dass Carol noch länger mit ihm zu tun hatte.

Natürlich würde sie den Mord an Carol nicht mit Creighton in Verbindung bringen. Selbst wenn sie irgendwann entdecken sollte, dass der Schuft, der sie zweimal versetzt hatte, nicht Bruno Anthony hieß, sondern niemand anderes war als Creighton Wheeler, gab es dafür eine simple Erklärung: Er verwendete beim ersten Date mit einer Frau oft einen falschen Namen, weil er nicht mit Wheeler Enterprises in Verbindung gebracht werden wollte. Sobald die Frauen erfuhren, wie er wirklich hieß, ließen sie nicht mehr locker; sie verwandelten sich in Blutegel, die nur noch auf sein Familienvermögen aus waren. Darum verriet er den Frauen normalerweise seinen wahren Namen erst, wenn er sie besser kannte.

Falls diese Entdeckung Ariel so beunruhigte, dass sie sich damit an die Polizei wandte, konnte er wahrheitsgemäß erklären, dass er sie beide Male rein zufällig getroffen hatte. Nach ihren Apple Martinis war sie so beschwipst gewesen, dass sie möglicherweise etwas von einer früheren Bekanntschaft mit einem Kriminellen gelallt hatte, aber – *mein Gott!* – wer hätte je gedacht, dass sie damit Billy Duke meinte, der kaltblütig seinen Onkel Paul umgebracht hatte? Wie unwahrscheinlich war das denn?

Die Detectives würden denken, dass das tatsächlich äußerst unwahrscheinlich war, sie würden ihm nichts nachweisen können. Er und Ariel hatten sich rein zufällig zweimal in derselben Bar getroffen. Er hatte sie nie angerufen und sie ihn ebenso wenig. Ja, er hatte sich mit ihr verabredet, aber sich danach anders entschieden. Zugegeben, es war nicht die feine Art gewesen, sie zu versetzen. Aber eine Verabredung nicht einzuhalten oder sogar ein Herz zu brechen war kein Verbrechen.

Und jetzt, nachdem er erfahren hatte, dass sie tatsächlich, wenn auch nur am Rande, mit dem grausamen Mord an seinem Onkel Paul zu tun hatte, also… Gott sei Dank hatte er seinem Instinkt vertraut und das Abendessen platzen lassen.

All das ging ihm durch den Kopf, während er um das Haus herumging. Carol erwartete ihn auf der mit einem Fliegengitter geschützten Veranda und schenkte gerade uringelben Wein in ein ordinäres Wasserglas.

Er bemerkte, dass das Gras in der Nähe der Fundamente ausdünnte und dass das nackte Erdreich darunter feucht war. Es schien darum zu betteln, dass sich ein Schuh im Schlamm abdrückte. Aber natürlich hatte er sich darauf vorbereitet. Er trug die Schuhe, die er gekauft hatte, bevor er nach Nebraska gefahren war. Sie waren hässlich wie die Nacht und eine Beleidigung für die Sachen, die er ansonsten angezogen hatte, aber falls tatsächlich ein Schuhabdruck gefunden werden sollte, würde man ihn einem Schuh von WalMart zuordnen, wo Hunderttausende in der Region Schuhe kauften. Und natürlich hatte Creighton bar bezahlt.

Notiz an sich selbst: Schuhe später entsorgen. Er würde den hässlichen Tretern keine Träne nachweinen.

Er blieb am Rand des Rasens stehen und nickte zu ihrem Weinglas hin. »Wie viele von denen hatten Sie denn heute schon?«

»Längst nicht genug.«

»Oder schon zu viele. Sie sind heute Abend nicht arbeiten gegangen. Ich war in der Bar, in der Sie laut Ariel sein sollten.« Genauer gesagt hatte er einen Jogginganzug über seine Sachen gestreift und so getan, als wäre er ein Jogger, der einen Krampf aus seiner Wade zu massieren versucht, während er eine halbe Stunde die Bar observiert hatte. Als er sie nicht entdeckt hatte, hatte er im Haus ihrer Freundin nach ihr gesucht, das er nur mit einiger Detektivarbeit ausfindig machen konnte.

Zum Glück hatte Ariel ihm dabei geholfen.

Ich war noch nie da, aber sie hat mir erzählt, dass es am Ende von einer ungeteerten Straße liegt. Ein echt cooles Haus. Irgendwie alt, aber charmant, verstehst du? Mit einer gigantischen Glyzinie, die die ganze Südseite überwuchert. Ich glaube, früher hat die Großmutter von dem Mädchen da gewohnt oder so.

Vielen Dank, Ariel.

Carol bestätigte ihm, was er sich bereits erschlossen hatte. »Ich habe mich heute krankgemeldet.«

»Wer könnte Ihnen das verdenken?«

»Ariel zum Beispiel. Ich habe zu ihr gesagt, mir ist heute Abend wirklich nicht danach, Tabletts zu schleppen. Sie hat mich gedrängt, trotzdem arbeiten zu gehen. Sie hätte Billy endlich aus ihrem Gedächtnis gestrichen, und ich sollte das auch tun, hat sie gesagt. Sie ist da wohl widerstandsfähiger als ich, schätze ich. Jedenfalls war sie der Meinung, ich sollte wie jeden Tag zur Arbeit gehen. Aber das konnte ich einfach nicht.«

Er sah sich um und nahm die Szenerie in sich auf. Wählte den geeigneten Fleck aus. Er deutete auf die Baumgrenze, zu der es vielleicht dreißig Schritte waren. »Hört das Grundstück da drüben auf?«

»Ich weiß nicht genau, wo es aufhört. Ich weiß nur, dass es dahinten einen Bach gibt und einen alten Indianerfriedhof.«

»Gehen wir dorthin.«

»Gehen? Es ist stockfinster.«

»Das macht es ja so romantisch. Der Mond geht gerade auf.« Er reichte ihr mit einem auffordernden Lächeln die Hand. »Ich finde, Sie sollten ein bisschen aus dem Haus kommen. Sie haben sich den ganzen Tag darin vergraben, nicht wahr? Um sich über Ihre widersprüchlichen Gefühle für Billy klar zu werden? Sie haben ihn gehasst, aber früher waren Sie mit ihm befreundet, darum tut es Ihnen trotz allem leid, wie er gestorben ist.«

Sie ließ den Kopf sinken. »Das trifft es ziemlich genau.«

»Ich habe Ihnen sofort angesehen, dass Sie geweint haben. Falls es Sie irgendwie tröstet, dieser Kerl ist keine Träne wert, wenn das stimmt, was ich über ihn gehört habe. Ausgerechnet Sie sollten schon gar nicht um ihn weinen. Kommen Sie. Sie brauchen etwas frische Luft.«

Und schon gehörte sie ihm.

Sie hakte die Tür mit dem Fliegengitter los und drückte sie auf. Sie trug Shorts und ein T-Shirt. Ihre Füße waren nackt. Die Zehennägel hatte sie in einem dunklen Magenta lackiert. Er schenkte ihren Beinen einen wohlgefälligen Blick. »Ariel hat prophezeit, dass ich sie erkennen würde, sobald ich die

Bar betrete. Sie meinte, dass Sie jedem ins Auge stechen. Ich dachte, sie übertreibt. Aber das hat sie nicht.«

Sie winkte verlegen ab. »Danke.«

In diesem Moment begann irgendwo im Haus Gloria Gaynors *I Will Survive* zu spielen. Carol blieb stehen und drehte sich um. »Das ist mein Handy.«

Fuck!

Kaum hatte er das gedacht, da begann schon das nächste Telefon zu läuten. »Und das ist der Festnetzanschluss. Da will mich jemand sprechen.«

»Dieser Dreckskerl!«, schimpfte Creighton.

Verdattert sah Carol ihn an. »Wer denn?«

»Mein Kollege. Dieser Mistkerl hat die gleichen Informationsquellen wie ich. Ehrlich gesagt hat es mich überrascht, dass ich Sie vor ihm aufgespürt habe.«

»Warum sollte er mich aufspüren wollen, wenn er seine Story schon geschrieben hat?«

»So arbeitet er immer. Er schreibt die Story so, wie er sie haben will, ganz gleich, ob sie stimmt oder nicht. Danach gibt er dem Betroffenen Gelegenheit, dazu Stellung zu nehmen. Natürlich glaubt die Öffentlichkeit nur das, was zuerst gedruckt wurde.« Der Zorn strahlte in Wellen von ihm ab. »Möchten Sie mit ihm telefonieren?«

Sie zögerte, schüttelte dann entschlossen den Kopf und marschierte energisch auf die Bäume zu. »Nein. Das klingt, als wäre er ein Arschloch.«

Creighton griff nach ihrer Hand, und sie ließ sich von ihm führen.

Mit der anderen Hand löste er seine Krawatte.

»Detective Kimball?«

»Ms Rutledge?« Roberta Kimball klang überrascht, angespannt, kurz angebunden. »Wo sind Sie?«

Julie saß auf dem Beifahrersitz. Ariel saß hinten, schluchzte, betete und tippte unentwegt Nummern in ihr Handy. Derek fuhr wie der Teufel.

»Bitte hören Sie mir zu, Detective«, beschwor Julie sie. »Eine junge Frau ist in Gefahr.«

»Wir haben einen Haftbefehl gegen Sie, Ms Rutledge.«

»Derek und ich haben Ariel Williams.«

»Ariel …«

»Wir sind auf dem Weg nach Athens zu ihrer Mitbewohnerin.«

»Carol Mahoney«, ergänzte die Polizistin.

»Creighton Wheeler wird sie umbringen, wenn wir ihn nicht aufhalten.«

Es blieb kurz still, dann hörte sie Kimball sagen: »Fahr mal rechts ran«, womit wohl Sanford gemeint war. »Was reden Sie da, Ms Rutledge? Was hat Creighton Wheeler mit der Mitbewohnerin von Ariel Williams zu tun? Wie haben Sie das Mädchen ausfindig gemacht, und was …«

»Das kann alles warten.« Derek hatte über Lautsprecher mitgehört. »Das Leben der jungen Frau steht auf dem Spiel. Rufen Sie das PD in Athens an und das Sheriffbüro in Clarke County. Wir brauchen sofort jemanden in … Ariel, wo arbeitet sie?«

Sie hickste: »Dem … dem … Red …«

»Red Dog?«, ergänzte er.

»Red Dog«, bestätigte sie.

»Im Red Dog«, sagte er so laut, dass Roberta Kimball es hörte. »Das ist eine Sportbar. Jeder Polizist in der Gegend wird sie kennen. Sie sollen einen Streifenwagen hinschicken.

Sie braucht Polizeischutz. Die Polizisten sollen sie nicht aus den Augen lassen.«

»Was reden Sie da, verflucht noch mal?« Sanfords Stimme hallte wie vom Grund eines Brunnens aus dem Lautsprecher. Auch er hörte über Lautsprecher mit. »Ich kann nach Ihrem Wagen fahnden lassen, Mr Mitchell.«

Die Drohung ließ Derek völlig kalt. »Das können Sie. Aber das wird Sie unnötig Zeit kosten, und falls dieses Mädchen heute Abend stirbt, werden Sie sich deswegen bis an Ihr Lebensende Vorwürfe machen.«

»Warum sollte Wheeler Carol Mahoney töten wollen?«, fragte Kimball.

»Weil die winzige Möglichkeit besteht, dass sie etwas von seiner Verbindung zu dem verstorbenen Billy Duke weiß«, erklärte Julie. Sie drehte sich zu Ariel um. »Haben wir Glück?«

»Ich habe ein Dutzend Mal auf ihrem Handy angerufen. Keine Antwort. Aber sie geht nur selten ans Telefon, wenn sie arbeitet. Sie ruft dann immer zurück, wenn sie Pause hat. Oder sie schreibt mir eine SMS.«

»Haben Sie ihr eine geschickt?«

»Acht. Sie reagiert nicht. Natürlich könnte auch der Akku leer sein, obwohl wir beide in der Beziehung ziemlich gewissenhaft sind.«

»Haben Sie die Telefonnummer von dem Haus, in dem sie wohnt?«

Ariel begann sie einzutippen.

Während dieser Unterhaltung hatten Kimball und Sanford abwechselnd Fragen gebrüllt und Befehle erteilt, die Derek und Julie allesamt ignoriert hatten.

Jetzt brüllte Derek zurück: »Schicken Sie jetzt jemanden in diese Bar oder nicht?«

»Nein«, widersprach Kimball. »Nicht bevor wir wissen, wieso wir das tun sollten.«

»Das haben wir Ihnen doch erklärt«, sagte Julie.

»Sie sind gegenüber Creighton Wheeler voreingenommen, Ms Rutledge«, merkte Sanford an.

Julie sah Derek an. »Ich kann ihnen von dem Film erzählen.«

»Film? Haben Sie gerade Film gesagt?«, tönte Kimball aus dem Lautsprecher. »Was für ein Film?«

»Das wäre nur Zeitverschwendung«, sagte Derek so leise, dass nur Julie ihn hören konnte. »Und es würde nichts bringen. Nicht solange sie sich dermaßen sperren.« Dann fuhr er lauter fort: »Würden Sie wenigstens feststellen, ob Sie Creighton Wheeler ausfindig machen können?«

»Wozu?«

»Um ihn zu fragen, wo er die Leiche versteckt hat.«

»Was für eine Leiche?«

»Die Leiche des Mädchens, das er umgebracht hat, während Sie uns Steine in den Weg gelegt haben.« Dann sagte er, wieder zu Julie gewandt: »Leg auf.« Sie drückte das Gespräch weg. »Jetzt haben sie was zu kauen und können überlegen, was sie unternehmen wollen.«

»Daheim geht sie auch nicht ans Telefon«, sagte Ariel vom Rücksitz aus. »Ich habe fünfmal dort angerufen. Immer bin ich auf dem Anrufbeantworter gelandet. Haben Sie das mit ihrer Leiche ernst gemeint?«, fragte sie mit zittriger Stimme.

»Nein, Ariel, damit wollten wir die Detectives nur erschrecken, damit sie endlich etwas unternehmen.« Aber er sah kurz zu Julie, die genau wusste, dass er ebenso um Carol Mahoneys Leben fürchtete wie sie.

Dereks Handy läutete. »Dodge«, sagte er zu Julie.

Noch während sie von Ariels Haus zu Dereks Wagen gerannt waren, hatte er Dodge angerufen und ihm befohlen, alles stehen und liegen zu lassen, um sofort nach Athens zu fahren.

Derek antwortete beim zweiten Läuten. »Wo bist du?«

»Noch knapp zwanzig Minuten entfernt.«

»Wie bist du so schnell dorthin gekommen?«

»Ich habe auf alle Verkehrsregeln gepfiffen. Hab das Gaspedal durchgetreten und in Lawrenceville alle roten Ampeln ignoriert. Wo soll ich hin, wenn ich dort bin?«

»Ins Red Dog. Das ist eine Bar …«

»Kenne ich. Hab da schon mal ein Spiel angeschaut.«

»Frag nach Carol Mahoney. Carol Mahoney. Sie arbeitet dort als Bedienung. Moment mal.« Er sah über den Rückspiegel Ariel an und bat sie, ihre Mitbewohnerin so laut zu beschreiben, dass Dodge es hören konnte.

»Klein. Dunkles Haar. Braune Augen. Großer Busen.«

»Hast du das?«

»Großer Busen.«

»Sie wird Angst vor dir haben, also sei nett zu ihr.«

»Ich bin immer nett.«

»Sag ihr, du handelst in Ariels Auftrag. Bring sie in Sicherheit, wenn du kannst, und lass sie nicht aus den Augen. Wenn sie mit Ariel reden will, dann ruf mich an.«

»Und warum tue ich das alles?«

»Wir glauben, dass Creighton Wheeler versuchen könnte, sie umzubringen. Aber das brauchst du ihr nicht auf die Nase zu binden.«

»Wo seid ihr?«

»Hinter dir, aber schon jenseits der roten Ampeln in Lawrenceville.«

»Ich rufe zurück«, sagte Dodge und legte auf.

Julie hatte eine Entscheidung gefällt. »Ich werde die Polizei in Athens selbst anrufen.«

»Und dich stellen?«, fragte Derek.

»Ich werde Ariel mit ihnen reden lassen. Sie kann ihnen erklären, dass sie sich Sorgen um ihre Freundin macht, weil sie nichts von ihr gehört hat, und dann darum bitten, dass sie einen Streifenwagen losschicken und jemand nachsieht, ob alles okay ist.«

»Sie werden ihr entgegenhalten, dass sich die beiden erst vor ein paar Stunden unterhalten haben.«

»Trotzdem müssen sie jemanden hinschicken, oder?«

»Ein Versuch kann nicht schaden«, sagte er, aber er klang wenig hoffnungsvoll.

Julie ließ sich von der Auskunft die Nummer des Police Departments in Athens geben.

»Weißt du«, sagte Derek, als sie die Nummer eingab, »du bist seit Stunden fast ununterbrochen am Telefon. Das Atlanta PD könnte uns über dein Handy orten.«

»Dieses Risiko müssen wir eingehen.« Sie reichte ihr Handy an Ariel weiter und ermahnte sie: »Sagen Sie, dass Carol eine Exfreundin von Billy Duke ist. Der Name wird ihnen bestimmt etwas sagen.«

Ariel war den Tränen nahe und so eingeschüchtert, dass sie fast hysterisch klang. Julie wusste nicht recht, ob das ein Vorteil war oder nicht. Nach fünf Minuten legte sie wieder auf. »Sie haben gesagt, die ganze Stadt steht Kopf, weil sich alle Studentenverbindungen auf die Partys zum Semesteranfang vorbereiten. Aber sie haben auch gesagt, sobald sie jemanden erübrigen können, schicken sie einen Streifenwagen zu der Bar und erkundigen sich nach Carol.«

Julie sah Derek an. »Was können wir sonst noch tun?«

»Nichts. Nur abwarten, bis sich alle bei uns melden.«

»Wie weit ist es noch?«

Er drückte das Gaspedal durch.

Detective Kimball klappte das Handy zu, um das Gespräch zu beenden. »Sharon Wheeler sagt, Creighton hätte mit ihnen zu Mittag gegessen und sei dann weggefahren, weil er eine Verabredung hätte. Sie wusste nicht, mit wem. Weder sie noch sein Vater haben seither mit ihm gesprochen. Sie wollte wissen, wieso wir anrufen und ob sie irgendwie helfen könnte. Du hast gehört, was ich geantwortet habe.«

»*Wir überprüfen nur ein paar offene Punkte*. Dein Eindruck?«

»Der Anruf hat sie nervös gemacht«, sagte Kimball. »Sie haben heute von dem geänderten Testament erfahren. Sie fing an zu weinen und meinte, sie hätten Angst, Creighton von ›Pauls Verrat‹ zu erzählen. Das ist ein Zitat.«

»Creighton weiß noch nichts?«

Kimball zuckte mit den Achseln und griff nach dem Mikrophon des Funkgerätes. »Wir sollten jemanden bei ihm vorbeischicken, um festzustellen, ob er zu Hause ist und ob sein Auto auf dem Parkplatz steht.« Sie sprach mit der Zentrale und bat darum, so bald wie möglich zurückgerufen zu werden.

Als sie fertig war, sagte Sanford: »Dieses Gerede von einem Film. Julie Rutledge hat ihn erwähnt. Und Mitchell hat sich gleich eingemischt.«

»Ja, worum ging es da?«

Sanford beugte und streckte den rechten Arm, als wollte er sich aufwärmen, bevor er zum Weitwurf antrat. »Erinnerst du dich, wie wir uns das erste Mal mit Creighton unterhalten haben?«

»Das Hausmädchen hat uns süßen Tee und selbst gebackene Makronen serviert.«

»Daran erinnerst du dich?«

»Ich musste die Kalorien am nächsten Tag wieder rausschwitzen. Woran erinnerst du dich denn?«

»Ich fragte ihn, was für einen Job er bei Wheeler Enterprises hätte. Und er sagte: ›Ich bin der König der Welt!‹«

»Daran erinnere ich mich auch. Er rief den Satz und breitete dabei die Arme aus.«

»M-hm. Genau wie Leonardo DiCaprio in *Titanic.* Meine Kinder haben den Film mindestens ein Dutzend Mal gesehen. Sie lieben ihn. Ich ziehe sie damit auf, dass ich schon weiß, wie er ausgehen wird. Das Schiff sinkt.«

»Ich dachte, er wollte sich nur vor uns aufspielen«, gestand Kimball. »Uns zwei unterbezahlten Bullen unter die Nase reiben, dass er im Familienunternehmen keinen Finger krumm zu machen braucht.«

»Das dachte ich anfangs auch. Auch wenn es irgendwie bizarr ausgedrückt war. Mit einem Filmzitat.«

»Was hat das also zu bedeuten?«

»Ach Mist, wenn ich das wüsste.«

Die Zentrale unterbrach sie und verband sie mit dem Streifenwagen, der zu Creighton Wheelers Wohnsitz gefahren war. Der Streifenpolizist sagte: »Der Porsche steht auf seinem Platz.«

»Aha«, sagte Kimball seltsam enttäuscht.

»Sein Land Rover auch.«

»Er hat auch einen Land Rover?«

»Und einen Kombi. Der Stellplatz dafür ist leer. Eine Nachbarin aus dem Gebäude war gerade in der Garage, als ich dort ankam. Sie meinte, Wheeler hätte noch einen blau-braunen Wagen. Modell oder Marke konnte sie nicht nennen, weil für sie diese Autos alle gleich aussehen. Der Wagen ist jedenfalls weg, und er hat mir nicht aufgemacht.«

Kimball dankte ihm und bat ihn, dort zu bleiben und sich zu melden, falls Wheeler heimkam. Sie sah Sanford an und sagte: »Derek Mitchell ist doch eigentlich ein kluger Kopf, oder?«

»Verflucht klug. Darum hassen wir ihn so. Außerdem sichert er sich grundsätzlich ab.«

»Er würde also keine wilden Verdächtigungen ausstoßen, nur weil er jemanden nicht ausstehen kann.«

»Das wäre schlecht fürs Geschäft.«

»Er würde sich nicht so weit aus dem Fenster lehnen, es sei denn …«

»Er ist überzeugt, dass er recht hat«, beendete Sanford ihren Gedanken. »Aber vielleicht würde er sich für *sie* so weit aus dem Fenster lehnen.«

»Mit *sie* meinst du Julie Rutledge?«

»Ich habe da ein paar Schwingungen aufgefangen. Hast du nicht auch ein paar Schwingungen aufgefangen?«

Kimball verdrehte die Augen. »Wenn du mit Schwingungen so was wie Verschiebungen in der Erdkruste meinst, dann ja. Einer der Kollegen, die wegen der Sache mit dem Hund bei ihm waren, hat mir gemailt.«

»Ja?«

»Er hat mich gefragt, ob ich wüsste, dass Julie Rutledge an dem Abend noch in Mitchells Haus gewesen war, um ihm beizustehen. Er wusste nicht, ob das wichtig ist, aber …«

»Das hast du mir nicht erzählt.«

»Heute ist so viel passiert, dass es mir erst jetzt wieder eingefallen ist.«

Sanford knabberte an seiner Lippe. »Okay, sagen wir, die beiden haben etwas laufen.«

»Das können wir wohl sagen.«

»Trotzdem …«

»Sichert sich Derek Mitchell grundsätzlich ab.«

»Genau das denke ich auch. Wenn er behauptet, dass Creighton Wheeler eine Gefahr für jemanden darstellt …«

»Ich sehe das genauso.« Kimball griff wieder nach dem Mikrophon und bat die Polizistin in der Zentrale, im Police Department von Athens anzurufen. »Was soll's«, sagte sie zu Sanford, während sie wartete. »Es wäre nicht das erste Mal, dass ich mich zum Affen mache. Oder du dich.«

Wortlos klatschte Sanford das Einsatzlicht auf das Wagendach, trat aufs Gaspedal und raste los in Richtung Athens.

28

Dereks Handy läutete. Er klappte es auf und schaltete auf Lautsprecher. Dodge sagte: »Sie ist nicht da.«

»*Was?*«

»Hast du was an den Ohren?«

»Ist sie mit jemandem weggegangen?«

Auf dem Rücksitz geriet Ariel in Panik. »Er hat sie entführt. Ich weiß es einfach.«

»Sie ist heute nicht zur Arbeit erschienen«, sagte Dodge. »Eine ihrer Kolleginnen hat gesagt, dass sie sich krankgemeldet hat, und sie war verflucht sauer, weil sie so schnell keinen Ersatz gefunden haben und es heute drunter und drüber geht. Der Laden ist rammelvoll. Ich glaube, ganz Athens ist heute dort bis auf Carol Mahoney.«

»Dann musst du zu ihr nach Hause fahren. Ariel.« Derek sah nach hinten. Sie hatte die Arme um den Bauch geschlungen und wippte vor und zurück. »Ariel«, wiederholte er scharf.

Sie hob den Kopf und sah ihn über den Rückspiegel an.

»Wo wohnt Carol zurzeit?«

»Bei diesem Mädchen.«

Derek musste all seine Kraft aufbieten, um nicht die Geduld zu verlieren. »Ich weiß, aber wo ist das?«

Sie sah Julie an und bekannte jämmerlich: »Ich weiß es nicht. Ich war nie dort, und Carol hat mir nie die Adresse gesagt.«

Aus dem Lautsprecher des Handys konnte man hören, wie aus Dodge eine Flut finsterer Flüche herausbrach.

Julie sah sie beschwörend an. »Ariel, können Sie sich an irgendwas erinnern? Einen Straßennamen? Das Stadtviertel? Ist es in der Nähe der Universität?«

»Nein. Es liegt weitab. Wenigstens hat es sich für mich so angehört. Sie sagte, gleich hinter dem Haus beginnt der Wald. Die eine Wand von dem Haus ist völlig überwuchert.«

»Damit bleibt nur noch die Hälfte aller Häuser in Georgia übrig«, bemerkte Dodge.

Als Ariel die Bemerkung hörte, begann sie zu weinen.

Als Dodge sie hörte, fluchte er laut. Nach einer kurzen Pause sagte er: »Ich habe eine Idee. Ich rufe gleich wieder an.«

Dodge drängte wieder in die überfüllte Bar und schob sich durch die Menge, bis er die Kellnerin fand, mit der er vorhin gesprochen hatte. »Wo wohnt Carol zurzeit?«

»In Savannahs Haus.«

»Und wissen Sie, wo das ist?«

Nein, antwortete sie. Er konnte sie nicht hören, aber er las es von ihren Lippen ab.

»Wo ist der Manager?«

»Was?«

Er presste die Lippen gegen ihr mehrfach gepierctes Ohr. »Ich will mit dem Manager sprechen.«

Genervt, weil sie sich mit ihm herumschlagen musste, statt Trinkgelder zu kassieren, stellte sie sich auf die Zehenspitzen, suchte mit Blicken den Raum ab und zielte dann mit dem Zeigefinger in Richtung Bar. »Der da, der die Kappe verkehrtrum aufgesetzt hat. Mit dem Bulldogs-Shirt.«

Dodge nickte ihr zum Dank zu und schob zwei Kerle beiseite, die beide auf dieselbe Studentin einredeten. Als er die

Bar erreicht hatte, beugte er sich über die Theke und winkte den etwa Dreißigjährigen zu sich, auf den die Kellnerin gezeigt hatte. »Sind Sie hier der Manager?«, brüllte er.

»Ja. Was gibt's?«

»Ein paar Typen. Die räumen gerade Ihr Lager aus.«

»Sie klauen?«

»Ich dachte, das würde Sie interessieren.«

»*Scheiße!*«

Er schob einem Gast ein Bier zu, brüllte einem anderen Barkeeper zu, für ihn einzuspringen, und rannte ans Ende der Bar, wo er hinter einer Schwingtür verschwand. Dodge folgte ihm. Er entdeckte ihn im Lagerraum, die Hände in die Hüften gestemmt und mit fassungslosem Blick.

»Bei Ihnen arbeitet ein Mädchen namens Savannah. Ich muss wissen, wo sie wohnt.«

»Was soll der Scheiß? Sind Sie *verrückt?* Wer sind Sie überhaupt?«

Dodge trat vor ihn hin, packte seine rechte Hand und bog den Daumen fast bis zum Handgelenk zurück. »Ich bin der Kerl, der dir den Daumen bricht, wenn du mir nicht verrätst, wo Savannah wohnt. Ich zähle bis zwei. Und jetzt bin ich bei anderthalb.«

»Ich hätte Schuhe anziehen sollen«, sagte Carol. »Ich hab Angst, dass ich in irgendwas Ekliges trete.«

»Möchten Sie sich lieber hinsetzen? Da drüben liegt ein umgestürzter Baum.«

»Da sind bestimmt Käfer drauf. Oder sogar eine Schlange.«

O Gott, eine Jammerziege, dachte Creighton. Er wusste beim besten Willen nicht, was Billy an ihr gefunden hatte. Abgesehen von dem, was auf den ersten Blick ins Auge sprang. Den Brüsten.

»Gehen wir zurück«, sagte sie. »Es ist so dunkel, außerdem finde ich es unheimlich hier. Mit dem Friedhof und so.«

»Sie haben mir noch nichts über sich und Billy erzählt.«

»Das erzähle ich Ihnen bei einem Glas Wein.«

»Erzählen Sie es jetzt.«

Sie blieb stehen und sah ihn an, und im Mondschein entdeckte er einen ersten Anflug von Unsicherheit in ihrem Gesicht. Sie versuchte ihn unter einem halbherzigen Lächeln zu verbergen. »Auf der Veranda ist es doch viel gemütlicher. Ich habe auch noch etwas guten Käse.«

Er zwang sich, ihr Lächeln zu erwidern. »Das ist mal ein Wort. Sie gehen voran.«

Ihr Lächeln wurde breiter. Dann drehte sie sich um und begann zum Haus zurückzugehen.

Hinter ihr hob er verstohlen die Hand und zog die Krawatte aus dem Kragen. »Carol?«

»Hmm?«

»›Nur falls ich es später vergesse – der Abend hat mir wirklich Spaß gemacht.‹«

»Okay. Das Haus steht an der Dabney Road, abseits der 441 im Süden«, meldete Dodge aus dem Lautsprecher von Dereks Handy. »Weißt du, wo das ist?«

»Ich kenne den Highway. Liegt das innerhalb oder außerhalb des Rings?«

»Außerhalb, aber nicht allzu weit. Ich hab's auf GPS.«

Nachdem Derek fahren musste, notierte Julie die Wegbeschreibung, die Dodge durchgab. »Warte nicht auf uns«, sagte Derek. »Wir sind jetzt auf dem Ring und nur zwei Minuten von der Abfahrt entfernt.«

»Bin schon unterwegs.«

Derek drückte das Gespräch weg. »Ariel, rufen Sie noch

einmal im Haus an.« Sie wählte kommentarlos. Ein kurzer Blick auf Julie verriet ihm, dass es ihr genauso davor graute wie ihm, was sie bei ihrer Ankunft vorfinden würden.

Julie schreckte zusammen, als das Handy in ihrer Hand zu läuten begann. Sie klappte es auf. »Ja?«

»Julie?«

Julie, nicht mehr Ms Rutledge. Das war ein Fortschritt gegenüber ihrer letzten Unterhaltung mit Roberta Kimball. »Ja?«

»Detective Sanford und ich haben uns mit der Polizei von Athens in Verbindung gesetzt. Der Manager des Red Dog hat einem Streifenpolizisten gegenüber erklärt, ein Mann hätte ihn gezwungen, ihm den Aufenthaltsort von Carol Mahoney zu verraten.«

»Das war Dodge«, sagte Derek so laut, dass man ihn hören konnte. »Wir wussten nicht, wo Carol Mahoney wohnt, und wir mussten es so schnell wie möglich erfahren. Wahrscheinlich hat Dodge nicht allzu freundlich um die Auskunft gebeten.«

Sanford fragte: »Sind Sie jetzt auf dem Weg dorthin? Zu dem Haus?«

Um zu verhindern, dass sie abgefangen wurden, antwortete Julie ausweichend: »Ariel macht sich große Sorgen um ihre Freundin. Sie will sich davon überzeugen, dass es ihr gut geht.«

»Hören Sie.« So streng hatte sie Sanford noch nie erlebt. »Ich muss Sie daran erinnern, dass dies eine Polizeiangelegenheit ist.«

»Und ich muss Sie daran erinnern, dass Sie nicht reagiert haben, als wir das erste Mal angerufen haben«, erwiderte Julie hitzig.

»Warten Sie auf die Kollegen aus Athens«, mischte sich Roberta Kimball ein. »Sie haben schon einen Wagen zu dem

Haus geschickt. Das Sheriffbüro wurde ebenfalls benachrichtigt.«

»Die kommen zu spät, und wir sind schon da.« Julie legte auf. Weiter vorn sah sie Dodge im Schein der Verandalampe vor einem kleinen Haus stehen. Im selben Moment rammte er mit der Schulter gegen die Haustür und brach sie auf.

Derek bremste abrupt. Alle drei stießen ihre Türen auf und stürmten aus dem Wagen. Hintereinander hasteten sie die Stufen zur Veranda hinauf.

Dodge fing sie an der Haustür ab. »Nicht da.«

»Irgendwelche Anzeichen für einen Kampf?«

»Nein. Nur ein Weinglas auf der hinteren Veranda.«

»Ihr Wagen ist da«, sagte Ariel. »Also muss sie auch hier sein.«

Sie quetschte sich an Dodge vorbei und rannte, ängstlich nach Carol rufend, durch alle Zimmer.

Sobald sie außer Hörweite war, meinte Dodge leise: »Ich wollte nicht, dass sie durchdreht und hysterisch wird. Aber ich bin nicht der Einzige, der den Manager heute nach ihrer Adresse gefragt hat.«

»Creighton?«

»Der Manager hat gesagt, ein Typ hätte angerufen, angeblich ein Universitätsangestellter in der Fremdsprachenfakultät, der Savannahs Adresse überprüfen müsse. Inzwischen ist dem Manager klar, dass er aufs Kreuz gelegt worden ist. Er hat nichts Böses geahnt.«

Ariel kam wieder ins Wohnzimmer gerannt und schien kurz vor dem hysterischen Anfall zu stehen, den Dodge schon fürchtete. »Sie ist nicht da! Wo ist sie? Was hat er mit ihr angestellt?«

Julie nahm sie an der Schulter. »Sie haben etwas von einem Wald hinter dem Haus gesagt?«

»Verflucht!«, fauchte Kimball.

Sanford bog mit quietschenden Reifen um die Ecke. »Was ist denn?«

»Der Streifenwagen ist eben bei ihrem Haus angekommen.«

»Aber es ist keiner da?«

»Alle sind da«, korrigierte Kimball. »Carol Mahoneys Wagen steht da. Mit zwei anderen Autos.«

»Ist eines davon ein Kombi?«

»Nein. Das eine ist von Mitchell, das andere von seinem Helfer. Sie haben die Kennzeichen abgefragt. Allerdings wurde ein paar Hundert Meter weiter ein dunkelblau-brauner Kombi in einem Dickicht abgestellt.«

Sanford fluchte, und Kimball tat es ihm nach. Sie hatten die Sache von Anfang an falsch angefasst. Wenn Carol Mahoney durch Creighton Wheelers Hände sterben sollte, würden auch ihre Köpfe rollen.

Sanford sagte: »Wenigstens können die Kollegen verhindern, dass Mitchell und Ms Rutledge das Gesetz in die eigene Hand nehmen.«

»Die *Autos* waren dort. Von den Leuten fehlt jede Spur.«

»Was?«

»Das Haus ist leer.«

»Wo zum Teufel stecken die alle?«

Sie rannten über die Lichtung zwischen dem Haus und dem Wald. Derek war froh, dass der Mond schien, aber er trug Stadtschuhe, und der Grund war uneben. Wenigstens war er halbwegs in Form. Dodge hatte schwer zu kämpfen. Die beiden Frauen, die ihren Befehl, im Haus zu bleiben, einfach ignoriert hatten, liefen nicht weit hinter ihnen.

»Hast du eine Waffe?«, rief Dodge ihm zu.

»Nein.«

»Blöde Angewohnheit, Anwalt. Du solltest immer eine dabeihaben.«

Derek drehte sich um und sah, wie Dodge eine Pistole unter seiner Jacke hervorzog. Er hatte die Lizenz, eine verdeckte Waffe zu tragen.

»Was willst du denn anstellen«, schnaufte Dodge, »wenn du ihn ohne Waffe in der Hand erwischst?«

Derek hatte inzwischen den Waldrand erreicht, aber er wurde nicht langsamer. Er tauchte kopfüber in die Dunkelheit.

Kaum hatte Creighton Julia Roberts' Spruch aus *Pretty Woman* zitiert, da schlang er den Schlips über Carols Kopf und zog ihn um den Hals zu.

Sie stieß ein erschrecktes Japsen aus, das direkt in ein panisches Gurgeln überging. Ihre Knie knickten ein, die Hände zuckten verzweifelt an ihren Hals. Er zog den Schlips straffer, verdrehte ihn in ihrem Nacken und drehte dann immer weiter zu, so als wollte er ihn auswringen. Sie strampelte wie wild und wühlte sich mit den nackten Hacken in die Erde.

Erst zerrte sie hektisch an der Schlinge, dann fasste sie nach hinten und versuchte, sein Gesicht oder seine Hände zu zerkratzen. Er hatte das vorausgesehen und war darauf vorbereitet. Sofort drückte er seine freie Hand gegen ihren Hinterkopf und knallte ihr Gesicht so fest gegen einen Baumstamm, dass sie benommen die Hände fallen ließ.

Aber so wollte er sie nicht töten. Das ging viel zu schnell. In der Hoffnung, eine Reaktion auszulösen, zog er die Krawatte noch straffer. In *Frenzy* sah der Krawattenmörder seinem Opfer direkt ins Gesicht. Er konnte ihr Gesicht beobachten, während er sie erwürgte. Creighton beneidete ihn darum, aber hier herrschten andere Umstände. Er würde Carol Mahoney auch nicht vergewaltigen, während er sie würgte. Zeit und Ort ließen nicht zu, dass er die Szene exakt nachstellte.

Ihm hätte es gefallen, wenn sie geschrien hätte. So wie Sarah Walker und Alison Perry geschrien hatten, als er in ihr jungfräuliches Fleisch eingedrungen war. So wie Jerry Bascomb geschrien hatte, als er seinen abgetrennten Finger in einer blutigen Pfütze auf den nassen Fliesen des Duschraums liegen sah. Creighton hatte den Verdacht, dass die dürre Bohnenstange eher vor Entsetzen als vor Schmerz gebrüllt hatte, trotzdem war es ein phantastisches Erlebnis gewesen.

Natürlich konnte Carol Mahoney nicht schreien, während er ihr die Luft abschnitt, trotzdem hätte er zu gern wenigstens ein Wimmern gehört. Die Witwe auf dem Parkplatz vor dem Supermarkt hatte schön gewimmert.

»Carol!«

Der Ruf kam aus einiger Entfernung, aber er ließ ihn erstarren. Er erweckte Carol aus ihrer Benommenheit. Sie stöhnte und begann sich in einem vergeblichen Fluchtversuch zu wehren.

»Carol!«

Eine andere Stimme diesmal. Julies. *Julies?* Wie in aller Welt…?

Er hörte ein Geräusch und drehte den Kopf, sodass Derek Mitchells Faust gegen sein Kinn donnerte. Der Schlag traf ihn so heftig, dass er zurücktaumelte. Der Schlips rutschte ihm aus den Händen.

Mitchell schleuderte ihn zu Boden, stürzte sich auf ihn und kam rittlings auf seinem Brustkorb zu sitzen. »Du verfluchter Hurensohn.«

Mitchells Faust knallte knapp unter dem Ohr gegen Creightons Kiefer, der Schmerz schoss durch seinen ganzen Schädel.

»Derek?«

Julie? Schon wieder? Die Frau war die Pest. Billy hätte sie auch gleich umbringen sollen.

»Hier!«

Die Stimmen klangen verzerrt. Creighton hatte Schwierigkeiten, sich zu orientieren.

Er hörte Mitchell sagen: »Der war für all die Kids, die du ungestraft misshandelt hast. Und der hier kommt mit besten Grüßen von Paul Wheeler.«

Unter dem nächsten Schlag gegen Creightons Kinn knallten die Zähne auf seine Zunge.

»Und der hier, der hier ist für Maggie.«

Creighton sah die Faust kommen, aber er konnte sie nicht aufhalten.

Im ersten Moment hörte er nur, wie seine Gesichtsknochen zerschmettert wurden. Der Schmerz setzte etwas verspätet ein, dann aber mit der Wucht eines Rammbocks, der ihn beinahe ohnmächtig werden ließ. Er bekam mit, wie Derek Mitchell die Hand auf seine Brust stemmte und sich wieder erhob. Aber dann hörte er ihn entsetzt schreien: »Julie! Nein! Nicht!«

Creighton versuchte, die Augen zu öffnen. Julie stand über ihm, sie hielt eine Pistole in beiden Händen und starrte ihm über den Lauf ins Gesicht. Mit eisiger Stimme flüsterte sie: »›Make my day.‹«

Dann drückte sie ab.

»Für deine Hand.« Dodge reichte Derek einen Eisbeutel.

Er bedankte sich mit einem Nicken und drückte den Beutel auf seine geschwollenen, blutigen Knöchel.

Dodge war vor einer halben Stunde zum Rauchen hinausgegangen und erst jetzt zurückgekehrt. Zusätzlich zu dem Eisbeutel hatte er aus einem Starbuck's eine Tüte mit drei Bechern Kaffee mitgebracht. Je einen Becher reichte er Julie und Derek, den dritten behielt er für sich.

Sie saßen im Warteraum der Notaufnahme des städtischen Krankenhauses in Athens, in das man Creighton und Carol gefahren hatte, allerdings in getrennten Krankenwagen. Uniformierte Polizisten und die Einsatzkräfte aus dem Sheriffbüro lungerten ebenfalls herum, versuchten einen offiziellen Eindruck zu erwecken, tranken Kaffee aus dem Automaten und standen den Krankenhausangestellten im Weg. Ihre Kollegen in Zivil konferierten leise mit Sanford und Kimball.

Dodge nahm einen Schluck Kaffee. »Hat die schon jemand angeschaut?«

»Meine Hand?« Derek krümmte und streckte die Finger. »Die ist okay. Da ist nichts gebrochen.«

»Ein Wunder, so wie du zugeschlagen hast.«

»Er hat es verdient, und noch viel mehr.«

»Er hat auch noch mehr gekriegt.« Dodge sah aus dem Augenwinkel auf Julie.

Derek knurrte: »Was hast du dir verflucht noch mal dabei gedacht, ihr deine Pistole zu überlassen, Dodge?«

»Ich konnte nicht mehr laufen, sonst wäre ich zusammengebrochen. Und ich wollte nicht, dass sie dir ohne Waffe hinterherrennt.« Er grinste ihr bewundernd zu. »Konnte ja nicht ahnen, dass sie einen auf Dirty Harry macht.«

»Creighton sollte glauben, dass ich es tun würde«, sagte sie leise. Als Paul darauf bestanden hatte, dass sie einen Revolver unter ihrem Bett aufbewahren sollte, hatte er auch darauf bestanden, dass sie damit umzugehen lernte.

Der Knall hatte Creighton aufschreien lassen. Sie hatte die Kugel so knapp neben seinem Kopf in den Boden gefeuert, dass er den Aufprall gespürt hatte, so knapp, dass er eine Ahnung davon bekommen hatte, was Paul Wheeler in seinen letzten Sekunden durchgemacht hatte.

Dodge sah zu den Detectives hinüber. »Haben sie was davon gesagt, dass sie einen von euch einbuchten wollen?«

Derek schüttelte den Kopf. »Wahrscheinlich legen sie sich gerade was zurecht, damit sie es nicht müssen.«

»Sie haben uns noch nicht einmal vernommen.« Julie, die neben Derek saß, wischte Erde und Blattreste von seinem Knie. »Ich habe ihnen erklärt, dass sich Creighton nicht überwältigen ließ und dass Derek und ich alles in unserer Macht Stehende tun mussten, um ihn in Schach zu halten, bis die Polizei uns eingeholt hatte.«

Dodge prustete gurgelnd. »In Schach halten? So kann man's auch nennen.«

»Ariel hat das bestätigt.«

»Soviel ich gesehen habe, als sie Creighton in den Krankenwagen gehoben haben, ist sein Kinn im Eimer«, sagte Dodge.

»Er wird gerade operiert.«

»Aber so schön wie früher wird er nicht mehr.« Der Privatdetektiv schnaubte. »Und ich wette, sie mussten seine Unterwäsche wechseln.« Er sah sich um. »Wo ist Ariel?«

»Bei Carol«, erklärte Julie. »Die Ärzte haben sie schon untersucht. Sie wird ein paar Blutergüsse davontragen und eine Weile heiser bleiben, aber in ein paar Tagen müsste das überstanden sein. Sie haben Ariel erlaubt, über Nacht bei Carol zu bleiben. Beide sind immer noch völlig verstört.«

»Ein paar Sekunden später wären wir zu spät gekommen«, schloss Derek. »Dann wäre Carol schon tot gewesen, selbst wenn wir ihn noch geschnappt hätten.«

»Aber das ist sie nicht.« Julie rieb über seinen Schenkel.

Derek sah sie an und lächelte, nahm dann einen Schluck Kaffee und nickte zum Eingang hin. »Da sind sie.«

Doug und Sharon Wheeler traten durch die Schiebetüren, gefolgt von einem weiteren Mann. Sobald sie Julie sitzen sahen, kamen sie auf sie zu. Doug wirkte entschlossen. Sharon war völlig aufgelöst und konnte nur mit Mühe die Fassung wahren. Julie hatte sie noch nie schlecht frisiert gesehen. Heute Abend sah sie wie gerupft aus.

»Der Typ in ihrem Schlepptau ist ein hartes Kaliber«, sagte Derek halblaut und sah dabei auf den Mann, der sofort zu Sanford, Kimball und ihren Kollegen aus dem Athens Police Department abschwenkte.

»Ein Anwalt?«

»Schon eher der Antichrist«, grummelte Dodge. »Ich gehe eine rauchen.«

Die Wheelers würdigten Dodge keines Blickes, als er auf dem Weg nach draußen an ihnen vorbeikam. Julie stand auf, um sie zu begrüßen. Derek erhob sich ebenfalls.

»Das ist nicht wahr!«, heulte Sharon auf, woraufhin sich alle im Wartebereich mit großen Augen zu ihr umdrehten.

Doug legte den Arm um ihre Schultern und zog sie an seine Seite, ohne dabei den Blick von Julie zu wenden. Er sprach sie mit ihrem Namen an, ließ es aber wie eine Frage klingen.

»Creighton wird noch operiert«, sagte sie. »Er wurde verletzt …«

»Er wurde brutal zusammengeschlagen!«, schrie Sharon auf und sah dabei finster auf Derek.

»Wir haben Ihren Sohn dabei überrascht, wie er eine junge Frau erwürgen wollte, Mrs Wheeler«, sagte er.

Julie liebte ihn dafür, dass er das ohne jede Bitterkeit sagte. Er klang beinahe nachsichtig.

»Wenn ich ihn nicht aufgehalten hätte«, ergänzte er, »hätte er sie umgebracht.«

Sharon sackte gegen ihren Mann. Derek eilte sofort zu ihr

und half Doug, sie auf einen Stuhl zu setzen. Sie presste die Hände aufs Gesicht und begann zu schluchzen. Doug beugte sich über sie, flüsterte ihr etwas ins Ohr, wobei er ihr sanft den Rücken tätschelte, und richtete sich dann wieder auf, um sich Julie und Derek zuzuwenden.

»Wir werden für unseren Sohn kämpfen.« Sein Tonfall ließ erkennen, dass er mit Widerspruch rechnete. Er sah zu seinem Anwalt, der auf Sanford und Kimball einredete, ohne dass sich die beiden irgendwie beeindruckt zeigten.

Als sich Dougs Blick wieder auf Julie richtete, war der Schmerz in seinen Augen – Pauls Augen – nicht zu ermessen. Ihr Herz flog ihm zu. »Es tut mir so unendlich leid, Doug«, sagte sie heiser vor Mitgefühl. »Ehrlich.«

»Ich weiß.« Er hob hilflos die Arme. »Creighton ist … ein hoffnungsloser Fall. Aber er ist mein Sohn. Als sein Vater muss ich für ihn tun, was ich kann.«

»Das müssen alle Eltern. Sie sorgen für ihre Kinder.«

Doug sah sie sekundenlang still an und sagte dann: »So wie Paul alles für seine Tochter getan hätte. Für dich.«

Epilog

Du musst mir helfen, mein Bild aufzuhängen.«

»Du hast es noch nicht aufgehängt?«

»Ich habe erst die Wände frisch streichen lassen.«

»Wie?«

»So wie vorher.«

»Ich verstehe. Also, wenn du mich fragst, sah das Bild an der Wand gut aus, an der es gelehnt hat.«

»Findest du?«

»Ich nehme an, du willst es immer noch ins Schlafzimmer hängen.«

»Es sei denn, dir schwebt ein anderer Platz vor.«

»Ich schaue es mir gern einmal an. Sag mir Bescheid, wann ich vorbeikommen kann.«

»Okay.«

Es war Samstagmorgen, zwei Wochen nach jener langen Nacht in Athens.

Julie hatte ihn nicht erwartet und war daher in Jeans, Top und Küchenschürze an die Tür gegangen. Auch er trug Freizeitkleidung.

Damit erstarb das Gespräch, und beide sahen sich über die Türschwelle hinweg an. Sie hatte sich nach ihm verzehrt, aber nicht den Mut aufgebracht, ihn anzurufen. Ihr war klar, dass er den ersten Schritt machen musste, falls sie ihn je wiedersehen sollte. Ihr Herz klopfte, als sie sich die Hände an der Schürze abwischte.

»Der Kaffee ist noch frisch.« Sie winkte ihn herein und ging ihm voran in die Küche. »Ich bin gerade am Kochen.«

»Das ist nicht zu übersehen.« Er deutete auf ihre Schürze.

»Coq au vin. Möchtest du einen Kaffee?«

»Klar.«

Sie schenkte ihm ein und schaffte es, ihm die Tasse zu reichen, ohne ihn dabei zu berühren.

Er sah kurz zum Ofen. »Das duftet, dass einem das Wasser im Mund zusammenläuft.«

»Ich mache ihn für Kates Mom. Sie veranstaltet heute ihren Spieleabend und wollte ihren Gästen etwas Besonderes auftischen.«

»Nett von dir, dass du dir für sie solche Mühe machst.«

»Das ist keine Mühe. Ich tue das gern. Kochen ist für mich wie Therapie.«

»Du brauchst eine Therapie?«

Sie lachte kurz und schenkte sich ebenfalls Kaffee nach. »Setz dich.«

Sie setzten sich einander gegenüber an den Bistrotisch und tranken schweigend ihren Kaffee. Keiner von beiden wusste so recht, wohin er sehen sollte. Sie brach als Erste das Schweigen. »Du hast deine Wände streichen lassen. Also willst du offenbar in dem Haus bleiben. Du ziehst nicht um.«

Er sah sie fragend an.

Sie fuhr fort: »Du hast gesagt, ohne Maggie wäre das Haus nicht mehr wie früher. Ich habe mich gefragt, ob du umziehen würdest.«

»Ich werde sie immer vermissen, und in jedem Zimmer erinnert mich etwas an sie. Aber wenn ich umzöge, würde ich mir damit selbst ein Bein stellen. Ich liebe das Haus. Außerdem will ich nicht, dass Creighton Wheeler so über mein Leben bestimmt.«

»Ich bin froh, dass du dort wohnen bleibst. Das Haus ist wirklich wunderschön.«

»Danke. Wenn du vorbeikommst, um das Bild aufzuhängen, kriegst du die große Führung.«

»Ich freue mich schon darauf.«

Wieder machte sich verlegenes Schweigen breit.

Schließlich sagte sie: »Roberta hat angerufen und…«

»Du nennst sie jetzt Roberta?«

»Sie besteht darauf. Sie hat angerufen und mir erzählt, dass Creighton, sobald er wieder sprechen konnte, fast fünf Stunden lang vom Krankenhausbett aus doziert hat. Sie haben alles auf Video aufgezeichnet.«

Derek nickte bereits. »Das habe ich auch gehört. Er hat alles gestanden – stolz und ohne jede Reue –, sogar Verbrechen, derer ihn die Polizei gar nicht verdächtigte.«

»Hat man die Leichen der beiden Mädchen gefunden, die er umgebracht haben soll?«

»Gestern. Genau an der Stelle, die er der Polizei beschrieben hatte.«

Julie schüttelte traurig den Kopf. »Wenigstens wissen ihre Familien jetzt, was aus ihnen geworden ist.«

»Er hatte Angst, dass Paul dich heiraten und vielleicht sogar Kinder zeugen könnte, wodurch er als Pauls Erbe ausgefallen wäre. Laut Sanford hat ihm das Ego die Zunge gelockert. Sein Anwalt hätte fast einen Schlaganfall bekommen, aber Creighton wollte endlich einmal damit angeben, wie brillant er vorgegangen ist. Kurz gesagt, er ist ein Soziopath.«

»Roberta wollte den Film sehen, den er mit Carol Mahoney nachstellen wollte. Ich habe ihr die DVD mit *Frenzy* geschenkt und versichert, dass ich sie auf keinen Fall zurückhaben will. Diese Szene…« Sie versuchte sich die Gänsehaut von den Armen zu massieren. Leise ergänzte sie: »Die Frau verdankt dir ihr Leben, Derek.«

»Du bist auf die Lösung gekommen, nicht ich. Wenn du nicht diese Ahnung mit *Der Fremde im Zug* gehabt hättest…«

»Wäre ich immer noch ihre Hauptverdächtige.«

»Und Carol Mahoney wäre inzwischen tot. Ariel vielleicht auch. Creighton behauptet zwar, er hätte nicht vorgehabt, sie zu töten, aber ich glaube, er hat inzwischen Geschmack am Morden gefunden. Jedenfalls verdanken diese Frauen auch dir ihr Leben.«

»Na ja…« Sie wollte nicht die Lorbeeren für etwas ernten, was sie nur als glückliche Fügung sah. »Mir will immer noch nicht in den Kopf, warum Billy Duke bei mir eingebrochen ist, um die Beweisstücke zu verstecken.«

»Wenn ich raten darf?«

»Bitte.«

»Creighton versuchte, alle Verbindungen zu Billy zu kappen. Vielleicht wollte Billy auch seine Verbindungen zu ihm kappen. Und dafür wollte er dir die Schuld in die Schuhe schieben.«

»Damit er untertauchen kann, während ich mit der Beute erwischt werde.«

»Genau.«

»Ich habe gesehen, wie er Paul getötet hat. Er hat ihn kaltblütig erschossen. Trotzdem glaube ich nicht, dass er je jemanden ermordet hätte, wenn Creighton ihn nicht dazu getrieben hätte. Außerdem war auch er Creightons Opfer, und das im wahrsten Sinn des Wortes. Er starb unter grässlichen Schmerzen. Das werde ich nie vergessen.«

»Es gibt vieles, was wir nie vergessen werden.«

Ihre Blicke verbanden sich. Sie unterbrach als Erste den Augenkontakt. Mit abgewandtem Gesicht bekannte sie: »Die

Verhandlung gegen Jason Connor... Du hattest von Anfang an recht.«

Die Story machte seit Tagen Schlagzeilen. Tatsächlich hatte Jasons zwölfjährige Schwester den Doppelmord begangen, in einem Anfall von Raserei, nachdem sie jahrelang von ihrem Stiefvater missbraucht worden war. Aus Angst oder eher Gleichgültigkeit hatte ihre Mutter weggesehen. Jason hatte schon lange vermutet, dass seine Schwester missbraucht wurde, aber ihr Stiefvater vergriff sich nur an ihr, wenn Jason nicht im Haus war, und das Mädchen hatte sich zu sehr geschämt und vor der Rache des Stiefvaters gefürchtet, um sich ihrem Bruder anzuvertrauen.

Als Jason aus der Schule nach Hause gekommen war, hatte er sie neben den Leichen der beiden Erwachsenen sitzen sehen, mit Blut besudelt und in Schockstarre. Er hatte sie sauber gemacht und die Strafe auf sich genommen, denn er hatte das Gefühl, sie verraten und eine Strafe verdient zu haben, weil er sie nicht beschützt hatte. Während er im Gefängnis saß, wurde sie in die Obhut ihrer Verwandten gegeben, denen sie sich schließlich anvertraut hatte.

»Es hat mir nicht zugestanden, dich seinetwegen so zu attackieren«, sagte Julie. »Dafür möchte ich mich entschuldigen.«

»Normalerweise sind meine Mandanten durchaus schuldig, Julie. Teilweise sind sie richtige Widerlinge ohne irgendeine positive Eigenschaft. Ich ziehe für sie in die Schlacht, weil unsere Verfassung ihnen das Recht auf eine Verteidigung zugesteht. Manche sind reich und einflussreich, aber schuldig. Auch sie haben einen guten Anwalt verdient.

Aber gelegentlich ist der Angeklagte, so wie Jason, tatsächlich unschuldig. Nur deshalb kann ich meinen Job machen. *Darum* mache ich das eigentlich. Ab und an *wird* jemand fälschlich beschuldigt und braucht jemanden an seiner Seite, der an ihn glaubt und für ihn kämpft.«

»Ich werde nie wieder eine Erklärung oder gar Rechtfertigung von dir verlangen. Ehrenwort.« Sie holte tief Luft. »Dagegen bin ich dir längst eine Erklärung schuldig.«

Er stellte die Kaffeetasse ab. »Paul Wheeler war dein Vater und nicht dein Geliebter.«

Sie hob die Schultern zu einem halben Achselzucken. »Nach ihrem Highschool-Abschluss verbrachte meine Mutter mit ein paar entfernten Cousinen den Sommer am Meer. Dabei lernte sie Paul kennen. Beide waren siebzehn, die Luft war lau, der Mond schien auf den Strand, es gab Erdbeerwein. Du kannst es dir ausmalen. So kam ich zustande.«

»Wheeler wusste nichts von dir?«

»O doch. Meine Mutter schrieb ihm und eröffnete ihm, dass sie schwanger war. Mein Dad, der Mann, der mich großgezogen hat, war seit Jahren in meine Mutter verliebt gewesen und hatte nur darauf gewartet, dass sie endlich alt genug war, um ihn heiraten zu können. Sie erzählte es ihm auch. Er wollte sie trotzdem heiraten, und sie liebte ihn wirklich.

Paul sah, dass die beiden füreinander bestimmt waren, und trat daraufhin seine Rechte als Vater ab, weil er wusste, dass das in meinem Interesse wäre. Er wollte gerade sein Studium aufnehmen. Er war nicht verheiratet. Mein Vater wollte meine Mutter heiraten und mich als Kind annehmen. Also zog sich Paul stillschweigend aus meinem Leben zurück.

Er bot meiner Mutter und meinem Vater finanzielle Hilfe an, aber die beiden lehnten das kategorisch ab. Er respektierte ihren Wunsch, aber er ließ meine Mutter schwören, dass sie sich an ihn wenden würde, falls sie irgendwann irgendetwas brauchte. Sie tat es nie. Bis ich in Paris war und in Schwierigkeiten steckte.«

Der Küchenwecker am Ofen piepste. Sie stand auf, streifte Kochhandschuhe über und holte das Hühnchen aus der Röhre. Dann kehrte sie auf ihren Stuhl zurück und zog die Handschuhe wieder aus. »Mutter war krank und konnte mir nicht zu Hilfe kommen, darum wandte sie sich an Paul. Obwohl sie seit Jahren nichts mehr voneinander gehört hatten, fuhr er unverzüglich zu ihr. Sie erzählte ihm von Henri. Jedenfalls alles, was sie über ihn wusste. Ich hatte ihr nicht alles erzählt, weil ich nicht wollte, dass sie sich meinetwegen Sorgen machte, nachdem ich mich aus purer Dummheit so tief in den Schlamassel geritten hatte. Paul ließ alles stehen und liegen und kam, genau wie du gesagt hast, zu meiner Rettung.«

Derek betrachtete sie nachdenklich. »Was hast du dir gedacht, als dieser amerikanische Millionär auftauchte und dir erklärte, dass er dein Vater wäre?«

»Man sollte meinen, ich wäre ihm böse gewesen, nicht wahr? Du bist mein Vater? Wo hast du die ganze Zeit gesteckt? Aber dafür war Paul viel zu nett. Er hatte immer große Stücke auf meine Mutter gehalten, schon früher, als sie noch ein Mädchen war, und auch später, als sie zur Frau geworden war. Er lobte meinen Dad als liebevollen Mann, der mich mit ganzem Herzen angenommen hatte. Er meinte, eine so selbstlose, unbedingte Liebe würde man nur selten finden und er, Paul, sei dankbar, dass sich so ein Mensch um mich gekümmert hatte.«

Sie lächelte zaghaft. »Natürlich erschütterte diese Nachricht mein Leben in den Grundfesten, trotzdem fand ich keinen Grund, ihn zu hassen. Er stellte sofort klar, dass er es zwar schrecklich fand, wie ich unter Henri gelitten hatte und wie unglücklich mich das gemacht hatte, dass er aber trotzdem dankbar für die Gelegenheit war, etwas für mich tun zu können. Er sagte, er habe zwar nicht an meinem Leben teilhaben können, aber er habe trotzdem oft an mich gedacht. Jetzt wollte er die verlorene Zeit nachholen. Dafür wollte er mir nicht nur über meine Krise hinweghelfen, sondern mich auch kennenlernen und jene Beziehung zu mir entwickeln, die uns bis dahin verwehrt geblieben war.«

»Aber er wollte dich nicht als Tochter anerkennen.«

»Das habe ich nicht zugelassen.«

»Warum?«

»Hauptsächlich aus Respekt gegenüber meinem Dad. Und aus Respekt gegenüber Pauls Frau Mary, die er von ganzem Herzen geliebt hatte. Ich wollte nicht, dass er mich als Kind annimmt, nachdem ihm Mary keine Kinder schenken konnte.«

»Wusste sie von dir?«

»Ja. Die beiden hatten keine Geheimnisse voreinander. Er hat mir erzählt, dass sie ihn von Zeit zu Zeit gedrängt hatte, mir zu schreiben, mich in ihr Leben einzulassen, aber aus den Gründen, die ich dir eben genannt habe, wollte er das nicht. Vielleicht hätten wir das mit der Vaterschaftserklärung anders entschieden, wenn Mary noch am Leben gewesen wäre, als er zu mir nach Paris kam, oder wenn Mutter noch länger gelebt hätte. Aber so wie die Dinge lagen, fand ich es besser, dass wir nicht öffentlich erklärten, was uns verband, sondern die Menschen ihre eigenen Schlüsse ziehen ließen.«

»Du weißt, welchen Schluss sie gezogen haben.«

»Im Gegenzug für die Verachtung von Menschen, die mich nicht interessierten, bekam ich zwei Jahre mit jemandem geschenkt, an dem mir sehr viel lag. Und es waren wirklich wunderbare Jahre, Derek. Paul und ich holten viel von der verlorenen Zeit nach, ohne dass wir dadurch den beiden geliebten Menschen, die mich großgezogen haben, etwas wegnahmen. Er liebte mich, und ich liebte ihn.«

»Nicht einmal Doug wusste über euch Bescheid.«

»Nicht bis Pauls Anwalt das Testament eröffnete. Ich bin froh, dass er jetzt alles weiß.«

»Wird er dich in die Familie aufnehmen?«

»Das weiß ich nicht. Falls ja, wird er auch weiterhin geheim halten, dass wir verwandt sind. Aber ich hoffe, dass er und Sharon irgendwie mit mir zu leben lernen. Sie werden jede Hilfe brauchen, nachdem Creighton hinter Gittern sitzt. Wie ich gehört habe, haben sich die meisten ihrer sogenannten Freunde von ihnen abgewandt. Sie kämpfen allein. Ich will ihnen helfen, so gut ich kann und soweit sie mich lassen.«

Derek spielte am Henkel seiner Tasse herum, hob sie aber nicht an. Schließlich sagte er: »Du hättest es mir verraten können, Julie.«

Sie fasste über den Tisch und legte die Hand auf seine. »Ich hätte es fast getan, als wir damals vor dem Hotel im Auto saßen und du mich küssen wolltest.«

»Da hast du gesagt: ›Tu mir das nicht an.‹«

»Weil es eine Folter war. Ich war seit Henri mit keinem Mann mehr zusammen gewesen. Seit Paul mich aus Paris zurückgeholt hatte, hatte ich mich nicht für eine romantische Beziehung interessiert. Er redete mir zu, ich solle mich mit jemandem treffen. Er wollte, dass ich mit jemandem, den ich liebe, glücklich werde. Ich glaube, er hätte gern Enkel bekommen«, ergänzte sie mit einem traurigen Lächeln.

Aber die Erfahrung mit Henri hat mich misstrauisch gemacht. Außerdem hätten die wenigsten Männer meine ›Freundschaft‹ mit einem reichen, gutaussehenden älteren Mann toleriert. Darum hatte ich meine Bedürfnisse lange unterdrückt. Bis zu der Nacht im Flugzeug.« Sie sah ihn kurz an und dann wieder weg. »Ich wollte mich auf keinen Fall von dir küssen lassen, weil ich dich zwar begehrte, aber gleichzeitig wusste, dass du mich für eine Glückssucherin hältst, die sich mit jedem Mann einlassen würde, solange er nur reich genug ist. Die direkt aus Pauls Bett in deines hüpft.«

»So was Hässliches habe ich nicht gedacht.«

»Aber es ging in die Richtung?«

Er zuckte schuldbewusst mit den Achseln. »Ich durfte dich also nicht küssen, weil du am nächsten Morgen von mir respektiert werden wolltest?«

Sie lächelte. »Sosehr das auch nach einem Klischee klingt, ja.«

»Warum hast du es mir damals nicht erzählt? Oder später? Warum hast du zugelassen, dass ich stattdessen das Schlimmste von dir denke?«

»Anfangs konnte ich dir dieses Geheimnis nicht anvertrauen.«

»Und später?«

»Als ich dir schließlich zu vertrauen begann, hatte sich mein Schweigen schon zu einer Art Unterlassungssünde ausgewachsen, und ich hätte noch weniger vertrauenswürdig gewirkt, als ich es ohnehin für dich war.«

»Was ich auch gedacht habe, es hat nichts daran geändert, dass ich dich wollte. Aber wenn du mich fragst, ob ich froh bin, dass du Pauls Tochter und nicht seine Geliebte bist… Ja. Und wie.«

»Ich bin froh, dass du froh bist.«

Er zögerte und fragte dann: »Was ist mit dem Geld?«

»Ich habe nicht vor, es zu nehmen. Ich werde es weggeben.«

»Edel gesprochen, aber sei realistisch, Julie. Es ist ein verdammtes Vermögen. Selbst zum Weggeben wirst du eine Weile brauchen.«

»Ich habe den Rest meines Lebens Zeit dazu.« Sie sah ihn flehend an. »Bitte mach das nicht zum Thema. Denn ich schwöre dir, dass es für mich kein Thema ist.«

Er betrachtete sie aufmerksam, und als er erkannte, dass sie es ernst meinte, entspannte sich sein Gesicht. »Dodge hat schon vor, dich um einen Kredit anzuhauen.«

»Ach, mag er mich auf einmal?«

»Allerdings.« Er senkte die Stimme und ergänzte dann leise: »Ich auch.«

»Ich mag dich auch.« Ihre Stimme klang rauchig. »Sehr sogar. Wo hast du gesteckt?«

»Seit ich aus der Notaufnahme getürmt bin? Ich habe nachgedacht.«

»Über uns?«

»Darüber, wie ich und mein Ego es verkraften, so aufs Glatteis geführt zu werden.«

»Ich habe dir das mit der Vaterschaft nicht verschwiegen, um dich aufs Glatteis zu führen, Derek. Sondern um Paul, meiner Mutter, meinem Dad, Mary Wheeler, allen zusammen einen Skandal zu ersparen.«

»Ja, zu diesem Schluss sind mein Ego und ich auch gelangt.«

»Und zu welchem noch?«

»Dass du Paul Wheelers Tochter und Erbin warst, als wir uns kennengelernt haben. Und dass es absolut nichts geändert hätte, wenn ich das gewusst hätte, als wir uns das erste Mal berührten.«

»Wirklich nicht?«

Er schüttelte den Kopf.

»Du hättest trotzdem …?«

»O ja. Nichts hätte mich davon abhalten können, dir in diese Toilette hinterherzustolpern.«

Er stand auf und kam um den Tisch herum. Dann zog er sie von ihrem Stuhl hoch und legte den Arm locker um ihre Taille. »Und vor allem bin ich zu dem Schluss gelangt, dass ich ein kompletter Idiot sein müsste, wenn ich mir von meinem Stolz Jahre voller Glück stehlen lassen würde.«

»Jahre?«

»Die heute anfangen. In diesem Moment.«

Seine Lippen legten sich auf ihre, im nächsten Moment fielen alle Hemmungen von ihnen ab, und sie küssten sich wie Verdurstende.

Als er schließlich den Kopf hob, sagte er: »Mehr brauche ich nicht zu wissen. Die Details können wir später ausarbeiten.«

Er beugte sich wieder vor und wollte sie noch einmal küssen, aber sie bog den Kopf in den Nacken. »Eins noch.«

Er knabberte zärtlich an ihrem Hals, während er gleichzeitig ihre Schürzenbänder löste und die Hände unter ihr Top schob. »Mach's kurz.«

»Wenn unsere Kinder irgendwann fragen, wie wir uns kennengelernt haben…«

Er lachte leise. »Dann denken wir uns was aus.«